Volker Klüpfel / Michael Kobr

Himmelhorn

Kluftingers neunter Fall

Besuchen Sie uns im Internet:
www.knaur.de

Vollständige Taschenbuchausgabe Oktober 2017
Knaur Taschenbuch

Ein Imprint der Verlagsgruppe
Droemer Knaur GmbH & Co. KG, München

Covergestaltung: ZERO Werbeagentur, München
Coverabbildung: Klaus Fengler / Look-foto; plainpicture / BY; FinePic®, München / shutterstock
Hintergrund Stammbaum: Anelina / shutterstock.com
Satz: Sandra Hacke
Druck und Bindung: CPI books GmbH, Leck
ISBN 978-3-426-51185-5

2 4 5 3

Um ein Sträußchen Edelweiß
gab er hin den höchsten Preis.
Er fiel nur dreißig Meter weit
und doch bis in die Ewigkeit.

Inschrift auf einem Wegkreuz
nahe dem Himmelhorn

Es war der entsetzlichste Abgrund, in den er je geblickt hatte. Wenn es irgendetwas Tröstliches daran gab, dann die Tatsache, dass er noch unten stand und nach oben schaute. Noch nicht dort war, wohin er musste. Noch am Anfang dessen, was sein Ende bedeuten könnte.

Unstet huschte sein Blick über vom Tau glitzernde, frühlingshafte Wiesen, über die schroffen, steil aufschießenden Felswände, suchte Halt an den zerklüfteten Vorsprüngen und blieb an dem winzigen überhängenden Plateau hängen, das wie ein schiefer Zahn aus einem dunklen Maul herausragte. Dort musste er hinauf. Um sich dann wieder hinunterzustürzen in die Tiefe, schwarz und bedrohlich, ein Schlund, der ihn gierig verschlingen und nur mit Glück wieder ausspucken würde, verwundet, versehrt.

Sollte er das wirklich tun? Sein Vorhaben schien ihm nun noch aberwitziger als zuvor. Doch es gab kein Zurück. Er spürte, wie seine Hände feucht wurden, und wischte sie an der Hose ab. Gab es wirklich kein Zurück? Einen Lichtstrahl der Hoffnung im Schatten dieser gewaltigen Wand …

»Na, majestätischer Anblick, was?«

Wuchtig schlug ihm sein Nebenmann die Hand auf die Schulter. Der Schmerz vertrieb kurzzeitig seine düsteren Vorahnungen und machte der Wut auf den Mann Platz, dem er die missliche Lage zu verdanken hatte: Doktor Martin Langhammer.

Der plauderte munter weiter: »Da wünscht man sich doch die Zeit zurück, als man noch im Einklang mit der Natur gelebt hat, noch gänzlich unbehelligt von den vermeintlichen Segnungen unserer modernen Zeit.«

Kluftinger nickte: »Wo die Menschen noch schweigen konnten und nicht jeden stillen Moment mit ihrem Geschwätz zerstört haben.«

Der Allgemeinarzt sah sein Gegenüber mit großen Augen an: »Genau, mein Lieber, da sind wir ja ausnahmsweise mal einer

Meinung. Ich finde auch, dass man die Bergwelt nur in stiller Einkehr richtig erfassen kann. Nur die Ruhe macht diese archaische Kulisse erfahrbar, nur die …«

»Dann tun Sie's doch endlich!«

»Was denn?«

»In stiller Einkehr richtig erfassen.«

Der Doktor gluckste. »Na, ich will doch meine Eindrücke mit meinem Freund teilen.« Wieder schlug er dem Kommissar auf die Schulter, ließ seinen Arm diesmal aber liegen.

Kluftinger entwand sich ihm. »Welchem Freund? Außer mir seh ich niemanden.«

»Genau, wie ich gesagt habe! Niemand hier außer uns. Ist für Biker noch ein echter Geheimtipp. Hierher verschlägt es kaum jemanden.«

Diese Information ließ Kluftingers Unbehagen noch wachsen. »Meinen Sie nicht, dass es vielleicht seine Gründe hat, dass da keiner herwill? Und überhaupt: Ist es heut nicht ein bisschen zu feucht und glitschig zum Radeln?« Er wollte die Hoffnung auf eine Rettung in letzter Minute noch nicht aufgeben.

»Zum Radfahren vielleicht, aber mit unseren Mountainbikes macht uns das nichts aus.«

»Macht es nicht?«

»Nein, im Gegenteil, das steigert die Herausforderung beim Biken.« Mit diesen Worten öffnete Langhammer seine Windjacke, worauf Kluftinger reflexartig die Augen zusammenkniff, denn ihm leuchtete ein neongrünes Trikot entgegen.

»Kriegen Sie dafür Geld?«, fragte der Kommissar und zeigte auf die zahlreichen Werbeaufdrucke.

»Ha, schön wär's. Nein, das ist einem Mannschaftstrikot der Tour de France nachempfunden. Wunderschöne, originalgetreue Replika. Na ja, bis auf die Protektoren hier, hier und hier.« Er zeigte auf seine Unterarme, die Ellbogen und den Rücken. »Sie sind wirklich sicher, dass Sie ohne fahren wollen?«

»Ich hab Ihnen schon gesagt, dass ich von vornherein nirgends runterfahr, wo ich solche Dinger brauchen tät.«

»Ja, schon gut. Wir lassen es ganz langsam und sanft angehen. Sag ich den Damen auch immer.« Der Arzt zwinkerte ihm grinsend zu, und Kluftinger seufzte gequält. »Nein, im Ernst, Sie müssen erst Ihren Rhythmus finden, damit es Ihnen auch Freude bereitet. Wir wollen ja noch viele schöne Biketouren zusammen unternehmen.«

Nach dieser Drohung kam dem Kommissar die Sache mit dem Abgrund auf einmal ganz verlockend vor. Er seufzte und dachte darüber nach, wie er in diese Situation hineingestolpert war. Eigentlich hätte er es kommen sehen müssen, als vor zwei Monaten zu seinem Geburtstag dieses schwarz glänzende E-Bike mit einer Schleife vor ihm gestanden hatte. Aber er war ein wenig geblendet gewesen von der Vorstellung, nun tatsächlich wieder öfter aufs Rad steigen zu können. Und die Tatsache, dass nicht nur Erika und die Kinder, sondern auch der Vater seiner japanischen Schwiegertochter an dem Geschenk beteiligt waren, hatte es sowieso unmöglich gemacht, es abzulehnen. Letzterem hatte er auch ein weiteres *Gadget* zu verdanken, wie Yoshifumi Sazuka in seiner Geburtstags-E-Mail geschrieben hatte: eine kleine Kamera, die auf den Lenker montiert war. Da der Japaner leider keine Zeit hatte, schon wieder nach Deutschland zu kommen, um sein Geschenk mit ihm auszuprobieren, hatte er Kluftinger gebeten, Filme von seinen Touren aufzunehmen und ihm zu schicken.

Als dann Langhammer – bei seinem alljährlichen Geburtstagsbesuch ohne Einladung – von dem Geschenk erfuhr, hatte er sich nur wenig später ebenfalls ein elektrisch angetriebenes Rad gekauft. Ob er es getan hatte, damit er mit Kluftinger auf Tour gehen konnte oder weil er es nicht ertrug, dass der notorische Technikverweigerer nun über ein Spielzeug verfügte, das er selbst nicht besaß, wusste der Kommissar nicht, mutmaßte aber, dass beides zutraf.

»Dann wollen wir das schwere Gerät mal auf die Straße bringen«, riss ihn der Doktor aus seinen trübsinnigen Gedanken. »Nur gut, dass ich den Neuen hab. Kommt man ja überallhin damit.« Mit *dem Neuen* meinte Langhammer sein Mercedes-SUV, dessen

Vorzüge er Kluftinger während der gesamten Fahrt in die Oberstdorfer Berge angepriesen hatte, als wolle er es ihm gleich weiterverkaufen. Dabei hätte der Kommissar ein solches Monstrum an Auto nicht einmal geschenkt haben wollen. Weswegen er Langhammers Kurzreferate über die Errungenschaften des modernen Autobaus immer mit einem »Früher konnten die Leut noch Auto fahren, da hat's den ganzen Schmarrn nicht gebraucht!« quittierte. Er wusste wirklich nicht, welche Vorteile es haben sollte, ständig mit einem solchen Ungetüm durch die Gegend zu kurven, keine passenden Parkplätze zu finden und darüber hinaus regelmäßig einen sich rapide leerenden Achtzig-Liter-Tank füllen zu müssen. Mit seinem Passat war er immer überall hingekommen, und auch die aktuelle Abgasaffäre konnte ihm nichts anhaben, weil sein Wagen sowieso weit über allen Grenzwerten lag – das aber aufgrund der durch H-Kennzeichen verbrieften Anerkennung als Oldtimer auch durfte.

»Nein danke, geht prima, inkommodieren Sie sich nur nicht«, ätzte der Doktor, als er das erste Rad vom Autodach hievte, wobei er sich auf den Schweller der geöffneten Fahrertür stellen musste.

»Herr Doktor, wollen Sie jetzt wirklich da stehen bleiben?«, fragte Kluftinger mit skeptischem Blick. Schlimm genug, dass sie überhaupt so weit gefahren waren: Schon vor drei Kilometern hatte ein Schild darauf hingewiesen, dass man den weiteren Weg ins Naturschutzgebiet Oytal nur mit einer Genehmigung der Gemeinde Oberstdorf befahren dürfe – die sie allerdings nicht hatten. Kurzzeitig war da die Hoffnung in Kluftinger aufgekeimt, ihr Ausflug fände womöglich ein frühes Ende, doch der Doktor erklärte ihm, dass er nur die Rettungsjacke von seinen Notarzteinsätzen im Auto drapieren müsse, was allen Parkwächtern und Politessen als ein ungeschriebener Kodex gelte und sie dieses Auto in Ruhe ließen. Und wenn man ihn anhalten sollte, habe er schließlich einen leibhaftigen Hauptkommissar dabei, der ihm aus der Patsche helfen würde.

Resigniert sah Kluftinger dem Doktor nun dabei zu, wie er sich auf dem Dach an Kluftingers Rad zu schaffen machte, nicht ohne vorher noch ein mikroskopisch kleines Staubkörnchen von der Silberlackierung des Autos zu pusten. »Ganz schön schwer, diese Dinger«, keuchte er, als er das E-Bike anhob.

»Soll ich helfen?«, fragte Kluftinger, ohne Anstalten zu machen, wirklich Hand anzulegen.

»Nein, geht schon«, presste der Arzt hervor, doch in diesem Moment entglitt ihm seine Fracht, und eines der Pedale ritzte mit einem satten Geräusch eine tiefe Kerbe in die jungfräuliche Lackierung des Wagens. Für einen Moment stand der Doktor wie versteinert da, das Rad immer noch in den Händen, die Augen ungläubig geweitet. Dann begannen seine Arme ob der Anstrengung zu zittern, und er stellte es ab.

»Das ist doch ... das kann doch nicht ...«, stammelte er.

»Ach, das sieht man doch kaum«, kommentierte der Kommissar vergnügt, worauf Langhammers Lippen zu beben begannen. »Ist wie bei frisch gewachsten Ski: Der erste Stein auf der Piste tut einem noch in der Seele weh, aber danach ist einem gleich viel leichter ums Herz.«

»Leichter?« Die Stimme des Doktors hatte einen hysterischen Unterton angenommen. *»Leichter?«*

Es dauerte fast zehn Minuten, bis er sich beruhigte, was auch daran lag, dass er – bei äußerst dürftiger Datenverbindung – die Versicherungsbedingungen seines neuen Autos mit dem Smartphone gegoogelt hatte. Als er überzeugt war, dass der Schaden ohne finanzielle Einbußen von der Vollkasko übernommen würde, normalisierte sich sein Puls wieder. »Nun gut, lassen wir uns den schönen Tag durch dieses schreckliche Unglück nicht verderben.«

»Welchen schönen Tag?«, wollte Kluftinger wissen. »Und welches Unglück?«

»Schon gut, jetzt sollten Sie sich aber allmählich umziehen, damit wir loskönnen.«

»Wie, umziehen?« Kluftinger blickte an sich herab. Gut, er war nicht mit der *Hightech-Bikewear* ausgestattet, die der Doktor so anpries. Aber auch er hatte auf Funktionalität gesetzt und seine Alltags-Lederhose angezogen. Dazu trug er ein kariertes Wanderhemd und ein Halstuch, falls es frisch werden sollte. Den Janker hatte er im Rucksack verstaut. Aus seiner Sicht war er perfekt gekleidet. Nur sein alter Mopedhelm mit dem hellblauen Mittelstreifen und dem zerkratzten Visier entsprach vielleicht nicht ganz dem Stand der aktuellen Rad-Technik, war aber immer noch besser als dieses goldfarbene Weltraumding, das der Doktor gerade aufzog.

Langhammer jedoch schien völlig anderer Meinung, was Kluftingers Ausrüstung betraf. »Sie wollen doch nicht wirklich damit aufs Rad steigen?«

»Wir können gern wieder heimfahren, wenn Sie meinen, dass ich nicht standesgemäß angezogen bin.«

»Aber Kluftinger, so war das doch nicht gemeint. Ich mache mir ja nur Sorgen um Sie, nicht dass Sie sich erkälten, weil Sie die falschen Klamotten anhaben. Wir werden ganz schön ins Schwitzen kommen, und bei der Abfahrt kann es zugig sein!«

Kluftinger war ein wenig beschämt, denn er wusste, dass der Doktor es gut meinte. »Keine Sorge, das passt schon so. Und wenn ich doch krank werden sollte, dann kenn ich da einen relativ passablen Arzt«, versuchte er sich an ein wenig Wiedergutmachung.

»Irrtum. Den besten!«, ließ ihn Langhammer seinen Versöhnungsversuch gleich wieder bereuen.

Dann legte sich Kluftinger unter den skeptischen Blicken des Doktors seinen Helm an, zog den porösen Lederriemen unter dem Kinn fest und rief: »Also, bringen wir's hinter uns.«

»Nicht so voreilig, erst muss ich noch Ihre Kamera anknipsen.« Er drückte auf einen Knopf an dem kleinen Kästchen an der Lenkstange, dann tat er bei seinem Fahrrad das Gleiche. Langhammers »Cam«, wie er sie nannte, war allerdings nicht wie Kluftingers nach vorn, sondern auf ihn selbst gerichtet.

»So, und nun muss ich Ihnen noch das Fahrrad erklären«, tönte der Arzt.

»Was?«, schrie Kluftinger. Unter dem Integralhelm konnte er Langhammer kaum noch verstehen.

»Das Rad! Erklären!«

»Bitte, Herr Doktor, ich fahr Fahrrad, seit ich … zwölf bin.«

»Ja, aber bei einem E-Bike gibt es doch einiges zu beachten.«

»Ich hab das Ding doch länger als Sie!«

»Aber Sie haben es ja noch nicht ausprobiert. Und wie ich Sie kenne, auch die Gebrauchsanweisung nicht gelesen. Wie heißt denn zum Beispiel Ihr Modell?«

»Hans vielleicht.«

»Sehen Sie, was ich meine?«

Der Kommissar rang sich missmutig ein Nicken ab, während Langhammer darauf bestand, ihm zumindest die wichtigsten Funktionen zu erläutern, etwa, wie die Stärke des Hilfsmotors einzustellen war.

»Wieso einstellen? Ich will volle Kraft. Immer.«

»Ich persönlich gedenke, die Maschine nur im Notfall zuzuschalten. Das erhöht den Trainingseffekt. Außerdem wird der Akku sonst viel zu schnell leer.«

»Ja mei, dann müssen wir halt schweren Herzens wieder heimfahren.«

»Zudem ist es bei engen Kurven nicht ratsam, mit vollem Schub …«

»Ich versteh Sie nicht!«, schrie Kluftinger, auch wenn das nicht stimmte, und deutete auf seinen Helm.

»Erst mal nur Stufe eins. EINS! ONE! UNO! Verstanden?«

Kluftinger reckte den Daumen nach oben und stieg auf sein Rad. Er erwartete, dass der Doktor es ihm gleichtat, doch der drückte erst noch auf seiner Armbanduhr herum, die Uhrzeit, Luftdruck, Höhe, Pulsfrequenz und die zurückgelegte Strecke maß, wie er vorher geprahlt hatte – und wahrscheinlich auch noch den Busfahrplan und die Supermarkt-Sonderangebote anzeigte, vermutete der Kommissar.

Dann fuhr Langhammer in gemächlichem Tempo los. Kluftinger blickte auf seinen Lenker mit dem kleinen Schalter für den Elektromotor. Er überlegte kurz, zuckte dann mit den Schultern, stellte das Hebelchen auf *MAX* und trat in die Pedale.

Sofort machte das Rad einen Satz nach vorn, und Kluftinger entfuhr ein unkontrollierter Schrei. Das war weitaus mehr Schub, als er erwartet hatte. Ob er doch erst einmal einen Gang runterschalten sollte? *Schmarrn,* sagte er sich. Erst schlingerte er ein wenig, doch schnell hatte er den Bogen raus und entspannte sich. Diese neue Raderfahrung war einfach großartig. Es war dasselbe Gefühl, als würde er eine Rolltreppe hinaufrennen: Als hätte er Sieben-Meilen-Stiefel an, preschte das Rad bei jedem Tritt nach vorn, wobei er kaum Kraft dafür aufwenden musste. Der Fahrtwind war sogar durch seinen Integralhelm spürbar, und mit jedem Meter wurde das Grinsen auf seinem Gesicht breiter. Sein Spaß an dieser neuen Art der Fortbewegung wuchs sich zu einer kindlichen Freude aus, als er fast lautlos am Doktor vorbeizog. Er hob lediglich eine Hand und winkte ihm, ohne sich umzudrehen.

»Halt, Sie sind viel zu schnell … ich hab doch gesagt: nur Stufe eins!«, keuchte der Arzt hinter ihm, doch Kluftinger hörte ihn nur wie durch einen Schleier, was zum einen an seinem Helm, zum anderen am Rausch der Geschwindigkeit lag, den er verspürte. Er genoss den Moment, die wunderschöne Landschaft, die klare Luft, die …

»Das ist doch kein Sport so!«, hörte er plötzlich jemanden schreien.

Der Kommissar wandte den Kopf und sah Langhammer mit gerötetem Gesicht neben sich auftauchen. Er hatte sich aus dem Sattel erhoben und stieg mit aller Kraft in die Pedale. Kluftinger verstand nicht, warum sich der Doktor so plagte, wo doch das Rad die ganze Arbeit hätte übernehmen können. Wieder winkte ihm Kluftinger zu, dann trat er etwas kräftiger und zog davon. So fuhr er eine ganze Weile, bis er an eine Weggabelung kam und anhielt. Er drehte sich nach dem Doktor um und erkannte ihn als kleinen Punkt, der gerade aus einem Waldstück herausfuhr. Als er zu ihm aufgeschlossen hatte, schwitzend und noch immer aufrecht stehend, fragte Kluftinger: »Wo geht's eigentlich hin?«

»Also wissen Sie, was soll denn das? Das ist doch kein Rollstuhl, man muss schon selbst auch noch was tun.«

»Muss man eben nicht.«

»Sie wissen schon, was ich meine.«

»Wohin?«

»Wir müssen hier rechts noch ein Stück nach oben, den Trail in Richtung Seilhenker.«

»Bitte was?«

»Trail. Weg.«

»Nein, ich mein das mit dem Seil.«

»Seilhenker. So heißt der Berg.« Langhammer stieg ab. »Sehen Sie, da gegenüber ist der Schneck, hier im Vordergrund das Himmelhorn …«

»Ja, ja, die kenn ich auch alle.« Kluftinger ärgerte sich, dass dieser Flachlandtiroler ihm *seine* Berge erklären wollte. Er blickte in die Richtung, in die der Doktor gewiesen hatte. *Seilhenker* schien ihm ein passender Name für den Anstieg, auch wenn er durch das E-Bike deutlich an Schrecken eingebüßt hatte: Der schmale Weg wand sich in Serpentinen den steilen Hang hinauf; obwohl es noch nicht einmal Mittag war, lag die gesamte Steigung bereits im Schatten der mächtigen Gipfel.

»Wenn ich das ohne Kreislaufversagen überleb, dann werd ich nie wieder was Schlechtes über moderne Technik sagen«, murmelte Kluftinger. Galgenhumor schien ihm hier die beste Überlebensstrategie.

»Pause?«

Das Wort war Sirenengesang in Kluftingers Ohren, auch wenn er aus dem Mund des Doktors kam. Sie waren auf halber Höhe des Hanges, und er vermied den Blick nach unten. Besonders wohl war ihm in solchen Situationen nie, noch dazu auf zwei dünnen Reifen statt auf seinen zwei Beinen.

»Wenn Sie eine brauchen, gern«, gab Kluftinger zurück und stieg sofort ab.

»Nein, also wegen mir können wir ruhig weiterfahren.«

»Ach, das braucht Ihnen doch nicht peinlich sein, Herr Doktor. Sie sind ja doch ein paar Jährchen älter als ich.« Kluftinger riss sich den Helm vom Kopf. Der Anstieg war selbst mit Hilfsmotor nicht gerade einfach gewesen, und er hatte unter dem viel zu warmen

Integralhelm kaum Luft bekommen, trotz des offenen Visiers. Vielleicht war so ein moderner Radhelm doch keine so schlechte Idee. Es würde ja wohl auch noch welche geben, die nicht aussahen, als stammten sie aus einem Raumfahrtprogramm.

Sie setzten sich auf einen großen Stein und blickten nach unten. Keiner sagte etwas, aber Kluftinger spürte, dass sie genau dasselbe dachten: Die Aussicht war spektakulär. Er war dem Arzt fast ein bisschen dankbar, dass er ihn hier hinauf gezwungen hatte, was er allerdings tunlichst für sich behielt.

»So, dann genehmigen wir uns mal eine kleine Stärkung.« Der Kommissar nahm seinen Rucksack vom Rücken, wühlte ein bisschen darin herum und fischte schließlich ein Paar Wiener, etwas Käse, einen Kanten Bauernbrot und eine Flasche Bier heraus.

Ungläubig beobachtete ihn der Doktor dabei. »Wenn Sie das alles essen, werden Sie keinen Meter mehr weiterfahren können.«

»Für Sie wird's immer noch reichen.«

»Jetzt hören Sie mal«, empörte sich der Arzt, »Sie waren doch nur schneller, weil Sie gleich die volle Motorleistung zugeschaltet haben.«

»Die bei der Formel Eins fahren ja auch nicht im ersten Gang.«

»Das ist doch ein absurder Vergleich.«

»Ist auch egal, jedenfalls lass ich mir das jetzt schmecken. Ist eh nur die erste leichte Brotzeit. Die richtige kommt später noch.«

»Ach, Sie haben noch mehr dabei?«

»Sie nicht?«

Langhammer hielt einen Energieriegel hoch. »Das reicht mir.«

»Und gar nix zum Trinken?«

»Doch, immer am Mann.« Er neigte den Kopf, nuckelte ein bisschen an seinem Rucksackträger herum und ließ dann ein zufriedenes »Ahhh!« vernehmen.

Kluftinger verzog angewidert das Gesicht. »Haben Sie grad den Schweiß aus Ihrem Tragegurt rausgezuzelt oder was?«

»Iwo, das ist mein Camelbag.« Jetzt erst sah Kluftinger das Ende eines Schlauches an Langhammers Tragegurt. »Sie wissen schon, wie die Wüstenschiffe. Alles im Rücken gespeichert.«

»Ja, verstehe, und mit einem ähnlich dämlichen Gesichtsausdruck, wenn ich das richtig sehe«, brummte der Kommissar in sich hinein.

Nachdem Langhammer seinen Riegel verspeist hatte, zog er ein kleines Fernglas aus seinem Rucksack und suchte damit die Hänge ab. »Irgendwo müssen die doch sein, diese Steinböcke. Mal sehen, ob ich möglicherweise sogar einen Adler aufspüren kann.«

Kluftinger ignorierte seinen Begleiter und genoss weiterhin seine Brotzeit, da stupste ihn der Arzt aufgeregt an. »Da! Dort drüben sind sie, schauen Sie!«

Er reichte dem Kommissar sein Fernglas, der halbherzig hindurchsah. »Ich seh da gar nix.«

»Dort, direkt unter der kleinen Gruppe aus Latschenkiefern.« Langhammer fuchtelte aufgeregt in der Luft herum.

Kluftinger zuckte die Achseln.

»Jetzt geben Sie sich mal ein wenig Mühe. Diese Steinböcke sind nämlich eine Besonderheit. Sieht man nur noch ganz selten.«

»Die haben anscheinend keinen Bock, Ihre Böcke«, brummte Kluftinger und wollte den Feldstecher gerade zurückgeben, als ihm an einem der steilen Abhänge auf der gegenüberliegenden Seite etwas auffiel. »Was ist denn das?«

»Ein Bock? Beeindruckend, nicht wahr?«

»Nix Bock.« Kluftinger drehte am Okular. »Da ist was im Baum.«

»Ein Adler? Ein Falke? Oder ein Murmeltier? Auch die sind hier oben durchaus verbreitet, hört man.«

»Und weil es Sie hat kommen sehen, hat es sich ein buntes Kleid übergezogen und an der nächsten Astgabel erhängt, das Murmeltier, oder wie?«

»Ein Kleid?«

»Ja, da drüben hängt was Farbiges im Baum, ich glaub, das ist ein Rucksack.«

»Rucksack, soso.« Der Doktor erhob sich. »Na, dann machen wir mal, dass wir weiterkommen. Nicht dass die Verdauung einsetzt und Ihnen die letzten Kraftreserven raubt.«

»Vergessen Sie's, da müssen wir hin, zu dem Baum.«

Langhammer lachte kurz auf. »Mein lieber Kluftinger, Ihr eigener Rucksack ist zwar nicht mehr auf der Höhe der Zeit, aber in einem solchen Zustand, dass Sie Müll einsammeln müssen, ist er nun auch wieder nicht. Wenn Sie sich momentan keinen neuen leisten wollen: Ich hab noch das Vorgängermodell meines aktuellen Daypacks zu Hause hängen, das kann ich Ihnen kostengünstig überlassen.«

»Schmarrn, so ein Rucksack hängt doch nicht einfach von sich aus auf einem zwanzig Meter hohen Baum. Der ist bestimmt oben von der Felskante runtergefallen. Wir müssen nachschauen, nicht dass da jemandem was passiert ist.«

Langhammer griff sich den Feldstecher. »Lassen Sie mal den Fachmann sehen!«

»Fachmann für was genau?«

Der Doktor winkte kommentarlos ab und schaute mit gerunzelter Stirn durchs Fernglas. »Tatsächlich, das sieht fast aus, als wäre der runtergefallen. Von der Felskante vielleicht.«

Kluftinger seufzte.

»Ganz koscher kommt mir das nicht vor. Möglicherweise sollten wir die Sache mal in Augenschein nehmen.«

»Brillante Idee.«

Die beiden packten ihre Rucksäcke und stiegen auf die Räder.

»Jetzt gilt's. Downhill. Wer als Erster unten ist«, rief Langhammer.

»Ich brech mir nicht den Hals wegen so einem dummen Wettrennen«, knurrte Kluftinger und ließ es gemächlich laufen. Doch als er das erste Mal in die Pedale trat, tat das Rad einen heftigen Ruck, und er raste los, überholte den Doktor, der ihm noch irgendetwas zurief, das wie »Motor aus!« klang, dann hörte er nur noch das gedämpfte Rauschen des Fahrtwinds unter seinem Helm. Schnell verengte sich der Weg zu einem Pfad, über den immer wieder dicke Wurzeln verliefen, die das Rad gefährlich ins Schlingern brachten. Und das bei diesen halsbrecherischen Kehren. Panisch zog Kluftinger am Bremshebel und drückte den Knopf, mit dem man den Elektromotor ausschaltete, doch der gab weiterhin Schub. War es doch der andere Schalter gewesen? Der Kommissar schwitzte trotz des kalten Fahrtwinds. Er konnte sich nicht auf die Anzeige konzentrieren, denn ständig musste er Ästen und Steinen ausweichen. In seiner Verzweiflung versuchte er es mit der Rücktrittbremse, doch die Pedale drehten ins Leere, worauf er aus einem Reflex erneut nach vorn trat. Sofort beschleunigte der Elektromotor wieder, gerade, als die Piste noch steiler wurde. Kluftinger schanzte über einen Stein, und es hob ihn samt Fahrrad ein Stück in die Luft. Er versuchte, durch Gewichtsverlagerung eine weiche Landung hinzubekommen, und zischte gleichzeitig ein Stoßgebet: »Großerhimmelvatterstehmirbei! Gerade jetzt, wo der Markus mir einen Enkelsohn schenkt. Wenn ich das überleb, zünd ich in Maria Rain ein Dutzend Kerzen an.«

Er sah sich bereits ins Unterholz stürzen, doch in letzter Sekunde gelang es ihm, das Rad auf Kurs zu bringen. Sofort bremste er so stark, dass er beinahe über den Lenker geflogen wäre, dann wurde er endlich langsamer und das Terrain flacher. Kluftinger bog zitternd auf die breite Schotterstraße ein, von der sie vorhin nach rechts abgebogen waren. Der Kommissar ließ das Fahrrad ausrollen, nahm den Helm ab und wischte sich mit der Hand den Schweiß vom Gesicht. Erst jetzt merkte er, dass auch sein Hemd völlig durchgeschwitzt war.

Von oben hörte er ein leises Knacken, dann das Quietschen der Scheibenbremsen des Doktors, der seinen Rückstand allmählich aufholte. Da packte Kluftinger doch noch der Ehrgeiz. Die Möglichkeit, den Quacksalber auf sportlichem Gebiet das Fürchten zu lehren, würde es frühestens im Winter beim Skifahren wieder geben. Und bis dahin dauerte es fast noch ein Dreivierteljahr.

Also gab er sich einen Ruck, trat mit voller Wucht in die Pedale und nahm nun, da es nicht mehr bergab, sondern bergauf ging, kämpferisch den Gegenhang in Angriff. Die Pedale boten kaum Widerstand, fast mühelos schaffte er wie vorher den steilen Anstieg. Hin und wieder wandte er sich nach seinem Begleiter um, doch Langhammer war noch nicht einmal an der Talsohle angekommen, als Kluftinger schon die Hälfte der Steigung hinter sich hatte.

Hinter einer kleinen Felskante tauchte nun die Baumgruppe auf, die er vorher mit dem Fernglas gesehen hatte. Er hielt darauf zu und erblickte den Rucksack in einer der Baumkronen. Er seufzte. Das Ding war so weit oben, dass es ihnen nie gelingen würde, es zu bergen. Über dem Wäldchen baute sich drohend eine Felswand auf. Ob der Rucksack von dort …

Da hörte er in seinem Rücken ein Geräusch, schwang sich schnell vom Rad, öffnete den Rucksack, nahm seine Sitzunterlage heraus, ließ sich darauf nieder, atmete tief durch und biss genüsslich in einen Apfel, als Langhammers Fahrradhelm hinter der Kante sichtbar wurde. Pfeifend stimmte Kluftinger die *Bergvagabunden* an und schaute dem Doktor dabei zu, wie der sich mit rotem Kopf den Berg hinaufquälte. Als er in Hörweite war, legte der Kommissar los: »Herr Langhammer, Sie schnaufen ja wie ein dämpfiges Ross, was ist denn los mit Ihnen? Ich wollte schon die Bergwacht rufen.«

»Ich wollte lediglich meinen Akku schonen und hatte nur zehn Prozent Unterstützung drin. Mein Bike hat neulich bei einer Ausfahrt unvorhergesehen schlappgemacht.«

»Mei, wie der Herr, so 's G'scherr, heißt es bei uns.«

»Wie auch immer, ich muss Ihnen tatsächlich Respekt zollen, wie Sie da hinuntergebrettert sind. Hut ab, so einen halsbrecherischen Fahrstil hätte ich Ihnen gar nicht zugetraut.«

»Wer kann, der kann, Herr Doktor.«

»Na ja, bei Ihnen zieht einfach auch die Masse schon kräftig talwärts, nicht wahr, mein Lieber?«

»Jetzt werden Sie nicht unverschämt! Ich hab vielleicht ein bisschen mehr Körper als Sie, aber den beherrsch ich dafür besser. Das hilft einem ungemein, wenn man sich in die Kurven legen muss.«

»Wollen wir uns Ihre Kamikaze-Fahrt gleich mal auf der Kamera anschauen?«

Abrupt erhob sich der Kommissar. Er dachte an sein Stoßgebet und erwiderte rasch: »Ach was, die … soll doch erst noch weiterfilmen, dann können wir alles am Stück anschauen.«

Langhammer zuckte mit den Achseln. »Wo ist denn nun das Corpus Delicti?«

»Da oben, direkt über Ihrer Glatze.«

Der Doktor legte den Kopf in den Nacken. »Oh, ziemlich unzugänglich, das Ganze. Da würde selbst ich mich schwertun hinaufzukommen.«

Erst jetzt fiel Kluftinger das Stück Seil mit dem offenen Karabinerhaken auf, das etwas unterhalb des Rucksacks im Wind baumelte. Ein allzu bekanntes Gefühl breitete sich in seinem Magen aus – und das verhieß nichts Gutes.

»Vielleicht sollten wir uns in der Umgebung ein wenig umsehen«, regte Langhammer in seinem Hobbydetektiv-Tonfall an. »Möglich, dass wir auf weitere Fundstücke und Indizien stoßen, die es uns ermöglichen, den Vorgang zu rekonstruieren.«

Kluftinger nickte genervt.

»Sehen Sie mal, hier ist ein Seil, und dort unten liegt ein Bergschuh«, tönte der Doktor wenig später. An einer kleinen Fichte hing in Kopfhöhe ein Seil. Allerdings keines dieser modernen Bergseile, sondern ein altertümliches aus Hanf. Kluftinger schluckte, als der Doktor ihm den ledernen Schuh zeigte, der ein wenig abseits des Weges zum Liegen gekommen war. Einen Schuh verlor man nicht einfach. Schon gar nicht im Gebirge. Er blickte nach oben, wo der Rucksack hing, dann zum Schuh. Schließlich ging er ein paar Schritte auf den Abhang zu, der steil in einen Tobel abfiel.

»Wir müssen hier systematisch alles abscannen, Kluftinger. Hören Sie? So sagen Sie doch was.«

Doch der Kommissar schüttelte nur langsam den Kopf und streckte die Hand aus. Was er am Grund des Tobels entdeckt hatte, hatte ihm buchstäblich die Sprache verschlagen.

Nun näherte sich auch Langhammer mit fragendem Blick der Abbruchkante. »Haben Sie den zweiten Schuh ... Scheiße.«

Laß dich nicht von Bergen
schrecken!
Schau ihnen in das Angesicht!
Wenn sie auch schrecklich ihre
Häupter recken,
so schlecht wie Menschen sind
sie nicht! Hochvogel 1983

Aus dem Gipfelbuch am Hochvogel

Die beiden sahen sich mit weit aufgerissenen Augen an. Dort unten lag tatsächlich der zweite Bergschuh. Samt einem Bein, das in ihm steckte. Der Rest der Person war wegen eines Felsvorsprungs nicht zu erkennen.

»Wir müssen runterklettern«, krächzte der Doktor. »Erste Hilfe leisten.«

Der Kommissar warf einen skeptischen Blick auf das Felsmassiv, das über ihnen aufragte. Dass jemand einen Sturz von dort oben überlebt hatte, war mehr als unwahrscheinlich. Dennoch: Langhammer hatte recht, um Gewissheit zu bekommen, mussten sie nachsehen. Auch wenn Kluftinger beim besten Willen nicht wusste, wie er diesen steilen Abhang hinunterkommen sollte, ohne selbst zum Absturzopfer zu werden.

»Na los, Ihre Hand, sichern Sie mich«, rief der Arzt, der schon losgeklettert war und ihm nun aufgeregt den Arm entgegenstreckte.

Priml. Der Kommissar ging in die Hocke, hielt sich mit einem Arm an einem Baum fest und reichte dem Doktor die andere Hand. »Sehen Sie was, Langhammer?«

»Noch nicht mehr als von oben. Sie müssen weiter nach unten kommen.«

»Mein Arm ist aber nicht länger, zefix.«

»Dann steigen Sie ab.«

Zähneknirschend fasste sich Kluftinger ein Herz, drehte sich zum Hang und suchte mit einem Bein nach Halt.

»Sie müssen mir einfach nachsteigen!«, rief der Doktor von unten.

»So weit käm's noch«, brummte Kluftinger, der keinen rechten Tritt fand. Zentimeter für Zentimeter quälte er sich abwärts. Als er wieder nach unten sah, hatte Langhammer bereits den halben Abstieg geschafft. Das spornte auch den Kommissar an, er wollte nach dem siegreichen Radrennen nicht gleich wieder eine Niederlage einstecken. Eine Weile kam er auch gut voran, nur hinunterzuschauen traute er sich nicht mehr. Schließlich gelangte er zu dem kleinen Überhang, den sie von oben gesehen hatten. Er wollte daran vorbeiklettern, doch da rutschte er mit den Beinen weg. Mit einer Hand fuchtelte er wild in der Luft herum und bekam einen Ast zu fassen. Er klammerte sich daran fest, während seine Füße in der Luft baumelten. Lange würde er sein Körpergewicht so nicht halten können. Er merkte, wie seine Hände zu zittern begannen.

»Langhammer, ich kann mich nicht mehr halten. Gehen Sie weg unter mir, sonst geschieht ein Unglück«, brüllte er in einem letzten Aufbäumen.

»Himmel, Kluftinger, springen Sie!«

»Springen? Sind Sie deppert?«

»Vertrauen Sie mir!«

»Ihnen? Nie …« In diesem Moment knackte es in dem Ast, er gab nach, und Kluftinger verlor den Halt. Er brüllte »Neeei–«, doch er konnte das Wort nicht einmal zu Ende schreien, schon war sein Sturz vorbei, und er hatte wieder festen Boden unter den Füßen. »Was zum Geier …?«

»Ich hab doch gesagt, Sie sollen springen«, sagte der Doktor und zeigte auf den Überhang, der nur gute zwei Meter über dem Boden herausragte. Seine Körpergröße abgezogen, war Kluftinger nicht einmal einen Meter tief »gefallen«.

Er wollte soeben etwas dazu sagen, da erblickte er den reglosen Körper, den sie von oben nur zur Hälfte gesehen hatten. Er schluckte. Vor ihnen lag ein Mann mittleren Alters in einer altertümlichen Kniebundhose, eine Art Knickerbocker, und groben Wollstrümpfen. Sein Oberkörper jedoch steckte in einer hellblauen Funktionsjacke. Auf dem Kopf hatte er einen zerkratzten Helm, der weite Teile seines zerschundenen Gesichts verbarg. Seine Gliedmaßen waren völlig verdreht.

Kluftinger und Langhammer sahen sich an und schüttelten beide mechanisch den Kopf. Hier kam jede Hilfe zu spät.

Während der Kommissar mit der aufsteigenden Übelkeit kämpfte, flüchtete sich der Arzt in eine professionelle Sachlichkeit. »Sieht nicht so aus, als läge der schon lange hier. Ich schaue dennoch mal, ob man eventuell Verwesungsspuren erkennen kann.«

»Sie fassen hier gar nix an«, presste Kluftinger hervor. Er haderte mit seinem Schicksal: Ausgerechnet er musste in seiner kostbaren Freizeit einen abgestürzten Bergsteiger finden.

»Ich gucke nur«, versprach der Doktor und näherte sich dem Körper. Er lag unmittelbar vor einem mächtigen Felsvorsprung, der den Blick auf den weiteren Verlauf des Tobels versperrte. Wäre er ein Stück weiter hinten zu liegen gekommen, hätte man ihn vom oberen Weg aus unmöglich sehen können. Kluftinger verspürte nicht das geringste Verlangen, dem Arzt zu folgen, doch der begann auf einmal, aufgeregt zu winken.

»Schon recht, Herr Doktor, ich hab bereits mehr als genug gesehen.«

Als sich Langhammer umdrehte, war sein Gesicht kreidebleich. »Das glaube ich nicht, Kluftinger.«

»Ja, Himmel, Langhammer, Sie haben doch so ein ultramodernes Gscheithafensmartfondings.« Kluftinger hatte sich wieder gefangen, und sein erster Schock über die neue Entdeckung war einem professionellen Pragmatismus gewichen, für den er zwar nicht gerade bekannt war, der sich aber in Extremsituationen recht verlässlich einstellte. Dennoch hatte es heute ein bisschen länger gedauert, denn als der Doktor ihn um die Ecke des Felsvorsprungs gelotst hatte, waren ihm kurzzeitig die Knie weich geworden: Inmitten verstreut liegender, verbogener und geborstener Ausrüstungsgegenstände lagen die zerschundenen und beim Sturz ineinander verkeilten Körper zweier weiterer Männer.

Erst nach ein paar Minuten war er in der Lage gewesen, sich den Fundort dieses schrecklichen Unglücks genauer anzuschauen. Er fand unter anderem einen Pickel und mehrere Steigeisen, die wirkten, als kämen sie direkt aus einem Alpinmuseum. Die Leichen trugen ebenfalls historische Kleidung, was die Szenerie zusätzlich gespenstisch wirken ließ.

Doch im Moment hatten er und der Doktor ein anderes Problem: eine Stelle zu finden, wo ihre Handys Empfang hatten, damit Kluftinger die Kollegen verständigen konnte.

»Funktioniert dieser neumodische Taschencomputer auch nicht besser als mein Telefonierknochen, oder wie?«

»Wissen Sie, Kluftinger, was den Handyempfang an sich betrifft, sind herkömmliche …«

»Zefix, Langhammer. Das ist jetzt nicht der Zeitpunkt für einen Ihrer Vorträge. Wir müssen schleunigst jemand im Präsidium erreichen.« *Und dann unbedingt schauen, dass wir von hier wegkommen,* fügte Kluftinger in Gedanken hinzu.

»Also oben hatte ich immerhin noch schwachen Empfang, gehen wir eben wieder rauf und telefonieren dort.«

Kluftinger war einverstanden, schließlich bot sich ihm so auch die Möglichkeit, etwas mehr Raum zwischen sich und die Toten zu bringen. »Wollen Sie wieder vorsteigen?«

Der Arzt nickte und begann, an dem steilen Hang emporzuklettern. Doch immer wieder rutschte er schon auf den ersten Metern ab.

»Sollen wir es mit Räuberleiter probieren?«

Langhammer warf ihm einen prüfenden Blick zu, als wisse er nicht recht, ob es sein Gegenüber ernst meine. »Bitte, wenn Sie meinen …«, sagte er schließlich. »Aber nicht, dass Sie sich verheben.«

»Keine Sorge, dem bisschen Haut und Knochen werd ich schon noch Herr.«

Allerdings verfluchte sich Kluftinger für seinen Vorschlag, als der Doktor an ihm hinaufstieg und bei dem Versuch, etwas weiter nach oben zu gelangen, seine Körpermitte an Kluftingers Gesicht drückte. Zudem nützte ihre Klettereinlage nichts, denn immer wieder geriet der Arzt an dem felsigen Überhang ins Stocken und musste schließlich erschöpft aufgeben.

»Keine Chance. Wollen Sie es vielleicht mal versuchen, mein Lieber? Möglicherweise haben Sie mehr Glück.«

Kluftinger besah sich die Wand: Wenn nicht mal der drahtige Arzt das schaffte, hatte er erst recht keine Aussicht auf Erfolg. Daher schüttelte er den Kopf und sah sich nach einer Alternativroute um. Es musste doch auch einen anderen Weg heraus aus dieser Schlucht geben. Aber solange er sich auch im Kreis drehte und seinen Blick schweifen ließ: Es sah nicht danach aus. Hinter ihnen ragte die unbezwingbare Felswand auf, vor ihnen der Hang, an dem Langhammer soeben gescheitert war, und auf der Rückseite versperrten riesige Findlinge den Ausgang aus dem Tobel. Kluftinger und Langhammer sahen sich für einen Moment an.

»Sieht aus, als säßen wir in einer Art …«

»Falle«, vollendete der Kommissar den Satz, und zu der Bestürzung über ihren Fund gesellte sich ein weiteres Gefühl: Furcht.

»Sie sagen es.«

»Priml.«

»Wie meinen?«

»Scheißdreck, mein ich.«

»Schlicht ausgedrückt, aber es umschreibt die Situation recht treffend.«

Der Kommissar ließ sich auf einen Baumstumpf sinken und schloss die Augen. Es war von Anfang an eine dumme Idee gewesen, sein neues Elektrorad ausgerechnet im Allgäuer Hochgebirge auszuprobieren. Die Hügel rund um Altusried hätten fürs Erste locker gereicht. Aber die gefürchtete Troika aus Erika, Langhammer und seinem Sohn Markus hatte wieder einmal etwas anderes für ihn beschlossen. Und nun saß er hier neben drei übel zugerichteten Leichen und dem Doktor in einer Schlucht, aus der er nicht mehr herauskam, und konnte noch nicht einmal Hilfe verständigen. »Und jetzt?«

»Jetzt ist unser Durchhaltevermögen gefragt«, stellte der Doktor fest und setzte sich neben den Kommissar, der demonstrativ ein Stückchen wegrutschte.

»Himmelsackzement. Wo man reinkommt, muss man doch auch wieder rauskommen.«

»Werden schon nicht verhungern. Wir haben doch noch Ihren Proviant im Rucksack.«

»Der reicht nicht lang.«

»Drei, vier Wochen bestimmt«, gluckste der Doktor. »Und unsere Frauen lassen sicher bald nach uns suchen. Heute Abend spätestens. Mit diesen modernen Wärmebildkameras.«

»Heut Abend?«, kreischte Kluftinger. »Ich bleib doch nicht untätig hier neben drei Leichen sitzen und warte ab, ob uns unsere Frauen wirklich vermissen.« Wieder sah er an den moosbewachsenen Steilwänden empor, dann starrte er auf sein Handy, das nach wie vor *Kein Netz* meldete. Da hatte er eine Idee. »Wenn wir uns schon nicht selbst da raufbringen, müssen wir eins von den Handys nach oben verfrachten. Da am Weg ist doch Empfang, haben Sie gemeint.«

Der Doktor nickte. »Schon, aber wie genau wollen Sie das denn anstellen? Nein, ich denke eher, wir sollten sehen, ob wir bei den Verunfallten noch brauchbare Pickel oder intakte Steigeisen finden, mit denen wir die Wand in Angriff nehmen könnten.«

»Nix da, Sie kontaminieren mir hier nicht die Spurenlage. Erst probieren wir das mit dem Handy.«

Einige Minuten später hatten sie ein paar Äste mit zwei Gurten ihrer Rucksäcke zu einer langen Stange zusammengebunden.

»Unser privater Handymast«, nannte der Doktor stolz die Konstruktion. An dessen Ende befestigten sie mit Langhammers Heftpflastervorräten dessen Smartphone.

Kluftinger betrachtete sich ihren Eigenbau und schlug sich dann gegen die Stirn: »Mein Gott, sind wir blöd. Wer soll denn dann oben auf den Knopf drücken?«

»Papperlapapp, ich werde einfach die Sprachsteuerung aktivieren.«

»Ah so, ja, dann.«

Sie balancierten das wackelige Gebilde in die Höhe.

»Hey, Siri«, brüllte der Doktor plötzlich derart laut, dass der Kommissar zusammenzuckte. Dann flüsterte er: »Wen genau soll ich denn anrufen?«

»Rufen Sie meine Nummer im Geschäft an, die ist auf die Zentrale umgestellt, wenn ich nicht da bin.«

»Prima, die habe ich eingespeichert«, erklärte Langhammer geschäftig, dann erhob er wieder seine Stimme. »Hey, Siri! Rufe Erikas Mann, Büronummer, an.«

Kluftinger zog die Brauen zusammen. Im Telefonverzeichnis des Doktors lief er noch nicht einmal unter seinem eigenen Namen? Er beschloss, Langhammers Nummer wieder unter dem altbewährten *Quacksalber* abzuspeichern, wenn das hier alles überstanden war.

»Scheint nicht zu klappen. Siri kann mich nicht hören.«

»Wer ist denn überhaupt diese …dings? Heißt so Ihr Handy, oder wie?«

»Sozusagen. Eigentlich heißt es ja *Speech Interpretation and Recognition Interface,* aber das würde im Moment möglicherweise zu sehr ins Detail gehen.«

»Möglicherweise. Also, was tun wir jetzt?«

»Telefonieren könnte tatsächlich schwierig werden, aber es gäbe da schon noch eine Möglichkeit: Wir könnten eine Nachricht an einen Ihrer Kollegen senden. Sogar eine Videobotschaft wäre drin. Wir nehmen das auf, und sobald das Handy dort oben Netz hat, wird es versendet.«

»Okay, wenn Sie meinen. Das schicken wir dann am besten dem Maier, der ist auch so ein Handyfuzzi.«

Langhammer warf ihm einen missbilligenden Blick zu. »Seien Sie mal froh, dass es technikaffine Menschen wie ihn gibt. Sonst müssten wir uns mit Rauchzeichen befreien.«

»Wahrscheinlich. Also wie jetzt?«

»Ich nehme Ihre Videobotschaft auf. Geben Sie mir mal flugs die Kontaktdaten Ihres Kollegen.«

Kluftinger kramte sein Handy aus der Tasche und las Maiers Mobilnummer vor.

»Gut, Kontakt ist gespeichert. Sind Sie bereit, Kluftinger?«

Reflexartig streckte der Kommissar die Brust raus, fuhr sich mit den Fingern durchs schüttere Haar und räusperte sich ausgiebig. Dann legte er sich die Worte zurecht, die er Maier von hier unten schicken wollte. »Bereit«, vermeldete er schließlich.

»Alles klar, Kluftingers Botschaft an den Kollegen Maier, Klappe eins die Erste – und Action.«

»Was soll denn der Schmarrn?«

»Läuft schon«, flüsterte Langhammer.

»Ach so, ja, also: lieber Maier«, begann der Kommissar, »wir sind hier … ach nein, das ist blöd. Noch mal.«

Langhammer drückte auf seinem Handy herum, dann gab er seinem Gegenüber ein Zeichen, von vorn zu beginnen.

»Grüß Gott, Richie. Du wunderst dich vielleicht, dass du so ein Video von mir kriegst. Normalerweise täte ich das auch niemals machen, schon gar nicht bei dir, aber ich bin dazu gezwungen …«

Langhammer winkte ab. »Ihnen ist klar, dass wir da oben nur minimales Edge-Netz haben?«

»Auweh, ist das schlimm?«

»Was heißt da schlimm? Aber je länger unser Filmchen wird, desto länger dauert das Senden, und desto größer ist die Gefahr, dass es am Ende doch nicht rausgeht. Geht das nicht auch im Telegrammstil?«

Kluftinger nickte. »Verstanden. Telegramm geht auch. Kann's losgehen?«

»Einen Moment, bitte … so, Kamera läuft … und bitte.«

»Richie, sofort kommen, volles Aufgebot. Stopp. Auch Willi und Böhm. Hier Unfall passiert, drei Tote. Stopp. Schotterweg von Oytalhaus auf Himmelhorn, kurz nach Weggabelung links nach oben. In Schlucht unten. Kommen nicht mehr aus Tobel raus. Stopp. Pressiert, weil Brotzeit schon fast aufgegessen. Ich und der Langhammer. Servus.«

Der Arzt grinste. »Für ein paar Verben und Artikel wäre schon noch Zeit gewesen, aber lassen wir es dabei bewenden.«

Kluftinger zuckte entschuldigend die Schultern. »Kann ich den Film mal sehen, bevor Sie ihn wegschicken? Nicht, dass ich recht blöd ausschau dabei.«

Langhammer hielt ihm das Smartphone hin.

»Nein, also das geht so nicht, ich hab ja einen knallroten Kopf«, protestierte Kluftinger nach ein paar Sekunden. »Und ein Doppelkinn. Sie dürfen nicht so von unten filmen, da schau ich total dick aus.«

»Also, schönen kann die Kamera leider noch nichts, sie gibt lediglich die Realität wieder.«

»Jetzt machen wir's noch mal, während Sie von oben filmen.«

»Dann sieht man aber, wie Sie auch oben schon abgeräumt haben, das ist auch nicht gerade vorteilhaft. Und Sie sollen sich ja nicht für *Germany's Next Topmodel* bewerben mit dem Video. Gibt es denn inhaltlich noch etwas, was Sie verändern möchten?«

»Inhaltlich? Nein, also, von daher tät es schon passen so.«

»Hervorragend«, schloss Langhammer, »dann drücke ich noch flugs auf *Senden,* und wir bringen das Handy wieder an der Stange an. Helfen Sie mir doch mal.«

Gemeinsam richteten sie die wacklige Konstruktion wieder auf und starrten eine Weile gebannt von unten auf das Smartphone. Es dauerte nicht lange, da ertönte oben ein Piepsen.

»Ah, es hat anscheinend funktioniert, wir haben bereits Antwort«, strahlte Langhammer und holte die Stange wieder ein. Dann lasen sie die Nachricht:

wunderschönen guten tag, lieber herr doktor langhammer, hallo chef. habe ihren bzw. deinen hilferuf erhalten. wir kommen. bitte handy angeschaltet lassen, um funkortung zu ermöglichen. nur nicht die hoffnung fahren lassen, hilfe naht. bis später dann, ihr – respektive dein – rm

»Immerhin, das lässt doch hoffen«, sagte Kluftinger mit dem Anflug eines Lächelns.

»Einen sehr kompetenten Mitarbeiter haben Sie da in Ihrem Herrn Maier.«

»Weil er bei Ihnen immer recht rumschleimt, heißt das noch lange nicht, dass er kompetent ist.«

Langhammer zuckte die Achseln. »Was halten Sie davon, wenn wir jetzt damit beginnen, die Spuren zu sichern?«

»Sind Sie von allen guten Geistern verlassen, oder ist das die Höhenkrankheit?«, entfuhr es dem Kommissar.

»Na, ich denke mal, es ist ziemlich eindeutig, dass die drei Herren da drüben von recht weit oben abgestürzt sind. Soll ich nicht wenigstens mal mit der Leichenschau beginnen, um uns einen groben Überblick über Todeszeitpunkt und -ursache zu verschaffen?«

»So weit käm's noch. Dafür kommt ja gleich der Böhm, also ein richtiger Fachmann. Wir sollten eh so weit wie möglich von den Toten wegbleiben. Und außerdem müssen Sie den Stock mit dem Handy hochhalten.«

»Na schön«, lenkte der Arzt ein, »dann müssen wir uns die Zeit eben anders vertreiben.«

7. April 2013

Wo du hingehst, da gehe
ich auch hin;
wo du bleibst, da bleibe
ich auch.

Aus dem Gipfelbuch am Köpfle

Jetzt bin ich dran: Ich sehe was, was du nicht siehst, und das ist rot.« Langhammer bedachte den Kommissar mit einem überlegenen Grinsen.

»Ich sag's Ihnen noch mal, Herr Doktor, die Leichen spielen nicht mit.«

Der Arzt zog eine enttäuschte Schnute. »Sie sind wirklich ein Spielverderber. Na gut, dann Sie wieder.«

Kluftinger seufzte. Es war zwar albern, was sie hier trieben, aber immerhin bewahrte es ihn vor den kriminalistischen Anwandlungen des Doktors. Also sagte er lustlos: »Ich sehe was, was Sie nicht sehen, und das ist ...«

Weiter kam er nicht, denn das Knirschen von Reifen auf einem Feldweg ließ sie aufhorchen. Wenig später waren am hinteren Ende der Klamm, in der sie seit nunmehr einer Stunde festsaßen, mehrere Autos zu erkennen, darunter ein Polizeitransporter, ein Auto der Bergwacht und ein Krankenwagen.

»Hm, scheint, als kennen sich Ihre Kollegen etwas besser aus in der Gegend«, kommentierte Langhammer das Auftauchen der Beamten. »Dahinten wären wir wohl doch rausgekommen.«

Kluftinger bekam einen roten Kopf und zischte dem Arzt zu: »Kein Wort davon zu denen, klar?«

Dann hielt die Wagenkolonne an, und die Türen öffneten sich. Kluftinger ging auf die Beamten zu, Langhammer folgte ihm auf dem Fuß.

»Wie du's nur immer hinbringst, Klufti«, sagte Roland Hefele sofort, nachdem er sich aus dem Auto gezwängt hatte.

»Was meinst du?«

»Egal wo du bist, irgendwie stolperst du immer über ein paar Leichen.«

»Ja, das stimmt«, bekräftigte Richard Maier. »Man sollte sich in der Freizeit besser nicht in deiner Nähe aufhalten!« Dann stakste der schlaksige Württemberger, der mit seinem Jackett und dem akkuraten Seitenscheitel in der Bergkulisse reichlich deplaziert wirkte, auf die Toten zu.

Ein lautes Hupen ließ ihn jedoch zusammenfahren. Es kam von einem kleinen weißen BMW älteren Baujahrs, dem nun der ebenfalls recht kurz geratene und nicht mehr ganz taufrische Willi Renn entstieg. »Untersteh dich, Richie, noch einen Schritt, dann sorg ich dafür, dass du ein zweiwöchiges Praktikum bei mir im Erkennungsdienst machen musst. Kannst meine Asservatengläser mit den abgetrennten Gliedmaßen neu beschriften.«

Maier hob beschwichtigend die Arme und trollte sich. Sie wussten alle, dass Renn keinen Spaß verstand, wenn es um seine Arbeit als Spurensicherer ging.

»Der Willi ist am Wochenende noch unausstehlicher als zu normalen Arbeitszeiten«, kommentierte der großgewachsene Mann mit Schildmütze, der sich nun zu Kluftinger und dem Doktor gesellte. »Ich bin übrigens Georg Böhm, der Gerichtsmediziner«, sagte er und streckte Langhammer seine Hand entgegen. »Oder Leichenfledderer, wie mich die Banausen da nennen.« Er deutete mit dem Kopf auf die anderen Polizisten.

Langhammer schlug mit einem strahlenden Lächeln ein, dankbar, dass einer der Ankömmlinge nun endlich auch ihn mit einbezog: »Ach, sehr schön, dass man hier einen Kollegen trifft. Noch dazu einen, der offenbar mit den gleichen Widrigkeiten der nichtmedizinischen Welt zu kämpfen hat. Ich bin Martin Langhammer. Doktor Martin Langhammer, um genau zu sein. Facharzt für Allgemeinmedizin.« Er wartete auf eine Reaktion, doch als diese ausblieb, fuhr er fort: »Ich kenne mich ja ein bisschen aus, was Ihre Ermittlungsarbeit betrifft.«

»Stimmt«, erwiderte Böhm. »Sie waren doch damals bei der Geschichte mit dem Toten in dem Hotel dabei.«

»Genau, Herr Doktor. Da haben Sie dem Chef ja wirklich viel geholfen«, stimmte auch Maier ein.

»Schon gut, das wissen wir. Tut jetzt aber rein gar nichts zur Sache«, unterbrach ihn Kluftinger, der fürchtete, dass der Doktor nach einer solchen Ermutigung kaum noch zu bremsen sein würde.

»Na ja, so viel Zeit muss sein. Den Fall in dem Berghotel haben wir damals zusammen aufgeklärt.« Er deutete gönnerhaft auf den Kommissar, der sofort einen Hustenanfall bekam. »Ich hatte hier vor Ort als Erster die Gelegenheit, die Opfer dieser Katastrophe in Augenschein zu nehmen«, fuhr er fort und deutete auf die Toten. »Wenn Sie also meine Expertise benötigen, stehe ich zur Verfügung.«

»Herr Langhammer, was hab ich Ihnen vorher über das Raushalten gesagt?«, zischte Kluftinger den Arzt an.

»Ich dachte ja nur, falls ...«

»Wir denken hier nicht, wir arbeiten.« Der Kommissar hörte seinen eigenen Worten nach und musste zugeben, dass sie recht unglücklich gewählt waren.

Dann sahen sie schweigend dabei zu, wie Willi Renn und sein Team die Örtlichkeit nach verwertbaren Spuren absuchten. Die mit weißen Ganzkörperanzügen bekleideten Männer bildeten dabei einen Ring, den sie immer enger zogen, bis sie schließlich bei den Toten angelangt waren. Dazwischen verpackten sie immer wieder Dinge in kleinere und größere Plastiksäcke, machten Fotos und Notizen.

Langhammer beobachtete das fasziniert, die anderen gelangweilt. Irgendwann gesellte sich auch Eugen Strobl zu ihnen. »War wirklich nett von euch.«

»Was denn?«, fragte Kluftinger.

»Dass ihr die Toten bewacht habt, bis wir gekommen sind. Ihr seid ihnen ja nicht von der Seite gewichen. Der Weg außen rum ist aber auch wirklich ziemlich weit, wenn man zu Fuß unterwegs ist.«

»Spar dir deinen Sarkasmus. Hättest dir lieber noch was Vernünftiges angezogen, statt hier gescheit daherzureden.« Er deutete auf die Kleidung des Beamten, der eine Wildlederjacke zu Stiefeln aus demselben Material trug.

»Es schadet nie, ein bisschen Stil zu zeigen«, kommentierte der.

Entgeistert starrte Kluftinger ihn an. »Ich weiß nicht, was mit dir neuerdings los ist, Eugen!«, sagte er kopfschüttelnd. Etwas leiser schob er nach: »Da drüben ist der Langhammer. Ich glaub, ihr würdet euch gut verstehen.« Mit diesen Worten ging er zu Willi Renn.

»Immer diese Bergtouristen am Wochenende. Man hat doch wirklich Besseres zu tun, als die hier vom Boden abzukratzen.«

Kluftinger erwiderte nichts.

»Sieht auf den ersten Blick nach einem gewöhnlichen Unfall aus. Allerdings seltsam, dass die so altertümliche Klamotten anhaben. So geht man doch heutzutage auf keine Tour mehr.«

»Ja, verstehe ich auch nicht«, sagte Kluftinger, ohne hinzusehen. Der Anblick hatte sich schon in seinem Gehirn eingebrannt, er brauchte die Szenerie nicht erneut in Augenschein zu nehmen. »Aber es sind ja auch nur zwei von ihnen so ausgerüstet, der eine scheint zumindest obenrum normale Sachen anzuhaben. Jedenfalls das, was heutzutage in den Bergen als normal gilt.«

Renn sah Kluftinger an und schien erst jetzt dessen Aufzug bewusst wahrzunehmen. »Ist halt nicht jeder so traditionsbewusst wie du, Klufti.«

»Geschenkt, Willi. Es geht hier nicht um mich.«

»Jedenfalls hast du recht. Dass die anderen zwei so ähnlich aussehen wie *du,* das ist schon seltsam.« Renn machte ein Zeichen, womit er den Tatort freigab. Sofort liefen die anderen Beamten zu den Leichen – gefolgt vom Doktor.

Böhm hatte die Männer kaum erreicht, da pfiff er schon durch die Zähne: »Ja, verreck, wisst ihr, wer das ist?« Alle Augen richteten sich gespannt auf den Gerichtsmediziner. »Das ist der Bischof Andi.«

Fragende Gesichter blickten ihn an.

»Andi Bischof, der berühmte Berg-Filmemacher.« Die Anwesenden wirkten ratlos.

»In der Alpin-Szene ist der eine Berühmtheit. Zu Recht. Dreht spektakuläre Streifen über gefährliche Besteigungen, besondere Routen und so.«

Kluftinger wusste nicht, worüber er mehr verwundert sein sollte: dass Böhm in dem völlig entstellten Gesicht noch jemanden zu erkennen vermochte, oder über den Umstand, dass sie hier offenbar einen Prominenten unter den Toten hatten. *Priml.* Das würde ihre Arbeit womöglich unnötig in den Fokus der Öffentlichkeit rücken.

»Ich bin ab und zu beim Bouldern«, schob Böhm noch nach.

»Also, deine Verdauungsprobleme kannst du für dich behalten«, kommentierte Kluftinger.

Georg Böhm grinste und zeigte auf die Aufschrift auf seiner Baseball-Kappe: *Boulder Team Sonthofen.* »Klettern in Bodennähe, ohne Seil, wenn dir das lieber ist. Deswegen kenn ich den.«

»Und die anderen?«, wollte Kluftinger wissen.

Der Gerichtsmediziner zuckte die Achseln.

»Warum haben die so komische Klamotten an? Und der Dings …«

»Bischof.«

»… und der Bischof obenrum nicht.«

»Vielleicht haben sie was gefilmt?«, schaltete sich Langhammer ein, und die Kollegen lobten ihn zu Kluftingers Leidwesen für seinen Beitrag.

»Haben wir irgendwo eine Kamera gefunden?«, wollte Kluftinger wissen.

Die Beamten schüttelten den Kopf.

»Also, sehen Sie!« Damit war die Sache für den Kommissar erledigt.

Allerdings nicht für den Doktor: »Wie schätzen Sie denn die Sachlage ein, Herr Kollege?«

Böhm war so überrascht von der Frage, dass er tatsächlich Luft holte, um zu antworten, dann aber innehielt. Schließlich schüttelte er den Kopf, winkte entschuldigend ab und ging weiter. Doch Langhammer folgte ihm auf dem Fuß, was Kluftinger mit einem süffisanten Grinsen zur Kenntnis nahm. Er hörte nur noch, wie der Arzt sagte: »Also, meiner bescheidenen Meinung nach stellt sich das Szenario folgendermaßen dar …«

Dann wandte der Kommissar sich Renn zu.

»Und, Willi, was haben wir?«

Der Kollege musterte ihn missbilligend durch die dicken Gläser seiner Hornbrille. Kluftinger wusste, dass er es nicht ausstehen konnte, wenn er sein Wochenende wegen eines Einsatzes drangeben musste.

»Wen meinst du mit *wir?*«

»Hm?«

»Du hast gefragt, was *wir* haben.«

»Komm, Willi, ich kann auch nix dafür. Also lass deine schlechte Laune nicht an mir aus.«

»Jaja, schon gut. Meiner Meinung nach sind die, die jetzt da herunten liegen«, er zeigte auf die leblosen Körper, »von da oben herabgefallen.« Jetzt deutete er auf die Felswand, die sich über ihren Köpfen erhob.

Kluftinger seufzte. Es hatte wohl keinen Sinn, sich noch länger mit Renn aufzuhalten. Im Büro würde er schon eine vernünftige Auskunft bekommen.

Er ging ein bisschen herum und versuchte dabei einerseits, sich den Hergang des Unglücks vorzustellen, andererseits aber auch, die Bilder nicht zu plastisch vor seinem geistigen Auge heraufzubeschwören. Er vermutete, dass ein solcher Absturz eine schreckliche Art sein musste, sein Leben zu lassen. Vielleicht waren die Männer nicht einmal sofort tot gewesen? Diese Frage trieb ihn derart um, dass er sie auf der Stelle beantwortet haben wollte. Er suchte also nach Georg Böhm, der noch immer den unablässig auf ihn einredenden Martin Langhammer im Schlepptau hatte.

»Georg?«, rief er, und der Gerichtsmediziner kam schnellen Schrittes zu ihm.

»Wenn du deinen Freund nicht gleich hier wegschaffst, gibt es noch eine Leiche mehr, das versprech ich dir«, zischte er.

»Erstens ist er nicht mein Freund, und zweitens …«

»Also, Kollege Böhm, ich habe mir das noch einmal überlegt«, tönte der Doktor, als er zu ihnen aufschloss. »Vielleicht könnte sich auch einer der Männer beim Fallen am Seil stranguliert haben, das sollten Sie im Auge behalten, ist dann ja eine ganz andere Fall-Lage, als wenn …«

»Danke, Herr Doktor, ich glaube, wir machen uns dann mal wieder auf den Weg«, unterbrach ihn Kluftinger, worauf Böhm ein stummes *Danke* mit den Lippen formte.

»Fragt sich nur, wie«, wandte Langhammer ein.

»Zefix, das stimmt natürlich.«

»Was denn?«, wollte Böhm wissen.

»Unsere Fahrräder stehen ja da oben.« Kluftinger zeigte auf den Rand des Tobels.

»Und?«

»Genau genommen, also, ich mein …«

»Ich glaub, der Klufti will sagen, dass er nicht mehr hinaufkommt«, hörte er Hefeles höhnische Stimme in seinem Rücken.

Böhm grinste. »Deswegen habt ihr hier auf uns gewartet! Aber wieso seid ihr nicht einfach außen rum gegangen?«

Kluftinger beugte sich zu dem Mediziner: »Jetzt sei friedlich, sonst fordere ich den Langhammer als externen Berater in pathologischen Fragen an.«

»Nur nicht das Maß verlieren, ja?« Böhm schaute sich die

Abhänge etwas genauer an, dann pfiff er durch seine Finger dem Fahrer des VW-Busses.

»Toll! Ihr könntet doch in Zukunft immer als Maskottchen auf dem Wagen mitfahren«, rief Maier, und die Kollegen lachten. Sie standen alle um den Transporter herum, den Böhm an eine strategisch günstige Stelle dirigiert hatte. Anschließend waren Kluftinger und Langhammer auf den Dachträger des Fahrzeugs gestiegen, von wo aus sie den Rest des Abhangs hochklettern wollten, was Kluftinger immer noch besser fand, als den langen Umweg außen herum in Kauf zu nehmen. Allerdings hatte er keine Lust, das unter den Augen seiner feixenden Kollegen zu tun.

»Jetzt haut's ab und macht's eure Arbeit, ihr Deppen!«, schimpfte er.

»Wir sind doch schon fertig«, gab Willi Renn zurück, der seine gute Laune wiedergefunden zu haben schien. »Und das möchten wir auf keinen Fall verpassen. Vielleicht können wir ja noch was lernen von so erfahrenen Kletterern. Richie, kannst du das nicht mit deinem Smartphone filmen?«

»Los, Spiderman!«, schrie Maier, doch Strobl verbesserte: »Nein, das ist Käferman!«

»Ich warne euch!«, drohte Kluftinger. »Ich teil euch die nächsten zehn Jahre für jeden Sonntagsdienst ein, wenn ihr jetzt nicht die Klappe haltet.«

»Das ist dienstrechtlich gar nicht zulässig«, schaltete sich Maier ein, der nun sein Handy in der Hand hielt.

Kluftinger gab auf. Sollten sie doch ihren Spaß haben, er wollte einfach nur weg und diesen in jeder Beziehung schrecklichen Ausflug beenden. Auch der Doktor war einigermaßen kleinlaut; ihm schien es ebenfalls wenig Spaß zu machen, unter den Augen der Polizisten den Bergsteiger spielen zu müssen.

Sie kletterten also die Wand hoch, halfen sich, so gut es ging, gegenseitig, und Kluftinger protestierte nicht einmal, als der Doktor ihm über einen Vorsprung hinweghalf, indem er ihn mit beiden Händen am Gesäß nach oben schob. Als sie am Rand angekommen waren, brandete von unten Applaus auf, versetzt mit Bravo-Rufen und Pfiffen. Sie sahen jedoch nicht mehr zurück, eilten zu ihren Rädern, stiegen auf und fuhren ohne ein weiteres Wort in Richtung Auto.

»Das ist ja jetzt wirklich extrem unangenehm.«

Kluftinger und der Doktor standen vor dem Mercedes und betrachteten die Parkkralle, die am rechten Vorderrad des Autos befestigt war.

»Ein Strafzettel hätte es doch auch getan, oder etwa nicht? Da legt man einfach einen Arztwagen still! Polizisten sind solche Kleinkrämer.«

»Mei, Herr Doktor, die haben halt gedacht, wer so eine Protzkarre fährt, bei dem muss man härtere Maßnahmen ergreifen, dass er aus seinen Fehlern lernt.« Kluftinger hatte Mühe, seine Schadenfreude in Zaum zu halten.

»Sie brauchen sich gar nicht so zu freuen, mein Lieber. Mitgefangen, mitgehangen.«

»Wenn Sie glauben, dass ich mich an den Kosten beteilige, dann können Sie das gleich vergessen. Ich hab Sie mehr als einmal gewarnt, dass Sie hier nicht reinfahren, geschweige denn parken sollen.«

»Nein, ich meine, dass Sie jetzt genauso wenig hier wegkommen wie ich.«

Schlagartig verschwand das Grinsen aus Kluftingers Gesicht. Daran hatte er noch gar nicht gedacht. »Himmelherrgott, das ist ja wirklich saublöd. Also echt: Ein Strafzettel hätte doch auch gereicht!«

»Können Sie nicht jemanden anrufen, der das in Ordnung bringt? Schließlich waren wir hier im Einsatz.«

»Wen denn? Das ist von der Gemeinde angebracht worden. Steht doch drauf auf dem Ding!«

»Na, Ihre Kollegen zum Beispiel. Vielleicht können die uns mitnehmen.«

Kluftinger dachte nach. Sicher würden die anderen die Gelegenheit nutzen, noch weiteren Spott über ihm auszugießen. Aber es war ja Langhammers Auto, er hatte sich also nichts vorzuwerfen. »Na gut, ich hoffe, die haben genug Platz.«

Leider hatten sie den nicht, und da die Auslösezeit für die Parkkralle samstags nur bis 14 Uhr ging, wie ein am Scheibenwischer angebrachtes Informationsschreiben verriet, hatten sich Kluftinger und der Doktor eine Alternative überlegen müssen, über die der Kommissar nach anfänglichem Hadern nicht einmal so unglücklich war: Sie hatten beschlossen, mit dem Rad zurückzufahren. Kluftinger streckte den Kopf in die Luft und ließ sich den Fahrtwind um die Nase wehen. Seinen Helm hatte er im Mercedes abgelegt, der Elektromotor schnurrte wie ein Kätzchen, weswegen er sich darauf konzentrieren konnte, die Landschaft zu bewundern. Allerdings hielt seine gute Laune nur so lange an, bis sie auf die Bundesstraße bogen und sich in die Autokolonne der Touristen und Lkws einreihten. Ständig donnerte irgendein Gefährt so nahe an ihnen vorbei, dass er Angst hatte, im Graben zu landen.

»Toll, die Luft hier, oder?«

Das konnte der Doktor nicht ernst meinen, Kluftinger jedenfalls roch nur Dieselabgase und den Abrieb von Autoreifen. »Wissen Sie, Herr Langhammer«, schrie er gegen den Lärm an, »vielleicht sollten wir besser auf die Nebenstraßen …«

Ein langgezogener Piepton unterbrach ihn. Zunächst fürchtete er, er habe ein Loch im Reifen, doch dann hörte das Piepsen auf, um ein paar Sekunden später von neuem zu beginnen. Irritiert suchte der Kommissar sein neues Rad nach der Quelle des Geräusches ab. Als er sie fand, wurde es ihm heiß und kalt zugleich: *Akku laden,* stand da in Rot auf dem kleinen Display, daneben blinkte die Darstellung einer leeren Batterie. Sie waren gerade mal auf der Höhe von Fischen; nach Altusried waren es noch mindestens fünfzig Kilometer. Ihm war klar, dass er diese Mammutstrecke ohne Zusatzschub niemals schaffen würde.

»Neues Kommando«, rief er deswegen dem Doktor zu. »Wir brauchen Strom.«

10.4.2016
Mama sagt ich soll
mehr Salat essen,
aber ich esse doch
Wurstsalat?!

Daniel Honold,
Untermaiselstein

Aus dem Gipfelbuch am Edelsberg

Kluftinger hatte einige Mühe damit, seinen Haustürschlüssel ins Schloss zu bekommen. Das hatte mehrere Gründe: Es war schon spät und beinahe finster, er war müde von all den Ereignissen des Tages, erschöpft von den ungewohnten körperlichen Strapazen, denen er sich ausgesetzt hatte, und genervt vom langen Beisammensein mit dem Doktor. Vor allem aber war er ziemlich angesäuselt von ihren beiden Zwangspausen, die sie zum Aufladen der Akkus in zwei Gasthäusern auf der Strecke zwischen Oberstdorf, dem südlichsten Fleck des Oberallgäus, bis zum beinahe nördlichsten Zipfel Altusried hatten einlegen müssen.

Er nestelte noch immer an dem Schloss herum, da wurde die Tür aufgerissen, und Erika stand vor ihm. »Ja, sag mal, was war denn los?«, fragte sie und zog ihn nach drinnen. »Wieso geht ihr nicht ans Handy, du und der Martin, hm?«

Kluftinger grinste und ging auf seine Frau zu. »Schätzle, einen wunderschönen guten Abend erst mal.« Mit einem schiefen Lächeln drückte er ihr einen Kuss auf die Wange.

Erika sah ihn skeptisch an. »Hast du was getrunken, Butzele?«, sagte sie und begann zu schnuppern.

Das konnte er schlecht leugnen, denn bei ihrer ersten, gut zweistündigen Rast in einem Gasthof in der Nähe von Fischen hatte er auf einmal mächtigen Durst verspürt. Und auch in der Krugzeller Dorfwirtschaft hatte er noch zwei – oder möglicherweise drei – kleine Gläschen Bier getrunken. Einen Akku zu laden, ohne etwas zu konsumieren, so etwas machten schließlich nur Touristen. »Mei, Erika, das hört sich jetzt unglaubwürdig an, gell, aber es war so: Erst hat mir der Langhammer ein paar Steinböcke gezeigt, dann hab ich einen Rucksack hängen sehen, und da haben wir dann sage und schreibe drei abgestürzte Bergsteiger gefunden. Um ein Haar wären wir in einem Tobel eingeschlossen gewesen, aber durch einen Trick ist es uns gelungen, die Kollegen zu rufen. Stell dir bloß mal vor!«

»Du redest ja total wirres Zeug.«

»Überhaupt nicht, ich bin topfit!«

»Aha, und warum riechst du wie ein Bierkutscher? Haben die abgestürzten Bergsteiger mit euch angestoßen?«

»Schmarrn, die sind doch tot!«

»Tot?«

»Klar. Und weil sie dem Langhammer an seinem blöden neuen Geländewagen eine Parkkralle verpasst haben, mussten wir mit dem Fahrrad heimfahren. Dann waren irgendwann die Akkus leer, und wir sind eingekehrt zum Laden.«

»In welchen Laden denn?«

»Nein, *zum* Laden. Von den Akkus. Und dann haben wir natürlich einen Mindestverkehr gehabt, in der Wirtschaft.«

»Was für einen Verkehr habt ihr gehabt?«, fragte seine Frau empört.

»Verzehr, mein ich, Spätzle.«

Sie musterte ihn misstrauisch. »In der Wirtschaft, soso. Wohl eher zum Tanken als zum Laden!«

»Genau. Und dann hat der Doktor noch bieseln müssen.«

Erika funkelte ihn an. »Erspar mir bitte weitere Details eurer feuchtfröhlichen Herrenrunde, ja?«

»Ich mein ja bloß, weil nur wegen dem seiner schwachen Blase ...«

»Es reicht!«

»Jaja, schon recht. Jedenfalls freu ich mich, dass ich jetzt endlich wieder bei meinem lieben Schätzle bin.« Kluftinger zog Erika grinsend an sich.

»Immerhin scheint es dir ganz gutzutun, wenn du dich ein bissle bewegst. Ich bin ja im Prinzip froh, wenn ihr euch versteht, der Martin und du. Wenn du mich fragst: Es ist ganz wichtig, dass man ab und zu auch mal was Schönes mit guten Freunden macht.«

»Also Erika, jetzt mal langsam, gell? So schön war das nicht, das mit den Verunglückten. Und der Doktor ist doch kein Freund von mir. So weit käm's noch! Und ein guter schon gleich zweimal nicht.«

»Komm, du Brummbär, ihr seid euch doch wirklich nähergekommen mit den Jahren. Und sonst hast du doch niemanden, mit dem du mal was unternehmen kannst.«

Kluftinger wollte schon vehement protestieren, da kam ihm die bittere Erkenntnis, dass Erika recht hatte mit ihrer Einschätzung: Er hatte viele Bekanntschaften in den letzten Jahren einschlafen lassen. Nicht, weil etwas Bestimmtes vorgefallen wäre, aber irgendwie hatte er kaum noch Zeit für diese Dinge. Immer mehr prasselte im Beruf auf ihn ein, immer größer wurden Arbeitspensum und Anforderungen. Und nach einem stressigen Arbeitstag fehlte ihm oft die Energie, überhaupt noch mit irgendjemandem zu reden. Er stieß die Luft aus. Tatsächlich waren ihm kaum Freunde geblieben. Außer ... »Also jetzt tu grad so, als ob ich niemanden hätte, der ... ich mein ... bei der Musikkapelle, das sind alles meine Freunde. Und die Kollegen erst. Wir vertrauen uns blind, quasi ...« Er fuchtelte mit der Hand herum, als könne er auf diese Weise seine Aussage ein wenig wahrer machen.

Tatsächlich lenkte Erika ein: »Erzähl mal von diesen Leuten, die ihr gefunden habt, das ist ja schrecklich.«

Da öffnete sich die Haustür, und Markus und Yumiko traten ein. »Was ist schrecklich? Hat der Vatter sich überanstrengt bei seiner Rentnerbike-Tour?«

»Du, gell, Bürschle, reiß dich zusammen.«

»Hört auf zu streiten, ihr zwei!«, mahnte Erika. »Dein Vater hat in den Bergen einen Unfall beobachtet, und Martin und er mussten Erste Hilfe leisten.«

»Also Erste Hilfe ist jetzt …«

»Verstehe«, sagte Markus grinsend, »und da haben sich die beiden Herren gleich mal einen kräftigen Schluck aus dem Schnapsfass vom Rettungs-Bernhardiner genehmigt.«

Kluftinger zuckte mit den Schultern.

»Jetzt, wo wir ein Kind kriegen, fängt der Opa das Saufen an.«

Yumiko stieß ihren Mann in die Rippen.

»Markus, hör auf, darüber macht man keine Witze!«, echauffierte sich Erika. »Dein Vater trinkt sonst nie.«

Kluftinger nickte und half seiner Schwiegertochter aus der Jacke. Dabei sah er prüfend auf ihren ansehnlichen Schwangerschaftsbauch. »Geht's euch gut, euch zwei?«

»Ganz prima geht's uns, Papa«, sagte die Japanerin lächelnd. »Ich kann die Jacke also gut selber ausziehen.«

»Nix da, wenn dein Mann sich schon nicht kümmert, muss der zukünftige Großvater das halt übernehmen.«

Markus und Erika warfen sich vielsagende Blicke zu. »Papa, die Yumiko ist nur schwanger, nicht pflegebedürftig.«

»In dieser besonderen Zeit im Leben muss man sich entspannen und es sich gutgehen lassen«, erklärte Kluftinger feierlich und legte den Arm um die werdende Mutter.

»Davon hab ich nicht viel gemerkt, als der Markus unterwegs war«, bemerkte Erika spitz.

Kluftinger machte eine wegwerfende Handbewegung. »Das waren doch noch ganz andere Zeiten damals, Schätzle! Jedenfalls, wenn es mal so weit ist, dann mach ich das auch zusammen mit meinem Enkel.«

»Saufen?«, ätzte Markus.

»Ich war nicht beim Saufen, spinnt ihr eigentlich? Ich mein, zum Radeln gehen wir dann zusammen. Sobald er drei ist, nehm ich ihn mit. Oder möglicherweise schon früher, mit so einem Anhänger. Da setzen wir den Max einfach rein, und dann kann's losgehen.«

»Wer ist Max?«, fragte Yumiko.

Kluftinger sah sie erstaunt an. »Das ist der kleine Butzel, der da in deinem Bauch sitzt.«

Die Japanerin wurde blass. Hilfesuchend blickte sie ihren Mann an.

»Vatter, jetzt hör mit deinem Schmarrn auf. Wir haben keine Ahnung, ob wir einen Jungen oder ein Mädchen kriegen, und wollen es auch gar nicht vorher wissen.«

»Ich spür so was.«

»Und wenn, dann steht Max garantiert nicht auf der Namensliste, kapiert?«

»Ihr könnt ihn ja auch Maximilian nennen und dann nur Max rufen.«

»Vatter, du wirst den Namen nach der Geburt erfahren, früher nicht. Und jetzt hör auf zu nerven.«

»Andere Kinder wären froh, wenn sie …«

Yumiko drehte sich um. »Ich werd mal kurz nach oben schauen. Kommst du auch, Markus?«

Der Kommissar sah sie besorgt an. »Ist was mit dem Kind?«

»Nein, nein, alles gut, ich will mich nur ein bisschen hinlegen.«

»Ja, schon dich ein bissle. Aber mach dir's doch gleich unten auf der Couch bequem, dann musst du nicht die Treppe rauf. Und Erika macht uns derweil was Schönes zu essen.«

»Wenn du Hilfe brauchst, Erika, dann sag Bescheid, ja?«, bot Yumiko sofort an.

Noch bevor die reagieren konnte, winkte ihr Mann bereits ab. »Das wär ja noch schöner, das schafft die Mutter schon allein. Und wenn, dann kann ihr ja immer noch der Markus zur Hand gehen.«

»Der Markus muss sich mal ein bissle erholen von seiner dauernden Lernerei für die Prüfung«, protestierte Erika. Sie streichelte ihrem Sohn zärtlich über die Schulter und warf einen tadelnden Blick in Kluftingers Richtung. »Ich komm ganz gut allein zurecht in der Küche.«

»Helf halt ich«, rief ihr Kluftinger hinterher.

»Du hilfst mir am meisten, wenn du dich da raushältst. In einer halben Stunde könnt ihr den Tisch decken.« Mit diesen Worten zog Erika die Küchentür hinter sich zu.

Als die beiden Männer allein im Hausgang standen, fragte Markus: »Und, seid ihr bei deinem feuchtfröhlichen Ausflug auch Rad gefahren?«

»Erst mal nicht viel.«

Markus nickte wissend.

»Ich mein, wegen der Begleitumstände. Die waren alles andere als angenehm, aber dann ... schau doch mal.« Er zog ein kleines schwarzes Kästchen aus seiner Hosentasche. »Da siehst du, Bub, was dein Vatter auf seine alten Tage noch draufhat!«

»Was soll das sein? Ein Schrittzähler? Hast du es heut auf 83 Meter gebracht, oder wie?«

»Das ist der Tacho von meinem neuen E-Bike. Übrigens wirklich mal ein sinnvolles Geschenk, wenn man davon absieht, dass es viel zu teuer war.«

Markus las die Anzeige und brach in schallendes Gelächter aus. »Du willst 83 Kilometer geradelt sein? An einem Tag? Komm, Vatter, gib's doch zu, das Ding hast du dir von deinem Kollegen Maier frisieren lassen, oder?«

Kluftinger hob den rechten Zeigefinger. »Komm du nur mal mit auf eine Fahrradtour, dann zeig ich dir, wo der Bartel den Most holt!«

»Ich fang gleich morgen an zu trainieren«, gluckste Markus und verschwand im Wohnzimmer.

Kluftinger hatte keine Lust auf weitere Kabbeleien und beschloss, seiner Frau wenigstens ein bisschen Gesellschaft zu leisten, wenn die schon keine Hilfe von ihm annehmen wollte. Sie schnitt gerade unter Tränen eine Zwiebel. In einer Glasschüssel entdeckte er Lyoner und Käsestreifen. »Was machst du denn Gutes, Erika?«, fragte er scheinheilig, obwohl er natürlich längst wusste, dass es eine seiner Leibspeisen geben würde: Wurstsalat.

»Wonach sieht's denn aus, hm?«, brummte Erika.

»Ihr seid ja heut alle von ausgesuchter Freundlichkeit.« Weil ihm immer noch etwas schwindlig war, setzte er sich an den Küchentisch und blätterte den Lokalteil der Tageszeitung durch.

Doch er kam nicht weit, denn Erika sagte: »Der Markus ist auch unser Kind, gell? Du brauchst ihn nicht immer so links liegenlassen, nur weil die Miki schwanger ist.«

»Was heißt denn jetzt da links liegenlassen? Wenn er schon die ganze Zeit hier bei uns rum... also, ich mein, wenn er hier bei uns für sein Examen lernt, dann kann er sich doch auch ein bissle nützlich machen, oder? Wir sind schließlich kein Hotel.«

Erika wischte sich mit dem Unterarm über die tränenden Augen, drehte sich zu ihrem Mann um und zeigte mit dem Messer auf ihn. »Ach ja? Seit wann beteiligst du dich denn an der Hausarbeit? Und du wohnst schließlich auch hier.«

»Das ist ... immerhin verdien ...« Er überlegte, wie er den Satz mit dem geringsten Kollateralschaden zu Ende bringen könnte, »... das ist schon noch was anderes, würd ich sagen.«

»Also, ich bin froh, dass der Bub da ist. Was da jetzt alles auf ihn zukommt! So früh wird er schon Vater, dabei ist er doch selbst noch ein halbes Kind. Ich weiß nicht, ob er da mit einbezogen war, bei ...«

»Davon kann mal wohl ausgehen, dass er da mitgemischt hat.«

Die Küchentür ging auf, und Markus kam herein. Seine Eltern verstummten sofort.

»Habt ihr grad über mich gelästert, weil ihr nicht weiterredet?«

Erika schüttelte hektisch den Kopf, Kluftinger krähte ein unschuldiges »Hm?«.

»Um was ging's denn? Um mein Studium, meine Frisur oder wieder mal um den Namen von unserem Nachwuchs?«

»Schmarrn, ich hab der Mutter bloß grad von meinem neuesten Fall erzählt. Deck du lieber mal den Tisch.«

»Schon recht. Wenn euch was nicht passt, sagt ihr's bitte weiterhin sofort, ja? Hat ja die letzten drei Jahrzehnte auch ganz gut geklappt so.«

»Ich mach mir doch bloß Sorgen, dass das alles ein bissle viel wird, Bub«, sagte Erika leise. »Die Prüfung und dann das mit dem Kind, und du weißt ja noch gar nicht, was und wo du mal arbeiten wirst.«

»Und dann auch noch der eigene Vater, der dem Alkoholabusus anheimgefallen ist. Ja, es ist schwer, aber ich werde mein Päckchen tapfer tragen. Ich pack das schon, Mama, und ich freu mich auf unseren Nachwuchs, echt.«

»Ja, auf den freuen wir uns auch, gell, Oma?« Kluftinger stand auf und wollte Erika einen Kuss geben, doch die drehte den Kopf weg.

»Noch ist ein bissle Zeit mit *Oma!*«

Kluftinger wunderte sich: War seine Frau denn nicht ebenso glücklich über das Kind wie er? Allerdings wollte er das Thema nicht hier in der Küche inmitten von Zwiebeldunst und Käsearoma und im Beisein von Markus vertiefen. Er goss sich also eine Flasche Bier, diesmal allerdings alkoholfreies, in seinen Steingutkrug und ging ins Wohnzimmer.

Yumiko lag auf der Couch, ihr Smartphone in der Hand. Kluftinger zog sich seinen Sessel zurecht, so dass er ihr direkt gegenübersaß, und lächelte sie an. Zögerlich legte die junge Japanerin ihr Handy beiseite und warf ihm einen fragenden Blick zu.

»Und, Miki?«

»Ja, Papa?«

»Alles … klar so weit?« Er machte eine vage Handbewegung.

»Ja, alles klar. Mein Vater hatte ein wenig Rückenbeschwerden die letzten Tage, aber jetzt war er in einem Onsen, und es geht ihm wieder prima.«

»Oh, das hat sicher weh getan.«

»Der Onsen? Nein, das ist ein heißes Becken in einem traditionellen japanischen Badehaus. Wenn ihr mal nach Japan kommt, zeigen wir euch, wie es da zugeht.«

Kluftinger schüttelte den Kopf. »So schnell bestimmt nicht. Wegen dem Ma–… also dem Kind halt. Und ihr könnt dann ja auch nicht fliegen die nächsten Jahre.«

Yumiko sah ihn verwundert an. »Ach, ich dachte, Markus hätte euch das erzählt? Wir wollen nach seinem Examen eine Weile zu meinen Eltern fahren. Und ihr kommt uns dann mal besuchen.«

»Ja, so weit käm's noch«, rutschte Kluftinger heraus. »Ich mein, da kann der Butzel ja auch bei uns bleiben, die paar Tage, wo ihr in Japan seid. Das ist doch nix für einen kleinen Buben. Die Erika und ich passen schon auf ihn auf, schließlich haben wir den Markus auch groß gekriegt, auch wenn er jetzt vielleicht nicht in allen Bereichen ganz so gut geraten ist.«

Yumiko setzte sich auf. »Also, vielleicht hast du das ja falsch verstanden«, sagte sie mit einem Seufzen, »aber erstens werden wir nicht ein paar Tage fahren, sondern mindestens ein paar Monate, außerdem wollen meine Eltern auch mal was von ihrem ersten Enkelkind haben. Und da ich vorhabe zu stillen, wirst du dich möglicherweise ein wenig schwertun damit.«

»Soso. Ja, das werden wir dann schon sehen. Jetzt sind gerade andere Dinge wichtig. Tu dich schön ausruhen.«

»Ausruhen? Wovon denn? Vom Nichtstun? Mir ist stinklangweilig, seitdem ich meine Prüfungen weghabe.«

»Schmarrn. Du musst jetzt einfach nur schwanger sein. Das ist deine Aufgabe. Und da gehört Ruhe dazu. Ich mach mal den Fernseher an, da kann man am besten entspannen.«

Yumiko zog die Brauen hoch und fischte ihr Smartphone vom Tisch.

Kluftinger bekam gerade noch die ersten drei Minuten einer Reportage über Holzschindelmacher in der Steiermark mit, bevor er einschlummerte und von einer riesigen Schüssel Schweizer Wurstsalat mit extra vielen Zwiebeln und Essiggurken träumte.

Dem Himmel nah, 15.10.14
der Arbeit fern,
dass haben wir gern!
Anton, Annemarie
u. Martina

Aus dem Gipfelbuch am Edelsberg

Aua, kreizkruzifix!« Als Kluftinger am Montagmorgen auf dem Parkplatz des Polizeipräsidiums ausstieg, meldete sich der Muskelkater, den er sich bei seinem Radausflug mit Doktor Langhammer zugezogen hatte – Elektromotor hin oder her –, bei jedem Schritt mit einem stechenden Schmerz. Dabei hatte er schon einen Tag Erholung hinter sich. Er bemühte sich um einen aufrechten Gang, ohne dabei das Gesicht zu verzerren. Die Kollegen lauerten vermutlich schon auf eine Gelegenheit, seine Radtour vom Samstag zu kommentieren.

Derart mit sich selbst beschäftigt, bemerkte er seine Sekretärin gar nicht, als er das Vorzimmer zu seinem Büro betrat. Erst als sie laut aufschluchzte, wurde ihm bewusst, dass er nicht allein war. Sie stand hinter der Tür über den Kopierer gebeugt. Ruckartig drehte er sich um, was sofort einen stechenden Schmerz in seiner Lendenwirbelsäule verursachte. »Himmel noch mal …«, entfuhr es ihm. Nun erschrak auch Sandy Henske und wandte sich ihrem Vorgesetzten zu, wobei sie ihm ein verheultes Gesicht mit verlaufener Schminke präsentierte.

So aufgelöst hatte Kluftinger sie noch nie gesehen. Hilfesuchend blickte er sich um. Weinende Frauen waren nicht gerade sein Spezialgebiet. Er müsste etwas zu ihr sagen. Aber was?

»Schöner Tag heute, gell?«, versuchte er es mit etwas Positivem.

Sandy Henskes Kiefer klappte nach unten. Für einen Augenblick versiegte ihr Tränenstrom, was Kluftinger erleichtert zur Kenntnis nahm. Er war eben ein Mann, der immer die richtigen Worte fand. »Ich mein, die Luft ist heut so … frühlingshaft und der Himmel auch irgendwie.«

Sandy Henske nickte mechanisch.

»Und, wie geht's Ihnen so?« Er biss sich auf die Zunge. Der Satz war ihm nur so herausgerutscht, er hatte eigentlich etwas weniger Persönliches fragen wollen …

»Das ist ja so aufmerksam von Ihnen, dass Sie frahahahahagen …« Der Rest des Satzes ging in einem herzerweichenden Schluchzen unter.

Priml, dachte Kluftinger, mitten ins Schwarze! Stocksteif stand er da. »Das … wird schon wieder, glaub ich.«

»Ja, meinen Sie?« Im wässrigen Blick der Dresdnerin glomm ein Hoffnungsschimmer auf.

»Mei, was weiß denn ich, ich hab ja keine Ahnung, worum's eigentlich geht.«

Nun kam Sandy Henske so richtig in Fahrt, vor allem, was die Lautstärke ihres Wehklagens anbelangte. Kluftinger schloss schnell die Tür zum Gang. Musste ja nicht jeder mitbekommen, wenn es in seiner Abteilung Grund zum Weinen gab.

»Also, dann erzählen Sie doch mal, was los ist«, seufzte er und blickte verstohlen auf die Uhr. In zehn Minuten würden die anderen eintrudeln, bis dahin war die Angelegenheit hoffentlich vom Tisch.

Die Frau, die ihre Haare zurzeit in einem wilden Mix aus verschiedenfarbigen Strähnchen trug, beruhigte sich etwas. Dann sagte sie, immer wieder von heftigen Schluchzern geschüttelt: »Es ist

Schluss. Aus, verstehen Sie? Dabei dachte ich diesmal, dass es die große Liebe ist.«

Kluftinger war erleichtert. Es ging nur um irgendeine der zahlreichen Beziehungen seiner Mitarbeiterin. »Mei, das haben Sie doch jedes Mal gedacht …«

»Sie haben ja so recht«, brach es erneut aus ihr heraus.

Zefix! Was sollte er nur tun? Unschlüssig stand er herum, streckte die Hand nach ihr aus, ohne sie zu berühren.

Da stürmte sie auf ihn zu, umarmte ihn und weinte in seine Schulter hinein, worauf ihr Kluftinger, nach einigem Zögern, mit der Hand ungelenk den Rücken tätschelte. Er sah dabei immer wieder auf seine Uhr, denn langsam wurde es eng. Die Kollegen konnten jeden Moment auftauchen.

»Wissen Sie was, Fräulein … also Sandy, meine Mama hat mir immer einen Johanniskraut-Tee gemacht, wenn es mir schlechtgegangen ist. Der wirkt wahre Wunder. Muss man aber unbedingt selber pflücken und dann trocknen. Das ist ein natürlicher Stimmungsaufheller, ein Mittel, das gegen jeden Kummer hilft.«

Das Zucken an seiner Schulter wurde schwächer. Sie blickte zu ihm auf: »Wirklich? Und Sie haben das daheim?«

»Also sagen wir so: Ich könnt's Ihnen schon hin und wieder besorgen.«

In diesem Moment hörten sie ein Räuspern und zuckten zusammen.

»Ich will nicht stören, Herr Kluftinger, aber könnte ich Sie wohl mal kurz sprechen?«

Es war ausgerechnet die Chefin, die sie angesichts des letzten Satzes verdutzt ansah. »Natürlich, Frau Dombrowski, ich hab nur, wir, also …«

»Schon gut, das geht mich ja nichts an, ist Ihre Privatsache.« Mit diesen Worten marschierte sie an ihm vorbei in sein Büro.

»Geht's wieder?«, fragte er seine Sekretärin noch, die ihm tapfer zunickte. »Glauben Sie mir, das Zeug ist Gold wert. Wenn ich das genommen hab, war nichts mehr mit Rumhängen, dann war ich tagelang ein Stehaufmännchen.« Er schloss die Tür.

Eine Weile blieb es still in seinem Büro, dann sagte Birte Dombrowski: »Hören Sie, Herr Kluftinger, mich interessieren Ihre privaten Verwicklungen wirklich nicht. Mit dem Alkohol war das anders, aber …«

»Das war doch nur ein Missverständnis, ich hab mir nie was gemacht aus dem Zeug, wirklich.«

Die Polizeipräsidentin hob die Hand. »Schwamm drüber, das Thema ist erledigt. Was das allerdings betrifft«, sie zeigte auf die Tür zum Vorzimmer, »das ist natürlich …«

»… auch nur ein Missverständnis.«

»Bisschen viel Missverständnisse, nicht?«

»Ja. Also nein, es ist halt so, ich mein …«

»Schon gut, ich will es nicht wissen. Solange sich Ihre Amouren nicht auf die Arbeit auswirken, geht mich das nichts an. Auch wenn das im Büro immer eine heikle Sache ist.«

Kluftinger wollte schon protestieren, doch dann machte sich ein Kribbeln in ihm breit. Hatte sie wirklich *Amouren* gesagt? Traute sie ihm so etwas noch zu? Er fühlte sich geschmeichelt. Ob er dieses Missverständnis erst mal gar nicht ausräumen sollte? Andererseits fand sie es eventuell auch ungehörig ihr selbst gegenüber, dass er sich für seine Sekretärin interessierte statt für seine Vorgesetzte. »Also, dazu muss ich sagen, dass, was unsere Sandy betrifft, eigentlich der Kollege Hefele …«

»Was ist mit dem Kollegen Hefele?«, tönte es da von der Tür, als dessen schwarzer Lockenkopf erschien.

Langsam wurde Kluftinger die Sache zu bunt, er kam sich vor wie in einem Boulevardtheater, wo immer im unpassendsten Moment jemand zur Tür hereinkam.

Doch die Polizeipräsidentin wechselte das Thema. »Meine Herren, es gibt da ein paar Unstimmigkeiten wegen Ihrer Fortbildungen.«

»Unstimmigkeiten?« Der Kommissar runzelte die Stirn. »Was denn für welche?«

»Sie haben keine vorzuweisen.«

»Keine was?«

»Fortbildungen.«

»Stimmt doch gar nicht«, protestierte Hefele wie ein trotziges Kind. »Wir waren doch erst bei diesem Schießtraining, weil …«

»Weil ich das so angeordnet habe«, vollendete Birte Dombrowski seinen Satz. »Und das Ergebnis war ja auch ganz erfreulich. Aber Sie müssten noch einige Schulungen mehr gemacht haben. Vor allem gruppeninterne Fortbildungen.«

»Ach, die, ja, die haben wir doch auch … eigentlich.«

Kluftinger nickte seinem Kollegen demonstrativ zu, worauf der einstimmte: »Ja, haben wir. Ständig. Immer wieder. Mei, hier im Haus nennen sie uns schon die Könige der Fort–« Ein scharfer Blick des Kommissars ließ ihn verstummen.

»So? Na, das trifft sich ja gut«, erwiderte die Dombrowski. »Können Sie mir bitte eine Liste mit diesen Schulungen bis zum Ende der Woche zukommen lassen? In den Personalbögen finde ich nichts darüber.«

Wieder öffnete sich die Tür, und Richard Maier kam herein. Kaum dass er die Polizeipräsidentin sah, drückte er sein Kreuz durch und setzte ein strahlendes Lächeln auf.

»Ah, Herr Maier, schön, dass Sie da sind«, sagte sie.

»Ach, finden Sie?«, gab er zurück und lächelte sie an.

»Ich, also …« Maiers Frage brachte die Frau kurzzeitig aus dem Konzept, doch sie hatte sich schnell wieder gefangen. »Ich habe gerade Ihren Kollegen gesagt, dass ich die Liste mit den Fortbildungen der Abteilung während der letzten Jahre bräuchte.«

»Aber wir haben doch gar keine …«

Sofort unterbrach Kluftinger seinen Mitarbeiter: »… keine Liste, das weiß die Frau Dombrowski schon, aber wir haben ihr versprochen, dass wir eine machen. Richie, das könntest doch eigentlich du übernehmen, oder?«

»Ja, wunderbare Idee. Sie sind in solchen Dingen ja besonders verlässlich, Herr Maier. Und Verlässlichkeit ist eine Eigenschaft, die ich sehr schätze.«

Jetzt überzog eine leichte Röte Maiers Gesicht: »Sehr gerne

mach ich das, liebe Frau Präsidentin. Ich will Sie schließlich nicht enttäuschen.«

Ein paar Sekunden blieb es still, dann klatschte die Dombrowski in die Hände und erklärte: »Gut, dann geh ich mal wieder. Ich muss ja noch … weitermachen.«

Kaum hatte sich die Tür hinter ihr geschlossen, schüttelte Maier versonnen lächelnd den Kopf: »Die Birte …«

»Spinnst du jetzt komplett?«, blaffte Hefele.

Doch Maier reagierte überhaupt nicht und schaute mit leerem Blick in Richtung Tür.

»Hallo. Erde an Mutanten.«

»Hm?«

»Was soll denn dieses Birte-Gesäusel? Stehst du jetzt auf einmal auf die, oder was?«

»Ich?« Maier schüttelte milde lächelnd den Kopf. »Ich glaube, es ist genau andersrum.«

Kluftinger und Hefele starrten ihren Kollegen an, als sei er nicht von dieser Welt.

Da öffnete sich die Tür, und Eugen Strobl eilte herein. »'tschuldigung, bin ein bissle zu spät. Hab ich was verpasst? Die Dombrowski ist mir auf dem Weg begegnet. War ein bisschen durch den Wind, kam's mir vor.«

»Allerdings hast du was verpasst«, platzte es aus Hefele heraus. »Unser württembergischer Aushilfsgigolo hier meint nämlich, dass …« Er hielt inne und musterte sein Gegenüber. »Wie siehst denn du überhaupt aus? Warst du auf einer Beerdigung?«

Jetzt betrachtete auch Kluftinger den Kollegen genauer: Er trug einen dunkelgrauen Anzug und ein hellblaues Hemd mit Manschettenknöpfen. Außerdem blitzte aus dem linken Ärmel eine massive Uhr hervor.

Maier bekam große Augen. »Ist das etwa eine …?«

»Ich weiß nicht, was du meinst, aber Rolex ist es keine«, erwiderte Strobl, der schien, als freue er sich über das Interesse seiner Kollegen an seinem Aufzug. »Ist eine Breitling. Rolex sind viel zu protzig. Total Neunziger.«

»Neunziger, soso. Also ganz billig sieht die auch nicht gerade aus«, kommentierte Hefele. »Bist du jetzt in den Drogenhandel eingestiegen, oder was?«

»Vorsicht, das ist bei uns ein heikles Thema«, warnte Kluftinger. Sie wussten, dass er damit auf den Skandal anspielte, in den ein Kollege von der Kemptener Drogenfahndung verwickelt gewesen war und der für bundesweites Medieninteresse gesorgt hatte. Aber auch ihn interessierte, weshalb Strobl in letzter Zeit so anders gekleidet war.

»Nur kein Neid. Ich war halt am Wochenende ein bissle beim Einkaufen«, rechtfertigte sich der. »Aber in München, nicht hier, bei uns findest du so was ja gar nicht in der Qualität. Und wir müssen ja nicht alle so schäbig rumlaufen wie …«, er blickte in die Runde, »… wie manche andere eben.«

»So, wär nett, wenn wir jetzt mal zum professionellen Teil kämen, meine Herren!«, mahnte Kluftinger schließlich.

»Soll ich vielleicht gleich mal beginnen, ich hatte ja Dienst am Wochenende«, bot Maier geschäftig an.

Nachdem er von einer Selbsttötung und einer schweren Körperverletzung vor einer Disko berichtet hatte, wurden die Kollegen bereits unruhig. »Kannst du jetzt mal zum interessanten Teil kommen«, drängte Strobl, worauf Maier einen Zeitungsausschnitt aus einem Aktendeckel zog. Kluftinger hatte ihn am Morgen beim Frühstück bereits überflogen; es ging darin um den Absturz am Himmelhorn.

»Der Allgäuteil der Zeitung macht heute ganz groß damit auf, und auch auf der Bayernseite findet sich eine Meldung. Von dem geschätzten Fotografen Rainer Leipert wurden zudem mehrere Bilder dazu abgedruckt, die auch unsere Arbeit sehr schön dokumentieren. Ich spiele mit dem Gedanken, mir einige davon schicken zu lassen, um mal einen Beitrag über die hervorragende Zusammenarbeit mit der Lokalpresse in unserem Mitarbeitermagazin zu verfassen.«

Die Kollegen seufzten. Seitdem Maier es geschafft hatte, dass dort ein kleiner Artikel von ihm über den Polizeifaschingsball in der Memminger Stadthalle abgedruckt worden war, suchte er ständig neue Anlässe, über die er schreiben konnte.

»Schön, Richie, da freuen wir uns jetzt schon«, raunzte Hefele, und die Kollegen nickten.

»Wie dem auch sei, ich zitiere mal die wichtigsten Punkte des Berichtes über den Bergunfall, unseren größten Einsatz während des Wochenendes. Also, Chef, du bist zwar nicht namentlich genannt, es steht aber drin, dass ein leitender Beamter der Kriminalpolizei durch Zufall mit einem befreundeten Arzt in der Nähe des Himmelhorns auf einer Mountainbiketour …«

»Ich hab's gelesen, Richie«, winkte Kluftinger seufzend ab. »Nur damit das hier allen klar ist: Der Langhammer ist nicht mein Freund!«

Die Kollegen sahen sich an und grinsten.

»Sah aber recht vertraut aus, am Samstag«, flüsterte Hefele Strobl zu.

»Können wir weitermachen?«, brummte Kluftinger.

»Schön«, fuhr Maier fort, »jedenfalls wird klargestellt, dass jede Hilfe zu spät kam, dass es sich um erfahrene Bergsteiger handelte und so weiter, das wissen wir ja alles. Interessanter wird's weiter hinten, da geht es um den Berg selbst. Das Himmelhorn sieht zwar nicht gerade spektakulär aus, aber es wird anscheinend nur von ganz wenigen bestiegen. Es gibt eigentlich keinen richtigen Weg hinauf. Der sogenannte Rädlergrat ist unheimlich schwer zu gehen, weil es im Einstieg quasi senkrecht hochgeht, und zwar nicht im Fels, sondern auf Gras.«

»Gras?«, wiederholte Strobl. »Und das ist gefährlich?«

»Scheint so. Es gab an dieser Stelle immer wieder spektakuläre Unfälle und Abstürze, in dem Artikel nennen sie als Beispiel einen in den fünfziger Jahren, bei dem drei Brüder aus Oberstdorf ums Leben gekommen sind, und einen zwanzig Jahre früher, da ist wohl ein Seil gerissen oder so was. Aber ich will jetzt nicht zu weit ausholen, ist nicht unbedingt mein Fachgebiet, muss ich einräumen.«

»Was für eine seltene Einsicht, Richie«, sagte Strobl und nickte anerkennend.

Maier ignorierte den Einwurf. »Der Journalist hier kommt zu dem Schluss, dass das Himmelhorn wegen diesem Rädlergrat mit der gefährlichste Berg im Allgäu ist.«

»Da sieht man mal, wie wenig Ahnung die haben bei der Zeitung!«, echauffierte sich Hefele. »Der gefährlichste Berg im Allgäu, das ist seit jeher die Höfats.«

»Absolut richtig, Roland«, stimmte Kluftinger zu. »Und der schönste ist der Hochvogel.«

»Aha, und wer sagt das, bittschön?«, fragte Strobl nach. »Ich persönlich finde nämlich, dass die Trettach–«

»Das mit der Höfats hab ich schon in der Schule gelernt«, beharrte Hefele. »Und wegen dem Hochvogel, das weiß man einfach.«

»Genau«, brummte Kluftinger.

»Ja, dann wird das wohl so sein«, sagte Maier. »Nachdem ihr Oberallgäuer ja sowieso immer tut, als hättet ihr die Berge nicht nur erfunden, sondern auch noch selber aufgestellt, werdet ihr euch da schon auskennen.«

»Das ist der Neid der Besitzlosen«, gab Hefele zurück. »Immerhin dürft ihr Württemberger jedes Wochenende scharenweise kommen und über unsere schönen Berge herfallen.«

»Ja, und unser Geld dalassen, das dürfen wir auch.«

»Ach komm, Richie«, stieg nun auch Strobl in die Diskussion ein, »ihr bringt euch doch eh eure belegten Brote und eure Thermoskanne von daheim mit, damit ihr nur ja nix konsumieren müsst.«

»Hat eben nicht jeder die finanziellen Mittel wie du anscheinend auf einmal«, zischte Richard Maier.

Kluftinger seufzte. »Männer, jetzt konzentrieren wir uns mal schön wieder auf unsere Arbeit, ja? Sonst kommen wir damit heute nämlich überhaupt nicht mehr weiter. Den Bischof, diesen Bergfilmer, haben wir, beziehungsweise der Böhm, ja schon identifiziert. Wissen wir mittlerweile, wer die anderen beiden sind?«

»Ja, wissen wir durchaus, ich war nicht untätig am Sonntag«, sagte Maier verschnupft. »Es handelt sich bei den beiden weiteren

Verunglückten um die beiden Brüder Franz und Herbert Kagerer. Die beiden waren ausgebildete Bergführer und galten als sehr beschlagen, vor allem der Ältere, Franz, hat wohl viel Erfahrung, was Touren in den Allgäuer Hochalpen angeht. Umso überraschender war der Absturz, sowohl für seine Familie als auch für die Alpenvereinssektion Oberstdorf und die Bergwacht.«

»Okay, danke, Richie. Hat dir irgendjemand sagen können, wieso die so seltsam … altertümlich angezogen waren?«

Die Kollegen lehnten sich interessiert nach vorn.

»Das ist nicht ganz klar. Der Bischof war zwar mit der Vorbereitung eines Films übers Himmelhorn beschäftigt, aber die hatten ja keine Kameras dabei.«

Kluftinger nickte. »Wirklich seltsam. Und die wollten diesen Rädlerweg gehen?«

»Rädlergrat. Ist benannt nach einem Allgäuer Lehrer und Bergpionier, der ihn als Erster gegangen ist. Scheint, dass das ihre Route war.«

»Haben wir da oben sonst noch was gefunden?«

Maier nickte eifrig. »Gut, dass du fragst. Die Bergungsarbeiten sind ja so weit abgeschlossen, und es ist noch allerlei Zeug aufgetaucht, das da verstreut herumlag. Unglaublich, in was für einem Radius das gefunden wurde. Dabei war auch eine Kamera.«

Kluftinger richtete sich auf.

»Es war eine analoge, und der Film wird vom Kollegen Renn gerade entwickelt.«

»War's das dann?«, fragte Strobl ungeduldig.

»Wie meinst du das?«, wollte Maier sofort wissen.

»Ich mein, ob irgendwas dafürspricht, dass wir da weiter nachhaken müssen bei dem Unfall.«

Die Kollegen blickten sich an. Kluftinger zuckte die Achseln. »Eigentlich nicht, wieso?«

»Dann müssen wir uns ja nicht zu sehr damit aufhalten. Schließlich haben wir auch noch den Kleinkram abzuarbeiten.«

»Im Prinzip hast du schon recht«, stimmte Kluftinger zu, »aber der Unfall war groß in der Zeitung. Da schaut die Chefin bestimmt besonders genau hin. Und im Moment dürfen wir nicht schlampen, ich hab das Gefühl, wir stehen unter ihrer speziellen Beobachtung. Die kommt doch nicht zufällig dauernd bei uns reingeschneit.«

»Zufall ist das wahrscheinlich wirklich nicht«, sagte Maier vieldeutig. »Ich jedenfalls freu mich immer. Die bringt so einen frischen Wind rein bei uns!« Er lächelte versonnen.

»Aha, beim Richie geht die Frühlingssonne auf«, höhnte Hefele.

Kluftinger wollte ein erneutes Geplänkel erst gar nicht aufkommen lassen. »Schluss jetzt, wir haben wirklich genug zu tun. Bis später, Männer!«

Er stand auf, was die anderen als Zeichen verstanden, sich an die Arbeit zu machen. Sie waren schon auf dem Weg zur Tür, da erklang ein seltsames Läuten, das Kluftinger zunächst nicht zuordnen konnte: Weder sein Telefon noch sein Handy verfügten über einen solchen Klingelton. Das Signal, das beim Eintreffen einer neuen E-Mail zu vernehmen war, klang auch anders – und es versetzte ihn nicht mal mehr in Angst und Schrecken wie noch vor wenigen Jahren. »Kommt das von euch, das Gesumsel da?«, fragte er in die Runde. Alle schüttelten die Köpfe. Der Kommissar runzelte die Stirn und versuchte, den Ursprung des Signals zu lokalisieren. Es hörte sich an, als hätte eine der Akten im Stapel auf dem Schreibtisch zu bimmeln angefangen. Aber das konnte doch nicht sein! Er schob ein paar der gelben Schnellhefter beiseite, in denen die Protokolle der laufenden Fälle gesammelt wurden, dann hielt er die Geräuschquelle in Händen. »Ach, zefix, das hab ich ganz vergessen«, zischte er.

»Was denn?«, wollten seine Kollegen wissen.

»Wir haben neulich so ein Dings, so ein Tablett gekriegt. Hat jetzt anscheinend jede Abteilung.«

»Ein Tablett?« Hefele verstand nicht.

Da hielt Kluftinger das Gerät in die Höhe: Es war flach wie ein Notizblock und in etwa auch so groß. »Die Dombrowski hat die Dinger verteilen lassen, um irgendwas im *Wörkfloh zu optimieren,* wie sie sich ausgedrückt hat.« Der Kommissar hatte weder diese nebulöse Ankündigung verstanden noch die Tatsache, dass man Geld für so einen neumodischen Firlefanz verschwendete. Schließlich hatte jeder Beamte einen Computer samt Internetanschluss auf dem Schreibtisch stehen, und zum Telefonieren hatten sie schon seit Jahren Diensthandys.

»Ein Tablet?«, rief Maier aufgeregt. »Wir haben ein Tablet? Und ich weiß nichts davon?«

Kluftinger besah es sich genauer. Auf dem Display stand ein Name. »Ich glaub, der Böhm will uns einladen.«

»Hat er Geburtstag?«, erkundigte sich Hefele.

»Zeig mal«, sagte Maier, und der Kommissar drehte das Gerät in dessen Richtung. Maier rollte die Augen. »Das bedeutet, dass er mit uns *Facetimen* will.«

Hefele war skeptisch. »Also ich weiß nicht, wir können doch auch einfach in eine Kneipe gehen.«

»Nein, das heißt, er will mit uns telefonieren. Also wie skypen.«

»Ach, warum sagt er das nicht gleich?« Da Kluftinger sich hin und wieder – inzwischen sogar aus freien Stücken – dieses Mediums bediente, um mit Yumikos Vater die neuesten Details über die Schwangerschaft auszutauschen, kannte er sich damit einigermaßen aus. Allerdings hatte er das Programm bisher immer an einem richtigen Computer genutzt. In Ermangelung einer Maus wusste er zunächst nicht, wie er das Gespräch annehmen sollte, doch als er den stilisierten Schieberegler auf dem Bildschirm sah, probierte er es einfach mit Wischen: Er hatte das bei Markus, Yumiko und tausend anderen jungen Leuten schon beobachtet, wenn die mit ihren Smartphones hantierten. Tatsächlich hörte das Klingeln auf. Diese unerwartete Fachkompetenz quittierten die Kollegen mit anerkennendem Nicken. Kluftinger gab ihnen ein Zeichen, noch kurz dazubleiben, damit sie mithören konnten.

»Hey, Servus, Klufti, das ging ja flott! Kaum lässt man es zehn Minuten läuten, schon gehst du hin«, hörte er nun Böhms Stimme aus dem Gerät scheppern, dann konnte der Kommissar den Gerichtsmediziner auch sehen. Er legte das Tablet auf seinen Schreibtisch.

»Interessant«, tönte es aus dem Lautsprecher, »ich sehe ein Stück von deinem Doppelkinn und eure Zimmerdecke. Schon toll, wenn man bedenkt, dass ich bisher am Telefon immer nur deine Stimme hören konnte.«

»Wart mal.« Kluftinger versuchte, das Gerät so vor seinem Gesicht zu balancieren, dass Böhm ein besseres Bild bekam.

»Hör auf, so rumzuwackeln, da wird einem ja schlecht. Hast du keinen Halter dafür?«

»Einen Halter?« Kluftinger sah sich im Raum um. »Doch, freilich hab ich den.« Grinsend winkte er Hefele zu sich. »Komm, Roland, dann lernst du auch mal, wie man mit so einem Tablett umgeht.« Der Angesprochene postierte sich seufzend neben dem Schreibtisch seines Chefs und richtete den kleinen Computer auf.

»Besser, Schorschi?«, fragte Kluftinger.

»Tipptopp! Du kriegst noch eine Leistungsprämie für Medienkompetenz, wenn du so weitermachst.«

»Was gibt's Neues im Unterland?«, wollte Kluftinger wissen. Er schluckte, als Böhm sein Gerät ein wenig drehte und damit den Blick auf den Sezierraum hinter sich freigab. Dort beugte sich ein junger Mann, den er als Böhms Präparator Robert Meine erkannte, gerade über einen der Tische, auf dem sich ein lebloser Körper befand. Sofort beschleunigte sich der Puls des Kommissars. Hektisch suchte er den Touchscreen ab, denn von seinen privaten Video-Telefonaten wusste er, dass es die Möglichkeit gab, die Kamerafunktion zu deaktivieren. Als er nicht fündig wurde, nahm er Hefele das Ding aus der Hand und legte es kurzerhand mit der Display-Seite auf den Tisch.

»Hallo?«, tönte es aus dem winzigen Lautsprecher. »Ich seh dich nicht mehr.«

»Echt? Ich kann dich gut erkennen«, log der Kommissar und legte den Zeigefinger an die Lippen, als er in die Gesichter seiner Kollegen sah. Die grinsten schweigend.

»So, na dann hat vielleicht deine Frontkamera ein Problem.«

»Jaja«, pflichtete Kluftinger ihm bei, »diese Frontkameras sind ja ein dermaßenes Glump, dauernd haben die was.«

Die Kollegen lachten.

»Ihr habt es ja lustig anscheinend«, sagte Böhm.

»Nein, ich glaub, das knistert nur in der Leitung, Georg.« Kluftinger raschelte mit ein paar Blättern über dem Tablet und blickte die anderen tadelnd an.

»Jedenfalls hab ich eine kleine Sonntagsschicht eingelegt und mir deine Unfallopfer vom Wochenende mal genauer angeschaut. Der Letzte wird grad wieder zugenäht, wie du hinter mir siehst.«

»Ah, ja genau, jetzt, wo du es sagst.«

»Also, mein Fazit lautet: Die drei sind alle eindeutig an den Folgen des Sturzes aus extremer Höhe gestorben. Genauer gesagt, haben sich Andi Bischof und Franz Kagerer das Genick gebrochen, während Herbert Kagerer an den Folgen seines Schädelbruchs gestorben ist. Er hatte ja, als wir ihn aufgefunden haben, wie sein Bruder keinen Helm auf. Schon fahrlässig, das Ganze, aber vielleicht hat er ihn auch beim Sturz verloren. Wobei man sagen muss: Dem Bischof hat sein Helm letztlich auch nix genutzt.«

»Verstehe, Georg.«

»Habt ihr denn noch einen weiteren Helm gefunden, weiter oben?«

Kluftinger warf Maier einen fragenden Blick zu, doch der zuckte mit den Schultern.

»Da muss ich erst den Renn noch mal genau fragen. Also von dir aus jedenfalls nix Auffälliges?«

»Nein, von meiner Warte aus lässt sich die Unfallhypothese absolut rechtfertigen. Die drei waren kerngesund, vor allem der Bischof war durchtrainiert und fit.«

»Und die anderen beiden nicht?«

»Doch, die waren schon auch drahtig und gesund. Aber nicht so kräftig und muskulös wie ihr Begleiter, mein ich.«

»Verstehe, danke dir.«

»Ach, Klufti, eins wär da schon noch«, schob der Gerichtsmediziner hinterher.

»Ja?«

»Schau dir das mal an, was hältst du davon?«

Kluftinger zog die Brauen zusammen. Böhm hielt sicherlich irgendwas in die Kamera, was er unter keinen Umständen sehen wollte. »Aha, ja, Moment. Mei, schwer zu sagen. Wie bewertest du das … also, aus medizinischer Sicht?«

»Was, Klufti?«

»Na ja, das, also … das Objekt, das du da hast. Wie ordnest du das selber ein?«

»Welches Objekt?«

»Ja, das halt. Was du da zeigst«, wand sich Kluftinger.

Böhm brach in schallendes Lachen aus. »Ich bewerte das Objekt mit fünfundzwanzig Cent Pfand, und aus medizinischer Sicht muss ich sagen, dass Cola nicht besonders gesund ist, zum einen wegen des vielen Zuckers und natürlich wegen der Farbstoffe. Aber die Flasche in meiner Hand ist ja leer, also dürfte keine Gefahr mehr von ihr ausgehen. Habe die Ehre, die Herren!«

Kluftinger schlug mit der Faust auf den Schreibtisch. »Ich weiß nicht, wieso man sich beim Telefonieren neuerdings auch noch sehen muss! Ehrlich, keine Ahnung, was das Ding uns bringen soll.«

Maier meldete sich sofort zu Wort. »Also, das kann unsere Arbeit in vielerlei Hinsicht …«

»Das war nur eine rhetorische Frage, Richie, danke. Ich geh jetzt mal zum Willi, und zwar höchstselbst, ohne Tablett, mal schauen, was der für uns hat.«

Er erhob sich, da wurde die Tür geöffnet, und Sandy Henske streckte den Kopf herein. »Die Frau Wolf ist da, Chef.«

»Wer?«

»Frau Wolf ist die Geschäftspartnerin des verstorbenen Filmemachers.«

»Ah, gut, ja.« Kluftinger sah unschlüssig auf seine Uhr. »Mei, dann soll sie halt mal reinkommen, die Frau Dings.«

»Wolf. Und noch mal vielen Dank.«

»Hm?«

»Wegen vorhin.«

»Ach so, das, jaja. Jederzeit.« Seine Kollegen blickten ihn fragend an. »Herrschaft, das geht euch gar nix an. Und jetzt an die

Arbeit, ich glaub, wir haben alle genug zu tun, oder?« Der Kommissar ging ins Vorzimmer, wo eine große, schlanke Frau stand. Sie trug Funktionskleidung und sah auch sonst aus, als komme sie gerade von einer Bergtour: massives Schuhwerk, strähniger Kurzhaarschnitt, sonnengegerbte Haut, die sie, da war sich Kluftinger sicher, älter aussehen ließ, als sie tatsächlich war. Er schätzte sie auf Anfang vierzig.

Sandy Henske zeigte auf ihren Vorgesetzten: »Hauptkommissar Kluftinger.«

Eva Wolf kam mit energischen Schritten auf ihn zu und begrüßte ihn mit einem festen Händedruck. »Herr Kluftinger, schön, dass Sie Zeit für mich haben, auch wenn ich unangemeldet komme.«

»Kein Problem, ich hab grad eh nix, also ... das passt mir eh gerade.« Er bat sie mit einer Handbewegung in sein Büro. »Fräulein Henske, machen Sie uns doch bitte zwei Kaffee.«

Frau Wolf wehrte ab. »Nein danke, für mich kein Koffein.«

»Ach so, ja. Ist sowieso gesünder. Dann eben bloß Wasser.« Er deutete auf den Stuhl gegenüber seinem Schreibtisch. »Womit kann ich Ihnen helfen?«

Die Frau schüttelte den Kopf. »Ich dachte eher, ich könnte vielleicht Ihnen helfen.«

»Ach ja? Wie denn?«

»Nun, wie Sie vielleicht wissen, war ich die Geschäftspartnerin von Herrn Bischof. Und zusammen mit unserer Firma ›Wilde Mändle Filmproduktion‹ habe ich ...«

»Moment, wie heißt Ihre Firma?«

Die drahtige Frau verzog ihre Lippen zu einem leichten Lächeln, was sie gleich etwas jünger wirken ließ. »Ja, das war Andis, also Herrn Bischofs Idee. Er als gebürtiger Oberstdorfer wollte diesen Namen unbedingt, ich selbst war für einen international leichter verwertbaren Titel.«

Kluftinger nickte, auch wenn er selbst den Firmennamen gerade wegen seiner regionalen Färbung schön fand.

»Jedenfalls haben wir gerade an einem Film über das Himmelhorn gearbeitet, ich vermute, das wissen Sie.«

Wieder nickte er.

»Ich dachte, vielleicht wollen Sie sich die Aufnahmen, die wir bisher dort oben gemacht haben, einmal anschauen.«

Kluftinger überlegte. Eigentlich brauchten sie das nicht, aber er wollte auch nicht undankbar erscheinen, wenn schon einmal jemand von sich aus der Polizei seine Hilfe anbot. »Worum geht es denn genau in dem Film?«

»Wie gesagt: ums Himmelhorn, den gefährlichsten Berg des Allgäus.«

»Ach, ist er das?« Kluftinger wollte bereits protestieren, ließ es dann aber doch bleiben. Bloß keine erneute Diskussion über dieses Thema.

»Allerdings, wie jetzt wieder auf tragische Weise bewiesen wurde.« Sie machte eine kurze Pause. Die Geschehnisse hatten ihr offensichtlich sehr zugesetzt. »Es hätte etwas Großes werden können, unser Projekt. Werden sollen. Eine Doku über das Himmelhorn und die verschiedenen Besteigungen, die in der Vergangenheit mal glattgegangen sind, mal nicht. Es gibt da einige wirklich tragische Geschichten. Wer hätte gedacht, dass wir selbst eine hinzufügen würden ... Der Rädlergrat sollte im Zentrum stehen als die spektakulärste Passage.«

»Das ist da, wo der Unfall passiert ist.«

»Ja. Das ist die Route, auf der der Gipfel das erste Mal bestiegen wurde. 1910 war das, vom Lehrer Hermann Rädler aus Langenwang. Er war allein unterwegs damals. Das muss man sich mal vorstellen. Mit dieser Ausrüstung. Eine irre Geschichte: Eigentlich wollte er mit einem anderen Bergsteiger hoch, aber der ist vorher woanders abgestürzt. Trotzdem hat es den Rädler nicht losgelassen. Und eines Tages, er war ja Lehrer, war das Wetter gut, und er hat die Kinder aus der Schule heimgeschickt, ist ins Oytal geradelt und auf den Berg gestiegen. Mit ein paar Haken und einem Seil. Und was denken Sie, was passiert ist, als er zurückkam?«

»Vielleicht eine große Feier?«, riet Kluftinger.

»Nein, nichts, weil er es niemandem erzählt hat. Hat es in sein

Tagebuch geschrieben und für sich behalten, weil er befürchtet hat, dass ihn seine Frau sonst nicht mehr in die Berge gehen lässt. Erst Jahre später ist er mit der Wahrheit rausgerückt.«

»Und man hat ihm geglaubt?«

»Ja, es fand sich sogar noch der Haken, den er unten an der steilsten Stelle eingehauen hat, als einzige Sicherung. Das war ein Himmelfahrtskommando. Noch heute wagt sich kaum einer da rauf auf der alten Route. Und Rädler als Erstbegeher kannte ja den Weg noch nicht. Ganz im Gegensatz zu uns. Also zu Andi und seinen Begleitern.« Sie machte eine Pause. »Wir dachten, der hundertvierzigste Geburtstag von Hermann Rädler wäre ein tolles Datum, um den Film herauszubringen.«

»Verstehe. Schlimm, dass das so ausgegangen ist. Und dass die ganze Arbeit jetzt umsonst war.«

Eva Wolf sah ihn mit großen Augen an. »Oh nein, der Film wird produziert, auf jeden Fall. Jetzt ist es wichtiger denn je, dass er rauskommt.«

»Wie das?«

»Das ist Andis Vermächtnis. Sein letztes Werk. Für diesen Streifen hat er den ultimativen Preis bezahlt. Er hätte unbedingt gewollt, dass ich weitermache. Wie nutzlos wäre das alles sonst? Ich bin es ihm einfach schuldig. Auch wenn ich nicht weiß, wie ich das schaffen soll, immer diese Bilder vor Augen ...« Sie geriet ins Stocken und rieb sich die Augen. Schon die zweite Frau heute, die in seiner Gegenwart weinte. Kluftinger hoffte, dass das nicht zur Gewohnheit werden würde. Diesmal wartete er einfach ab, bis sie sich wieder im Griff hatte, was zum Glück deutlich schneller der Fall war als bei seiner Sekretärin.

»Wissen Sie, das ist nicht nur für mich persönlich eine Tragödie«, fuhr sie schließlich fort. »Die Bergsteiger-Szene hat einen ihrer ganz Großen verloren. Da klafft jetzt eine Lücke, die nicht mehr zu füllen sein wird. Dass er so sein Leben lassen musste, wegen ein paar dahergelaufener ...« Sie verstummte.

»Was wollen Sie damit andeuten?«

»Ich will gar nichts andeuten, entschuldigen Sie. Schreiben Sie es einfach meiner momentanen Verfassung zu. Nur so viel: Vielleicht hat er sich diesmal auf die falschen Leute verlassen.«

Der Kommissar stutzte. »Aber das waren doch angeblich ganz erfahrene Führer.«

»Jaja, natürlich. Ich bin einfach ziemlich durcheinander im Moment.« Sie sah ihn an.

»Warum hatten die eigentlich diese Kostüme an?«

»Das sind streng genommen keine Kostüme, das entspricht der Kleidung, in der die Menschen damals in den Bergen unterwegs waren.«

Und ich noch heute, fügte Kluftinger in Gedanken hinzu. »Verstehe, aber das ist doch gefährlicher als mit modernen Sachen, oder?«

»Man muss schon besonders vorsichtig sein, ja. Deswegen sind sie die Route ja noch mal zum Test gelaufen, bevor wir das mit dem ganzen Equipment filmen wollten. Und nun …« Wieder begannen ihre Lippen zu beben.

»Ich finde es jedenfalls wirklich toll, dass Sie unter diesen Umständen vorbeigekommen sind, Frau Wolf«, erklärte Kluftinger. »Wenn's Ihnen recht ist, nehm ich Ihr Angebot an, komm mal vorbei und schau mir an, was Sie schon gedreht haben. Morgen vielleicht?«

»Natürlich, gern. Und Sie brauchen mir nicht zu danken. Was soll ich denn machen? Ich bin ja jetzt nicht nur plötzlich allein für die Firma und alle laufenden Projekte verantwortlich, ich verwalte nun auch noch Andis Erbe, also im übertragenen Sinn. Deswegen war ich eh in der Stadt. Ich muss gleich noch ein paar Interviews im Radio und im Lokalfernsehen geben.«

Der Kommissar verabschiedete sich und sah ihr hinterher, als sie hinausging. Sie hielt sich den Umständen entsprechend gut. Eigentlich hätte er noch ein paar Fragen zu ihrem persönlichen Verhältnis stellen wollen, aber das ergab sich vielleicht bei seinem morgigen Besuch. Und übertreiben wollte er es auch nicht, schließlich handelte es sich nicht um eine Mordermittlung.

Nachdem Frau Wolf gegangen war, kam er endlich dazu, Willi Renn aufzusuchen. Kluftinger klopfte an, wartete jedoch eine Antwort gar nicht erst ab und trat ein.

»So, immer hereinspaziert, Herr Kollege«, tönte Renn, als er ihn erblickte.

Kluftinger blieb stehen und runzelte die Stirn wegen des seltsamen Anblicks, der sich ihm bot: Der Leiter des Erkennungsdienstes stand hinter einem großen Tisch, auf dem Seile und andere Ausrüstungsgegenstände ausgelegt waren. Ihm gegenüber standen drei Schaufensterpuppen, die die zerfetzten Kleidungsstücke der Toten trugen, was dem Kommissar einen Schauer über den Rücken jagte.

»Willst du auch ein bissle mit puzzeln, Klufti?«, fragte Renn gutgelaunt.

Der Kommissar winkte ab. »Nein, Willi, dafür hat's mir schon als Kind an Geduld gefehlt.«

»Das glaub ich sofort.«

»Irgendwas Spektakuläres gefunden?«

»Bis jetzt nicht. Aber wir hatten tatkräftige Unterstützung von Bergwacht und Bundeswehr am Wochenende. Ganz schöner Auftrieb für so einen Unfall, sag ich dir.«

»Wie, Bundeswehr?«

»Ja, mit dem SAR-Hubschrauber haben die sich abgeseilt und dann die Absturzstrecke abgesucht, soweit das eben möglich war. Keine Ahnung, warum die drei da raufgegangen sind. Da geht es zum Teil senkrecht ins Nichts, ganz schön heftig.«

»Das ist der Rädlergrat, eine der gefährlichsten ...«

»Ich weiß, das haben mir gestern schon die Herren von der Bergwacht erzählt.«

»Sag mal, hast du dich da auch abseilen lassen, Willi?«

»Ich? Bist du narrisch? Für was haben wir denn unsere jungen, sportlichen Kollegen und die Alpinbeamten?«

»Stimmt, die gibt's ja auch noch.« Seit einiger Zeit hatten sie speziell ausgebildete Schutzpolizisten, die bei Einsätzen in den Bergen hinzugerufen werden konnten.

»Aber an mir bleibt halt der Fieselkram hängen«, schimpfte Renn. Er zeigte auf drei Plastikboxen mit weiteren Seilresten, Stofffetzen und Kleidungsstücken.

»Du brauchst das doch, Willi, gib's zu. Bist doch ein Wühler! Ist das jetzt eigentlich alles?«

»Alles werden wir sowieso nicht finden. Dafür ist die Absturzstrecke zu großräumig. Einiges wird der Berg wohl für immer behalten.«

Kluftinger nickte wissend.

»Ich kann das eh nicht nachvollziehen, dass es immer noch genügend Deppen gibt, die auf derart steilen Bergen rumkraxeln. Das ist anstrengend, saugefährlich, und wenn du oben bist, musst du den gleichen Weg auch noch zurück. Und das Schlimmste: An so einem Gipfel kannst du noch nicht mal einkehren. Dabei gibt es so schöne Bergbahnen bei uns im Allgäu, mit Restaurants und befestigten Wegen und einem Parkplatz direkt an der Talstation.«

»Das sind ja ganz neue Töne. Du tust doch sonst immer so sportlich, Willi«, wunderte sich der Kommissar.

»Ich geh golfen, das ist was ganz anderes. Da kann man nirgends runterfallen, es gibt ein sehr elegantes Clubhaus, und wenn man keine Lust hat zu laufen, mietet man sich ein Cart.«

»Bergsteigen, das hat auch mit Freiheit, Abenteuer und Natur zu tun«, hielt Kluftinger dagegen.

»Komm, Klufti, jetzt hörst du dich an wie ein Werbetexter vom Allgäu-Marketing. Du gehst doch auch auf keinen Buckel, wo nicht mindestens ein Lift rauffführt.«

»Täusch dich nicht, Willi. Ich war früher viel in den Bergen unterwegs. Hab nur im Moment wenig Zeit. Aber wenn ich erst mal pensioniert bin, geht's wieder richtig los.«

»Da bin zuerst ich dran mit dem Ruhestand. Du hast noch ein paar Jährchen mehr vor dir, brauchst dich noch gar nicht so drauf freuen. Jedenfalls: Mich regen die auf, diese Extremsportler: Die haben ihren Spaß, und wir können uns dann damit rumärgern.«

»Willi, die sind tot.«

»Ist doch wahr. Ich hab mir einen riesigen Kratzer in den BMW gefahren am Samstag wegen denen.«

»Daher weht also der Wind«, seufzte Kluftinger. »Jetzt reiß dich aber zusammen und sag das bloß nicht laut, dass du den dreien, die ihr Leben verloren haben, Schuld an einem kleinen Kratzer in deinem alten Karren gibst.«

»Von wegen klein …«

»Ich sag zu meinen Leuten auch immer: Nehmt halt nicht allweil eure eigenen Autos, schließlich haben wir Dienstwagen.«

»Da redet der Richtige. Du kommst doch auch immer mit deinem Schrottpassat daher.«

»Das ist kein Schrottpassat, Willi, sondern ein historisches Fahrzeug, und außerdem reg ich mich danach nicht auf, wenn ich irgendwas angefahren hab.«

»Sonst noch was, Klufti?«, zischte Renn. Der Spurensicherer hatte bereits einen roten Kopf, ein untrügliches Zeichen, dass er gleich einen mittleren Wutanfall bekommen würde.

Kluftinger legte ihm beschwichtigend eine Hand auf den Arm. »Tut mir leid, Willi, ich wollt nicht streiten.«

»Ja, schon recht«, lenkte der erstaunlich rasch ein. »Aber ich muss ja heute schon wieder da rauf, in dieses gottverlassene Oytal, da haben sie doch einen ausgebrannten Smart gefunden, von dem bisher noch niemand weiß, wo er herkommt oder hingehört.«

Kluftinger nickte. Er hatte vorher den Bericht der Verkehrspolizei überflogen und von dem Fund gelesen. Das kleine Auto war von einer Hubschrauberbesatzung mitten in einem Bachbett am Ende des Tals entdeckt worden und konnte bisher niemandem zugeordnet werden. Ob es einen Zusammenhang mit dem Absturz gab? Möglicherweise gehörte der Wagen ja einem der abgestürzten Bergsteiger. Er würde zur Sicherheit einen Kollegen darauf ansetzen. »Wenn du im Zusammenhang mit dem Auto was Spannendes findest, sag bitte Bescheid, ja, Willi?«

Jetzt grinste Renn ihn an. »Hast du nicht selbst so einen Winzling?«

»Einen Smart? Klar, den fährt jetzt mein Bub. Hab ich ihm zur Hochzeit geschenkt.«

»Hast selber nicht mehr reingepasst, hm?« Renn schaute demonstrativ auf Kluftingers Bauch. »Vielleicht ist es ja euer Smart, der da im Oytal abgestellt wurde, weil dein Markus endlich mal einen gescheiten Karren haben will.«

»Gegen das Auto ist überhaupt nichts zu sagen!«, konterte Kluftinger schärfer, als er eigentlich gewollt hatte. Durch Renns Frotzelei war er ins Nachdenken gekommen: Dass Markus und Yumiko das Auto nicht dabeihatten, sondern mit dem Zug gekommen waren, war schon seltsam gewesen. Aber das hatte sicher nichts zu bedeuten. Ziemlich sicher jedenfalls. Zumindest war es alles andere als wahrscheinlich, dass … wobei: Fragen könnte er seinen Sohn ja vorsichtshalber, ob mit dem Kleinwagen auch wirklich alles in Ordnung war.

»Bis auf die Farbe vielleicht …«, riss Willi Renn ihn aus seinen Gedanken.

»Dafür ist er billig hergegangen. Außerdem: Wenn du ein rosa Auto fährst, findest du es auf jedem Parkplatz sofort wieder.«

»Apropos finden: Wir haben etwas oberhalb der Verunglückten eine analoge Spiegelreflexkamera gefunden.«

»Stimmt, das hat der Maier erwähnt. Aber wer fotografiert denn noch so?«

»Einige sehr ambitionierte Fotografen, die sich einbilden, so bekäme man die besseren Bilder, und ein paar Leute, die sich nie eine Digitalkamera geleistet haben. Und ich, ab und zu, für private Zwecke jedenfalls. Für was hab ich mein Labor hier …«

»Und, war ein Film drin?«

»Klar, Klufti. Und weißt du, wer ihn sogar schon entwickelt hat heute Morgen? Genau, der liebe Willi«, tönte Renn stolz.

»Seit wann bist du denn da?« Kluftinger wusste, dass Renn seinen Dienst am liebsten schon im Morgengrauen begann, um dann gegen halb vier auf den Golfplatz zu verschwinden.

»Um halb sechs bin ich gekommen.«

»Ich hab gedacht, du hast gar kein Labor mehr.« Früher, im

alten Gebäude, als sie noch zusammen mit dem Präsidium am Stadtrand untergebracht waren, war Renn häufig in seiner Dunkelkammer gewesen, um die Fotos, die er an Tatorten gemacht hatte, selbst zu entwickeln und zu vergrößern. Hier aber war doch alles längst auf digitale Bilder umgestellt.

Renn schüttelte den Kopf. »Hochoffiziell natürlich nicht. Hätten die ja nie genehmigt, weil es das nicht mehr braucht heutzutage. Aber ich hab die Sachen alle mitgenommen beim Umzug. Wär sonst in den Container gewandert. Gut, die Chemikalien sind schon ein bisschen über dem Datum, aber es funktioniert noch alles tadellos. Komm mit.«

Willi Renn ging in einen kleinen, fensterlosen Raum, der von seinem Büro abging. Darin stand ein Vergrößerer, ein paar Chemikalienwannen lehnten zum Abtropfen im Waschbecken, und an einer Leine hingen großformatige Schwarzweißfotos.

»Wenn sie ganz trocken sind, kriegt ihr sie. Für die Akten. Nach meinem laienhaften Dafürhalten ist allerdings nix Besonderes drauf.«

Kluftinger sah sich ein Bild nach dem anderen genau an. Renn hatte recht: Es handelte sich lediglich um ein paar Landschaftsaufnahmen von Berghängen, Wiesen, Baumgruppen und verkrüppelt aussehenden Latschenkiefern.

»Wird von einem der Bergführer sein, die Kamera, denke ich«, erklärte Renn. »Der Bischof wird schon über andere Technik verfügen als über eine alte Minolta.«

»Könnte sein, Willi, ja.«

»Sag mal, Klufti, hast du eine Ahnung, warum die zwei Oberstdorfer Brüder in so historischen Klamotten unterwegs waren, der Bischof aber nur alte Schuhe, Steigeisen, eine Bundhose und obenrum neuestes Equipment anhatte? Schau mal, allein der Helm, schaut nach Hightech aus. Das Ding ist aus Carbon.«

Er zeigte auf eine Puppe, die einen mattschwarz schimmernden Sturzhelm trug. Kluftinger streckte automatisch die Hand danach aus, zog sie jedoch flugs zurück. Immerhin hatte das Ding bis vor ein paar Stunden noch ein Toter aufgehabt. »Jaja, interessant«, sagte er schnell. »Das mit der Kleidung hat wohl was mit einem Film zu tun. Was genau, weiß ich auch nicht.«

»Verstehe. Der Helm hätte ruhig auch aus Holz sein können, hätte letzten Endes nix gebracht. Aber sag mal, wenn du so ein alter Bergfex bist: Kannst du dir erklären, wofür dieses Ding da gut sein soll?« Er deutete auf eine kleine schwarze Platte aus Kunststoff, die an dem Kopfschutz angebracht war.

»Hm, also ... ich hab so was schon mal irgendwo gesehen.«

»Sicher«, höhnte Renn.

»Nein, wirklich. Das ist eine Art Halterung.«

»So weit war ich auch schon!« Renn ging zu seinem Schreibtisch und nahm einen Tablet-Computer zur Hand.

»Hast du auch den neumodischen Schmarrn gekriegt?«, brummte Kluftinger.

»Klar. Wie jede Abteilung. Aber ich muss sagen, unpraktisch sind die Dinger nicht.«

»Ich wüsst nicht, wofür die gut sein sollten.«

»Klufti«, seufzte Renn, »man muss schon auch mal ein bissle mit der Zeit gehen. Du darfst dich nicht kategorisch allen Neuerungen verschließen, die das Leben so mit sich bringt, sonst bist du ganz schnell abgehängt. Wer nur in den Rückspiegel schaut, verliert den Blick nach vorn.«

»Oh, am Schluss wird noch ein Alltagsphilosoph aus dir!«

Renn winkte ab und sagte in Richtung des Geräts: »Hey, Siri, zeige mir, was du im Internet über Helmhalterungen findest.«

Kluftinger runzelte die Stirn. Kurz darauf vermeldete eine blecherne Frauenstimme aus dem kleinen Lautsprecher: »Bitte wiederhole deine Frage. Ich habe nicht genau verstanden, was du meinst.«

Kluftinger grinste: »Nicht mal die Frauen im Computer verstehen dich.«

Renn wiederholte seine Eingabe, wobei er betont langsam sprach. »Siri, suche im Internet eine Helmhalterung.«

»Was möchtest du über Hautalterung wissen?«

Renn schnaubte: »So ein Glump. Normalerweise funktioniert das echt gut. Weiß auch nicht, was mit der los ist.«

Kluftinger sah sich die schwarze Platte am Sturzhelm noch mal an. Er schloss die Augen, dann schlug er sich gegen die Stirn. Natürlich, jetzt wusste er, woran ihn dieses Ding erinnerte: an die Befestigung der kleinen Kamera, die er von Yoshifumi Sazuka zum Geburtstag bekommen und dann auf Geheiß seiner Familie am Fahrradlenker befestigt hatte.

»Willi, lass mal die Susi in Ruhe, ich weiß schon, worum es sich da handeln könnte. Wenn mich nicht alles täuscht, ist das eine Kamera-Halterung.« Renn sah ihn über den Rand seiner riesigen Hornbrille hinweg an.

»Für eine GoPro?«

»Eine …? Ja, halt so eine, mit der man sich zum Beispiel beim Radfahren filmen kann.«

Nun war es Willi, der sich mit dem Handrücken gegen die Stirn schlug. »Logisch, daran hab ich ja überhaupt nicht gedacht. Respekt, Klufti. Dass jetzt ausgerechnet du auf so was kommst …«

»Willi, du wirst lachen, aber ich hab so ein Ding«, sagte Kluftinger stolz. »Gar nicht mal unpraktisch.«

»Du? Wofür denn das?«

»Damit ich meinem Freund in Japan ab und zu eine Videobotschaft von meinen Fahrradtouren schicken kann. Da schaust du, gell?«

»Allerdings.«

»Weißt du, Willi«, sagte Kluftinger und legte Renn eine Hand auf die Schulter, »du darfst dich nicht allen Neuerungen kategorisch verschließen, sonst bist du ganz schnell abgehängt. Du weißt schon: Rückspiegel und so.«

»Ha, ha, ha«, machte Renn gereizt. »Wir haben aber keine Kamera gefunden an der Absturzstelle.«

»Vielleicht hatte er ja gar keine dabei. Oder die hat es ihm beim Sturz vom Helm weggehaut.«

»Kann beides sein.«

»Oder …«

»Oder was?«

»Ach, nix, nur so ein Gedanke. Ich frag gleich noch mal bei der

Geschäftspartnerin vom Bischof nach, ob die da was drüber weiß. Wär schon eine Sensation. Ich mein, wenn wir Live-Bilder vom Absturz hätten, könnten wir den Unfall zwei Stunden später zu den Akten legen. Ich halt dich auf dem Laufenden. Gerne auch per Skype, wenn du willst.«

Nach seinem improvisierten Kamera-Fachvortrag trat eine Stille ein, die Kluftinger auf die Überraschung der Kollegen über sein profundes Technik-Wissen zurückführte. Er hätte diesem Erstaunen gerne mehr Raum gegeben, aber Maier setzte dem Ganzen ein jähes Ende, als er geschäftig verkündete: »Da wir gerade etwas Zeit zu haben scheinen, würde ich gerne die Liste mit den Fortbildungen angehen.«

Die Kollegen verzogen die Gesichter. »Das hat doch noch Zeit«, meinte Hefele.

Strobl stimmte ihm zu: »Das können wir doch noch … irgendwann machen.«

Doch Maier bestand darauf. »Ich brauche euch wohl nicht zu erzählen, dass ich höchstpersönlich von unserer Präsidentin für diese Aufgabe ausgewählt wurde, und ich habe vor, sie gewissenhaft auszuführen.«

»Aufgabe! Betraut!«, äffte Hefele ihn nach. »Für mich hat sich das angehört, als ob du einfach eine Liste schreiben sollst.«

»Komm, Richie«, schaltete sich Kluftinger ein, »wir können uns jetzt nicht mit solchen Kinkerlitzchen aufhalten. Immerhin haben wir hier ein paar Tote auf dem Schreibtisch liegen – also, im übertragenen Sinne.«

»Richtig. Die Unfallopfer haben es nicht mehr eilig, würde ich sagen. Ganz im Gegensatz zu Frau Präsidentin Dombrowski, die ihr volles Vertrauen in mich gesetzt hat, was die Erledigung dieser …«, er blickte zu Hefele, »dieses Auftrags angeht. Und das aus gutem Grund.«

»Ach ja, und der wäre?«, fragte Strobl.

»Vielleicht seine Phantasie, wenn es darum geht, sich die Realität zurechtzubiegen«, mutmaßte Hefele.

»Was soll denn das heißen?« Maier wirkte kampfeslustig.

»Ist doch wahr. Warum wird sie dich wohl genommen haben? Weil du so ein Streber bist!«

Sie erwarteten alle, dass der Angegriffene, so wie sonst auch, sofort zurückschießen würde, und hofften auf ein unterhaltsames Scharmützel, doch Maier lächelte nur milde. »Ach, Kollegen, ihr tut mir fast ein bisschen leid. Es ist doch offensichtlich.«

»Was? Dass du einen an der Murmel hast?«

»Dass die Präsidentin Gefallen gefunden hat an dem, was ich zu bieten habe.«

Ein paar Sekunden blieb es still, dann prusteten die anderen drei los. »Sag mal, was rauchst du eigentlich bei dir daheim in Leutkirch?«

Maier ließ sich nicht beirren. »Ich deute nur die Zeichen.«

»Was denn für Zeichen?«, presste Hefele mühsam hervor; er bekam kaum Luft vor lauter Lachen.

»Also, wenn ihr's genau wissen wollt: Gestern war sie auf dem Weg zum Fahrstuhl und hat mich gesehen, wie ich am anderen Ende des Gangs gerade um die Ecke gebogen bin. Und was hat sie gemacht?«

Strobl zuckte mit den Achseln. »Keine Ahnung. Sich hinter dem Schirmständer versteckt?«

»Sie hat ihn aufgehalten.«

»Wen?«

»Den Aufzug natürlich. Obwohl sie leicht hätte fahren können. Bis ich dort gewesen wäre, hätte sie schon sonst wo sein können.«

»Klar, bis in Sonthofen!«

Hefele hörte auf zu lachen. »Hm, das könnte natürlich wirklich ein Indiz sein.«

»Sag ich doch.« Maier verschränkte zufrieden die Hände hinter dem Kopf.

»Allerdings«, schränkte Hefele ein, »ist dann wohl der Bernhuber, ihr wisst schon, der vom Betrug, mit dem roten Grind, der nächstes Jahr in Pension geht, also der ist dann wohl ein bissle in mich verliebt. Er hat mir nämlich neulich die Klotür aufgehalten.«

Wieder prusteten sie los.

»Aha, und was war, als sich neulich unsere Hände zufällig berührt haben?«, keifte Maier zurück. »Und als die Birte neulich zufällig ihren Schlüssel hat fallen lassen, damit ich ihn aufhebe? Ein Mann spürt so was.«

»Ein Mann vielleicht«, warf Strobl vielsagend ein.

»Männer! Oder besser gesagt: Kinder! Können wir jetzt mal wieder zur Tagesordnung übergehen?« Kluftinger hatte die Lust an dem Thema verloren, auch wenn seine Kollegen noch stundenlang hätten weitermachen können, wie er aus leidvoller Erfahrung wusste. »Was ist denn jetzt mit der Liste?«

»Sehr gut, Chef, ruf die mal zur Räson. So, und jetzt wird die Liste gemacht.« Maier nahm sich das Tablet von Kluftingers Schreibtisch, drückte auf den Bildschirm und hielt es sich dann vor den Mund, was in den Augen des Kommissars etwa so aussah, als wolle er in ein überdimensionales Knäckebrot beißen. Dann begann sein Kollege zu sprechen: »Es ist Montagnachmittag. Liste gruppeninterner Fortbildungen. Erstens: Schießtraining. Zweitens ...« Er dachte eine Weile nach, dann ließ er das Tablet sinken: »Was haben wir denn sonst noch gemacht?«

»Ja, nix halt, das ist doch genau das Problem, zefix.« Kluftinger klang ein bisschen verzweifelt.

»Das stimmt so aber nicht«, wandte Maier ein. »Ich habe an den Seminaren *Psychologie in Vernehmungssituationen* und *Windows für Polizeibeamte* teilgenommen, außerdem ...«

»Ja, du. Aber wir waren doch nirgends.«

»Ich hab euch immer gesagt, dass ...«

»Geschenkt, Richie. Jetzt ist es halt so, also müssen wir das Beste draus machen. Und du bist auch Teil dieser Abteilung, ob du willst oder nicht.«

»Auf einmal.«

»Du hast uns doch immer ganz viel erzählt von deinen Fortbildungen, Richie«, sagte Strobl.

»Hat euch nie interessiert.«

»Nein, das nicht. Aber so gesehen hast du uns ja drüber unterrichtet und dein Wissen weitergegeben. Kannst du also deine Fortbildungen auch bei uns eintragen.«

Die anderen nickten, und Maier diktierte etwas von »gruppeninterner Multiplikation relevanter Inhalte« in das Tablet. »Das reicht aber nicht mal annähernd«, konstatierte er dann.

Sie schwiegen eine ganze Weile, dann meldete sich Hefele zu Wort. »Also, ich finde, man lernt ja nicht nur bei offiziellen Fortbildungen was, oder?«

Die Kollegen sahen ihn gespannt an.

»Ist doch wahr. Nicht in der Schule, sondern im Leben lernen wir, hat der Schiller gesagt.«

»Das war nicht Schiller, sondern Seneca«, widersprach Maier, »und außerdem heißt es nicht *in* der Schule, sondern *für* die …«

Hefele ließ ihn nicht ausreden. »Seht ihr? Da haben wir doch schon wieder was gelernt. Dass der Richie ein wahnsinniger Besserwisser ist.«

Strobl schüttelte den Kopf. »Das wusst ich schon.«

»Chef, das ist genau das, was die Dombrowski meint.«

Kluftinger verzog das Gesicht. »Ja, da hat der Richie schon recht. Also, irgendwie. Wie meinst du denn das mit dem Lernen, Roland?«

»Na, dass wir halt ein bissle kreativ sein müssen. Wie gesagt, man bildet sich doch auf vielerlei Art weiter.«

»Und?« Kluftinger verstand noch immer nicht.

»Jetzt seid's doch nicht so schwer von Begriff. Wir waren doch Ende letzten Jahres mal alle zusammen beim Weißwurstfrühstück, oder?«

Sie nickten.

»Und was sind Weißwürste?«

Maiers Gesicht hellte sich auf. »Das sind viel zu fette und zu stark verarbeitete …«

»Nein, das mein ich nicht. Die sind totes Fleisch. Und wer kümmert sich um totes Fleisch?«

»Der Metzger?«, riet Strobl.

»Nein. Also, schon. Wir haben doch so eine Art Metzger.«

Die Gesichter der Kollegen waren ein einziges Fragezeichen.
»Der Böhm!«
Kluftinger riss langsam der Geduldsfaden. »Jetzt sag halt endlich, was du meinst.«
»Ich mein, wir wollen unsere Chefin ja nicht belügen, andererseits wollen wir auch keinen Ärger. Also müssen wir halt die Wahrheit ein bisschen dehnen. Und dann ist unser Weißwurstfrühstück eben ein *Fachseminar für Pathologie in der Ermittlungsarbeit.*«
»Ah, verstehe, Roland.« Strobl tippte sich an die Stirn. »Bist ja gar nicht so blöd, wie der Maier ausschaut.«
»Hast du das gehört, Chef? Geht das Mobbing schon wieder los!«
»Richie, ein Spaß unter Kollegen wird doch noch erlaubt sein«, verteidigte sich Strobl.
»Der Roland hat da vielleicht wirklich eine gute Idee gehabt«, erklärte Kluftinger.
Doch Maier meldete prompt Zweifel an. »Ich weiß nicht, letzten Endes bleibt es die Unwahrheit. Und die Chefin wird das nicht gut finden, wenn sie es rausfindet.«
»Wird sie aber nicht«, versicherte Hefele.
»Komm, Richard, jetzt tu nicht blöd.« Strobl stieß Maier kumpelhaft mit dem Ellbogen an. »Wir sind doch ein Team.«
»Na ja, schon …«
»Siehst du.« Strobl klatschte zufrieden in die Hände. »Ich hab auch schon einen weiteren Vorschlag.«
Neugierig blickten ihn die anderen an.
»Wir gehen doch immer wieder miteinander zum Kegeln.«
Sie zogen die Augenbrauen hoch.
»Das war also die Weiterbildung«, er machte eine dramatische Pause, bevor er weitersprach, *»Polizeiarbeit anhand von neun Fallstudien.«*
Ein paar Sekunden blieb es still, dann wurde der Vorschlag mit großem Hallo für gut befunden. Allmählich fanden sie Spaß an der Sache und beflügelten sich gegenseitig: »Jetzt hab ich einen«, rief

Kluftinger. »Unser Frühschoppen neulich, kurz vor Ostern, das war eine Fortbildung zum Thema Alkohol- und Drogenmissbrauch im Zusammenhang mit religiösen Festen.«

Hefele und Strobl klatschten in die Hände, Maier notierte mit saurer Miene die Wortmeldung.

»Jetzt ich, jetzt ich!« Hefele streckte den Finger wie ein Schulkind nach oben und schnipste dabei. »Wir trinken ja jeden Tag Unmengen Kaffee. Und Kaffee kommt oft aus Lateinamerika.«

»Streng genommen holt ihn die Sandy immer bei Tchibo«, unterbrach ihn Strobl.

»Jaja, jetzt lass mich mal ausreden. Also: Lateinamerika ist bekannt für Drogenkartelle und Rauschgift. Also bilden wir uns quasi ständig fort über Drogenbanden und organisierte Kriminalität in Südamerika.«

»Oh, da hab ich was viel Besseres«, sagte Strobl und hob die Hand. »Als der Klufti damals seinen Passat zeitweise bei der Uschi verloren hat, das war doch streng genommen ein *Seminar zur verdeckten Ermittlung im auto-erotischen Umfeld.*«

Die Männer waren kaum noch zu bremsen, und die Vorschläge sprudelten geradezu aus ihnen heraus. Maier quittierte zwar jeden von ihnen mit einem Kopfschütteln, diktierte jedoch trotzdem das meiste in das Tablet. Erst als Hefele den Vorschlag machte, einen Besuch in Maiers Wohnung als Studie von sozial devianten Verhaltensweisen aufzuführen, rebellierte er: »Sorry, aber das trag ich nicht mehr mit. Und jetzt nicht in erster Linie, weil es mal wieder gegen mich geht. Das ist einfach zu blöd, damit geh ich nicht zur Chefin. Gerade jetzt, wo sich zwischen uns was Zartes anbahnt.«

»Eins würd ich gern mal wissen, Richie«, sagte Strobl mit ernstem Gesicht, »seit wann stehst du eigentlich auf Frauen?«

Maiers Kiefer klappte herunter, er schnappte nach Luft und stand dann ruckartig auf. »Ich … also das ist doch …« Mehr fiel ihm nicht ein, und er verließ fluchtartig den Raum.

»Leute, das geht so aber wirklich nicht«, erklärte Kluftinger halbherzig, als die Tür geräuschvoll ins Schloss gefallen war. »Wir dürfen nicht so zu ihm sein. Wir sind ein Team, da ist schon was dran. Überlegt mal, er hat oft schon den Kopf für uns hingehalten. Und auch wenn es manchmal ein Schmarrn ist: Wenigstens hat er Ideen und Visionen. Ich finde, wir müssen ihn stärker bekräftigen in dem, was er tut.«

Die beiden anderen sahen schuldbewusst zu Boden. »Ja, hast ja recht«, räumte Hefele zerknirscht ein.

»Allerdings, das finde ich auch«, stimmte Strobl ihm zu. »Und wir sollten sofort damit anfangen.«

»Aha, das sind ja ganz neue Töne«, erwiderte Kluftinger erfreut.

»Na, der Richie meint doch, dass die Chefin auf ihn steht, oder? Also sollten wir ihn in dieser Meinung bestätigen.« Damit hob Strobl die Hand, und Hefele klatschte sie grinsend ab.

Hier scheint warm die Sonne,
im Tal ist es Grau.
Ich hock heroben –
Daheim hockt die Frau

Aus dem Gipfelbuch am Grünten

Als Kluftinger zu Hause ankam und sein rituelles »Bin dahoim!« in den Gang schmetterte, bekam er darauf zwar keine Antwort, ein deutlich vernehmbares Geschirrklappern verriet ihm jedoch, dass Erika in der Küche beschäftigt war. Sicherlich mit der Zubereitung seiner geliebten Kässpatzen. Die gab es praktisch jeden Montag, bevor er zum Treffen der Musikkapelle *Harmonie* musste, in der er mehr oder weniger freiwillig die große Trommel schlug. Nachdem er die Proben bereits die letzten drei Wochen hatte ausfallen lassen, müsste er heute Abend wohl oder übel wieder hingehen. Aber gestärkt mit ein paar Tellern Allgäuer Nervennahrung, würde er die Probe schon irgendwie hinter sich bringen.

»Hallo, Schätzle, machst du dir schon wieder recht viel Arbeit?«, trällerte er voller Vorfreude, als er die Küchentür aufstieß.

Doch ihm bot sich ein völlig anderes Bild als erwartet: Nicht seine Frau stand da über die Spülmaschine gebeugt, sondern seine

Schwiegertochter Yumiko. Sie lächelte ihm zu und räumte weiter das Geschirr aus, während Erika am Küchentisch kurz von einer Zeitschrift aufblickte. »Hallo, Butzele.«

Der Kommissar war gleich doppelt besorgt: Gab es denn heute keine Kässpatzen? Und hatte sich Erika verletzt, dass die hochschwangere Yumiko die Hausarbeit erledigen musste?

»Gibt heut übrigens keine Spatzen, der Markus hat gesagt, er will lieber nicht so schwer essen am Abend«, erklärte seine Frau ungefragt. »Wegen den Kohlenhydraten und so. Er muss nämlich noch weiterlernen, nachher.«

Priml. Von wegen Nervennahrung! Kluftinger hätte gute Lust gehabt, eine Diskussion darüber zu führen, warum der Bub nicht einfach nur vom Salat essen könne, den es immer zu den Spatzen gab, beherrschte sich aber. Wenn er Glück hatte, dauerte die Probe nicht so lange, und beim Mondwirt, wo die gesamte Kapelle nach getaner Arbeit meist noch auf ein Getränk einkehrte, hatte die Küche bis in die Nacht geöffnet.

»Und was essen wir dann?«, wollte Kluftinger wissen.

»Gibt Brotzeit. Die Yumiko hat aber angeboten, dass sie nachher noch einen bunten Salat mit gebratenem Tofu machen könnte.«

»Soso«, brummte Kluftinger. »Tofu. Wisst ihr, das ganze Salatzeugs geht mir so auf die Galle in letzter Zeit. Muss ja wirklich nicht sein, dass du auch noch das Essen für uns machst, Yumiko, gell? Eine Brotzeit tut's schon.« Dann nahm er der Japanerin die Tassen ab, die sie gerade aus der Maschine holte: »So, du lässt das jetzt mal bleiben und ruhst dich aus. Nicht, dass du dich überanstrengst in deinem Zustand.«

Seine Schwiegertochter wollte etwas erwidern, doch Kluftinger kam ihr zuvor: »Nix da, keine Diskussion. Das macht bei uns schon allweil die Erika.«

Der Kopf seiner Frau hob sich ruckartig.

»... oder jemand anderes, jedenfalls niemand, der schwanger ist. Und jetzt raus mit dir, leg dich ein bissle hin!«

»Aber ich bin doch nicht krank ...«

»Genau. Und damit das auch so bleibt, lässt du jetzt die Schafferei. Basta.«

Mit diesen Worten schob er sie aus der Küche und drückte die Tür hinter ihr zu. Dann sah er seine Frau fragend an.

»Was ist, Butzele?«

»Könnt ich auch fragen, oder?«

»Inwiefern?«

»Insofern, dass du seit dreißig Jahren die Spülmaschine ausräumst.«

Jetzt legte Erika ihre Zeitschrift weg und sagte ruhig: »Erstens haben wir erst seit höchstens zwanzig Jahren eine, weil dir die Anschaffung immer zu teuer war, zweitens hast du recht, ich mach das immer, aber wenn die Kinder hier wohnen, finde ich es nicht weiter schlimm, wenn sie ein wenig mithelfen. Drittens: Ich hab auch den ganzen Tag geschafft. Sogar die Wäsche von den beiden hab ich noch gebügelt.«

»Dann soll's halt wenigstens der Markus ausräumen.«

»Ich hab dir gestern schon gesagt: Er muss lernen und soll sich sonst erholen. Und jetzt hör mal auf, die Yumiko so in Watte zu packen. Andere Frauen gehen bis zur Geburt zum Arbeiten.«

»Ja, und dann passiert was, und man macht sich ewig Vorwürfe!«

Nun stand Erika auf und ging kopfschüttelnd an ihm vorbei. Dabei murmelte sie etwas, von dem er nur die Worte »viel zu früh für ein Kind« verstand.

Kluftinger sah ihr noch eine Weile nach, dann machte er sich ans restliche Geschirr, beschloss aber schnell, seinen Sohn zu Hilfe zu rufen. Ein wenig Abwechslung vom Lernen würde ihm sicher nicht schaden. Markus sah das ganz offensichtlich anders, denn jegliche Reaktion, auch auf lautes Brüllen, blieb aus.

So machte sich der Kommissar also aufopferungsvoll daran, nach dem Ausräumen der Maschine den Inhalt des Kühlschranks auf zwei große Platten zu verteilen. Wider Erwarten fand er sogar Gefallen daran, Wurst und Käse schön anzurichten, die Essiggurken in ein kleines Schälchen umzufüllen und alles mit Radieschen zu garnieren. Er stellte noch vier Brotzeitbrettchen, Besteck und Gläser auf einem Tablett bereit, füllte seinen Krug mit Bier und rief schließlich mit stolzgeschwellter Brust: »Familie, Nachtessen ist fertig!«

Kurz darauf tauchte sein Sohn auf.

»Ah, der gnädige Herr bequemen sich zu Tisch!« Das hatte schärfer geklungen, als Kluftinger es eigentlich beabsichtigt hatte.

Noch bevor Markus sich verteidigen konnte, wurde die Kellertür aufgestoßen und ein Waschkorb hindurchgeschoben, dann erschien seine Frau. »Lass den Bub in Frieden!«

»Schon recht. Ich sag ja nix. Muss man sich aber auch nicht so anstellen, wegen dem bissle Lernerei. In unserer Zeit, da gab es noch einen Spruch, der hieß *Lehrjahre sind keine Herrenjahre!*«

Erika wollte etwas erwidern, doch ihr Sohn hielt sie zurück. »Lass mal, Mama, ich kann schon für mich selber reden.«

»Ja, reden, das könnt ihr jungen Leut. Aber das ist oft auch das Einzige. Wir wären damals bloß mit ein bissle reden jedenfalls nicht weit gekommen.«

»Vatter, ich sag dir jetzt mal was, okay? Ich bin froh, dass die Mutter mir den Rücken freihält und ich mich nicht auch noch ums Kochen, Putzen und Bügeln kümmern muss während der Examensvorbereitung.«

»Examen, Examen. Gibt auch noch was anderes im Leben.«

»Nein, Vatter, im Moment bei mir eben nicht. Das ist heute nämlich schon ein bissle härter als damals in deiner Ausbildung. Da reicht es nicht, ein bisschen die Kelle zu schwingen und die Uniform aufzubügeln, und ruck, zuck ist man ein Leben lang im Staatsdienst. Heute geht es um echte Qualifikation!«

Kluftinger schnappte nach Luft, und hätte Erika nicht sofort betont, wie schwer es für ihren Mann gewesen war, neben dem Hausbau und der Gründung einer Familie die Prüfungen für den höheren Polizeidienst zu meistern, wäre das gemeinsame Abendessen wohl ausgefallen. So begruben die Kluftinger-Männer das Kriegsbeil für die Dauer der Mahlzeit. Das war jedenfalls der Plan.

Es begann auch harmonisch, und der Kommissar erhielt viel Lob für seine Dekorationsbemühungen. Doch der Friede währte nur kurz. Als Markus seine Frau bat, ihm das Salz zu reichen, lehnte sich Kluftinger sofort mit einem »Mach ich schon!« über den halben Tisch zum Salzstreuer, um ihn mit vorwurfsvollem Blick seinem Sohn zu geben.

»Stimmt, die Miki soll ja nicht so schwer heben«, ätzte Markus.

Daraufhin begann Yumiko aus heiterem Himmel zu schluchzen.

»Prima hingekriegt, Vatter!«, brummte Markus.

»Ja, für so was hat er Talent, dein Papa«, stimmte Erika ein.

Kluftinger schüttelte den Kopf. Er hatte es doch nur gut gemeint. »Komm, Miki, jetzt beruhig dich erst mal wieder. Vielleicht hast du Unterzucker, so was kommt vor. Iss was.« Er reichte seiner Schwiegertochter die noch unberührte Hälfte seines Zwiebelmettwurstbrotes.

»Das ist nix für sie«, zischte sein Sohn. »Kein rohes Fleisch in der Schwangerschaft.«

»Ja, klar, weiß ich natürlich«, erwiderte Kluftinger kleinlaut, schnitt ein Stück Camembert ab, drapierte es auf einer Scheibe Brot und streckte es Yumiko entgegen. Die sah kurz auf, schüttelte den Kopf und erklärte leise: »Rohmilch.«

Yumiko stand auf und nahm sich einen Apfel aus der Obstschale.

»Markus, ist das was für sie, der Apfel?«, flüsterte Kluftinger.

»Wieso denn nicht?«

»Ist doch roh!«

»Du bist echt jenseits von gut und böse, Vatter.«

»Aber auch total süß«, fügte Yumiko hinzu und tätschelte ihrem Schwiegervater die Schulter.

Nun musste auch Erika grinsen, und Kluftinger lachte erleichtert auf, da der schwelende Konflikt von eben aus der Welt zu sein schien. »Der Pauli von der Musik, der hat am Wochenende seine ganzen Stallhasen geschlachtet, soll ich einen mitbringen zum Einfrieren, Erika?«, fragte er, worauf Yumikos Lippen wieder zu beben begannen. *Die hatte wirklich verdammt nah am Wasser gebaut, seitdem sie schwanger war.* »Musst nicht weinen, Miki«, versuchte er, sie zu beruhigen, »er schlachtet jedes Jahr im Frühjahr welche. Der züchtet die ja nur wegen dem Fleisch.«

Zehn Minuten später hatte sich die erneute Aufregung gelegt. Fürs Erste zumindest. Kluftinger fiel auf einmal sein Gespräch mit Willi Renn wieder ein. »Sag mal, Markus, wie geht es eigentlich deinem … ich mein, eurem Smart?«

Mit gerunzelter Stirn sah sein Sohn ihn an. »Gut, wieso? Bis auf die Tatsache, dass er jetzt als Zweisitzer ein bissle klein wird, wenn wir zu dritt sind. Warum?«

Kluftinger zuckte mit den Achseln. »Bloß so. Weil ihr mit dem Zug gekommen seid. Steht der Wagen in Erlangen in der Tiefgarage?«

»Keine Ahnung. Ein Kumpel von uns leiht ihn sich hin und wieder aus.«

»Spinnst du? Du kannst doch nicht mein Auto an irgendjemand herleihen.«

»Vatter, du hast uns den Smart zur Hochzeit geschenkt, der gehört also streng genommen uns. Aber beruhig dich, der Mario ist total zuverlässig.«

Jetzt schaltete sich Yumiko ein. »Siehst du, Markus, ich hab dir gleich gesagt, wir sollten das besser lassen. Aber du musst neuerdings ja immer deinen Willen durchsetzen.«

»Genau«, stimmte der Kommissar ihr zu. »Die Miki hat völlig recht. Das Auto ist nämlich auf mich zugelassen, und die Versicherung läuft auch auf meinen Namen. Was meinst du, was da los ist, wenn ein Unfall passiert?«

»Dann zahlt sie«, blaffte Markus.

»Ich hab aber in den Versicherungsbedingungen stehen, dass nur Familienmitglieder über fünfundzwanzig fahren dürfen, so schaut's aus!«

»Verstehe. War billiger, oder?«

»Was ist denn das für einer, dieser Mario?«

»Dieser Mario ist Medizinstudent und mein ehemaliger Mitbewohner in der WG. Du müsstest ihn sogar kennen, von der Hochzeit. Kommt übrigens auch aus dem Allgäu, wenn dich das vielleicht für ihn einnimmt.«

Ein schrecklicher Verdacht keimte im Kommissar auf. »Woher genau?«

»Wird das jetzt ein Verhör?«

»So in der Art.«

»Fischen.«

»Das bei Oberstdorf?«

»Das bei Oberstdorf, Vatter.«

Der Kommissar zog die Brauen zusammen. Ob Willi Renn am Ende doch recht gehabt hatte mit seiner flapsig hingeworfenen Bemerkung? »Ist er Bergsteiger, dieser Mario?«

»Glaub ich nicht.«

»Glauben heißt nix wissen.«

Jetzt stand Kluftinger auf und ging vor dem Tisch auf und ab. »Könnte es sein, dass besagter Mario mit meinem Auto heimgefahren ist, um es dort, sagen wir mal, in einem Naturschutzgebiet abzustellen, wo es ihm möglicherweise so kalt geworden ist, dass er ein Feuer angezündet hat? Und könnte dieser Mario vielleicht vorbestraft sein?«

Seine Familienmitglieder sahen ihn entgeistert an.

»Sag mal, Vatter, ist bei dir ne Sicherung durchgebrannt?«

Yumiko zischte ihrem Mann zu: »Sag's ihm doch. Er wird es doch sowieso erfahren.«

»Aha«, presste Kluftinger hervor. »Also doch.« Er fühlte, wie ihm heiß und kalt wurde.

»Nix also doch. Der Mario ist heute früh geblitzt worden, in der Nähe von Forchheim. Könnte also sein, dass dir demnächst ein Bußgeldbescheid ins Haus flattert. Aber er zahlt das natürlich.«

»Gott sei Dank«, entfuhr es dem Kommissar.

»Bitte?«

»Also, dass nicht mehr passiert ist. Bei der hohen Geschwindigkeit«, entgegnete Kluftinger. Er war erleichtert, dass nun endgültig klar war, dass es nicht sein Smart war, der im Oytal stand. »Wird Zeit, dass ihr das Auto auf euch anmeldet.«

»Geh, wovon soll der Markus denn das bezahlen?«, schimpfte Erika.

»Ich mein ja, wenn er fertig ist mit dem Studium.«

»Wenn ich dran denke, dass wir bald zu dritt sind, ich gerade mal so meinen Master in der Tasche habe und Markus noch immer studiert, dann …«, sagte Yumiko leise.

»Komm, Miki, wir sind doch auch noch da. Und deine Eltern unterstützen euch ebenfalls!«

»Ich will einen Mann, der für mich und meine Kinder sorgen kann!«, sagte sie mit bebenden Lippen.

»Danke, holdes Eheweib. Komm ich mir gleich viel besser vor«, brummte Markus zurück.

Kluftinger stand auf. »Jetzt wird nicht mehr rumgestritten. Kapiert?«, versuchte er, die heikle Situation zu beenden. Zurzeit war sein Familienleben an den verschiedensten Fronten wirklich alles andere als harmonisch. Jedes Thema, das er anschnitt, stellte sich letztlich als vermintes Gelände heraus.

Yumiko griff sich die Wurst- und Käseplatte und wollte sie abräumen, doch der Kommissar nahm sie ihr aus der Hand. »Mach ich schon, lass sein.«

»Für mich machst du das nie«, sagte Erika so leise, dass nur er es hören konnte.

»Du bist ja auch nicht schwanger.«

»Selbst wenn ich noch in dem Alter wäre: Ich wüsste nicht, wovon!«, zischte sie.

»Erika, nicht vor den Kindern!«, sagte er erschrocken und eilte in die Küche.

Auch dieser Sturm legte sich nach kurzer Zeit wieder, was allerdings vor allem daran lag, dass sich jeder in eine andere Ecke des Hauses verzogen hatte. Erika werkelte in der Küche, Markus widmete sich seinen Büchern, und Yumiko saß vor dem Fernseher. Kluftinger gesellte sich zu ihr und ließ sich müde in seinen Sessel fallen. Die Musikprobe und damit auch die Aussicht auf seine »Spät-Kässpatzen« hatte er bereits abgeschrieben.

»Und, was kommt?«, fragte er beiläufig in der Hoffnung, seine Schwiegertochter würde ihm daraufhin die Fernbedienung aushändigen, die ihm als Haushaltsvorstand sozusagen qua Naturgesetz zustand.

»Nur so ein Serienschrott. Sonst gar nichts.«

Die Fernbedienung blieb in ihrer Hand.

»Sollen wir mal durchschalten?«

»Hab ich schon. Nur uninteressantes Zeug.«

»Gar nichts Vernünftiges dabei?«

»Noch nicht mal ansatzweise.«

Ganz schön hartnäckig, die junge Japanerin. »Und worum geht's da so?«, fragte er, nachdem er eine Weile die Sendung verfolgt hatte, in der hölzern agierende Schauspieler hölzern klingende Dialoge aufsagten.

»Hm?«

»Worum es da geht, in dem Film, wollt ich wissen.«

»Ach, irgendein Liebes- und Familiengedöns. Eine von diesen Daily Soaps.«

Er gab es auf. Wenn er jetzt auf das Umschaltrecht bestand, würde sie am Ende wieder losheulen. Sollte er vielleicht doch noch zur Probe gehen? Erika helfen? Unmotiviert sah er auf den Bildschirm.

Dort saß eine Familie an einem riesigen, aufwendig eingedeckten Esstisch in einem prunkvollen Zimmer, alle hatten Abendkleider oder Sakkos an, aßen mit Silberbesteck, tranken Wein aus Kristallkelchen und wurden von einem Butler bedient.

»Es geziemt sich nicht für einen von Schillingsberg-Zieselheim, etwas über seine Familie auf Facebook zu posten, merk dir das, Enno!«, sagte eine Mittfünfzigerin, offenbar die Mutter der Familie.

»Ich mach das doch für euch, um die Firma wieder zum Laufen zu bekommen. Die Leute wollen das mit den sozialen Medien. Wenn das Baby da ist, brauchen Felicia und ich eine wirtschaftliche Perspektive, hier auf Gut Halderzell, mitten auf dem flachen Land. Ich

plane übrigens, mittelfristig auch eine Online-Werbeagentur zu etablieren.«

»Blödsinn«, sagte Yumiko kopfschüttelnd.

»Ja, schon«, versetzte Kluftinger. »Wie heißt die Sendung noch mal? Teleskop?«

Yumiko lachte. »Nein, *Daily Soap,* so nennt man täglich laufende Serien. Seifenopern hat man früher dazu gesagt. Und in Südamerika heißen die *Telenovela.*«

»Was du alles weißt …«

»Leider ziemlich unnützes Wissen«, seufzte die Japanerin. Dann streckte sie Kluftinger die ersehnte Fernbedienung entgegen und stand auf. »Ich geh hoch.«

»Okay, gut' Nacht, Miki.« Endlich hatte er wieder die Programmgewalt. Er würde noch warten, bis Yumiko aus dem Zimmer war, um dann sofort umzuschalten.

»Ich wünsche mir einen Mann, der selbst für mich und meine Kinder sorgen kann, und keinen Berufssohn, der sich nur auf dem finanziellen Polster seiner Eltern ausruht!«

Der Kommissar horchte auf. Er stellte den Ton ein wenig lauter und schaute interessiert auf den Bildschirm.

»Felicia, du wirst ungerecht«, echauffierte sich nun der Berufssohn, tupfte sich mit der Stoffserviette den Mund ab und erhob sich. *»Ich bin dabei, mich von Vater in die Geschäfte einweisen zu lassen, und bin durchaus nicht untätig. Wenn ich erst mal mein Examen in der Tasche habe und die Werbeagentur ins Laufen kommt …«*

Nun stand auch die junge Frau auf.

»Jaja, wenn, wenn, wenn. Mir reicht es. Ich werde noch ein wenig ausreiten, ich muss raus aus diesem Mief hier!«, zeterte sie.

»Nicht doch«, versuchte die ältere der beiden Frauen, sie zurückzuhalten, *»in deinem Zustand darfst du nicht auf ein Pferd steigen. Du trägst ein Kind unter dem Herzen! Mach dich nicht unglücklich!«*

Ein älterer Herr, offenbar ihr Mann, nickte gravitätisch.

»Ich bin schwanger, nicht krank!«, zischte die junge Frau noch, dann verschwand sie durch die große Flügeltür.

Frau von Schillingsberg ging zu ihrem Sohn und legte ihm die Hand auf die Schulter. *»Enno, mein lieber Junge, sei ihr nicht gram. Du hast keinen Begriff davon, was sie durchmacht. Du weißt nicht, wie man sich als Frau fühlt, wenn man bald einem Kind das Leben schenken wird. Und sie ist so weit weg von zu Hause, getrennt von ihrer eigenen Familie, bitte bringe ihr die Zuneigung und Wärme entgegen, die sie nun braucht.«*

»Deine Mutter hat recht, Enno«, pflichtete der Vater bei.

Theatralisch sah Enno nun zu seiner Mutter auf. *»Mama, wenn du wüsstest! Es sind nicht nur die Umstände, die sie bedrücken. Felicia ist nicht immer die, die sie vorgibt zu sein.«*

»Was genau meinst du, Junge?«, fragte die Frau entsetzt.

»Ich kann es dir nicht sagen, Mama. Aber schon bald wirst du ohnehin davon erfahren!«

Kluftinger hatte sich im Sessel nach vorn gebeugt, doch da ertönte dramatische Orchestermusik, und der Abspann begann. »Kreuzkruzifix!«, schimpfte er. Es hätte ihn schon interessiert, was die junge Frau zu verbergen hatte. Sonst schaffte er ja kaum einen Film bis zum Ende, meist schlief er vorher ein. Und diese TV-Familie schien in einer ähnlichen Lage zu sein wie sie selbst. Auch wenn er und seine Familie weder ein Schloss noch silberne Serviettenringe besaßen.

»Wie wird es weitergehen auf Gut Halderzell? Und was wird Ennos Vater zu dem dunklen Geheimnis seiner Schwiegertochter sagen? Schalten Sie morgen wieder ein bei Feuer der Leidenschaft!«, tönte es noch aus dem Fernseher, dann wurde zum Nachrichtenstudio geschaltet.

Kluftinger machte mürrisch den Fernseher aus. Immerhin war seine Müdigkeit wie weggeblasen. Er verspürte sogar auf einmal ziemlichen Hunger. *Also doch noch zur Probe.*

Auf den Bergen, da ist Frieden,
da gibt's weder Lärm noch Streit,
alle Unrast bleibt da unten,
tief im Tal Haß und Neid.
1973

Aus dem Gipfelbuch am Schneck

Der Kommissar war erstaunt, dass sein Sohn bereits wach war, als er am nächsten Morgen in die Küche kam.

»Heu, schon so früh auf den Beinen?«

»Er hat im Wohnzimmer geschlafen«, antwortete Erika. »Yumiko schnarcht ja so, seitdem sie schwanger ist. Und überhaupt …«

»Mama, das war nicht der Grund, ich bin einfach noch mal runter und dann vor der Glotze eingepennt.«

»Gib dir keine Mühe. Ich weiß genau, was mit dir los ist, Bub. Ihr habt wieder gestritten, oder?«

»Ach was, das war gestern nicht so dramatisch. Aber stimmt schon, die Miki ist echt ziemlich hysterisch grad. Das nervt.«

Kluftinger dachte kurz nach, dann stellte er sich zu seinem Sohn, legte ihm die Hand auf den Unterarm und erklärte: »Sei ihr nicht böse. Was so eine Frau durchmacht, wenn sie ein Kind unter dem Herzen trägt, das wissen wir Männer gar nicht. Und wo sie so weit weg ist von ihren Leuten und ihren Eltern. Seid lieb zueinander, ja?«

Erika blickte ihren Mann mit offenem Mund an, und Markus nickte nur, ohne etwas zu sagen.

Kluftinger grinste in sich hinein. *Das hatte gesessen.* Gar nicht so schlecht, manchmal, das Fernsehen. Vielleicht sollte er die Familie Schillingsberg ab jetzt öfter besuchen.

»Zefix, wo ist denn heut der Strobl?« Mürrisch blickte Kluftinger die Kollegen Maier und Hefele an, als hätten die Schuld daran, dass ihr Kollege nicht pünktlich zur Morgenlage-Besprechung erschienen war.

»Jetzt warten wir halt noch fünf Minuten, er wird schon kommen«, meinte Hefele.

Der Kommissar sah auf die Uhr. Unpünktlichkeit konnte er eigentlich nicht leiden, aber er wollte auch nicht päpstlicher sein als der Papst. Sicher hatte Strobl einen Grund, schließlich war er ein äußerst zuverlässiger Kollege. »Also gut. Und was machen wir in der Zwischenzeit?«

»Du könntest uns mal erzählen, ob du deinen Smart schon vom Berg runtergeholt hast«, schlug Hefele grinsend vor.

»Himmelherrgott, das ist nicht mein Smart.«

»Scheint ja ausnahmsweise zu stimmen«, gab Maier ihm recht. »Die haben anscheinend schon einen Verdacht, wer den da raufgebracht haben könnte. Und das bist nicht du.«

»Aha, und wer dann?«

»Irgend so ein Typ, der die Karre wohl in Ulm geklaut hat und dann in eine Verkehrskontrolle kam und abgehauen ist. Passanten haben ihn sogar noch durchs Zentrum von Oberstdorf rasen sehen. Wie er in dieses entlegene Tal und noch dazu ins Bachbett raufgekommen und warum das Auto abgebrannt ist, weiß man allerdings noch nicht.«

Kluftinger nickte und sah erneut auf seine Uhr. »Fräulein Henske?«, brüllte er so unvermittelt, dass seine Kollegen zusammenfuhren.

»Was gibt's, Chef?« Die Sekretärin streckte den Kopf zur Tür herein.

»Wissen Sie, wo der Strobl ist?«

»Nein, keine Ahnung, er hat nicht angerufen. Und ich bin ja schließlich nicht für alle Männer in der Abteilung zuständig.« Bei diesen Worten zwinkerte sie Roland Hefele zu, der sofort knallrot anlief.

»Falls er sich meldet, sagen Sie bitte Bescheid. Fangen wir eben schon mal ohne ihn an.« Dann wandte sich Kluftinger den anderen beiden zu. »Was steht heut auf dem Plan?«

Ratlos blickten sich Maier und Hefele an. »Hattest du nicht irgendwas vor?«, begann Maier.

»Ach so, stimmt, ich fahr zu dieser Frau Wolf, die hat uns ja angeboten, dass wir die Filme anschauen können, die sie bisher da am Berg gedreht haben. Noch haben wir ja die kleine Kamera nicht gefunden.«

»Und was soll das bringen?«, wollte Hefele wissen.

Maier grinste: »Der Chef macht sich heute einen netten Kinotag.«

»Kinotag, von wegen. Aber wenn schon mal jemand so nett ist und uns helfen will ... Schaden kann's ja wohl kaum.«

Die Tür öffnete sich, und wieder erschien Sandy Henske.

»Und, wo ist er?«, fragte Kluftinger sofort.

»Wer?«

»Der Eugen.«

»Keine Ahnung. Ich wollte nur sagen, dass die Präsidentin angerufen hat, der Herr Maier möge nachher mal zu ihr kommen.«

Der Angesprochene setzte sich sofort kerzengerade hin. »Ja? Was will sie denn?«

»Das hat sie nicht gesagt.«

Maier zog eine Schnute. »*Wie* hat sie es denn gesagt?«

»Sie hat gar nichts gesagt.«

»Nein, ich meine, dass ich kommen soll.«

»Sei meinte, der Herr Maier soll doch nachher bitte bei ihr vorbeischauen, weil ...«

»Vorbeischauen? Hat sie das so gesagt?«

Sandy Henske überlegte. »Hm, also den genauen Wortlaut weiß ich jetzt nicht mehr. Vielleicht hat sie auch ...«

»Bitte, Sandy, konzentrier dich!«, unterbrach Maier sie scharf. »Was hat sie genau gesagt?«

»Na, dass du halt kommen sollst.«

»Vorbeischauen oder kommen?«

»Kann auch sein, dass es besuchen war.«

»Aha.«

»Was *aha?*« Hefele blickte seinen Nebenmann mit hochgezogenen Brauen an.

»Na, besuchen, das ist ja eher privat, oder? Wie hat sie denn dabei geklungen?«

Die Sekretärin seufzte und sah Kluftinger hilfesuchend an. »Normal, würd ich sagen.«

»Bitte, Sandy, das ist wichtig!«

»Man könnt grade meinen, du hast was mit ihr. Geh halt hin, dann wirst du schon sehen, wie sie drauf ist.« Damit schloss sie die Tür.

»Besuchen«, wiederholte Maier mit einem wissenden Lächeln.

Hefele holte tief Luft, hielt dann aber inne. »Hm, das klingt wirklich vielversprechend«, sagte er schließlich.

Maier sah ihn prüfend an. »Meinst du?«

»Ja, im Ernst. Wenn man eine Frau besucht, bedeutet das schon was. Ich jedenfalls hab hier noch nie jemanden *besucht.*«

»Könnte sein.«

Kluftinger fühlte sich verpflichtet einzugreifen. »Jetzt komm, Roland, so kann man das auch wieder nicht sagen. Das kann ja ganz allgemein ...«

»Bist du etwa eifersüchtig?«, grätschte Maier dazwischen.

»Eifer–«, presste der Kommissar empört hervor, stoppte aber mitten im Wort. Na gut, wenn Maier ihm so kam ... »Weißt du was, Richie? Ich glaub, der Roland hat recht. Das ist schon sonderbar, dass sie dich immer gleich persönlich sprechen will. Zieh dir ja eine frische Unterhose an, bevor du hingehst.«

Maiers Kiefer klappte nach unten. »Meinst du, die würde so weit gehen? Beim ersten Date?«

Hefele warf Kluftinger einen Seitenblick zu. »Bei Frauen in Uniform weiß man nie.«

In diesem Moment stürmte Strobl ins Zimmer. »'tschuldigung, bin ein bissle spät, was liegt an?«

Kluftinger musterte ihn. »Was ist denn mit dir los in letzter Zeit? Bist doch sonst immer pünktlich, und jetzt schon wieder ...«

»Mein Gott, man wird doch wohl mal ein wenig später kommen dürfen, ohne dass man gleich eine Strafpredigt zu hören kriegt.«

Der Kommissar sah seinen Mitarbeiter entgeistert an. Dann wandte er sich an die anderen. »Wir haben's dann ja auch so weit, gell? Ihr könnt ruhig schon mal loslegen.«

»Womit denn?«, wollte Hefele wissen.

»Du wirst ja wohl was zu tun haben, oder?«, bellte Kluftinger zurück. »Oder muss ich mir extra was überlegen für dich?«

Hefele hob abwehrend die Hände. »Bin schon weg.« Mit diesen Worten verließen er und Maier das Büro.

Kluftinger bedeutete Strobl, Platz zu nehmen. Er musterte ihn eine Weile, dann sagte er: »Jetzt mal unter uns, was ist los mit dir?«

»Was soll denn los sein, wenn man einmal ...«

»Zweimal. Und spar dir deinen Sermon. Ich kenn dich lang genug. Die Klamotten, die Unpünktlichkeit ... Irgendwas stimmt doch da nicht. Du wirkst auch so nervös die ganze Zeit. Dauernd schaust du auf dein Telefon. Ist was mit deiner Frau?«

Strobl lachte plötzlich laut auf. »Wir sind doch schon seit einem halben Jahr getrennt. Hast du das denn gar nicht mitgekriegt? Bei dir funktioniert ja nicht mal der Flurfunk.«

»Au, mei, das hab ich wirklich nicht gewusst«, stammelte Kluftinger peinlich berührt. »Und jetzt leidest du immer noch ...«

»Unsinn. Mir geht's saugut. Ich hab eine Freundin in München. Die ist wie ein Jungbrunnen für mich. Und finanziell«, er rückte näher an den Tisch und senkte die Stimme, »also, da schaut's auch so gut aus wie noch nie. Das muss aber unter uns bleiben, Klufti. Ich hab doch vor ein paar Monaten die Erbschaft gemacht. Von meiner Großtante. Und mit dem Geld bin ich jetzt auf dem Parkett unterwegs.«

Kluftinger zog die Augenbrauen zusammen. »Du tanzt?«

»Nein, auf dem Börsenparkett. Ich sag dir: Da sind Dinge möglich, das glaubst du nicht. Deswegen bin ich auch zu spät gekommen. Weißt du, um neun schließt Tokio.«

»Das Asia-Restaurant?«

»Nein, der Nikkei.«

»Ist das der Wirt?«

Strobl seufzte. »Das ist ein Aktienindex. Um neun schließt die Tokioter Börse, da muss ich vorher immer noch mal reinschauen, nicht dass mir was entgeht. Die geben ja den Trend vor für Europa. Und beim Anpassen meiner Watchlist hab ich glatt die Zeit vergessen, sorry.«

Kluftinger blickte seinen Kollegen an, als habe der ihm gerade die Schaltkreise seines Computers erklären wollen.

»Es ist im Wertpapiergeschäft wichtig, am Ball zu bleiben, verstehst du?«

Eine Weile sahen sich die beiden an, dann seufzte Kluftinger: »Und jetzt brauchst du Geld, seh ich das richtig?«

Strobl lachte auf. »Im Gegenteil, ich hab so viel wie noch nie. Ich bin in Terminkontrakten und Optionen investiert, da würdest du mit den Ohren schlackern. Und meine Calls laufen wie verrückt.«

Der Kommissar hatte keine Ahnung, wovon der Kollege redete. »Eugen, hör bloß auf mit dem Schmarrn, so was geht doch nie gut.«

»Du hast keine Ahnung, wie weit du danebenliegst. Soll ich dir mal sagen, wie viel Plus ich allein im letzten Monat gemacht hab?«

Er nahm sich einen von Kluftingers Bedienungsblöcken, schrieb eine Zahl darauf und streckte den Zettel dem Kommissar hin. Als der ihn betrachtete, bekam er einen trockenen Mund. »Du willst mich verarschen, oder?«

»Und das war ein vergleichsweise schlechter Monat.«

Der Kommissar versuchte auszurechnen, wie viele Monate er arbeiten müsste, um eine solche Summe zusammenzubringen –

Erikas Frisörtermine und die Werkstattbesuche mit dem Passat der Einfachheit halber nicht eingerechnet. Doch Strobl ließ ihn seine Rechenaufgabe nicht zu Ende führen: »Vielleicht wär das auch was für dich.«

»Was?«

»Aktien.«

Kluftinger schüttelte vehement den Kopf. »Nein, Eugen, da könnt ich keine Minute mehr ruhig schlafen.«

»Ich hätte aber einen todsicheren Tipp.«

»Ja, klar! So haben die schönsten Insolvenzgeschichten angefangen. Mein Tipp ist: Leg dein Geld auf die Bank, dann hast du im Alter auch was davon.«

»Liest du keine Zeitung? Die Zinsen sind auf einem historischen Tief. Wenn es so weitergeht, müssen wir vielleicht bald was dafür bezahlen, dass wir das Geld auf die Bank legen dürfen. Es gibt ja sogar noch ein paar Idioten, die haben ein richtiges Sparbuch.«

Eine unangenehme Stille trat ein, die Strobl mit einem halb empörten, halb belustigten Satz unterbrach: »Sag bitte nicht, dass du noch eins hast.«

»Ja, mei, das Sparbüchle hat mir damals der Onkel Wolfgang …«

»Klufti, du verschenkst dein Geld. Irgendwann hat doch die Inflation alles aufgefressen. Mit ein bisschen Aufwand könntest du …«

»Jetzt lass mich in Ruhe, zefix!«, unterbrach ihn der Kommissar unwirsch. »Viel wichtiger ist, dass du über deinem ganzen Aktienschmarrn deine Dienstpflichten nicht vernachlässigen darfst.«

Strobl lächelte seinen Vorgesetzten milde an: »Wenn es noch eine Weile so weiterläuft, hab ich bald keine Dienstpflichten mehr, Klufti.«

Salvete montes, profluite
fontes!
(Seid gegrüßt Berge, strömt hervor,
Quellen!)
Höfats 1981

Aus dem Gipfelbuch an der Höfats

Kluftinger dachte noch lange über Strobls Worte nach, selbst als er schon im Auto saß und Richtung Hindelang fuhr. Vielleicht hatte sein Kollege ja recht. Möglicherweise war diese Aktiensache ein Wink des Schicksals, eine Gelegenheit, die er ergreifen musste. Die es ihm ermöglichen würde, der täglichen Tretmühle zu entfliehen, in der er sich befand. Andererseits: War sein Leben denn so schlimm? Er hatte es sich ja selbst so eingerichtet. Jedenfalls sagte er das immer, wenn ihn jemand fragte, wie es ihm gehe: »Ich bin zufrieden.« Wahlweise auch »Ich kann nicht klagen« oder »Könnt minder sein«. Aber war es wirklich das, was er sich vom Leben erhofft hatte? Ein »könnte schlimmer sein«? War das nicht geradezu eine Bankrotterklärung?

Er grübelte eine Weile darüber und befand dann: nein, war es nicht. Auch wenn ihm Werbung und Glücksratgeber etwas anderes einzutrichtern versuchten, auch wenn es heutzutage hieß, man müsse sich selbst finden, seine Träume leben: Er war zufrieden.

Und hatte damit seine Träume eigentlich schon wahr gemacht. Sicher, manchmal wünschte er sich ein bisschen mehr Geld, um das ein oder andere zur Mehrung seiner eigenen Zufriedenheit anzuschaffen, ohne erst lange überlegen zu müssen. Seit er berufstätig war, legte er monatlich einen festen Betrag beiseite, ihre »eiserne Reserve«, die er nicht antastete, obwohl sie sich im Lauf der Jahre zu einem ordentlichen Batzen angehäuft hatte. Dazu ein bisschen was extra für Luxus, den man sich sonst nicht gönnen würde, das wäre nicht verkehrt. Möglicherweise würde auch der Passat irgendwann den Dienst versagen. Wenn er für ein neues Auto nicht seine Ersparnisse angreifen müsste, hätte er nichts dagegen.

Noch dazu, wo die Geburt seines Enkelkindes ins Haus stand, dessen Eltern beide noch studierten und bislang nicht einmal Aussicht auf eine gesicherte Stellung hatten. Kluftinger fühlte eine innere Verpflichtung, dem Kleinen einen Grundstock zu schaffen. Doch war das die Nerven wert, die ihn eine Geldanlage, wie Strobl sie vorschlug, kosten würde? Was würde sich denn ändern, wenn er plötzlich richtig vermögend wäre? Er wohnte in seinem eigenen kleinen Häuschen in der schönsten Gegend der Welt, was an sich schon unbezahlbar war. Hätten sie mehr Geld, würde Erika ihn nur dazu drängen, öfter zu verreisen, was er ja genau nicht wollte.

Je weiter er ins südliche Oberallgäu vordrang, desto mehr schien die Landschaft diese Gedanken zu untermauern. Majestätisch ragte der Hauptkamm der Allgäuer Alpen schon auf der Höhe von Immenstadt vor ihm auf. Dass er so nah an den Bergen lebte, vergaß er manchmal, was wohl auch damit zu tun hatte, dass ihn sein Weg nur noch selten hierherführte. Früher war das anders gewesen. Ja, früher, da war er ein leidenschaftlicher Bergsteiger gewesen. Doch irgendwann war er bequem und der Aktionsradius um seinen Wohnort Altusried immer kleiner geworden, zumindest was seine Freizeit betraf. Jeden Tag nach Kempten zur Arbeit, alle zwei Wochen am Samstag in die Stadt zum Einkaufen – das war es im Großen und Ganzen. Es war ein Teufelskreis: Je weniger er in die Berge gegangen war, je weniger aktiv er geworden war, desto mehr hatte auch seine körperliche Fitness nachgelassen. All seine späteren Versuche, an seine Bergsteiger-Vergangenheit anzuknüpfen, waren daran gescheitert, dass er schon bei den kleinsten Steigungen wie eine Dampflok geschnauft hatte. Und so hatte er diese Ausflüge noch weiter reduziert. Sie strengten ihn nicht nur ungeheuer an. Es war ihm schlicht peinlich – ebenso wie die Tatsache, dass die latente Höhenangst, die er als junger Mann mit eisernem Willen im Griff gehabt hatte, mit den Jahren schlimmer geworden war. Irgendwann war das Skifahren seine einzige sportliche Betätigung geworden und die einzige Gelegenheit, das Allgäu von oben zu betrachten.

Aber er hatte ja alles gesehen, war auf fast allen Gipfeln gewesen, rechtfertigte er vor sich selbst. Doch in den Momenten, in denen er ganz ehrlich zu sich selbst war, musste er sich eingestehen, dass ihm das alles fehlte: die unvergleichlich frische Luft, die Bettschwere nach einer anstrengenden Tour, der spektakuläre Ausblick. Seine Trägheit hatte ihn sogar einen guten Freund gekostet, mit dem er einst viel in den Bergen unterwegs gewesen war. Irgendwann war der Kontakt zu Korbinian Frey eingeschlafen. Und als der dann als Bergführer irgendwo ins Hochgebirge nach Nepal gegangen war, hatten sie sich gänzlich aus den Augen verloren.

Der Kommissar war froh, als vor ihm das Ortsschild von Hinterstein auftauchte und seine nostalgisch-selbstmitleidige Stimmung beendete. Er steuerte ein paar Häuser an, die früher einmal das Ensemble einer großen Mühle gebildet hatten. Nun befanden sich darin ein kleines Museum, ein Käseladen, ein Restaurant und der Firmensitz der »Wilde Mändle Filmproduktion«, wie ein Schild an der Einfahrt zeigte.

Als er aus dem Wagen ausstieg, bemerkte er vor dem Käseladen ein Filmteam. Er vermutete, dass es zur Firma von Eva Wolf und dem Verstorbenen Andi Bischof gehörte, und lief darauf zu. Erst als er näher kam, sah er, dass auf den Kameras das Senderlogo des WDR prangte.

»Stopp, das können wir gleich alles noch mal machen!«, schrie da plötzlich eine Männerstimme.

»Was ist denn, Frank?«, fragte daraufhin eine Frau mit unverkennbar rheinischem Akzent.

Frank wuchtete eine riesige Kamera von seiner Schulter und zeigte auf Kluftinger: »Der Typ ist uns mitten in die Aufnahme gelatscht. Ich mein, ist ja nicht gerade so, dass wir Tarnkleidung anhätten, oder?«

Alle wandten sich um und blickten nun den Kommissar an, der peinlich berührt stehen blieb.

»Wir drehen hier gerade, guter Mann«, sagte die Frau und lief auf ihn zu. »Wir sind vom WDR, das sagt Ihnen doch sicher etwas, oder?« Sie sprach langsam, als bezweifle sie, dass Kluftinger sie überhaupt verstand.

»Ja, kenn ich«, antwortete der. »Der … Nord-BR.«

»Wohl eher West. Aber egal. Jedenfalls drehen wir hier gerade, und wenn Sie da mitten ins Bild …«

»Was drehen Sie denn?«

Die Frau seufzte und ratterte dann ihre Antwort herunter, die sie heute wohl schon des Öfteren hatte geben müssen: »Wir sind für die Sendung *Wunderhübsch* vom Westdeutschen Rundfunk unterwegs und machen eine Reportage über diese herrliche Landschaft und die tollen Gipfel. Sie haben es ja wirklich ganz außerordentlich schön hier, und das wollen wir unseren Zuschauern im Rest der Republik natürlich gerne vermitteln.«

Damit noch mehr von Ihrer Sorte zu uns kommen, dachte der Kommissar, sagte aber: »Und warum filmen Sie dann nicht die Berge, sondern diese beiden … Kasperle da?« Er zeigte auf die zwei Männer, auf die die Kamera gerichtet gewesen war. Einer trug einen Strohhut und eine Sonnenbrille, der andere Jeans und Cowboystiefel.

»Ja, wissen Sie denn nicht, wer das ist?«

»Touristen, wie's ausschaut.«

»Aber nicht doch, das sind die Autoren dieser Allgäukrimis, die müssten Sie doch eigentlich kennen.«

»Ah … die.« Er hatte keine Ahnung, was die Frau meinte. Allgäukrimis gab es ja inzwischen so viele wie Nordic-Walking-Gruppen, und mit beidem hatte Kluftinger wenig am Hut.

»Soll ich sie Ihnen vorstellen? Die sind … na ja, im Großen und Ganzen okay. Ich kann Ihnen auch ein Autogramm besorgen.«

Der Kommissar winkte ab: »Na, dankschön, richten Sie ihnen einfach einen Gruß von mir aus, sie sollen bloß keinen Blödsinn über unsere Polizeiarbeit schreiben.«

Keine Minute später stand er vor dem Eingang der Filmproduktionsfirma, die offenbar in der ehemaligen Scheune des Anwesens logierte. Nur ein einfaches Metallschild mit der Aufschrift *WM* wies auf den Eingang hin. Da Kluftinger nirgends einen Klingelknopf fand, drückte er gegen die Tür, die sofort nachgab. Als sie sich hinter ihm wieder schloss, hatte er das Gefühl, eine andere Welt betreten zu haben. War es draußen ländlich und rustikal gewesen, so wirkte es hier drin eher großstädtisch und kühl, trotz der Holzwände und des offenen Dachstuhls. Auf dem rohen Betonboden standen große, weißlackierte Schreibtische mit silbern glänzenden Rechnern. Ein zotteliger schwarzer Hund trottete langsam auf ihn zu, schnüffelte kurz an seinen Haferlschuhen und verzog sich gelangweilt wieder in eine Ecke des langgestreckten Raumes.

Hinter einer Tür erkannte er eine Teeküche, eine andere führte in einen Lagerraum mit allerhand technischem Equipment: Mehrere große Stative standen herum, zwei große Filmkameras und auf einem Tisch eine futuristisch aussehende Drohne.

Eva Wolf saß vor einem riesigen Bildschirm mit dem Rücken zu ihm. Sie hatte Kopfhörer auf, weswegen sie auch nicht reagierte, als er sich räusperte. Also ging er auf sie zu und tippte ihr auf die Schulter. Sie fuhr zusammen und starrte ihn entgeistert an.

»'tschuldigung, Frau Wolf …«

Sie nahm den Kopfhörer ab. »Wie bitte?«

»Die Tür war offen, und weil Sie mich nicht gehört haben …«

»Ist der Hund raus?«

»Nein, der ist noch da.«

Erleichtert stieß sie die Luft aus. »Ah, Gott sei Dank, ich dachte schon, er sei wieder weg. Er nutzt jede Gelegenheit, um zu verschwinden, wissen Sie? Haben Sie's gleich gefunden?«

»Ja, schon. Also, erst dachte ich ja, die Kollegen draußen gehören zu Ihnen.«

»Kollegen?«

»Das Filmteam.«

»Ah, die. Nein, das sind keine Kollegen. Das ist nur Fernsehen.«

Kluftinger verstand nicht ganz. »Gibt's da einen Unterschied?«

»Allerdings. Wir produzieren Filme.«

»Verstehe. Das ist natürlich ... ganz was anderes.«

Frau Wolf merkte, dass der Kommissar den Unterschied nicht wirklich verstand: »Ja, in der Tat. Wir haben ganz andere Ansprüche an unser Endprodukt, das ist alles viel aufwendiger, auch in der Postproduktion, beim Cutten und so.«

Kluftinger verstand kein Wort, nickte aber.

»Aber Sie sind ja wegen unseres Filmmaterials vom Himmelhorn gekommen.«

»Ja, genau. Das ist sehr nett, dass Sie mir das zeigen. Und Sie wollen den Film wirklich fertig machen und rausbringen?«

Kluftinger hatte noch einmal darüber nachgedacht, was Eva Wolf ihm gestern gesagt hatte. Er fand das ziemlich makaber – ein Film über eine Bergtour, bei der drei Menschen zu Tode gekommen waren.

»Wissen Sie, der Andi hat fürs Filmemachen gelebt. Jetzt kann man sogar mit Fug und Recht behaupten, dass er dafür gestorben ist. Da muss ich meine persönlichen Gefühle hintanstellen und alles tun, um sein letztes Andenken zu etwas ganz Besonderem zu machen.«

»Und die Passagen, die noch fehlen, werden die dann mit Ihnen gedreht?«

Sie unterbrach ihn sofort. »Nein, das war seine Welt. Ich würde vor einer Kamera kein Wort herausbringen, und ich stehe auch nicht gern im Rampenlicht. Dass ich nun auf einmal Interviews geben muss, ist schon sehr ungewohnt. Wir haben uns da wunderbar ergänzt. Der Andi hat immer gesagt, dass das eine perfekte Kombination ist, weil wir uns nie die Positionen streitig machten.«

»Ach so, Sie waren ein Paar«, sagte er betroffen.

Sie lachte, verstummte aber, als sie realisierte, dass das pietätlos wirken musste. »Wirklich nicht. Ich bin glücklich verheiratet. Und sosehr ich ihn als meinen Partner in der Firma geschätzt habe, so wenig hätte ich mit Andi eine Beziehung führen wollen und können.«

Kluftinger wurde hellhörig. »Warum denn nicht?«

»Er war ja dauernd unterwegs. Das ist ein Killer für jede Partnerschaft. Ich dagegen konnte in der Regel hierbleiben. Nur manchmal war ich auch beim Dreh vor Ort. Und ganz offen: Er wäre einfach nicht mein Typ gewesen. Und er war auch nicht, na ja, der Beständigste, wenn Sie verstehen, was ich meine.«

Der Kommissar nickte. Mal sehen, was die Ermittlungen zu Bischofs privatem Umfeld ergeben würden.

»Ich bin eher von der sesshaften Sorte.«

Aus einem Impuls heraus fragte Kluftinger, ob sie Kinder habe, was sie mit einem energischen »Nein« beantwortete, weswegen er das Thema nicht weiter vertiefte. »Wie sind Sie denn zusammengekommen?«, wollte er stattdessen wissen, fand die Frage aber unglücklich formuliert und schob hinterher: »In der Firma, meine ich.«

»Wir kennen uns schon seit der Filmhochschule. Ich hab Andi für seine Visionen bewundert und er mich für meine filmischen Fähigkeiten. Hätte ich ihn nicht getroffen, wäre mein Leben anders verlaufen.« Ein paar Sekunden schien sie ihren Gedanken an die Vergangenheit nachzuhängen, dann fuhr sie fort: »Ohne ihn wäre ich hier niemals hergezogen. Schrecklich, wenn ich mir vorstelle, dass ich jetzt wahrscheinlich in Berlin sitzen würde, um Werbefilme zu schneiden oder so etwas.« Ihre Miene verfinsterte sich. »Ich weiß nicht, wie es ohne den Andi weitergehen soll. Das alles«, sie machte eine vage Handbewegung in den Raum, »haben wir um ihn herum aufgebaut.«

Kluftinger lenkte das Gespräch in eine andere Richtung: »Kann ich mir jetzt mal die Sachen anschauen?«

Sie fasste sich an die Stirn: »Oje, natürlich, entschuldigen Sie, deswegen sind Sie ja da. Und ich texte Sie mit meinen privaten Problemen zu.«

»Nein, bittschön, ich hab ja gefragt.«

Frau Wolf führte ihn an einen Schreibtisch, auf dem ebenfalls einer der futuristischen Rechner stand. Der Bildschirm war nur so dünn wie ein Bleistift, und Kluftinger wollte ein wenig mit seinem jüngst erworbenen Computerwissen glänzen. »Ah, haben Sie aber ein großes Tablett.«

Sie nickte beiläufig, während sie etwas in die Tastatur tippte. »Jaja, aber Sie sehen es sich besser hier auf dem Mac an.«

Er wusste zwar nicht, was das bedeutete, sagte aber nichts. Dann begann sich das Bild auf dem Display zu bewegen.

»Ich bin dahinten, falls Sie was brauchen«, sagte Eva Wolf noch, dann ließ sie ihn allein. »Aber seien Sie nicht zu kritisch, ist fast komplett ungeschnitten und auch noch nicht gegradet, ja?«

Es dauerte nur ein paar Augenblicke, dann war Kluftinger gebannt von dem Material. Auch wenn noch keine Filmmusik unter den Bildern lag, die Sequenzen noch nicht geschnitten und anscheinend zusammenhangslos aneinandergereiht waren – selbst für ihn als Laien war erkennbar, dass daraus ein großartiger Film würde. Die Landschaftsaufnahmen waren spektakulär; der Bildschirm schien überzuquellen vor sattem Grün und leuchtendem Blau. Immer wieder erhob sich die Kamera über die Baumwipfel, schwang sich in schwindelerregende Höhen und lieferte Bilder von atemberaubender Schönheit. Dazu waren sie so scharf und detailreich, wie Kluftinger es auf seinem Röhrenfernseher daheim noch nie gesehen hatte. Andächtig saß er da und genoss. Maier hatte mit dem Kinonachmittag doch nicht ganz unrecht gehabt.

Besonders interessant fand er die Szenen bevor und nachdem die Filmklappe geschlagen wurde, denn hier konnte er einen Blick hinter die Kulissen der Produktion erhaschen, der den meisten Menschen verwehrt blieb. Andreas Bischof schien während des Drehs hochprofessionell und fast wie ein Schauspieler den geerdeten Bergsteiger zu geben, nach dem Ende der Szene konnte er aber auch ziemlich unangenehm werden. In einer Szene überschüttete er den Tonmann mit einer Reihe von Flüchen, weil der wegen »ungünstiger Atmo« eine Wiederholung anregte. In einer anderen geriet er mit den Bergführern aneinander, die Kluftinger nun ebenfalls zum ersten Mal lebendig sah. Es waren drahtige Männer mit wettergegerbten Gesichtern, denen ihre Rolle als Darsteller in einem Film sichtlich unangenehm war. Bischof versuchte, sie zu überreden, für die Kamera doch ein bisschen lebendiger zu agieren, doch sie winkten nur ab. »Vergiss es. Mir sind Bergführer, keine Kasperle«, brummte einer von ihnen, und der andere nickte.

»Aber ihr werdet berühmt«, versuchte Andreas Bischof, sie bei ihrer Eitelkeit zu packen. Doch gegen solche Verlockungen schienen die Männer immun.

»Das braucht's nicht, sonst werden wir bloß auch rechte Arschlöcher«, sagte der Jüngere, dann brach die Aufnahme ab, und die nächste Szene begann.

Kluftinger nickte anerkennend, weil es den Bergführern nichts zu bedeuten schien, ob sie in einem Film vorkamen oder nicht. Dann ließ er sich wieder von der Magie der Bilder gefangen nehmen: Erneut glitt die Kamera nach oben, und er fragte sich, wie diese Aufnahmen wohl entstanden waren, ob sie einen Hubschrauber oder eine dieser neumodischen Flugkameras verwendet hatten. Die Kühe schienen jedenfalls einigermaßen Respekt davor zu haben, denn sie stoben in alle Richtungen davon, als sich die fliegende Kamera ihnen näherte.

Die nächste Szene zeigte Bischof in Nahaufnahme, zum ersten Mal sagte er etwas direkt in die Kamera: *»Wir nähern uns jetzt dem Einstieg zum Rädlergrat.«* Er hatte einen donnernden Bass, was mit seiner imposanten Erscheinung harmonierte. Im Zusammenspiel mit seinem markanten, von der Sonne gebräunten Gesicht entfaltete das eine Wirkung, die wohl sein Charisma ausmachte, von dem seit seinem Absturz so viel die Rede war. *»Das wird die mit Abstand gefährlichste Stelle des Aufstiegs. Es handelt sich dabei um ein grasbewachsenes Steilstück, das fast senkrecht hinaufführt. Schon das Grasklettern an sich ist eine der unberechenbarsten Unternehmungen in der Bergsteigerei. Und es gibt die ersten sechzig Meter keine Möglichkeit, eine Seilsicherung anzubringen. Erst oben an der kleinen Latschenkiefer findet man wieder Halt. Im Vorstieg muss also jeder Schritt mit äußerster Vorsicht gesetzt werden, sonst …«*

Die Szene brach ab, und Kluftinger musste schlucken. Bischof hatte gerade die Umstände seines Absturzes vorweggenommen.

Die nächste Szene zeigte erneut eine Luftaufnahme, diesmal von dem Steilstück, das der Bergsteiger gerade beschrieben hatte. Irgendetwas daran irritierte Kluftinger, auch wenn er nicht genau sagen konnte, was. Es war nur ein unbestimmtes Gefühl. Er wollte den Film anhalten und berührte instinktiv den Bildschirm, doch nichts geschah. Noch einmal drückte er darauf, ein weiteres Mal, wieder und wieder, doch der Film stoppte nicht. Er begann, heftiger auf den Bildschirm zu klopfen, auch das ohne Erfolg. Allerdings stand Eva Wolf auf einmal neben ihm. »Kann ich Ihnen helfen? Sie wissen schon, dass das kein Touchscreen ist?«

Der Kommissar zog seine Hand sofort weg, dachte kurz nach und klopfte dann noch einmal prüfend gegen das Display. »Gutes Glas, sehr hart. Mein Großonkel war Glaser, ich kenn mich da aus.«

Eva Wolf zog nur die Augenbrauen hoch.

»Wo Sie grad da sind, können Sie mal den Film zurückspulen? Ich hab da vorher was gesehen, was ich mir gern noch mal anschauen tät.«

Die Frau blickte interessiert auf den Bildschirm, zuckte dann die Achseln und drückte auf eine Taste, worauf der Film zurücklief. An der gewünschten Stelle stoppte sie ihn. »Sonst noch was?«

»Nein, das war's.«

Als sie sich wieder auf ihren Platz begeben hatte, hatte Kluftinger allerdings die Stelle erneut verpasst. Er drückte auf dieselbe Taste wie vor ihm Frau Wolf, und der Film hielt an. Im Gegenlicht bemerkte der Kommissar, dass der Bildschirm voll war mit seinen Fingerabdrücken, die sich auf der spiegelnden Oberfläche deutlich abzeichneten. Peinlich berührt nahm er sein Taschentuch heraus. Doch nachdem er es einmal über den Bildschirm gezogen hatte, war dieser voll von kleinen weißen Flusen. Er vergewisserte sich, dass Frau Wolf ihn nicht beobachtete, spuckte in sein Taschentuch und fuhr noch einmal über den Bildschirm. Damit machte er es aber nur noch schlimmer: Nun war das Display überzogen von bunten Farbschlieren, die im Licht der Deckenlampen in allen Regenbogenfarben schimmerten. Kluftinger beschloss kurzerhand, seine Vorführung zu beenden, steckte sein Taschentuch weg und machte ein Handyfoto der Uhr, die am linken unteren Bildschirmrand während des ganzen Films mitgelaufen war. Dann drückte er wieder die Taste, worauf der Film weiterlief. Als eine besonders helle Szene erschien, hielt er ihn an und erhob sich. Seine Fahrer waren nun weniger deutlich zu sehen als vor dem dunklen Hintergrund.

Rasch ging er zum Schreibtisch, an dem Eva Wolf saß. »Ich wär so weit fertig. Könnten Sie mir eine Kopie von dem Material mitgeben?«

Die Frau runzelte die Stirn. »Wozu brauchen Sie das?«

»Nur so, der Vollständigkeit halber, für die Akten, Sie wissen schon«, log der Kommissar.

»Na gut, kann ich machen«, sagte sie zögerlich. »Aber das darf nicht rausgegeben werden.«

»Das kann ich Ihnen versprechen.« Sie verschwand für einige Minuten. Als sie zurückkam, streckte sie Kluftinger eine Plastikhülle mit einer silbernen Scheibe entgegen. »Hier, ich hab's Ihnen auf DVD gezogen.«

Kluftinger runzelte die Stirn. »Meinen Sie, Sie könnten mir das noch auf eine Videokassette umspulen. Dann kann ich's mir daheim anschauen.«

»Tut mir leid, die letzten analogen Videogeräte haben wir vor ungefähr zehn Jahren ausgemustert«, erklärte Eva Wolf mit mitleidigem Lächeln.

Kluftinger blieb noch eine Weile beim Auto stehen und genoss den Blick in die Berge. Was für ein wunderschöner Tag heute war. Mittlerweile hatte sich der Parkplatz der Käserei und des Gasthofs mit Autos gefüllt. Erst jetzt bemerkte er, dass sich neben dem Eingang zur Gaststube ein kleiner Laden befand, der neben Antiquitäten auch einige Souvenirs anbot. Dem Kommissar fiel ein Schild an einem Korb ins Auge: *50 % auf Babykleidung*. So viel Zeit musste sein.

Es weiten sich die Herzen.
Das Aug' blickt hell und blank,
ich nehm' den Hut vom Kopfe
voll Andacht und voll Dank.
Oktober 1969

Aus dem Gipfelbuch an der Mädelegabel

Wieder in Kempten, führte Kluftingers erster Weg zu Richard Maier. Schwungvoll warf er dem Kollegen die DVD auf den Schreibtisch, zog unter Maiers verwunderten Blicken sein Handy aus der Tasche, tippte einige Tasten, bis er zu der Aufnahme gelangte, die er vom Bildschirm in Frau Wolfs Büro gemacht hatte, und hielt ihm das Telefon hin. »Auf der CD findest du einen ganzen Haufen Filmmaterial. Kannst du mir bitte ein paar Standbilder machen um den Zeitpunkt herum, den du da auf dem Foto siehst?«

Maier blickte mit zusammengekniffenen Augen auf das kleine Display. »Ich kann dir ein *Standbild* machen, wie du das nennst, sogar einen Screenshot von jeder Stelle, die du gern hättest, aber dein Handy hilft mir da rein gar nicht weiter. Ich kann noch nicht mal in groben Zügen erkennen, was du da fotografiert hast.«

»Brauchst halt eine Brille, gib mal her«, sagte Kluftinger mürrisch. Um eine eigene Lesebrille würde er bald gar nicht mehr herumkommen, denn er konnte ebenfalls nur einige farbige Flecken auf dem Bildschirm ausmachen. »Da sieht man mal, was die für ein Glump sind, diese neumodischen Dinger!«

»Ein zehn Jahre altes Tastenhandy als neumodisch zu bezeichnen ist originell, Chef, das muss man dir lassen. Aber sag mal, warum hast du statt der Timeline nicht einfach die Szene abfotografiert, die dich so interessiert?«

»Das war … also wegen dem Touchscreen und … und überhaupt führt das jetzt zu weit.« Dann erklärte der Kommissar ihm einfach, welche Stelle er gemeint hatte, und keine zwanzig Minuten später hielt er einige Ausdrucke in Händen, mit denen er sofort zu Willi Renn eilte.

»Sei mir nicht bös, Klufti, aber was genau siehst du da jetzt?«

Willi und Kluftinger standen nach vorn gebeugt über einen Labortisch, auf dem zwei Fotos lagen. Sie hatten die grelle Arbeitsleuchte angestellt, und Renn hielt eine große Lupe über eines der Bilder.

Kluftingers Gefühl hatte ihn nicht getrogen: Als er die Filmbilder von der Absturzstelle mit denen aus der Kamera der Bergführer verglichen hatte, war ihm eine Abweichung aufgefallen. Allerdings war die wirklich nur minimal. »Du siehst doch die Latschenkiefer da, die auf beiden Bildern drauf ist, oder?«

Renn nickte.

»Von der redet der Bischof im Film sogar, weil die das Ende der Passage markiert, die ohne Sicherung durchstiegen werden muss.«

»Ja, ich weiß schon, das stand ja in der Zeitung«, brummte Renn.

»Und ebendas Bäumchen schaut doch hier, auf dem Foto von der Bergtour, anders aus als im Film, oder?«

»Genau, es schaut schwarz-weiß aus. Mit einer Nuance grau«, brummte Renn.

»Willi, jetzt schau halt mal, da drum rum, da ist doch alles so komisch, wie soll ich das sagen, so aufgewühlt!«

»Kann's sein, dass du ein bissle aufgewühlt bist in letzter Zeit?«

»Wenn du das nicht siehst, dann tut's mir leid.«

»Ja, kann schon sein, dass da was ist. Vielleicht hat da ein Viech gebuddelt. Murmeltier oder so. Muss ja nicht unbedingt was bedeuten, oder?«

»Das nicht«, räumte Kluftinger ein.

»Siehst du.« Renn richtete sich auf. »Jetzt versuch bitte nicht wieder krampfhaft, eine große Sache aus irgendwas zu machen, bloß weil du da zufälligerweise vor Ort warst. Schau, wir können den Unfallverlauf mittlerweile ziemlich klar rekonstruieren. Wir waren doch da oben. Also, meine Leute jedenfalls. Das kleine Bäumchen sollte der Seilschaft, wie du sagst, als Sicherung dienen und ist dann rausgebrochen. Künstlerpech, wenn du so willst. Ich sag: Wer sich in solche Gefahr begibt, muss damit rechnen, darin umzukommen. So einfach ist das. Jetzt mal ehrlich: Wer verlässt sich denn schon auf so einen alten Boschen, mitten über einer senkrechten Wand, wo es zig Meter runtergeht, hm?«

Kluftinger zuckte die Achseln. »Ja, vielleicht hast du recht, Willi. Könnte so sein. Könnte aber halt auch anders sein. Kannst du mir bitte zur Sicherheit eine Vergrößerung von genau dem Ausschnitt mit dem Bäumchen machen?«

»Ja, kann ich schon. Aber das dauert ein bissle, ich hab den ganzen Fotokram schon wieder weggepackt.«

»Okay, mach einfach, so schnell du kannst«, bat der Kommissar, schnappte sich die beiden Bilder und verließ Renns Labor.

Zurück in seinem Büro, rief er seine Mitarbeiter zu sich, berichtete auch ihnen von seiner Beobachtung und ließ sie die Bilder vergleichen. Doch alle winkten ab.

»Du hörst die Flöhe husten. Verlass dich drauf, wir kriegen schon mal wieder einen spektakulären Fall, der gehört aber nicht dazu«, resümierte Strobl und hieb seinem Vorgesetzten kräftig auf die Schulter.

»Männer, irgendwas ist mit diesem Bäumchen, das seht ihr doch auch, oder?«

Die Polizisten wiegten gelangweilt die Köpfe.

»Alle sagen, dass dieser Boschen da oben die Achillesferse der ganzen Tour sei. Der einzige Fixpunkt in einer langen, spektakulären Graskletterpassage. Und auf einmal ist die Erde drum herum aufgewühlt. Da stinkt doch was.«

»Oho, du scheinst dich ja ganz schön mit der Materie beschäftigt zu haben«, sagte Maier mit einer Mischung aus Verwunderung und Anerkennung.

Kluftinger nickte. »Mei, ich kenn mich da schon aus. Bin ja selbst Bergsteiger.«

Es dauerte ein paar Sekunden, dann brachen die Kollegen in schallendes Gelächter aus. Strobl tätschelte Kluftinger provozierend den Bauch.

»Ihr seid doch Deppen, echt!«, raunzte der Kommissar, nahm die beiden Bilder, schnappte sich Janker und Autoschlüssel und stürmte grußlos nach draußen. Er hatte genug für heute.

Ein Tourist ist:
Wenn einer auf der Tour ist
Und auf der ganzen Tour
In einer Tour ist.

Aggenstein im Juli 1987

Aus dem Gipfelbuch am Aggenstein

Zu Hause sah Kluftinger bereits an den zahlreichen Schuhen im Windfang, dass sie Besuch hatten. Und wenn er es richtig deutete, sogar welchen, über den er sich freuen konnte, standen dort doch nicht die Salontreter von Doktor Langhammer, sondern die Bergschuhe seines Vaters, die der auch im Alltag trug. Und es ging recht lustig zu: Bis hierher hörte er das Lachen aus dem Wohnzimmer. Er tauschte seine Haferlschuhe gegen die Fellclogs und den Janker gegen seine »Daheimrumjacke« und öffnete die Tür. Bis auf seinen Sohn war die Familie vollzählig um den Esstisch versammelt, auf dem einige Fotoalben und mehrere Stapel loser Fotografien lagen. Kluftinger wurde freudig begrüßt.

»Markus gar nicht da?«, fragte er.

»Nein, wir haben gesagt, er soll mal wieder mit seinen alten Freunden weggehen und ein bissle Spaß haben, einfach das Leben genießen, gell, Miki?«, erklärte Erika.

Die Japanerin sah auf, nickte und kramte dann weiter in den Bildern herum.

»Wäre gescheiter, er würde sich um seine schwangere Frau kümmern, oder, Yumiko?«

Kluftinger senior pflichtete seinem Sohn bei, und auch seine Mutter nickte.

»Das machst ja schon du zur Genüge«, murmelte Erika.

»Schau mal, Mama, was der Markus da für eine giftgrüne Hose anhat! Ist die aus Wolle?« Yumiko zeigte auf ein verblichenes Foto. »Wo man solche Kinderkleidung damals nur herhatte.«

»Die hab ich für ihn gestrickt«, sagte Kluftingers Mutter und warf der Japanerin einen forschenden Blick zu. »Gefällt sie dir vielleicht nicht?«

»Doch, doch. Ich mein, so was kannst du? Cool. Kannst du für unser Kind dann auch was Nettes machen? Muss ja vielleicht keine Hose sein.«

Die alte Dame lächelte stolz, ergriff Yumikos Hand und nickte. »Da finden wir auf jeden Fall was Schönes. Müssen nur noch die Farbe abwarten.«

Yumiko verstand nicht.

»Na, ob Rosa oder Blau, meint meine Frau, gell?«, sagte Kluftingers Vater, woraufhin die Japanerin ein wenig genervt zur Seite blickte.

»Ah, Butzele, schau, das war damals in der Ferienanlage in Bibione! Wunderschön ist das früher gewesen, als wir noch richtig verreist sind.« Erika hielt ihm das Bild einer tristen Betonsiedlung hin.

Kluftinger winkte ab. »Mei, mit dem kleinen Kind damals ging das halt dann nicht mehr so. Aber wir waren doch immer weg. Mal im Salzkammergut, am Wörthersee, sogar bis in Südtirol drunten.«

»Ja, bleibet im Lande und nähret euch redlich, hast schon recht, Bub«, stärkte Hedwig Maria Kluftinger ihrem Sohn den Rücken.

Erika stieß die Luft aus. »Ja, Mutter, halt ihm nur immer die Stange! Aber jetzt kommt, ihr habt doch euer Kinderalbum dabei, das wollen wir schon sehen.«

»Mit Kinderbildern von mir, oder was?«, fragte der Kommissar skeptisch.

»Oh ja, ich bin schon gespannt, wie du als Baby ausgesehen hast!«

»Da wirst du Augen machen, Yumiko!«, sagte er lächelnd.

»Ich hab die auch ewig nicht mehr gesehen, Butzele.«

»Warst schon ein süßes Kind, Bub«, stimmte seine Mutter verzückt zu. »Ganz putzig, wirklich.« Dann zog sie ein in Leinen gebundenes Album aus einer Tüte, schlug es selig lächelnd auf und drehte es zu den anderen. Yumiko verstummte und sah Erika an, deren Miene ebenfalls versteinert wirkte.

»Und? So ein wohlgeratenes Büble, gell?«

Kluftinger warf nun auch einen Blick auf seine Kinderfotos – und presste die Lippen zusammen. Wenn er ehrlich war, musste er zugeben, dass sein Äußeres damals möglicherweise nicht ganz so gefällig gewesen war wie jetzt. Das Kind auf den Bildern hatte einen riesigen Kopf, dicke Backen und eine breite Nase, während die Augen ziemlich klein ausgefallen waren. Auch hatte sich erst im Alter von etwa einem Jahr nennenswerter Haarwuchs bei ihm eingestellt, was die Proportionen seines Gesichts ein wenig unausgewogen wirken ließ.

»Yumiko, ich hoffe, euer Kleines schaut mal genauso lieb aus wie unser Bub damals«, erklärte seine Mutter feierlich.

Yumiko bekam einen mittelschweren Hustenanfall.

»Mei, Hedwig, jedes Kind ist anders«, versuchte Erika, die Situation zu retten. »Sicher wird das von Markus und Miki auch ganz entzückend, auf eine … hoffen wir mal andere Art und Weise.«

Kluftinger senior nickte. »Ja, wer weiß, wie der Bub ausgeschaut hätt, wenn die Hedwig damals nicht so eine schwierige Schwangerschaft gehabt hätt.«

»Das wusste ich gar nicht. Was war denn?«, fragte Yumiko ängstlich.

Kluftinger schaltete sich sofort ein. »Das gehört jetzt nicht daher. Gell, Erika, bei unserem Markus ging alles wie am Schnürchen …«

»Was heißt da wie am Schnürchen? Immerhin hatte ich vorzeitige Wehen, musste liegen, und bei der Geburt wäre er fast erstickt, weil er die Nabelschnur um den Hals hatte.«

»Ja, das bissle Nabelschnur …«

Mit einem Schluchzen lenkte Yumiko die Aufmerksamkeit wieder auf sich. »Wenn ich das jetzt alles höre, wird mir ganz anders. Ich glaub, wir entscheiden uns doch für einen geplanten Kaiserschnitt.«

Schlagartig war es still. Mit großen Augen starrten alle die Japanerin an.

»Ja? Macht man das heut so?«, fragte Kluftinger mit gezwungener Fröhlichkeit. »Dafür interessieren sich meine Eltern bestimmt auch, gell, Mutter? Gab's bei euch ja noch gar nicht, so was, oder?« Dann gab er seiner Frau ein Zeichen, ihm zu folgen, und ging aus dem Zimmer. Er schloss die Tür hinter ihnen und zischte: »Sag mal, Erika, bist du jetzt von allen guten Geistern verlassen? Du kannst doch der Miki nicht solche Angst machen!«

Seine Frau zuckte nur die Schultern. »Es geht mir nicht darum, ihr Angst zu machen. Jede Frau weiß, dass bis zur Geburt alles Mögliche passieren kann. Keine Schwangerschaft läuft ganz ohne Schwierigkeiten. Das wird in Japan genauso sein wie bei uns.«

Er sah seine Frau kopfschüttelnd an. »Ich weiß nicht, warum du auf einmal so ruppig zur Miki bist.«

»Besser als deine Gefühlsduselei in letzter Zeit.« Sie rauschte ab in Richtung Küche.

Kluftinger schaute suchend in den Hausgang. Sein Blick blieb an seiner Aktentasche hängen. *Natürlich!* Das würde Yumiko mit Sicherheit aufmuntern. Er holte eine kleine Papiertüte heraus und trug sie ins Wohnzimmer.

»Miki, hier hab ich was für dich. Na ja, eigentlich eher für unseren kleinen Butzel.« Mit breitem Lächeln hielt er ihr die Tüte hin.

Seine Schwiegertochter zog ein hellblau kariertes Nickituch heraus. »Oh, wie niedlich. Danke!«

»Ach, wird es also ein Junge?«, wollte Kluftingers Mutter wissen.

»Wieso?«, fragte Yumiko.

»Na, wegen der Farbe, mein ich.«

»Keine Ahnung, wir wollen nicht wissen, was es wird.«

»Bub, hätte es das denn nicht in einer neutralen Farbe gegeben? Gelb oder grün oder so?«

Kluftinger winkte ab. »Ach Schmarrn, Hellblau kann jeder tragen. Guckt mal, ich hab sogar was einsticken lassen.« Er nahm sich das Tüchlein, faltete es auf und zeigte auf die schnörkeligen Buchstaben, die das Wort *Butzel* bildeten.

Die Japanerin rang sich ein Lächeln ab: »Ist echt total süß von dir.«

Er beugte sich über den Tisch zu ihr: »Wenn ihr das mit dem Geschlecht nicht wissen wollt, kann doch ich mal mit zum Arzt, und er sagt es nur mir. Ich verrat auch nix.«

Yumiko antwortete mit einer Ironie, die selbst Kluftinger nicht entging: »Klar, kommt doch am besten alle mit!«

»Wir müssen dann auch mal wieder heim«, vermeldete Kluftinger senior unvermittelt, erhob sich, schaute seine Frau an und tippte an seine Armbanduhr.

»Aber die Erika wollt, glaub ich, noch Tee machen.«

»Ja, den trinkt dann halt ihr allein, gell?«, gab Hedwig Kluftinger zurück. Dann flüsterte sie ihrem Sohn zu: »Tut mir leid, aber der Vatter braucht immer um dieselbe Zeit sein Nachtessen. Und dann will er auch seine Sendung anschauen.«

Nun nahm der Vater seinen Sohn beiseite. »Nix für ungut, Bub, aber die Mutter muss noch ihre Blutdrucktabletten nehmen. Und sie möchte doch ihre Sendung sehen.«

»Könnt ihr ja auch hier bei uns anschauen.«

»Ach, ich guck das eigentlich nicht, ich schau nur manchmal hin. Die Mutter findet das ganz toll. *Flammen der Leidenschaft* oder wie das heißt.«

»*Flammen der* … Nie gehört.«

»Hast auch nix verpasst, Bub.«

Zehn Minuten später saßen Kluftinger, Yumiko und Erika im Wohnzimmer. Auf dem Tisch stand eine riesige Kanne Tee.

»Und, was gibt's sonst so?«, fragte der Kommissar seine Frau, bemüht, wieder ein Gespräch in Gang zu bringen. Doch Erika zuckte nur die Schultern, und Yumiko tippte etwas in ihr Smartphone. Irgendwie wollte keine rechte Stimmung aufkommen.

»Machen wir halt ein bissle den Fernseher auf, hm?« Ein Blick auf die Uhr zeigte ihm, dass es auch für ihn Zeit wurde, wenn er wissen wollte, wie es bei *Feuer der Leidenschaft* mit der Familie Schillingsberg-Zieselheim und der schwangeren Felicia weiterging. Also stand er auf, setzte sich in seinen Sessel und griff zur Fernbedienung. Kaum hatte er eingeschaltet, ertönte die Titelmelodie. »Ah, da kommt die Serie, die du so gern schaust, Miki«, kommentierte er mit lauter Stimme.

Die Japanerin runzelte die Stirn.

»Bin ja gespannt, wie das weitergehen soll, dieser unrealistische Schmarrn.«

»Ich mach uns mal Brotzeit«, sagte Erika und ging.

»Willst du nicht reinschauen, Miki?«

»Ne danke, ich schreib grad bei WhatsApp.«

»Ah so. Hab nur gedacht, du willst vielleicht wissen, was das Geheimnis von der schwangeren Felicia ist.«

»Nö, nicht so wirklich. Ich helf dann auch mal drüben in der Küche.«

Als er allein war, stellte Kluftinger den Fernseher noch ein wenig lauter. Und erfuhr endlich vom dunklen Geheimnis der jungen Frau in der Serie. Die war nämlich, wie ihr Bräutigam Enno erst kurz vor der nun geplanten Hochzeit erfahren hatte, noch immer verheiratet mit einem südafrikanischen Surflehrer, von dem sie zudem schon einmal schwanger gewesen war, letztlich aber eine illegale Abtreibung hatte durchführen lassen. Nun war dieser besagte Ehemann seit einem verhängnisvollen Surftrip jedoch vermisst.

»Mutter«, sagte Enno gerade, »auch wenn Felicia sozial weit unter uns steht, ich liebe dieses Mädchen, und ich werde für sie und unser Kind da sein, ohne Kompromisse.«

Kluftinger seufzte. Wie schön, dass es noch Menschen gab, die so ein gutes Herz hatten.

Er sah auf den Bildschirm, wo sich Enno und seine Mutter in die Arme fielen. *»Mama, du warst immer der Fels in der Brandung für mich – und wirst es immer sein!«*

Kluftingers Augen wurden feucht. Ja, so musste es in einer Familie zugehen, das war, was echten Zusammenhalt ausmachte: die Klippen gemeinsam umschiffen, schöne Momente in trauter Runde genießen. So würden auch sie es machen, wenn bald eine neue Kluftinger-Generation das Licht der Welt erblickte. Er malte sich aus, wie es sein würde, wenn er stolz mit seinem Enkelsohn durchs Dorf spazierte und ihm zeigte, woher seine Familie stammte. Wie er mit dem kleinen Max zusammen spielte, Holzfiguren schnitzte und …

»Blärhäfele bi, bi, bi, übermorgen friss i di!«

Kluftinger ruckte in seinem Sessel herum und sah in das grinsende Gesicht seines Sohnes. Fahrig wischte er sich über die Augen. »Heu, Bub, was machst denn du schon da?« Er langte hektisch nach der Fernbedienung, die jedoch in die Polsterritze gerutscht war.

»Ich war mit den Kumpels in der Sauna. Und du? Schaust dir Schmonzetten an und heulst ein bissle? Ganz schön nah am Wasser gebaut, seitdem du Opa wirst, hm?«

»Bei dir hakt's wohl! Ich werd heulen wegen so einem Schmarrn.«

»Bitte, Vater, schäme dich deiner Tränen nicht«, erwiderte Markus im Tonfall der Serie und hieb ihm grinsend auf die Schulter.

Der winkte ab. »Die Miki wollte das anschauen. Und die Mama. Ich gar nicht. Und ich hab da was ins …«

»… ins Auge gekriegt, schon klar. Wie damals in der Kirche, bei der Hochzeit. Kommt vor, ist doch kein Problem. Nur komisch, dass außer dir niemand da ist, der fernsieht.«

»Weil die halt grad in die Küche sind, aber die kommen gleich wieder.« Nun kramte er die Fernbedienung hervor und stellte den Ton ab. So konnte er wenigstens noch ab und zu heimlich auf den Bildschirm schielen. »Ich unterhalt mich eh viel lieber mit dir, als in den blöden Fernseher zu glotzen.«

»Aha. Über was möchtest du mit mir reden?«

»Mei, über dies und das.«

»Was gibt's im Geschäft Neues?«

»Ich bin immer noch mit dem Absturz vom Wochenende beschäftigt. Da hab ich jetzt was Seltsames entdeckt, willst mal sehen?«

Markus nickte.

»Dann hol doch bitte mal meine Aktentasche aus dem Hausgang.«

Markus erhob sich, und Kluftinger schaltete sofort den Ton wieder an, doch in diesem Moment begann der Abspann. Mit einem »Zefix, nie hat man seine Ruh!« schaltete er aus.

Kurze Zeit später saß seine ganze Familie um den Esstisch und starrte auf die beiden Fotos vom Himmelhorn, die Kluftinger aus dem Büro mitgebracht hatte.

»Also«, resümierte Erika kopfschüttelnd, »mir geht es wie Markus und Miki, ich erkenn da auch nix Spezielles um den Baum rum. Routinierte Bergführer wie die Abgestürzten würden doch bemerken, wenn da was nicht stimmt, oder?«

Kluftinger zuckte die Achseln.

»Weißt du, wen du da mal fragen könntest?«

»Wen?«

»Na, den Korbinian.«

Kluftinger winkte ab. Auch er hatte schon überlegt, ob er seinen alten Freund als Experten hinzuziehen sollte. Respektive seinen ehemaligen Freund, das traf es wohl besser. Aber er hatte den Gedanken schnell wieder verworfen. Sie hatten sich aus den Augen verloren, und es war Kluftinger gewesen, der den Kontakt hatte abreißen lassen. »Lieber nicht.«

»Aber wieso denn? Der Korbinian kennt sich doch beim Bergsteigen aus wie kaum ein Zweiter.«

»Weil ich keine Lust hab und noch nicht mal weiß, wo der jetzt wohnt, was er macht und wie es ihm geht.«

»Er hat dir doch mal geschrieben, dass er in Ofterschwang in einem Hotel in der Küche angefangen hat, oder?«

»Ach, ich denk, das war bloß so als Übergang, nach seinem Nepalaufenthalt.«

»Probier's doch einfach!«

»Jaja, ich überleg's mir.«

Nachdem alle anderen ins Bett gegangen waren, hatte Kluftinger zwei weitere Fotoalben aus dem Wohnzimmerschrank geholt und noch einmal am Esstisch Platz genommen. Die Bilder waren über zwanzig Jahre alt, zeigten alle möglichen Feste – und überraschend oft auch frühere Bergtouren. Er hatte damals immer seine Praktika dabeigehabt, Sonnenaufgänge fotografiert, Enziane, Alpenrosen und Edelweiß abgelichtet. Immer wieder grinste auch sein Bergkamerad Korbinian in die Kamera, winkte mit einer Hartwurst oder zeigte auf irgendeinen Gipfel.

Er blieb lange sitzen und schwelgte in Erinnerungen. Als er sich ächzend erhob, war es schon fast Mitternacht. Trotzdem holte er aus der Schublade im Gangschrank das alte Telefonregister, auf dem vor ein paar Jahren noch der moosgrüne Wählscheibenapparat gestanden hatte, drückte die Taste mit dem Buchstaben F wie »Frey«, woraufhin eine Lade aufsprang, und notierte sich Korbinians handschriftlich eingetragene Nummer auf einem Zettel.

Gottes beste Gabe,
ist und bleibt der Schwabe!

Aus dem Gipfelbuch am Edelsberg

Morgen, Chef.«

»Guten Morgen, Fräulein Henske. Geht's besser?«

»Na ja, wie man's nimmt.« Kluftinger sah, dass seine Sekretärin noch immer ein wenig angeschlagen war.

»Ach, Kopf hoch. Und schämen Sie sich nicht Ihrer Tränen. Der Verlust einer Beziehung muss unbedingt verarbeitet werden. Dazu gehört auch eine Trauerphase.«

Sandy sah ihren Chef stirnrunzelnd an. »Wow, Chef, so ne psychologische Analyse aus Ihrem Munde?«

»Ja, da staunen Sie, gell?« Beinahe hätte er noch ein »Fernsehen bildet« hinzugefügt, schließlich hatte er den Satz eins zu eins aus *Feuer der Leidenschaft* übernommen, wo Ennos Schwester Melissa so sehr unter der Trennung von ihrem Lebenspartner litt und sich in der gestrigen Folge moralische Unterstützung bei ihrer Schwägerin in spe Felicia geholt hatte.

»Oft steht das Glück schon vor der Tür. Und dann findet man den einen, den man liebt.«

Sandy lächelte. »Das is jetzte aber nich auf Ihrem Mist gewachsen, das is aus nem alten Schlager.«

»Ertappt«, rief Kluftinger und stimmte in Sandys Lachen ein. Das Radio war vielleicht nicht die richtige Quelle für tiefsinnige zwischenmenschliche Tipps, seine Serie jedoch schien dafür ein schier unerschöpfliches Reservoir zu sein. Das ihm nicht nur half, dass seine Frau und seine Schwiegertochter seine sensible Seite entdeckten, sondern sogar im Büro für bessere Stimmung sorgte. Heute Abend würde er sich wieder neues Material abholen, Munition nachladen.

Da betrat Maier das Büro.

»Heu, bist du schon da, Richie?«

»Ja, ich hab heut die Fortbildungsliste fertig gemacht. Hab sprachlich hie und da was geglättet und bin noch mal übers Layout gegangen.«

Er hielt dem Kommissar ein paar ausgedruckte Seiten hin.

»Ich schau's mir nachher durch und schick es der Dombrowski dann mit der Hauspost.«

Maier schüttelte energisch den Kopf. »Du schaust es dir bitte jetzt an, Chef, denn ich werde das alles noch in einen schönen transparenten Schnellhefter packen und meiner Präsidentin, die schließlich bewusst mich mit dieser Aufgabe betraut hat, selbstredend persönlich übergeben. Was ist jetzt?«

»Ja, schon gut, Herrschaftszeiten«, brummte Kluftinger und warf einen Blick auf die Ausdrucke. Er seufzte angesichts der unzähligen verschiedenen Farben und Schriftarten. Sogar passende Bilder und Illustrationen hatte sein Kollege zu den einzelnen »Themen« der angeblichen Fortbildungen gefunden.

»Richie, ich find ja, bei so was ist unter normalen Umständen weniger mehr. Aber in dem Fall …« Er wand sich. »Was soll ich sagen, ausschauen tut es natürlich nach richtig viel. Und das ist hier sicher nicht das Schlechteste.«

Maier grinste zufrieden. »Ist ja schon auch was zusammengekommen an Fortbildungen«, fügte er an und machte dabei den Eindruck, als meine er es völlig ernst.

Kluftinger sah ihn stirnrunzelnd an. »Sag mal, Richie, glaubst du jetzt am Ende selber, was wir da fabriziert haben, oder wie?«

»Na ja, das ist letztlich alles Auslegungssache. Ich find, man kann es theoretisch so sehen, dass …«

»Na, dann kann ja bei der Chefin nix schiefgehen«, sagte Kluftinger und gab Maier die Liste zurück. »Inhalt wird schon passen. Walten Sie Ihres Amtes, Herr Oberpostmeister.«

Lächelnd zog Maier ab und stieß beinahe mit Strobl zusammen, der gerade hereinkam.

»Morgen, die Herren, Morgen, Sandy. Melde mich zum Dienst, noch dazu überpünktlich.«

Tatsächlich waren heute bis auf Hefele alle früher im Büro als üblich. »Eugen, könntest du mal ganz kurz in mein Büro kommen?«

»Krieg ich jetzt wieder eine Standpauke? Heut wegen Zu-früh-Kommens?«

»Schmarrn«, murmelte Kluftinger, als er die Tür hinter sich schloss. »Ich wollt jetzt bloß mal, also wegen dem Aktienzeug da, ich mein …«

Strobl grinste breit. »Wusste ich doch, dass tief in deinem Inneren auch das Zocker-Gen schlummert.«

Der Kommissar winkte energisch ab. »Ach Krampf, Eugen. Ich will bloß nicht immer jeden Trend verpassen, nur weil unsereins immer auf Nummer sicher geht.«

»Du willst zocken, sag ich doch.«

»Herrschaft, mir egal, wie du es nennen willst, ich hätte jedenfalls was auf der Kante, das ich vielleicht, also unter gewissen Umständen, quasi investieren tät.«

»An wie viel hast du denn gedacht?«

»So fünf vielleicht?«

Strobl schürzte die Lippen. »Na ja, viel ist das nicht. Aber wenn du meinst, dann fang halt mit fünftausend an. Dabei wird es dann eh nicht bleiben. Man schießt immer noch nach.«

Kluftinger schluckte. Eigentlich hatte er an fünfhundert gedacht. Auch wenn es vielleicht dumm war und man sich in Geldfragen keinesfalls von Emotionen leiten lassen sollte: Sein kleiner Enkel Max sollte es mal gut haben im Leben. Dazu wollte, dazu musste er ihm verhelfen. Also gab sich der Kommissar einen Ruck. »Und was genau soll ich dann kaufen?«

Strobl legte die Stirn in Falten. »Also, ich würde sagen, um dein geringes Grundkapital gleich mal kräftig anwachsen zu lassen, brauchen wir was im Zertifikatebereich. Oder wir nehmen ein paar trendstarke Aktien, da ist auch grad ziemlich Druck drauf. Zum Beispiel Automotix, dieser Ulmer Hersteller von Haushaltsrobotern. Geht ab wie Schmidts Katze. Aber egal. Ich überleg mir ein schönes Portfolio. Wenn man bei dem Betrag davon reden kann.«

»Genau, kannst mir dann ja einfach zeigen, dieses Foliendings, und dann schauen wir weiter«, sagte Kluftinger, der nun doch schon wieder Angst vor der eigenen Courage bekam.

Strobl hob die Hand und erklärte: »Momentan stehen die Zeichen klar auf kaufen. Bei den Einstiegskursen solltest du dir nicht zu viel Zeit lassen.«

»Wunderbar, also, dann schaffen wir mal was.« Kluftinger wollte das Gespräch beenden, da Hefele das Büro betrat.

»Morgen, die Herren.«

»Morgen, Roland«, grüßten die beiden im Chor.

»Stör ich euch bei irgendwas?«

Kluftinger schüttelte den Kopf. »Nein, wieso?«

»Ich mein bloß. Was liegt denn so an heute?«

»Wir müssen uns auf jeden Fall gleich mal hinter die Bergunfall-Sache klemmen«, erklärte der Kommissar. »Ich brauch euch dafür nachher sicher noch.«

»Können wir das nicht allmählich mal zu den Akten legen? Wir haben noch genügend andere Sachen aufzuarbeiten«, fand Hefele.

»Überlasst das ruhig mir, ja? Ich hab hier schon den Überblick.«

Strobl schlug seinem Chef lachend auf die Schulter. »Hier bei uns gibt es schon immer nur eine, die den Überblick behält. Und das ist die Sandy.«

»Apropos Sandy«, sagte Hefele so beiläufig wie nur möglich, »was hat sie denn? Sie wirkt so traurig, richtig bedrückt. Weiß da jemand von euch was?«

»Ja, sie leidet drunter, dass ihr Freund Schluss gemacht hat.«

Hefeles Kiefer klappte nach unten. »Der hat …« Als er bemerkte, dass ihn seine Kollegen mit einem Grinsen bedachten, schob er nach: »Ach, das war sowieso ein Depp, da braucht sie nicht traurig sein.«

»Kennst du ihn?«, hakte Kluftinger nach, doch der Kollege winkte ab.

»Nur, weil er sie mal mit dem Auto vom Dienst abgeholt hat. So ein Cabriofritze, das ist doch eh nix, auf Dauer.«

Strobl stieß Kluftinger mit süffisantem Grinsen an. »Ja, das finden wir auch, gell, Klufti, die Sandy braucht was Solides. Einen Beamten vielleicht, hm?«

»Ich sag bloß eins: Kindergarten«, maulte Hefele.

Strobl lachte und schob nach: »Komm, Roland, wir gönnen uns noch einen Kaffee. Dabei kann ich dir ein paar Tipps geben, wie man mit jüngeren Frauen umgehen muss.«

Als sie gegangen waren, dachte der Kommissar wieder an den Anruf bei seinem Freund von früher, Korbinian Frey.

In seiner Serie hatte es gestern eine ganz ähnliche Situation gegeben: Gräfin von Schillingsberg-Zieselheim musste sich der Begegnung mit ihrem verschollenen Stiefbruder, dem Vater von Enno, stellen, der die letzten zehn Jahre auf einer einsamen Insel verbracht hatte, nachdem die Mutter des Grafen ihn mittels eines fingierten Testaments dorthin gelockt hatte.

Wieder breitete sich dieses mulmige Gefühl in Kluftingers Magen aus. Er musste nun diesen Anruf erledigen, sonst würde er den ganzen Tag damit vergeuden, darüber nachzudenken, wie er darum herumkommen könnte.

Eine Dreiviertelstunde später hatte er seinen Schreibtisch aufgeräumt, danach die Blumen gegossen, den Urlaubsplan überprüft und sich einen Tee gemacht, was Sandy zu der Frage veranlasste, ob er denn krank sei, er trinke doch sonst nur Kaffee, worauf eine zehnminütige Unterhaltung folgte, weswegen zwischendurch auch mal ein Tee guttat, bis Sandy diese Unterhaltung mit dem Hinweis auf das ihr von ihm auferlegte Tagespensum beendete.

Nun saß Kluftinger an seinem leergefegten Schreibtisch und starrte wie hypnotisiert auf das Telefon. Schließlich jedoch beschloss er, sich endlich ins Unvermeidliche zu fügen, den Hörer abzunehmen und die Nummer zu wählen, die er inzwischen auswendig kannte, so oft hatte er das Telefonat in Gedanken bereits durchgespielt. Wahrscheinlich stimmte die sowieso nicht mehr, und die Tatsache, dass nach dem ersten Klingeln nicht gleich abgehoben wurde, bestätigte ihn in dieser Vermutung. Er wollte gerade auflegen, als sich eine Stimme meldete: »Ja?«

Kluftinger schluckte. »Ist da der Korbinian Frey?«

»Wer will das wissen?«

Das war Kluftinger Antwort genug. Die Stimme hatte er zwar etwas anders in Erinnerung, nicht ganz so rauh, aber die Art der Nachfrage, das war typisch Bini, wie sein Freund früher von allen genannt wurde.

»Der Kluftinger. Also, wär dran, mein ich.«

Stille.

»Hallo?«

»Sie müssen sich verwählt haben.«

»Ist da nicht der Frey Korbinian?«

»Schon.«

»Ich bin's, dein … alter Freund. Kennst du mich nimmer?«

Der Kommissar hörte nur den Atem seines Gesprächspartners. Dann sagte der: »Bertele?«

Kluftinger spürte, wie ihm das Blut in den Kopf stieg. Diesen Spitznamen hatte er immer gehasst und Gott sei Dank seit vielen, vielen Jahren nicht mehr gehört. »Genau der«, antwortete er zähneknirschend.

Diesmal kam die Erwiderung prompt: »In dem Fall ist das Gespräch beendet.«

»Wieso denn? Wir haben doch gesagt, dass wir mal wieder telefonieren, wenn's passt.«

»Ja, das war vor vierzehn Jahren.«

Kluftinger schluckte. *So lange war das her?* Er hatte grob ein Jahrzehnt geschätzt. Die Tatsache, dass Korbinian es so genau zu wissen schien, ließ nichts Gutes für das Gespräch vermuten. »Ja, weißt du, Korbinian, das war so ...« Der Kommissar dachte nach. Wie war es denn? Was wollte er seinem alten Freund auftischen, um ihn gnädig zu stimmen? »Der Markus, also mein Bub, der ... der hat sein Abitur gemacht, und dann hat er studiert. Und letztes Jahr auch noch geheiratet.«

»Gratuliere.«

»Danke.«

War das schon der erste Schritt zur Versöhnung gewesen?

»Sonst noch was?«

Offenbar nicht. Kluftinger konnte gut verstehen, dass Korbinian es ihm schwermachte. Da fiel ihm die Szene von gestern ein, in der Graf von Schillingsberg-Zieselheim seinem Nebenbuhler gegenübergestanden, in dessen hasserfüllte Augen gesehen, all seine zurechtgelegten Beschimpfungen über Bord geworfen und stattdessen gesagt hatte: *»Gonzales«* – sein Stiefschwager hatte sich auf der Insel von einem Großgrundbesitzer adoptieren lassen – *»Gonzales, ich war ein verfluchter Narr. Wir waren einst Freunde, lass uns wieder an die Zeiten unserer Jugend anknüpfen.«* Also nahm der Kommissar all seinen Mut zusammen und sagte: »Korbinian, ich war ein Depp.«

Wieder Stille am anderen Ende der Leitung.

»Hallo?«

»Ich hab's gehört.«

»Und?«

»Ich kann nicht widersprechen.«

Ein Seufzen entrann sich Kluftingers Kehle. Korbinian machte es ihm wirklich nicht leicht. »Du hast ja recht, aber ... ich brauch deine Hilfe.«

»Und da erinnert man sich plötzlich an die alten Kameraden.«

»Können wir uns treffen?«

»Nein.«
»Wann?«
»Glei.«
Dann knackte es, und die Leitung war tot.

Kluftinger war sich nicht sicher, wie lange er nach dem Gespräch dagesessen war, den Hörer in der Hand, ohne sich zu rühren, als die Tür aufging.

»Telefonierst du?«, fragte Richard Maier.

»Ich, wieso?«

»Weil du einen Telefonhörer in der Hand hast.«

»Ach, das.« Geistesabwesend legte der Kommissar auf. »Grad fertig geworden. Was gibt's?«

Maier blickte sich um, schloss dann die Tür hinter sich und ging langsam auf Kluftingers Schreibtisch zu. »Ich hab jetzt die Liste noch mit Spiralbindung und farbigen Deckblättern versehen. Ich bringe es dann der Chefin. Übrigens war ich ja gestern schon bei ihr …«

Da öffnete sich die Tür erneut, und Hefele kam mit Strobl herein.

»Wir haben die Lösung zum …« Hefele verstummte. »Stören wir euch?«

»Ja«, sagte Maier.

»Gut, um was geht's?«, tönte Strobl und ließ sich in der kleinen Sitzgruppe nieder.

Richard Maier schien mit sich zu ringen, da sagte Kluftinger: »Darum, dass der Richie gestern bei der Chefin war.«

Hefele pfiff durch die Zähne. »Jetzt wird's interessant.« Er ließ sich ebenfalls in die Sitzgruppe fallen.

»Ja, ich brauche euren Rat, Kollegen. Ihr kennt sie auch, also könnt ihr die Lage einschätzen. Weil ihr doch noch so skeptisch wart, als ich euch das letzte Mal erzählt hab, was ich glaube in Bezug auf sie … auf uns.«

»Wir?« Hefele schlug sich theatralisch gegen die Brust. »*Wir?* Also ehrlich, Richie, wir haben doch versucht, dich zu bestärken!«

»Na ja, jedenfalls …«

»Habt ihr euch geküsst?«, unterbrach ihn Strobl.

»Nein, das nicht.« Der Beamte schien sich wegen der Frage geschmeichelt zu fühlen. »Noch nicht. Es war so: Ich bin gekommen und …«

»Respekt!« Strobl schnalzte mit der Zunge und klatschte mit Hefele ab.

»Ich bin in ihr Büro gekommen, Mensch, jetzt lasst mich endlich mal ausreden.« Maier wartete ein paar Sekunden. »Also, ich bin reingekommen, und da hat sie schnell noch was vom Schreibtisch weggeräumt. Ich hab erst nicht gesehen, was das war, aber dann hab ich mich strategisch gut positioniert und konnt's doch erkennen. Und was glaubt ihr, was es war?«

»Eine Packung XXS-Kondome?«, mutmaßte Hefele.

Maier ließ sich nicht beirren. »Nein, es war ein Foto von mir. Aus der Personalakte, glaub ich.«

Die Kollegen sahen sich irritiert an.

»Ja, da schaut ihr, gell, das hättet ihr nicht gedacht.«

Eine Weile blieb es still. Dann fuhr Maier fort: »Jetzt wollt ich euch halt über diese Entwicklungen unterrichten und auch eure Einschätzung dazu hören, wie ich weiter vorgehen soll. Ich meine, ich will ja nicht, dass das die Arbeitsatmosphäre unter uns Kollegen beeinflusst. Aber andererseits kann es unserer Abteilung ja nur nützen, dass sich die Chefin so nach mir verzehrt.«

Wieder war es ein paar Sekunden still, dann presste Strobl, der sich offensichtlich ziemlich anstrengen musste, nicht laut loszulachen, hervor: »Ja, das … könnte … bestimmt helfen.« Er tippte seinen Nebenmann an, da er nicht weiterreden konnte. Hefele hatte sich besser im Griff: »Du musst jetzt den nächsten Schritt tun.«

Maier senkte die Stimme. »Ja, genau. Aber welcher ist das?«

»Richie, wer ist denn hier der Womanizer? Dir ist doch wohl klar, was nun kommen muss, oder?«

Prüfend musterte Maier seine Kollegen, dann richtete er sich schlagartig auf, sagte: »Stimmt natürlich. Ich wollte nur mal hören, ob ihr das genauso seht«, und verließ den Raum.

Endlich mussten die Beamten nicht mehr an sich halten und lachten lauthals los. Kluftinger hatte Mühe, sie wieder zu beruhigen. »Ich weiß nicht, ob das nicht zu weit geht«, sagte er.

»Wieso denn, wir machen doch gar nix«, erwiderte Hefele mit Unschuldsmiene.

»Ja, nicht direkt, aber … ach, egal. Was wolltet ihr eigentlich von mir?«

Strobl hielt ein Blatt Papier hoch. »Wir wollten dir nur mitteilen, dass die Sache mit deinem Auto nun endgültig aufgeklärt ist.«

»Welche Sache denn?«

»Na, die mit deinem ausgebrannten Smart auf dem Berg.«

»Das war nicht meiner, Himmel noch mal.«

»Ja, das wissen wir jetzt auch. Also der Typ, den man vorher noch mit dem geklauten Auto und gestohlenen Kennzeichen durch Oberstdorf hat rasen sehen, ist wohl bei einer Verkehrskontrolle aufgefallen und dann vor der Polizei geflohen, weil er vorbestraft war und Angst hatte, dass er verknackt wird. Er hat die Karre da oben mit dem Benzin aus dem Ersatzkanister übergossen und abgefackelt. Und dann hat er sich am Ende von der Bergwacht retten lassen, weil er nicht mehr weiterkam.«

»Das ist alles?«

»Das ist alles. Und mit dem Absturz am Wochenende besteht keinerlei Zusammenhang. Nur dass der Hubschrauber, von dem aus man das Wrack gesehen hat, deshalb unterwegs war. Aber die Sache ist durch alle Medien gegangen, sogar auf Spiegel Online stand was.«

»So, auf dem … online. Wie hat er den Wagen eigentlich da raufgebracht?«

Strobl grinste. »Er ist einfach gefahren, bis es nicht mehr weiterging und er sich in dem felsigen Bachbett festgefahren hat. Sollte man nicht glauben, wozu so ein winziges Auto fähig ist.«

Kluftinger nickte. »Da seht ihr's mal: Hättet ihr euch nicht immer so drüber lustig machen müssen.«

»Bei deinem gilt es ja auch noch, die Farbe zu bedenken.«

»Mei, Rosa kann halt nicht jeder tragen.« Damit war für Kluftinger die Sache erledigt. »Aber schade ist es schon irgendwie.«

»Was denn?«

»Dass das jetzt so langweilig ausgegangen ist. Das war erst so geheimnisvoll, daraus hätte man fast einen Krimi machen können. Aber echte Polizeiarbeit eignet sich für so was ja leider nicht.«

Hab' die Sonne im Herzen,
ob's stürmt oder schneit,
ob der Himmel voll Wolken
und die Erde voll Streit.

8/78

Aus dem Gipfelbuch am Großen Krottenkopf

Der Kommissar kontrollierte noch einmal die Adresse, als er vor dem großen Appartementhaus aus den siebziger Jahren stand. Alpenrosenweg 4 stimmte. Der Betonklotz wirkte deplaziert, hier im kleinen Dörfchen Ofterschwang oberhalb von Sonthofen, das es zu ein wenig Berühmtheit gebracht hatte durch die Ski-Weltcuprennen, die hier regelmäßig stattfanden – wenn der Schnee ausreichte. Kluftinger war früher selbst gern in das kleine Skigebiet gefahren. Seit man mehrere neue Anlagen gebaut hatte, war es ihm aber zu voll und vor allem zu teuer geworden.

Zögernd ging er auf die Eingangstür zu. Erst jetzt fiel ihm auf, dass die meisten Rollläden heruntergelassen waren. Offensichtlich handelte es sich bei vielen Wohnungen um Feriendomizile, auch wenn Kluftinger sich nicht recht vorstellen konnte, wieso man in solch einem Hasenstall seinen Urlaub verbringen sollte. Ein riesiges Paneel mit Namensschildern prangte am Eingang, und nach einigem Suchen fand er den Namen Frey – der einzige, der handgeschrieben war. Im vierten Stock, ausgerechnet. Das Haus wirkte nicht, als verfüge es über einen funktionierenden Fahrstuhl. Er drückte auf die Klingel, kurz darauf surrte der Türöffner.

Als Kluftinger oben ankam, hatte er seinen Janker ausgezogen und zwei Knöpfe seines Karohemds geöffnet. Schweiß stand ihm auf der Stirn.

»Grüß Gott, was kann ich für Sie tun?«, hörte er eine Stimme sagen, dann sah er bereits vom Treppenabsatz aus seinen Jugendfreund Korbinian in der Tür stehen. Er schaute eigentlich genauso aus wie damals, fand der Kommissar. Sicher, sein hageres, wie immer sonnengegerbtes Gesicht hatte ein paar Furchen mehr bekommen, seine lockigen, dichten Haare waren ergraut, aber Frey blickte ihn noch immer aus denselben wasserblauen, wachen Augen mit demselben verschmitzten Ausdruck an.

»Bini, wir haben doch grad telefoniert!«, presste Kluftinger kurzatmig hervor.

»Jesses, Bertele, du bist das! Dich hätt ich gar nimmer erkannt.« Frey hielt sich erschrocken die Hand vor den Mund.

Kluftinger zog die Brauen zusammen. Er hatte sich doch kaum verändert in all den Jahren.

»Bist du fett geworden! Du bist doch nicht krank?«

Der Kommissar hatte noch nicht genügend Luft, um etwas zu erwidern.

»Schlimm, wenn man alt wird, gell? Hast du's mit der Lunge?«

Er schüttelte nur den Kopf, der eine knallrote Färbung angenommen hatte.

»Keine Sprechstunde heut, hm? Dann komm mal rein in die gute Stube.«

Er ging an Frey vorbei durch die Wohnungstür und stand direkt in einem Wohn-Schlafraum mit winziger Küchenzeile. Mittlerweile hatte sich seine Atmung normalisiert.

»Ui, Bini, du hast es aber …«

»Sag jetzt nicht schön, Bertele. Das glaub ich dir eh nicht.«

»Gemütlich, wollt ich sagen.«

Misstrauisch kniff Frey die Augen zusammen. »Ist nicht das,

was wir uns als junge Männer erträumt haben. Aber mei, ich hab manche falsche Entscheidung getroffen im Leben, und an ein paar hab ich noch immer zu knabbern.«

Kluftinger nickte. Er hatte den leisen Vorwurf wohl herausgehört und wollte nicht indiskret wirken. Frey bat ihn, an einem kleinen Bistrotisch Platz zu nehmen, der hinter dem Regal stand, das die Küchenzeile vom Wohnraum abtrennte.

»Pulverkaffee oder Tee? Ich nehm nicht an, dass du am helllichten Tag ein Bier willst?«

»Gern einen Kaffee. Nur mit Milch. Danke, Bini.«

Der Kommissar sah sich in der Wohnung um. Eine Schlafcouch, ein winziger Schreibtisch aus schwarzem Pressspan mit Laptop darauf, ein kleiner Fernseher, an der Wand einige Erinnerungsfotos von irgendwelchen Bergtouren, ein Kleiderschrank, daneben ein paar Haken, an denen Seile, Klettergurte und ein Helm hingen. Darunter lehnte ein hochmodern aussehendes, gelbes Mountainbike. Sicher, das Appartement war klein, und an der Art der kärglichen Einrichtung merkte man sofort, dass hier ein alleinstehender Mann wohnte, der nicht viel Geld zur Verfügung hatte. Aber nichts wirkte schmutzig oder verwahrlost, alles machte einen aufgeräumten, sauberen Eindruck.

»Bist immer noch der Ober-Mordermittler unten in Kempten? Ab und zu les ich mal was von dir in der Zeitung«, sagte Frey von der Küche aus, als er erst heißes Wasser und dann Instantpulver in zwei Kaffeebecher mit der Aufschrift »Take it easy« goss.

»Ja, manchmal schreiben die was. Und du, wo schaffst du jetzt?«

»Seit fast acht Jahren bin ich im Resort Sonnenberg in der Küche.«

»Ah, bist du zurück zu den Wurzeln?«

Frey war gelernter Koch und hatte eine Weile in dem Beruf gearbeitet, sich dann aber eine ganze Weile als Ski- und Tennislehrer, Schwimmcoach und Kletterguide durchgeschlagen, bevor er nach Nepal gegangen war.

»Wohl oder übel, ja. Aber wie du an meinen Lebensumständen siehst, bin ich noch nicht zum Küchenchef aufgestiegen, sondern immer noch Schütze Arsch im letzten Glied. Aber ich will nicht schimpfen, mir reicht's. Ich hätte gar keine Lust, groß Verantwortung zu übernehmen. Drum bin ich auch bloß noch für mich selber draußen unterwegs, nicht mehr beruflich. Und ich hab in den letzten Jahren das Radeln für mich entdeckt.«

»Ah«, strahlte Kluftinger, »ich auch.« Er überlegte, ob er vorschlagen sollte, dass sie mal zusammen einen Ausflug machten, verwarf den Gedanken aber. Schließlich hatten sie sich gerade erst wiedergefunden, und so wie er Korbinian kannte, würde der mit Spott über Kluftingers Hilfsmotor nicht hinter dem Berg halten.

»Soso«, sagte Frey und musterte demonstrativ Kluftingers Bauch, als er die beiden Tassen und ein Päckchen Schokowaffeln auf den Tisch stellte. »Aber du wirst nicht gekommen sein, um zu hören, wie es mir die letzten Jahre ergangen ist. Also, worum geht's?«

Frey setzte sich, und Kluftinger blickte ihm in die Augen. In ihnen erkannte er keinerlei Bitterkeit, sondern einen Ausdruck der Ruhe und Zufriedenheit. »Du, ich will natürlich wissen, was alles passiert ist, da hab ich großes Interesse, ich mein ... also, auch.«

Sein Gegenüber grinste, nippte an seinem Kaffee und sagte dann kopfschüttelnd: »Der Klufti. Noch immer der gleiche verdruckte Hund! Lässt über ein Jahrzehnt nix von sich hören und erzählt mir dann was von Interesse.« Er fingerte eine Waffel aus der Packung.

»Noch immer dieselben Kekse. Mit Schoko, gell?«, versuchte sich Kluftinger weiter ungelenk in Konversation. Es war, als hätten all die Jahre eine Mauer um sie herum errichtet.

»Jaja.«

Er hatte das Gefühl, als müsse er noch etwas sagen zur Rechtfertigung, dass er sich all die Jahre nicht gemeldet hatte. Da fiel ihm ein Satz von Graf von Schillingsberg-Dingsbums ein, den er gestern gehört hatte und der nun perfekt passte: »Weißt du, Bini, uns verbinden so viele gemeinsame Erlebnisse, ja, eine gemeinsame Jugend, was vermögen dagegen ein paar Jahre auszurichten, in denen das Leben uns auf getrennte Pfade führte?«

Korbinian Frey verschluckte sich an seinem Kaffee und bekam einen regelrechten Hustenanfall, der in schallendes Lachen überging. Kluftinger stutzte. Sonst waren die Sprüche aus seiner Sendung doch prima angekommen. Hatte er diesmal zu dick aufgetragen?

Als sich Frey wieder im Griff hatte, waren ihm vom Lachen Tränen in die Augen gestiegen. »Soso, der Herr Kluftinger und die Lebensweisheiten des Grafen Egbert von Schillingsberg-Zieselheim!« Er beugte sich über den Tisch und hieb dem Kommissar auf die Schulter. »Ich hab die letzte Folge *Feuer der Leidenschaft* auch gesehen.« Dann begann er erneut, lauthals zu lachen, und nach einer Schrecksekunde stimmte Kluftinger ein, bis es auch seinen ganzen Körper schüttelte und er merkte, dass alle Anspannung von ihm abfiel, mit der er diesem ersten Wiedersehen mit seinem Jugendfreund entgegengesehen hatte. Niemand sonst hatte ihn bisher durchschaut, wenn er die Fernsehsprüche ausgepackt hatte, doch Korbinian hatte er keine zwei Sekunden täuschen können. Und: Nach wie vor gab es etwas, was sie verband. Somit hatte Graf von Schillingsberg-Zieselheim auf alle Fälle recht behalten.

»Also, komm, jetzt sag halt, was du willst, alter Depp!«, drängte Frey schließlich. »Ich hol uns noch zwei Gläsle Enzian.«

»Also gut. Selber Depp, übrigens.« Kluftinger bückte sich nach seiner Aktentasche, der er die beiden Fotos vom Himmelhorn entnahm. »Ich brauch dich als Bergexperten. Schau dir mal die beiden Fotos an und sag mir, ob dir da was auffällt.«

Frey kam mit einer Steingutflasche mit Enzianschnaps und zwei Gläschen zurück, schenkte ein und nickte dem Kommissar auffordernd zu. Der wusste, dass er nicht ablehnen konnte, auch wenn es ihm vor diesem bitteren, scharfen Zeug grauste wie sonst nur vor den Hustensäften, die der Doktor im Krankheitsfall anschleppte. Er nahm das Glas, ließ sich nichts anmerken und stieß mit Korbinian an.

»Auf uns, du treuloser Zipfel«, tönte Frey, und Kluftinger konterte mit einem »Auf dein Wohl, alter Sack!«.

Das Brennen in seiner Kehle hielt noch an, als Frey sich schon lange über die Fotos gebeugt hatte, eine grüne Lesebrille auf der Nase.

»Himmelhorn, Rädlergrat, oder?«

»Respekt.« Auf den Bildern waren nur Details zu sehen, und dass Korbinian erkannt hatte, was die Fotos zeigten, sprach schon mal für sein Wissen.

»Ich war da schon mal oben, diese Stelle vergisst man nicht.«

»Ach so, das wusste ich nicht.«

»Ist schon eine Weile her. Bin mit zwei anderen rauf. Uns hat gereizt, dass man sich erzählt hat, die Stelle unterhalb dieser Latsche sei fast unbezwingbar. Viele richtig gute Leut sind da schon abgestürzt.«

»Hast du nie erzählt«, merkte der Kommissar an.

»Weil es ein Blödsinn war. Ich bin nicht stolz drauf. Wir sind alle ohne Sicherung rauf, sechzig Meter ohne Seil, bloß mit ein paar windigen Steigeisen. Das war völlige Selbstüberschätzung. Wir haben sogar immer wieder haltgemacht und uns fotografiert.«

Kluftinger horchte auf. »Echt? Hast du die Fotos noch?«

»Irgendwo im Keller, ja.«

»Kannst ja mal schauen, ob du die findest, würd mich interessieren.«

»Kann ich, wenn ich mal Zeit hab.« Er zeigte wieder auf die Bilder auf dem Tisch. »Das hat mit dem Absturz am Wochenende zu tun, oder?«

»Schon.«

»Du willst wissen, was mir auffällt?«

Der Kommissar nickte.

»Am Boschen, da ist was, oder?«

Kluftinger fuhr hoch. »Du siehst es auch, gell?«

Frey sah sich die Abbildungen noch einmal ganz genau an. »Ja, da ist was, ich kann aber nicht genau sagen, was. Könnte auch völlig harmlos sein. Aber wenn …« Er stockte und schien es sich anders zu überlegen.

»Wenn … was?«

»Bertele, der Latschenbusch ist die einzige Möglichkeit, sich da oben zu sichern.«

»War.«

»Wie, war?«

»Na ja, der Busch wurde beim Absturz rausgerissen, da ist jetzt gar nichts mehr außer ein paar Wurzeln und einem großen Loch.«

Frey riss die Augen auf. »Echt jetzt?«

»Klingt fast, als wärst du traurig darüber.«

»Logisch. Weißt du, wie alt das Bäumchen war? Vierhundert Jahre.«

»Vierhundert? Unglaublich.«

»Ja, das wächst da ja nur millimeterweise in der Höhe. Außerdem heißt das: Der Rädlergrat ist auf der alten Route nicht mehr begehbar.«

»Ist das so?«

»Klar, wo soll man sonst sichern?« Korbinian schüttelte den Kopf. »Wenn ich was dazu sagen soll, müssen wir da rauf und das anschauen.«

»Aber Bini, du sagst doch, das geht jetzt eh nicht mehr.«

Frey lächelte. »Nein, das verstehst du falsch. Nur die alte Route ist damit blockiert. Es gibt ja andere Wege aufs Himmelhorn, auch welche, bei denen man relativ gefahrlos von oben in den Grat einsteigen kann. Man geht bis zum Schättele, also die Stelle sechzig Meter unterhalb des Latschenbuschs. Von da aus geht es dann über die ›Hohen Gäng‹, das ist ein vielleicht vierhundert Meter langes Felsband. Das ist zwar hochalpin, hat ungefähr ein Gefälle von sechzig Grad, aber nicht so spektakulär wie die Rädlerroute. Ein berggängiger Mensch schafft das zur Not. Auch du, wenn du es verschnaufst, Bertele.«

Der Kommissar winkte ab. »Daran zweifle ich ja nicht, dass ich das schaffen tät«, log er. »Aber es ist nicht nötig, dass wir da hochgehen, die Kollegen von der Spurensicherung haben alles in Augenschein genommen.«

»Die waren an der Latsche?«, hakte Frey nach.

»Ob die direkt dort waren, wüsste ich jetzt nicht, aber zumindest haben sie alles mit dem Fernglas abgesucht und nichts entdeckt. Und sie haben es mit Fotos dokumentiert.«

»Ich sag's dir noch mal: Wenn du wissen willst, was Sache ist, müssen wir da rauf und uns genau anschauen, warum das Bäumle ausgerissen ist. Daran führt kein Weg vorbei.«

»Aber Bini, das ist doch ein Irrsinn, wenn wir zwei alte Dackel da oben rumklettern, ich mein …«

»*Ich* mein, du hast Angst, oder?«

Kluftinger hob die Hände. »Angst? Ich?«, sagte er empört. »Jetzt mal ehrlich: Hast du mich je ängstlich erlebt?«

Frey musste grinsen. »Klar, dauernd! Wer war denn immer der große Mahner, der sich ausgemalt hat, was alles passieren kann? Komm, Hand aufs Herz, dein Schiss steht dir doch schon dein ganzes Leben lang im Weg!«

Der Kommissar schluckte. Natürlich hatte Korbinian recht. Und letzten Endes traf die Analyse nicht nur aufs Bergsteigen, sondern auf sein ganzes Leben zu.

»Gib's zu, dass du dich nicht traust!«, bohrte Frey.

»Red doch nicht allweil so einen Schmarrn daher!«, blaffte Kluftinger und schenkte sich demonstrativ einen weiteren Schnaps ein. Er leerte ihn in einem Zug und keuchte dann: »Also dann: Berg heil!«

»Wie, du nimmst dir frei?«

Kluftinger konnte förmlich hören, wie Maier am anderen Ende der Leitung über seinen Entschluss nachgrübelte. Und ihm war klar, dass er am liebsten gefragt hätte, *warum,* aber genau das wollte er lieber für sich behalten. »Ich nehm frei, einfach so, stell dir vor«, antwortete er stattdessen.

»Ist das denn, ich mein, abgesegnet?«

»Richie, ich bin der Chef, und ich hab es mir selbst abgesegnet. Also bis übermorgen dann.« Mit diesen Worten legte er auf und schmiss das Mobiltelefon in den Fußraum des Beifahrersitzes, weil im selben Moment eine Polizeistreife vorbeifuhr.

Heut siebt man ohne gscheite Latschen
So manchen durch die Bergwelt hatschen
Der Alpenstock schenk' ihnen Halt,
auf dass uns keiner runterfallt!

Aus dem Gipfelbuch am Mittag

Zu Hause angekommen, machte er sich sofort daran, seine Sachen für den kommenden Tag herzurichten. Und wie sich herausstellte, war das gar nicht so einfach. »Erika, ich find meine Wandersocken nicht, zefix. Wo hast du die hingetan? Erika!«

»Schrei doch nicht so.« Seine Frau erschien im Türrahmen. »Weißt du, was ich grad verstanden hab? Dass du deine Wandersachen suchst.«

»Nicht Sachen. Socken.«

Jetzt legte seine Frau die Stirn in Falten. »Du willst wandern?«

»Ja. Nein. Also ich muss. Mit dem Korbinian.«

»Hast du ihn doch noch angerufen?«

»Ja.«

»Ach, das ist ja nett, dass ihr zusammen einen Ausflug macht. Wie geht's ihm denn?«

»Das ist kein Ausflug, sondern dienstlich.«

»Dienstlich?«

»Jetzt frag nicht so viel, sag mir lieber, wo die Sachen sind.«

Erika überlegte kurz. »Die haben wir, glaub ich, auf den Dachboden getan, nach deiner letzten Bergtour. Also vor gut zehn Jahren. Vielleicht elf. Bist du dir sicher, dass das eine gute Idee ist?«

»Willst du damit sagen, ich schaff das nicht mehr?«, fragte Kluftinger scharf.

»Na ja, also …« Sie musterte ihren Mann. »Mir scheint, dass du das vor allem selber befürchtest.«

»So ein Schmarrn, ich bin topfit.«

Als er zwei Minuten später keuchend auf dem Dachboden stand, war er sich dessen nicht mehr so sicher. Wenn ihn schon die Treppe so außer Atem brachte, was würde dann ein ganzer Berg mit ihm anstellen? Noch dazu gleich aus dem Stand ein so anspruchsvoller wie das Himmelhorn. Nachdem sich das Pfeifen in seiner Lunge wieder gelegt hatte, begann er, sich einen Weg durch den Kistendschungel zu bahnen, um zu der Stelle vorzudringen, die Erika ihm beschrieben hatte. Ihm war es ein Rätsel, wie sie hier den Durchblick behielt, aber ganz offensichtlich war sie eine Meisterin der chaotischen Lagerhaltung.

Er kam nur langsam voran, denn immer wieder wurde er von seiner Neugier gebremst, die ihn in die zum Teil kryptisch beschrifteten Schachteln blicken ließ. In einer mit der Aufschrift *»Bis auf weiteres auslagern!«* stieß er auf eine alte Höhensonne und zwei ausrangierte hölzerne Tennisschläger mit Naturdarmsaiten, heute praktisch eine Rarität und sicher sehr wertvoll. Vielleicht sollte er Markus bitten, die im Internet zu versteigern.

Die Kiste mit den alten Faschingskostümen – vorwiegend Hemden in schrillen Farben und mit viel zu langen Krägen sowie großkarierte Hosen – weckte nostalgische Erinnerungen an eine Zeit, als er abends noch gerne weggegangen war und manchmal sogar freiwillig die Tanzfläche geentert hatte.

Als Nächstes stieß er auf eine Kiste mit Spielsachen seines Sohnes: ein alter Brummkreisel, den sie ihm zum zweiten Geburtstag geschenkt hatten, der aber nur einmal benutzt worden war, weil

Markus einen Schreianfall bekommen hatte, als sich das Ding mit Getöse in Bewegung gesetzt hatte. Und sein Stofftier, das ihr Sohn überall mit hingenommen hatte, eine Art magersüchtiger lilafarbener Fuchs mit Knopfaugen. Daneben lag ein Kästchen mit mindestens einem Dutzend Ersatzaugen, weil die immer abgefallen waren und Markus jedes Mal tieftraurig gewesen war, wenn sein violetter Freund zum Einäugigen mutierte.

Kluftinger betrachtete das Stofftier wehmütig. Wie hatte die Zeit nur so schnell vergehen können? Hatte er nicht gestern erst diesen Fuchs zum Polsterer gebracht, um ihn auffüllen zu lassen, nachdem sich Markus geweigert hatte, den neuen Bären, den sie ihm statt des alten, verdreckten Spielzeugs gekauft hatten, auch nur anzufassen? Er spürte einen Kloß im Hals, als er daran dachte, dass sein Sohn nun schon bald selbst ein Kind haben würde. »Hier müsst auch mal jemand aufräumen«, polterte er deswegen in den Raum, was die Schwermut sofort vertrieb.

Er arbeitete sich weiter vor und fand nach zwei Windelkartons mit bestens erhaltener, bislang nur von Markus getragener Kinderkleidung, die er gleich Yumiko für seinen Enkel Max geben wollte, endlich die gesuchte Kiste, die mit *»Wanderzeug, bald wegschmeißen«* beschriftet war. Er zögerte, bevor er sie öffnete, denn ihm war klar, dass darin eine jüngere, vielleicht bessere, zumindest aber aktivere Version seiner selbst schlummerte. Schließlich fasste er sich ein Herz und klappte sie auf: Zum Vorschein kamen, neben seinen alten Bergschuhen und ein paar Cord-Bundhosen ein rot-weißes Halstuch und sein Filzhut samt Anstecknadeln. Unter der Schachtel fand er auch noch den alten Stock aus Wurzelholz, auf den allerlei bunte Plaketten genagelt waren. Alle von Orten, an denen er gewesen war. Schnell klappte er die Kiste zu und trug sie hinunter – ebenso wie die Kinderklamotten, zwei Stofftiere, den alten Toaster, den man mit ein bisschen Geschick sicher wieder zum Laufen bringen würde und der einen viel besseren Eindruck machte als das Glump, das seine Frau in einem dieser Kaffeeläden gekauft hatte. Dazu eine Fahrradklingel, die sich auf seinem E-Bike gut machen würde. Er hatte Mühe, die Treppe hinunterzukommen.

»Deswegen lass ich dich so ungern auf den Dachboden«, kommentierte Erika seine voll bepackten Arme, als er zurück ins Schlafzimmer kam.

»Warum? Wir müssen doch nicht immer was Neues kaufen, wenn wir noch so gute alte Sachen haben.«

Sie seufzte nur und sah sich die Wandersachen in der Kiste an. »Also, ob dir die noch passen? Willst du nicht die Outdoorhose anziehen, die ich dir vor drei Jahren zum Geburtstag geschenkt hab? Die, deren Beine man wegmachen kann.«

»Nein, bloß nicht.«

»Wusste ich's doch. Findest du sie also nicht gut.«

»Dochdochdoch!« Kluftinger hob beschwichtigend die Arme.

»Deswegen hast du sie auch noch nie angehabt.«

»Hab ja nicht so viel Gelegenheit, wegen der saublöden Schafferei allweil. Nein, ich mein bloß wegen dem Korbinian. Der findet dieses neumodische Zeug sicher blöd. Ich will bei dem nach so langer Zeit nicht gleich als Langhammer verschrien sein.« Dann griff er sich eine der Hosen und versuchte, sich hineinzuzwängen. Doch sosehr er auch zog, drückte, die Luft anhielt – sie war zu klein.

»Ich will ja nix sagen …«, begann seine Frau.

»Dann lass es.«

»… aber ich hab's gleich gesagt.«

»Das hast du dir jetzt nicht verkneifen können, oder? Die neue Hose zieh ich trotzdem nicht an.«

»Sondern? Kannst ja schlecht in der Unterhose zum Bergsteigen gehen, oder?«

»Danke, Vatter, das hätt's jetzt aber nicht gebraucht, dass ihr sie vorbeibringt. Und auch noch zu zweit.« Kluftinger nahm die Hose seines Vaters entgegen und schenkte seiner Frau ein Siegerlächeln. »So, also dann …«, sagte er und wollte die Haustür wieder schließen, doch da hatten sich seine Eltern bereits an ihm vorbei in den Gang geschoben.

»Wenn wir schon mal da sind, können wir auch ein bissle bleiben«, erklärte seine Mutter und zog sich den Mantel aus. »Wir sehen uns eh so selten.«

»Aber ihr wart doch erst gestern da.«

»Ach, werden wir dir lästig?«

»Nein, Mutter, natürlich nicht, aber …«

»Warum gehst du eigentlich mit mir nie in die Berge?«, wollte sein Vater wissen.

»Ich geh doch gar nie in die Berge.«

»Wozu muss ich dir dann die Hose leihen?«

»Ach so, das ist dienstlich.«

»Erzähl mir nix, ich war auch Polizist.«

»Wirklich, Vatter, ich muss … ach, ist doch wurscht. Jedenfalls wär das für dich eh nix mehr. Mit deinem Herz.«

»Dir renn ich immer noch davon.«

»Bub, da hat dein Vater schon recht«, mischte sich seine Mutter ein. »Das ist wirklich zu gefährlich, du bist doch viel zu alt dafür.«

»Mama, ich bin noch nicht mal sechzig.«

»Eben. Warum musst du in dem hohen Alter auf einmal wieder mit dem Bergsteigen anfangen? Hast doch jetzt dein schönes Fahrrad mit Hilfsmotor!«

Kluftinger sah sich hilfesuchend zu Erika um, die nur mit den Schultern zuckte, als wolle sie sagen: *Es sind deine Eltern.*

»Ich fang ja nicht wieder an. Und außerdem muss ich jetzt noch mal weg, ich will mir noch Marschverpflegung kaufen für morgen.«

Nun war es Erika, die ihrem Mann einen entsetzten Blick zuwarf, worauf dieser nur mit den Schultern zuckte, als wolle er sagen: *Und jetzt sind es deine Schwiegereltern.*

Kluftinger ließ sich Zeit beim Einkaufen und scheute auch vor einer ausführlichen Beratung über die Vor- und Nachteile isotonischer Getränke sowie den Unterschied zwischen Fitness- und Müsliriegeln nicht zurück. Er langte ordentlich zu, schließlich standen ihm große körperliche Strapazen bevor, und er wusste von den Übertragungen der Tour de France, was passierte, wenn man von einem Hungerast heimgesucht wurde. Als er mit einer vollen

Einkaufstüte wieder zurückkehrte, waren seine Eltern bereits gegangen. Er war erleichtert, sich nicht weiter erklären zu müssen, und schenkte sich ein alkoholfreies Weizenbier ein, das er ebenfalls gekauft hatte, nachdem ihn die Verkäuferin darauf aufmerksam gemacht hatte, dass auch dieses als isotonisch gelte. Erst als er das Glas mit einem satten »Ahhhh« absetzte, merkte er, wie still es im Haus war.

»Wo ist eigentlich die Yumiko?«, fragte er, als sich seine Frau mit einer Tasse Tee zu ihm auf die Ofenbank setzte.

»Der Markus ist noch kurz in die Stadt, er trifft sich ...«

»Wo die Miki ist, hab ich gefragt.«

»Aha, ist sie dir jetzt schon wichtiger als dein eigener Sohn?«

»Nein, das nicht, aber der ist schließlich nicht schwanger.«

»Die Schwangerschaft schlaucht den Markus schon auch, das darf man nicht unterschätzen.«

»Erika, ich bin auch Vater, mir brauchst du nix erzählen.«

»Damals war das doch noch ganz anders. Heute sind die Männer viel mehr gefordert, zu deiner Zeit, da ...« Sie überlegte, wie sie den Satz vollenden sollte, ließ ihn dann aber so stehen.

»Also, wo ist die Yumiko?«

»Beim Frauenarzt.«

Kluftinger richtete sich erschrocken auf. »Ist was mit dem Max?«

»Mit wem?«

»Meinem Enkel!«

Seine Frau schüttelte den Kopf. »Du immer! Nur eine normale Untersuchung.«

»So, ja dann.«

Er trank schweigend sein Bier, Erika ihren Tee. Dabei wanderten seine Gedanken wieder zur bevorstehenden Bergtour, und er stand auf. Unruhig tigerte er durch die Wohnung, kontrollierte noch einmal seine Ausrüstung, richtete den Proviant her und putzte schließlich sogar noch seine Schuhe. Irgendwann sah er auf die Uhr, was eine kleine Endorphinausschüttung zur Folge hatte: *Feuer der Leidenschaft* würde gleich losgehen. Schnell ging er ins

Wohnzimmer, schaltete den Fernseher ein und versank in der Welt der von Schillingsberg-Zieselheims, die heute ein großes Familienfest vorbereiteten. Zum ersten Mal an diesem Tag kreisten seine Gedanken nicht um irgendeinen Berg oder den Fall, und er gab sich der wohligen Berieselung hin, die von dieser Serie ausging. Diese kleine Auszeit tat ihm gut. Kurz bevor Erbgraf Enno allerdings das Schloss betrat, wo Gonzales, der sich als Stallbursche ausgab, gerade mit seiner Mutter im Schlafzimmer verschwand, ging die Tür auf, und Markus kam mit Yumiko herein. Erika tanzte aufgeregt um sie herum, wohl weil Yumiko stolz verkündete, ein Ultraschallbild des Babys vom Arzt bekommen zu haben.

»Willst du's auch sehen, Vatter?«, rief Markus.

»Gleich, ich muss noch ... da kommen grad Nachrichten«, schwindelte Kluftinger.

»Jetzt komm, die gibt's um zehne noch mal«, beharrte sein Sohn.

»Ja, aber ...« Kluftinger sah, wie der Erbgraf die Tür zum Schlafzimmer öffnete, wo er seine nur leicht bekleidete Mutter vorfand. Nun wurde es spannend.

»Komm, der Markus hat ein Foto von unserm Enkele«, rief Erika.

Der Kommissar seufzte. »Jaja, glei, ich muss ...« Gonzales trat nun in das Blickfeld des Erbgrafen und grinste ihn frech an. »Das ist wichtig, wegen dem Fall ...« Der Adlige schien nicht zu begreifen, was da gerade vor sich ging.

»Vatter!«

»Ich kenne deine Mutter schon länger«, sagte nun Gonzales mit einem widerwärtigen Grinsen im Gesicht. *»Und zwar aus –«*

»Butzele, jetzt aber wirklich.«

Als Kluftinger wieder auf den Bildschirm blickte, lief bereits der Abspann. »Nein!«, entfuhr es ihm. Also würde er erst morgen erfahren, wie Enno auf die Enthüllung reagiert hatte.

»Wie, nein?«

»Was? Nein, ich mein, ich komm ja schon.« Kluftinger schaltete den Fernseher mit einem Seufzen aus und gesellte sich zu den anderen. »Was gibt's denn so Wichtiges, dass ich ... den Wetterbericht nicht mehr sehen durfte? Ich muss mich da schon informieren, weil ich doch morgen in die Berge geh.«

»Das!«, erklärte Markus und legte mit großer Geste das Ultraschallfoto auf den Tisch.

Sie starrten still auf das Bild, auf dem Kluftinger rein gar nichts erkennen konnte. Also drehte er es einmal um neunzig Grad, was aber einen Proteststurm der anderen zur Folge hatte.

»Da wird dem Kind ja schlecht, wenn du es verkehrt herum drehst«, lachte Yumiko.

»Wie jetzt, verkehrt?« Der Kommissar legte seinen Kopf schräg, aber außer seltsamen grauen und schwarzen Flächen konnte er nichts erkennen. Hätten sie gesagt, das sei ein Satellitenfoto der Kurischen Nehrung, hätte er es auch geglaubt.

Er versuchte, sich zu konzentrieren, irgendetwas auszumachen, das … Moment! Jetzt endlich! Ja, jetzt konnte er etwas erkennen. Etwas, was den anderen bisher entgangen sein musste, denn das Geschlecht hatten sie noch nicht identifiziert. Jetzt war er es, der die Neuigkeit verkünden würde: »Also der Max, der ist ja ziemlich gut bestückt. Kommt ganz nach mir«, erklärte Kluftinger und zeigte auf ein längliches Gebilde, das von einer grauen Fläche in der Mitte ausging.

»Warum?«, fragte Markus. »Hast du auch so eine tolle Nabelschnur gehabt?«

Die Bäume sind grün der Himmel ist blau und wir sehen keine andere Sau.

Aus dem Gipfelbuch am Köpfle

Mit einem mulmigen Gefühl lenkte Kluftinger den Passat um die letzte Ecke vor dem Haus in Ofterschwang, in dem Korbinian Frey wohnte. Insgeheim hegte er die vage Hoffnung, dass irgendein Ereignis die bevorstehende Tour noch verhindern würde. Er kannte das Gefühl, es beschlich ihn immer vor solchen Aktivitäten, sogar beim Skifahren. Solange noch Zeit war bis zum geplanten Ereignis, freute er sich sehr darauf, aber wenn es dann so weit war, es galt, früh aufzustehen, sich ins Auto zu setzen, es noch kalt war, wäre er doch meist lieber gemütlich zu Hause geblieben. Deswegen fand er es auch nicht schlimm, wenn vor Ort der Lift defekt war oder ein Wetterumschwung die Pläne durchkreuzte, schließlich musste er sich so nicht unter Schwitzen und körperlichen Qualen in die knallengen Skistiefel zwängen.

Doch heute wurden die Berggipfel von der Morgensonne in rotgoldenes Licht getaucht, die kühle Luft war klar, und obendrein stand Korbinian Frey bereits auf dem Gehsteig und winkte Kluftinger fröhlich zu.

Entgegen seiner Vermutung war Frey in bunte Outdoorklamotten gekleidet. Er hatte eine rote Funktionshose und neongrün leuchtende Bergschuhe an. *Priml.* Kluftinger hielt an und ließ ihn einsteigen.

»Morgen, Bertele. Jetzt weiß ich auch, wieso du so spät kommst, hast ja immer noch den alten Karren. Sollen wir nicht lieber mit meinem Yeti fahren?«

»Mit was?«

»Ich hab so ein kleines SUV, ein Skoda Yeti. Hat Allrad. Mit dem kommen wir sicher an«, erklärte Frey.

»Jetzt hast *du* Angst, oder wie? Keine Sorge, der Passat ist zwar ein historisches Fahrzeug, aber der läuft wie ein Uhrwerk. Allrad hat der überhaupt nicht nötig. Außerdem können wir mit dem parken, wo wir wollen, ist quasi ein Einsatzfahrzeug.«

»Verstehe.« Korbinian warf seinen Rucksack und zwei Teleskopstöcke auf die Rückbank und stieg ein. Er musterte seinen Nebenmann eine Weile, dann fragte er mit Blick auf Kluftingers Kleidung: »Ist das noch das gleiche alte Glump, das du damals schon angehabt hast?«

»Das tut's mir doch noch gern. Aber sag mal, meinst du, das Wetter hält? Da über den Oberstdorfer Bergen kommen Wolken auf, oder?«

Frey schüttelte energisch den Kopf. »Schmarrn, das sind nur Schleierwolken. So leicht kommst du aus der Nummer nicht raus, Bertele.«

Korbinian konnte er anscheinend in keiner Beziehung etwas vormachen. Obwohl sie sich für so lange Zeit aus den Augen verloren hatten, schien er ihn noch immer besser zu kennen als viele seiner heutigen Freunde. An Freys direkte und schonungslose Art musste er sich jedoch erst allmählich wieder gewöhnen. Er schaltete das Radio ein. In seinem Lieblingssender Bayern 1 kamen wie immer Oldies, die damals, als die beiden Freunde zusammen unterwegs gewesen waren, noch aktuelle Hits waren. Es dauerte nicht lang, bis beide begannen, die Melodien mitzusummen und rhythmisch im Takt zu wippen. Kluftinger spürte eine Vertrautheit, der ihre lange Funkstille nichts hatte anhaben können.

»Wie kommen wir eigentlich ins Oytal?«, fragte Frey, als sie durch Oberstdorf fuhren. »Sollen wir uns ein Fahrrad mieten? Ich kenn den Inhaber vom Fahrradgeschäft gut, das ist ein Bergführerkollege von früher, kriegen wir vielleicht einen Sonderpreis.«

»Nix Fahrrad, wir fahren mit dem Auto hinter bis zum Oytalhaus.«

»Das ist aber Naturschutzgebiet. Da brauchst du eine Sondergenehmigung.«

»Lass mich mal machen«, gab Kluftinger zurück, wobei er sich wieder erinnerte, dass er Langhammer versprochen hatte, sich um die Strafe zu kümmern, die der neulich aufgebrummt bekommen hatte.

Immer wieder musste der Kommissar auf dem engen Teersträßchen Fußgängern ausweichen, die hier überraschenderweise auch so früh am Morgen schon unterwegs waren und ihn vorwurfsvoll ansahen. Oft gingen sie nur widerwillig zur Seite und gestikulierten aufgeregt.

»Kümmert's euch doch um euren eigenen Scheiß, zefix!«, schimpfte Korbinian ihnen hinterher.

Etwa auf halber Strecke trafen sie auf einen Wanderer, der demonstrativ in der Mitte der Straße lief, sich auch durch Kluftingers Hupen nicht beirren ließ und jedes Aufheulen des Motors nur mit einem Kopfschütteln quittierte. »So ein Depp!«

Frey kurbelte das Fenster herunter. »Schleich dich, wir sind im Einsatz!«, schrie er hinaus, doch auch das zeitigte keinen Erfolg.

Da beschloss Kluftinger, zum äußersten Mittel zu greifen. »Jetzt pass auf, Bini«, sagte er mit verschmitztem Grinsen, langte nach hinten, holte ein Blaulicht hervor und plazierte es auf dem Dach. Als er es einschaltete und das Martinshorn aufheulte, machte der Wanderer einen Satz zur Seite. Freundlich winkend passierte ihn Kluftinger und schaltete die Sirene wieder aus.

»Der hat was zu erzählen, heut Abend!«, sagte Frey amüsiert.

Kurz nach dem Gasthof Oytalhaus stellte der Kommissar das Auto am Straßenrand ab. Er legte seinen Dienstausweis aufs Armaturenbrett, plazierte sein mobiles Blaulicht daneben und legte ein Blatt Papier dazu, das er heute Morgen geschrieben hatte, als er vor Aufregung schon um halb fünf aufgewacht war. *Polizei im Einsatz,* stand dort, darunter etwas kleiner: *Wenn was ist, also was Wichtiges (Parkkralle o. Ä.), bitte gleich anrufen unter 01525/7437291. Kluftinger, KHK Kripo Kempten.*

Dann liefen sie los, wobei Frey es so gemächlich anging, dass Kluftinger wieder Hoffnung schöpfte, mithalten zu können. Vielleicht war er doch fitter, als er gedacht hatte. Und die letzten Tage war er ja gut im Training. Doch schon an der ersten größeren Steigung kam er mächtig ins Schwitzen und wurde kurzatmig.

Ausgerechnet jetzt fing Korbinian an, ihn in ein Gespräch zu verwickeln. »Sag mal, wie ist es dir ergangen in den letzten Jahren?«

»Du, der Bub hat studiert, geheiratet, und jetzt werd ich bald Opa.« Er versuchte, die Antworten möglichst kurz zu halten. Sein schwerer Rucksack grub sich in seine Schultern und sorgte dafür, dass sein Nacken heftig schmerzte.

»Und wie geht es dir dabei?«, hakte Frey nach.

»Gut.«

»Und sonst so? Außer den Sachen mit deinem Sohn? Vorher?«

Trotz Atemnot holte er etwas weiter aus: »Irgendwie hab ich das Gefühl, dass mein Leben erst vor ein paar Jahren richtig losgegangen ist. Damals, da hab ich so einen Fall im Krugzeller Milchwerk aufgeklärt, und seitdem geht es irgendwie rund. Schlag auf Schlag. Ich komm gar nicht mehr zur Ruhe.«

»Ja, spannend, dein Leben. Dauernd liest man in der Zeitung von dir, und auch im Fernsehen hab ich dich gesehen. Bist ja fast schon ein Promi.«

Der Kommissar musste erst wieder zu Atem kommen, bevor er antworten konnte. »Ich brauch das nicht, dass irgendwelche Leute über mich was lesen. Ich geh ganz normal abends zu meiner Familie heim, dann schau ich mit der Erika noch ein bissle fern und geh schlafen. Da ist nicht viel mit Aufregung und Abwechslung.«

»Das klingt fast ein bissle deprimierend. Wenn ich denk, was du früher noch für Träume hattest. Und jetzt freust du dich jeden Abend auf deinen Feierabend und auf die Glotze. Willst du nicht manchmal ausbrechen aus diesem engen Korsett, das dich da einschnürt?«

Der Kommissar horchte den Worten seines Freundes nach. War sein Leben das? Deprimierend? Sicher, Frey, der Junggeselle, hatte mehr Freiheit, und er selbst fühlte sich manchmal wie fremdbestimmt. Es sollte aber kein falscher Eindruck entstehen, also antwortete er: »Du verstehst das falsch, Bini. So ist das nicht. Ich wollte das ja, ich bin zufrieden. Aber klar, im Vergleich zu dir bin ich ein rechter Langweiler und Spießer.«

»Schon okay, du musst dich nicht dafür rechtfertigen.«

»Allzu lang ist es ja nicht mehr bis zur Pensionierung. Wir freuen uns schon drauf, die Erika und ich. Können wir endlich wieder viel unternehmen und uns dann um unseren Enkelsohn kümmern.«

»Ah, wird es ein Bub?«

Kluftinger nickte. »So gut wie sicher. Max wird er wohl heißen.« Da fiel ihm auf, dass sie bisher nur über ihn geredet hatten. Deswegen wechselte er das Thema, wobei er seinen Schritt etwas verlangsamte: »Und bei dir? Ich hätt schwören können, dass du immer noch mit der Rosi zusammen bist. Oder sagen wir, immer wieder, ihr habt ja dauernd Höhen und Tiefen gehabt, gell? Seid ihr noch in Kontakt?«

Frey blieb unvermittelt stehen. »Die Rosi lebt nicht mehr.«

»Ach komm, das hab ich nicht gewusst! Ein Unfall? Oder war sie krank?«

Frey blieb für einen Moment stehen und sah Kluftinger in die Augen. »Ich hab sie umgebracht, Bertele.«

Dem Kommissar fiel die Kinnlade nach unten. Mit offenem Mund starrte er seinen Kameraden an. »Du hast, ich mein … was?«

»Du hast schon richtig gehört. Ich hab sie auf dem Gewissen. Ich und kein anderer. Hätte sie mich nie getroffen, hätte sie sich nicht nur viel Ärger und Tränen erspart, sondern wär mit Sicherheit noch am Leben.«

Kluftinger wusste nicht, was er sagen sollte.

»Jetzt schau mich nicht so an wie einen von deinen Kunden. Ich hab sie nicht erwürgt oder so, wenn du das jetzt meinst. Mein Gott, bei dir muss man ja aufpassen, was man sagt. Nein, aber ich hab sie in den Tod getrieben. Und es vergeht kein Tag, an dem ich nicht daran denke. Mir nicht wünsche, dass es mich erwischt hätte.«

»Was ist denn passiert?«

Korbinian ging wieder los, schneller als vorher.

»Die Rosi wollte nie mit auf meine Reisen. Das hab ich nie wirklich akzeptiert. Und als ich nach Nepal bin, da hab ich ihr das Messer auf die Brust gesetzt. Entweder, sie begleitet mich, oder es ist aus mit uns, hab ich gesagt. Hätt ja nicht die ganze Zeit mitmüssen. Ich hatte vor, zwei Jahre da drüben zu schaffen, woraus dann fast sechs geworden sind. Aber eine große Tour wollte ich mindestens mit ihr machen.«

»Und dann? Ist sie abgestürzt?«

»Nein, das nicht. Sie war topfit, musst du wissen, sonst hätte ich sie doch nie mitgenommen. Wir wollten auf einen Sechstausender, waren eine kleine Gruppe mit zwei Schweizern, einer Französin, uns beiden und einer Handvoll Scherpas. Schon seit der Ankunft hat die Rosi Probleme mit der Lunge gehabt, Adaptionsstörungen nennt man das. Wegen der Höhe. Drum haben wir erst mal noch ein paar Tage gewartet. Klar wurden die anderen ungeduldig. Eines Abends hat die Rosi gesagt, sie bleibt unten. Aber das wollt ich nicht. Ich hab die anderen gebeten, noch zwei Tage zu warten, dann würden wir spätestens losgehen. Auch ohne die Rosi. Am Morgen stand sie dann in voller Montur vor mir. Sie hat gesagt, sie sei fit. Aber wenn ich jetzt an ihren Gesichtsausdruck denk, dann weiß ich, dass sie das nur mir zuliebe getan hat.«

Kluftinger schluckte. »Und dann hatte sie einen Kreislaufzusammenbruch?«

Frey schüttelte den Kopf. »Wir denken, dass es ein Höhenödem war.«

Der Kommissar sah ihn verständnislos an.

»Sie ist nicht obduziert worden oder so. Aber letztlich ist es klar: Die Lunge konnte sich nicht an die Höhe anpassen, das wurde natürlich unter der enormen körperlichen Belastung schlimmer. Irgendwann ist sie einfach umgefallen und auch nicht mehr zu sich gekommen. Sie ist uns da oben unter den Händen weggestorben.«

Der Hals des Kommissars schnürte sich zu.

»Bertele, du musst jetzt nix sagen. Es ist jetzt auch schon lang her. Ich hab sie hier bei uns beerdigt, in Sonthofen. War noch mal vier Monate herüben, hab ein paar Sachen geregelt, sie hatte ja niemanden. Und dabei hab ich schmerzlich erkennen müssen: Ich hab auch niemanden gehabt. Also bin ich wieder runter nach Nepal.«

»Ich hab das ja nicht mitgekriegt, also damals, das mit der Rosi, mein ich«, stammelte Kluftinger, »sonst hätt ich dich angerufen und …«

Frey winkte ab, und Kluftinger glaubte, ein Lächeln in seinem Gesicht zu erkennen. »Dich trifft keine Schuld, ich hab mich ja auch zurückgezogen von allem.«

Der Kommissar war erleichtert, auch wenn das sein schlechtes Gewissen nicht wirklich beruhigte. Er hätte ihn anrufen, sich kümmern müssen. Das wäre seine Aufgabe gewesen. Er erinnerte sich noch an den Zettel, der immer neben dem Telefon gelegen hatte. Markus hatte darauf geschrieben: »Korbinian Frey anrufen.« Nach ein paar Wochen war er unter anderen Notizen begraben, und letztlich bei irgendeiner Aufräumaktion im Müll gelandet.

Aber wenigstens jetzt wollte er für Frey da sein, ihm die Unterstützung geben, die er damals gebraucht hätte. »Weißt du, niemand kann ahnen, dass einem Menschen so was passiert, wenn er doch eigentlich topfit ist, ich mein …«

»Lass gut sein, die Sachen hab ich alle gehört: Ich muss mir keine Vorwürfe machen und so. Passt schon, ich leb damit, und ich bin nicht verbittert, aber ich weiß, dass es nicht stimmt.«

Kluftinger hätte ihn gern in den Arm genommen, doch das war erstens nicht seine Art und kam zweitens viele Jahre zu spät. Dennoch sah er es als seine Aufgabe an, seinen Freund, den er so schmählich im Stich gelassen hatte, von seinen Schuldgefühlen zu befreien.

»So, jetzt haben wir vor lauter Schwätzen die Pause vergessen. Lass uns mal ausruhen.«

Kluftinger wartete schon seit über einer Stunde auf diese erlösenden Worte, aber er hatte nicht der sein wollen, der sie sagt. Er ließ sich sofort auf einem Stein nieder.

Korbinian setzte sich neben ihn und zeigte mit dem Finger auf eine fast senkrecht aufsteigende Wand aus Gras und Felsen. »Wir sind jetzt am Schättele. Da oben geht's in den Rädlergrat.«

Der Kommissar schluckte: Vom Tal sah der Berg nicht besonders gefährlich aus, aber hier oben war das etwas anderes. Er hatte keine Ahnung, wie er da hinaufkommen sollte, aber nun gab es kein Zurück.

»Ja, das ist was für Spezialisten«, beantwortete der Bergführer Kluftingers Blick.

»Wo ist denn jetzt der andere Weg?«, fragte der, bemüht, so gleichgültig wie möglich zu klingen.

»Schau, da oben, da gäbe es eine Möglichkeit über den Schneck.« Frey deutete auf eine bizarre Formation weiter hinten: Ganz vorn erhob sich der Gipfel, daran reihten sich wie der zackige Rücken eines Drachens weitere Erhebungen.

»Aber?«

»Aber wir haben nicht so viel Zeit. Und mich reizt es auch. Außerdem wolltest du doch zur Absturzstelle. Und die ist da.«

Kluftinger packte seine Brotzeit mit dem unguten Gefühl aus, dass es sich dabei um seine Henkersmahlzeit handelte.

»Was hast du denn alles dabei?«, fragte sein Nebenmann mit Blick auf die bunt verpackte Sportlernahrung, die er aus dem Rucksack hervorholte.

»Ach, bloß ein paar Kleinigkeiten. Was man in den Bergen halt so braucht.«

»Das braucht man in den Bergen«, kommentierte Frey und zog einen Kanten Brot und einen Schübling hervor.

Der Mann steckte wirklich voller Überraschungen, dachte der Kommissar. Als er weiter in seinem Rucksack kramte, hatte er plötzlich ein Verlängerungskabel in der Hand.

»Willst du dich auf dem Gipfel ein bisschen föhnen?«, erkundigte sich Korbinian. »Oder hast du noch einen Elektrogrill dabei?«

»Nein, nein, das hab ich … immer mit«, log der Kommissar. »Für alle Fälle.« Er schalt sich innerlich dafür, den Rucksack vor der Abfahrt nicht noch einmal überprüft zu haben.

»Und welche Fälle sollen das sein?«

»Mei, dies und das.«

»Verstehe. Sonst noch wichtige Utensilien dabei?«

Kluftinger, der nun selbst neugierig war, schob seine Hand wieder in den Rucksack und rührte darin herum. Er zog noch einen Schraubenschlüssel, einen Packen Schmirgelpapier und einen Satz Radmuttern hervor. Kein Wunder, dass sein Rucksack so schwer war.

»Falls der Berg kaputt ist? Damit du ihn reparieren kannst?« Korbinian grinste breit.

Der Kommissar hatte keine Lust, weiter zu lügen, vor allem, weil sein alter Freund ihn sowieso sofort durchschaut hatte. »Ich hab einfach meine Brotzeit draufgepackt, ohne noch mal zu kontrollieren …«

»Lass das Zeug doch da liegen, wir nehmen es auf dem Rückweg wieder mit.«

Er nickte und genoss es, dass er diesem Mann nichts vorspielen musste. Sie aßen schweigend ihre Brotzeit, und es war erneut keine unangenehme Stille.

Kluftinger hätte noch ewig so dasitzen können, doch Korbinian stand plötzlich auf und griff sich seinen Rucksack. »Ich pack's dann mal. Deine verdächtige Stelle untersuchen und nach der Helmkamera schauen.«

Der Kommissar erhob sich ebenfalls.

»Was hast du vor?«, fragte ihn sein Freund.

»Ich denke, wir wollen da rauf.«

»Ich. Von dir war nie die Rede.«

»Aber …«

»Hör zu, du wärst für mich nur eine Last. Da oben kann jeder Fehltritt den Tod bedeuten.«

»Was soll denn jetzt das? Für was bin ich dann überhaupt mitgekommen?«

»Ich wollt einfach, dass du mal wieder deinen Arsch hochkriegst, Bertele. Aber dafür«, er zeigte auf die Wand, »reicht's noch lang nicht.«

Kluftinger war sprachlos und hob die Hand, um zu protestieren.

»Vergiss es. Ich will nicht noch jemanden auf dem Gewissen haben.«

»Das ist jetzt aber ungerecht. Ich hab bisher doch auch ganz gut mitgehalten, und jetzt …«

»Himmelherrgott, Bertele, schau dich doch an!«, schrie sein Gegenüber plötzlich, und der Kommissar zuckte zusammen. »Du bist fett geworden. Tu was dagegen, dann nehm ich dich irgendwann mal wieder auf eine große Tour mit.« Dann stapfte er los.

Kluftinger schaute ihm eine Weile hinterher, dann schrie er: »Und bist der gleiche sture Depp wie früher, Korbinian Frey!« Doch wenn er ehrlich war, verspürte er große Erleichterung, dass sein Freund ihm die Entscheidung abgenommen hatte.

Hoch auf dem Felsen den Himmel ergreifend,
ruhn wir in dir, sturmtragender Gott
Glaubend in dem Rufe, in Liedern dich preisend,
ziehen wir hinab in die gottferne Not.

Aus dem Gipfelbuch am Rubihorn

Obacht!« Kluftinger zischte das Wort mehr zu sich, denn Korbinian konnte ihn schon lange nicht mehr hören. Er hatte seinen Feldstecher dagelassen, mit dem der Kommissar nun die waghalsige Kletterei beobachtete. Ihm wurde ganz schwummrig beim Anblick seines Freundes, der ungesichert in der steilen Wand hing. Immer wieder entfuhr ihm ein »Vorsicht!« oder »Pass auf!«.

Dabei wusste Frey offenbar genau, was er tat, denn er erklomm behende die Wand, ohne auch nur einmal innezuhalten. Schnell näherte er sich der Stelle, an der bis vor wenigen Tagen noch die kleine Latschenkiefer gestanden hatte. Dazu musste er ungesichert die steile Graswand queren, die heikelste Passage seines Aufstiegs, das wusste Kluftinger. Ihn hielt nichts mehr auf seinem Stein. Im Stehen schaute er Korbinian dabei zu, wie der sich noch ein paar Meter nach oben zog, dann plötzlich anhielt und mit einer Hand zu scharren begann.

Doch auf einmal trübte sich die Sicht ein. Der Kommissar setzte das Fernglas ab, weil er dachte, das Okular sei angelaufen, erkannte dann aber, dass sich eine Nebelbank zwischen ihn und die Wand schob. Hektisch blickte er erneut durch den Feldstecher, doch die Wolke hatte Korbinian regelrecht verschluckt. Auch vom Rest des Berges war nichts mehr zu sehen.

»Himmelzefix!«, fluchte er und ließ das Glas wieder sinken. Der Nebel hatte ihn nun fast vollständig eingehüllt. Unglaublich, wie schnell sich die Witterungsverhältnisse in den Bergen ändern konnten. Deswegen war es so wichtig, nicht allein hier herumzulaufen.

Allein.

Kluftinger fröstelte bei dem Wort, denn es beschrieb genau das, was er im Moment fühlte. Er starrte auf die undurchdringliche Nebelwand, durch die auch Geräusche nur noch gedämpft drangen. Er verlor völlig das Zeitgefühl. Wie lange stand er schon hier? Minuten? Eine Stunde? Nur sein eigener keuchender Atem durchbrach die Stille. Aber was hätte er überhaupt hören wollen? Etwas von Frey? Das hätte wohl nichts Gutes bedeutet. Langsam kroch eine Empfindung in ihm ebenso schnell hoch wie der Nebel die Berghänge: Angst.

Angst, dass Korbinian in dieser Suppe die Orientierung verlor, einen falschen Schritt, einen falschen Griff tat. Dass er dann in die Tiefe stürzen würde wie die drei Bergsteiger, die er fünf Tage zuvor gefunden hatte. Angst, dass er dann schuld war am schrecklichen Tod seines alten Freundes. Und Angst, dass er allein hier nicht mehr herunterkommen würde, dass auch er …

Da teilte sich die weiße Wand vor ihm, und Korbinian trat daraus hervor wie eine Erscheinung. Er grinste und hielt etwas in die Höhe. Als er vor Kluftinger stand, verschwand das Lächeln aus dem ledrigen Gesicht. »Was ist denn passiert?«

Der Kommissar verstand nicht. »Was soll denn sein?«

»Keine Ahnung. Du schaust, als hättest du einen Geist oder ein wildes Mändle gesehen.«

»Ein … ach was. Ich war nur … Ich bin froh, dass du wieder da bist.«

»Erst lässt du vierzehn Jahre lang nix von dir hören, und jetzt vermisst du mich schon nach einer halben Stunde.«

»Depp. Was hast du denn da?«

»Helmkamera hab ich keine gesehen. Aber das hab ich gefunden.« Er reichte Kluftinger den Gegenstand, der sich als gewöhnlicher Stein entpuppte.

»Mhm, toll, so was findet man in den Bergen natürlich selten.«

»Für dich.«

»Wär doch nicht nötig gewesen.«

Korbinian seufzte. »Himmelnochmal! Wer ist jetzt hier der Polizist? Schau doch mal, der hat lauter Schrammen, als hätt jemand drauf rumgekratzt. Und der Stein ist genau in dem Loch gelegen, wo früher mal der Boschen war.«

Kluftinger pfiff anerkennend durch die Zähne. »Nicht schlecht. An dir ist glatt ein Ermittler verlorengegangen.«

Jetzt grinste sein Begleiter wieder. »An dir auch.«

Der Kommissar war froh, als sie endlich wieder im Auto saßen. Seine Knie schmerzten, die Unterschenkel fühlten sich an wie Beton. Kein Wunder, immerhin hatte er in den letzten Tagen so viel Sport getrieben wie in den vergangenen zehn Jahren zusammen nicht. Vielleicht war das der Beginn einer neuen Phase der Aktivität in seinem Leben. Einigermaßen zufrieden mit sich selbst, lenkte er den Passat nach Oberstdorf, vorbei am Lokal der *Erdinger Arena,* wie sie vor ein paar Jahren das Stadion der Skisprungschanzen genannt hatten, wo unter anderem die legendäre Vierschanzentournee Station machte. Eigentlich hatte er sich vorgenommen, mit Erika dort mal einen Kaffee zu trinken, es hatte einen wunderschönen Blick über … *Moment!* Er drosselte das Tempo und beugte sich etwas vor. Kein Zweifel, da stand Langhammers nagelneuer Mercedes auf dem Parkplatz der Gastwirtschaft. Er erkannte ihn am Nummernschild – und an dem markanten Kratzer. Er wurde noch langsamer, als sie die verglaste Front des Cafés passierten.

»Hey, willst du während der Fahrt Blümle pflücken?«, maulte Korbinian.

Doch Kluftinger ließ sich nicht beirren. Er hielt nach dem Doktor Ausschau, weil er sich wunderte, dass auch der schon wieder hier am Fuße der Alpen unterwegs war. Und dann sah er ihn: Er saß an einem Ecktisch neben dem Fenster, erhob gerade ein Weinglas und prostete seiner Begleitung zu, vermutlich Annegret, auch wenn sie nicht zu sehen war.

Kluftinger gab wieder Gas. Hoffentlich erfuhr Erika nichts von diesem Abendessen, sonst würde sie ihm die Hölle heißmachen, weil er nie solche Ausflüge mit ihr unternahm. Womit sie irgendwie recht hatte.

Er hing seinen Gedanken nach und merkte gar nicht, dass sie inzwischen bei Korbinians Wohnung angelangt waren.

»Halt!«, rief der. »Wir sind da. Oder willst du mich noch in den dunklen Wald entführen?«

»Hm? Nein, kein Bedarf.«

Korbinian angelte seinen Rucksack vom Rücksitz und verabschiedete sich.

»Danke noch mal«, sagte Kluftinger. »Ich meld mich.«

Korbinian nickte. »Alles klar. Dann bis in fünfzehn Jahren.«

Rosen sind rot, Veilchen sind blau,
Warum bin ich heroben? Ich weiß nit genau.

Aus dem Gipfelbuch am Köpfle

Ui, Chef, Sie sehen heut ja flott aus!« Sandy Henske bedachte Kluftinger mit einem strahlenden Lächeln. Seiner Sekretärin schien es wieder gutzugehen. Was man von ihm jedoch nicht behaupten konnte, denn schon beim Hochsteigen der Treppen hatten sich seine Waden derart verkrampft, dass er zwei Pausen zur Lockerung hatte einlegen müssen.

»Jaja, man tut, was man kann, um in Form zu bleiben«, prahlte er.

»Jetzt komm, seit wann denn das?«

Kluftinger sah erst jetzt, dass Hefele im Büro der Sekretärin saß.

»Lass mal, Roland«, schaltete die sich ein. »Der Herr Kluftinger fängt eben gerade an. Heute Vormittag hab ich in der Enjoy gelesen, es sei nie zu spät, mit Bewegung, gesunder Ernährung und Yoga zu beginnen. Wie heißt's so schön: Heute ist der erste Tag vom Rest deines Lebens. Wär vielleicht auch was für dich, Roli.«

Roli? Kluftinger stutzte, ging dann aber in sein Büro.

Hefele folgte ihm. »Bist du jetzt allen Ernstes wieder unter die Bergsteiger gegangen? Welchen Gipfel hast du denn erklommen? Bist mit der Bahn aufs Nebelhorn, hm?«

»Ehrlich, Roland, an deiner Stelle wär ich mal ganz leise, ich wüsste nicht, dass du dich in letzter Zeit durch körperliche Betätigung hervorgetan hast.«

»Was nicht ist, kann ja noch werden«, entgegnete er mit einem seltsam wissenden Grinsen auf den Lippen.

»Ich war auf dem Himmelhorn. Ohne Bahn, ohne Seil, ohne Netz und doppelten Boden. Ich habe diesen wunderschönen Berg nur mit der Kraft meiner Muskeln und mit Hilfe eiserner Willenskraft bestiegen.«

»Wer hat hier wen bestiegen?« Eugen Strobl stand im Türrahmen.

»Ah, das nächste Kasperle. Muss hier irgendwo ein Nest sein.« Kluftinger stellte seinen Rucksack auf den Schreibtisch und kramte darin herum.

Strobl ließ nicht locker. »Nicht, dass du mir jetzt auch noch trainierst für die Erstbesteigung der Chefin. Die findet dich ja schon immer so schneidig und stramm!«

Hefele grinste breit und korrigierte: »Erstbesteigung wird es möglicherweise keine werden. Und als Nächster würd sich gern der Richie ins Gipfelbuch eintragen, könnt ich mir denken.«

Kluftinger erwiderte trocken: »Irgendwelche besonderen Vorkommnisse?«

Die Kollegen schüttelten die Köpfe. Dann aber hob Strobl die Hand: »Doch, ein besonderes Vorkommnis gibt es: Die Kaffeemaschine gibt ihren Geist auf, die tropft, und außerdem ist Satz in der Tasse. Wir haben heut den ganzen Tag rumrecherchiert, wahrscheinlich legen wir uns am besten so ein Kapselgerät zu. Das vom Clooney, weißt du?«

Der Kommissar hatte von dieser Maschinenmarke noch nie gehört, doch diese Alukapseln kamen ihm nicht ins Haus, die waren sündteuer und obendrein umweltschädlich, so viel wusste er. Und damit hatten sich seine Mitarbeiter den ganzen Tag beschäftigt? Ihn beschlich das dumpfe Gefühl, dass ohne ihn hier überhaupt nichts vorwärtsging. Kaum hatte er einen Tag frei, kümmerten sich alle nur noch um Pennälerwitze und ums Kaffeetrinken, anstatt echte Polizeiarbeit zu verrichten. Im Hinausgehen ermahnte er sie daher: »Wenn ihr euch mal ein bissle mehr um eure Arbeit und weniger um euer Wohlergehen kümmern würdet, hätten wir Beamten vielleicht einen besseren Ruf.«

Damit ließ er die Kollegen stehen und ging mit dem Stein vom Himmelhorn in der Tüte zu Willi Renn. Als er dessen Büro betrat, sah der von einem Mikroskop auf. »Oho, Luis Trenker höchstpersönlich! Was verschafft mir die zweifelhafte Ehre?«

»Willi, tu mir den Gefallen und red du nicht auch noch blöd daher, ja? Mir reicht schon der Kindergarten in meiner eigenen Abteilung.«

Der resignierte Unterton in Kluftingers Stimme schien bei Renn Wirkung zu zeigen. »War nicht so gemeint. Was gibt's?«

Der Kommissar zog den Stein aus der Tüte. »Das hier solltest du dir vielleicht mal genauer anschauen.«

»Ist das ein relevantes Asservat?«

»Schon.«

»Aha. Und warum knetest du dann mit deinen Wurstfingern dran rum, hm?«

»Ich hab erstens keine Wurstfinger und zweitens ...«

»Zweitens hab ich euch allen schon hundertmal gesagt, dass man so nicht mit Beweismitteln umgeht, Herrgottnochmal!«

»Den Stein hier hab ich höchstpersönlich vom Himmelhorn geholt, weil ihr ihn anscheinend nicht gefunden habt«, polterte der Kommissar zurück.

»Du warst da oben?« Renn starrte ihn ungläubig an.

»Ja«, log Kluftinger, um dann ein relativierendes »Also praktisch ... fast« hinterherzuschieben.

»Und was macht den Stein jetzt zu so was Besonderem, dass du deine morschen Knochen dort hinaufwuchtest?«

»Der lag in der Erde, wo bis vor kurzem noch die kleine Latschenkiefer stand.«

Renn nickte und setzte sich an einen Tisch, über dem eine große

Lupe an einem Teleskoparm hing. Er schaltete eine Lampe an und vertiefte sich in seine Arbeit.

»Und?«, fragte Kluftinger nach einer Weile.

Der Erkennungsdienstler hob den Kopf und erklärte: »Bisher kann ich mehrere Dinge eindeutig identifizieren: Bestandteile von Backwaren, darunter eine Laugenbreze mit grobem Salz und höchstwahrscheinlich ein Brösel eines Buttercroissants. Zwei Mohn- und drei Kümmelkörner und eins vom Sesam. Zwei gekräuselte Haare und ein Stückchen Fett, wie von einer gröberen Rohwurst, mutmaßlich dürfte es sich um einen Landjäger oder Kaminwurzen handeln. Anscheinend war euer Täter im Imbissgeschäft tätig und hat ausgeprägte Schambehaarung. Es sei denn, jemand hätte da leichtfertig eine Spur kontaminiert mit seiner Brotzeit!«

Kluftinger zog die Brauen nach oben. »Hast du auf einer Bergtour sterile Asservatenbeutel dabei, oder wie?«

»Wenn ich vorhabe, was Verwertbares zu finden, dann schon. Gib mir mal deinen Brotzeitbeutel, dann kann ich wenigstens zuordnen, was aus dem stammt und was nicht.«

Kluftinger zog verschämt die kleine Plastiktüte aus der Hosentasche. »An dem Stein sind ganz seltsame Kratzer dran.«

»Ja, ich seh's. Das ist wirklich komisch. Und der hat in der Erde gelegen?«

Der Kommissar nickte.

»Da stimmt was nicht, da hast du völlig recht.«

»Kannst du dazu schon was sagen?«

Renn schüttelte den Kopf. »Morgen früh. Jetzt geh mal schön heim und dusch dich, Klufti. Hast es nötig.«

Als er in seine Abteilung zurückkehrte, standen alle Kollegen gerade um die Kaffeemaschine herum. Sandy Henske hielt eine Gebrauchsanweisung in Händen. Kommentarlos ging Kluftinger zu seinem Schreibtisch und griff sich seinen Rucksack. Im Vorbeigehen drückte er jedem seiner Mitarbeiter einen der verbliebenen Energieriegel in die Hand. Verblüfft sahen sie ihn an.

»Ihr scheint die nötiger zu haben als ich«, sagte er grinsend.

Versöhnung
heißt:
Ich
Lasse
Dich
in Frieden!

Mögest Du in Frieden Leben,
wo auch immer Du jetzt bist,
was auch immer Du jetzt tust.
Möge es Dir gut ergehen.

Aus dem Gipfelbuch am Wertacher Hörnle

Kluftinger hatte sich in der letzten Zeit daran gewöhnt, dass Stimmen aus dem Wohnzimmer drangen, wenn er nach Hause kam. Zwar war es ihm lieber, wenn kein Besuch da war, denn dann konnte er es sich in seinem »Daheimrum-Gwand« – Fellclogs und ausgeleierte Jogginghose – gemütlich machen. Aber seit Markus und Yumiko Dauergäste waren, war daran sowieso nicht zu denken. Als er das Wohnzimmer betrat, stieß er dort allerdings nicht auf seinen Sohn und seine Schwiegertochter, sondern auf Erika und Annegret Langhammer. »Heu, sind Sie schon wieder zurück aus Oberstdorf?«, sagte er überrascht, was ihm zwei fragende Blicke eintrug.

»Ich war gar nicht in Oberstdorf«, erwiderte Annegret irritiert.

»Aber ich hab Sie doch vorher grad noch gesehen, mit Ihrem Mann. Im Panoramarestaurant, an der Schanze oben«, beharrte Kluftinger.

»Nein, da musst du dich täuschen«, mischte sich Erika ein. »Die Annegret ist seit mindestens zwei Stunden da.«

»Und mein Mann ist den ganzen Tag in München auf einem Kongress«, erklärte Annegret Langhammer.

»Aber ich …« Kluftinger hielt inne. Er war sicher, dass er sich nicht getäuscht hatte, seine Beobachtungsgabe war legendär. Wenn er allerdings richtiglag, bedeutete das nicht nur, dass die Frau des Doktors fälschlicherweise annahm, ihr Mann weile in München, sondern auch, dass es sich bei dessen Begleitung in Oberstdorf nicht um seine Ehefrau gehandelt hatte. »Hab ich mich wohl verschaut«, schloss er das Thema vorsichtshalber ab. Vielleicht hatte er sich da durch Zufall Herrschaftswissen erworben, das ihm noch nützlich sein konnte.

Außerdem wollte er schleunigst aus seinen Bergklamotten rauskommen, weswegen er sich ins Schlafzimmer verzog, wo er sich mit einem satten Ächzen aufs Bett fallen ließ. Jetzt merkte er erst richtig, wie sehr ihn die Tour heute angestrengt hatte. Er spürte jeden einzelnen Muskel in seinem Körper. Je mehr er sich diesem Gefühl der Erschöpfung hingab, desto mehr Schmerzen hatte er. Schon das Ausziehen des Hemdes wurde zu einer Tortur. Wie er die Hose abstreifen sollte, war ihm ein Rätsel. Es half nichts, Erika musste ihm zur Hand gehen. Allerdings wollte er nicht zurück ins Wohnzimmer, wo er vor Annegret Langhammer natürlich als Jammerlappen dastehen würde. Er dachte nach, zog sein Handy heraus und wählte.

Es klingelte ein paar Mal, dann meldete sich eine Stimme: »Kluftinger?«

»Erika?«

»Ja, aber …«

»Ich bin's.«

»Butzele?«

»Ja, der.«

»Wo bist du denn?«

»Im Schlafzimmer.«

»In unserem?«

»Ja, in welchem soll ich wohl sonst sein, Kreizhimmel?« Er dachte wieder an den Doktor in Oberstdorf. »Natürlich in unserem.«

»Und warum rufst du dann an?«

»Weil du mir helfen musst.«

»Wobei denn? Geht's dir nicht gut?«

»Zefix, Erika, jetzt frag halt nicht so viel, sondern komm endlich.«

»Komm doch du.«

»Würd ich dich anrufen, wenn ich kommen könnt?«

»Nein ...«

»Also, kommst du jetzt?«

»Ja, ich sag nur noch schnell der Annegret ...«

»Nein, nix sagen, deswegen ruf ich doch an.«

»Weswegen?«

Kluftinger seufzte. »Komm einfach, wenn die Annegret weg ist. Pfiati.«

»Gehst du noch weg?«

»Ich, nein, wieso?«

»Weil du dich verabschiedest.«

»Ach so, das war ganz automatisch. Also dann ...« Er überlegte, wie er das Gespräch ohne Verabschiedung vernünftig beenden sollte, und legte einfach auf, als ihm nichts einfiel. Dann ließ er sich nach hinten sacken und wartete auf seine Frau.

»Butzele!«

»Was?« Der Kommissar schreckte hoch. Er fühlte sich ein wenig benommen, und sofort wurde ihm klar, dass er eingenickt war. Er blickte auf die Uhr. »Auweh, mach schnell, hilf mir, die Hose ausziehen.«

»Deswegen hast du mich angerufen?«

»Jetzt frag halt nicht schon wieder so viel«, antwortete er fahrig. Seine Serie begann jeden Moment, und er wollte unbedingt wissen, wie Erbgraf Enno darauf reagierte, dass der vermeintliche Stallbursche sein leiblicher Vater und Stiefonkel war. »Beeil dich lieber ein bissle.«

»Wieso hast du es denn auf einmal so eilig, aus den Sachen zu kommen?«

»Weil … ich Hunger hab.«

»Ich dachte, du hast so großen Hunger?« Erika zwinkerte Yumiko zu, die mit ihr am Esstisch saß, während Kluftinger auf der Couch Platz genommen hatte und in den Fernseher starrte, wo gerade die Titelmelodie der Serie begann: *Vom ersten Sonnenstrahl, bis zum letzten Abendmahl …*

»Komisch, gell? Jetzt ist der ganze Appetit auf einmal weg. Vielleicht hab ich was mit dem Magen.«

Die Frauen kicherten. »Soll ich dir einen Pfefferminztee machen?«, fragte Erika mit gespielter Besorgnis.

»Nein, ich brauch nur ein wenig Ruhe, dann geht's mir bestimmt gleich besser.«

»Essen dann so in fünfundzwanzig Minuten vielleicht?«

»Genau … ich mein, vielleicht.« Fünfundzwanzig Minuten dauerte jede Folge von *Feuer der Leidenschaft,* fünfundzwanzig Minuten, die ja wohl drin sein sollten für ihn. In denen er die Mühsal des Tages vergessen konnte. Seine Muskeln entspannten sich, die Schmerzen ließen nach, er bettete seinen Kopf auf ein Kissen und war zwei Minuten später eingeschlummert.

Kluftinger wurde von einem durchdringenden metallischen Piepsen aus dem Schlaf gerissen. Erschrocken drosch er auf den Wecker und sah auf die rot leuchtenden Ziffern: *2.55* stand dort. Warum um alles in der Welt schlug der Wecker zu dieser nachtschlafenden Zeit an? Erika drehte sich mit einem Seufzen von ihm weg. »Schönen Tag«, murmelte sie im Halbschlaf. Hatte er einen Einsatz? Hatte seine Frau den Alarm eingestellt? Er wollte sie gerade wecken, da fiel es ihm wieder ein: seine Serie! Er hatte die heutige Folge verschlafen und sich vorgenommen, die Wiederholung anzuschauen, die immer spätnachts gesendet wurde.

Allerdings war der Plan beim Zubettgehen noch deutlich verlockender gewesen als nun, drei Stunden nach Mitternacht. Er wollte sich schon wieder umdrehen und die Serie Serie sein lassen, da erinnerte er sich, dass ja heute die Exhumierung des Vaters von Gonzales und Gräfin Margarethe bevorstand, deren DNA-Probe endlich Aufschluss über die Rechtmäßigkeit der Erbfolge geben sollte. Denn möglicherweise war er der verstoßene erstgeborene Graf derer von Schillingsberg-Zieselheim, der erste Sohn von Edelgunde – und damit der wirkliche Herr auf Gut Halderzell. Also erhob sich Kluftinger, warf sich die Bettdecke über und schlurfte ins Wohnzimmer. Schlafen konnte er jeden Tag, aber eine Exhumierung bei den von Schillingsberg-Zieselheims gab es mit Sicherheit nur einmal.

Die Gams springt hoch,
Die Gams springt weit,
macht ja nix
Sie hat ja Zeit!

Aus dem Gipfelbuch am Wertacher Hörnle

Kluftinger hatte schlecht geschlafen. Das lag einerseits daran, dass er nach seinem nächtlichen Fernsehintermezzo im Bett keine Position mehr hatte finden können, in der seine malträtierten Muskeln nicht geschmerzt hatten, zum anderen an einem Alptraum, der ihn in dieser Nacht gleich mehrmals heimgesucht hatte: Korbinian Frey war vor seinen Augen am Rädlergrat in die Tiefe gestürzt, und er hatte zusehen müssen, unfähig, sich auch nur einen Millimeter von der Stelle zu bewegen. Dann war er abgestiegen, und plötzlich stand sein Freund vor ihm, mit einem blutüberströmten Bein und einem Eispickel in der Hand. Gegen halb sechs war er schlaftrunken in Richtung Bad gewankt, hatte heiß geduscht und sich danach am ganzen Körper mit Franzbranntwein eingerieben.

Nun schwitzte er zwar, und seine Augen tränten ein bisschen, aber er war hellwach, ein Marmeladebrot lag vor ihm auf seinem Frühstücksbrettchen, eine dampfende Tasse Pulverkaffee stand daneben. Kluftinger schlug gerade die Zeitung auf, als Erika die Küche betrat. »Morgen, Butzele«, gähnte sie. »Hast schon alles fürs Frühstück?«

Wie jeden Tag antwortete er: »Morgen, Schätzle, bleib doch noch ein bissle liegen.«

Und wie jeden Tag winkte sie ab. »Kann auch nimmer schlafen. Magst noch ein Fleischküchle von gestern mitnehmen?«

»Ich glaub, ich hol mir auf dem Weg Kakao und eine Salamisemmel.«

Er tat das oft, wenn er zur Arbeit fuhr, doch Erika wurde nicht müde, ihm Alternativen aus dem heimischen Vorratsschrank anzupreisen. Kaum hatte sie sich mit einem Glas Kefir zu ihm gesetzt, kamen auch Markus und Yumiko in die Küche.

Sofort sprang Erika auf. »Morgen, Kinder! Ihr seid schon auf, um die Zeit? Was wollt ihr frühstücken?«

»Morgen. Lass mal, Mama, wir richten uns schon was. Die Miki hat nicht mehr schlafen können wegen ihrem Kreuz, und mir geht schon seit vier Uhr ein Thema in Entwicklungspsychologie nicht mehr aus dem Kopf.«

»Mach dich doch nicht so verrückt«, sagte Erika besorgt.

Kluftinger blickte nur kurz von seiner Zeitungslektüre auf, aber ihm fiel sofort auf, wie blass seine Schwiegertochter heute früh war. »Ist dir schlecht, Miki?«

»Ich … nein, aber was riecht denn hier so grässlich? Irgendwie nach Alkohol, so … beißend?«

»Das wird der Franzbranntwein sein, mit dem ich …«, begann Kluftinger, dann presste sich Yumiko die rechte Hand vor den Mund und stürzte in Richtung Bad.

»Danke, Vatter! Ich dachte, wir hätten wenigstens die morgendliche Kotzphase hinter uns, und dann kommst du mit deinem Fusel daher. Stinkst ja wirklich wie ein Schnapsladen.«

Kluftinger setzte zu einer Antwort an, doch Erika kam ihm zuvor. »Da kann doch der Vatter jetzt nix dafür. Die Yumiko ist schon überempfindlich grad. Jeder nimmt Rücksicht, aber wir wohnen immerhin auch noch hier.«

Keine Viertelstunde später saß der Kommissar auf der Terrasse, bis zu den Schultern in eine Wolldecke eingehüllt, den Wirtschaftsteil der Zeitung auf dem Schoß, und trank seinen Kaffee zu Ende. Er wollte nicht schuld sein, dass Yumiko sich unwohl fühlte.

»Aktie des Tages«, las er halblaut. »*Robotik-Shootingstar Automotix aus Ulm schlägt alle Rekorde. Gestern allein fast zwölf Prozentpunkte.* Himmelarsch!«

Einem Impuls nachgebend, riss er den kleinen Infokasten über die Aktie aus, die Eugen Strobl schon einmal erwähnt hatte. Der schien sich wirklich auszukennen. Und die Zeitung gab offenbar recht interessante Börsentipps, die er in Zukunft sammeln würde. Er machte sich den Spaß und rechnete sich den Gewinn aus, den er in den letzten Tagen gemacht hätte, wäre er bereits investiert gewesen. Davon hätte er sich und seiner Familie den einen oder anderen Wunsch erfüllen können. Und die ersten Jahre des kleinen Max wären finanziell abgesichert.

Endgültig überzeugt, fasste er den Entschluss, noch heute groß ins Finanzwesen einzusteigen. Er ging ins Haus, zog sich an, rief ein »Ich fahr ins G'schäft, pfiat's euch!« in Richtung Küche und ging in die Garage. Er öffnete das Garagentor und fluchte, da er sich seit seinem Geburtstag immer am E-Bike vorbeizwängen musste, um zum Auto zu gelangen. Dabei fiel ihm wieder die kleine Kamera ins Auge, die am Lenker befestigt war. Wie ein Mahnmal erinnerte sie ihn daran, dass er sich noch um den Film kümmern musste, den er Yoshifumi Sazuka von seiner ersten Mountainbike-Tour versprochen hatte. Bei all der Aufregung am Wochenende hatte er gar nicht mehr daran gedacht. Er schraubte die Kamera ab, um sie ins Auto zu legen, damit er nach Feierabend daran denken würde. Schnell hatte er das kleine Kästchen abgedreht und betrachtete es. Es war voller Dreck, während auf der kleinen Platte an der Lenkstange nun das blanke Messinggewinde blitzte. Sofort beschlich ihn ein Gefühl, dass das etwas zu bedeuten hatte, dass das wichtig war, dass ... Natürlich! Hatte das nicht auch am Helm von Andreas Bischof so ausgesehen? Die blanke Halterung am verdreckten Helm? Aber wie war das möglich, wenn der die Kamera irgendwann während seines Absturzes verloren hatte? War das nicht völlig unlogisch? Hieß das nicht, dass die Kamera erst nach dem Absturz abgenommen worden war? Er schluckte. Das war ein weiteres Indiz, dass die These vom tragischen Unglücksfall, an der die Kollegen so verbissen festhielten, nicht mehr haltbar war.

In der Direktion führte ihn sein erster Weg zu Willi Renn, dem er seine neuesten Erkenntnisse mitteilen wollte. Enttäuscht musste er jedoch feststellen, dass der noch nicht da war. Also ging er in seine Abteilung, wo er außer seiner Sekretärin noch niemanden erwartete und deswegen umso verwunderter war, auf Hefele zu treffen. Er saß mit dem Rücken zur Tür auf Sandy Henskes Schreibtisch und unterhielt sich in gedämpftem Ton mit ihr. Sie schien sich dabei prächtig zu amüsieren. Immer wieder lachte sie kurz auf, strahlte ihn an und legte ihm ab und zu die Hand aufs Knie. Kluftinger freute sich, dass er nicht der Einzige war, der sich der Kollegen annahm, wenn die mal in eine Krise gerieten.

»Morgen«, schmetterte er den beiden entgegen, die ihn noch gar nicht wahrgenommen hatten. Sie zuckten zusammen, räusperten sich im Chor und wandten ihm die Köpfe zu.

»Lasst euch nicht stören«, sagte er lächelnd, während Hefele vom Schreibtisch hüpfte. Auch Sandy stand auf und strich ihren ledernen Minirock glatt.

»Ihr schaut grad aus, als hätte ich euch beim Bussieren erwischt«, sagte der Kommissar, woraufhin beide knallrot anliefen.

»Also Chef!«, winkte Sandy mit großer Geste ab. »Knutschen, ausgerechnet wir, was, Roli?«

»Pfft«, machte Hefele, »eben, grad wir zwei. Und noch dazu hier im Büro!«

Dann lachten sie übertrieben laut.

»Der Eugen schon da?«, wollte der Kommissar wissen. Sandy und Hefele nickten und zeigten auf die verschlossene Tür zum Gemeinschaftsbüro.

»Ist schon eine Weile am Computer zugange«, erklärte der Kollege. »Aber sag mal, irgendwas riecht hier komisch, seitdem du da bist. Warst du bei der Frau Uschi im Nebenhaus?«

Sandy kicherte. Gegenüber der Kripo befand sich ein alteingesessenes Bordell, und *Frau Uschi* gehörte dort sozusagen zum Inventar.

»Das ist bloß Franzbranntwein.«

»Ah, hast du einen rechten Muskelkater von deiner Gewalttour?«

»Nein, fast gar nicht. Rein prophylaktisch.«

»Prophylaktisch, klar«, wiederholte Hefele, und die Sekretärin kicherte erneut.

Kluftinger zuckte die Achseln und betrat das Büro der Kollegen. Strobl war offenbar dabei, seine Bankgeschäfte zu erledigen. »Tokio«, sagte sein Kollege vielsagend und klickte dann weiter ungeniert auf seiner Maus herum. »Ich hab mir gedacht, wieso soll ich nicht gleich von hier aus ein bissle traden, kostet den Staat ja nix, und ich bin auf jeden Fall rechtzeitig zum Dienstbeginn da.«

Kluftinger presste die Lippen zusammen. Eigentlich müsste er das unterbinden, wo kämen sie hin, wenn jeder seine Privatgeschäfte an den Dienstrechnern verrichten würde. Andererseits war er genau wegen solcher Privatgeschäfte hier. »Übertreib's aber bitte nicht, Eugen, gell?« Er zog den Zeitungsausriss von heute Morgen aus der Hosentasche, strich ihn glatt und legte ihn Strobl auf den Tisch.

Der sah ihn breit grinsend an und genoss wortlos seinen Triumph.

»Die hast du doch, oder?«

»Woll. Hübsches Sümmchen gemacht damit.«

»Kann ich dir ein paar abkaufen?«

Strobl lachte laut auf. »Nein, das … Sag mal, was stinkt denn hier so bestialisch? Ist dem Willi irgendein Lösungsmittel ausgelaufen?«

»Nein, das bin ich. Franzbranntwein. Hab minimal Muskelkater von gestern.«

»Ah, deswegen läufst du so g'sterr, hab schon gedacht, du hättest es mit der Bandscheibe.« Strobl ging zum Fenster, öffnete es und sog für einen Moment demonstrativ die frische Frühlingsluft ein.

»Also, was ist jetzt mit dem Automotix-Dingsda?«, insistierte Kluftinger. »Verkaufst du mir da welche?«

Sein Kollege ließ sich in seinen Drehstuhl fallen. »Vergiss die. Das war gestern, die sind durch. Sobald eine Aktie als Tipp in der Zeitung steht, gehst du besser ganz schnell raus. Ich sag nur Kontraindikator, verstehst du?«

Kluftinger verstand gar nichts, aber er nickte. Ganz schön kompliziert, diese Wertpapiersache. Aber wenn es so schnell ging, damit Geld zu verdienen, sprach nun wirklich nichts dagegen.

Strobl schob ihm einen Ausdruck hin. »Ich hab dir mal ein Musterdepot zusammengestellt. Zwei, drei trendstarke Titel, ein paar Rohstoffe, schöne Faktorzertifikate und noch ein paar nette Derivate, mit denen man auf short gehen könnte.«

»Ah so, ja, wenn du meinst, dann bringst mir halt diese … Derivationsdinger mit.«

»Wie jetzt: mitbringen?«

»Ja, wenn du eh welche kaufst, dann besorg mir halt die Sachen auf der Liste gleich mit. Geld geb ich dir dann.«

»Du bist ja ein Scherzkeks, Klufti. Was meinst du denn, wo ich Wertpapiere kauf, hm?«

»An der Börse? München hat doch eine, da bist du doch jetzt eh immer wegen deiner neuen Freundin.«

»Ich mach eigentlich alles über Tradegate oder Xetra, nicht über die realen Börsenplätze.«

»Ah so, ja, dann …«

»Die Käufe musst du schon selber ausführen, ich bin ja kein Händler oder so, ich kann nur auf eigenen Namen kaufen. Aber klär doch vorab einfach mal mit deiner Bank, wie du das handhaben willst.«

»Genau, gute Idee.«

Strobl sah ihn fragend an. »Welches ist denn deine Hausbank?«

Endlich eine Frage, die er beantworten konnte. »Sparkasse. Schon immer. Seit Generationen quasi.«

»Dann bleib am besten erst mal dabei, auch wenn sie sicher nicht die allerniedrigsten Gebühren haben. Ich bin bei einem reinen Online-Broker, aber damit wartest du vielleicht noch ein wenig.«

»Ja, genau. Geh ich mal zur Sparkasse die Tage. Mit dem Muster.« Er steckte die Liste ein und öffnete die Tür. Im selben Moment trat auf der anderen Seite Polizeipräsidentin Birte Dombrowski ein, dicht gefolgt von Richard Maier. Sie grüßte in die Runde, kam dann auf Kluftinger zu und gab ihm die Hand. Strobl blieb sitzen.

»Guten Morgen, Frau Dombrowski.«

»Morgen, Herr …« Sie stockte und atmete tief ein. Dann versteinerte ihre Miene. »Schon wieder Alkohol?«, zischte sie.

Kluftinger schüttelte energisch den Kopf. »Nur äußerlich, diesmal. Also, nicht, dass ich beim letzten Mal … Franzbranntwein. Und wie gesagt, das war alles ein Missverständnis.«

»Schon gut, lassen wir das. Ich zähle auf Sie.«

»Guten Morgen, alle zusammen. Und auch guten Morgen, Herr Strobl«, rief sie ins andere Büro hinüber.

Der streckte nur die Hand zum Gruß in die Luft, worauf die Polizeipräsidentin vielsagend eine Augenbraue hob.

»Haben Sie eigentlich die Liste bekommen, Frau Dombrowski?«, fragte der Kommissar beiläufig.

»Habe ich bekommen, ja. Herr Maier hat sie mir in pflichtbewusster Manier sogar selbst gebracht. Ich habe ihm schon persönlich gesagt, wie sehr mir das gefallen hat.«

Richard Maier strahlte.

»Soso. Und, schon mal angeschaut?«, schob der Kommissar so desinteressiert wie möglich nach.

»Überflogen, ja. Ich sage mal: aufschlussreich.«

Der Kommissar wartete ab, ob sie noch etwas anfügen würde, denn dieses aufschlussreich konnte ja alles bedeuten, sogar das Schlimmste.

»Wir werden das Thema bei Gelegenheit vertiefen.«

Der Kommissar schluckte. Vertiefen? Sie waren geliefert!

»Herr Kluftinger, ich denke, wir sollten diesbezüglich in eine ganz ähnliche Richtung weiterdenken. Ich habe mir schon eine Kleinigkeit überlegt und plane für die nächste Zukunft eine teambildende Maßnahme, die uns alle an unsere Grenzen bringen könnte. Sie können gespannt sein.«

Alle schauten sich ratlos an, dann wechselte die Dombrowski das Thema. »Aber deshalb bin ich nicht gekommen, ich wollte eigentlich zu Ihnen, Frau Henske.«

Sandy schaute skeptisch drein.

»Keine Sorge, nichts Schlimmes, im Gegenteil: Sie scheinen mir so ins Team eingebunden und mit so vielen Dingen betraut, dass ich gern über eine Ausweitung Ihrer Stellenbeschreibung nachdenken würde. Kommen Sie doch bitte kurz mit in den kleinen Besprechungsraum, dann können wir das mal erörtern, ja?«

Damit rauschten die beiden Frauen davon.

»Wie fandet ihr das jetzt, Männer?«, fragte Kluftinger in die Runde.

»Hinreißend.« Maier lächelte beseelt.

Die anderen schüttelten den Kopf.

»Na gut, dann eben zauberhaft. Habt ihr übrigens bemerkt, dass sie an ihrer Halskette seit neuestem einen goldenen Anhänger trägt? Und zwar den Buchstaben R. Na, und wofür könnte der wohl stehen? Hm?«

»Rücksendeantrag?«, fragte Strobl.

Hefele versuchte es mit »Rollwiderstand«.

»Rheumapflaster?«

»Rinderbesamungsanstalt!«

»Außerdem war es kein R, sondern eine Schlange«, merkte Kluftinger an.

»Ja, und besagte Schlange bildet ein R«, beharrte Maier.

Strobl hieb Hefele mit dem Ellbogen in die Seite, und mit einem Schlag setzten die Kollegen wieder ernste Mienen auf. Schließlich erklärte Strobl, er habe schon gewisse Schwingungen im Raum gespürt, als die Präsidentin hereinkam, woraufhin Maiers Gesicht sich aufhellte.

»Ich wollte eigentlich wissen, wie ihr das einschätzt, was die Dombrowski zu unserer Liste gesagt hat«, brummte Kluftinger.

»Ziemlich nebulös war das. Ich bin nicht mal sicher, ob sie es überhaupt gelesen hat«, fand Hefele.

Kluftinger nickte. »Aber ich sag euch eins, Männer, wenn die das überprüft, dann gut Nacht!«

Maier winkte beschwichtigend ab. »Kollegen, ich regle das dann für uns alle, macht euch da keinen Kopf.«

»Vielleicht bekommen wir ja auch bei unserer gemeinsamen Teambuilding-Maßnahme mehr aus ihr raus«, mutmaßte Strobl.

Kluftinger stieß die Luft aus. »Auch das noch! Habt ihr eine Ahnung, was das sein könnt? Ich sag euch gleich, ich mach nix, wo man nackert sein muss, Sauna oder so.«

»Ach, Klufti«, prustete Strobl, »niemand will den kleinen Hauptkommissar sehen, keine Sorge.«

»Wobei es durchaus positiv für eine Gemeinschaft sein kann, wenn Körperlichkeit nicht von vornherein ausgesperrt wird«, erklärte Maier. »Kann sich ja unter Umständen auch um Tantrayoga oder Ringen handeln. Beides kann Vertrauen stärken und individuelle Stärken und Schwächen ausloten, hab ich gelesen.«

»Da geh ich ja noch lieber Fallschirmspringen«, blaffte Kluftinger.

»Aber auch bei einem Tandemsprung geht es recht intim zu, denk dran. Da muss man sich voll und ganz fallen lassen und den Partner gewähren lassen, fast wie beim …«

»Kommt eigentlich die Sandy auch mit?«, fiel Hefele seinem Kollegen ins Wort.

»… Sex.«

»Was willst du damit sagen, Richard?«, zischte Hefele gereizt.

»Ich meine, man muss den Partner beim Fallschirmspringen gewähren lassen. Sich fallen lassen. Fast wie beim Sex.«

»Das möchte jetzt erst recht niemand wissen, Richie«, ging der Kommissar dazwischen. »Ich denk schon, dass die Henske mitkommt, geht doch ums ganze Team. Wieso?«

»Nur so, nix Besonderes.«

Kluftinger ließ die Frage nicht los, worin die bevorstehende Team-Aktion bestehen könnte. Er hatte keine Lust, sich bei irgendeiner Mutprobe zu blamieren. »Vielleicht machen wir ja auch was richtig Nettes zusammen, Tretbootfahren oder so. Das würd mir mal Spaß machen.«

»Oft sind das doch so Outdoorsachen wie Rafting oder Canyoning«, gab Strobl zu bedenken.

Kluftinger schlug die Hand vor die Augen. »Um Gott's willen!«

»Wieso, du bist doch jetzt unter die Bergsteiger und Mountainbiker gegangen.«

»Ich … ja, das schon. Ein bissle jedenfalls. Aber dann doch lieber wandern, vielleicht oben am Freibergsee. Oder Minigolf?«

»Redet ihr über mich?«

Willi Renn stand plötzlich im Raum; Kluftinger und die anderen hatten ihn gar nicht kommen hören.

»Nein, du spielst ja mit den großen Schlägern, Willi«, erklärte der Kommissar, der wusste, dass der kleingewachsene Renn wegen seines Hobbys hinter vorgehaltener Hand schon mal als »Golfzwerg« bezeichnet wurde.

»Dann ist ja gut. Ich wollt kurz zu dir, Klufti.«

»Ja, das passt, ich hab auch was für dich. Wir sind hier sowieso fertig fürs Erste.«

Ich hebe meine Augen auf zu
den Bergen
woher kommt mir Hilfe?
meine Hilfe kommt von dem
HERRN
der Himmel und Erde gemacht hat
Psalm 121

Aus dem Gipfelbuch am Geißhorn

Das würde ja heißen, dass nach dem Absturz, aber vor dem Auffinden durch deinen Freund und dich jemand beim toten Andi Bischof war und die Kamera an sich genommen hat«, resümierte Willi Renn, als Kluftinger ihm die Sache mit der blitzblanken Halterung erklärt hatte.

»Exakt, Willi. Wobei der Langhammer nicht mein Freund ist.«

»Respekt, das hast du nicht nur gut beobachtet, sondern auch brillant kombiniert. Und jetzt pass mal auf, was ich noch für dich hab!« Renn hielt ihm einige Ausdrucke hin. Kluftinger brauchte eine Weile, um darin vergrößerte Ausschnitte des Steins zu erkennen, den er vom Himmelhorn geschleppt hatte.

»Hilf mir mal«, bat er Renn.

»Was du hier siehst, sind Metall- und Farbabriebe, die an dem Brocken anhaften, den du mir gestern gebracht hast. Es handelt sich um Aluminiumlegierungen, wie sie in Lawinenschaufeln und modernen Kletterpickeln verwendet werden. Und der Lack deutet auch auf die Bergausrüstungs-Ecke hin. Oben an dem Bäumle wurde also gegraben vor dem Absturz, so viel können wir ziemlich sicher sagen.«

Kluftinger blickte in lange Gesichter. Seine Kollegen saßen um seinen Schreibtisch herum und schauten drein, als habe er ihnen gerade den Urlaub für das restliche Jahr gestrichen.

»Das ist jetzt nicht dein Ernst, oder?«, durchbrach Strobl die Stille.

Der Kommissar zuckte die Achseln. »Ich versteh euch nicht. Wollt ihr lieber die ganze Zeit irgendein altes Glump aufarbeiten?«

»Dann müssen wir ja die gesamte Ermittlung zu dem Absturz noch mal umkrempeln«, stimmte Hefele in das Lamento ein.

Nicht einmal Maier schien glücklich über die Wendung der Ereignisse. »Es war doch alles schon so gut wie abgeschlossen. Das ist ein frustrierendes Ergebnis fürs ganze Team.«

»Nur, weil du keine Ruhe geben kannst.«

»Jetzt mach mal halblang, Eugen. Ich hab die Bergsteiger schließlich nicht ermordet. Und wenn wir jetzt nur noch unsere Arbeit machen, wenn die gnädigen Herren Lust dazu verspüren, dann …«

»Dann?«, fragte Hefele.

»Dann … wär das ganz schön blöd, oder?« Der Kommissar kniff die Augen zusammen. »Aber ihr könnt eure Bedenken ja gerne bei der Chefin vorbringen. Vielleicht hat die auch keine Lust, einen Mörder zu ermitteln.«

»Mein Gott, brauchst ja nicht gleich drohen.« Hefele machte ein beleidigtes Doppelkinn.

Kluftinger konnte es nicht glauben. Er fieberte auch nicht nach dem Aufstehen schon dem ersten Schwerverbrechen entgegen. Aber wenn es eines gab, entwickelte er eine gewisse Leidenschaft, es schnellstmöglich aufzuklären.

»Lasst uns noch mal die wichtigsten Fakten zusammentragen. Also: Todeszeitpunkt?«

Maier durchstöberte einen Stapel Papier, den er in der Hand hielt. »Das muss am Freitag gewesen sein, so gegen 18 Uhr.«

»Warum hat sie keiner vermisst?«

»Sie hatten wohl vorgehabt, oben auf dem Berg zu biwakieren, um die abendliche Lichtstimmung zu testen. Wurden also erst am Abend des nächsten Tages zurückerwartet.«

»Gut, Richard. Was wissen wir noch? Wir haben die Helmhalterung, zu der die Kamera fehlt. Nachdem es so aussieht, als ob sie jemand nach dem Unglück abgeschraubt hat, kann man wohl vermuten, dass der Absturz drauf ist. Und wahrscheinlich noch mehr, sonst gibt es für das Abschrauben ja keinen Grund. Fragt sich bloß, wie die das Ding eigentlich gefunden haben. Ich mein, das ist ja nicht vorherzusehen, wohin jemand stürzt.«

»Vielleicht mit GPS. Könnte ein Sender oder so was an der Kamera befestigt worden sein«, vermutete Maier.

»Hm, ja, das wär eine Erklärung«, erwiderte Kluftinger. »Dann haben wir auf dem Stein von der Absturzstelle Abriebspuren von einer Schaufel, wie sie Bergsteiger dabeihaben, für den Notfall. Das heißt, wir müssen schauen, um welches Fabrikat es sich handelt, wo es die hier zu kaufen gibt und wer so eine hat. Soweit das möglich ist. Wer übernimmt das?«

Keiner der Kollegen meldete sich.

»Nicht gleich alle auf einmal.«

Noch immer rührte sich niemand, alle hatten den Blick gesenkt.

»Gut, wenn das so ist: Danke, Eugen, dass du dich freiwillig dazu bereit erklärst.«

Strobl schnaufte verächtlich.

Kluftinger blätterte die Akte vor sich durch. »Was wir immer noch nicht wissen, ist, wie dieser Absturz herbeigeführt werden konnte.«

»Du hast doch gemeint, dieser Baum da oben, der, an dem man sich sichert, war manipuliert«, sagte Hefele.

»Ja, aber das allein reicht nicht. Der ist schließlich nur dazu da, im Falle eines Falles zu halten. Aber wie konnte jemand sicherstellen, dass es zu einem solchen Fall kommt?«

»Wie sieht es mit Selbstmord aus?«, schlug Strobl vor. »Erweiterter Suizid?«

Kluftinger wiegte den Kopf hin und her. »Hm, du meinst, einer wollte sich umbringen und hat in Kauf genommen, dass die anderen mit ihm sterben? Kann man nicht ausschließen, sollten wir auch im Auge behalten. Aber scheint mir nicht sehr wahrscheinlich. Jedenfalls nicht bei dem Bischof. Haben wir das Vernehmungsprotokoll der Familien von den anderen Toten?«

»Ja, hab ich hier.« Maier hielt ein paar Zettel in die Luft. »Es ist ziemlich knapp, aber daraus scheint mir nichts hervorzugehen, was eine Suizidthese stützen würde. Oder die Annahme nährt, dass der Anschlag denen gegolten hat und nicht dem Andi Bischof. Außerdem sind die ja erst nachträglich dazugekommen, als die Bergtour und der Film und alles schon längst geplant waren.«

»Zeig mal, bitte.« Der Kommissar streckte die Hand aus, und Maier reichte ihm die Papiere. Eine Weile las Kluftinger darin, dann schnaufte er vernehmlich. »Ziemlich dürftig. Da steht ja fast gar nix drin. Warum denn das?«

»Diese Bergtypen waren wohl sehr wortkarg und abweisend. Fast schon feindselig. Aber es gab keine Veranlassung, weiter nachzubohren«, rechtfertigte sich Maier. »Außerdem hab ich die Befragung gar nicht durchgeführt.«

»Schon gut, Richie, das war jetzt ausnahmsweise nicht als Kritik gemeint.«

»Es sah ja alles nach Unfall aus, bis du …«

»Passt, hab ich doch gesagt. Die Frage ist, ob es ein Versehen war, dass die anderen auch dran glauben mussten. Oder galt die Tat von Anfang an allen dreien? Gibt es etwas, was sie verbindet und als Motiv dienen könnte? Ich finde, wir sollten schleunigst die Frau Wolf noch mal einbestellen.« Er nickte seinen Kollegen zu, worauf sich diese erhoben.

Als die Tür hinter ihnen ins Schloss fiel, holte Kluftinger noch einmal den Zeitungsartikel vom Montag hervor. *Himmelhorn: Bergfilm-Legende stirbt bei tragischem Unfall,* lautete die Überschrift. Von den anderen beiden Toten war erst in der Unterzeile zu lesen. Blöd, wenn man gleichzeitig mit einem Prominenten das Zeitliche segnet, dachte Kluftinger. Dann las er weiter. An einer Stelle hielt er inne: *Andi Bischof galt als einer der profiliertesten Alpin-Filmemacher Deutschlands, wenn nicht Europas.* Und weiter stand dort: *Bischof hatte sich immer wieder für eine Rückbesinnung des Genres auf seine Ursprünge eingesetzt und sich gegen die zunehmend zu beobachtende Tendenz des Event-Films starkgemacht. Er sprach in diesem Zusammenhang oft von der Redbullisierung des Bergfilms, was ihm einige Kritik, aber auch großen Zuspruch einbrachte. Nicht zuletzt die vielen Auszeichnungen für seine Filme dürfte er als Bestätigung für diese Haltung aufgefasst haben. Sein letzter Film, »Gipfel der Wahrheit«, der vergangenen Herbst im Colosseum-Kinocenter in Kempten unter großem Publikumsinteresse Premiere gefeiert hatte, wurde sogar zum renommierten Trentiner Bergfilmfestival eingeladen.*

»Colosseum«, sagte Kluftinger, stand auf und ging zum Fenster. Er blickte auf einen großen, kastenartigen Bau mit viel Glas und Stahl. Seit sie mit der Dienststelle vom Stadtrand hier heraufgezogen waren, befand sich das Gebäude in unmittelbarer Nachbarschaft. *Warum eigentlich nicht,* dachte er und griff sich seinen Janker. Es war an der Zeit, mal wieder ins Kino zu gehen.

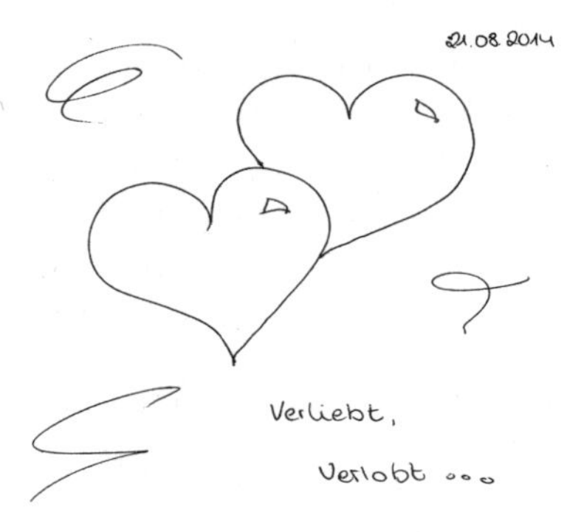

Aus dem Gipfelbuch an der Reuterwanne

Es war viele Jahre her, dass Kluftinger das letzte Mal hier gewesen war. Welcher Film war das gewesen? Irgendetwas mit einer Engländerin, die gern Schokolade aß. Erika hatte ihn unter Aufbietung all ihrer Überredungskünste hineingeschleift. Damals hatte das Kino noch anders ausgesehen und nannte sich noch nicht *Multiplex*. Der Geruch jedoch war derselbe geblieben: diese Mischung aus Popcorn und muffigen Plüschsesseln, die einen empfing, sobald man die Glastür zum Foyer aufdrückte. Er fragte sich, warum er nicht öfter hierherkam. Privat natürlich. Früher hatten Erika und er das noch gern getan. Auch etwas, was über die Jahre eingeschlafen war. Allein der Gedanke, sich nach dem Abendessen noch einmal umziehen zu müssen und nach Kempten zu fahren, verursachte ihm mittlerweile Magengrimmen.

Am Filmprogramm hatte sich indes gar nicht viel verändert: Ein großes Plakat warb für den gerade gestarteten Western »Die glorreichen Sieben«. Der war schon in seiner Kindheit im Kino gelaufen.

Er erklomm die Treppe in den oberen Stock zu den Kinosälen, wo noch immer die gleiche Kartenabreißerin stand wie damals. Manche Dinge veränderten sich eben trotz Internet, Handys und Multiplexen nicht: Am Ende musste jemand die Eintrittskarte einreißen, damit man den Film schauen durfte.

»Ist was?«, fragte ihn in diesem Moment die Frau, die er wohl ein bisschen zu lange angestarrt hatte.

»Nein, passt schon«, sagte er und wollte weitergehen, da hielt sie ihn mit strengem Blick auf.

»Die Karte«, knurrte sie und streckte ihm die Hand entgegen.

»Ach, freilich, Entschuldigung, es ist aber so, dass ich keine brauch, weil ich ...«

»Ohne Karte kommt hier keiner rein«, versetzte sie mürrisch.

Genauso mürrisch wie früher, musste er sich eingestehen. Man verklärte die Vergangenheit bisweilen. »Nein, ich bin von der Polizei, und deswegen ...«

»Die Polizei kriegt bei uns keine Vergünstigungen. Was käme denn dann als Nächstes? Die Postboten? Die Kleingärtner?«

Nun war auch der letzte Rest Nostalgie beim Kommissar verflogen, er zückte seinen Ausweis und hielt ihn der Frau unter die Nase: »Kripo Kempten. Und ich will nicht ins Kino, ich will den Chef sprechen.«

Die Frau bekam große Augen: »Die ist grad in Saal drei zum Testen.«

»Wer?«

»Na, der Chef.«

»Weil Sie *sie* gesagt haben.«

»Unser Chef ist eine Frau.«

Kluftinger folgte den Schildern zu Kino Nummer drei. Die Tür war geschlossen, doch als er daran zog, schwang sie sofort auf.

Im Saal war es stockdunkel, auch die Leinwand war schwarz. Nur die Notbeleuchtung an den Treppen wies ihm den Weg. Er tastete sich vor und wollte gerade rufen, als er hinter sich seltsame Geräusche hörte. Es klang wie das Knarzen einer Tür, dann wie Schritte, die plötzlich erstarben. »Ist da wer?«, fragte er zaghaft und war sich zur gleichen Zeit bewusst, wie idiotisch die Frage war und wie oft er sich schon über Filme aufgeregt hatte, in denen das Opfer diese Frage gestellt hatte, bevor es ... Da ertönte ein metallisches Ratschen, als würde eine Pistole durchgeladen. Er duckte sich reflexartig, dann folgte ein ohrenbetäubender Knall. Kluftinger fuhr zusammen. Er wartete eine Weile, dann hob er zaghaft den Kopf, als es wieder knallte. Und wieder. Und wieder. Die Schüsse pfiffen nur so über ihn hinweg. Es mussten mehrere Schützen sein, denn die Kugeln kamen aus verschiedenen Richtungen. Kluftinger warf sich nach vorn und prallte schmerzhaft gegen die Lehne eines Kinosessels.

»Gibst du auf, du Dreckschwein?«, ertönte da eine Stimme.

Der Kommissar hob die Hände. »Jaja, schon gut. Hören Sie nur auf zu schießen. Ich tu Ihnen nichts. Wir können reden!«

Eine weitere Stimme erklang, diesmal jedoch ganz in der Nähe. Sie gehörte einer Frau. »Es reicht jetzt, mach Schluss, Hansi«, rief sie.

Jetzt bekam es der Kommissar wirklich mit der Angst zu tun. »Aber Sie hören doch, ich gebe auf! Ich bin unbewaffnet!«

In diesem Moment ging das Licht an. Die schlagartige Helligkeit blendete den Kommissar, und er hielt schützend eine Hand vor die Augen. Dann schob sich der Kopf einer dicken Frau in sein Gesichtsfeld.

»Was machen Sie da?«, fragte sie, und noch bevor der Kommissar reagieren konnte, stimmte sie ein glucksendes Lachen an, bei dem ihr Doppelkinn mitwabbelte. »Scheint ja gut zu funktionieren, die neue Surround-Anlage.«

»Was für eine Anlage?« Der Schreck saß Kluftinger noch immer in den Gliedern.

»Surround. Sieben Punkt eins.« Die Frau erkannte am Blick des Kommissars, dass er keine Ahnung hatte, wovon sie sprach. »Das ist ein System für die Tonübertragung im Kino. Unsere Neuanschaffung hier hat acht separate Kanäle. Da hat man das Gefühl, der Ton kommt aus allen Richtungen.«

»Funktioniert tatsächlich.« Kluftinger erhob sich und klopfte sich die Hose ab.

»Das freut mich. Ist auch nicht ganz billig.« Sie streckte ihre Hand aus. »Waibel. Was kann ich für Sie tun? Ich nehme nicht an, dass Sie sich als Tester für Soundsysteme bewerben wollen.« Wieder geriet ihr Doppelkinn in Schwingung.

»Kluftinger, Kripo Kempten.«

Die Frau bekam große Augen. »Kripo? Ich hatte noch nie mit der Polizei zu tun, aber ich bin ein großer Krimifan. Berufskrankheit, wenn Sie so wollen.« Sie deutete auf die Leinwand, die jetzt von bunten Strahlern angeleuchtet wurde.

»Verstehe. Frau Waibel, vielleicht können Sie ...«

»Haben Sie denn einen Durchsuchungsbefehl?«, unterbrach sie ihn.

»Aber ich will doch gar nichts durchsuchen.«

»War ja nur ein Spaß. In Filmen fragen die das immer. Aber einen Ausweis haben Sie schon, oder?«

Kluftinger fingerte das Dokument aus der Tasche, worauf sie es ihm aus der Hand riss und eingehend studierte. »So sieht das also aus. Interessant. Und jetzt wollen Sie mich sicher verhören.«

»Befragen tät mir fürs Erste reichen.«

»Sehr gut, setzen wir uns doch.« Sie ließ sich in einen der roten Sessel plumpsen und tätschelte auf die Sitzfläche des benachbarten Platzes. Als er sich ebenfalls setzte, klappte sie die Mittellehne nach oben. »Das ist einer unserer sogenannten Love-Seats. Liebessessel.«

Kluftinger presste sich in die äußerste Ecke seines Sitzes. »Schön, Frau Waibel, wie gesagt, ich hab bloß ein paar Fragen an Sie.«

»Ich sage nichts ohne meinen Anwalt!«

»Aber Sie sind doch gar nicht ...«

»Nur ein Witz. Fragen Sie, Herr Inspektor, fragen Sie.« Sie tätschelte ihm aufgeregt den Arm. »Nehmen Sie mich ruhig hart ran.«

»Ich wollte etwas wissen zu dem Andi Bischof, Sie wissen schon, dem Berg–«

»Ach, hören Sie mir bloß mit dem Idioten auf!«

Kluftinger wurde sofort hellhörig.

»Mit dem hatten wir ganz schön Ärger.«

»So? Um was ging's denn?«

»Der meint, er sei der große Star, nur weil er ein paar Bergfilmchen gedreht hat. In seiner Szene mag der ja eine große Nummer sein, aber in der echten Filmwelt kennt den keine Sau. Entschuldigen Sie die Ausdrucksweise, aber das muss mal gesagt werden. Die Premiere, die wir mit ihm veranstaltet haben, lief gar nicht gut.«

»Aber in der Zeitung stand neulich, dass der Zuspruch des Publikums recht groß gewesen wär.«

»Ach, glauben Sie wirklich noch, was die immer schreiben? Nehmen Sie doch nur mal das Thema Flüchtlinge …«

Kluftinger, der keinerlei Lust auf eine Diskussion zum Thema »Lügenpresse« verspürte, ignorierte ihren Einwurf: »Also waren wenige Zuschauer da bei der Premiere?«

»Ja, sicher. Und das hat der Bischof uns angelastet. Dabei ist uns doch der Schaden entstanden, nicht ihm. Also, eins sag ich Ihnen: Mit dem machen wir nichts mehr.«

»Das können Sie auch gar nicht«, entgegnete Kluftinger.

»Wie meinen Sie das?«

»Weil Herr Bischof tot ist.«

Frau Waibel wirkte ehrlich erschrocken. »Ach je, und ich dumme Kuh zieh über ihn her. Jetzt wollen Sie bestimmt wissen, ob ich ein Alibi hab.«

»Nein, das will ich nicht.«

»Ich hätte sicher keins. Bin ja meistens hier. Sonst hätte ich vielleicht auch mitgekriegt, dass er nicht mehr lebt. Woran ist er denn gestorben?«

»Er ist abgestürzt.«

Sie lachte kurz auf. »Hätte man drauf kommen können. Hat die Spusi irgendwas Verdächtiges gefunden?«

»Wer?«

»Die Spusi. Und Sie wollen ein Kriminaler sein! Das ist die Abkürzung für Spurensicherung.«

Kluftinger seufzte. Vor allem in Fernsehkrimis wurde manchmal dieses Wort benutzt, das jedoch in der Realität niemand verwendete. »Nein, die *Spusi* gibt's gar nicht. Und was den Erkennungsdienst angeht …«

»Ach, sehen Sie, da hab ich wieder was gelernt. Kann ich beim nächsten Krimi-Gucken gleich ein bisschen angeben.« Die Frau machte ein zufriedenes Gesicht. Dann lehnte sie sich zurück und winkte ihm mit der Hand. »Also, weiter, quetschen Sie alles aus mir raus. Aber ich darf vorher noch einen Anruf tätigen, oder? Einen hab ich doch frei, bevor Sie mich wegsperren und die Wärter im Gefängnis mich zu ihrer Sexsklavin machen.«

Das Bild, das dieser Satz in Kluftingers Kopf erzeugte, ließ ihn erschaudern. Vielleicht war es doch keine so gute Idee gewesen, hierherzukommen. Noch während er darüber nachdachte, wie er sich möglichst schnell aus dem Staub machen könnte, holte Frau Waibel tatsächlich ein Telefon heraus. Sie wählte eine Nummer, dann sagte sie: »Das ist Hansi, er löst meine Probleme.«

Das passierte also, wenn man zu viel fernsieht, dachte Kluftinger, und ihm wurde angesichts der Leidenschaft für seine Vorabendserie ein wenig mulmig. Da schrie die Frau auf einmal in den Hörer: »Hansi? Ja, schau doch mal, was du an Bischof-Filmen billig bekommen kannst. Weißt schon, der Berg-Heini. Wir sollten schnellstmöglich eine Retrospektive ins Programm nehmen. Können wir vielleicht ein paar der Euros wieder reinholen, die er uns schuldet.« Sie legte auf, blickte den Kommissar an und biss sich auf die Unterlippe. »Oje, hab ich mich jetzt schon wieder verdächtig gemacht?«

»Sagen Sie mir lieber, was es mit diesen Schulden auf sich hat.«

»Schulden ist vielleicht zu viel gesagt. Ich hab jedenfalls ganz schön draufgezahlt bei der Premiere. Aber bei anderen stand er noch mehr in der Kreide.«

Kluftinger rückte näher an die Frau heran. »Bei wem denn?«

Sie lächelte. »Raffiniert, wie Sie mir diese Sachen entlocken. Wenn Sie Böses im Schilde führen würden, wäre ich wohl Ihr willenloses Opfer.«

»Frau Waibel, bittschön!«

»Wie man hört, hat er sich mit ein paar Sponsoren überworfen. So ein Film kann nur mit Geld von externen Firmen entstehen. Meistens Ausrüster oder so etwas. Und der Bischof nahm es wohl nicht so genau mit dem Einhalten von Vereinbarungen.«

»Wissen Sie von einem konkreten Fall?«

»Ja, diese Firma aus Immenstadt hat Probleme mit ihm bekommen. Er hat anscheinend eine Menge Vorschüsse von denen eingestrichen, für die die keine Gegenleistung bekommen haben. Diese Bergsportausrüster, weiß nicht mehr genau, wie die heißen, die waren aber auch groß auf dem Filmplakat. Von mir haben Sie das übrigens nicht, nicht dass man es gegen mich verwenden kann. Ich mache hiermit hochoffiziell von meinem Zeugnisverweigerungsrecht Gebrauch.«

»Ja, natürlich«, erwiderte Kluftinger sarkastisch.

Eine Weile schwieg Frau Waibel, und Kluftinger versuchte, sich zu erinnern, was er sie als Letztes gefragt hatte. Gerade als es ihm wieder einfiel, sagte sie: »Sie wissen schon, dass Sie was Wichtiges vergessen haben, Herr Oberkommissar?«

»So, hab ich das?«

»Sie haben mir noch gar nicht meine Rechte vorgelesen.«

Dem Kommissar fiel es schwer, zu verbergen, wie sehr ihm diese Unterhaltung auf die Nerven ging. »Das macht man in Deutschland nicht.«

»Ach, wie funktioniert das dann?« Die Augen der Frau funkelten voller Neugier.

Da kam Kluftinger eine Idee: Er würde sie einfach mit ihren eigenen Waffen schlagen. »Frau Waibel«, flüsterte er also und sah sich dabei verschwörerisch um, »ich kann Ihnen nicht mehr über unsere Arbeit erzählen. Wenn doch, müsste ich Sie nachher töten.«

Sie hielt den Atem an. Dann ertönte wieder ihr glucksendes Lachen. Doch Kluftinger blieb ernst, was sie sichtlich verunsicherte. »Ist ja auch egal. Ich weiß eh schon genug. Da werden meine Freundinnen Augen machen, wenn ich …«

Der Kommissar legte seinen Zeigefinger an die Lippen, als würde er einem Kind anordnen, still zu sein. Frau Waibel nickte bedeutungsvoll: »Nein, natürlich wird niemand etwas davon erfahren. Aber vielleicht kann ich Ihnen noch irgendwie behilflich sein? Ich hätte noch ein paar Plakate und Flyer von der Premiere herumliegen, falls die Ihnen was nützen.«

»Ja, das wär ganz praktisch.«

Er folgte ihr über ein paar Treppen und Gänge in einen kleinen Raum, in dem sich neben einigem Gerümpel ein großer schwarzer Kasten befand. Eine Neonröhre flackerte auf und tauchte alles in kaltes Licht. In die Stirnseite des Raumes waren ein paar winzige Fenster eingelassen.

»Wo sind wir denn jetzt?«, wollte Kluftinger wissen.

»Wieder in Saal drei. Aber im Vorführraum.« Sie deutete auf eines der Fenster.

Tatsächlich, von hier konnte er den gesamten Saal überblicken. »Ich wollt immer schon mal sehen, wie das von hier ausschaut«, erklärte er begeistert.

»Sehen Sie, dann haben wir heute ja beide was Neues erfahren«, erwiderte Frau Waibel stolz. »Und wenn Sie wollen, kann ich Sie auch während einer Vorstellung mal hier mit raufnehmen. Da wären wir ganz ungestört.« Da Kluftinger nicht antwortete, kramte sie in dem Durcheinander aus alten Kisten, Filmplakaten, Pappaufstellern und Filmdosen herum.

Während sie suchte, fragte der Kommissar: »Was ist das eigentlich für ein Kasten?«

»Das ist der Projektor. Ist ja jetzt alles digital, nicht mehr wie früher. Haben Sie sich wohl auch anders vorgestellt, was?«

»Ja, sieht irgendwie … langweilig aus. Und die Filmrollen?«

»Gibt's nicht mehr. Das kommt jetzt alles auf Festplatte zu uns. Das ist … ah, hier hab ich es.« Sie kam mit einer Papprolle und einem kleinen Karton zu ihm. »Hier einmal das Plakat und dann noch ein paar Flyer. Da stehen alle Firmen drauf, die damals an dem Projekt beteiligt waren.«

Kluftinger nahm die Sachen und verabschiedete sich. Als er nach draußen ging, rief sie ihm nach: »Und keine Angst, ich weiß Bescheid.«

Irritiert blickte er sich um. »Was wissen Sie?«

»Na, ich halte mich für weitere Befragungen zu Ihrer Verfügung!«

»Wir dürfen hier nichts aufhängen, das weißt du schon, oder?«, sagte Hefele mit Blick auf die Plakate, die Kluftinger von seinem Besuch im Kino mitbrachte.

»Das sind Poster und Handzettel von der letzten Filmpremiere, die der Andi Bischof in Kempten hatte. Recherchier doch bitte mal zu den Sponsoren, die draufstehen. Anscheinend gibt es da welche, von denen er Geld gekriegt hat, ohne sich an die Vereinbarungen zu halten.«

»Bin schon dabei, Chef«, trällerte Maier, ohne von seinem Monitor aufzusehen.

»Wie, dabei? Ich bring doch grad erst die Sachen aus dem Kino.«

»Hab ich alles im Netz gefunden. Ich stell dir ein kleines Exposé zusammen, hast du in wenigen Minuten.«

Auch wenn sich Kluftinger in diesem Moment altmodisch und abgehängt vorkam mit seiner analogen Recherche, war er doch dankbar, dass mindestens einer seiner Kollegen auf dem neuesten Stand der Technik war. »Alles klar, danke, Richie. Hat schon jemand bei der Eva Wolf angerufen? Dürfte interessant sein, wie die auf unsere Nachricht reagiert.«

Maier schüttelte den Kopf, und auch die beiden anderen Kollegen verneinten. Also ließ der Kommissar sich von Sandy Henske mit der Frau verbinden, die sich, wie er erfuhr, schon wieder kurz vor einem Interview befand – diesmal für eine Bergsteigersendung im Radio, die auch Kluftinger ab und zu hörte.

»Hallo, Frau Wolf, jetzt werden Sie doch noch berühmt«, sagte er im Plauderton, als seine Sekretärin das Gespräch zu ihm durchgestellt hatte.

»Oje, ich hoffe nicht. Der BR plant, anlässlich von Andis Tod gleich mehrere unserer Filme an einem Abend auszustrahlen, da gilt es jetzt natürlich ein wenig die Werbetrommel zu rühren.«

Kluftinger nötigte es Respekt ab, dass die Frau so pragmatisch ihre Arbeit machte. Aber schließlich musste sie auch in Zukunft von irgendetwas leben. Aber wovon eigentlich? »Sagen Sie, nur so am Rande: Wie geht es bei Ihnen jetzt eigentlich weiter? Haben Sie vor, ganz allein Filme zu machen, oder …«

»Zunächst werde ich, wie gesagt, das Himmelhorn-Projekt fertigstellen und promoten, und dann muss ich mal sehen.«

»Haben Sie das mit der Werbung nicht immer schon gemacht?«

»Wie kommen Sie darauf?«

»Ich hab bloß gelesen, dass der Bischof es nicht so mit diesen Eventsachen hatte.«

»Ja, das stimmt schon. Wir waren uns da nicht immer einig. Wissen Sie, ich bin auch für Filmkunst, aber Geld müssen wir trotzdem verdienen, sonst war's das. Und unser Genre ist tot, wenn wir uns nicht nach einem jüngeren Zielpublikum umsehen. Die alten Bergpuristen sterben aus, junge Leute wollen mehr Action, spektakulärere Einstellungen, schnelle Schnitte, waghalsige Aktionen. Leider hat Andi diese Tatsache manchmal nicht wahrhaben wollen.« Sie räusperte sich. »Jedenfalls werde ich wahrscheinlich auf eigene Faust drehen und eher in die moderne Richtung gehen. Einen Partner wie Andi werde ich aber nicht mehr finden. Warum meinten Sie, dass ich allein nicht weitermachen würde?«

Ehrlicherweise hätte er sagen müssen, dass er ihr das nicht zutraute, auch wenn er nicht genau wusste, warum. »Nur so, ich …«

»Weil ich die arme Frau bin, die ohne den starken Mann aufgeschmissen ist?«

Kluftinger schwieg, denn damit hatte Eva Wolf genau den Punkt getroffen. Sie sprach weiter, klang nun aber etwas gereizt. »Andi stand immer in der ersten Reihe, er hatte einen Namen. Ansonsten aber waren wir völlig gleichberechtigt in der Firma. Ich hab das ja auch von der Pike auf gelernt auf der Filmhochschule. Aber wieso hätten wir Andi nicht als Zugpferd nutzen sollen?«

»Klar, das macht Sinn …«

»Deshalb rufen Sie aber nicht an, könnte ich mir denken.«

»Nein, da haben Sie recht. Ich wollte was wissen zu den Sponsoren, die Sie bisher immer unterstützt haben.«

»Ja?«

»Gab es da Probleme, Streitigkeiten?«

»Streitigkeiten? Wie kommen Sie darauf?«

Kluftinger tastete sich vorsichtig an das Thema heran. »Es werden ganz schöne Summen geflossen sein, nehm ich an. Da kann es ja sein, dass Meinungsverschiedenheiten auftreten. Zum Beispiel, wie oft man bestimmte Markennamen im Bild sieht oder so.«

»Wir haben es immer vermieden, so offensiv Product-Placement zu betreiben. Andi war keiner, der seinen ganzen Hemdkragen zupflastert für Interviews. Das wäre unserem Verständnis eines unabhängigen Arbeitens entgegengelaufen. Wir hatten und haben Sponsoren, dazu stehen wir, aber wir ließen uns nie etwas diktieren. Auch nicht von Summitz, unserem Hauptsponsor.«

»Verstehe. Also gab es nie größere Differenzen?«

Eine Weile blieb es still in der Leitung. »Das kann ich nicht ausschließen, immerhin wird auch in unserer Branche mit harten Bandagen gekämpft. Gerade die großen Ausrüster sind kühl kalkulierende Wirtschaftsunternehmen, von bloßer Filmförderung halten die nicht viel. Wenn die Kosten-Nutzen-Rechnung nicht aufgeht, sehen Sie da keinen Cent und sind ein für alle Mal raus. Ich habe aber zum Glück meine Fühler in letzter Zeit schon in andere Richtungen ausgestreckt und potente Partner gefunden, die an einer Zusammenarbeit interessiert wären. Auch wenn sie nicht direkt aus dem Sport-Bereich kommen, wie eine Brauerei und ein junges Klamottenlabel. Andi hat sich immer dagegen gewehrt, aber letztlich muss man da nach ökonomischen Gesichtspunkten entscheiden, das hätte er schon noch eingesehen. Was unsere bisherigen Kooperationspartner aus der Wirtschaft angeht, muss ich Sie allerdings enttäuschen, um die hat sich ausschließlich Andi gekümmert. Wie um alles Buchhalterische, darüber war ich sehr froh all die Jahre, mir liegt das ganz und gar nicht. Jetzt gilt es, dass ich mich möglichst bald in all die Zahlen einarbeite, wovor mir schon graut, das können Sie mir glauben. Ich hab gemerkt, wie sehr dem Andi solche Sachen zugesetzt haben. Gerade in letzter Zeit.«

»Ja, das kann ich mir gut vorstellen.« Er selbst war froh, dass Erika sich zu Hause um sämtlichen Behördenkram kümmerte. Und das würde auch so bleiben, selbst wenn er sich von nun an ein wenig stärker der Vermehrung des Familienvermögens annehmen würde.

»Aber darf ich fragen, warum Sie sich auf einmal für dieses Thema interessieren? Hat doch nichts mit dem Unfall zu tun?«

Kluftinger konnte nicht umhin, ihr seine neuesten Erkenntnisse zu präsentieren. »So wie es aussieht, war es kein Unfall, Frau Wolf. Alles deutet darauf hin, dass die Seilschaft nicht zufällig abgestürzt ist, sondern dass Dritte da ihre Finger im Spiel hatten.«

Stille.

»Frau Wolf?« Kluftinger hörte sie atmen. Dann räusperte sie sich und fragte mit brüchiger Stimme: »Wie soll denn das zugegangen sein? Haben Sie schon einen Verdacht?«

»Nein, wir stehen noch ganz am Anfang. Und in dem Zusammenhang sind wir eben auf die Sponsorengeschichte gekommen.«

Sie holte tief Luft. »Wenn das so ist, ich kann natürlich noch einmal in unseren Unterlagen nachforschen, ob ich irgendetwas Auffälliges finde. Mir ist ja wie kaum jemandem sonst an der Aufklärung gelegen, das werden Sie sich denken können.«

»Freilich. Außer uns natürlich.«

»Ich melde mich, wenn ich was habe. Natürlich stelle ich Ihnen alles zur Verfügung, was …«

Er hörte, wie im Hintergrund jemand rief, dass die Aufzeichnung gleich losgehe.

»Das ist nett von Ihnen, Frau Wolf. Dann wünsch ich noch ein schönes Interview. Ich wär Ihnen verbunden, wenn Sie im Radio noch nix sagen würden über die neuesten Entwicklungen.«

»Seien Sie ganz beruhigt, ich behalte das für mich. Und danke, dass Sie mich gleich informiert haben.«

»Ist ja selbstverständlich. Pfiagott, Frau Wolf.« Kluftinger legte auf und ging zu Roland Hefele. »Sag mal, wie sieht es eigentlich aus mit dem Bischof seiner Familie? Denen müssten wir schon auch mitteilen, was wirklich passiert ist, oder?«

»Der Eugen hat gerade schon versucht, den Bruder zu erreichen. Der ist in Neuseeland seit über einem Jahr. Aber noch niemand erreicht.«

»Wissen wir eigentlich was drüber, mit wem er so zusammengelebt hat, der Bischof? Frauen, Freunde und so weiter?«

»Bis jetzt noch nicht wirklich.«

»Dann klemm dich bitte dahinter, Roland, ja?«

Hefele nickte.

Maier kam dazu, in der Hand hielt er einen Computerausdruck. »Wollen wir das schnell durchgehen, Chef? Das ist die Sponsorenliste.«

»Gut, Richie. Komm mit in mein Büro.«

Als sie in der kleinen Sitzgruppe in Kluftingers Büro Platz genommen hatten, erklärte Maier: »Also, Hauptsponsor seit mittlerweile fast zehn Jahren ist die Firma Summitz aus Bühl am Alpsee. Das ist bei Immenstadt.«

»Ist mir bekannt, Richard.«

»Umso besser. Die Firma hieß bis 2011 noch ›Schmitz Bergsport‹ und firmiert seitdem unter Summitz. Sagt dir das was?«

Kluftinger hatte den Namen schon einmal gehört. »Das hat aber nichts mit der alten Seilerei Schmitz zu tun?«

»Doch. Hut ab, genau die sind das. Haben sich seit den siebziger Jahren zu einem der europaweit renommiertesten Hersteller für Bergseile und alpines Equipment wie Haken, Sicherungssysteme und all so was gemausert. Und seit gut zehn Jahren mischen sie in der Funktionsbekleidung groß mit, alles im Hochpreissektor. In Expeditionskreisen gelten die zudem als ungeheuer innovativ.«

Kluftinger fand es immer spannend, wenn Allgäuer Firmen auf internationaler Ebene erfolgreich waren, was man als Branchenfremder ja oft gar nicht mitbekam.

»Wenn man sich die Filme vom Bischof anschaut, sieht man tatsächlich immer wieder mal das Summitz-Logo auf Jacken oder Equipment. Die werden auch als Einzige im Abspann genannt. Dürfte also der dickste Fisch auf unserer Liste sein. Ansonsten haben wir einen Produzenten von Eiweißnahrung, einen Trekkingreiseveranstalter aus München und dann noch die Firma Herzog.«

»Die Autotuner aus Krugzell?«

»Genau die. Aber die waren nur bei der Filmpremiere hier vor Ort mit von der Partie, ich denk nicht, dass das nennenswert gewesen ist.«

»Vielleicht sollten wir uns als Erstes bei der Firma Schmitz erkundigen.«

»Summitz, wir wollen doch nicht schlampig in den Details werden.«

Kluftinger hatte eigentlich vorgehabt, Maier zu seinem Besuch bei der Firma mitzunehmen, doch mit seiner letzten Bemerkung hatte er sich gleich wieder disqualifiziert.

»Ich mach mich gleich fertig, Chef. Vielleicht kann die Sandy uns ja telefonisch vorankündigen?«

»Das mit der Vorankündigung ist eine hervorragende Idee. Sag ihr bitte, sie soll Bescheid geben, dass ein Herr Kluftinger und ein Herr Strobl kommen.«

»Der Eugen darf mit?«

»Exakt.«

»Aha, und warum nicht der Kollege, der in diesem Bereich recherchiert hat?«

Kluftinger überlegte kurz. »Der Eugen hat die größte Kompetenz in Sachen Wirtschaft und Finanzwesen aufzuweisen. Dafür hast du sicher Verständnis. Aber danke für deine Arbeit, Richie. Vorbildlich.«

»Zefixnochmal, Eugen, kannst du jetzt endlich mal dein geschissenes Smartphone für fünf Minuten aus der Hand legen?«

Seit sie in Kempten losgefahren waren, hatten Kluftinger und sein Kollege kaum zwei Worte gewechselt.

»Klufti, der Markt ist grad ungeheuer volatil. Da muss ich am Ball bleiben.«

»Was ist mit dem Markt los?«

»Ein ständiges Auf und Ab. Liegt vielleicht dran, dass heute noch einige Quartalszahlen anstehen.«

»Was du nicht sagst.«

Strobl sah einen Moment auf, dann senkte er wieder den Kopf und blickte auf sein Display, während er weitersprach. »Ungeheuer breite Range heute. Meine Watchlist war heut schon über achtzehn Prozent im Plus, jetzt aber ist fast alles wieder zusammengeschmolzen. Ziemliche Seitwärtsbewegung seitdem. Gut, dass ich vorhin vom Büro aus noch ein paar Gewinne mitgenommen hab, während die Kurse haussiert haben.«

Vielleicht hätte der Kommissar doch lieber Roland Hefele mitgenommen. »Warum arbeitest du eigentlich noch, wenn dich das so in Beschlag nimmt?«

»Wer weiß, wie lange ich das noch muss. Ah, warte mal, Breaking News: Trendlinie geht gerade wieder nach oben, nachdem BASF veröffentlicht hat. Könnte Gutes für Chemietitel bedeuten.«

Kluftinger schüttelte verächtlich den Kopf. »Pass bloß auf, Eugen, sonst wirst du noch zum Finanz-Maier!«

Es liegt an dir,
wie du dein Leben empfindest,
wie du es gestaltest,
was du daraus machst

Aus dem Gipfelbuch am Köpfle

Es war schon erstaunlich, wie heute ein Geschäft für Bergsportbedarf aussah, dachte Kluftinger, als sie durch die weitläufigen Hallen des *Factory Outlet Centers* der Firma Summitz gingen. Früher standen in solchen Läden einfach ein paar Kleiderständer und maximal diese kleinen Hocker zum Anprobieren der Schuhe. Heutzutage musste man gar nicht mehr in die Berge gehen, um die neu erworbenen Sachen auszuprobieren, denn es gab hier einen kleinen Parcours mit verschiedenen Bodenbelägen, einer Holzbrücke, die über einen künstlichen Bach führte, eine Kletterwand und oben unter dem Dach sogar einen *Indoor Kletterwald,* wie ein Schild stolz vermeldete. In luftigen Höhen konnte man sich wie ein Trapezkünstler von Station zu Station hangeln – in Kluftingers Augen einer der schlimmsten Einfälle der an schlimmen Einfällen reichen Event-Industrie im Allgäu. Es reichte den Menschen einfach nicht mehr, nur eine schöne Wanderung zu unternehmen, sie mussten sich in immer halsbrecherischere Situationen bringen, um Spaß zu haben. Er schwor sich, niemals einen solchen Hochseilparcours zu absolvieren.

»Sieht nicht schlecht aus, oder?«, riss ihn Strobl aus seinen Gedanken. Er stand neben einer Schaufensterpuppe, die einen Überlebens-Funktions-atmungsaktiv-winddicht-und-weiß-Gott-noch-alles-Anorak trug, der Langhammer alle Ehre gemacht hätte. Allerdings war dieser hier in dezentem Dunkelblau gehalten, mit einem schönen, gestickten Edelweiß verziert und fast wie sein Janker geschnitten, so dass er trotz allem irgendwie gediegen und schick aussah.

»Ja, stimmt, der ist wirklich …«, begann Kluftinger, dann fiel sein Blick auf das Preisschild, »… abartig teuer. Die haben doch einen Vogel, dafür kann ich mir ja einen Bergführer mieten. Und zwar lebenslang.«

»Jetzt übertreib mal nicht, so ein Hightech-Gewebe hat eben seinen Preis. Dafür schwitzt du darin nicht.«

»Da schwitz ich allein bei dem Gedanken, so viel Geld auszugeben.«

»Wenn du damit ins Gebirge gehst, schwitzt du nicht, mein ich. Und mit den doppelt verschweißten Nähten bleibst du absolut trocken, auch im schlimmsten Starkregen.«

»Das kann ich auch billiger haben, indem ich bei Sauwetter einfach daheimbleib.«

»Aber gefallen tät dir die Jacke schon, oder?«, bohrte sein Kollege nach.

»Mei, ich hab schon hässlichere gesehen. Praktisch alle, die der Doktor hat, zum Beispiel.«

»Siehst du, dann verdien sie dir doch einfach. Mit Aktien. An einem guten Börsentag wie heut springt die locker raus. Und du musst nicht mal von deinem Gehalt was zuschießen.«

Der Kommissar geriet ins Grübeln. War es wirklich so einfach? Er kaufte ein paar Aktien und hatte plötzlich Geld für das, was er sich bisher aus Sparsamkeit versagt hatte? Das wäre zu schön, um wahr zu sein.

Sie gingen weiter durch den Laden, vorbei an Skibekleidung,

Sicherungsseilen, Ultraleicht-Zelten, Funktions-Schlafsäcken und Bergschuhen, die aussahen, als habe die NASA sie entworfen. Dem Kommissar war nicht klar gewesen, zu welch einer Industrie sich das Bergsportsegment ausgeweitet hatte, aber er hätte es sich denken können: Heutzutage gingen die Menschen ja nicht mal mehr ohne Funktionsklamotten in die Stadt, was, zumindest im Voralpenland, einen ziemlich uniformen Kleidungsstil zur Folge hatte, den er den *Kempten-Schick* nannte. Die Leute in seiner Heimatstadt sahen immer so aus, als wollten sie sich die Möglichkeit offenhalten, nach dem Bummeln noch schnell einen Gipfel zu erklimmen.

Sie fragten eine Verkäuferin nach dem Geschäftsführer und wurden von ihr durch ein riesiges Lager mit endlosen Regalreihen geleitet, bis sie an einer Glastür anlangten. *Qualitätssicherung* stand darauf. »Das ist unsere Testanlage, im Moment sind Bergseile dran. Nicht erschrecken, kann unter Umständen laut werden.«

Die Beamten nickten und betraten den Raum, in dem einige Maschinen standen, deren Zweck sich ihnen nicht erschloss. Ein Mittvierziger stand an einem langgezogenen Apparat, in dem ein buntes Nylonseil unter Spannung gesetzt wurde, darüber befand sich eine massive Glasscheibe. Der Mann hob eine Hand zum Gruß und zeigte auf den Gehörschutz, den er auf dem Kopf hatte. Noch bevor die drei Besucher reagieren konnten, tat es einen ohrenbetäubenden Knall. Das Seil war gerissen.

Dann ging die Frau weiter, bis sie schließlich einen Bürotrakt erreichten, wo sie in einen großen, holzvertäfelten Raum geführt wurden, in dessen Mitte ein riesiger Konferenztisch stand. Den Beamten bot sich ein sonderbarer Anblick: Am Kopfende des Tisches saß ein drahtiger Mann, den Kluftinger auf Ende sechzig schätzte. Er trug einen Zweireiher samt Krawattennadel, Manschettenknöpfen und seidenem Einstecktuch. Er löffelte ein Müsli aus einem Porzellanschälchen vor sich, auf seinem Schoß lag eine Stoffserviette, hinter ihm stand ein Mann in einem dunklen Anzug.

»Herr Schmitz«, sagte die Verkäuferin unsicher, »entschuldigen

Sie bitte vielmals die Störung, aber die Herren sind von der Kripo in Kempten und möchten Sie gerne sprechen. Die beiden seien angekündigt.«

Jetzt wischte sich der Angesprochene mit der Serviette den Mund ab und machte mit der Hand ein Zeichen, worauf der Mann hinter ihm den Tisch abräumte.

»Grüß Gott, Herr Schmitz, mein Name ist Kluftinger, das ist der Kollege Strobl. Und Sie sind …?« Der Kommissar blickte den Mann mit dem Geschirr an, doch Schmitz winkte ab. »Das ist nur mein Butler.«

Kluftinger lachte auf, weil er dachte, der Firmenchef habe einen Scherz gemacht, doch der blieb ernst. »Wie kann ich Ihnen denn helfen, meine Herren?« Dabei deutete er auf die Stühle am anderen Ende des Tisches.

Die Polizisten nahmen Platz. »Wir bräuchten ein paar Auskünfte von Ihnen«, begann der Kommissar.

»Die gebe ich Ihnen gerne«, rief Schmitz sofort, wobei er so heftig mit dem Kopf nickte, dass sein zementierter Scheitel mitwippte. »Wissen Sie, viele meiner Unternehmerkollegen wollen grundsätzlich nichts mit der Polizei zu tun haben, aber ich sehe das anders. Wir als Unternehmer haben eine Verantwortung. Nicht nur für unsere Firma. Wir beispielsweise produzieren zu hundert Prozent in Europa, zu achtzig Prozent in Deutschland. Aus Verantwortung gegenüber dem Gemeinwesen.« Es folgte ein etwa fünfminütiges Referat, in dem Schmitz immer wieder darauf hinwies, dass die Fehlentwicklungen der Gesellschaft nur durch Übernahme persönlicher Verantwortung ihrer Leistungsträger zu beheben seien. »Ich bin als Chef eines unternehmergeführten Betriebes haftbar für alle Entscheidungen, da agiert man natürlich ganz anders, auch in der Personalführung«, schloss er. »Gut, meine Herren, war's das?« Damit erhob er sich.

Kluftinger und Strobl blickten sich verdutzt an. »Entschuldigen Sie, Herr Schmitz, wir konnten unsere Fragen ja noch gar nicht stellen«, sagte der Kommissar.

»Ach so, ja, dann kommen Sie mal zum Punkt. Zeit ist Geld,

müssen Sie wissen, selbst wenn es interessant wäre, ein wenig mit Ihnen zu plaudern.«

Auch wenn er seinem Vortrag inhaltlich zustimmte, fand Kluftinger den Mann ziemlich unsympathisch. »Es geht um Andreas Bischof.«

Kaum hatte er den Namen genannt, sog Schmitz hörbar die Luft ein und ließ sich zurück in seinen Stuhl fallen. »Ich verstehe«, presste er hervor.

»Ich sehe, Sie kannten Herrn Bischof«, sagte Strobl.

Schmitz räusperte sich. »Ja, natürlich kannten wir uns. Mehr als das. Uns verband eine lange Kooperation. Aber wir haben uns von ihm getrennt.«

Kluftinger war überrascht, davon hatte Eva Wolf am Telefon gar nichts erwähnt. »Ach, Sie haben gar nicht mehr mit ihm zusammengearbeitet?«

Schmitz schüttelte bedeutungsschwer den Kopf. »Leider nicht, im Verlauf seines aktuellen, also, seines letzten Projektes mussten wir das Ganze von unserer Seite aus beenden. Möchten Sie wissen, warum?«

»Schon«, versetzte Kluftinger.

»Dann will ich es Ihnen erklären. Es geschah, weil er genau die Werte, von denen ich vorher gesprochen habe, nicht geachtet hat. Er hat Vereinbarungen nicht eingehalten, die wir per Handschlag besiegelt hatten. In einer funktionierenden Geschäftsbeziehung *muss* ein Handschlag reichen. So halte ich es mit allen Partnern, mit denen wir zusammenarbeiten. Wissen Sie, wenn man für sein Handeln Verantwortung übernimmt …«

»Ja, das haben wir verstanden«, unterbrach ihn der Kommissar rasch. »Was hätte er denn für Sie machen sollen, der Herr Bischof?«

»Wir waren der größte Sponsor seiner Filme, haben ihn ausgerüstet. Dafür war er unser Testimonial.«

»Ihr was?«

»Unser Markenbotschafter. Die spezielle Art von Produkten, die wir anbieten, verkauft sich am besten über ein Gesicht, einen Namen, dem man vertraut.«

Die Tür öffnete sich, und ein beleibter Mann um die fünfzig betrat den Raum. »Darf ich fragen, worum es hier geht?«

»Die Herren sind von der Kripo«, sagte Schmitz.

»Das wurde mir berichtet. Aber was wollen sie?«

»Sind Sie auch ein Butler?«, fragte Kluftinger, worauf Schmitz amüsiert lächelte. »Nein, das ist mein Sohn. Der Juniorchef. Dem ich versuche, die Werte einzuimpfen, von denen ich vorher gesprochen habe. Setz dich doch, Bernhard, kannst sicher etwas lernen dabei.«

»Nein, ich stehe lieber. Soll ich unseren Justiziar rufen?«

»Das wird nicht nötig sein, Herr Schmitz«, sagte Strobl. »Wir wollen nur ein paar Auskünfte über Andi Bischof.«

Die Haltung des jungen Mannes versteifte sich sofort. »Papa, kann ich dich mal unter vier Augen sprechen?«

»Aber Bernhard, wir helfen der Polizei gerne. Und jetzt setz dich.«

Zähneknirschend nahm Schmitz junior Platz.

»Die Firma Schmitz hat sich noch nie hinter Anwälten verschanzt«, ergänzte sein Vater.

»Summitz«, korrigierte der Sohn eilig.

»Was bedeutet eigentlich Ihr Firmenname?«, fragte Kluftinger interessiert.

»Ha, wenn ich das so genau wüsste. Den hat sich mein Sohn mit seinen Marketingstrategen ausgedacht. Wir hießen eigentlich Schmitz, seit Generationen, aber das war dem jungen Herrn nicht polyglott genug. Wenigstens hat er was genommen, was ein bisschen wie Schmitz klingt.«

»Papa, du weißt genau, dass ...«

»Schon gut. Er hat ja ganz brauchbare Ideen, aber er ist halt noch etwas grün hinter den Ohren.«

Kluftinger sah den Mann an und fragte sich, ob er den Reifegrad in den Augen seines Vaters wohl noch vor dem Rentenalter erreichen würde. »Haben Sie mit Frau Wolf auch Kontakt gehabt?«, wollte er dann wissen.

»Ich habe mal mit ihr telefoniert. Ich wollte versuchen, über sie die Sache wieder in die richtigen Bahnen zu lenken, auf ihren Partner einzuwirken, dass er Verantwortung für sein finanzielles Handeln übernimmt. Denn ohne Verantwortung …«

»… geht's nicht, schon klar. Und dann?«

»Frau Wolf hat mir mitgeteilt, sie kümmere sich eher ums Kreative, während der Rest Bischofs Sache sei.«

Kluftinger nickte. Das zumindest deckte sich mit seinem Kenntnisstand.

»Da hab ich dann meinen Sohn den Rest erledigen lassen. Er sollte versuchen, das in Ordnung zu bringen. Wir hätten ja gern weitergemacht mit Andi Bischof. Was letztlich dabei rausgekommen ist, habe ich Ihnen vorher skizziert. So ist es, wenn die jüngere Generation in einem Unternehmen der Verantwortung noch nicht gewachsen ist.«

Bernhard Schmitz saß derart betreten in seinem Stuhl, dass er dem Kommissar fast ein bisschen leidtat.

Wieder öffnete sich die Tür, und der Butler von vorhin trat ein. »Herr Schmitz, der Hubschrauber wartet«, sagte er steif.

»Meine Herren, Sie haben es gehört. War's das?«

»Ja, mein Passat wird auch langsam unruhig«, gab Kluftinger zurück, doch Strobl war der Einzige, der darüber lachte.

Sie erhoben sich alle. Zum Abschied reichte Schmitz ihnen die Hand und sagte gönnerhaft: »Meine Mitarbeiter geben Ihnen noch eine Kleinigkeit mit, Sie sollen ja nicht umsonst gekommen sein.«

»Nein danke, wir dürfen gar nichts annehmen«, rief ihm Kluftinger nach, doch da war der Mann schon aus der Tür verschwunden. Sie gingen schweigend mit dem Juniorchef den Weg zurück, den sie gekommen waren. Als sie am Ausgang standen, drückte ihnen der junge Schmitz je einen Schlüsselanhänger in die Hand.

»Ach so, ich glaub, das dürfen sogar wir akzeptieren«, ätzte Strobl.

Kluftinger besah sich das Teil: Es war ein glitzernder hellblauer Hamster, der an einem Buchstaben des Firmennamens *Summitz* nagte.

»Ist es nicht ein bisschen ungewöhnlich, dass eine Bergsportfirma einen Hamster als Maskottchen hat?«

»Erstens, Herr Kommissar, ist das zusammen mit dem Schriftzug ein Logo und kein Maskottchen. Und zweitens hat unsere Marktforschung ergeben, dass der Hamster bei den Menschen ungeheuer positive Assoziationen hervorruft. Und Hellblau ist die Farbe, die den größten Kaufimpuls transportiert.«

Kluftinger nickte. Im Hinausgehen sagte er zu Strobl: »Vielleicht doch ganz gut, wenn der Alte die Zügel noch eine Weile in der Hand hält.«

»Ha, mittlerweile hat der DAX wieder gedreht. Liegt schon dreieinhalb Prozent im Plus. Echte Kursrallye, die gerade einsetzt«, vermeldete Strobl, als sich das Hoftor öffnete und sie auf den Parkplatz der Kripo Kempten einbogen.

»Das ist ganz gut für einen Tag, oder?«, erkundigte sich Kluftinger.

»In drei Stunden, Klufti!« Eugen Strobl steckte sein Handy ein. »Wenn du von einem investierten Kapital von zehntausend Euro ausgehst …«

»… dann sind das dreihundertfünfzig Euro!« Kluftinger machte versehentlich eine Vollbremsung.

»Messerscharf kalkuliert, Herr Kollege. Zwei solche Tage, und deine Traumjacke gehört dir.«

Kluftinger fuhr in eine der engen Parkbuchten im Hof. Er dachte kurz nach, dann gab er sich einen Ruck. »Also gut, Eugen, ich bin so weit. Kann ich heut noch was gewinnen, wenn ich in den nächsten Minuten einsteigen tät?«

»Theoretisch ja. Die Börsenampel steht auf Grün, wenn du mich fragst.«

»Ich geh g'schwind rüber zur Sparkasse. Da kauf ich das ein, was du auf die Liste geschrieben hast. Wenn jemand nach mir fragt, sag einfach, ich hab noch was Wichtiges zu erledigen.«

»Deal«, grinste Strobl und reckte einen Daumen nach oben. »Aber Klufti: Das sind alles nur Tipps, nicht dass du mich haftbar machst am Ende.«

Doch das bekam der Kommissar schon nicht mehr mit.

Hier am Gipfel ist gut rasten,
vergessen ist das Eilen, Hasten.
Man sollte öfter etwas kraxeln,
statt schaffeln, saufen, Mädle schmatzeln!
P.K. '84

Aus dem Gipfelbuch am Stuiben

Im Eingangsbereich der Bankfiliale sondierte Kluftinger erst einmal die Lage. Es kam nicht oft vor, dass er während der Öffnungszeiten hier war, meist hob Erika Geld ab, das dann in der Schlafzimmerkommode in einer Kunstledertasche zwischen seinen Oberhemden und den Trachtensocken aufbewahrt wurde. Alle anderen Bankgeschäfte konnte er bequem vor oder nach der Musikprobe erledigen, denn Jürgen Ebler, der Leiter der Filiale, spielte schon seit Jahren das zweite Flügelhorn und hatte auch nach Feierabend stets ein offenes Ohr für seine Kunden. Am Monatsersten druckte Kluftinger zudem immer seine Auszüge am Automaten aus, um sie abends akribisch zu kontrollieren. Wobei er in der Regel Erika nach den einzelnen Posten fragen musste, immerhin regelte sie die Finanz-Transaktionen im Hause Kluftinger.

Ansonsten war er nur noch hier, wenn er unerwartet Bargeld benötigte. Das Abheben am Bankomaten wurde allerdings regelmäßig dadurch erschwert, dass er sich seine Geheimnummer einfach nicht merken konnte. Deswegen hatte er eine Methode entwickelt, sie verschlüsselt bei sich zu tragen: In seinem Handy hatte er sich von Markus einen Kontakt anlegen lassen, der Jörg Flügler hieß, eine kodierte Form von »Jürgen mit dem Flügelhorn«, seinem Kundenberater. Dahinter stand nach der Altusrieder Vorwahl die PIN statt einer Telefonnummer, die er so stets griffbereit bei sich trug. Nicht einmal Erika hatte er das verraten, wer wusste schon, ob sie es nicht einer Freundin leichtfertig erzählen würde, worauf sein Konto betrügerischen Machenschaften schutzlos ausgeliefert wäre.

An ein Stehpult zum Ausfüllen von Überweisungen gelehnt, behielt er unauffällig die Schalter im Blick, die jedoch alle von Kunden besetzt waren. Er wollte nicht einfach zum nächstbesten Berater gehen, nur weil der gerade frei war. Vielmehr galt es, jemanden zu finden, der vertrauenswürdig und gleichzeitig kompetent aussah.

Nach einer Weile beschlich ihn das Gefühl, dass sein unschlüssiges Herumstehen bereits Aufsehen erregte, und er erwog, als Ablenkungsmanöver einfach jetzt schon, während des laufenden Monats, seine Auszüge zu drucken, da ließ ihn ein »Kann ich Ihnen helfen?« in seinem Rücken zusammenfahren. Er wandte sich um und sah in die blauen Augen einer jungen Sparkassenmitarbeiterin, deren Namensschild sie als Lena Riedle auswies. Er taxierte sie kurz, dann schüttelte er den Kopf: zu jung, um ihm in so gewichtigen Fragen zur Seite zu stehen. Zu weiblich, um am Aktienmarkt bestehen zu können, der, so vermutete Kluftinger, eine harte Männerwelt war.

»Nein danke, ich hab's schon gefunden«, erklärte er und griff sich wahllos einen der Vordrucke auf dem Tischchen.

»Ah, Sie möchten einen Scheck einreichen? Geben Sie ihn doch einfach mir, ich fülle das dann für Sie aus.«

»Ich mach das schon selber, danke.«

Doch die junge Frau ließ sich nicht abwimmeln. »Es ist nur so, dass wir gehalten sind, Leute gezielt anzusprechen, die sich ein wenig, sagen wir, auffällig verhalten. Sie standen jetzt minutenlang da und haben unsere Kunden beobachtet, also …«

Kluftinger hob die Hand und winkte Frau Riedle näher zu sich. »Ich kann verstehen«, flüsterte er, »dass das seltsam aussehen muss, aber ich bin von der Kripo.« Damit zog er seinen Ausweis aus der Tasche. Die Bankmitarbeiterin machte große Augen. »Nichts Ernstes, reine Routine. Aber wenn ich schon grad da bin, an welchem Schalter kann ich denn Papiere kaufen?«

»Papiere?«

»Ja, also so Dings, so Wertpapiere halt.«

»Aktien? Die können Sie gar nicht am Schalter kaufen. Da müssten Sie in die Wertpapierabteilung. Wo haben Sie denn Ihr Konto?«

»Das Sparbuch liegt daheim im Nachtkästchen.«

»Nein, ich meinte, bei welcher Filiale Sie Ihr Konto haben.«

»Ach so, freilich, in Altusried.«

»Von wem werden Sie betreut?«

»Das wär der Ebler.«

»Ah, der Jürgen.«

»Kennen Sie den?«

»Ist ja ein Kollege von mir. Möchten Sie denn nicht bei ihm Ihre Aktien erwerben?«

»Bei dem? Ja, nie! Das geht den auch überhaupt nichts an, dass ich da einsteig in dieses Wertpapierzeug. Also, wenn Sie ihn treffen: kein Wort, verstanden?«

»Ich kenne Sie ja gar nicht.«

»Ich sag's nur vorsichtshalber. Also, jetzt mal angenommen, ich würde für fünftausend Euro Aktien kaufen wollen, dann kann ich das hier und jetzt gar nicht?«

Lena Riedle wirkte mittlerweile ein wenig verzweifelt. »Herr Schnitzler nimmt sich gerne Zeit für Sie, allerdings nur nach vorheriger Terminvereinbarung.«

»Spontan geht bei dem Schindler nix?«

»Schnitzler heißt der Kollege. Er hat gerade ein Kundengespräch.«

»Ich hab's ein bissle eilig. Ich bräucht das Aktienzeug noch heute. Wegen dem Rallyekurs und so.«

Die junge Frau schüttelte entnervt den Kopf. »Ich kann in seinem Kalender nachsehen, da wird es jedoch nicht gut ausschauen. Aber Sie müssten zum Dialogdesk mitkommen.«

Der Kommissar folgte ihr an einigen verglasten Beratungskabinen vorbei, als plötzlich eine der Türen neben ihm aufging. Eine ältere Dame und ein hagerer, vielleicht fünfzigjähriger Mann traten aus dem Kabuff.

»Also, vielen Dank, dass Sie sich die Zeit genommen haben, Herr Schnitzler. Bei Ihnen fühlt man sich einfach immer gut aufgehoben«, trällerte die Frau.

Der Mann setzte ein routiniertes Lächeln auf, und während die junge Bankangestellte weiter zum Schalter ging, ergriff Kluftinger die Gelegenheit beim Schopf. »Ah, Herr Schnitzler, hätten Sie vielleicht ein Momentle Zeit, ich würd gern ein Wertpapiergeschäft tätigen.«

Noch bevor der Angesprochene reagieren konnte, kam Lena Riedle angelaufen, die aufgeregt mit den Händen fuchtelte. »Werner«, sagte sie zu Schnitzler, »du musst entschuldigen, ich hab dem Herrn gesagt, dass es bei dir nur mit Terminvereinbarung geht, aber er hat sich nicht …«

Doch der winkte ab. »Kein Problem, Lara, mir ist der nächste Kunde sowieso ausgefallen.«

»Mein Name ist Lena.«

»Ja? Wie schön.« Damit ließ Schnitzler die verdutzt dreinblickende junge Frau stehen und bedeutete Kluftinger, ihm in den Beratungsraum zu folgen. Irgendwie wirkte der Mann auf ihn recht sympathisch, was er von einem Börsenheini eigentlich gar nicht erwartet hätte.

»Wasser?«, bot der Banker an, als sie saßen, doch Kluftinger winkte dankend ab. »Was kann ich für Sie tun, Herr …«

»Kluftinger. Ich bin aus Altusried, da ist eigentlich auch meine Filiale. Aber jetzt hat es grad hier besser gepasst. Es ist so …« Er senkte seine Stimme und flüsterte: »Ich würd gern ein paar Aktien kaufen. Für fünftausend Euro.« Er zog die Liste aus der Hosentasche, die er von Eugen Strobl bekommen hatte.

»Schön. Wissen Sie Ihre Depotnummer auswendig?«

Kluftinger legte die Stirn in Falten. Er konnte sich zwar weder vorstellen, warum den Mann das interessierte, noch, was es ihn anging, aber schließlich war er ja mit einem Anliegen gekommen, und Schnitzler hatte ihn spontan eingeschoben, da wollte er nicht unkooperativ erscheinen. »Ja, allerdings, die Nummer drei.«

Sein Gegenüber wartete, ob noch etwas käme, dann fragte er: »Drei ... und weiter?«

Kluftinger stutzte. »Nix weiter. Es gibt ja insgesamt nur sechs Garagen, die der Bauhof als Depoträume vermietet. Und meine ist die Nummer drei. Aber das sollte unter uns bleiben, meine Frau weiß davon gar nix, ich fahr da immer die Sachen hin, die zum Wertstoffhof sollen, die aber noch pfenniggut sind.«

Der Bankangestellte lächelte milde. »Tut mir leid, Herr Kluftinger, da haben wir wohl aneinander vorbeigeredet. Ich meinte ein Wertpapierdepot ...«

»Ach so, da brauch ich keins, ich nehm die Sachen mit, so viel wird es ja nicht werden.«

»Wie meinen Sie das?«

»Ich weiß schon, dass man das alles online machen kann, aber ich heb das lieber daheim auf.«

Wieder das milde Lächeln. »Da müssen wir wohl ganz von vorn beginnen. Zunächst sollten Sie wissen, dass es seit Jahren keine Stücke mehr gibt.«

»Was gibt es nicht mehr?«

»Stücke. Aktien. Auf Papier.«

»Die gibt's nicht?«

»Nur virtuell, im Computer.«

»Dann drucken Sie sie halt aus.«

»Das geht nicht.«

»Per Mail?«

»Sie können nichts mit nach Hause nehmen außer einem Depotauszug.«

»Und den kauf ich dann?«

»Nein, Sie kaufen weltweit nur … quasi … fiktive Anrechte, wenn Sie so wollen.«

Kluftinger wurde skeptisch. »Ich will aber nix kaufen, was es nicht gibt. Und wenn, dann sollen wenigstens Sie in der Bank meine Aktien aufbewahren. Ist vielleicht auch sicherer, als wenn sie daheim liegen, bei den vielen Einbrüchen in letzter Zeit.«

Schnitzlers unerschütterliches Lächeln bekam allmählich Risse. »Sicher. Wenn Sie mir Ihre Kontonummer geben, sehe ich mir das an.«

Der Kommissar reichte seine Bankkarte über den Tisch. Schnitzler tippte die Nummer in seinen Computer und sagte dann mit zusammengezogenen Brauen: »Ich sehe hier nur das Girokonto und einige Sparbücher. Seltsamerweise zeigt es mir nicht einmal ein Geldmarktkonto an.«

»Doch, da ist auf jeden Fall was drauf, die Erika hätt mir schon gesagt, falls sie …«

»Ich meine, wenn wir wertpapiermäßig irgendetwas machen wollen, brauchen wir ein Depot und ein entsprechendes Verrechnungskonto, ich würde Tagesgeld empfehlen.«

»Ich dachte aber schon eher an eine Anlage über mehrere Wochen. Also, ungefähr.«

»Ich … wir legen das Konto jetzt einfach mal so an.«

Der Kommissar zögerte, aber schließlich rang er sich zu einem »Wenn's das braucht, dann von mir aus« durch.

»Sehr schön, dann müssen wir jetzt noch ein Beratungsgespräch durchführen, das ist Vorschrift. Einen Augenblick, ich brauche nur die Protokollvordrucke.« Der Bankmitarbeiter zog eine Schublade auf und entnahm ihr einen Packen Formulare. Dann griff er sich einen Kugelschreiber und rückte seinen Stuhl näher zum Tisch.

»Bereit?«

Der Kommissar nickte. Und ob er bereit war, leicht und locker ein paar Mark nebenher zu machen.

»Es geht also um die Anlage neuer Gelder?«

»Nein, also neu sind die jetzt nicht, das hab ich mir schon länger zusammengespart. Letztlich ist es schon ziemlich alt, wenn man denkt, dass ich das Sparbuch schon seit der ersten Klasse hab. Und von dem Hochzeitsgeld, das wir von meinen Eltern bekommen haben, ist auch noch was dabei.«

»Verstehe, also Umschichtung bestehender Einlagen.« Er machte ein Kreuzchen. »Wie sieht es denn mit dem Finanzbedarf in nächster Zeit aus? Stehen größere Ausgaben an? Ich sehe, Sie haben Wohneigentum …«

»Nein, also das Haus ist tipptopp in Schuss, höchstens die Küche müsste man mal weißeln, mach ich aber selber mit der Frau. Wobei, na ja, meine Schwiegertochter bekommt ein Kind, und ihr Mann, also mein Sohn, der studiert ja noch, könnte schon sein, dass da was auf uns zukommt, die nächsten Monate.«

»Ungefährer Betrag?«

»Das wenn ich wüsste …«

»Zehntausend?«

»Um Gottes willen, so weit käm's noch!«

»Nehmen wir das trotzdem als Richtwert, man weiß ja nie.«

»Ja, wenn Sie meinen, Herr Schreiner.«

»Schnitzler. Als Nächstes geht es um Ihre finanziellen Verhältnisse.«

Kluftinger wiegte bedeutungsschwer den Kopf. »Mei, ich bin nur ein kleiner Beamter mit einem einzigen Gehalt, große Sprünge sind da nicht drin.«

Nun warf Schnitzler einen skeptischen Blick auf den Monitor. »Wenn ich mir die Bemerkung erlauben darf«, sagte er schließlich, »da hat sich aber doch einiges angesammelt im Lauf der Jahrzehnte. Sie scheinen mir ein fleißiger Sparer gewesen zu sein. Möchten Sie nicht ein wenig mehr anlegen?«

»Nein, man weiß ja nicht, wenn doch mal überraschend was mit dem Auto ist oder wenn die Waschmaschine ihren Geist aufgibt …«

»Könnten Sie sich theoretisch hundert neue kaufen. Und ebenso viele Trockner. Sparen Sie auf etwas Bestimmtes?«

»Wie, bestimmt?«

»Na, eine Villa in Südfrankreich, eine Wohnung in New York, ein Haus am Comer See …«

»Jesses, da müsst ich ja weit fahren immer. Nein, ich hab mit meinem Haus schon Arbeit genug. Wir sparen mehr so allgemein. Gut, vielleicht kauf ich meiner Frau auf Weihnachten ein Elektrofahrrad, dann muss ich nicht immer mit dem Doktor – ach, egal.«

»Kommen wir zum nächsten Punkt. Wie würden Sie denn Ihre Ziele umschreiben?«

Kluftinger überlegte. »Mei, also, was will ich sagen: Jetzt muss erst mal mit dem kleinen Max, das wird mein Enkelsohn, alles gutgehen, und dann wär's schon auch schön, wenn die Ehe von meinem Sohn halten würde. Und Südtirol wär vielleicht auch mal wieder ein Ziel. Würde meiner Frau sicher gefallen. Aber das müsste mit dem Ersparten schon drin sein.«

Schnitzler hüstelte künstlich. »Das möchte ich doch meinen. Es ging mir aber mehr um Anlage- als um Lebensziele.«

»Ach so, möglichst viel Gewinn halt.«

»Gut, klare Zuwachsorientierung. Was würden Sie am ehesten ankreuzen: Substanz, Einkommen, Wachstum, Balance oder Dynamik?«

Der Kommissar horchte den Begriffen nach. Substanz war sozusagen sein zweiter Vorname, aber Einkommen war auch wichtig, und wegen Wachstum war er hier. Balance klang dagegen so schön … ausgewogen, während er bei dem Begriff Dynamik sein Geld im Geiste schon für sich / für ihn schuften sah. »Ich find alle gut.«

»Sie müssten sich schon für eines entscheiden.«

»Kann ich sie mal sehen?«

Der Bankangestellte reichte das Blatt dem Kommissar. Der nahm sich einen Kuli vom Tisch, ließ ihn über dem Zettel kreisen, schloss die Augen und landete schließlich auf *Balance.* Ohne Umschweife schlussfolgerte der Mann: »Bestens, wir entscheiden uns für *Wachstum.* Wie würden Sie spontan Ihre Risikobereitschaft einschätzen?«

»So … mittel?«

Werner Schnitzler schob ihm eine laminierte Seite mit bunt unterlegtem Text hin. »Sie finden hier unsere fünf Risikoklassen, von eins bis fünf. Lesen Sie sich bitte die Beschreibungen kurz durch.«

Kluftinger erschrak bereits beim zweiten, denn schon hier tauchte das Wort *Totalausfall* auf. Das hart verdiente und sauer zusammengesparte Geld auf einmal weg? »Eins, bitte.«

Schnitzler schüttelte den Kopf. »Dann wird es nichts mit Wertpapieren, mehr als das Sparbüchlein ist da nicht drin. Hätten Sie denn schon bestimmte Titel im Auge?«

Kluftinger las noch einmal über die Tipps, die er von Strobl bekommen hatte, dann schob er den Zettel mit konspirativer Miene Herrn Schindler hin. Der überflog den Inhalt, machte große Augen und stieß schließlich hörbar die Luft aus. »Wow, da haben Sie sich ja was vorgenommen für den Einstieg. Alles hochspekulativ. Unter Klasse fünf geht da gar nichts. Möchten Sie nicht lieber einen gemanagten Fonds kaufen? Mit ein paar schönen DAX-Werten vielleicht?«

Jetzt wurde der Kommissar hellhörig. Auf keinen Fall solle er sich irgendwelche Fonds andrehen lassen, hatte ihn Strobl gewarnt. Ob ihn der Bankheini über den Tisch ziehen wollte? »Also fünf«, sagte er entschieden.

Schnitzler zog ihm die laminierte Karte weg und notierte sich etwas. »Schön, wie war noch mal die gewünschte Investitionssumme?«

»Auch fünf. Also … tausend.«

»Möchten Sie das nicht ein wenig erhöhen, angesichts Ihres Kontostandes? Sie wissen, der beläuft sich auf sage und schreibe …«

»Ich weiß, was ich auf dem Konto habe.«

»Fünfzigtausend wären da absolut vertretbar.«

»Nein, um Gottes willen!«

Schnitzler legte seinen Kuli beiseite und sah den Kommissar eindringlich an. »Wissen Sie, wir befinden uns in einem absoluten Nullzinsumfeld.«

»Ja, das hab ich schon gemerkt, an den Kontoauszügen!«, blaffte Kluftinger.

»Sehen Sie? Sehr sinnvoll also, dass Sie in den Aktienbereich einsteigen wollen. Was den Rest Ihres Geldes angeht ...«

»Was den Rest angeht, geht der nur mich und meine Frau was an. Das Geld lassen wir schön liegen und reifen und ruhen. Wie guten Wein.«

Schnitzler grinste. »Interessantes, aber leider ziemlich schiefes Bild. Denn das Gegenteil ist der Fall: Unterm Strich wird Ihr Vermögen nämlich auf Dauer schrumpfen, Herr Kluftinger. Nehmen Sie nur mal den Ölpreis. Wenn der wieder anzieht, dann ist die Teuerung ...«

»Ich tank sowieso allweil nur für dreißig Euro.«

»Ihre Kaufkraft wird sinken.«

»Ich kauf mir selten was.«

Schnitzler presste die Lippen zusammen. »Gut, ich denke, ich kann getrost ankreuzen, dass Sie keine weitere Anlageberatung wünschen?«

»Können Sie, ja.«

Eine Weile tippte Schnitzler jetzt auf seiner Computertastatur herum und blätterte immer wieder in den Notizen. Dann begann unter dem Tisch ein Drucker zu rattern. Der Mann holte einen dicken Packen Blätter hervor, teilte ihn in zwei Päckchen, klammerte beide zusammen und schlug jeweils die letzte Seite auf. »So, damit haben wir unser Beratungsprotokoll fertig. Sollte sich an einem der Parameter etwas ändern, können wir das jederzeit anpassen. Wenn Sie mir bitte hier unterschreiben. Und die Unterschrift Ihrer Frau müssten Sie mir bitte nachreichen.«

»Auweh.«

»Wie bitte?«

»Nix, schon gut.«

Kluftinger hatte gedacht, er könne das alles erst mal ausprobieren, ohne Erika davon zu erzählen. Doch das Konto lief nun einmal auf sie beide. Er unterschrieb, und Schnitzler wirkte sichtlich erleichtert.

»So, jetzt machen wir Ihnen ein schönes Anlagekonto und ein passendes Online-Depot.«

»Gibt es da nicht auch was anderes?«

»Wie meinen Sie?«

»Mehr so offline?«

»Wir haben die Möglichkeit zum Telefon-Broking.«

»Ach was, ich komm einfach immer vorbei.«

»Bitte nicht ... ich meine, das ist nicht nötig. Per Telefon ist es ja auch viel schneller, das ist gerade am Aktienmarkt ... also ... wichtig.«

»Also gut. Aber ich mag keine Call-Center, da hängt man ewig in der Warteschleife.«

»Nun, wenn Sie Ihre Einlage ein wenig erhöhen, haben Sie auch die Möglichkeit, dass ich das persönlich für Sie abwickle. Sie können mich dann direkt anrufen.«

»Dann machen wir halt sechstausend, in Gottes Namen.«

Schnitzler machte ein Gesicht, als habe er locker mit dem Zehnfachen gerechnet für diesen speziellen Service, sagte aber nichts weiter.

»Wie oft muss ich denn da anrufen? Und wann sind Sie da?«

»Sie *müssen* gar nicht. Bei Bedarf rufen Sie an und geben die Order durch. Aber ich bin natürlich oft nicht da, und man sollte nicht zu häufig ... also, wir sagen immer: Hin und her macht Kassen leer.«

»Gut. Und wann werden die Gewinne ausbezahlt?«

»Wie jetzt: ausbezahlt?«

»Mitte nächster Woche tät mir passen.«

»Wir sind keine Lotto-Annahmestelle. Wenn Sie verkaufen wollen, dann sagen Sie Bescheid.« Der Banker klang, als fürchte er arbeitsreiche Zeiten auf sich zukommen.

»Also gut, Herr Schnitzler, dann kaufen wir jetzt mal das, was auf dem Zettel steht. Das Blatt dürfen Sie behalten. Vielleicht ist ja auch für Sie ein Tipp dabei.«

Das anfangs so geschmeidige Lächeln des Mannes war nur noch ein müdes Grinsen. »Gut, ich werde die Orders im Computerhandel ausführen, sobald ich die Depotfreigabe habe.«

Der Kommissar nickte zufrieden. Dann aber kam ihm noch eine Frage. »Sagen Sie, wenn das alles nur im Computer ist und das Ding abstürzt …«

»Machen Sie sich keine Gedanken, wir sind doppelt und dreifach über die Cloud gesichert.«

»Nein, ich mein ja nicht, dass jemand was klaut, sondern dass die Daten auf dem Rechner weg sind.«

»Sie können beruhigt sein, wenn mein Computer den Geist aufgibt, dann sind Sie auf einem anderen drauf.«

»Aber nicht auf dem vom Ebler!«

»Nein, in der Cloud. Das Geld auf Ihrem Girokonto ist ja auch nur virtuell und nicht real vorhanden.«

Kluftinger machte große Augen, aber Schnitzler war bereits aufgestanden und streckte ihm eine Broschüre entgegen. »Ich muss dann wieder. Hier können Sie sich über die Sicherheit in unserem Haus informieren. Die restlichen Unterlagen gehen Ihnen in den kommenden Tagen per Post zu. Meine Nummer finden Sie auf der Karte anbei.« Dann komplimentierte er den Kommissar aus dem Kabuff und verabschiedete sich mit knappen Worten.

Kluftinger war das zwar alles ein wenig zu flott gegangen, aber ein Blick auf die Uhr verriet ihm, dass es wirklich Zeit wurde, ins Büro zurückzukehren. Als er die Schalterhalle verließ, wobei er Lena Riedle im Vorbeigehen demonstrativ freundlich zuwinkte, hörte er Werner Schnitzler rufen: »Kollegen, wenn jemand nach mir fragt: Bin für eine Weile im Hof, ich brauch jetzt mindestens ein halbes Päckchen Zigaretten.«

Als er das Büro der Kollegen betrat, merkte Kluftinger gleich, dass in seiner Abwesenheit irgendetwas vorgefallen sein musste. Es herrschte angespannte Hektik, Hefele hatte den Telefonhörer zwischen Schulter und Kopf geklemmt und hackte mit zwei Fingern auf die Computertastatur ein, Maier hatte die Kopfhörer seines Handys im Ohr und schien irgendeine Aufnahme abzutippen. Nur Strobl wirkte ein wenig entspannter. Er hatte die Füße auf den Schreibtisch gelegt und las eine Akte.

»Sag mal, Eugen, war das bei dir auch so komisch?«, zischte ihm der Kommissar zu, nachdem er sich versichert hatte, dass die beiden anderen sie nicht beachteten.

»Was denn?«

»Bei der Bank. Der hat so saudumme Fragen gestellt. Bin mir nicht sicher, ob der wirklich was von der Materie versteht.«

Strobl lächelte mitleidig. »Deswegen war ich gar nicht erst bei denen. Ich wickle meine Transaktionen über einen Online-Trader ab, da muss ich mir von niemandem dumme Fragen stellen lassen.«

»Online, soso. Ich weiß nicht. Wen soll ich denn da zusammenscheißen, wenn was schiefgeht?«

»Gut, dass du hier bist«, ertönte plötzlich Hefeles Stimme in seinem Rücken. »Die Chefin hat uns vorher schon ...«, er warf einen Seitenblick zu Maier, »... besucht. Weil wir angesichts der geänderten Vorzeichen jetzt natürlich mit höherer Schlagzahl agieren müssten. Keine Ahnung, wie die das alles immer so schnell mitkriegt.«

Nun sahen sie alle zu Maier, der daraufhin die Ohrhörer abnahm. »Ist was?«

»Ich hab gehört, die Dombrowski war da«, erklärte Kluftinger.

»Ja, hat ein bisschen Druck gemacht. Aber ich hab sie beschwichtigen können.«

»Na, dann ist ja gut.« Der Kommissar blickte auf die Uhr. Er musste bald los, sonst würde er schon wieder seine Serie verpassen. »Gut, Kollegen, wie gehen wir die nächsten Tage vor?«

»Wir?« Strobl klang wenig erfreut. »Morgen ist Samstag.«

»Ja, aber im Gegensatz zu den Börsen haben Mörder da keinen Ruhetag«, schimpfte Kluftinger. »Wer hat Dienst?«

Maier meldete sich.

»Schon wieder du?«

»Ja, ich wundere mich auch. Aber wenn ihr eure Dienste dauernd mit mir tauscht, kommt das eben dabei raus.«

Kluftinger seufzte. »Wir müssen uns auf jeden Fall morgen noch mal die Hinterbliebenen der Bergführer vornehmen. Das Vernehmungsprotokoll ist mehr als dürftig.«

»Und was ist mit uns?« Hefele versuchte, sachlich zu klingen, aber man hörte den flehenden Unterton heraus.

»Von mir aus macht's frei. Muss meine Familie halt mal wieder auf mich verzichten«, sagte der Kommissar und schaute erneut auf die Uhr.

»Hast du noch was vor?«, erkundigte sich Strobl.

»Ich? Ja, ich ... will noch was im Fernsehen sehen.«

»Was denn?«

»So eine Dings, eine Reportage. Auf ... Arche.«

»Du meinst Arte«, korrigierte Maier.

»Himmelherrgott, interessiert ihr euch jetzt für meine Fernsehgewohnheiten?«

»Worum geht's denn?«, fragte Hefele.

»Bei was?«

»In der Reportage.«

»Um moderne Personalführung, wenn du's genau wissen willst.«

Maier horchte auf. »Interessant, vielleicht guck ich die auch. Aber du musst dich deshalb nicht beeilen. Das kannst du dir doch alles in der Mediathek anschauen.«

»Nein, ich mach das lieber daheim.«

Seine Kollegen lachten, dann erklärte ihm Maier, was es damit auf sich hatte.

»Ach so, ja, das ist natürlich auch nicht schlecht, wenn man das online nachschauen kann. Gut, ich pack's dann mal. Richie, bis morgen, alle anderen, bis Montag.«

Bevor er das Präsidium verließ, schaute er noch in seinem Büro vorbei, wo er kurzerhand den Tablet-Computer in seiner Tasche verschwinden ließ.

Grünten

Die Berge sind stumme
Meister
und machen schweigsame
Schüler
1963

Aus dem Gipfelbuch am Grünten

Ich bin dann weg, pfiat's euch, bis später!«, rief Kluftinger in den Hausgang, ließ die Tür zufallen und stieg zu Maier ins Auto. Der hatte sich schon am Vorabend einen der Kombis aus dem Fuhrpark geholt, um wie vereinbart mit seinem Vorgesetzten zur Familie der abgestürzten Bergführer nach Oberstdorf zu fahren. Jetzt bereute Kluftinger seine Entscheidung allerdings bereits. Bei Maier im Auto wurde ihm schnell übel.

»Morgen, Richie. Sollen wir nicht doch lieber den Passat nehmen? Ich tät auch fahren.«

»Aber ich hab mir doch extra den mit Allradantrieb geben lassen. Da, wo wir hinmüssen, ist nicht alles geteert. Hab ich schon auf Google Earth vorrecherchiert.«

»Soso«, brummte Kluftinger.

Sie fuhren eine Weile schweigend, dann sagte er: »Sag mal, Richie, wegen diesem Mediadings …«

»Mediamarkt?«, fragte Maier, ohne ihn anzusehen. Als korrekter Autofahrer wandte er seinen Blick nie auch nur für einen Moment von der Straße.

»Nix Markt, ich mein dieses Medien... also, wo man die verpassten Sendungen noch mal schauen kann. Von dem du mir halt gestern erzählt hast, zefix!«

»Mediathek?«

»Ja, genau. Ist das umsonst?«

»Kommt drauf an, Chef. Ist von Sender zu Sender verschieden. Während bei ARD und ZDF wie bei deren Spartenkanälen alles frei zur Verfügung steht, gibt es bei den Privaten mehr und mehr Bezahlmodelle. Die bieten oft nur die aktuelle Folge einer Serie an. Deine Arte-Reportage ist aber auf jeden Fall kostenlos, keine Angst.«

»Welche Arte-Reportage?«, fragte Kluftinger verblüfft. Den *G'scheithafen-Kanal* ließ er beim Durchzappen von vornherein aus, weil da noch nie was Vernünftiges gekommen war. Immer liefen dort mit sanfter Stimme erzählte Dokus über sozialen Wohnungsbau in den Südkarpaten oder symmetrisch angelegte Gartenanlagen in Wales.

»Na, darum ging's doch gestern«, beharrte Maier. »Du wolltest nach Hause, um eine Reportage ...«

Jetzt fiel bei Kluftinger der Groschen. »Ach, *die* Reportage meinst du, logisch, die wollt ich sehen gestern.«

»Wenn du wissen willst, wie das am schnellsten geht: Gib den Namen der Sendung bei Google ein, dann kannst du dich durchklicken.«

»Ah ja, so hätt ich's eh gemacht.«

Dann schwiegen sie sich wieder an, während sie auf die Allgäuer Hochalpen zufuhren, deren Gipfel an diesem fast frühsommerlichen Tag von strahlender Sonne beschienen wurden.

»Du, Chef, kann ich mit dir was besprechen?«

Kluftinger schreckte hoch. Er war ein wenig eingenickt und brauchte einen Augenblick, bis sich Puls und Atmung wieder normalisiert hatten. »Worum geht's denn?«

Maier zögerte ein wenig, dann murmelte er: »Ich bräuchte einen Rat von Mann zu Mann.«

Kluftinger nickte, auch wenn ihm Böses schwante. Hoffentlich nicht wieder ein Gejammer über angebliches Mobbing.

»Kannst du das bitte vertraulich behandeln?«

»Freilich.«

»Wirklich, kann ich mich drauf verlassen?«

»Aber so was von.«

»Mal ohne Ironie …«

»Himmelnochmal, Richie, jetzt red halt! Ich werd's schon nicht gleich bei Facebook poschten, interessiert doch sowieso keinen.«

»Du hast Facebook? Hätt ich dir gar nicht zugetraut.«

»Überspann den Bogen nicht, Richard.«

»Gut, ich verlasse mich auf deine Verschwiegenheit. Es geht nämlich um unsere lieben Kollegen Strobl und Hefele.«

Priml. Also wieder die Mobbing-Sache.

»Die beiden scheinen wie ich der Meinung zu sein, dass die Chefin, zurückhaltend formuliert, seit geraumer Zeit ein Auge auf mich geworfen hat.«

»Schmarrn.«

»Doch, das haben sie immer wieder betont.«

Das stimmte natürlich, und Kluftinger bekam deswegen ein schlechtes Gewissen. Ob er eingreifen und das unsaubere Spiel der beiden hätte unterbinden sollen?

»Sie haben mir sogar ein paar Tipps gegeben. Das find ich ganz toll von den beiden. Daher habe ich mich jetzt schon weiter vorgewagt bei der Chefin. Ich hab zwar den Eindruck, sie ziert sich ein bisschen, aber das ist wohl nur Masche, meinen die Kollegen. Und wenn selbst die sehen, wie sehr sie mich begehrt, muss es ja … stimmen.«

Kluftinger schluckte. Er konnte ihn doch nicht einfach in sein Unglück rennen lassen. Vielleicht könnte er die Dinge ja ganz diplomatisch ein wenig zurechtrücken. »Richie, hör mal zu, ich würd da nicht zu viel drauf geben. So erfolgreich sind die frauenmäßig nicht, dass die andern Tipps geben sollten. Hör lieber auf deinen Bauch. So was kann schnell peinlich werden. Kann mir nicht vorstellen, dass da großes Interesse besteht seitens Frau Dombrowski.« Bei seinen Worten hatte Richard Maier immer mehr aufs Gas gedrückt. »Jetzt nicht wegen dir persönlich, Richie«, beschwichtigte ihn der Kommissar, »aber die würd das schon deswegen nicht machen, weil sie kein Gerede will.«

»So?«, entgegnete Maier schmallippig.

Kluftinger überlegte kurz, ob er vielleicht zu schnell zu deutlich geworden war. Er beschloss, ein wenig zurückzurudern. »Ich mein, es kann sich ja entwickeln, aber du musst dem mehr Zeit geben. Die Liebe ist ein zartes Pflänzchen, das Zeit braucht zum Wachsen und Sprießen.«

»Wirklich?« Maier klang versöhnt.

Na also, dachte Kluftinger. Wieder hatte er einen Treffer gelandet mit einem Spruch aus *Feuer der Leidenschaft.* »Wirklich.«

»Das meinst du nie und nimmer ernst«, entfuhr es Maier. »So geschwollen würdest du dich nicht ausdrücken, wenn du aufrichtig wärst. Hört sich an wie aus einer schwülstigen Seifenoper!«

»Die sind ja sehr im Kommen«, wollte der Kommissar das Gespräch elegant auf ein anderes Thema lenken. »Ich hab neulich gelesen, dass jetzt …«

»Bitte, Chef, lenk nicht ab, dazu ist mir das Thema zu wichtig.«

»Wieso, ist doch alles gesagt.«

»Weißt du, was ich glaube?«

Der Kommissar wollte es lieber nicht wissen.

»Mich beschleicht das Gefühl, dass aus dir schlicht Neid und Eifersucht sprechen. Ist ja auch klar, du bist in die Jahre gekommen und reichlich aus der Form geraten.«

Kluftinger holte Luft, um seinen unverschämten Mitarbeiter in die Schranken zu verweisen, da setzte der noch eins drauf.

»Da schmerzt es, wenn ein junger, dynamischer, ja, ich will fast sagen: ein sexy Kollege kommt und …«

»Wer ist jung, dynamisch und sexy?«, prustete der Kommissar.

»Da du es offenbar auch auf Birte Dombrowski abgesehen hast, kann ich nur sagen: Du kämpfst auf verlorenem Posten.«

Kluftinger, der immer noch über Maiers vorige Bemerkung lachen musste, überlegte kurz, ob er sich auf ein Scharmützel einlassen sollte, dann aber besann er sich eines Besseren: »Richie, du hast mich überzeugt. Ich gebe meinen Widerstand in der Sache auf, ich bin zu alt und zu hässlich dafür.«

»Ich hab ja nicht gesagt hässlich, also …«

Kluftinger winkte mit großer Geste ab. »Nein, lass gut sein, Richie. Tu, was ein Mann tun muss. Ich hab mir da was vorgemacht, aber es ist gut, dass du klare Worte gefunden hast. Und, um ehrlich zu sein: Man sieht drei Kilometer gegen den Wind, dass die Dombrowski geradezu besessen ist von dir. Lass jetzt bloß nichts anbrennen. Sobald sich auch nur die kleinste Gelegenheit ergibt: Küss sie leidenschaftlich, du wirst sie im Sturm erobern.«

Maier strahlte und vergaß sogar für einen Moment, auf die Straße zu sehen. »Und du bist mir nicht böse wegen eben?«

»I wo, manchmal ist die Wahrheit sehr heilsam.«

»Danke, Chef. Es zeugt von Stärke und Großmut, dass du dieser Wahrheit ins Gesicht blickst und mir das Ganze nicht übelnimmst.«

»Nein, überhaut nicht, Richie«, tat der Kommissar scheinheilig. »Du weißt doch, ich bin ein Freund offener Worte.«

»Das weiß ich«, sagte Maier leise und legte seinem Chef eine Hand auf den Oberschenkel. »Und nicht nur ein Freund offener Worte, sondern auch einfach nur ein Freund. Danke dafür.«

»Jaja«, sagte Kluftinger schnell und schob die Hand von seinem Bein.

Als sie Oberstdorf hinter sich gelassen hatten und auf die Straße ins Oytal abbogen, die Kluftinger mittlerweile ziemlich vertraut vorkam, versicherte er sich, ob Maier ihr genaues Ziel kannte. Die Kagerers betrieben nämlich einen abgelegenen Bergbauernhof in irgendeinem Seitenarm des Tals, hatte er in dem spärlichen Bericht über die erste Vernehmung gelesen.

»Natürlich, alles ins Navi eingegeben, aber ich spiel's dir gern noch einmal vor.« Damit drückte Maier ein paar Knöpfe am Armaturenbrett, darauf vermeldete eine Stimme: »Ihr Ziel ist aktuell vier Komma acht Kilometer entfernt. Achtung: Zielpunkt Graben eins liegt auf einer unbefestigten Straße.«

Diese Ansage nahm Maier zum Anlass, zu einem Vortrag über das Fahren auf Schotterwegen anzusetzen. »Wichtig ist es, die Traktion gut einzuschätzen. Ich hab letzten Herbst ein Fahrsicherheitstraining beim ADAC mitgemacht. Hochinteressant. Wusstest du, dass es unter Umständen besser sein kann, etwas schneller zu fahren als zu langsam? In Wüstengebieten etwa gibt es die sogenannten Wellblechpisten, über die man mit mindestens achtzig Sachen brettern muss, dann erwischt man nur die oberen Punkte der Querrillen und fährt wie auf einer glatten Straße.«

»Hochinteressant, Richie, aber nach Wüste sieht's hier wirklich nicht aus.« In der Nacht hatte es geregnet, und große Pfützen standen noch auf der Straße.

»In hundert Metern rechts abbiegen«, vermeldete das Navi. Ein enger Feldweg schlängelte sich von hier aus nach oben.

»Ah, steile Schotterstraße«, rief Maier. »Nun kommt es darauf an, das Gas richtig zu dosieren. Lieber mehr, damit wir den Basisschwung mitnehmen können.« Er schaltete zurück und ließ den Motor aufheulen.

»Richie, das ist ein Schmarrn, so fahren wir uns fest. Du brauchst einen höheren Gang, wie auf Schnee!«

Maier winkte ab und blieb bei seinem Fahrverhalten, bis er um eine Kurve in ein kleines, aus wenigen Fichten und Tannen bestehendes Wäldchen bog. Kurz hinter der Kehre wurde die Strecke morastig, und der Wagen kam leicht ins Schlittern. Kluftinger stützte sich am Armaturenbrett ab. Die Fahrrillen waren von großen Traktorreifen tief ausgefahren, die Erhebung in der Mitte der Fahrbahn sehr hoch, so dass die Reifen durchdrehten, der Wagen mit einem dumpfen Schlag aufsetzte und abrupt zum Stehen kam.

»Priml, der Walter Röhrl für Arme hat uns in die Scheiße gefahren«, stöhnte Kluftinger.

»Ach was, wofür haben wir Allrad!«

Nun gab Maier im Wechsel zwischen Vorwärts- und Rückwärtsgang Vollgas, was allerdings nur zur Folge hatte, dass Dreckfontänen um sie herum hochspritzten und sich die Räder noch tiefer in den Morast gruben.

»Hör auf, Richie, das hat so keinen Sinn, wir sind aufgesessen.«

»Sieht fast danach aus«, gab Maier kleinlaut zu. »Da heißt es jetzt wohl schieben, so leid es mir tut.«

»Also, dann probier's«, brummte der Kommissar und machte sich bereit, auf die Fahrerseite zu rutschen.

»Was soll ich probieren?«

»Ja, schieben, Depp!«

»Ich? Nein, das wär ungerecht.«

»Ungerecht? Du fährst die Karre in den Dreck, und ich soll mich von oben bis unten einsauen, oder wie?«

»Ist nun mal so, dass der Beifahrer schiebt, nicht der Fahrer«, beharrte Maier.

Kluftinger öffnete seine Tür. »Weißt du was, Richie? Du kannst mich mal«, rief er beim Aussteigen. »Ich geh jetzt rauf zu dem Kagerer-Hof und sag denen Bescheid, dass sie uns mit dem Traktor helfen sollen.«

»Das kann doch ich ...«

»Nein, das muss ich machen. Weil so einem gschaftlhubrigen Württemberger wie dir helfen die sicher nicht. Und wenn sie uns rausgezogen haben, dann gibst du denen einen Zwanziger aus deinem Privatvermögen, klar? Wart am Auto und versuch einfach, nicht noch mehr falsch zu machen.«

Damit knallte er die Tür zu. Wäre er doch besser selber mit dem Passat gefahren.

Nach dem Wäldchen führte der schlammige Weg in zwei Kehren nach oben zu einem kleinen Gehöft, das aus zwei Häusern und ein paar Nebengebäuden bestand. Links, etwas unterhalb, befand sich ein Wohnhaus samt Stall. Es war einer dieser kleinen, geduckten Oberallgäuer Höfe, ein reiner Holzbau, bei dem der Wohntrakt in einer Flucht in Stall und Tenne überging. Wind und Wetter hatten die Schindeln grau ausgeblichen, an einigen Stellen fehlten sie ganz, während auf der Westseite eine Blechfassade vor sich hin rostete. Ein Fensterladen wurde vom Wind immer wieder gegen die Hauswand gedonnert.

Das zweite Haus etwas oberhalb war in ähnlich schlechtem Zustand, die kleinen Fensterscheiben waren trüb und von Spinnweben bedeckt. Alles wirkte schmutzig und vernachlässigt.

Ein paar Hühner liefen über den matschigen Boden, ein Misthaufen dampfte neben dem Stalleingang. Die Sonne, die die anderen Gipfel beschien, war vom Felsmassiv verdeckt. Es war klamm und kalt hier oben, es stank nach Mist und Urin. Allerdings anders, als er es von Bauernhöfen kannte, intensiver, beißender. Irgendwo bellte ein Hund, bis jetzt das einzige Lebenszeichen, das aus den Gebäuden drang. Lediglich ein rostiger Uralt-Traktor stand herum, sonst sah er keinerlei moderne Maschinen oder Gerätschaften. Die Zeit schien hier vor gut und gern fünfzig Jahren einfach stehengeblieben zu sein.

Der Kommissar ging auf den Stall zu, dessen Tür offen stand. Als er näher kam, hörte er die Ketten der Kühe rasseln und vernahm das Schnauben und Schmatzen der Tiere. Auch eine Art Kratzen drang nach draußen, vermutlich wurde gerade ausgemistet, auch wenn es nicht so aussah, als würde das allzu oft passieren.

»Hallo?«, rief er, bekam jedoch keine Antwort. Obwohl er ganz deutlich hörte, dass im Stall gearbeitet wurde. »Hallo, ist da wer?«

Jetzt hatte er die Tür erreicht und warf einen Blick hinein. Kluftinger erschrak. Auch hier sah es aus wie zu einer – zum Glück – längst vergangenen Zeit: Der Stall war finster und eng, eine Handvoll abgemagerter und verdreckter Kühe stand an einer rostigen Futterrinne, die Klauen tief im Morast versunken. Fliegen schwirrten durch die Luft, der beißende Ammoniak-Gestank schnürte dem Kommissar die Kehle zu. Würden alle Bauernhöfe so aussehen, müsste er am Ende noch Veganer werden.

Als sich seine Augen an das düstere Licht gewöhnt hatten, sah er einen Mann am hinteren Ende des Stalls, der gerade Mist auf eine Schubkarre gabelte.

»Grüß Gott!«, rief Kluftinger, doch der Bauer arbeitete ohne Unterbrechung weiter. »Guten Morgen, sind Sie der Herr Kagerer?«, brüllte er. Der Mann sah kurz auf und arbeitete dann weiter.

Kluftinger wusste nicht, was er tun sollte, da steckte der Mann seine Gabel in den Mist auf der Karre und kam mit seiner Fuhre auf ihn zu. Er war etwa in Kluftingers Alter, trug abgewetzte, verdreckte Arbeitskleidung und auf dem Kopf einen speckigen Filzhut. Sein Gesicht war sonnengegerbt, er wirkte hager und ausgemergelt. Nach dem Protokoll, das Kluftinger gelesen hatte, vermutete er, dass es sich um Hans Kagerer, den Bruder der beiden Verunglückten, handelte. Da der noch immer keine Notiz von seinem Besucher nahm, stellte Kluftinger sich nun mitten in die Tür. Der Bauer hielt unbeirrt auf ihn zu.

»Grüß Gott, Herr Kagerer!«, sagte er noch einmal, da hob der Mann kurz den Kopf und brummte ein kaum vernehmliches: »Schleich di!« Kluftinger gelang es gerade noch, sich an den Türrahmen zu pressen, um nicht von der Schubkarre überrollt zu werden.

Priml. So einen herzlichen Empfang hatte man ihm schon lange nicht mehr bereitet. Dabei wusste Kagerer nicht einmal, wer er war. Und es schien ihn auch nicht zu interessieren, denn er leerte den Inhalt seines Gefährts auf den Misthaufen, wobei er nicht auf dem darauf liegenden Brett balancierte, sondern einfach mittendurch lief, so dass seine Gummistiefel schmatzend in den Dreck sanken. Dann machte er kehrt und kam mit leerer Schubkarre zurück.

Der Kommissar fuchtelte mit den Armen und brüllte: »He, sind Sie taub? Ich bin von der Polizei!«

»Und ich bin da vom Hof!«, raunte der Mann zurück, ohne seinen Gast auch nur anzusehen. »Was willsch von uns?«

Kluftinger ließ ihn näher kommen und sprach dann in normaler Lautstärke weiter. »Als Erstes wollt ich fragen, ob Sie uns helfen könnten. Wir sind ein Stück unterhalb mit dem Auto verhockt. Würden Sie uns vielleicht rausziehen?«

»Der Bulldog ist kaputt«, vermeldete Kagerer kopfschüttelnd. »Musst dir selber helfen.«

Er sprach die Konsonanten kehlig aus, wie es fürs südliche Oberallgäu typisch war, was für fremde Ohren oft ein wenig an Schweizerdeutsch erinnerte.

»Ah so, schade. Dann tät ich noch gern über den Absturz am Himmelhorn mit Ihnen reden. Mein Beileid, ich nehm an, das waren Ihre Brüder, die da ums Leben kamen?«

»Soso, nimmst du das an.« Kagerer schob die Karre an Kluftinger vorbei wieder in den Stall. Dabei streifte er dessen Hose und hinterließ einen braunen Fleck. Der Kommissar wischte mit dem Taschentuch darüber, was jedoch nichts änderte.

»Der Absturz muss Sie alle schwer getroffen haben …«, setzte er erneut an, doch der Bauer fuhr ihm umgehend in die Parade.

»Meine zwei Brüder sind verreckt. Des isch alles«, drang es aus dem hinteren Teil des Stalls.

»Sind Sie denn auch Bergführer?«

»Wie schaut's denn aus? Ich muss schaffen, weil ich das jetzt allein umtreiben muss. Frag den Vatter, der hat Zeit. Und jetzt verschwind!«

»Und wo find ich den?« Statt einer Antwort verschwand der Mann in einem anderen Teil des Stalls.

»Danke, sehr freundlich«, schrie der Kommissar ihm nach und machte schulterzuckend kehrt. Erst aus dieser Perspektive nahm er das atemberaubende Panorama wahr: Die Gipfel von Himmelhorn, Schneck und Großem Wilden schienen zum Greifen nahe und wurden von der Sonne wie durch einen Scheinwerfer in Szene gesetzt. Erst nach einer Weile konnte sich der Kommissar von diesem Anblick lösen und stapfte weiter zur Eingangstür des Wohnhauses, an der ein Schlüssel steckte.

Leichtsinnig, dachte Kluftinger zuerst, dann allerdings wurde ihm bewusst, dass hier oben wohl nicht viel zu holen war. Er klopfte, und nachdem – fast hatte er es schon erwartet – niemand reagierte, trat er in den düsteren Hausgang, in dem sogar er, der nicht besonders groß gewachsen war, angesichts der niedrigen Decke reflexartig den Kopf einzog. Der Linoleumboden im Gang war derart abgelaufen, dass an manchen Stellen die Holzdielen darunter zu sehen waren. Die Luft roch muffig und abgestanden, als wäre schon Wochen, wahrscheinlich Monate nicht mehr gelüftet worden.

»Grüß Gott, ist jemand daheim?«

Keine Antwort.

Aus dem Raum links vom Gang, in alten Höfen meist die Küche, wie Kluftinger wusste, drang ein Klappern. Er klopfte an die ehemals weiße, jetzt eher beige Holztür und drückte die Klinke. An einem Holzherd rührte eine Frau in einem Topf. Er sah nur ihre schmuddelige Kittelschürze, denn sie hatte sich über das Essen gebeugt. Ihre nackten Füße steckten in Filzpantoffeln. In den Mief vom Gang mischte sich eine scharfe, säuerliche Note wie von verdorbener Milch; das angetrocknete Katzenfutter in einem Napf in der Ecke tat ein Übriges. Über einem Holztisch hing ein Leimklebestreifen, der vor den vielen toten Fliegen ganz schwarz war. Kluftinger unterdrückte seinen Ekel angesichts dieser desolaten hygienischen Verhältnisse. »Grüß Gott. Sie sind Frau Kagerer, nehm ich an.«

Die alte Frau fuhr zusammen und starrte Kluftinger aus einem von Falten tief zerfurchten Gesicht an. Er hob beschwichtigend eine Hand: »Ich wollt Sie nicht erschrecken, entschuldigen Sie bitte. Kluftinger ist mein Name, ich bin von der Kemptener Polizei.«

»So, aus'm Unterland. Und was willscht du da?«, erwiderte sie mit überraschend kräftiger Stimme.

»Ich wollte noch einmal über den Absturz sprechen. Also, mein Beileid wegen Ihrer Söhne. Der Herbert und der Franz, das sind doch Ihre Buben?«

»Das waren meine Buben. Weiter gibt's nix zu sagen.« Sie drehte sich wieder zum Herd.

Ähnlich herzlich wie der Sohn, dachte Kluftinger.

»Aber ich …«

»Schluss!«, schrie die Frau auf einmal. »Wir haben alles schon den anderen gesagt.«

Der Kommissar schnaufte. Was war nur mit diesen Leuten los? »Wo ist denn Ihr Mann? Ihr Sohn hat mich zu ihm geschickt.«

»Der hockt in der Stube.«

Kluftinger wandte sich schon um, doch Frau Kagerer hielt ihn auf. »Wart, nimm ihm sein Essen mit!« Sie schaufelte aus einem

Topf einen gräulichen Brei in einen Suppenteller, den sie dem Kommissar reichte.

»Das ischt sein Mus. Das Bier hat er eh schon gesoffen heut.« Dann forderte sie ihn mit einer unmissverständlichen Handbewegung zum Gehen auf. Kluftinger verließ die Küche grußlos, nachdem hier niemand auf den Austausch solcher Höflichkeiten Wert zu legen schien.

Ein widerlicher Gestank stieg ihm vom Teller in die Nase. Anscheinend war es kein süßer Brei, sondern irgendein Getreide, das sauer vergoren und mit Fleisch- oder Speckstücken eingekocht worden war. Er hielt die Luft an und lief über den Gang zur Stube.

Dort schien die Decke noch ein wenig tiefer zu hängen als im Rest des Hauses. Auch war es noch finsterer, denn der Raum war mit dunklem Holz vertäfelt, und durch die milchigen Fensterscheiben fiel nur wenig Licht. Auf einer Eckbank am Kachelofen saß ein Mann in den Achtzigern. Er hatte dieselbe markante Nase und ebenso ledrige Haut wie der Bauer im Stall. Das musste Franz Kagerer senior sein, der Vater der verunglückten Brüder. Er war eingenickt, der Kopf hing ihm auf dem Brustkorb, der sich langsam hob und senkte, den Mund weit offen. Kluftinger zog die Tür hinter sich zu, tauchte unter der Wäsche hindurch, die an einem Gestänge über dem Kachelofen hing, und stellte den Teller auf dem Tisch ab. Kagerer hob den Kopf. Die Augen, die den Kommissar misstrauisch anfunkelten, diese hellwachen, blassblauen Augen, wirkten viel jünger als das zerfurchte Gesicht.

»Wer bischt du?«, krächzte der Mann. Dann räusperte er sich.

»Ich bin Kommissar bei der Polizei in Kempten. Kluftinger heiß ich. Ich müsste mal mit Ihnen reden.« Damit schob er ihm den Teller hin.

Als wäre es das Selbstverständlichste der Welt, dass ein Wildfremder ihm sein Essen bringt, nickte Kagerer, zog dann eine Schublade am Tisch auf, entnahm ihr einen Löffel, über den er zweimal notdürftig mit seinen rissigen Fingern wischte, und tauchte ihn in den undefinierbaren Brei. »Pfuideibl, was hat's denn da wieder für einen Baatz zammg'rührt, die Alte. Selber frisst sie den Dreck nicht«, murmelte er. Dann aß er den ersten Löffel. Doch das Essen schien ihm zu heiß, und er ließ die Hälfte einfach wieder aus seinem Mund in den Teller zurücklaufen. Kluftinger wandte sich angewidert ab. Er musste ein Fenster aufmachen, er hatte das Gefühl, sonst zu ersticken. »Macht es Ihnen was aus, wenn ich ein bissle lüfte?«, fragte er, während er bereits das Fenster aufzog und gierig nach Luft schnappte, die ihm trotz des Mist-Gestanks frisch und gesund vorkam.

Kagerer sah ihm dabei zu und zuckte nur die Schultern, während er lustlos weitermampfte. »Was gibt's denn?«, wollte er dann von Kluftinger wissen, der sich ihm gegenüber direkt vor das offene Fenster setzte.

»Sie können sich ja denken, weshalb ich hier bin.«

»Wenn's um meine toten Buben geht: Da ist alles g'sagt.«

»Nein, Herr Kagerer, eben nicht. Ich muss Ihnen nämlich mitteilen, dass sie möglicherweise einem Verbrechen zum Opfer gefallen sind.«

»Was Sie nicht sagen«, versetzte der Alte gleichgültig.

Diese Reaktion überraschte den Kommissar. »Wie meinen Sie das?«

»So, wie ich's sag.«

»Hatten Sie etwa selbst schon so einen Verdacht?«

»Verdacht!« Der Mann stieß verächtlich die Luft aus. Es folgte eine lange Pause, dann sagte er kaum hörbar: »Tot sind sie so oder so. Niemand kann sie wiederbringen.«

»Das ist richtig, aber uns geht es natürlich um die Aufklärung der Sache ...« Der Kommissar hielt inne, da die Tür aufging und Frau Kagerer hereinschlurfte. Sie sah von ihrem Mann zum offenen Fenster, dann zeterte sie los: »Kruzifix, du bischt doch einfach zu allem zu blöd. Wie oft hab ich dir schon gesagt, dass du nicht allweil das Stubenfenster aufreißen sollst? Wir heizen nicht für die Katz!«

Energisch stapfte sie auf Kluftinger zu, der sich ducken musste, als sie das Fenster packte und wieder schloss.

»Halt dein Maul, Josefa, der da hat's aufgerissen. Stinkt ihm zu arg bei uns.«

Kluftinger versuchte, ein entschuldigendes Grinsen aufzusetzen, doch Josefa Kagerer nahm keinerlei Notiz von ihm. Im Hinausgehen keifte sie: »Hat hier sowieso nix verloren.« Damit knallte sie die Tür derart hinter sich zu, dass das Grablicht, das auf der Kommode unter einem verstaubten Kruzifix hing, zu flackern begann.

Neben der Kerze und zwei Fotografien mit jungen Männern in Bergsteigerkleidung lag ein ledergebundenes Buch. Zwei weitere befanden sich neben Kagerer auf dem Tisch. Vielleicht Tagebücher oder Fotoalben, dachte Kluftinger. In eines war eine Lesebrille eingeklemmt, anscheinend war der Mann darüber eingenickt. Neben ihm auf der Bank stand ein Karton mit alten Lederriemen, einem weiteren der Bücher und ein paar Seilstücken. Das mussten Reste von Bergseilen aus Hanf sein, wie man sie früher verwendet hatte. Sie hatten verschiedene Stärken, in alle war ein hellblauer Faden eingesponnen. »Gehören die Ihnen?«, fragte der Kommissar.

»Altes Glump. Mein Onkel hat die machen lassen, weil er nur seinen eigenen Seilen vertraut hat. Hat ihm auch nix g'nützt ...«

Eine Weile blieb es still, dann deutete Kluftinger auf die Bücher. »Haben Sie sich grad alte Fotos angeschaut?«

»Einen Scheißdreck hab ich.«

Der Kommissar ließ sich nicht beirren, er kannte ja mittlerweile den Umgangston in diesem Haus. »Sind das Alben mit Bergbildern? Dürft ich da mal einen Blick reinwerfen?«

»Sind Führerbücher. Geht dich nix an.«

Kluftinger sog die Luft ein, die schon wieder unerträglich geworden war, und sparte sich einen Kommentar. Was sollte er mit einem Greis streiten, der so erbärmlich hauste, sich so wenig für andere zu interessieren schien, nicht einmal für seine eigenen Söhne? Er war schließlich hier, um Informationen zu erhalten. Und die hatte er früher oder später aus jedem herausbekommen. »Ja, da mögen Sie recht haben. Aber jetzt lassen Sie uns doch über Ihren Franz und den Herbert reden, ich meine, die waren ja sogar von Berufs wegen ...«

Behende sprang Kagerer auf und warf wutschnaubend seinen

Löffel in den Teller zurück. Mit der Faust drosch er so heftig auf die Tischplatte, dass das Geschirr klapperte. Dann brüllte er mit knallrotem Kopf, wobei er kleine Bröckchen seines Essens ausspie. »Himmelkruzifixnochamol, was vorbei isch, isch vorbei! Meine Buben sind tot, und keiner kann sie wiederholen, der Bischof nicht und ihr Deppen schon gar nicht. Kapierscht du das?«

Kluftinger nickte. Der unerwartete Ausbruch hatte ihn erschreckt. Mit gesenktem Kopf und ruhiger Stimme sagte er: »Sie lasten es also dem Andi Bischof an, dass die beiden umgekommen sind, hab ich das richtig rausgehört?«

Kagerer griff sich einen Gehstock und schlurfte zum Kanapee. »Die Buben waren erfahren, die hätten sich nicht kleinkriegen lassen. Von niemand. Vom Bischof als Letztes. Ich geb keinem eine Schuld, außer unserem Herrgott.« Er legte sich auf das Sofa, zog eine Decke über die Beine und wandte sein Gesicht ab.

Kluftinger überlegte, wie er das Gespräch wiederaufnehmen könnte, als ein heiseres Schnarchen zu vernehmen war. »Herr Kagerer?« Der Alte reagierte nicht.

Da drangen von draußen Stimmen in die Stube. Laute Stimmen. Er schaute auf den Hof, wo Richard Maier und Hans Kagerer sich gegenüberstanden, der Bauer mit drohend erhobener Mistgabel, während Maier mit rotem Kopf auf ihn einredete und mit dem Zeigefinger in der Luft herumfuchtelte. Kluftinger musste sofort eingreifen, bevor die Sache eskalierte.

Als er vor dem Haus ankam, zeterte Maier gerade: »Natürlich sind Sie nicht verpflichtet, uns in unserer misslichen Lage mit dem Dienstfahrzeug zu helfen, es empfiehlt sich aber generell, mit den Behörden zu kooperieren, denn unter Umständen gerät man schnell in eine Lage, in der man froh ist, wenn man bei der Polizei einen guten Eindruck …«

Jetzt reckte Hans Kagerer die Gabel noch ein Stück weiter in die Höhe und kam in bedrohlicher Pose auf Maier zu. »Schleich dich vom Hof, sonst passiert was!«

»Richie, wir gehen«, rief Kluftinger, doch Maier schien nicht klein beigeben zu wollen.

»Chef, ich habe nur höflich gefragt, ob der Mann uns helfen könnte …«

Der Kommissar ging kopfschüttelnd auf seinen Kollegen zu, packte ihn am Arm und zog ihn von seinem Gegenüber weg. Er sah Kagerer dabei kein einziges Mal an. »Geh jetzt mit und sei froh, wenn der dich nicht absticht.«

Der Bauer rührte sich nicht.

»Das wird ein Nachspiel haben, so geht man nicht mit Amtspersonen um, merken Sie sich das!«, schrie Maier ihm aus einiger Entfernung hinterher, dann löste er seinen Arm aus der Umklammerung und lief ohne weiteren Widerstand neben seinem Vorgesetzten her. »Ich find's nicht gut, immer zurückzustecken«, maulte er. »Wenn der Klügere immer nachgibt, wird die Welt bald von Dummköpfen beherrscht. Du hättest mal sehen sollen, wie mich der behandelt hat, eine derart aggressive Type …«

»Richie, mich hat er doch genauso behandelt. Und seine Eltern sind keinen Deut besser. Ich hab das so, ehrlich gesagt, auch schon lang nicht mehr erlebt. Aber wir können ihn nicht zwingen, mit uns zu reden, und schon gar nicht dazu, normale Umgangsformen an den Tag zu legen. Die haben immer noch das Hausrecht.«

»Derart ungehobelten Typen muss der Wind ins Gesicht blasen, so kommen die nicht weit.«

»Du siehst ja, wie weit sie gekommen sind damit. Die fristen hier ein Dasein wie vor hundert Jahren. Aber du kannst sie nicht zu ihrem Glück zwingen.«

Mittlerweile hatten sie das Auto wieder erreicht.

»Trotz großer Anstrengungen und Allrad ist es mir tatsächlich nicht gelungen, den Wagen freizubekommen«, sagte Maier entschuldigend. »Was sollen wir jetzt machen?«

»Schieben«, brummte Kluftinger. »Der Traktor ist kaputt.«

»Gut, wenn du erst mal hinten anfängst, dann …«

»Irrtum.«

»Doch, ich denke, dass es besser ist, es zunächst so zu probieren und erst später rückwärts.«

»So mein ich das nicht. Ich fahr, du schiebst. Gib mir die Schlüssel.«

»Ich hab das Auto im Fuhrpark geholt und dafür unterschrieben.«

»Und du hast es in den Dreck gefahren, also los jetzt!«

Widerwillig zog Maier den Autoschlüssel aus der Hosentasche.

Nach ein paar Minuten hatten sie es tatsächlich geschafft, den Wagen freizubekommen, und Kluftinger stellte ihn ein wenig unterhalb auf dem trockenen Feldweg ab. Maier kam wild gestikulierend von oben angelaufen.

»So eine Sauerei«, brüllte er, »schau mich doch an!«

Kluftinger stieg aus und betrachtete seinen Kollegen, der aussah, als habe er ein Moorbad genommen – in voller Montur. Er unterdrückte sein Lachen und hielt seinem Kollegen den Schlüssel hin. »Da, darfst wieder fahren. Aber so kommst du mir nicht auf die schönen Sitze, sonst kriegen wir noch Scherereien mit den Kollegen von der Fahrbereitschaft.«

»Soll ich mich jetzt ausziehen, oder was?«

Kurz darauf hatte der Kommissar wieder auf dem Beifahrersitz Platz genommen; neben ihm saß Richard Maier in T-Shirt, Boxershorts und Turnschuhen, die er im Gras notdürftig gesäubert hatte. Seine restliche Kleidung hatte er im Kofferraum verstaut. Als er den Zündschlüssel umdrehte, konnte sein Vorgesetzter sich ein erneutes Grinsen nicht verkneifen.

»Sehr komisch, wirklich! Wenigstens hat das Ding Sitzheizung«, zischte Maier.

In diesem Moment näherte sich von oben mit Getöse ein Traktor. Erst als er dicht hinter ihnen war, erkannte Kluftinger, dass Hans Kagerer am Steuer saß. Er würdigte sie keines Blickes, als er mit unverminderter Geschwindigkeit an ihnen vorbeidonnerte.

8.6.13

What a Blick.

Aus dem Gipfelbuch am Köpfle

Erika, Yumiko und Kluftinger saßen bereits am Frühstückstisch, und der Kommissar köpfte gerade sein Ei, als die Tür aufging und Markus das Wohnzimmer mit zerzausten Haaren und in T-Shirt und Boxershorts betrat.

»Oh, ich hoffe, wir haben den gnädigen Herrn nicht aufgeweckt«, ätzte Kluftinger. »War ja reichlich spät gestern bei dir!«

»Ich seh die Kumpels doch eh fast nie. Wunderschönen guten Morgen übrigens, alle zusammen.« Er setzte sich neben Yumiko und drückte ihr einen Schmatz auf die Wange, was diese emotionslos hinnahm. Kluftinger wunderte das nicht. Schließlich kümmerte sich sein Sohn in den letzten Wochen kaum um seine hochschwangere Frau, stattdessen lernte oder schlief er und traf sich mit seinen Jugendfreunden.

Eine Weile aßen sie schweigend, dann fragte Yumiko: »Was wollen wir denn heute machen, Markus?«

»Wollen? Was heißt da wollen? Ich muss lernen. Du bist gut!«

»Ich würd mich so freuen, wenn wir mal wieder was Schönes unternehmen. Es ist doch Sonntag.«

»Das interessiert meinen Lernstoff leider überhaupt nicht.«

»Ihr könntet doch einen netten Ausflug machen«, schlug Kluftinger vor.

»Hast du mal aus dem Fenster geschaut, Vatter?«

»Kann man sich ja dementsprechend anziehen.«

»Ich hab doch gesagt, dass ich lernen muss.«

»Aber deine Frau braucht ein bissle Auslauf, also, Bewegung, mein ich.«

»Sonst hast du dich immer beschwert, dass ich zu wenig fürs Studium mache.«

»Da hat der Bub recht«, stimmte Erika wie gewohnt ihrem Sohn zu, »ist doch schön, wenn er fleißig ist. Die Miki kann ja was Nettes häkeln oder stricken für das Kleine.«

»Super Idee, Mama. Das gekaufte Glump taugt doch eh alles nix heutzutage.«

Kluftinger wusste genau, dass Markus ihr nur beipflichtete, weil seine Mutter in letzter Zeit in allen Belangen eisern zu ihm hielt. Musste Kluftinger eben für seine Schwiegertochter kämpfen. Immerhin hatte er in den letzten Tagen einem ähnlichen Konflikt beigewohnt, wenn auch nur am Fernsehapparat: Die Schlawuttkes, die das Anwesen derer von Schillingsberg-Zieselheim verwalteten, hatten ebenfalls Besuch von ihrer Tochter und deren Ehemann, Horst Gerland. Allerdings hatten die seit Tagen nichts mehr miteinander geredet, nachdem Kerstin einmal spätnachts betrunken heimgekommen war. Ein romantisches Abendessen, das die Eltern arrangiert hatten, sollte alles wieder ins Lot bringen, allerdings war die Folge zu Ende, bevor das Essen begonnen hatte.

»Ich glaube, ihr braucht einfach mal wieder einen netten Abend zu zweit. Hier habt ihr zwanzig Euro, da geht ihr schön zum Sushi-Essen. Die Yumiko zieht sich was Nettes an, und der Markus macht ihr ein paar Komplimente, bis …«

Weiter kam er nicht, denn seine Schwiegertochter brach in Tränen aus. Zwar waren derartige Gefühlsausbrüche bei ihr in letzter

Zeit an der Tagesordnung, dennoch war dieser ungewöhnlich heftig.

»Ich hab doch nichts mehr, was mir passt«, schluchzte die Japanerin. »Ich seh aus wie eine Tonne.«

»Und Sushi darf sie schon gar nicht essen, Herrgott, wann geht das endlich mal in deinen Schädel, Vatter!«

»Das hast du ja wieder toll hingekriegt«, stimmte nun auch Erika mit in die Schimpftirade ein. »Gerade noch hatten wir ein nettes Frühstück, bis der Herr mit seiner feinfühligen Art alles verderben muss.«

»Ich hab's doch nur gut gemeint.«

Da stand Yumiko auf und rannte nach draußen. Sofort prasselten unzählige Vorwürfe auf Kluftinger ein. Der machte gar nicht den Versuch, sich gegen dieses Strafgericht aus Mutter und Sohn zur Wehr zu setzen, und trat ebenfalls den Rückzug an.

Er ging ins Schlafzimmer und ließ sich auf dem Bett nieder. Liegend konnte er am besten nachdenken. Hatte er den Kindern einen falschen Rat gegeben? Dabei hatte er in dem Glauben gehandelt, dass sich auch bei der Familie in *Feuer der Leidenschaft* alles wieder einrenken würde. Was aber, wenn das nicht der Fall war, oder noch schlimmer, wenn dieser Vorschlag eine weitere Eskalation provoziert hatte? Er musste unbedingt wissen, was in der nächsten Folge passieren würde. Also schlich er in den Hausgang, holte das Tablet aus der Aktentasche, streifte sich seinen Janker über, ging nach draußen, öffnete das Garagentor und setzte sich ins Auto. Hier könnte er in Ruhe die neuesten Entwicklungen der Fernsehserie verfolgen, um eventuell korrigierend in die Entwicklungen bei sich zu Hause einzugreifen.

Er schaltete den kleinen Computer an, der sofort zwei verfügbare WLAN-Netzwerke zeigte. Die hatte Markus eingerichtet, als sie vor ein paar Wochen angekommen waren. Und zwar noch bevor er irgendetwas anderes getan hatte. Die beiden drahtlosen Netzwerke hießen *Computerkenner* und *Butzele*. Kluftinger tippte Letzteres an, und der kleine Rechner stellte umgehend eine Verbindung her. Allerdings verlangte das Gerät nun die Eingabe eines

Passwortes. Er hatte natürlich keine Ahnung, welches Markus vergeben hatte, wollte ihn aber auch nicht fragen. Jedenfalls nicht jetzt. Ob er einfach mal sein eigenes Universalkennwort probieren sollte? Aber woher sollte Markus das wissen; er hatte es niemandem gesagt, nicht einmal Erika. Dennoch tippte er die Buchstabenkombination *psswrt* in das Formular, worauf sofort die Meldung *Verbindung hergestellt* erschien. Der Kommissar nickte anerkennend und blickte auf den Bildschirm. Er versuchte, sich zu erinnern, was Maier ihm erklärt und wie Willi das Gerät bedient hatte, hob das Tablet etwas an und sagte laut und deutlich: »Hallo Silvi.«

Nichts geschah. Hatte er etwas vergessen?

»Silvi, hörst du mich?«

Nichts.

Vielleicht musste er erst einen Knopf drücken. Die Auswahl fiel nicht schwer, es gab nur einen. Er hielt seinen Finger darauf, woraufhin ein Mikrofonsymbol auf dem Display erschien. Ein Lächeln huschte über sein Gesicht. Er war im Umgang mit diesen Maschinen inzwischen recht gewandt. »Hallo Silvi … zeig mir …«

»Hallo, Polizei«, schallte da die Computerstimme aus dem Gerät.

»Ja, hallo.«

Keine Antwort. Nun ja, sie waren schließlich nicht hier, um Höflichkeiten auszutauschen.

Er drückte noch einmal den Knopf. »Silvi, zeig mir die Medientheke.«

Es dauerte einen Moment, dann sagte die Stimme: »Es tut mir leid, ich kann den Ort Mädchen Theke nicht finden.«

»Nein, Medientheke.«

Nichts.

»Himmelherrgott, du blöde Kuh, jetzt stell dich nicht so dämlich an!« Er dachte einen Moment nach, dann versuchte er es mit dem Tipp, den Maier ihm gestern gegeben hatte. »Silvi, zeig mir das *Feuer der Leidenschaft.*«

In diesem Moment klopfte es an der Fahrerscheibe seines Autos, worauf Kluftinger vor Schreck fast das Tablet heruntergefallen wäre. Er blickte nach links, direkt ins süffisant grinsende Gesicht von Doktor Langhammer. Der beschrieb mit dem Zeigefinger einen Kreis in der Luft, womit er dem Kommissar bedeuten wollte, die Scheibe herunterzukurbeln.

»Mein Gott, Herr Doktor, wegen Ihnen krieg ich mal einen Herzinfarkt«, schimpfte Kluftinger, als er das Fenster geöffnet hatte.

»Nicht wegen mir, mein Lieber, allenfalls trotz mir. Aber anscheinend halten Sie Ihre Pumpe ja mächtig auf Trab, auch wenn mein ärztlicher Rat in eine etwas andere Richtung ging.«

Kluftinger hatte keine Ahnung, was der Doktor meinte.

»Ich meine, wegen des Feuers und der Leidenschaft«, präzisierte Langhammer. »Übernehmen Sie sich nicht.«

»Ach, das, nein, ich hab bloß mit der Silvi ...«

Der Doktor legte den Finger an seine Lippen, drehte sich um und sagte dann verschwörerisch: »Keine Namen. Meine Frau wartet dahinten.«

»Die heißt aber so.«

»Hätte ich Ihnen gar nicht zugetraut, mein Lieber. Manchmal muss ein Mann tun, was ein Mann tun muss. Scheint ja ne ganz wilde Maus zu sein, mit der Sie sich da am Telefon vergnügen.«

Jetzt dämmerte es Kluftinger. »Nein, das ist keine Wilde, das ist vielmehr eine ganz Flache und ...«

»Jeder nach seinem Gusto. Über Geschmack lässt sich ja nicht streiten. Wenn Sie mal einen Tipp brauchen für einen diskreten Treffpunkt, kann ich gerne behilflich sein.«

»Sie meinen so etwas wie das Panoramacafé in der Skisprungarena in Oberstdorf?«

Langhammers Mund öffnete sich, aber er sagte nichts.

»Doch nicht ganz so diskret, wie Sie gedacht haben, oder?« Der Kommissar grinste.

»Da bin ich baff. Aber Sie sind eben Kriminalist, Ihnen bleibt nichts verborgen.«

»Ein paar Sachen zum Glück schon.«

»Ich zähle auf Ihre Solidarität und appelliere an gegenseitige Verschwiegenheit ...«, zischte der Doktor, dann fuhr er etwas zu laut fort: »Also, kommen Sie damit gerne mal bei mir vorbei. Das sind oft die Vorboten von etwas Schlimmerem, wenn es in der Horizontalen nicht mehr so klappt.«

Kluftinger wollte gerade nachfragen, was der Quacksalber da faselte, da hörte er die Stimme von dessen Frau: »Worüber unterhaltet ihr zwei euch denn so angeregt?«

»Ach, nichts, meine Taube, Männerkram, nicht wahr, Kluftinger? Ein paar … sportliche Aktivitäten, denen wir uns widmen wollen.« Er zwinkerte dem Kommissar zu.

»Haben Sie was am Auge? Das ist oft ein Vorbote von was ganz, ganz Schlimmem.«

»Können wir jetzt weitergehen, Martin?«, drängte Annegret Langhammer.

»Natürlich, ich eile.« Zum Kommissar gewandt, flüsterte er noch: »Frische Luft ist wichtig für uns Männer, was?«

Damit verließ der Arzt die Garage. Kluftinger rief ihm hinterher: »Und Suppe. Meine Oma hat immer gesagt: Der Mann braucht Suppe.« Dann stieg er aus und schloss das Garagentor, am Ende überlegte es sich der Doktor noch einmal anders und kehrte zurück. Er nahm das Tablet wieder zur Hand und las die Meldung, die dort angezeigt wurde: *Siri ist nicht verfügbar. Mit dem Internet verbinden.*

»Himmelherrgott, immer isch was mit dem Glump«, maulte er, stieg aus dem Wagen und ging ins Haus. Vielleicht war ja am Telefontischchen irgendein Kabel aus der Buchse gerutscht, das er nur wieder einzustecken brauchte.

»Warst du spazieren?«, fragte ihn Markus, dem er im Hausgang über den Weg lief.

»Und? Was dagegen?«, raunzte der Kommissar.

»Mit denen?« Sein Sohn zeigte auf die Hausschuhe, die sein Vater trug. »Ist es jetzt so weit, müssen wir ein Heim für dich suchen?«

»Das tät dir so passen. Wer verdient dann dein Geld, hm? Hier, kümmer dich lieber mal darum.« Er hielt ihm den kleinen Computer hin.

Markus bekam große Augen. »Du hast ein Tablet? Was kommt denn noch alles? Ein Cabrio? Eine Geliebte?«

»Das ist bloß die Silvi, zefix.«

»Wer, bitte, ist die Silvi, Vatter?«

»Niemand, vergiss es, mach dich lieber mal nützlich. Das Internet ist kaputt.«

»Ja, meinst du? Dann bete ich mal, dass nicht du es warst, der's geschrottet hat.«

»Nein, ich hab nix gemacht, das ist ganz von selber kaputtgegangen.«

»Hört sich schlimm an. Könnte zu weltweiten Katastrophen führen.«

»Schmarrn. Ich mein, es ist weg, das Netz.«

»Dann sollten wir es schleunigst suchen.«

»Ach, du kannst mich mal gernhaben, dann schau ich mir das Kabelglump eben selber an.«

Markus stieß einen Schrei aus. »Nein! Bitte nicht. Das Internet ist wie ein scheues Reh, wenn da der Falsche dran rummacht, haut es ab.« Markus bedeutete seinem Vater, ihm zu folgen, und sie gingen zu dem kleinen Telefontischchen, auf dem seit der Ankunft der Kinder ein blinkendes Gerät stand, das Markus ihm gegenüber als »Bittenichtberührenapparat« bezeichnet hatte.

Kluftinger schaute seinem Sohn interessiert zu, der die Steckverbindungen prüfte und dann ein paar Knöpfe drückte. »Vielleicht liegt es an diesem Wifi?«

»Vatter, bitte.« Markus zog sein Handy heraus.

»Am Anfang ist es tadellos gegangen.«

»Du warst schon verbunden? Wie hast du denn das Passwort rausgekriegt?«

»Das war doch meins.«

»Hast du dir nie überlegt, wie das da reingekommen ist?«

»Nicht direkt. Wie denn?«

»Ich hab's eingerichtet.«

»Spionierst du mich aus?«

»Nein, Vatter. Das ist das bekannteste Passwort im ganzen

Allgäu. Aber ich hab mir gedacht, so ist es für dich am einfachsten.«

Kluftinger schaute skeptisch. »Ist nicht so sicher, oder?«

»Na ja, fürs Online-Banking würd ich's nicht hernehmen.«

Der Kommissar schluckte. »Wenn ich das mal machen tät, mit dem Banking-Zeug, dann hilfst du mir beim Passwort, okay?«

Sein Sohn nickte, dann erhob er sich. »Also, das Internet müsste wieder okay sein.«

Kluftinger brummte zufrieden und wollte bereits gehen, da rief ihn sein Sohn zurück: »Wart mal, wo hast du überhaupt das Tablet mitgehen lassen?«

»Wir benutzen das im Geschäft.«

»Echt? Wozu denn?«

»Mei, für so … Ermittlungssachen, Strafverfolgung, geht bis hin zur Verbrechensprävention und dergleichen.«

»Und dergleichen, soso.«

»Jaja. Viel mit Desktop und Wifi. Und mit der Medientheke arbeiten wir auch, für die Recherche nehmen wir das her.«

»Mediathek.«

Kluftinger hatte keine Lust auf eine weitere Diskussion, er fühlte sich längst am äußersten Rand seiner Computerkompetenz angekommen. Also verzog er sich ohne weiteren Kommentar auf die Toilette, wo er sofort die Tür hinter sich absperrte.

Eine halbe Stunde verbrachte er dort mit einer ziemlich dramatischen Folge von *Feuer der Leidenschaft,* in der Kerstin Gerland ihrem Mann eine sexuelle Eskapade mit Gonzales beichtete, zu der es bei ihrer nächtlichen Zechtour gekommen war. Horst Gerland richtete daraufhin ein Blutbad an, das keiner der Schlawuttkes überlebte. So manches Mal war Kluftinger dabei ein Ausruf des Entsetzens oder des Erstaunens entfahren. Nun schloss er die Tür wieder auf – und blickte in drei entgeisterte Gesichter.

»Ist wieder frei«, erklärte er und ging ins Schlafzimmer.

„Oh Allgäu mein, wie schön bist du!“

Aus dem Gipfelbuch am Wertacher Hörnle

Jetzt sucht das Ding halt, einer von euch zwei muss es ja verschlampt haben! Was meint ihr denn, was los ist, wenn das nicht mehr auftaucht?«

Kluftinger hatte gerade seine Hand auf die Türklinke des gemeinsamen Büros seiner Mitarbeiter gelegt, als er die aufgeregte Stimme von Richard Maier vernahm.

»Aha, und wieso sollen das ausgerechnet der Roland oder ich haben, hm, Richie?«, hörte er nun Strobl zetern. Er beschloss, zu warten, denn er war gespannt, was für ein wichtiges Teil die drei da suchten.

»Wer soll unser Tablet denn sonst haben, hm?«

»Der Klufti vielleicht?«, schlug Hefele vor.

Eine Weile war es still, dann brüllten seine Mitarbeiter vor Lachen. Glucksend presste Maier hervor: »Der Chef hat es wahrscheinlich mit nach Hause genommen, weil er gedacht hat, es ist ein neues Brotzeitbrett, und jetzt schabt ihm seine Frau damit die Kässpatzen.«

Erneute Lachsalven der drei Beamten.

Interessant, dachte Kluftinger. Ausgerechnet Maier also. Der Ich-armes-Opfer-werde-so-gemobbt-Maier!

»Soll ich euch noch mal den Klufti vormachen, wenn er bei seiner Frau um Spatzen bettelt und ihr dafür Zärtlichkeiten verspricht?«

Zustimmende Laute.

Das war genug. Energisch drückte Kluftinger die Klinke. Umgehend verstummten die Kollegen, Maier sprang von seinem Stuhl auf.

»Ah, Morgen, Chef«, stammelte er verlegen. »Zum Glück kommst du, wir warten alle schon auf deine Unterstützung.«

Die anderen nickten eifrig.

»Wir haben ein kleines Problem, unser Tablet ist unauffindbar«, erklärte Strobl. »Und ausgerechnet heut brauchen wir's, weil man irgendein dringendes Software-Update machen muss, hat die Sandy gesagt. Anscheinend gibt es da einen Trojaner, mit dem sich schon einige Dienststellen in Bayern infiziert haben. Wir haben alles auf den Kopf gestellt, bei uns im Büro ist es nirgends.«

»Soso«, sagte Kluftinger und überlegte, ob er jetzt schon zugeben sollte, dass er sich das Ding ausgeliehen hatte, oder ob er die Kollegen zur Strafe noch ein wenig zappeln ließ.

Da tönte Maier aufgeregt, sein Smartphone in der Hand: »Es könnte gelingen, unser Tablet zu orten, falls auf dem Gerät die entsprechenden Dienste aktiviert sind. Ich hab mir gerade die App geladen. Ah, geht schon los, ich hab Signal.« Damit drehte er sich samt Handy einmal im Kreis, um anschließend zu vermelden: »Der Hof, es scheint im Hof zu sein! Ich geh mal runter, um das zu verifizieren.«

Kluftinger beschloss, ihn gewähren zu lassen, und öffnete eines der Fenster, die auf den Innenhof der Direktion wiesen. Dort wartete er, bis unten die Tür aufging und ein nervös auf sein Handy blickender Maier heraustrat. Der blieb kurz stehen, machte mit seinem Telefon mehrmals eine seltsame, kreisende Bewegung, ging dann wie ferngesteuert mit kleinen Schritten auf Kluftingers

Passat zu, um unvermittelt davor stehen zu bleiben. Er kratzte sich am Kopf und spähte dann prüfend in den Kofferraum des Autos.

»He, Richard«, brüllte Kluftinger aus voller Kehle hinunter und freute sich, als sein Kollege zusammenzuckte.

»Ah, da bist du«, rief der zurück. »Das Signal scheint aus deinem Wagen zu kommen.«

»Ach so, ihr sucht *mein* Tablet, das man *mir* als Abteilungsleiter zur Verfügung gestellt hat? Ich hab gedacht, ihr sucht ein anderes, weil ihr immer von *eurem* geredet habt. Das hätt ich euch gleich sagen können. Liegt vorne auf dem Beifahrersitz, zusammen mit meiner Brotzeit. Kannst beides mit raufbringen, wenn du eh schon unten bist. Fahrertür ist offen. Danke, Richie, ganz lieb.«

Während Maier sich in Kluftingers Passat beugte, öffnete sich das Tor zum Hof. In der Einfahrt tauchte der Kombi auf, mit dem sie am Samstag bei den Kagerers gewesen waren – noch immer völlig verdreckt. Anscheinend hatte Maier das Auto doch nicht mehr durch die Waschstraße gefahren. Nun fuhr der Kombi auf den Hof und hielt direkt vor dem Eingang zur Direktion. Die hintere Wagentür ging auf, und eine bekannte Stimme ertönte: »Des wird no a Nachspiel ham, merkan S' Eahna des. Mit am solchen Auto holt ma koan Ministerialdirektor ab. Und jetzt zur Waschanlag, innen und außen sauber machen, mit Felgenreinigung, aber zackig. Wenn Sie mi zruck nach München shutteln, glänzt des Auto, is des kloar? Was sagen denn sonst meine Kollegen im Ministerium?«

Dietmar Lodenbacher, bis vor ein paar Monaten noch Präsident des Polizeipräsidiums Schwaben-Südwest in Kempten, schmiss missmutig die Tür zu und stand nun mit rotem Kopf im Hof. Seit seiner Beförderung ins Bayerische Innenministerium hatte Kluftinger ihn nur zwei- oder dreimal gesehen, worüber er froh war. Besonders darüber, dass der stressige Niederbayer nichts mehr mit ihrem Tagesgeschäft zu tun hatte.

In diesem Augenblick hob Lodenbacher den Kopf. »Kluftinga, griaß Eahna.«

Der Kommissar winkte kurz hinunter. »Morgen, Herr Lodenbacher.«

»Ham Sie des dreckerte Auto g'sehn, mit dem ma mi abg'holt hat? Wie geht's denn bei Eahna zua, seit i weg bin?«

»Ja, schlimm schaut das aus«, stimmte der Kommissar scheinheilig zu.

»Wer macht'n des, dass er mit am Staatseigentum a so umgeht? A echte Schand' is des.«

»Schande, genau. Seh ich auch so. Aber fragen Sie doch vielleicht mal den Maier, der ist eh grad bei Ihnen unten. Wissen Sie, der hat Dienst gehabt am Wochenende. Wir sehen uns bestimmt später noch, pfiagott, Herr Lodenbacher.«

Damit wich er erneut ein Stück zurück, ließ das Fenster aber offen, um noch ein wenig zu lauschen und die Früchte seiner soeben geleisteten Arbeit zu ernten.

Nun hatte auch Maier seinen Ex-Chef bemerkt. Er lief vom Passat aus freudig auf ihn zu, in den Händen das Tablet, eine prall gefüllte Brotzeittüte und eine Flasche Kakao.

»Maier, ham Sie scho amoi auf d' Uhr g'schaut? Kemman Sie jetzt erst zum Dienst? Ham S' z'lang beim Metzger warten miass'n?«, zeterte Lodenbacher, dann verschwanden die beiden im Eingang.

Wenig später hörte Kluftinger ihre Stimmen vor dem Gemeinschaftsbüro, dessen Tür schließlich schwungvoll geöffnet wurde. »Wie Sie mit fremde Sachen umgeh'n, is inakzeptabel. So geht's ja ned. Da muass i auf jeden Fall mit meiner Nachfolgerin drüber reden.«

Kluftinger hätte gedacht, dass Maier ziemlich zerknirscht sein würde angesichts dieser Standpauke, doch stattdessen antwortete er selbstsicher: »Ja, das können Sie gern machen, Herr Ministerialrat Lodenbacher. Die Birte, ich meine, Frau Präsidentin Dombrowski, freut sich sicher, wenn sie von mir hört.«

Lodenbacher, dem er damit sichtlich den Wind aus den Segeln genommen hatte, ließ es dabei bewenden, winkte hastig ab und begrüßte nun Kluftinger mit Handschlag, dann Hefele, Strobl und am Ende Sandy. »So, Fräulein Henske, geht's guat?«, fragte er die Sekretärin in jovialem Ton. »Ma hört nur des Beste vo Eahna, des gfreit mi, weida so.«

Sandy lächelte.

»Scheint ja überhaupt ois recht guat zum laufa.«

Kluftinger hatte den Eindruck, dass ihr ehemaliger Vorgesetzter es lieber gesehen hätte, wenn ohne ihn das Chaos ausgebrochen wäre.

»Des g'fallt mir, meine Herr'n«, sagte der jedoch.

»Ja, dann simmer ja alle froh«, sagte der Kommissar. »Was verschafft uns die Ehre Ihres überraschenden Besuchs?«

»Nix, was Sie interessieren könnt. Ministeriumssachen. Andere Ebene halt. Bin deswegen grad viel unterwegs in der Fläche. Die Leut in die unteren Abteilungen g'frein sich ja, wenn so hoher Besuch kimmt. Und wenn i eh scho grad im Allgäu bin, dann muass i doch bei meine Männer von der Kripo vorbeischauen. Des bin i Eahna doch schuldig.«

Die Kollegen nickten mechanisch und setzten ein freundliches Lächeln auf. Keiner schien recht zu wissen, worüber sie mit ihrem Ex-Chef reden sollten.

»Ja, und, wie geht's Ihnen so, in München?«, fasste sich Hefele ein Herz.

»Mir? Ja, guat, ganz guat sogar. Sehr angenehmes Arbeitsklima. Und mit'm Minister steh i praktisch auf du und du. Des erleichtert mir die Arbeit natürlich ungemein, des kennen S' Eahna ja vorstellen.«

»Und was machen Sie da den ganzen Tag im Ministerium?«, wollte Sandy wissen.

Lodenbacher holte tief Luft, machte eine ausladende Handbewegung und verkündete: »Also, des is … richtig komplex. Ungeheuer komplex. Da gibt's natürlich allerhand, was mit Koordination zu tun hat … also von der ganzen Polizeistruktur her. Und Personelles … des is ebenfalls mein Ressort … zumindest in Teilen … praktisch in Randausläufern. Und dann gilt es natürlich ministerielle Verordnungen und hausinterne Richtlinien und Vorgaben zu prüfen und natürlich deren Umsetzung nicht bloß anzubahnen, sondern auch deren Durchsetzung auf den Weg zu bringen.«

Sandy räusperte sich. »Ah, das klingt ja … interessant.«

»Hochinteressant, genau. Sie sagen es, Fräulein Henske. I möcht nimmer tauschen, scho allein wegen der Stadt. Mittags am Viktualienmarkt, des hat scho was.«

Schweigen.

»Obwohl i scho gern bei Eahna war, so is ja ned. Wenn amoi Not am Mann wär, dat i scho wieder zruckkemma, also, wenn's amoi gar nimmer geht. Geht ma halt auf'n Kempt'ner Wochenmarkt.« Lodenbacher lachte gekünstelt. »D'Frau dat glei wieder herziehen. Alloa scho zwecks 'm Garten.«

»Jaja, der Garten. Immer schön, aber macht halt viel Arbeit, gell?«, versuchte sich Kluftinger nun an einem Gemeinplatz, doch Lodenbacher ging zu dem Thema über, das ihn allen Anschein nach am meisten interessierte: »Und? Wie macht sich mei Nachfolgerin so? Ganz so angenehm wie zu meinen Zeiten wird's wahrscheinlich nimmer sei, oder?«

Kluftinger winkte entschieden ab. »Nein, also wir können uns gar nicht beschweren über die neue Chefin. Im Gegenteil, muss man sagen, sehr angenehm. Frau Dombrowski liebt klare Strukturen und Effizienz. Tut uns allen gut, oder?«, fragte er in die Runde und erntete allgemeine Zustimmung.

Lodenbacher wirkte enttäuscht. »Na, dann passt's ja eh. Is doch schee, wenn ma a Amt in würdige Hände übergeben kann.«

Wieder folgte eine etwas zu lange Pause. Kluftinger beschloss, das verkrampfte Gespräch zu einem Ende zu bringen, und klatschte in die Hände. »So, Herr Lodenbacher, das war jetzt nett, dass Sie kurz reingeschaut haben bei uns. Hat uns sehr gefreut.«

»Immer gern. Und i sag ja, wenn amoi was anliegen dat …«

Der Ex-Präsident machte keine Anstalten, ihr Büro zu verlassen.

»Wird schon nix sein.«

»Aber wenn …«

»Ja, wenn …«

»Dann melden S' Eahna fei.«

Der Kommissar nickte halbherzig. »Jetzt ist es bloß so, dass wir wieder was schaffen müssten. Nicht, dass sich das Blatt wendet und Sie am Ende noch recht viele negative Sachen über uns hören, im Ministerium. Also dann pfiagott und bis die Tage.«

Er verabschiedete sich und gab Strobl ein Zeichen, dass er mit ihm kommen solle. Der nickte dem Niederbayern kurz zu, dann gingen die beiden in Kluftingers Büro und zogen die Tür hinter sich zu.

»Eugen«, flüsterte Kluftinger und kramte in seiner Hosentasche, der er einen Zeitungsschnipsel entnahm, »ich hab hier wieder die Aktie des Tages dabei.«

»Ich hab dir doch gesagt, das sind keine ernstzunehmenden Hints.«

»Was?«

»Tipps.«

»Ja, schon, aber die wär vielleicht ... also, die machen in Solaranlagen. Könnt unter Umständen was sein, das nimmt ja immer mehr zu mit dem Zeug. Und wenn das jetzt mit der Windkraft weniger wird, wegen dem neuen Gesetz, dann ...«

Strobl schlug ihm heftig auf die Schulter. »Sauber, Klufti, du beginnst, gewinnorientiert zu denken und aufmerksam gegenüber wirtschaftlichen Zusammenhängen zu werden. Respekt, scheinst ja schnell zu lernen.«

»Nicht so laut, geht ja niemand was an. Ich hab übrigens übers Wochenende immer mal wieder im Videotext geschaut, der Dax war ziemlich stabil«, verkündete er mit Expertenmiene.

Strobl prustete los: »Klufti, wenn's dich nicht schon gäb, man müsst dich echt erfinden.«

Der Kommissar sah ihn verständnislos an.

»Klar war der Dax stabil am Wochenende. Da wird ja auch nicht gehandelt.«

»Ja, das weiß ich schon«, log Kluftinger. »Geht ja erst wieder los, heut, im Lauf des Tages. Logisch. Aber allgemein, also, wirtschaftlich, war es am Wochenende eher ruhig.«

»Ach so, war wenig los in der Dorfwirtschaft in Altusried, oder wie?« Strobl grinste.

»Hör auf, mich zu verarschen. Wann öffnet denn die Börse heut?«

»Immer ab neun, zumindest mit dem offiziellen Handel. Vorbörslich kann man aber schon Trends ablesen.«

»Und wie schaut es heut aus?«

Eugen Strobl zog sein Handy heraus. »Also, ich bin schon wieder gut eine Outdoorjacke im Plus. Zumindest mit dem, was auf meiner Watchlist steht.«

»Eine ganze Jacke?«

»Schöner Wochenstart, oder?«, fand Strobl.

Kluftinger streckte ihm das Abteilungstablet hin. »Sag mal, Eugen, kann man so eine Dingsliste von meinen Aktien da auch draufladen, auf das Tablett-Dings?«

»Eine Watchlist meinst du? Und ob man das kann.«

Keine Viertelstunde später hatte Strobl seinen Spezialauftrag erfüllt und Kluftinger bereits vier Mal den Börsenverlauf geprüft. Das Ergebnis erfüllte ihn mit Euphorie: Siebzehn Euro plus. Fürs Nichtstun. Er konnte sein Glück kaum fassen und rechnete sich sogleich aus, wie lange er für diese siebzehn Euro hätte arbeiten müssen. Derart beschwingt, ging er wieder zu seinen Kollegen. Es war höchste Zeit, zwischen zwei Börsenchecks mal kurz die Lage im aktuellen Fall zu besprechen.

»So, habt ihr den Herrn Ministerialrat endlich weitergeschickt?«, fragte Kluftinger, als er das Büro der anderen betrat. Hefele verdrehte die Augen. Maier hingegen betonte, wie sehr er es genossen habe, sich mit jemandem aus dem Innenministerium mal auf Augenhöhe auszutauschen, obgleich er natürlich aus persönlichen Gründen große Freude über den Führungswechsel im Präsidium empfinde.

Kluftinger schüttelte den Kopf. »Das nennst du Augenhöhe? Sag mal, wieso hast du denn das Auto am Samstag nicht mehr gewaschen?«

Maier schaute ein wenig bedröppelt und erklärte: »Wir haben doch gerade diesen Praktikanten von der Polizeischule, der muss ja auch was zu tun haben. Er hat den Auftrag bekommen, Lodenbacher heute zu fahren, hätte er ja auch selber drauf kommen können, das Auto zu putzen. Die sind schließlich in den Abteilungen, um etwas zu lernen.«

»Klar, wahnsinnig wichtig, dass der lernt, wie er durch eine Waschstraße fährt.« Kluftinger konnte diese Radfahrermentalität – nach unten treten, nach oben buckeln – nicht ausstehen.

Richard Maier zog beleidigt die Nase hoch. »Ich bin mir im Allgemeinen für nichts zu fein, das sollte sich allmählich herumgesprochen haben.«

Die Kollegen grinsten sich an. »Für nix zu blöd, meinst du wohl«, fügte Hefele hinzu.

Dann berichtete Kluftinger von seinem Besuch auf dem Hof der Kagerers, wobei er die Episode über die Fahrkünste seines Begleiters eigentlich hatte aussparen wollen, nach dessen Auftreten heute aber zum Hauptpunkt der Erzählung ausbaute.

Der versuchte sofort, wieder etwas Boden gutzumachen: »Übrigens hab ich meinen Dienst am gestrigen Sonntag nicht nur abgesessen, sondern überaus sinnvoll genutzt.«

Kluftinger warf ihm einen fragenden Blick zu.

»Ich habe höchst interessante Informationen zur Firma Summitz und zu deren Geschäftsbeziehung mit Andi Bischof gefunden.« Maier machte eine seiner dramatischen Pausen.

»Nämlich?«, bohrte Kluftinger nach.

»Die Firma scheint ein Sicherheitsproblem mit einem ihrer Produkte zu haben. Pikanterweise handelt es sich dabei um Schraubhaken, an denen ja buchstäblich Menschenleben hängen.«

Kluftinger riss die Augen auf. »Echt? Wie hast du das rausbekommen?«

»Wollt ihr die Langversion oder …«

»Die kurze«, platzte Strobl heraus, die anderen nickten.

»Also, wir haben ja den Laptop von Andi Bischof, Frau Wolf hat ihn den Kollegen ausgehändigt. Ich hab es mir gestern zur Aufgabe gemacht, die Dateien durchzusehen. Alles unspektakulär, auch der Mailverlauf und dergleichen. Also hab ich mich in seinen Facebook-Account gehackt.«

»Wie jetzt – gehackt?«, wollte der Kommissar wissen.

»Na ja, hatte sein Passwort ziemlich schnell geknackt.«

»Wieso, was war es denn?«, fragte Strobl und fügte grinsend an: »psswrt?«

Maier winkte ab. »Also, ganz so einfach gestrickt war er dann doch nicht. Nein, ich hab Parallelen gezogen. Das Kennwort seines Laptops ist, das wussten wir, 19K2_89.«

Die anderen sahen sich ratlos an.

»Also hat sich der liebe Richard gedacht, sicher hat er etwas Ähnliches bei Facebook.«

»Wie viele mögliche Kombinationen sind denn das, fünf Zahlen und ein Buchstabe, das müssen ja Tausende sein.« Strobl kratzte sich am Kopf.

»Schon, aber die hab ich gar nicht gebraucht. Der K2 ist schließlich der zweithöchste Gipfel der Welt und mit über 8600 Metern der höchste Berg im Karakorum-Gebirge, aber das wisst ihr ja bestimmt.«

Die drei Kollegen nickten eifrig.

»So, und über den hat der Bischof 1989 einen seiner ersten großen Filme gemacht. Also Jahreszahl und K2, versteht ihr. Seinen echten Durchbruch markierte eine Dokumentation über die wahrscheinlich legendärste Kletterroute der Welt, ›The Nose‹ am El Capitan, USA, Yosemite Nationalpark.« Wieder ließ Maier das Gesagte ein wenig wirken, bis er fortfuhr: »Das war im Jahr 1993. Folglich habe ich 19TN _93 probiert. Und: Bingo.«

»Ja, und?«, fragte Kluftinger.

»Wie, und? Ich finde, das ist eine ziemliche Leistung gewesen.«

»Richie, was du bei deinem Bingo gefunden hast, will ich wissen.«

»Ich habe einen vorbereiteten Post gefunden, der noch nicht online gestellt war, aber eben schon geschrieben: Ein Foto mit einem aufgebogenen Karabinerhaken und dem Kommentar: *Summitz-Schraubhaken: Würden Sie diesem Equipment Ihr Leben anvertrauen? Allgäuer Firma wusste über Mängel Bescheid, unternahm aber nichts.* Bischof hätte das jeden Moment aktivieren können, und alle seine Follower hätten es umgehend gesehen.«

Kluftinger brauchte einen Moment, dann hatte er verstanden: »Meinst du, dass der Bischof die Firma Summitz unter Druck gesetzt hat?«

»Den Schluss könnte man durchaus ziehen«, pflichtete Maier ihm bei.

»Da geht's vielleicht um Erpressung, und du rückst damit erst jetzt raus? Wir müssen nach Bühl, zum Schmitz, Tempo, Männer.«

Gott wie schön ist deine Welt
unter diesem Himmelszelt
Hilf uns friedlich miteinander
leben,
nicht nach noch mehr
Reichtum streben.
Hört das herrliche Kuhgeläut
und denkt:
was brauchen wir weder
Hass noch Streit!

Aus dem Gipfelbuch am Köpfle

Diesmal hielten sie sich nicht lange mit Fragen auf, und Kluftinger stürmte mit Maier durch die Verkaufs- und Produktionshallen der Firma *Summitz* in Richtung Bürotrakt. Immer, wenn sich ihnen ein Mitarbeiter entgegenstellen wollte, rief der Kommissar: »Wir kennen den Weg!« Und da sich die Kripobeamten in Begleitung von zwei Streifenpolizisten befanden, hielt sie letztlich niemand auf.

Von Schmitz' Sekretärin erfuhren sie, dass sich Junior- und Seniorchef in einem Meeting befänden, bei dem man auf keinen Fall stören dürfe. »Worum handelt es sich denn, ich kann jederzeit jemand anderen herbeirufen, der Ihnen weiterhilft«, sagte die Frau, die ziemlich außer Atem war, weil sie ständig um sie herumrannte.

Schließlich standen sie vor einer Tür aus schwerem Holz. »Da drin?«, fragte Maier, doch die Sekretärin musste nicht antworten. Die Stimmen der beiden Schmitz-Männer drangen laut und deutlich nach draußen. Es schien ziemlich hitzig zuzugehen, der alte

Schmitz schrie etwas wie »Ich produziere kein Herrenshirt in Flieder und Pink, das widerspricht den Grundlagen der Farbenlehre« und »Wir fertigen in Europa und sonst nirgends«, während der junge hysterisch dazwischenrief, dass es bald nichts mehr zu produzieren gebe, wenn sie so weitermachten.

Kluftinger trat ein, ohne anzuklopfen, worauf schlagartig alle Gespräche verstummten. Die Menschen, die sich um einen riesigen Tisch versammelt hatten, auf dem einige Stoffmuster und Kleidungsstücke lagen, sahen ihn an. Nach ein paar Sekunden ergriff Schmitz senior das Wort: »Herr Kommissar, haben Sie es sich doch noch überlegt?«

Kluftinger verstand nicht. »Was denn?«

»Wollen Sie sich doch etwas aus unserer Kollektion mitnehmen?«

Die Streifenbeamten blickten den Kommissar fragend an.

»Nein, das will ich nicht«, sagte der. »Dafür hab ich Ihnen was mitgebracht.« Er streckte die Hand aus, worauf Maier ihm den Ausdruck des Bischof-Posts gab, den der Kommissar postwendend an den Seniorchef weiterreichte. Der nahm das Blatt, setzte sich eine Lesebrille auf und wurde blass. Mit zitternden Fingern schob er den Zettel über den Tisch seinem Sohn Bernhard zu. Dann räusperte er sich und forderte seine Mitarbeiter mit schwacher Stimme auf, den Konferenzraum zu verlassen, was diese umgehend taten. Auch wenn man ihnen deutlich ansah, dass sie gerne gewusst hätten, was nun weiter passieren würde.

»Diesen Post hat Herr Bischof in seinem Account gehabt«, erklärte Maier. »Aber er hat ihn noch nicht online gestellt.«

»Wie sind Sie da rangekommen?«

»Ich habe ihn nur lesen können, weil es mir gelungen ist, sein Konto zu hacken. Das ging nämlich so, dass das Kennwort sich …«

»Richie, bitte.« Kluftinger hob eine Hand. »Das ist den Herren wahrscheinlich ziemlich egal.«

»Ja, meinst du? Ich weiß nicht …«

»Aber ich. Also, was sagen Sie dazu?« Der Kommissar hatte die

Anrede bewusst weggelassen, so dass sich beide angesprochen fühlen konnten. Es war erneut der Jüngere, der antwortete, was Kluftinger nicht überraschte.

»Papa, wir sagen jetzt gar nichts mehr. Wir werden erst mal unseren Anwalt anrufen und dann …«

»Und dann was?«, unterbrach ihn sein Vater mit einer Schärfe, die er dem Mann gar nicht zugetraut hätte.

»Dann werden wir weitersehen.«

»Ich weiß schon, was wir dann sehen. Wir hätten viel früher handeln sollen. In dieser misslichen Situation sind wir nur, weil ich auf dich gehört habe. Dabei habe ich dir alles über verantwortliches Handeln beigebracht.«

»Das hat damit nichts zu tun. Wir müssen an das Wohl der Firma denken.«

»Und genau das tun wir jetzt. Ich habe mich nie hinter meinen Anwälten versteckt. Wir werden jetzt das machen, was wir schon lange hätten tun sollen.«

Schmitz junior stand auf. »Papa, ich muss protestieren …«

»Wenn du das musst, lass dich nicht aufhalten. Es ändert nichts. Herr Kommissar, der Bischof schreibt die Wahrheit.«

Sein Sohn ließ sich wieder in den Ledersessel fallen.

»Nehmen Sie doch auch Platz, meine Herren«, forderte sein Vater sie auf.

Die Beamten setzten sich, und Maier bediente sich sofort an dem auf der Tischmitte bereitgestellten Kaffee und Gebäck, bis Kluftinger ihn mit einem scharfen Blick stoppte.

»Wir hatten Probleme mit einem unserer Karabiner, ein Schraubhaken«, fuhr Schmitz fort. »Unter bestimmten Bedingungen, die man nicht anders als eine Verkettung unglücklicher und unwahrscheinlicher Umstände beschreiben kann, hätte es sein können, dass der Verschluss sich von selbst öffnet, also dass sich das Material aufbiegt und gegebenenfalls das Seil herausrutscht. Wir haben das aber bereits behoben.«

»Ohne Rückrufaktion?«, fragte Maier ungläubig.

»Ja.«

»Ziemlich fahrlässig. Das hat sich aber neulich alles ein bisschen anders angehört, da ging's Ihnen ständig um Verantwortung.«

»Sehen Sie, es ist nichts passiert, und dass es zum Äußersten kommt, ist schlicht sehr, sehr unwahrscheinlich. Wir haben aber dennoch eine derartige Aktion vorbereitet in der Schublade, und letztlich bin ich froh, dass Sie mich nun sozusagen dazu zwingen, sie endlich durchzuführen.«

»Warum haben Sie das nicht längst getan?«, insistierte Maier.

»Wir haben nicht viele davon abgesetzt, nur hier im Direktverkauf, aber wie soll ich sagen ...«

»Darf ich das weiter ausführen, Papa?«, fragte Bernhard Schmitz, und der Alte nickte.

Kluftinger befürchtete Schlimmes, doch der Sohn blieb ausnahmsweise ruhig und sachlich. »Die Bergbranche gehorcht speziellen Marktgesetzen. Alles funktioniert hier über Namen, über Vertrauen, Empfehlungen unter den Usern. Oder haben Sie schon mal einen Werbespot für ein Seil oder ein Steigeisen im Fernsehen gesehen?«

Kluftinger schüttelte den Kopf.

»Sehen Sie. Sie können zwar Produkte ganz direkt bei der Zielgruppe bewerben, also etwa im bergaffinen Umfeld einer Special-Interest-Zeitschrift ...«

»Herr Schmitz, wenn Sie einfach mit dem Fachchinesisch aufhören könnten, dann würden wir's vielleicht auch verstehen.«

Maier protestierte: »Also, ich für meinen Teil hab es durchaus ...«

»Richie, jetzt nerv nicht!«

Bernhard Schmitz ergriff wieder das Wort: »Es ist also in unserem Betätigungsfeld von essenzieller Bedeutung, dass Ihr Name ohne Makel ist. Sonst können Sie einpacken. Und deswegen ...«

»Haben Sie es vertuscht«, führte Kluftinger den Satz zu Ende.

»Vertuscht haben wir nichts«, blaffte Schmitz junior, dem es zunehmend schwerer fiel, sich unter Kontrolle zu halten. »Wir haben es nur nicht publik gemacht.«

»Wo genau ist jetzt da der Unterschied?«

»Wie mein Vater bereits erklärt hat: Es hat letztlich zu keinem Zeitpunkt eine wirkliche Gefahr bestanden. Außer für uns. Und unsere vielen Mitarbeiter. Wir gehören nämlich zu den ganz wenigen Firmen, die noch vor Ort produzieren und nicht in Asien. Hätten wir das alles aufs Spiel setzen sollen?«

»Ja, hätten Sie«, antwortete Kluftinger. »Statt Ihren Profit im Auge zu haben, hätten Sie besser Verantwortung übernehmen und an das Leben Ihrer Kunden denken sollen!«

»Das wäre es dann gewesen für die Firma.«

Kluftinger zuckte mit den Schultern.

Schmitz fuhr fort: »Sagt Ihnen der Name *Mountain Eagels* etwas?«

Der Kommissar schüttelte den Kopf, während Maier sofort sein Mobiltelefon herauszog und darauf herumtippte.

»Das ist kein Wunder. Es gibt sie nicht mehr. Denen ist etwas Ähnliches widerfahren wie uns, nur dass sie es umgehend öffentlich gemacht haben. Einzige Konsequenz war das sofortige Ende eines profitablen Unternehmens. Ich aber denke an die Familien unserer Mitarbeiter.«

Kluftinger überlegte: Es klang plausibel, was der junge Mann da erzählte, auch wenn er das Vorgehen natürlich in keiner Weise billigte. Da kam ihm ein weiterer Gedanke: »Und der Bischof Andi ist für Sie da natürlich zur wandelnden, man könnt fast sagen, zur wandernden Gefahr geworden.« Zufrieden mit seinem Wortspiel, lehnte er sich in seinem Stuhl zurück.

Schmitz junior bekam große Augen. Erst jetzt schien er die Tragweite der ganzen Angelegenheit zu begreifen. »Wollen Sie damit andeuten … nein, Sie wollen doch nicht etwa … Papa, ich ruf jetzt sofort unseren Anwalt an, die Herren scheinen komplett den Verstand verloren zu haben.«

»Ich muss meinem Sohn recht geben. Sie glauben doch nicht, dass wir irgendetwas mit dem Unfall zu tun haben? Es war dieses Latschenbäumchen, das die Männer in den Tod gerissen hat, wie ich in der Zeitung gelesen habe. Und falls es kein Unfall war: Wie hätten wir das bewerkstelligen sollen? Ich hab ein kaputtes Knie, seit ich seinerzeit in die Lawine am Ortler gekommen bin. Ich komm nur noch mit dem Lift auf einen Berg. Das können Sie alles nachprüfen. Und mein Sohn … na, sehen Sie sich den doch an. Der ist froh, wenn er morgens die Treppe ohne zusätzlichen Sauerstoff schafft.«

Der junge Mann protestierte ausnahmsweise nicht. Stattdessen nickte er: »Manchmal löst das Schicksal eben auch Probleme.«

»Bernhard!«

»Ist doch wahr, Papa. Meinst du, ich weine diesem Bischof auch nur eine Träne nach? Nur um den Bergführer tut es mir leid.«

»Es waren zwei«, verbesserte Maier ihn. »Und Sie hätten ja auch jederzeit jemanden damit beauftragen können. Ihre Kontakte in die alpine Szene dürften ganz gut sein.«

»So weit geht die Solidarität unserer Mitarbeiter denn doch nicht. Gott sei Dank. Sie müssen uns das eben einfach glauben.«

»Müssen wir nicht«, beharrte Maier.

Kluftinger nickte. »Da hat mein Kollege recht. Das müssen wir ganz und gar nicht. Im Gegenteil, man erwartet sogar von uns, dass wir nicht alles glauben.«

»Ich kann Ihnen versichern, dass wir die Rückruf-Sache nun umgehend in Angriff nehmen«, fuhr Schmitz senior fort. »Und wir werden Ihnen alle Informationen zur Verfügung stellen, die Sie brauchen. Ich werde gleich mit unserer Entwicklungsabteilung sprechen, damit die Mitarbeiter Ihnen Rede und Antwort stehen, wann immer Sie es brauchen. Bernhard, wer ist denn da im Moment verantwortlich, seit der Wolf krank ist?«

»Ich kümmere mich drum.«

»Wolf?«, hakte Kluftinger nach. »Wie die Frau Wolf vom Bischof?«

»Nicht nur wie. Es handelt sich dabei um ihren Mann.«

Kluftinger und Maier sahen sich erstaunt an.

»Moment«, sagte Richard Maier, »Sie wollen damit sagen, dass der Mann von Frau Wolf, also der Mann der Geschäftspartnerin von Andreas Bischof, des Mannes, der Sie wegen eines Materialfehlers erpresst hat, in Ihrer Firma arbeitet?«

»Wir wurden nicht erpresst«, echauffierte sich Bernhard Schmitz. »Wenn Sie noch einmal so etwas Ungeheuerliches behaupten, lassen wir sämtliche Anwälte von der Leine.«

Kluftinger hob beschwichtigend die Hände: »Mein Kollege meinte doch nur, dass es schon ein ziemlich komischer Zufall ist, dass dieser Mann bei Ihnen in der Entwicklung arbeitet. Ist Ihnen nie der Gedanke gekommen, dass er Interna weitergegeben haben könnte?«

Schmitz senior schüttelte entschieden den Kopf. »Die Sachlage stellt sich hier ganz anders dar. Bischof ist auf diesen Mangel gekommen, noch bevor wir überhaupt davon wussten. Und der Wolf ist bereits länger krankgeschrieben.«

»Auch komisch«, fand Kluftinger. »Was hat er denn?«

»Bandscheibe und Erschöpfung, was weiß ich ...«

Kluftinger dachte nach. Das war nun wirklich eine ganz neue Lage, die sie erst einmal untereinander besprechen mussten. Vielleicht bedeutete das etwas für ihren Fall, vielleicht aber auch nicht. Im Moment war er sich dessen einfach nicht sicher.

Er erhob sich. »Wir bedanken uns fürs Erste bei Ihnen.«

»War's das dann endgültig?«, fragte Bernhard Schmitz ungehalten.

»Wir werden sehen«, sagte der Kommissar nebulös und ging. Die Streifenpolizisten folgten ihm, als Letzter verließ Maier den Raum. Im Türrahmen wandte er sich noch einmal um: »Eins sag ich Ihnen: Ich kann mich jederzeit in Ihren Facebook-Account reinhacken. Nehmen Sie sich in Acht!«

»Hätten wir uns sparen können«, sagte Kluftinger auf dem Parkplatz, wo er mit Maier dem Streifenwagen hinterherschaute, der wieder in Richtung Kempten fuhr.

»Ich war ganz froh, dass die Kollegen dabei waren. Wer weiß, was dem jungen Choleriker da sonst noch alles eingefallen wäre.«

»Seltsame Geschichte«, murmelte Kluftinger.

»Das mit dem Wolf?«

Der Kommissar nickte. »Ja, und alles andere.« Er atmete tief ein. »Weißt du, wo wir jetzt hingehen?«

Maier dachte nach. »Zum Bäcker?«

»Zum Bäcker? Warum denn zum …«

»Dann zum Metzger?«

»Herrschaft, Richie, zur Frau Wolf gehen wir natürlich. Ich glaub, die hat uns ein bissle was zu erzählen.«

»Frau Wolf, ich will gar nicht lang um den heißen Brei rumreden: Wussten Sie, dass der Herr Bischof die Firma Summitz erpresst hat?«

Eva Wolf hatte die Polizisten gewohnt freundlich empfangen, mit ihnen an einem Besprechungstisch Platz genommen und Kaffee angeboten. Jetzt schien sie aus allen Wolken zu fallen.

»Andi soll … was?« Sie machte eine kurze Pause, dann lachte sie laut. »Tut mir leid, meine Herren, aber das ist wirklich abstrus, finden Sie nicht?«

»Leider nein«, brummte Kluftinger, »wir haben sogar Beweise dafür.«

»Da kann es sich nur um ein Missverständnis handeln«, beharrte Eva Wolf, dann aber änderte sich ihr Ton. »Ausgerechnet Summitz? Vielleicht wissen Sie es nicht, aber da arbeitet mein Mann.«

»Ja, das ist uns mittlerweile bekannt. Sie haben es uns ja nicht mitgeteilt.«

»Ich dachte nicht, dass das eine Rolle spielt.«

»In einer Mordermittlung spielt alles eine Rolle.«

»Entschuldigen Sie, das ist das erste Mal, dass ich mit so etwas zu tun habe. Aber wenn Sie das mit meinem Mann jetzt wissen, dann müssen Sie doch einsehen, dass Ihre Behauptung dadurch noch absurder wird. Worum soll es bei der Erpressung denn gegangen sein?«

Maier erklärte es ihr, wobei er diesmal seine Rolle bei der Entdeckung nur in einem Nebensatz erwähnte.

»Um Himmels willen, mein Mann ist in der Entwicklungsabteilung beschäftigt! Wenn ich daran denke …«

»Hat er Ihnen denn nichts von dem Haken erzählt? Oder Herr Bischof?«, wollte Kluftinger wissen.

Eva Wolf sah sie lange an, dann sagte sie. »Na ja, ich wusste, dass es Probleme gab. Aber Andi hat mir erklärt, es sei gut, dass ihm das aufgefallen sei und keinem Kunden. Er sah sich selbst als eine Art Mitarbeiter bei Summitz. Uns verband ja eine langjährige Kooperation. Er hätte nie …«

»Eine Kooperation, die aber aufgekündigt wurde. Wusste Ihr Mann davon?«

»Er hätte mir sicher davon erzählt.«

»Sie meinen, es könnte sein, aber er hat es verschwiegen?«

»Das hab ich nicht gesagt!«

»Nicht direkt, aber …«

»Mein Mann hatte mit der Entwicklung des Hakens nichts zu tun.«

Kluftinger sah sie verwundert an. »Woher wollen Sie das denn wissen? Wo Sie doch nicht drüber geredet haben, angeblich.«

»Weil mein Mann schwerpunktmäßig für Seile zuständig ist und nicht für Haken.«

»Verstehe. Noch mal zu den Sponsoren: Um die hat sich ausschließlich Herr Bischof gekümmert?«

»Ja, das war sein Ressort, aber anscheinend wollte sich Summitz aus dem Sponsoring generell zurückziehen.«

»Vermutlich, weil so eine Erpressung die Arbeitsbeziehung belastet.«

Jetzt bekam Frau Wolf große Augen. »Himmel, wenn das wirklich … Andi hat mir nie richtig erklären können, wie es zum Bruch kam. Er sagte mir, die hätten schlicht kein Interesse mehr, wollten sich neu aufstellen. Trotzdem kann ich mir nicht vorstellen …«

»Wo ist denn Ihr Mann gerade?«, fragte Kluftinger.

»Er dürfte zu Hause sein. Vielleicht auch beim Mountainbiken.«

Scheint ja was Ernstes zu sein, dachte der Kommissar.

Maier schien auch an die Krankschreibung zu denken, das konnte er in seinem Gesicht lesen. Dennoch fragte sein Kollege höflich: »Könnten Sie ihn mal anrufen und bitten vorbeizukommen? Sie wohnen ja hier ganz in der Nähe, oder?«

Eva Wolf nickte. »In Hinterstein, ja. Ich verstehe allerdings nicht, was mein Mann Ihnen dazu sagen könnte. Er und Andi standen nie in engem Kontakt.«

»Das kann er uns selber sagen. An Zeit dafür dürfte es ihm ja nicht mangeln«, insistierte Maier nun doch.

»Was wollen Sie damit sagen?«, zischte Frau Wolf kampfeslustig.

»Nix möchte der Herr Maier damit sagen, außer, dass wir Ihren Mann jetzt gern sprechen würden.«

»Ich wüsste zwar nicht, warum, aber von mir aus.« Mit diesen Worten griff sie zum Telefon.

Ein paar Minuten später betrat Matthias Wolf die Büroräume der *Wilde Mändle Filmproduktion* in Hinterstein. Er war in den Vierzigern, gut eins neunzig groß und braungebrannt. Sein drahtiger Körper steckte in grellbunten Fahrradklamotten, wobei Kluftinger auffiel, dass er denselben Helm in der Hand hielt, den Langhammer bei ihrer gemeinsamen Tour getragen hatte. Er warf seinen Rucksack auf einen der Schreibtischstühle. Nachdem er seiner Frau einen Kuss gegeben und sich in der kleinen Küche ein Glas Wasser geholt hatte, ging er zielstrebig auf Kluftinger und Maier zu, die noch immer an dem Besprechungstisch saßen. Der Neuankömmling hielt ihnen die Hand hin, und nicht nur sein forsches Auftreten, sondern auch sein Händedruck ließ beim besten Willen nicht an irgendeine Krankheit denken.

»Sie sind also die Herren von der Polizei?«

Der Kommissar hörte an den kehlig rauhen Konsonanten, dass der Mann von hier stammen musste.

»Ganz genau, das sind wir. Kluftinger, mein Kollege Maier.«

»Matthias Wolf. Sie wollen mit mir reden?«, fragte er tonlos.

»Allerdings. Sie arbeiten in der Entwicklungsabteilung der Firma Summitz.«

»Ja, das weiß ich, aber danke, dass Sie mich darauf hingewiesen haben.«

»Sie sind grad krankgeschrieben, oder?«

Wolfs Augen verengten sich. »Ja, ich weiß schon, sieht nicht grad danach aus. Aber die Ärzte haben gesagt, ich muss den Kopf frei kriegen. Und das kann ich nach wie vor am besten auf dem Bike.«

»Wir sind nicht hier, um Ihre Arbeitsfähigkeit zu überprüfen, das müssen Sie mit Ihren Chefs und Ihrem Gewissen ausmachen«, sagte Maier.

»Mit denen werd ich bald gar nichts mehr ausmachen«, brummte Wolf.

Kluftinger wurde hellhörig. »Wie meinen Sie das?«

»Dass ich einen neuen Job suche, weil ...«

Seine Frau ging dazwischen. »Das interessiert die Herren bestimmt nicht, die wollen andere Sachen wissen.«

Kluftinger lächelte. »Danke, Frau Wolf, genau das hätte mich jetzt aber interessiert. Also?«

Matthias Wolf fuhr fort, allerdings vorsichtiger als zuvor. »Momentan sind die Alternativen überhaupt noch nicht spruchreif.«

»Hat Ihre ablehnende Haltung mit dem fehlerhaften Karabinerhaken zu tun? Hatten Sie das Projekt zu verantworten?«, bohrte Maier nach.

Wolf stieß die Luft aus. »Gott, wer weiß letztlich schon, wer da verantwortlich ist? Ein Produkt geht in der Entwicklung durch so viele Hände. Das betraf die ganze Abteilung. Aber meine Zuständigkeit sind eigentlich die Seile.«

»Wie hat Herr Bischof denn von dem fehlerhaften Teil erfahren?«

Eine Weile blieb es still, dann antwortete Wolf mit unterdrücktem Zorn: »Wenn Sie hier andeuten wollen, dass ich Betriebsinterna rausgebe, sollten Sie das besser auch belegen können.«

»Gut, dann anders: Man kann doch wohl sagen, dass der Vorfall Ihre Stellung im Unternehmen nicht gerade verbessert hat, oder? Als Mitglied der Entwicklungsabteilung. Und eine Erpressung hätte das natürlich extrem verschärft«, wagte der Kommissar einen weiteren, wohldosierten Vorstoß.

Noch bevor Wolf reagieren konnte, legte Maier nach: »Und dann haben Sie Andreas Bischof umgebracht, damit er Ihnen nicht noch mehr verbaut?«

Kluftinger seufzte. Doch zu seiner eigenen Verwunderung reagierte Wolf gelassen: »Das ist doch eine vollkommen abwegige Theorie, das wissen Sie selber. Warum hätte ich das machen sollen? Ich hab Ihnen doch gerade gesagt, dass ich längst meine Fühler in verschiedene Richtungen ausgestreckt hab. Da werd ich wohl kaum einen Mord begehen.«

»Ist denn was geworden aus einer der Alternativen?«

»Ich bin da noch in einer Findungsphase. Aber dass ich bei Summitz keine echten Perspektiven hab, wurmt mich schon. Dazu hab ich mich beim Alten zu wenig eingeschleimt, bin ihm zu wenig um den Bart gegangen. Das will er nämlich, der große Patriarch. Fair geht es da nicht zu, das kann ich Ihnen sagen.«

Kluftinger stutzte. Schmitz hatte sich schließlich die größte Mühe gegeben, als loyaler, verantwortungsvoller Chef zu erscheinen, dem seine Mitarbeiter mindestens so wichtig sind wie der wirtschaftliche Erfolg.

Wolf schien die Gedanken des Kommissars zu erraten: »Ich weiß schon, er verkauft sich als der Superunternehmer. Ihnen gegenüber sicher auch, oder? Aber haben Sie mal überlegt, wer letztlich seinen ganzen Luxus bezahlt? Den Helikopter, den Butler, den Maybach und seine ganzen Häuser? Das ist doch pervers für ein mittelständisches Unternehmen.«

Kluftinger nickte. Damit konnte Wolf durchaus recht haben. »Und wie standen Sie zu Andreas Bischof?«, fragte er dann.

Eva Wolf sah ihren Mann an. Der erwiderte für einen Moment den Blick, bevor er erklärte: »Mein Gott, was soll ich sagen: Wir waren nie die besten Freunde. Aber ich wusste, wie wichtig er für Eva war. Die haben toll zusammen geschafft. Bei der Arbeit, da waren sie fast so was wie seelenverwandt. Ich bin heilfroh, dass sich das nie auf ihr Privatleben ausgedehnt hat. Konnte ja kaum einer glauben! Ich hab den Andi akzeptiert und bin immer respektvoll mit ihm umgegangen, denk ich.«

»Aber gemocht haben Sie sich nicht.«

»Dazu kann man niemanden zwingen. Was heißt schon *mögen?* Er war mir einfach zu dominant. Und fragen Sie mal in seinem Umfeld herum: Er hatte doch letztlich niemanden, der ihm privat lang zur Seite stand.«

Das stimmte mit ihren Ermittlungsergebnissen zu Bischofs privatem Umfeld überein.

»Warum, werden Sie jetzt fragen«, fuhr Wolf fort. »Ich sag es Ihnen: Weil er ein herrischer Typ war im Umgang mit den meisten Leuten. Weil er sich auf niemanden richtig einlassen konnte und sich immer selbst der Wichtigste war. Weil er arrogant war. Und das musste die Evi dann oft wieder rausreißen und glattbügeln. Aber wie gesagt: Ich hab ihr Arbeitsverhältnis akzeptiert. Er konnte was, auch wenn nicht nur er einen Platz im Rampenlicht verdient gehabt hätte, sondern auch meine Frau.«

»Ich hab das nie eingefordert, Matthias, das weißt du«, mischte sich Eva Wolf ein. »Es wäre ungerecht, ihm das im Nachhinein vorzuwerfen.«

Wolf küsste seine Frau auf die Wange und sagte dann zu Kluftinger: »So ist die Evi. Immer loyal dem Andi gegenüber.«

»Matthias, du weißt, was Andi für den Bergsport und damit für die ganze Branche getan hat. Und auch für dich.«

»Was *ihr* getan habt«, korrigierte Wolf seine Frau, doch die winkte ab. »Ja, klar, durch sein Auftreten und durch spektakuläre Aktionen hat er die Outdoor- und Adventure-Welle hochgehalten. Das rechnen ihm einige hoch an, auch wenn er mit seinem Purismus eher auf verlorenem Posten stand. Die Zeichen stehen auf Veränderung, heutzutage braucht es spektakulärere Streifen, um wirklich die Masse hinterm Ofen vorzulocken. Das hat die Eva schon besser erkannt als er.«

Kluftinger ließ noch einen Testballon steigen: »Und Sie haben sich nie auf professioneller Ebene ausgetauscht? Über defekte Schraubhaken zum Beispiel?«

Der Kommissar sah, wie Wolfs Kiefermuskeln arbeiteten, doch der Mann hatte sich erstaunlich gut in der Gewalt. »Nein«, antwortete er lediglich, »und ich hab nicht mal Lust, darüber nachzudenken, was Sie damit unterstellen wollen.«

Kluftinger dachte einen Augenblick über das Gespräch nach. Ein Blick zu Maier sagte ihm, dass der ebenfalls unschlüssig schien, wie das alles einzuordnen war. Hatte Matthias Wolf mit dem Filmemacher gemeinsame Sache bei der Erpressung der Firma Summitz gemacht? Aber warum hätte er ihm dann etwas antun sollen? Diese Annahme war pure Spekulation. Und die Hypothese, Matthias Wolf habe Bischof umgebracht, um sich selbst oder seine Arbeitgeber vor dessen Forderungen zu schützen, war ebenfalls weit hergeholt. Er hätte sicher andere Gelegenheiten gehabt, den Geschäftspartner seiner Frau aus dem Weg zu räumen – ohne Kollateralschäden. Und vor allem: Wie hätte er sicher sein können, dass es wirklich zum Absturz kommen würde? Diese Frage beschäftigte den Kommissar nach wie vor. Hier lag der Schlüssel zur Lösung: Wie hatte der oder die Täter dafür sorgen können, dass die Seilschaft den Halt verlor, ins Seil stürzte und dann, weil der Fixpunkt, also die kleine Latschenkiefer, manipuliert worden war, in den Abgrund stürzte?

»Sonst noch was?«, fragte Wolf, was Kluftinger zeigte, dass er wohl ein wenig zu lange seinen Gedanken nachgehangen war.

Er nickte Maier zu, dann verabschiedeten sie sich. Der Kommissar fühlte sich ausgelaugt und müde, hatte das Gefühl, seine Gedanken erst ordnen zu müssen, um die Erkenntnisse zu einem großen Ganzen zusammenfügen zu können. Kurz: Er musste heim und einfach mal wieder einen ruhigen, erholsamen Abend verbringen.

No such thing as spare time,
No such thing as free time,
No such thing as down time.
All you got is life time.
Go!!

Aus dem Gipfelbuch am Edelsberg

Was denn für einen Film?« Kluftinger stellte sich dumm, auch wenn er wusste, wovon Yumiko sprach.

Sie setzte sich zu ihm an den Küchentisch: »Mein Vater hat dir doch die GoPro geschenkt, damit du Aufnahmen von deinen Radausflügen machen kannst.«

»Ach, *der* Film! Ja, klar.«

»Und jetzt wollte Papa im WhatsApp wissen …«

»Wo ist der? Ist das dieses warme Bad?«

»Nein, das heißt Onsen.«

Er lachte laut. »Ha, ihr habt's schon komische Begriffe bei euch.«

»Etwa so wie Gänsehaut auf Allgäuerisch? *Hennapfrupfa* heißt das doch, oder?«

Kluftinger schwieg.

»Jedenfalls wollte mein Vater wissen, ob du schon Aufnahmen von deinen Ausflügen hast. Ich glaube, er befürchtet, dass dir das Geschenk gar nicht gefällt.«

»Nein, nein, so ist das nicht.« Kluftinger fuchtelte abwehrend mit den Händen herum. »Dass ihr immer gleich beleidigt sein müsst.«

»Wir?«

»Du brauchst gar nicht wieder mit irgendeinem Vergleich anfangen. Man kann über uns Allgäuer ja viel sagen, aber sicher nicht, dass wir kompliziert wären.« Er nahm einen Schluck aus seinem Bierkrug.

»Und, was ist jetzt?«, fragte seine Schwiegertochter, nachdem er eine Weile nichts mehr gesagt hatte.

»Mit was?«

»Dem Film.«

»Ach so, jaja, da hab ich … schon einige gemacht.«

»Das ist ja toll«, sagte Yumiko strahlend, nahm ihr Mobiltelefon zur Hand und tippte etwas ein.

Kluftinger sah ihr eine Weile dabei zu, dann fragte er: »Was machst du da?«

»Ich hab meinem Papa grad geschrieben, dass du schon ganz viel gedreht hast.«

Kluftinger verschluckte sich. »Das hätt's doch nicht gebraucht, nicht dass er …« Ein Piepsen aus Yumikos Handy unterbrach ihn.

»Ah, er hat schon geantwortet«, sagte sie erfreut.

»Um Gottes willen, der ist aber von der schnellen Truppe.«

»Ja, und er schreibt, dass er extra noch ein bisschen aufbleibt, bis du ihm einen Film geschickt hast.«

»Wie, ich mein, wann? Jetzt?«

»Ja, jetzt.«

Kluftinger schluckte. Er hatte keine Ahnung, wo er auf die Schnelle die versprochenen Filme auftreiben sollte. Ob es vielleicht im Internet etwas zum Herunterladen gab? Aber allein würde er das niemals finden, und Sazukas Tochter konnte er ja kaum um Hilfe bitten. »Sag doch dem Joshi, er soll sich keine Umstände … also so ein Schlaf, der ist auch wichtig.«

»Das macht er doch gern.«

»Aber ich hab ja gar keinen Computer, ich muss das erst vom G'schäft aus …«

»Nimm meinen«, entgegnete die Japanerin und schob ihm ein flaches silbernes Gerät hin, das ein stilisierter Apfel zierte.

Der Kommissar seufzte. Würde aus seinem gemütlichen Feierabend vorerst wohl nichts werden. Er öffnete den Laptop und bekam große Augen. »Ist der kaputt?«

»Wieso?« Yumiko beugte sich zu ihm. »Nein, alles gut. Zum Glück, ich hatte schon Angst.«

»Da schaut alles so … anders aus.« Er vermutete, dass es sich um eine Abart dieser Tablets handelte, und wischte auf dem Bildschirm herum.

»Das ist aber kein Touchscreen.«

»Das weiß ich, klar, es ist nur … da war so ein Dreck.«

Ein paar Minuten später hatte seine Schwiegertochter den Clip auf ihren Rechner überspielt, und das Display zeigte die wackeligen Aufnahmen seiner Radtour mit dem Doktor. Immer wieder waren auch abfällige Kommentare über seinen Begleiter zu hören, was Yumiko jeweils mit einem Schmunzeln quittierte. Doch dann begann seine rasante Abfahrt, und man konnte deutlich seine Angstschreie hören. Gleich würde auch noch sein Stoßgebet folgen, weswegen Kluftinger den Computer schnellstens ausschalten wollte, doch er fand auf der fremden Tastatur den Knopf nicht. Schließlich beugte er sich unter den Tisch und zog einfach den Netzstecker. Erleichtert richtete er sich wieder auf – um entsetzt festzustellen, dass das Video immer noch lief. Da klappte er in seiner Verzweiflung einfach den Laptop zu.

Yumiko sagte nichts, an ihrem Blick aber konnte er erkennen, dass sie der gleichen Meinung war wie er: Diesen Film konnte er Yoshifumi Sazuka unmöglich schicken.

Da kam ihm eine Idee. »Du, Yumiko, ich bin ja ein Depp! Mir fällt grad ein, dass ich noch einen anderen Film hab.«

»Gut, soll ich ihn auch gleich überspielen?«

»Nein, lass mal, ich muss den ja erst noch … herladen.«

Er ignorierte Yumikos fragenden Blick, schnappte sich die Kamera, zog sich eine Jacke über, ging nach draußen in die Garage, holte sein Fahrrad und schob es in den Garten. Er suchte sich eine geeignete Stelle, plazierte das Rad neben sich und drückte den Aufnahmeknopf der Kamera, die er zunächst auf das Rad und anschließend auf sich richtete.

»Hallo Joshi, many thanks noch mal für das tolle Geschenk, ich fahr always damit umanand, aber see self.« Dann schwenkte er wieder in die andere Richtung, ging gemessenen Schrittes vorwärts, beschleunigte aber bald, bis er kreuz und quer durch seinen Garten rannte. Dabei wackelte er bewusst mit der Kamera und brüllte Sätze wie »Au weh, jetzt wird's eng«, oder »Das ist eine verzwickte Stelle« und »Ha, grad noch die Abzweigung erwischt«. Manchmal drehte er die Kamera fast in die Waagerechte, um eine besonders scharfe Kurve zu simulieren. Als er gerade schreiend am Gartenzaun entlanglief, sah er im Augenwinkel seine Nachbarin mit einem Wäschekorb im Garten stehen. Allerdings hängte sie keines ihrer Kleidungsstücke auf, sondern starrte fassungslos zu ihm herüber. Da Kluftinger die Aufnahme nicht wiederholen wollte, rief er ihr nur zu: »Testfahrt mit dem neuen Rad, aus der Bahn!« Er würde ihr später alles erklären.

Er drehte noch ein paar Runden, dann stoppte er die Aufnahme, lief zur Regentonne, spritzte sich Wasser ins Gesicht, stellte die Kamera wieder an, richtete sie auf sich und sagte atemlos: »Das ist so ein toller Sport, Joshi, I really love se Präsent. All se Bewegung does me so good! Look, wie ich schwitz!«

Wieder im Haus, merkte der Kommissar, dass sogar vorgetäuschte Radtouren ganz schön anstrengend sein konnten. In der Küche leerte er erst einmal eine halbe Flasche Spezi. Als er die Tür zum Wohnzimmer öffnete, sah er, dass Yumiko auf der Couch eingeschlafen war. Er breitete eine Decke über sie, da kam ihm eine Idee, und er zog noch einmal die Kamera heraus, startete eine weitere Aufnahme und flüsterte: »Hallo Joshi, I am it noch mal. Ich hab gedacht, perhaps willst du deine Tochter auch mal watchen.

Look, here is se Yumiko. It goes her good, she is sleeping. And sis is her big stomach, wo se Butzel is inside.« Jetzt schwenkte er über den Bauch der Schlafenden. Als die sich brummend umdrehte, trollte er sich auf Zehenspitzen aus dem Zimmer.

Ein paar Minuten später lag er im Schlafzimmer auf dem Bett, auf dem Schoß ein Kissen und auf diesem Yumikos Laptop. Er hatte es tatsächlich geschafft, sich die neuen Clips auf den Rechner zu laden und sie in eine E-Mail zu packen, die er an sazuka_san@sazuka-industries.jp adressierte. Als Absender erschien automatisch allgaeu_butzele@klufti.de.

Nun blinkte ihn der Cursor an und wartete auf eine Eingabe. Er überlegte, dann schrieb er in die Betreffzeile: *Radeln forever.*

Mit einem Kopfschütteln löschte er die Zeile wieder und tippte stattdessen: *The new bike goes mad good.*

Allerdings war er nicht ganz sicher, ob man »wahnsinnig gut« tatsächlich wörtlich übersetzen konnte. Also schrieb er schließlich: *Nice bikefilm from me!*

Dann fuhr er im Zwei-Finger-Suchsystem fort:

Lieber Joshi,
here steht ja jetzt schon bald the Entbindung before the door. In Kürze können schon die Wehen einsetzen. The pains could come in short! Ich weiß jetzt nicht, wie euer Shinto das sieht, aber sicher schadet es nix, wenn du ihm ein paar Kerzen anzündest. Candels. Oder Hunde opferst oder was ihr da halt so macht (lofl oder roll oder Blinzelschleimi, oder wie das heißt). Ich hab für den Max auch schon ein Halstuch gekauft. Max is the name of our Enkelson, when all goes good.

Er hielt inne und dachte nach. Vielleicht wollte ihm Sazuka ja auch einen Namen geben. Also fügte er hinzu:

Naturally he can have more names. Also sagen wir mal Max Noriaki, wenn you will, zum Beispiel.

Noriaki Kasai war ein japanischer Skispringer und außer den Sazukas der einzige Mensch aus diesem Land, dessen Namen er kannte. Da das nun geklärt war, fuhr er fort:

Ich bin practically every day beim Radeln. When you come, we drive alltogether. Einmal war ich auch mit dem Longhammer, da hat er sich his car, also seinen Karren verkratzt, aber es trifft ja keinen Armen. Meets no poor man.
The Yumiko ist schon ziemlich pregnant now, das siehst du ja auf dem Film. Heute war bei uns ein bissle ein Durcheinander – a throughaltogether. Big Streiterei with Bläring and all. Weil halt in DIESER SCHWIERIGEN ZEFIX WAS IST DENN JETZT MIT DER DRECKSTASTATUR ah, jetzt geht's wieder, also in dieser Zeit, da streiten Mann und Frau halt auch mal, aber das ist ja nicht so schlimm, not so seriös, wird schon wieder werden.
The Erika is leider verhätscheling her boy very much, too much, when du mich fragst. And the Yumiko sees it also so.
Wie ist das Wetter bei euch? Bei uns blühen schon die Schlüsselblumen – the key flowers. Wie wollt ihr eigentlich die Geburt feiern? How do you fire? Will you present something to Yumiko? Oder dem Max? Max is … aber that stands ja oben schon. Ich hab ein Halstuch für ihn gekauft, there stands »Butzel« drauf. A Spitzname for a child, you know?
So, enough geschwätzt, gleich begins hier »Feuer der Leidenschaft«,
bis soon dann mal wieder.
Greetings auch from the others,
dein Schwiegerfreund A. I. Kluftinger (but you can always say Klufti to me. Forever.)

Er las sich alles noch einmal durch, dann nickte er zufrieden. Bevor er die Nachricht jedoch abschickte, fügte er noch ein Postskriptum hinzu:

PS: Think you nothing wegen meiner komischen E-Mail-Adresse, die hat der Markus, der Hundskrüppel, mir so eingerichtet!

Ermattet stand er auf. Das Schreiben auf Englisch hatte ihn angestrengt. Dabei beherrschte er die Sprache noch erstaunlich gut, fand er, auch wenn ihm im Schriftlichen ein wenig die Übung fehlte. Umso mehr freute er sich nun auf Kässpatzen und einen gemütlichen Fernsehabend. Als er jedoch die Wohnzimmertür öffnete, erstarrte er: Annegret Langhammer saß mit Erika am Esstisch, und als sei das nicht genug, wurde die Frau des Doktors von einem heftigen Weinkrampf geschüttelt.

»Oh, das tut mir aber leid«, sagte er reflexhaft.

Erika runzelte die Stirn. »Was denn?«

»Ja, das … was halt passiert ist.«

»Danke, das ist … sehr … nett von Ihnen, Herr Kluftinger«, presste Annegret Langhammer hervor.

Er sah seine Hoffnungen auf einen ruhigen Abend mit seiner Serie schwinden. Die Kässpatzen hatte er in diesem Moment bereits abgehakt. Wieder ein Montag ohne sein Lieblingsessen! Oder gab es noch eine Chance?

»Denn geh ich halt wieder. Oder wollt ihr vielleicht noch was zusammen machen? Spazieren gehen vielleicht oder auf ein Getränk in die Wirtschaft. Vielleicht wartet ja der Doktor auch schon auf seine …«

Annegret begann wieder zu weinen.

Verwirrt zuckte Kluftinger die Achseln. »Ich hab doch gar nichts gesagt. Eigentlich wollt ich bloß ein bissle fernsehen, aber …«

»Danke, Butzele, ist wirklich besser, wenn du gehst, hol dir einfach was aus dem Kühlschrank, bevor du zur Musikprobe gehst …«

Das hatte er ganz verdrängt, heute war ja schon wieder Probe. *Priml!*

»Nein, es gibt ja keinen Grund, dass auch Ihr Abend im Eimer sein muss«, schniefte Frau Langhammer. »Bleiben Sie doch.«

Kluftinger war hin- und hergerissen: Einerseits wollte er möglichst viel Raum, noch besser *viele Räume,* zwischen sich und die weinende Frau bringen. Andererseits musste er seine Serie sehen, denn heute würde sich herausstellen, ob Horst Gerland aus Rache für den Ehebruch seiner Frau auch Gonzales töten würde.

Schließlich siegte seine Neugier, er ließ sich auf seinem Sessel nieder und griff zur Fernbedienung. Gerade noch rechtzeitig, der Vorspann hatte bereits begonnen.

Weil Annegret Langhammer allerdings ohne jede Rücksicht auf die Schicksale, die sich auf dem Bildschirm abspielten, immer wieder aus vollem Halse weinte, musste er den Ton nach und nach lauter stellen, um überhaupt etwas zu verstehen. Das wurde von den Frauen hingenommen, bis eine Stelle kam, an der Graf Egbert seinen Jugendfreund Gonzales – alias Michael – anbrüllte: *»Ich weiß, dass du es hinter meinem Rücken schon wieder mit meiner Frau treibst, und ich werde morgen einen Brief ... «*

Mehr bekam der Kommissar nicht mit, denn ein heftiger Heulanfall übertönte den Fernsehton.

»Butzele, mach das jetzt sofort aus«, zischte seine Frau, und der Kommissar tat, wie ihm geheißen, allerdings nicht ohne ein »könnt ja zum Blären in die Küche gehen« in leisem Protest vor sich hin zu brummen.

»Machst du der Annegret mal einen Tee?«, forderte ihn Erika dann auch noch auf, was er ebenfalls leise murrend tat. Er entschied sich für Melisse-Brennnessel. Der Beutel lag schon seit Jahren einsam in der Schublade.

Als er wenig später die dampfende Tasse auf den Tisch stellte, baten ihn die Frauen, sich doch zu ihnen zu setzen, was ihn derart überraschte, dass ihm auf die Schnelle keine Ausrede einfiel. Er nahm Platz und erfuhr nun auch den Grund für Annegrets Weltuntergangsstimmung.

»Der Martin hat möglicherweise ein Verhältnis«, erklärte seine Frau in einem Tonfall, als hätte sie den Beginn des Dritten Weltkriegs verkündet.

»Ja, das hab ich mir schon fast ... ich mein: wirklich?«, entgegnete er und versuchte, möglichst überrascht zu klingen.

»Ja, stell dir vor, anscheinend hat er eine junge Ärztin auf einem Kongress kennengelernt. Und sich heimlich mit der getroffen.«

»Mei, ich find ja eh, dass Ihr Mann, also, das ist natürlich Geschmackssache, aber mein Fall wär der …«

»Was willst du damit sagen, Butzele?«, fuhr seine Frau dazwischen.

»So ein Depp … also, eine depperte Sache, wollt ich sagen.«

Erika bedachte ihn mit einem tadelnden Blick. Offenbar hatte sie einen einfühlsameren Kommentar von ihm erwartet. Den konnte sie haben, denn Graf von Schillingsberg-Zieselheim hatte schließlich eine ganz ähnliche Entdeckung zu verarbeiten.

»Liebe Frau Langhammer, Sie haben natürlich jedes Recht, enttäuscht und auch verärgert zu sein. Aber vielleicht ist das jetzt der Zeitpunkt, um die Liebe zu kämpfen. Ihr Mann ist auf einem Irrweg, und es ist an Ihnen, ihn wieder auf den rechten Pfad zurückzuführen.«

Das Schluchzen der Frau verstummte, sie hob den Kopf und sah den Kommissar aus verheulten Augen an. Auch Erika schwieg, legte aber ihre Hand auf die ihres Mannes und drückte sie.

Kluftinger war wieder einmal baff, welche Wirkung man mit ein paar Fernseh-Dialogzeilen erzielen konnte, und er genoss die Reaktion der Frauen so sehr, dass er zu improvisieren begann. »Denn jener Weg, der in die Irre führt, ist immer ein falscher, den die Liebe jedoch bisweilen beschreiten muss, bevor sie … also, nach Hause kommt, sozusagen.«

Die Blicke der Frauen waren ein großes Fragezeichen. Vielleicht sollte er doch besser bei der Vorlage bleiben.

»Weißt du, Erika«, sagte Annegret leise zu ihrer Freundin, »du hast so einen sensiblen und treuen Ehemann, du weißt gar nicht, was du für ein Glück hast.«

Erika drückte seine Hand noch ein bisschen fester. Kluftinger wurde die Sache langsam unheimlich. Er blieb noch eine Weile sitzen, um allein durch seine harmonisierende Aura den Kummer von Annegret Langhammer ein wenig zu mildern.

Als sie endlich nach Hause ging, sagte sie noch, wie sehr er ihr geholfen habe, und dass sie hoffentlich bald wieder Gelegenheit haben würden, sich zu unterhalten. Diese Hoffnung teilte der Kommissar zwar nicht, dennoch freute er sich über das Kompliment. Als die Frau des Arztes gegangen war, schmiegte sich Erika an ihn, gab ihm einen Kuss und hauchte: »Ich weiß, es ist schon spät, aber wenn du willst, mach ich dir noch deine Kässpatzen. Ist doch Montag heute.«

Das Herz des Kommissars hüpfte vor Freude, doch er ließ sich nichts anmerken und zuckte nur mit den Schultern: »Braucht's zwar nicht, aber lieb wär's schon. Hat mich doch ganz schön geschlaucht, die ganze Sache.«

Wunderbar geführt Herzlichen Dank!

Aus dem Gipfelbuch am Wertacher Hörnle

Etwa fünf Minuten nach halb acht schaltete Kluftinger sein Tablet ein und überprüfte seine Watchlist. Ein breites Grinsen machte sich auf seinem Gesicht breit: Fast ausschließlich grüne Ziffern! Unterm Strich hatte er bereits jetzt, noch vor Börsenöffnung, über siebzig Euro verdient. So konnte es weitergehen. Immer wieder tippte er auf den kreisförmigen Pfeil in der Adresszeile, mit dem sich die Kurse aktualisieren ließen, wie Strobl ihm erklärt hatte, und fast jedes Mal wurde der Gewinn mehr.

Aus einem Aktenordner und seinem Taschentuch baute er sich eine Vorrichtung, mit der er den kleinen Computer aufstellen konnte, damit er ihn immer im Blick hatte. Zufrieden erwartete er dann die Kollegen zur Morgenlage.

Zunächst betrat aber Sandy Henske sein Büro. »Chef, der Roli hat grad angerufen, er kommt etwas später. Sucht wohl immer noch nen Parkplatz.«

»Wer?«

»Der Roland. Hefele.«

»Ah, der. Fährt der jetzt mit dem Auto?«

»Hin und wieder«, erklärte Sandy lächelnd.

Kluftinger war froh, sie wieder glücklich zu sehen und nicht mehr den Seelentröster spielen zu müssen.

Kurz darauf fanden sich Maier und Strobl im Büro ein.

»So, Männer, lasst uns schon mal anfangen, der Roland kommt gleich. Eugen, du hast mitbekommen, dass der Richie und ich gestern bei der Firma Summitz und danach noch bei Frau Wolf und ihrem Mann waren?«

Strobl nickte. »Der Richie hat mich schon upgedated.«

»Kreuzkruzifix, was soll denn das?«, entfuhr es dem Kommissar, der gerade im Augenwinkel mitbekommen hatte, dass eines seiner Wertpapiere um einen halben Prozentpunkt abgestürzt war. Der virtuelle Gewinn hatte sich bereits auf sechzig Euro verringert. Seine Kollegen warfen ihm verständnislose Blicke zu.

»Updaten heißt, dass …«, begann Maier, doch Kluftinger fiel ihm ins Wort: »Das weiß ich schon. Ich wollt sagen … gut, dass ihr mitdenkt und das schon gemacht habt.«

Stirnrunzelnd nickten die beiden.

»Meiner Meinung nach könnte das der Schlüssel sein. Himmel!« Zwei Prozent! Der Kurs des Zertifikats schien sich geradezu im freien Fall zu befinden. Er hatte jetzt bereits ein komplettes Abendessen im *Gasthaus Zum Bären* verloren.

»Wie jetzt, was könnte der Schlüssel zum Himmel sein?«, fragte Maier irritiert.

»Ich mein, der Schlüssel zum … Himmelhorn-Fall. Könnte diese Erpressungsgeschichte da sein. Von dem Bischof und den Schmitzens.«

»Soso. Was gibt es denn auf dem Tablet Interessantes zu sehen?«, fragte Strobl.

Kluftinger war kurz davor, ihm wahrheitsgemäß zu antworten, denn eine Analyse zu den Verwerfungen an den Weltmärkten hätte sicher nicht geschadet. Doch Maier wollte er dabei nun wirklich nicht ins Vertrauen ziehen. »Nix, ich check nur meine Mails.«

»Sind ja ganz neue Töne, Reschpekt!«

In dem Moment ging die Tür auf, und Hefele trat ein. Er trug seine obligatorische Lederjacke, darunter aber nicht wie meist einen Pullunder, sondern ein weißes Hemd mit hellblauem Kragen, die obersten beiden Knöpfe offen. Der Beamte bat um Entschuldigung für seine Verspätung, setzte sich und wartete darauf, dass die Kollegen weitermachten, doch die reckten ihre Nasen in die Luft und begannen zu schnuppern.

»Sag mal, Roland, bist du in was reingetreten?«, fragte Kluftinger und verzog das Gesicht.

»Reingetreten?«

»Ja, das stinkt so süßlich, seit du da bist.«

»Stimmt, ich riech's auch«, sagte Strobl. »Widerlich. Was ist denn das?«

Hefele untersuchte reflexartig seine Schuhsohlen, da beugte sich Maier zu ihm und schnüffelte. »Sag mal, ist das etwa ein Parfüm, das hier die Luft verpestet?«

»Du parfümierst dich, Roland?«, entfuhr es Kluftinger überrascht. »Seit wann?«

Kopfschüttelnd brummte Hefele: »Ihr seid's doch Deppen. Wird man jetzt schon für Körperhygiene gemobbt? Das ist Dings ... Rübarbe oder so, jedenfalls von Hermes.«

Strobl runzelte die Stirn. »Hermès heißt das, Roland. Und sag mal, bedeutet *rhubarbe* auf Deutsch nicht Rhabarber?«

Hefele gab sich verschnupft. »Das kann ich dir nicht sagen, ich bin des Französischen nicht mächtig. Ist mir auch ganz neu, dass du das beherrschst. Ich weiß nur, dass das ein sehr jugendlicher und floraler Duft ist.«

»Oho, floral und jugendlich, hört, hört!«

Sandy kam herein und legte etwas auf Kluftingers Schreibtisch, blieb dann in der Tür stehen, schnupperte ebenfalls und sagte, bevor sie das Büro verließ: »Hier riecht es aber ausnahmsweise mal richtig gut.«

Strobl blickte zur Tür, dann zu Hefele. »Ach so, daher weht der Wind! Darf man schon gratulieren?«

Hefele strahlte.

»Himmelkruzifixdrecknochmal, ich halt das nicht mehr aus!«, platzte Kluftinger dazwischen, als er einen neuerlichen Blick auf die Kurse warf. Damit legte er hektisch das Tablet, Display nach unten, auf den Tisch. Er würde frühestens in zwanzig Minuten wieder nachschauen. Oder in zehn. So war ihm das deutlich zu nervenaufreibend. Und er musste sich jetzt auf die Arbeit konzentrieren.

»'tschuldigung, ich wusste ja nicht, dass wir jetzt überhaupt nichts Privates mehr reden dürfen«, maulte Strobl.

»Nein. Ich mein, doch. Egal, also, was liegt heut an, Männer?«

Maier meldete sich eifrig zu Wort: »Ich hab vorher eine Mail aus dem Präsidialbüro bekommen bezüglich unserer Teambuilding-Aktion. Das Ganze soll am kommenden Samstag um zehn Uhr morgens stattfinden. Birte Dombrowski wird mich, ich meine, uns alle begleiten. Und wir treffen uns im …«

Maier machte eine dramatische Pause.

Hoffentlich keine Sauna. Oder Schwimmen. Oder Hochseilgarten, dachte Kluftinger.

»… Tiefenrausch-Hochseilgarten in Oberstdorf«, beendete Maier seinen Satz.

»Priml«, seufzte der Kommissar. Das war so ziemlich das Schlimmste, was hatte passieren können.

»Hast du Angst?«, fragte Maier mit einem überlegenen Grinsen.

»Wir können ja vielleicht ein Schiffstau für dich organisieren«, spottete Strobl. »Das wird dann schon nicht reißen.«

Genau diesen Kompetenzverlust fürchtete der Kommissar als Ergebnis ihres Ausflugs. Irgendwie musste sich das Ganze mit Hinweis auf die laufende Ermittlung doch noch abbiegen lassen. »Jaja, bis dahin geht noch viel Wasser die Iller runter«, sagte er mit einer wegwerfenden Handbewegung.

»Also laut Mail ist das fest anberaumt und nicht verschiebbar«, erklärte Maier. »Wen's interessiert: Ich hab deren pdf-Broschüre ins Intranet gestellt.«

»Gut, also wenn sonst nichts Neues anliegt, an die Arbeit«, beendete Kluftinger die Besprechung. Als die Kollegen den Raum verließen, sah er ihnen nach. Irgendwie hatte er das Gefühl, dass alle hier verrücktspielten: Strobl, der immer sein engster Mitarbeiter gewesen war, bescheiden und in dienstlichen Belangen absolut verlässlich, trat mittlerweile wie ein Geschäftsmann auf, Maier rechnete sich aus irgendeinem abstrusen Grund Chancen bei der Polizeipräsidentin aus, und wenn ihn nicht alles täuschte, lief da nun wirklich ernsthaft etwas zwischen Hefele und Sandy. Er seufzte. Nur er selbst war noch immer der Alte.

Oder etwa nicht? Sorgten denn nicht die neuen Herausforderungen dafür, dass auch er sich dieser veränderten Welt anpasste, um nicht auf der Strecke zu bleiben? Auf einmal musste er sich sogar mit Aktien rumschlagen, um seinem Enkel ein sorgenfreies Leben zu ermöglichen. Er hing den Gedanken an eine Zeit nach, in der alles noch einfacher und überschaubarer gewesen war, da klopfte Sandy Henske an die Tür und trat mit einem Päckchen unter dem Arm ein.

»Post für Sie, Chef«, erklärte sie und legte es zusammen mit zwei Briefen auf seinen Schreibtisch.

Er griff sich das Paket. »Von wem ist denn das?«

»Is nich so, dass ich geguckt hätte, aber steht nichts drauf. Ham Sie was bei eBay gekauft? Die Leute verpacken und adressieren das so schlampig manchmal …«

Kluftinger schüttelte den Kopf. »Da kauf ich grundsätzlich nix. Und meinen Sie, ich würd mir das ins Büro schicken lassen?«

Sandys Lächeln erlosch schlagartig. »Nein, natürlich nicht. Wer würde auch auf so eine Idee kommen.«

Der Kommissar begutachtete das Päckchen. Als er es schüttelte, spürte er, dass sich darin ein ziemlich kompakter, nicht allzu schwerer Gegenstand befinden musste.

Sandy wich einen Schritt zurück. »Ich will ja nich die Pferde scheu machen, aber wenn Sie kein Paket erwarten und kein Name draufsteht, also … ist das eine gute Idee, das so zu schütteln?«

»Wie meinen Sie das?«

»Wollen Sie es nicht vielleicht lieber erst mal untersuchen lassen?«

Kluftinger zog die Brauen zusammen. Einerseits hatte sie natürlich recht: Wer konnte schon ahnen, ob sich nicht irgendein Straftäter, den er im Lauf seiner langen Polizeikarriere überführt hatte, mit einer Bombe oder irgendeinem Milzbranderregerzeugs an ihm rächen wollte? Aber nüchtern betrachtet: Wie wahrscheinlich war so etwas? »Ach was, Sandy. Wir sind im Allgäu und nicht in Chicago.«

Die Sekretärin blieb skeptisch. »Kam übrigens nicht per Post, lag einfach im Hausbriefkasten.«

Kluftinger kam doch noch einmal ins Zweifeln. »Hm, schon ein bissle komisch. Gibt's da irgendeine Dienstanweisung, wie man mit so was umzugehen hat?«

»Also, soweit ich weiß, liegt das im Ermessen eines jeden Beamten. Aber ich hab gehört, dass die Kollegen in Regensburg unlängst so einen Fall hatten, die haben vorsichtshalber das Sprengstoffsonderkommando alarmiert. War dann volles Programm mit Kampfmittelräumdienst und allem Pipapo.«

»Um Gottes willen, die bringen's fertig und machen uns den ganzen Laden dicht. Was kam denn raus dabei?«

Sandy grinste. »War anscheinend nur ein Werbegeschenk von irgendeiner Büroeinrichtungsfirma, und das Adressetikett war abgefallen. Aber in unseren Zeiten weiß man nie, mit all den Terrorgeschichten und so. Ob wir beim Präsidialbüro nachhaken, wie wir uns verhalten sollen?«

»Nein, wenn wir das erst offiziell machen, können wir gleich einpacken für heut, oder?«

Sandy hob abwehrend die Hände. »Ich sag da gar nix zu.«

»Schon recht, Fräulein Henske, jetzt gehen Sie mal raus und schließen die Tür. Wenn Sie gleich einen lauten Knall hören, wissen Sie ja, was drin war.«

Sandy eilte nach draußen, und der Kommissar rief ihr hinterher: »Und sagen Sie meiner Frau, dass sie im Gedenken an mich montags weiterhin Kässpatzen kochen soll.«

Keine zwei Minuten später hielt Kluftinger – körperlich unversehrt, allerdings ziemlich überrascht – den Inhalt des ominösen Päckchens in Händen: Es war ein in Leder gebundenes Notizbuch mit vergilbten Seiten. Auf der ersten Seite stand in eckiger Handschrift: »Führerbuch des geprüften Bergführers Baptist Schratt zu Oberstdorf.« Auch auf dem Kagererhof hatte er solche Führerbücher kürzlich erst gesehen, in denen die Bergführer ihre Touren wie in einem Logbuch vermerkten. Dieser Baptist Schratt hatte sich dort alle Besteigungen notiert, die er seit dem Jahr 1928 unternommen hatte.

Willkürlich schlug Kluftinger ein paar Seiten auf, las immer wieder von Touren aufs Nebelhorn, das Gaishorn, die Mädelegabel und weitere spektakuläre Allgäuer Gipfel. Meist waren außer Schratt noch wechselnde andere Führer dabei, die von einem oder mehreren Touristen aus aller Herren Länder gebucht worden waren. Zunächst waren die Namen der Teilnehmer vermerkt, dann folgten eine kurze Beschreibung der Strecke, eine knappe Schilderung des Verlaufs und schließlich eine kurze Bewertung der Kunden. Eigentlich ganz ähnlich wie bei diesem Handyprogramm, das Markus einmal konsultiert hatte, als sie auf dem Weg von Erlangen ins Allgäu in ein Wirtshaus einkehren wollten, schoss es Kluftinger durch den Kopf.

Bei einer Eintragung vom Juni 1932 blieb er hängen. *Begehung Höfats,* las er. *Teilnehmer: Schratt Baptist (BF), Schratt Clemens (Anwärter zum BF), Kagerer Peter (BF). Delayon Joseph (Tourist Grenoble Frankreich), Martinet Claude (Tourist Aix-les-Bains, Frankreich), Himmler Alfred (Tourist Strassburg, Elsass), Scherzler Adolf (Tourist Gaggenau, Schwarzwald). BF verpflichtet tags zuvor in Oberstdorf. Aufstieg ab 4:30, Treffpunkt Bhf.*

Er erfuhr von einem schnellen Wetterumschwung nach drei Stunden starkem Regen und Gewittersturm, von der Schwäche zweier Touristen, die zurückbleiben mussten und auf dem Rückweg wieder eingesammelt wurden, und las schließlich die dennoch positiven Kommentare, von denen er nur die drei in deutscher Sprache entziffern konnte.

Kluftinger runzelte die Stirn. Warum hatte man ihm das Buch zugespielt? Hatte es mit diesem Peter Kagerer zu tun, der immer wieder zusammen mit Schratt die Bergtouren durchgeführt hatte? Bestimmt handelte es sich dabei um einen Vorfahren der jetzigen Kagerers. Wieder und wieder blätterte der Kommissar das Büchlein durch. Erst jetzt bemerkte er, dass im hinteren Drittel eine Seite ein Eselsohr aufwies. Er schlug sie auf und las das Datum: 29. September 1936.

Baptist Schratt war zusammen mit seinem Bruder Clemens sowie Peter Kagerer von den Brüdern Heinrich und Adolf Goldschläger aus Baden-Baden für eine Besteigung des Himmelhorns engagiert worden. *»Wetter Vortag: Regen, Wetter am Tag der Tour: Klar und trocken«,* hatte Schratt vermerkt, außerdem den Startpunkt *Oytalhaus, 6:00 Uhr.* Der Rest der Seite blieb leer, wie auch der Rest des Buches.

Kluftinger sah sich noch einmal das Datum an. Konnte das sein? Er schlug die Akte auf, in der sich ein Zeitungsartikel über den Absturz vor elf Tagen fand. Sein Puls beschleunigte sich, als er den Infokasten überflog, in dem ein paar der Unfälle aufgelistet waren. Es passte. Das hieß: Ein Kagerer war auch damals dabei gewesen, im Jahr 1936, als sich das spektakuläre Bergunglück ereignet hatte. Genau wie in der Gegenwart. Konnte das ein Zufall sein? Ihm hatten Baptist und Clemens Schratt zur Seite gestanden. Diese drei waren die Bergführer gewesen. War es das, was er durch diese anonyme Post hatte erfahren sollen?

Der Kommissar schob das Buch zur Seite. Er würde es gleich zu Willi Renn bringen, damit der es auf Fingerabdrücke und andere Spuren untersuchen konnte, auch wenn der ihn sicher schimpfen würde, weil er keine Handschuhe angehabt hatte. Aber konnte man so etwas ahnen, wenn man seine Post las?

Doch zuerst sah er noch einmal den Zeitungsbericht durch. Wirklich verwertbare Informationen dazu, was damals geschehen war, enthielt er nicht. Nur dass zwei der Bergführer überlebt hatten, während ein weiterer und zwei Touristen ums Leben gekommen waren.

Kluftinger seufzte. Er musste genau rekonstruieren, was damals vorgefallen war, wissen, was zu dem Absturz geführt hatte, denn möglicherweise gab es irgendeinen Zusammenhang zwischen dem Unglück vor ein paar Tagen und jenem vor achtzig Jahren. Auch wenn das eine halbe Ewigkeit her war, wollte ihn offenbar jemand auf genau diese Parallele hinweisen.

Einem vagen Impuls folgend, wählte er die Nummer von Korbinian Frey. Wenn sich jemand mit Geschichten und Legenden, die sich um die spektakulärsten Allgäuer Gipfel rankten, auskannte, dann sein alter Freund.

Er erwischte ihn nach seinem Frühstücksdienst. Doch leider erfuhr er nicht viel mehr, als er bereits in der Zeitung gelesen hatte.

»Wie gesagt, Bertele, man hat sich erzählt, dass da möglicherweise was nicht mit rechten Dingen zugegangen ist. Mehr weiß ich aber echt nicht. Ich geb nicht viel auf diese Legenden und Verschwörungstheorien. Die gibt's bei fast jedem Bergdrama. Nimm doch die Sache bei der Erstbesteigung vom Matterhorn oder auch das Unglück, wo der Bruder vom Messner ums Leben gekommen ist: Irgendjemand sät danach Zweifel, die führen zu einem schlimmen Verdacht – und dann? Diese Behauptungen halten sich, weil außer den Überlebenden niemand sagen kann, was wirklich passiert ist.«

»Schon klar, Bini. Aber ich hätt's halt gut brauchen können für meinen Fall.«

»Na ja, vielleicht hilft dir das: Es gibt da so ein Lied, das heißt *Die fünf vom Himmelhorn.* Ist aber ein ganz schön altes Ding. Ich weiß gar nicht genau, wer das geschrieben hat. Jedenfalls geht es drum, dass am Himmelhorn fünf rauf und nur zwei wiedergekommen sind. Vielleicht kriegst du ja was drüber raus.«

Kluftinger bedankte sich, versprach, sich bald wieder zu melden, und legte auf. Er hatte schon eine Idee, wer ihm weiterhelfen konnte. Also nahm er sein Handy zur Hand und wählte den entsprechenden Telefonbucheintrag.

»Ortmayr?«

»Ja, servus, Heinz, da ist Kluftinger.«

»Wer spricht da?«

»Ich bin's, Heinz, der Klufti.«

»Sind Sie verwandt mit dem, der früher bei uns in der Musik mal die große Trommel gespielt hat, bevor er irgendwann zu träge oder zu fein geworden ist, die Proben und Aufführungen regelmäßig zu besuchen?«

Kluftinger seufzte. Heinz Ortmayr, der langjährige Dirigent der Musikkapelle »Harmonie« hatte nicht unrecht, was Kluftingers Probendisziplin anging. Am liebsten hätte der Kommissar zugegeben, dass ihn schon eine Weile sein schlechtes Gewissen drückte, doch ein solches Eingeständnis wäre für den weiteren Gesprächsverlauf möglicherweise unvorteilhaft gewesen. »Du, Heinz, viel um die Ohren grad. Ist halt kein Job wie jeder andere, den ich mach, da brennt's schon manchmal, und man kann den Bleistift eben nicht um halb fünf fallen lassen wie bei dir im Liegenschaftsamt.«

Ortmayr holte hörbar Luft.

»Und deswegen ruf ich dich heut auch nicht privat an, sondern dienstlich, Heinz.«

»Dienstlich, soso. Brauchst du eine Auskunft zu einem Grundstück?«

»Nein, das nicht. Geht schon eher um dein musikalisches Fachwissen.«

Keine Reaktion.

»Das ja, wie wir alle wissen, nicht nur in der Umgebung von Altusried seinesgleichen sucht.«

»Das weiß ich jetzt nicht, aber …« Ortmayr ließ den Satz im Unbestimmten verhallen.

Und wie er das wusste, dachte Kluftinger. Jedenfalls glaubte er, es zu wissen. »Doch, doch, stell mal bloß nicht dein Licht unter den Schemel.«

»Scheffel.«

»Kennst du das Lied über die fünf am Himmelhorn?«

»*Die Fünf vom Himmelhorn?* Ja, das kenn ich. Hätt ich vielleicht sogar als Kapellsatz, müsste ich mal nachschauen. Willst du, dass wir es einstudieren?«

»Nein, das nicht. Aber wenn du mir den Text besorgen könntest, das wär gut.«

»Könnt ich schon machen.«

»Mei, Heinz, da würdest du mir einen großen Gefallen tun.«

»Unter einer Bedingung.«

»Die wäre?«

»Die nächsten zehn Montage gibt es keine Ausrede für die Probe. Der Ersatz für dich kann noch nicht mal die Triangel vernünftig schlagen, geschweige denn die Trommel. Ich find's ja schön, dass unsere Migranten aus Afrika mitmachen in der Musik, wirklich, aber der Mann braucht dich als führende Hand im Schlagwerk, sonst gehen wir baden.«

»Ja, versprochen, Heinz.«

»Hoch und heilig?«

»Höchst und heiligst.«

»Gut, ich verlass mich drauf. Ich schick dir dann, was ich finde zu dem Lied.«

»Mails mir doch, das ist noch praktischer und geht schneller.«

»Ich hatte nicht vor, es dir per Brieftaube in deine Amtsstube flattern zu lassen. Ganz so hinterm Mond, wie du denkst, bin ich auch wieder nicht. Habe die Ehre.«

Eine Weile hing Kluftinger seinen Gedanken nach. Immer wieder fiel sein Blick auf das Führerbuch. Irgendwo da draußen gab es jemanden, der ihn damit auf die richtige Spur bringen wollte. Doch im Moment konnte er weder sagen, welche das war, noch, wer ihm den Hinweis gegeben hatte. Und vor allem: aus welchem Grund. Ächzend erhob er sich aus seinem Drehsessel, um das Büchlein endlich zu Willi Renn zu bringen.

Als er die Tür öffnete, erschrak seine Sekretärin. »Gerade wollt ich nach Ihnen gucken, Chef! Was war denn drin im Paket?«

»Ach, zefix, das hab ich Ihnen ja noch gar nicht gesagt. Das da.« Er hielt das Buch hoch wie eine Trophäe. »Könnt uns weiterbringen im Fall. Ich erklär's später, das muss jetzt erst mal zu Herrn Renn. Und Sie haben auch Post bekommen?«

Der Kommissar deutete auf eine aufgerissene Schachtel eines

großen Schuh- und Bekleidungsversenders, dessen Namen Kluftinger recht geläufig war, seit sich Markus und Yumiko wieder bei ihnen eingenistet hatten.

»Das?«, sagte Sandy beiläufig. »Nee, Chef, das is nich für mich.« Dann tippte sie mit betont eifriger Miene etwas in ihren Computer.

Kluftinger jedoch ließ nicht locker. »Hab ich mir natürlich schon gedacht, weil Sie ja vorher betont haben, dass es überhaupt nicht gehen tät, wenn man hier Privatsachen anliefern ließe, gell?«

Jetzt wandte sich Sandy mit zusammengekniffenen Lippen und Dackelblick ihrem Chef zu. »Tut mir leid, ich weiß ja, dass das nich okay is. Nur, ich bin ja nie daheim, wenn der Paketdienst kommt, und meine Nachbarin is in Urlaub. Is ne absolute Ausnahme. Versprochen. Und es stimmt, is nich für mich.«

»So, für wen ist es denn?«

»Für den Roli«, sagte Sandy verschämt und zog ein fliederfarbenes Hemd aus dem Päckchen.

Kluftinger riss die Augen auf. »Für den Hefele? Ein lila Hemd? Viel Glück!«

»Wir werden sehen«, antwortete sie mit einem wissenden Lächeln.

Den restlichen Morgen hatte der Kommissar damit verbracht, die Kollegen über seine anonyme Büchersendung zu unterrichten, auf die Ankunft von Willi Renn zu warten, der auf irgendeinem Außentermin war, und sich darüber zu wundern, dass Hefele sich anscheinend sofort im Büro umgezogen hatte und nun mit stolzgeschwellter Brust sein neues Oberhemd zur Schau trug. Wenn das mit ihm und Sandy Henske etwas Ernsthaftes werden sollte, konnte sich Hefele warm anziehen – oder bunt, dachte Kluftinger.

Nun musste er aber los, um einen ungeliebten Termin wahrzunehmen: die turnusmäßige Abteilungsleitersitzung mit der Chefin im Präsidium. Kluftinger genoss dennoch die kurze Fahrt bis zum Stadtrand. Im Radio kam ein Beitrag über die Spargelernte in den bayerischen Anbaugebieten, der ihm Appetit machte auf sein Mittagessen, das er und die Kollegen – ausnahmsweise samt Sandy – in einem Biergarten in der Innenstadt genießen wollten.

Er parkte den Wagen und griff sich sein Tablet. Birte Dombrowski bestand darauf, das Ding zu Sitzungen mitzubringen, schließlich könne man Termine so viel besser abstimmen, Mails weiterleiten oder Medien austauschen. Kluftinger erwog keine dieser Möglichkeiten ernsthaft, fügte sich aber, um keinen unnötigen Ärger zu riskieren.

Die Sitzung zog sich quälend in die Länge, was vor allem an den trockenen Themen aus dem Bereich der Polizeiverwaltung lag, aber auch an den höchst interessiert klingenden Nachfragen der anderen Abteilungsleiter, die Kluftinger als Versuche wertete, sich bei der Präsidentin lieb Kind zu machen. Er selbst hatte sich dagegen noch kein einziges Mal zu Wort gemeldet. Immer wieder tippte er auf seinen kleinen Computer, um die Börsenkurse zu checken und die Uhrzeit zu kontrollieren. Wenn das so weiterging, kam er noch zu spät zum Essen.

Plötzlich verriet das Gerät mit einem Klingeln, dass eine E-Mail eingegangen war. Alle blickten zu Kluftinger, der sich kleinlaut für die Störung entschuldigte. Die Nachricht war von Heinz Ortmayr, weswegen er sie trotz der Besprechung sofort öffnete. Schließlich drehte es sich um wichtige dienstliche Belange – und außerdem war er neugierig. Er tippte also auf das kleine Briefsymbol, worauf ein Balken erschien, der sich immer mehr mit blauer Farbe füllte, dann öffnete sich selbständig ein Programm, und aus den winzigen Lautsprechern schepperte lauter Gesang, begleitet von Akkordeonmusik. Erneut drehten sich alle Köpfe zu Kluftinger, der hektisch versuchte, die Wiedergabe zu beenden oder wenigstens den Ton auszuschalten. Doch vergebens, das Ding hatte nur einen Knopf, und wenn er den drückte, passierte gar nichts. Als er keinen anderen Ausweg sah, nahm er kurzerhand das Gerät und setzte sich darauf, was den Ton weitaus besser dämpfte, als er zu hoffen gewagt hatte. Man hörte fast nichts mehr. Verlegen lächelte er in die Runde und erklärte an die Präsidentin gewandt: »Hat mit dem Himmelhorn-Fall zu tun.«

Die Chefin schien ungerührt. »Schön, kommen wir nach dem kleinen musikalischen Intermezzo des Kollegen Kluftinger also zu den nach und nach in jeder Abteilung anstehenden Teambuilding-Maßnahmen. Anfangen werden wir mit dem K1 am kommenden Samstag, auch wenn hier vielleicht eine Schulung in Medienkompetenz dringlicher wäre.« Sie ließ den Satz wirken, dann fuhr sie fort: »Herr Kluftinger, Sie und Ihre Truppe treffen sich um zehn am Kletterwald Oberstdorf. Ich werde auch dabei sein.«

»Ja, hab ich schon gehört«, seufzte er, schob aber schnell nach: »Das ist natürlich eine große Ehre für uns.«

Die Polizeipräsidentin lächelte mechanisch. »Freut mich. Ich hatte schon befürchtet, das Unterfangen stoße gerade bei Ihnen auf wenig Gegenliebe.«

Kluftinger tat erstaunt. Er musste jetzt ein wenig Süßholz raspeln angesichts seines Patzers mit der Musik, die immer noch unter seinem Oberschenkel quäkte. »Ich? Ich mach so was ja auch wahnsinnig gern selber, also in meiner Freizeit. Ich fiebere da schon richtig hin, auf den Hochseilgarten, das wird dem Team sicher ganz brutal viel bringen.«

»Gut«, versetzte Birte Dombrowski überrascht, »dann können Sie uns ja bestimmt ein paar Tricks und Kniffe zeigen.«

Als er die Sitzung hinter sich gebracht hatte, war es tatsächlich zu spät, um noch mit den Kollegen zu Mittag zu essen. Hefele hatte ihm eine SMS geschrieben, dass sie schon losgegangen waren, doch das war bereits eine Dreiviertelstunde her. Kluftinger hackte also missmutig die Antwort »Komm nimmer« in sein Handy, kaufte sich unterwegs zwei Leberkässemmeln und verspeiste diese an seinem Schreibtisch.

Dazu hörte er sich immer wieder das Lied an, das ihn vorher in eine so peinliche Lage gebracht hatte. Mittlerweile konnte er schon fast mitsingen. Es handelte vom Absturz einer Gruppe von Bergsteigern am Himmelhorn in den dreißiger Jahren, genauer noch von der unbeantworteten Frage, ob jemand aus der Seilschaft nachgeholfen hatte. Der Refrain endete auf den Vers: »War's Missgeschick, war's Freveltat – der Herrgott weiß allein, was er dort tat.« In der letzten Strophe hieß es über einen der überlebenden Bergführer: »Der eine steht seither im Ruch – und leer bleibt drum sein Führerbuch.«

Als seine Kollegen zurückkamen, bat er sie sofort in sein Büro, erzählte ihnen von der Neuigkeit und spielte mit weltmännischer Geste das Lied ab. »Und?«, fragte er danach gespannt. »Was haltet ihr davon?«

»Gefällt mir nicht«, sagte Maier. »Die ganze Melodie ist so getragen. Und die Harmonien sind viel zu …«

»Ich mein nicht die Musik, sondern den Inhalt.«

»Da kriegt man richtig Gänsehaut«, fand Hefele. »Wenn man denkt, dass das jetzt achtzig Jahre später wieder so ähnlich passiert ist – schon irgendwie ein komischer Zufall.«

»Das find ich halt auch. Und deshalb will ich alles wissen, was es über diesen Absturz damals zu erfahren gibt, Männer.«

Die Kollegen nickten.

»Streng genommen müsste es auch noch eine Ermittlungsakte dazu geben, wenn das wirklich nicht geklärt wurde. Ich geh nachher gleich mal runter ins Archiv.«

»Willst du jetzt auch noch den *Cold Case* aus den Dreißigern aufklären, oder wie?«, versetzte Strobl gelangweilt.

»Wär das so schlimm?«

»Wofür denn? Lebt doch keiner mehr von denen damals.«

»Aber vielleicht hat das miteinander zu tun. Mensch, Eugen, was ist denn los mit dir?«

»Ist ja schon recht, brauchst mich nicht gleich so anscheißen!«

»Sag mal, geht's noch?«

»Tschuldigung«, raunzte Strobl und wandte sich zum Gehen.

»Schön, also an die Arbeit. Eugen, wart du bitte noch kurz.« Strobl seufzte und blieb sitzen, während die anderen das Zimmer verließen.

»Was hätt das grad werden sollen?«

Strobl zuckte mit den Schultern, ohne seinen Chef anzusehen.

»Du hast dich früher nie so im Ton vergriffen. Himmel, was ist denn los?«

»Was los ist?«, blaffte der zurück. »Hast du in den letzten Stunden mal deine Watchlist angeschaut?«

Kluftingers Kehle schnürte sich zu. »Ja, schon, schlimm, aber das sind unterm Strich doch nur ein bissle mehr als …«

»Ja, bei dir!«

»Geht doch bestimmt wieder rauf, oder?«, fragte Kluftinger hoffnungsvoll.

»Glaub ich nicht, Amerika hat die Zinsen erhöht.«

»Aber das ist doch gut, dann kriegt man wieder mehr aufs Sparbuch?«

Strobl blies die Luft aus. »Jaja, das vielleicht. Nur an den Börsen hat es einen Kursrutsch ausgelöst. Und prompt haben einige meiner Calls die Knock-out-Schwelle durchbrochen.«

Kluftinger hatte keine Ahnung, was das bedeuten sollte, aber es klang nicht gut. »Ja, das ist natürlich blöd. Aber ich sag's dir zum letzten Mal: Versuch, Privates und Dienstliches getrennt zu halten, das kann dich sonst den Kopf kosten, ja?«

»Okay«, brummte Strobl und ging.

Sofort, als er draußen war, schaltete Kluftinger sein Tablet an und rief sein Börsenprogramm auf. Er schluckte. Gegenüber heute Morgen war er tatsächlich bereits gut eineinhalb Jacken im Minus. Seufzend legte er den Computer beiseite. Auf Dauer war das wirklich nichts für seine Nerven.

Und wenn ich dann gestorben bin
dann tragt mich hoch hinauf!
Begrabt ihr mich im Tale drunt,
dann steigt ich selbst hinauf

.79

Aus dem Gipfelbuch am Hohen Licht

Eine halbe Stunde später kehrte der Kommissar mit einer kleinen Kiste aus dem Aktenkeller der Inspektion in sein Büro zurück. Er hatte einen Treffer gelandet: Im Regal mit den ungelösten Todesermittlungen fand sich, als ältester Fall im Zuständigkeitsbereich der Kripo Kempten, der Absturz von fünf Menschen unterhalb des Rädlergrats am 29.09.1936.

Kluftinger war glücklich über seinen Fund. Zwar wurden die Akten ungeklärter Todesfälle auch nach Jahrzehnten noch offen gehalten, zumal wenn es Hinweise auf Beteiligung Dritter gab. Und die Beamten waren verpflichtet, sich immer wieder diese *Cold Cases* vorzunehmen. Nicht nur, weil jeder Ermittler wieder ganz andere Ansätze verfolgte, nicht nur, weil es heutzutage weitaus modernere Methoden gab, allein was den Bereich der DNA-Analyse anging. Sondern auch, weil sich oft noch nach Jahrzehnten Augenzeugen finden ließen, auf die man damals nicht gestoßen war. Aus diesem Grund versuchte Kluftinger jedes Mal, die wiederaufgerollten Fälle auch in die Presse zu bringen. Beim Bergunfall von 1936 freilich würde es keine Zeugen mehr geben. Niemand der Beteiligten lebte mehr, und die Akten würden über kurz oder lang vernichtet werden.

Nun untersuchte Kluftinger die Spuren des damaligen Unglücks, die man beim Umzug in ihr jetziges Gebäude in eine transparente Plastikbox geräumt und fein säuberlich in neue Beutelchen verpackt hatte: Neben drei zerrissenen Leinenhemden, drei Kennkarten, einem ledernen Geldbeutel und den Bergführerausweisen von Baptist und Clemens Schratt fanden sich noch ein paar Stofffetzen, zwei lederne, mit Nägeln beschlagene Bergschuhe und ein Steigeisen, dessen vordere Zacken seltsam verbogen aussahen.

Der Kommissar legte die Sachen zurück und nahm sich die Akten vor. Es handelte sich noch um die Originaldokumente von damals, alles auf Schreibmaschine getippt oder von Hand auf Papier geschrieben, das mittlerweile brüchig geworden war und eine bräunliche Färbung angenommen hatte.

Je mehr Vernehmungsprotokolle, Zeugenaussagen und Polizeiberichte er las, desto tiefer tauchte er in eine ihm fremde, längst vergangene Welt ein. Eine Welt ärmlicher Bauern, die sich im Nebenerwerb als Bergführer verdingen, um über die Runden zu kommen, sich jeden Abend aufs Neue am sogenannten »Führerbänkle« im Zentrum Oberstdorfs einfinden und auf ein paar Touristen hoffen, die sie gegen Bezahlung auf Bergtouren begleiten können. In altertümlicher Diktion berichteten die Schriftstücke schließlich von den Vorwürfen, die kurz nach dem Unfall von einem der Überlebenden erhoben wurden.

Demnach heuerten zwei Touristen Peter Kagerer an, ebenso wie den erfahrenen Baptist Schratt und dessen jüngeren Bruder Clemens, der sich in der Ausbildung zum Führer befand. Die Tour sollte über den damals schon legendären Rädlergrat zum Himmelhorn führen, ein Weg, an dem bereits mehrere Seilschaften verunglückt waren. Bei bestem Wetter konnte die Gruppe am frühen Morgen den Weg in Angriff nehmen. Doch an der gefürchteten Grasflanke ereignete sich ein Unglück, über dessen Hergang unterschiedliche Versionen existierten: Laut der späteren Aussage des überlebenden Baptist Schratt drängte Peter Kagerer am Fuße der steilen Graswand darauf, dass Schratt diese allein im Vorstieg begehen solle, um am einzigen Fixpunkt, einer kleinen Latschenkiefer, ein Seil zu befestigen und somit die anderen Bergsteiger zu sichern. Er bestand außerdem darauf, dass er sein Seil nehme, erkennbar an seinem Markenzeichen, dem eingewebten blauen Faden. Beim Aufstieg solle er die Beschaffenheit des Untergrundes überprüfen und einschätzen, ob die Touristen den Aufstieg überhaupt schaffen könnten. Erst dann würden die Touristen nachsteigen. Baptist habe die meiste Erfahrung auf Gras, zudem müsse er selbst, Peter, als erfahrenster Führer die Touristen sichern und nach oben bringen. Clemens, der jüngste und unerfahrenste Bergsteiger der drei, sollte als Letzter gehen und nachsichern.

Baptist, der erhebliche Bedenken hatte, ob das kleine Bäumchen im Fall eines Sturzes wirklich vier Männer auf einmal halten könne, habe schließlich schweren Herzens eingewilligt, auch um weiteren Streit vor den zahlenden Herren zu vermeiden. Während seines Aufstiegs habe er die anderen immer wieder gewarnt, dass das Gras noch nass sei vom starken Regen am Vortag. Dennoch schätzte Baptist die Lage zunächst als machbar für die Bergsteiger aus Baden-Baden ein. Schließlich ging er weiter, ohne sich noch einmal umzudrehen. Auch nicht, als Peter Kagerer beschlossen habe, die Aktion abzubrechen. Sein Bergführerkollege Baptist Schratt habe ihn nicht mehr gehört.

Auch die beiden Touristen wollten ein Umkehren unter allen Umständen vermeiden. Heinrich Goldschläger sei deshalb losgelaufen, noch bevor Baptist Schratt das Seil oben gesichert hatte. Sein Bruder stieg ihm nach, worauf Peter Kagerer den zweiten Schratt hinterherschickte. Auch er band sich schließlich ins Seil ein; Peter Kagerer versprach, von unten aus zu sichern. Etwa in der Mitte der Wand rutschte Goldschläger auf dem nassen Untergrund aus und stürzte, wobei er Clemens Schratt und seinen Bruder Adolf mit in die Tiefe riss.

Peter Kagerer sollte später aussagen, es sei ihm gelungen, das

Sicherungsseil blitzschnell um einen Baum zu schlingen, um so den Sturz zu bremsen. Doch aufgrund der gewaltigen Wucht riss es, und die drei stürzten haltlos in ihren Tod. Nur durch sein geistesgegenwärtiges Handeln sei Peter Kagerer nicht auch mit in den Abgrund gestürzt. Die beiden verbliebenen Bergführer seien daraufhin abgestiegen und hätten nur noch den Tod ihrer Kunden und ihres Bergkameraden feststellen können.

Der Kommissar durchforstete nun die Protokolle der Vernehmungen und Aussagen der beiden Bergführer, die sich über mehrere Wochen hinzogen: Während Peter Kagerer stets auf seiner Version beharrte und versicherte, er habe nach bestem Wissen und Gewissen gehandelt, war Baptist Schratt mehr und mehr überzeugt davon, dass Kagerer den Sturz vorsätzlich herbeigeführt habe. Um ihn, Baptist, für die Durchführung seines grausamen Plans aus dem Weg zu schaffen, habe er darauf bestanden, dass er oben an der Latsche sichere.

Peter Kagerer habe dann das untere Seil, an dem die Touristen und Clemens Schratt unterwegs waren, angeschnitten und schließlich heftig daran gezogen, um die Gruppe zu Fall zu bringen. Ein Motiv für diese perfide Tat Kagerers wollte Schratt jedoch nicht nennen. Dem hielt Peter Kagerer stets entgegen, Baptist Schratt sei nur am Leben, weil er ihn hinaufgeschickt habe.

Kluftinger suchte in der Asservatenkiste nach dem Seil, konnte es jedoch nicht finden. Nun las er in den alten Ermittlungsakten den Grund dafür: Das durchtrennte Seil, das ursprünglich Peter Kagerer gehört hatte, war seit dem Unglückstag verschwunden. Zwar hatte man sich wegen dessen Besonderheit, dem eingewobenen blauen Faden, erhofft, es schnell wiederzufinden, was jedoch nicht gelang. Erschwerend kam hinzu, dass die beiden Überlebenden sich gegenseitig bezichtigten, es unter Verschluss zu halten: Kagerer angeblich, damit man ihm nicht nachweisen konnte, dass es mutwillig durchtrennt worden war, Schratt dagegen, damit nie bewiesen werden könne, dass es sich um einen Seilriss handle.

Je mehr Zeit seit dem Unfall vergangen war, desto spärlicher wurden die Dokumente in der Akte. Dennoch war immer wieder vermerkt, dass Baptist Schratt nachgesucht habe, seinen Führerkollegen endlich für seine »meuchlerische Tat« vor Gericht zu bringen. Letztlich kamen die Oberstdorfer Polizisten zum Schluss, dass bis zum Auffinden des Seils Aussage gegen Aussage stehe und sich das Geschehen nicht letztgültig klären lasse.

Ganz am Ende stand im vorläufigen Abschlussbericht der Hinweis: »Sollte sich das in Frage stehende Bergseil des Kagerer Peter, Bergführer zu Oberstdorf, dereinst wieder einfinden, sei darauf hingewiesen, dass eine geflissentliche kriminaltechnische Auswertung desselben unbedingt angezeigt ist, gegebenenfalls im Reichshauptamt Sicherheitspolizei zu Berlin.«

Kluftinger legte das letzte Blatt wieder in den Aktendeckel und rieb sich die brennenden Augen. Er hatte über eine Stunde gelesen. Die Geschichte hatte ihn gepackt, auch wenn sie in umständlichem Amtsdeutsch erzählt worden war. Aber was war damals wirklich vorgefallen? Und hatte es etwas mit dem Unglück zu tun, dessen Aufklärung ihn gerade in Atem hielt? Er dachte eine Weile über diese Fragen nach, dann stand er entschlossen auf und schnappte sich seinen Janker.

Es gab nur einen Ort, an dem er darauf hoffen konnte, Antworten zu finden.

Schratt

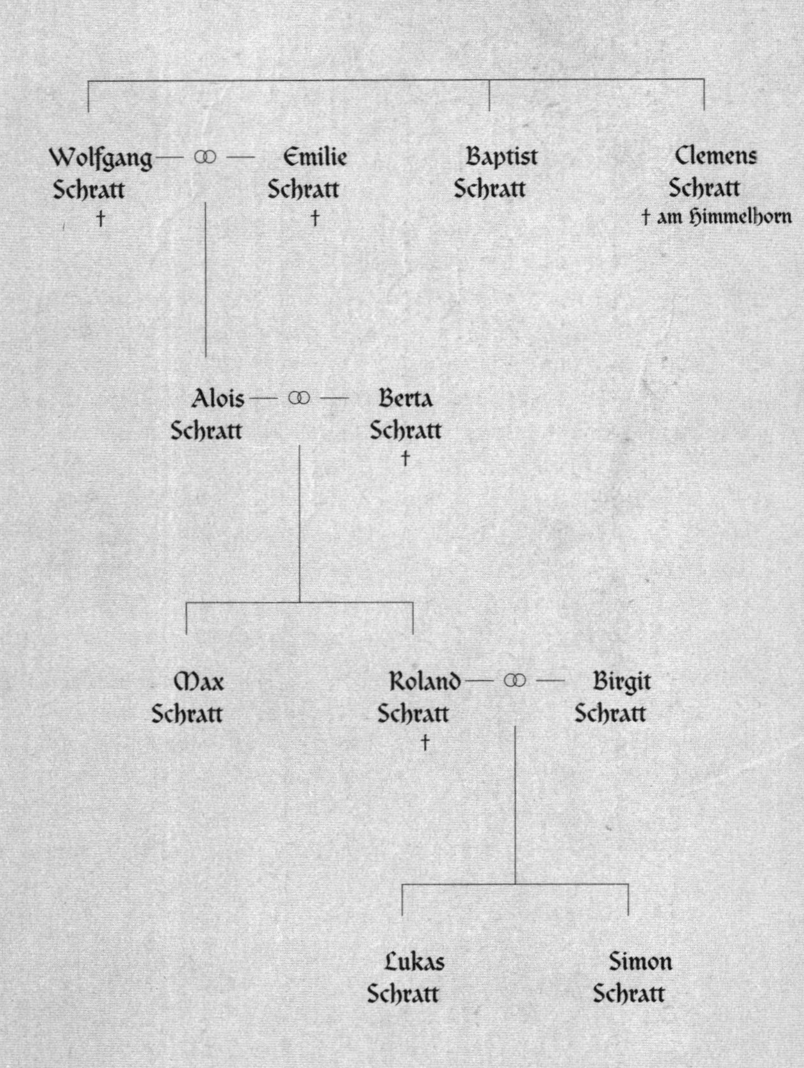

Wolfgang Schratt †
Emilie Schratt †
Baptist Schratt
Clemens Schratt † am Himmelhorn
Alois Schratt
Berta Schratt †
Max Schratt
Roland Schratt †
Birgit Schratt
Lukas Schratt
Simon Schratt

Kagerer

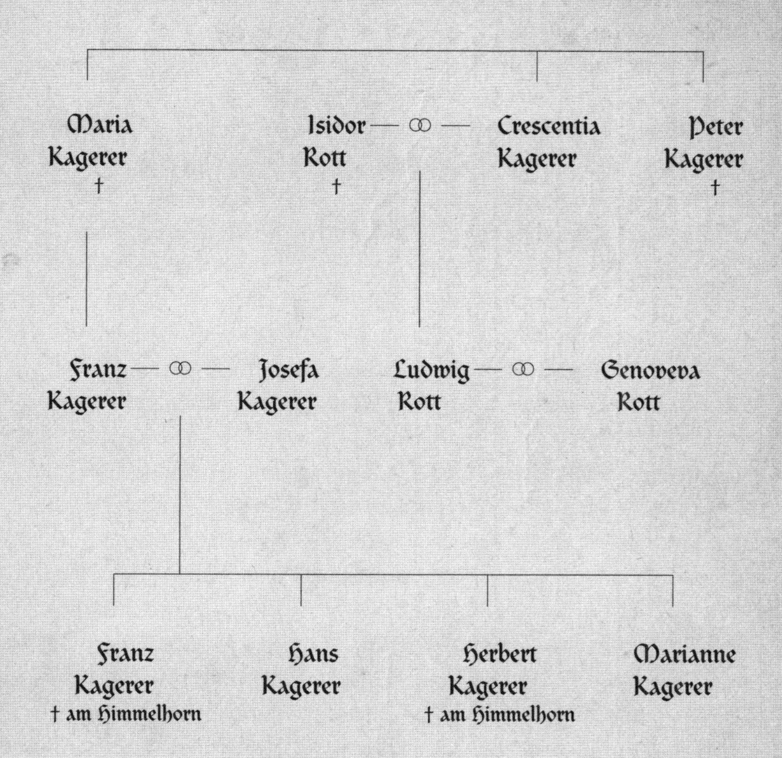

Maria
Kagerer
†
Isidor
Rott
†
Crescentia
Kagerer
Peter
Kagerer
†
Franz
Kagerer
Josefa
Kagerer
Ludwig
Rott
Genoveva
Rott
Franz
Kagerer
† am Himmelhorn
Hans
Kagerer
Herbert
Kagerer
† am Himmelhorn
Marianne
Kagerer

Kurz vor Oberstdorf musste Kluftinger einen Tankstopp einlegen. Dabei blickte er Richtung Süden, wo die Bergmassive der Allgäuer Alpen in den Himmel wuchsen. Dort lagen die Antworten auf all die Fragen, die das Studium der Akte aufgeworfen hatte. Nur ein paar Kilometer Luftlinie weiter ins Oytal hinein, auf dem Hof der Kagerers. Er seufzte. Ausgerechnet dort musste er jetzt hin, zu diesen verschlossenen Menschen, die sich wahrscheinlich lieber die Zunge abbeißen würden, als einem wie ihm freiwillig etwas aus ihrer Familiengeschichte zu erzählen. Aber es half nichts. Vielleicht geriet er ja diesmal an jemanden, der aus seinem Herzen keine Mördergrube machte.

Doch der Blick in die Berge rief reflexartig noch ein anderes Gefühl hervor: Hunger. Auf Landjäger, die er für sein Leben gern auf Bergtouren mitgenommen hatte. Und da man inzwischen an einer Tankstellenkasse nicht nur bezahlen, sondern auch alle erdenklichen Arten von Süßigkeiten, Wurst- und Backwaren kaufen konnte, deckte er sich noch mit einem Paar der gut abgehangenen Köstlichkeit ein, bevor er weiterfuhr.

Es war eine schöne Strecke, die Sonne kämpfte sich ab und zu durch die Wolkendecke und tauchte die Landschaft in ein freundliches, warmes Licht. Doch als er von der Teerstraße in Richtung seines Ziels abbog, änderte sich die Atmosphäre schlagartig. Denn hier, auf der Schattenseite des Berges, waren mehr als ein paar Stunden Sonnenschein pro Tag wohl selbst im Hochsommer nicht drin. Ob das ein Grund für diese besondere Art Menschen war, die dort oben lebte? Wären die Kagerers anders, wenn sie, im wahrsten Sinne des Wortes, auf der Sonnenseite geboren wären? Kluftinger bezweifelte dies zwar, dennoch musste er zugeben, dass von der Lieblichkeit der Landschaft, durch die er eben noch gefahren war, nicht mehr viel zu spüren war: Der Boden war feucht und matschig, links und rechts des Weges ragten kahle Bäume aus dem felsigen Grund. Das letzte Mal mit Maier hatte er diese Atmosphäre nicht so intensiv wahrgenommen. Doch jetzt hatte er mit jedem Meter das Gefühl, tiefer in eine Welt vorzudringen, die unwirtlich und abweisend war.

Oberhalb des Hügels tauchte das Dach des Kagererhofs auf. Er beschloss, dieses Mal bis hinauf zu fahren, was dank seines fahrerischen Könnens ohne Schwierigkeiten vonstattenging. Möglicherweise war der Weg auch geringfügig trockener als beim letzten Mal, aber das trug sicher nur am Rande zu dem geglückten Manöver bei.

Niemand war zu sehen, als Kluftinger ausstieg und sich umschaute. Kein Laut drang aus den Häusern oder dem Stall. Einem Impuls folgend, ging er heute nicht zum Haupthaus wie beim letzten Mal, sondern zu dem etwas kleineren Wohnhaus ein bisschen weiter hinten. Maier hatte nach seiner Meinungsverschiedenheit mit dem Bauern neulich zu dem Gehöft recherchiert und herausgefunden, dass dort ein weiterer Zweig der Familie Kagerer wohnte, die allerdings anders hießen, auch wenn er nicht mehr wusste, wie.

Es gab keine Türklingel, nur einen Briefkasten, in dessen Sichtfenster der kaum mehr entzifferbare Name »Rott« stand. Auch hier steckte der Schlüssel an der Tür. Dennoch klopfte er und richtete sich auf eine längere Wartezeit ein, doch schon nach kurzer Zeit wurde ihm geöffnet.

Er blickte in die wässrigen Augen einer alten Frau, deren graues Haar wirr vom Kopf abstand. Obwohl es heute selbst hier oben recht warm war, trug sie eine dicke Strickjacke, ihre Beine steckten in verdreckten Gummistiefeln. »Endlich, da bist du ja«, sagte sie zur Begrüßung.

»Haben Sie mich erwartet?«, fragte Kluftinger irritiert, wenngleich er wusste, dass das unmöglich war.

»Freilich. Komm rein, aber zieh deine Schuh aus«, sagte sie und stakste in ihren Gummistiefeln davon. Er folgte ihr. Auch wenn dieser Empfang etwas sonderbar wirkte, war er ihm allemal lieber als die kalte, abweisende Version bei der anderen Familie.

»So, setz dich nur hin, schön, dass d'wieder mal da bist.«

Er blickte sich in dem kleinen Raum um, dessen Decke so niedrig war, dass er den Kopf einzog, auch wenn noch ein paar Zentimeter Luft nach oben gewesen wären. Die Frau hatte in einem hölzernen Lehnstuhl am Ofen Platz genommen, ansonsten befand sich in dem Zimmer nur noch eine winzige abgewetzte Couch, in die er sich fallen ließ, was eine Wolke aus Staub aufwirbelte.

»Also haben Ihnen Ihre … also die Nachbarn, haben die erzählt von meinem letzten Besuch?«

»Dick bist g'worden.«

Kluftinger zog unwillkürlich den Bauch ein. »Ich find jetzt gar nicht, dass …«

»Wie machst denn das da oben, mit dem Ranzen?«

Kluftinger wusste nicht, was er darauf sagen sollte.

»Musst schon aufpassen, das versprichst mir, gell?«

»Beim Essen?«

»Am Berg halt. Ich hab doch allweil so Angst, wenn du raufgehst. Aber sag's nicht dem Vater, der wird fuchsteufelswild.« Bei den letzten Worten zog sie den Kopf zwischen die Schultern, was sie noch kleiner wirken ließ. »Er nimmt sich schon die Richtigen, sagt er immer.«

»Wer denn?«

»Der Berg.«

»Sie meinen, wegen dem … Unfall?«

»Schön, dass du wieder da bist. Die Mutter hat schon gesagt, dass du bald kommst.«

Ganz offensichtlich verwechselte ihn die Frau mit jemandem, der ihr nahestand. Dass sie geistig nicht so ganz auf der Höhe war, hatte er gleich vermutet. Ob er mitspielen sollte? Moralisch war das natürlich höchst fragwürdig. Andererseits – die Frau würde es wohl kaum stören, und möglicherweise bekam er etwas über die Familienstrukturen heraus. Und vielleicht freute sie sich sogar, wenn er sich verhielt, als wäre er der von ihr erwartete Besuch. »Nein, keine Angst, ich sag nix zum Vatter«, fuhr er also fort.

Die Alte kicherte. »Bist halt ein Braver, Franzl.«

Als sie den Namen nannte, durchfuhr es den Kommissar. Sollte sie vielleicht Franz Kagerer meinen? Das Absturzopfer? »Ich könnt's gar nimmer sagen: Wann war ich eigentlich das letzte Mal da?«, fragte er vorsichtig.

Der Blick der Alten trübte sich ein. Sie wandte den Kopf zu dem winzigen Fenster. »Hast du g'wusst, dass sie zum Schneck früher Himmelhorn gesagt haben?« Wieder kicherte sie in sich hinein. »Heut sieht es dunkel aus, da oben. Da ist kaum Licht. Das ist die Dunkelheit des Todes, Franzl.«

Kluftinger schluckte.

»Gehst mir nimmer nauf, gell?«

Er räusperte sich. »Nein, ich bleib da.«

»Ja, dableiben tust. Wer weiß, was die anderen schon wieder im Schilde führen. Da rührt sich was, bei denen.«

Jetzt wurde der Kommissar hellhörig. »Welche anderen?«

»Ich spür das.«

»Wen meinen Sie ... meinst du denn?«

Sie blickte ihn lange an. »Wann kommt der Franzl wieder mal vorbei?«

»Aber ich ...«

»Was ist da los?«

Kluftinger fuhr zusammen. Im Türrahmen hatte sich ein hagerer Mann aufgebaut, die Arme in die Seiten gestützt. Bevor der Kommissar sich erklären konnte, wandte sich der Mann an die Frau: »Wen hast du denn jetzt wieder reingelassen, Genoveva? Du sollst doch niemand ...«

In diesem Moment drängte sich eine weitere Gestalt von hinten an dem Mann vorbei. Es war eine Frau, die noch deutlich älter war als diejenige, die Kluftinger die Tür geöffnet hatte. Sie stützte ihre krumme Gestalt auf einen Stock. Ihre Augen aber waren im Gegensatz zu denen seiner ersten Gesprächspartnerin klar und hellwach. Und kalt. Sie raunzte den Mann an: »Warum sperrst die dumme Kuh nicht weg? Die holt uns noch den Teufel ins Haus.« Bei diesen Worten funkelte sie Kluftinger an.

»Aber Mutter, die Fevi ist meine Frau. Sie kann doch nix dafür, dass sie krank ist!«

»Nicht mal gegen eine Depperte kannst dich durchsetzen. Wärst g'scheiter du statt deinem Vatter ...« Sie vollendete den Satz nicht, sondern fixierte stattdessen den ungebetenen Gast.

Kluftinger stand auf. »Grüß Gott, Frau …«

Sie schwieg, und er versuchte es mit dem Namen auf dem Türschild. »Also, Frau Rott, mein Name ist Kluftinger, Kripo Kempten. Ich ermittle in dem Fall der abgestürzten Bergsteiger, also dem Herbert und dem Franz …«

Ein schriller Schrei ließ ihn zusammenfahren. Er war von der verwirrten Frau gekommen. »Mein Gott, die Buben, die Buben«, jammerte sie und schlug die Hände über dem Kopf zusammen.

Die andere Alte rollte nur die Augen und bedeutete ihrem Sohn mit einer Kopfbewegung, sie aus dem Zimmer zu bringen, was dieser sofort tat, nicht ohne Kluftinger noch einen vorwurfsvollen Blick zuzuwerfen.

»Warum lasst ihr uns nicht in Ruh?«, fragte sie dann, als sie mit dem Kommissar allein war. »Drüben seid's auch rumgeschlichen.«

»Ich wollte, also …«

»Wir wollen nix mit euch zu tun haben.«

»Ja, aber Sie müssen doch auch ein Interesse daran haben, dass die Täter gefasst werden. Sie alle.«

»Das geht dich nix an. Und jetzt hau ab.« Die alte Frau hob drohend ihren Stock, was im düsteren Licht des winzigen Zimmers unheimlich wirkte.

»Schauen Sie, das war kein Bergunfall. Die Männer sind nicht einfach abgestürzt.«

»Kinder!«

»Wie?«

Sie schwieg.

»Mir geht es heute eigentlich auch gar nicht so sehr um das, was vorletzte Woche passiert ist. Ich würd gern mehr erfahren zu dem Ereignis damals, in den dreißiger Jahren, wo der Kagerer Peter dabei war. Wie war der eigentlich verwandt mit Ihnen?«

Als er Peter Kagerer erwähnte, veränderte sich der Blick der Alten, plötzlich wirkte sie gebrechlich. Sie setzte sich langsam in Bewegung und ließ sich vorsichtig auf dem Stuhl nieder, der beim Ofen stand. »Mein Bruder, der Petl«, sagte sie abwesend. »Damals ist's losgangen.«

»Losgegangen? Können Sie mir das ein bissle genauer erklären? Sie müssen schon entschuldigen, aber …«

»Wir entschuldigen nix. Wir merken uns alles.«

»Ja, sicher. Haben Sie eine Vorstellung, was damals am Berg passiert sein könnte? Ich mein, der Peter hat ja sicher erzählt davon, oder? Und dass jetzt wieder zwei Kagerers in einen Unfall am Himmelhorn oben verwickelt sind, ist ja schon seltsam, irgendwie.«

»Die denken, das war's. Da haben die sich 'täuscht.«

»Aha. Wer sind denn *die?* Damals waren noch zwei Brüder beteiligt, also der Clemens und der Baptist Schratt. Waren das Freunde vom Peter, damals? Haben Sie die auch gekannt?«

»Benedikt!«, schrie sie plötzlich aus vollem Hals und in einer Lautstärke, die Kluftinger ihr nicht zugetraut hätte. Der Kommissar war gespannt, wer nun käme, da hörte er schon schwere Schritte auf den Holzdielen im Hausgang. Kurz darauf wurde der Türrahmen von einem massigen Kerl in klobigen Stiefeln ausgefüllt. Er wirkte grobschlächtig und ein wenig tumb.

»Schmeiß ihn raus, Bene!«, keifte die Alte und zeigte mit dem Stock auf Kluftinger.

»Also, jetzt geht das Ganze aber doch ein bissle weit, find ich. Ich will mich doch bloß unterhalten mit Ihnen.«

Schon stand der Hüne hinter Kluftinger, packte ihn am Arm und zog ihn hoch. Dabei gab er keinen Ton von sich.

»Geht's noch?«, schimpfte der Kommissar. »Ich bin von der Kripo, Sie können mich doch nicht einfach rausschmeißen. Frau Kagerer, pfeifen Sie ihn zurück!«

»Das ist mei Knecht und mei Haus«, giftete die Alte zurück, »aus dem schmeiß ich raus, wen ich will. Schon mein Lebtag ist das so!«

Kluftinger wurde erneut von den mächtigen Pranken des Mannes gepackt und nach draußen geschleift, wo er mit einem unsanften Stoß vor die Tür befördert wurde, die sich krachend hinter ihm schloss. »Meine Schuhe«, schrie er nach drinnen, worauf sich die Tür noch einmal öffnete und ihm ein Paar Haferlschuhe entgegengeflogen kam.

Als sich Kluftinger wieder gefangen, sein derangiertes Hemd zurück in die Hose gesteckt und den Janker vom schlimmsten Schmutz befreit hatte, schlüpfte er in seine Schuhe und stapfte schwer atmend zum Auto. Was hatte die Frau auf einmal so gegen ihn aufgebracht? Er hatte doch nur gefragt, ob die Schratts …

Er hielt inne. Er hatte von den Schratts gesprochen, dann war die Alte mit einem Schlag ausgerastet. War das der Grund gewesen? Kluftinger beschloss, Eva Wolf noch einen kurzen Besuch abzustatten. Er hätte gern erfahren, ob sie im Bilde war über den Absturz im Jahr 1936, und ob sie wusste, dass auch damals bereits ein Mitglied der Familie Kagerer beteiligt gewesen war.

Eva Wolf stand bereits vor der Eingangstür, als Kluftinger ankam. Sie schraubte ein Plexiglas-Schild an die Wand, auf dem in orange leuchtenden Lettern der Name *wild men productions* zu lesen war. Neben der Schrift befand sich ein Logo mit einem stilisierten »Wilden Mändle«, einer zotteligen Gestalt, die mit Flechten und Tannenbärten behängt war.

Kluftinger wusste, worauf sich diese Anspielung bezog, schließlich war er selbst schon einmal beim sogenannten »Wilde-Mändle-Tanz« gewesen. In dieser archaisch anmutenden Veranstaltung führten Oberstdorfer Männer nach jahrhundertealter Tradition unter anderem Fruchtbarkeitstänze vor. Dabei trugen sie ihr »Häs«, ein traditionelles Kostüm aus Tannenbart, in dem sie eine waghalsige Pyramide bildeten.

»Herr Kluftinger, gibt es was Neues?«, begrüßte ihn Frau Wolf und versuchte, sich mit einer Hand den am Boden liegenden Akkuschrauber zu angeln.

»Kann ich helfen?«, bot der Kommissar an und bückte sich nach der Maschine.

»Gern, mein Mann wollte eigentlich vorbeikommen, aber er verspätet sich wohl.«

Kluftinger drückte gegen das Schild, Frau Wolf richtete es aus und schraubte es schließlich an die Bretterwand.

»Sind Sie wegen ihm gekommen?«

»Wegen wem?«

»Meinem Mann.«

Kluftinger runzelte die Stirn. »Nein, wieso? Ich wollt mit Ihnen über was reden.«

Eva Wolf war sichtlich erleichtert. »Da bin ich ja froh, das Ganze hat ihn neulich doch ganz schön mitgenommen.«

»Ja, das kommt manchmal vor bei unseren Ermittlungen. Aber sagen Sie, haben Sie die Firma umbenannt?«

»Ja, das kommt Ihnen jetzt ziemlich fix vor, nicht wahr?«

Kluftinger zuckte die Achseln. Genau das hatte er gedacht.

»Wir hatten das eh vorgehabt. Und bevor dann der Film zu Andis Andenken startet, wollte ich das über die Bühne bringen. Ich muss letzten Endes sagen: Seht her, es geht weiter, es kann nicht alles beim Alten bleiben. Und sicher wird es auch international Anfragen geben, das macht dann einiges leichter. Andi hätte dafür Verständnis gehabt. Unsere Branche ist nicht sonderlich sentimental, wissen Sie?«

»So ist das, aha.«

Eva Wolf packte ihr Werkzeug zusammen und bedeutete dem Kommissar, mit ihr hineinzugehen. Innen war es kühl. Der Hund kam auf sie zugetrottet und schnupperte an der Tür, die sein Frauchen direkt hinter sich wieder geschlossen hatte.

»Sehen Sie, wollte schon wieder raus, der Streuner! Und dann kann ich ihn wieder im ganzen Ort suchen. Einmal war er schon auf dem Weg zum Hochvogel, bis wir ihn endlich hatten. Scheint auch das Berg-Gen in sich zu haben.«

Kluftinger lächelte und tätschelte dem Tier den Rücken. Plötzlich begann es, wie wild um ihn herumzutänzeln und mit dem Schwanz zu wedeln, was ihn wunderte, denn normalerweise mochten ihn Hunde nicht – was auf Gegenseitigkeit beruhte. »Scheint, der hat Polizisten gern.«

»Haben Sie zufällig Landjäger dabei?«, fragte sie mit skeptischem Blick.

Der Kommissar stutzte. »Ja, woher wissen Sie das? Wollen Sie einen?«

»Nein, aber Messner ist ganz verrückt nach ihnen.«

»Der Bergsteiger?«

Die Frau lachte. »Der vielleicht auch. Aber ich meine unseren Hund.«

»Ach, der heißt … verstehe. Darf ich ihm was geben?«

»Aber bitte nur ein kleines Stück.«

Er riss einen der Landjäger entzwei, und der Hund schnappte es sich aus seiner Hand, noch ehe er es ihm hinhalten konnte. Es erforderte einige scharfe Worte von Eva Wolf, dass das Tier von Kluftinger abließ und sich in eine Ecke verzog.

»So, jetzt bin ich ganz Ohr«, sagte sie und setzte sich halb auf den Schreibtisch.

»Haben Sie eigentlich gewusst, dass damals, bei dem spektakulären Absturz im Jahr 1936, bei dem ja auch drei Bergsteiger ums Leben gekommen sind, schon ein Herr Kagerer dabei war?«

Eva Wolf machte ein erstauntes Gesicht. »Ob ich das wusste? Natürlich.«

Kluftinger glaubte, nicht richtig zu hören. »Das hätten Sie uns ja auch mal sagen können, oder?«

»Ich hätte nicht gedacht, dass das irgendwie wichtig für Sie sein könnte.«

»Alles ist wichtig. Das haben ich und meine Mitarbeiter doch immer wieder betont.«

Nun lächelte die Wolf verlegen. »Dann tut es mir wirklich leid. Ehrlich gesagt: Wir fanden es ganz spannend, dass wieder Kagerers am Start sind. Ursprünglich sollte ja auch der Max Schratt mit aufsteigen. Er war eigentlich von vornherein eingebunden, ist uns dann aber letzten Endes abgesprungen.«

Der Kommissar riss die Augen auf. »Wie heißt der?«

»Wer, der Schratt? Max heißt er. Warum?«

»Warum? Ja, weil damals die überlebenden Kagerer und Schratt sich gegenseitig angeschwärzt haben, nach der Tour im Jahr sechsunddreißig. Hatten Sie davon auch Kenntnis?«

»Wir hatten durch die Recherchen zum Film am Rande mitbekommen, dass es seit diesem Ereignis vor achtzig Jahren Streitigkeiten zwischen den Kagerers und den Schratts gab. Vielleicht, dachten wir, hätten wir ja eine Art späte Versöhnung hinbekommen. Dann hätten wir es eventuell auch in den Film reingenommen.«

»Aber?«, bohrte Kluftinger nach.

»Aber der Schratt Max hat uns kurzfristig abgesagt, nachdem der Andi alles mit ihm zusammen geplant hatte.«

»Mit welcher Begründung?«

»Ohne Begründung.«

»Wo wohnt denn dieser Schratt?«

»Einen Moment, ich müsste ihn in der Kontaktdatei haben.« Sie tippte etwas in ihr Handy. »Ah, da ist es: Graben 2, Oberstdorf.«

Kluftinger nickte. Die Adresse kam ihm bekannt vor.

Wir sind so sehr verraten,
von jedem Trost entblößt
In all den schrillen Taten
ist nichts was uns erlöst

Aus dem Gipfelbuch am Köpfle

Man hätte die Höfe der Schratts und der Kagerers leicht verwechseln können. Nicht, dass sie wirklich genau gleich aussahen, aber die Atmosphäre des Verfalls, die dreckigen, heruntergewirtschafteten Ställe, die geduckten Häuser, das alles fand sich hier wie dort. Und alles wirkte menschenleer. Gottverlassen. Unvorstellbar, wie jemand in diesem Dreck hausen konnte, dachte Kluftinger, als er ankam. Die Schratts wohnten noch ein bisschen weiter oberhalb der Kagerers. Zusammen mit einem längst verfallenen Hof bildete es den Weiler Graben. Die Schratts bezahlten ihre bessere Aussicht aber offensichtlich damit, dass sich die Sonne noch ein bisschen früher hinter die schroffen Felswände zurückzog.

Als er ausstieg, entfuhr ihm ein überraschtes »Heu«, denn einen derart exotischen Anblick hatte er nicht erwartet: Eine seltsam aussehende Mischung aus Kuh und Büffel trottete in aller Seelenruhe an ihm vorbei. Das gedrungene Tier hatte einen kleinen Buckel und eine dunkle Zottelmähne. Es schnaubte seinen heißen Atem dampfend in die hier oben noch kalte Frühlingsluft. Es war ein Yak, das wusste der Kommissar, denn er hatte erst neulich in der Zeitung gelesen, dass auch im Allgäu ein paar Landwirte diese eigentlich aus Zentralasien stammende Rinderart hielten. Hier oben hatte er damit allerdings nicht gerechnet. Er wich vorsichtig einen Schritt zurück, denn das Tier hatte respekteinflößende Hörner, und er sah ihm nach, bis es gemächlich um die Ecke des Wohnhauses bog. Auch wenn das stark renovierungsbedürftig war, konnte man doch ahnen, dass es irgendwann einmal ganz hübsch gewesen sein musste: Es gab einen Balkon, an dem noch Halterungen für nun nicht mehr vorhandene Blumenkästen angebracht waren, die Fenster hatten verwitterte Läden mit ausgeschnittenen Herzen. Zwischen zwei knorrigen Obstbäumen flatterte eine zerschlissene tibetanische Gebetsfahne.

»Nein, den Achterschlüssel«, hörte der Kommissar eine Stimme hinter sich. Sie kam aus dem Stadel, dessen Tor zur Hälfte offen stand. Dahinter schraubten zwei Jungs um die sechzehn an einem Moped herum.

»Griaß euch«, sagte der Kommissar erfreut. Er hatte erwartet, wieder nur auf einen mürrischen Rentner zu treffen.

Die beiden sahen ihn mit einem Blick an, der ihm zeigte, dass sie nicht allzu oft Besuch erhielten.

»Sind eure …«, Kluftinger wusste nicht, wer die beiden waren, und fuhr deshalb fort: »… Angehörigen auch in der Nähe?«

»Die sind im Haus, glaub ich«, sagte der eine, worauf der andere nickte. »Was willst denn?«

»Ich bin von der Polizei.«

Die beiden wechselten einen erschrockenen Blick, doch Kluftinger beruhigte sie sofort: »Ich bin nicht wegen euch da.« Vermutlich bohrten sie gerade den Motor ihrer Maschine auf, aber das war ihm herzlich egal. »Ich muss den Max Schratt sprechen.«

»Den Onkel? Soll ich ihn holen?«, fragte der andere.

»Eilt nicht«, gab Kluftinger zurück und ging zu den Jungs in den Stadel. Er hatte nie ein Moped besessen, weil sein Vater, der

Dorfpolizist, immer Horrorgeschichten mit nach Hause gebracht hatte, was damit alles passieren konnte. »Tolle Maschine habt ihr da«, sagte er und ging in die Hocke. »Selber gekauft?«

Der eine sah den anderen an, und als der nickte, erklärte er: »Haben wir zusammen vom Schrottplatz geholt. Und jetzt richten wir's her.«

»Lukas, Simon, was ist da los?« In Kluftingers Rücken erklang eine scharfe Stimme, und die beiden Jugendlichen sprangen auf.

»Wir haben bloß …«

»Ich hab g'sagt, ihr sollt's eure Arbeit machen, zefix.«

Kluftinger drehte sich um, da stürzte der Mann mit dem Stiernacken und den drahtigen rotblonden Haaren bereits auf sie zu.

»Wer bist du?«

Der Kommissar seufzte. Da war sie wieder, die Freundlichkeit der Oytaler Bergbauern. »Kluftinger, Kriminalpolizei, ich hab …«

»Max, wieso schreist du schon wieder mit meinen Buben?« Eine Frau streckte ihren Kopf aus einem der Fenster des Wohnhauses.

»Die Hundskrüppel sollen schaffen, aber sie schrauben immer an diesem wertlosen Glump rum.«

»Das ist nicht wertlos«, protestierte einer der Jungen.

»Aber ihr«, zischte der Mann, so dass es die Frau nicht hören konnte.

»Lass sie in Ruhe, Max, das sind nicht deine Kinder«, schrie sie vom Haus herüber.

»Gott sei Dank«, flüsterte der, machte kehrt und wollte schon weitergehen, da drehte er sich noch einmal um. »Was willst jetzt du?«, fragte er in Kluftingers Richtung.

Der Kommissar wollte die Hoffnung auf ein etwas angenehmeres und ergiebigeres Gespräch als jenes bei den Kagerers noch nicht aufgeben. »Züchten Sie diese Yaks, Herr Schratt? Sie sind doch der Max Schratt, oder? Ist ja ungewöhnlich, solche Tiere bei uns zu sehen.«

Der Mann war von dieser Frage überrascht und antwortete: »Ich war lang Bergführer in Nepal, da hab ich die Viecher kennengelernt …« Er verstummte und fixierte den Kommissar eine Weile, dann fuhr er in feindseligem Ton fort: »Zum letzten Mal: Was willst?«

»Über den Absturz reden.«

Etwas in Schratts Miene veränderte sich, seine stechenden Augen bekamen einen trüben Schleier. »Über welchen?«, fragte er kraftlos.

»Alle beide«, antwortete Kluftinger.

»Dann kommst du achtzig Jahre zu spät.«

»Ja, aber …«

»Ich weiß nix. Will auch nix wissen. Und nix mit solchen wie euch zu tun haben.«

»Max, wer ist das?«, rief die Frau herüber.

»Polizei«, brüllte Schratt zurück, worauf sie sich sofort ins Haus zurückzog.

»So einfach ist das aber nicht, Herr Schratt. Ich weiß von Frau Wolf, dass Sie an der Planung für die Besteigung am Himmelhorn beteiligt waren.«

Sie taxierten sich eine Weile, und da Schratt keine Anstalten machte, etwas darauf zu erwidern, ergänzte Kluftinger: »Dann sind Sie plötzlich ausgestiegen. Das war schon ein glücklicher Zufall, oder? Immerhin sind die anderen in den Tod gestürzt.«

»Das war kein Zufall.«

Kluftinger wurde hellhörig. »Ach, nicht?«

»Nein. Weil ich im Leben nicht auf einen Berg gehen würd, wo ein Kagerer drauf ist.«

»Warum?«

»Weil … weil halt!«

»Halt's Maul!« Die Stimme kam wieder vom Haus, diesmal war sie tief und dröhnend.

Der Kommissar wandte sich um – und erstarrte. Im Türrahmen des Bauernhofs stand ein gedrungen wirkender Mann mit Filzhut und Staubmantel, dessen Schöße im Wind wehten. Er sah ein bisschen aus wie aus einem Western entsprungen, was vor allem an der doppelläufigen Flinte lag, die er auf Kluftinger gerichtet hatte.

»Halt endlich dein dummes Maul«, schrie der Mann noch einmal.

»Ich hab doch gar nichts gesagt«, verteidigte sich der Kommissar.

»Ich red mit meinem Sohn. Aber du hältst besser auch die Gosch.«

Die Stimme des Mannes war eiskalt. Noch immer hatte er die Flinte auf ihn gerichtet. Langsam bekam es Kluftinger mit der Angst zu tun. »Jetzt beruhigen Sie sich doch, Herr Schratt. Ich will nur mit Ihnen reden!«

»Auf einmal.«

»Wie meinen Sie das?«

»Damals hättet's was tun sollen. Vor achtzig Jahren.«

»Ich bin sicher, die Kollegen haben …«

»Was weißt denn du! Halt jetzt dein Maul und verschwind.«

Kluftinger hob beschwichtigend die Hände. Er war sicher, dass das Gewehr keine leere Drohung darstellte. Doch er wollte seine Pistole nicht auch ziehen und damit womöglich eine Tragödie heraufbeschwören: »Legen Sie bitte die Waffe weg. Was wollen Sie denn damit? Hier oben tut Ihnen doch niemand was.«

»Hast du eine Ahnung!«

»Aber hier ist doch nichts zu holen.« Der Kommissar biss sich auf die Lippen. Das hatte er eigentlich nicht sagen wollen, auch wenn es der Wahrheit entsprach. Aber der Schuss konnte im wahrsten Sinne des Wortes nach hinten losgehen.

Doch der Mann ließ die Waffe ein wenig sinken und sagte mit brüchiger Stimme: »Das Leben können sie uns holen.«

Diese Antwort hatte Kluftinger nicht erwartet. »Wer?«

»Wär nicht das erste Mal.«

»Wer denn?«

»Die, die das Unheil übers Tal gebracht haben.«

Kluftinger schluckte. »Welches Unheil denn?«

Der Mann sprach inzwischen mehr zu sich selbst als zu ihm. Die Drohung aus seiner Stimme war verschwunden, nun klang sie sorgenvoll und unheilschwanger. »Das wie ein Leichentuch über unserer Familie liegt. Seit bald hundert Jahren. Seit …«

»Vatter!« Die Stimme von Max Schratt brachte den Mann wieder zurück in die Realität. Er richtete sich auf und hob auch den Lauf des Gewehrs wieder in Kluftingers Richtung. »Hau ab, aber ganz schnell.«

Doch der Kommissar wollte es jetzt genau wissen. Langsam ging er auf den Mann zu. Die Waffe sah er schon gar nicht mehr. »Was ist damals passiert? Erzählen Sie mir vom Absturz am Himmelhorn, als der Clemens und der …«

Weiter kam er nicht, denn ein ohrenbetäubender Knall ließ ihn zusammenfahren, ebenso wie die beiden Jungs und Max Schratt. Unwillkürlich hatte der Kommissar die Hände schützend über den Kopf gelegt, doch schnell wurde ihm klar, wie lächerlich diese Geste war, denn der Knall war ein Schuss gewesen. Im selben Moment stiegen in ihm Angst und kalte Wut hoch. »Ihr Vater hat einen totalen Hau, das ist Ihnen schon klar, oder?«, zischte er Max Schratt zu. »Der ist gemeingefährlich!« Dann rannte er geduckt zum Auto, sprang hinein, drehte den Zündschlüssel und trat das Gaspedal durch.

Es dauerte fast den gesamten Weg zurück nach Kempten, bis Kluftingers Pulsschlag sich wieder normalisiert hatte. Der Schock über den Schuss war erst mit Verzögerung gekommen, und er hatte unterwegs angehalten, weil er befürchtete, sich übergeben zu müssen. Erst hatte er sofort bei den Kollegen anrufen wollen, damit sie sich Alois Schratt wegen seiner Aktion von eben schnappten. Doch nun übernahm langsam sein Verstand wieder die Regie. Wenn sie ihn einsperren würden, würde er nie mehr etwas aus ihm herausbekommen. Und schließlich war ja nichts passiert, jedenfalls nichts Schlimmes. Etwas hatte er sogar erfahren, und immer, wenn er den Vorfall Revue passieren ließ, hielt er an derselben Stelle inne: Als Vater Schratt, Alois, wie ihm nun wieder eingefallen war, geraunt hatte, *sie* hätten das Unheil wie ein Leichentuch über seine Familie gebracht. *Sie,* das konnten nur die Kagerers sein. So schrecklich der Besuch gewesen war, endlich hatte er eine Spur, die er weiterverfolgen konnte.

Die Euphorie über diese Spur hielt sich bei seinen Kollegen allerdings in Grenzen. Und auch die wortreiche Schilderung seiner Besuche bei den *Bergmenschen,* wie er sie inzwischen nannte, nahmen sie eher schulterzuckend zur Kenntnis. Erst als er von dem Schuss erzählte, schienen sie ein wenig aufzuwachen.

Dennoch sagte Strobl abfällig: »Alleingänge haben schon manche Kollegen bitter bereut.«

»Jaja, nachher ist man immer schlauer«, blaffte Kluftinger. »Aber bei eurem momentanen Arbeitseifer und eurer negativen Stimmung dem Fall gegenüber hab ich vorher wirklich keine Lust auf große Diskussionen gehabt. Jetzt kommt halt endlich mal ein bissle in Gang, Männer! Wir müssen alles recherchieren, was es zu den Familien Kagerer und Schratt an Infos gibt. Würd mich wundern, wenn das in achtzig Jahren die einzigen Male gewesen wären, dass die aneinandergeraten sind. Wir müssen wissen, warum der Baptist damals seinen Bergführerkollegen beschuldigt hat. Das kann nicht aus heiterem Himmel geschehen sein. Es muss da irgendeine Motivlage geben. Da müssen wir ansetzen. Und es könnt auch nicht schaden, mal nachzuschauen, ob die da oben wirklich ein Gewehr haben dürfen.«

Strobl seufzte, Hefele nestelte am offenbar kratzenden Kragen seines neuen Hemdes herum, das mittlerweile ziemlich zerknautscht aussah. Nur Maier sah Kluftinger mit einigermaßen wachen Augen an. »Ich hätte da sogar schon eine Kleinigkeit, die mir bei der Durchsicht des Protokolls zur ersten Befragung der Kagerers aufgefallen ist«, sagte er stolz.

»Echt, Richie? Aber die haben doch fast nichts gesagt.«

»Stimmt. Haben aber angegeben, dass sie nicht die einzigen lebenden Verwandten der beiden verunglückten Brüder sind. Es gibt noch eine Schwester.«

Kluftinger nickte anerkennend. »Schaut's, ihr zwei«, sagte er zu Hefele und Strobl, »das nenn ich Eigeninitiative. Könnt ihr euch mal ein Beispiel nehmen.«

»Hm«, brummten beide im Chor.

»Richie, dann bring doch raus, wo die wohnt und wie sie heißt, wir sollten mal mit ihr reden. Vielleicht ist sie ein bissle gesprächiger als ihre Anverwandtschaft.«

»Ich würd sagen, das ist sie. Denn als Bedienung im Restaurant der Skisprung-Arena muss Marianne Kagerer zumindest ab und zu mit Leuten kommunizieren.«

Kluftinger war baff. »Respekt, was ist denn los mit dir, Richie?«

»Vielleicht will er schneller Karriere machen«, mutmaßte Hefele. Maier nickte. »Ich leugne nicht, dass ich mir das vorstellen könnte. Möglicherweise stehen meine Aufstiegschancen innerhalb des Polizeipräsidiums gar nicht mal ganz schlecht.«

»Schön, Richard, dann kündige mich doch für morgen früh bei ihr an«, bat Kluftinger.

»Bei der Dombrowski?«

»Nein, bei der Kagerer-Schwester.«

Maier lief rot an. »Ja, klar, bei der.«

»Und der Eugen kommt mit.«

Strobl blickte überrascht auf, sagte aber nichts.

»Mach uns für zehn einen Termin bei ihr.«

»Ach ja«, meldete sich Hefele, »der Willi war da, wegen der Fingerspuren und so am Führerbuch.«

»Und?«

»Nix, was irgendwie verwertbar wär.«

»Eugen, du?«

»Ich hab jetzt mal einen vorläufigen Abschlussbericht geschrieben, was das private Umfeld vom Bischof angeht. Da ist nix zu holen. Das war ein ganz schön einsamer Typ, glaub ich. Zu seiner Schwester ist der Kontakt irgendwann abgebrochen, ein paar Liebschaften hat er gehabt, aber die stehen ihm alle völlig unemotional gegenüber. Da ging es immer nur um hormonelle Interessensgemeinschaften, so wie ich das rausgehört hab.«

»Keine, die sich mehr versprochen hätte?«

»Keine. War auch viel in Bordellen und so unterwegs, das haben wir anhand seiner Kontodaten rausgefunden.«

»Passt irgendwie gar nicht so zum Naturmenschen- und Bergsteigerimage, oder?«

»Ziemlich abgeschmackt, ja. Aber er hat nie einen Hehl draus gemacht. War ab und zu auch hier bei uns gegenüber. Galt als problemloser und geschätzter Gast bei den Damen.«

»Okay, dann lassen wir's mal gut sein für heut. Eugen, wir fahren morgen früh zu dieser Marianne Kagerer. Die wird uns ja nicht auch über den Haufen schießen wollen.«

»Alles klar«, sagte der und flüsterte seinem Vorgesetzten zu: »Der Markt hat sich übrigens wieder stabilisiert im Lauf des Nachmittags. Läuft.«

Kluftinger nickte beiläufig, um seine Erleichterung vor Strobl nicht allzu sehr zu zeigen. Erschöpft und immer noch ein wenig wackelig in den Beinen, machte er sich auf den Heimweg.

Ooooh!
Awesome!
Lovely!

OA is cool!

Nanai from SanDiego,
CA, USA

Aus dem Gipfelbuch an der Reuterwanne

Kluftinger beschloss, seiner Familie nichts von den aufwühlenden Ereignissen des heutigen Tages zu erzählen. Einerseits wollte er seine Frau nicht unnötig beunruhigen, und für Yumiko war Aufregung momentan sowieso Gift. Andererseits wollte auch er selbst das Erlebte so schnell wie möglich verdrängen. Deswegen war er froh, dass ihm seine Schwiegertochter gleich bei seiner Ankunft die erhoffte Ablenkung verschaffte.

»Toll, dass du da bist«, empfing sie ihn mit dem Laptop auf dem Arm. »Mein Vater hat eine Antwort auf deine E-Mail geschrieben, hat er mir per WhatsApp mitgeteilt. Ich soll's dir gleich sagen.«

»Schon?«, entgegnete Kluftinger, ein bisschen besorgt, dass er eine derart hohe Frequenz bei ihrem Briefwechsel niemals durchhalten würde.

»Soll ich sie dir gleich vorlesen?« Yumiko schien sich ebenfalls zu freuen, dass ihr Vater und ihr Schwiegervater so einen guten Draht zueinander hatten.

»Ja, mach mal.« Kluftinger hatte keine Lust, sich wieder mit diesem seltsamen Apfel-Computer rumzuschlagen. Doch dann fiel ihm siedend heiß ein, was er gestern alles über Yumiko geschrieben hatte. »Oder nein, gib mir einfach das Ding«, sagte er schnell.

»Welches Ding?«

»Na, deinen Kleincomputer halt.«

Sie reichte ihm den Laptop, und er zog sich auf die Wohnzimmercouch zurück, wobei er sich so hinsetzte, dass sie unter keinen Umständen einen Blick auf den Bildschirm erhaschen konnte. Schon bei der ersten Zeile musste er schmunzeln: *Hello Klufti,* stand dort. Er war stolz, dass das gute Verhältnis, das er und Yoshifumi Sazuka über alle kulturellen Grenzen hinweg aufgebaut hatten, unter der großen Distanz nicht zu leiden schien. Wer hätte gedacht, dass ausgerechnet er einmal einen Freund in einem anderen Erdteil haben würde. Dann las er weiter.

I am very glad about the benevolence which you showed receiving the present and that you are already using the gift so frequently.

Kluftinger blies die Backen auf. Das war ja alles in Englisch. Und nicht gerade leicht. Er hatte keine Ahnung, was Vokabeln wie *benevolence* oder *frequently* bedeuten mochten. Das könnte ganz schön mühsam werden.

»Ist was? Brauchst du Hilfe? Soll ich übersetzen?«, bot seine Schwiegertochter an.

»Wie kommst du jetzt darauf?«, fragte er scheinheilig.

»Nur weil du … nichts, einfach nur so.«

Kluftinger hätte sie zwar gerne übersetzen lassen, aber es war einfach zu riskant. Wer konnte schon wissen, was Joshi da alles zusammengeschrieben hatte über sie und Markus und ihr Eheleben. Deswegen lehnte er dankend ab.

Da fiel ihm ein, dass es ja im Internet einen automatischen Übersetzer gab. Markus hatte ihm den einmal gezeigt, als er seinen neuen Rasenmäher zusammenbauen wollte, und ihn, da es die Gebrauchsanweisung nur auf Englisch gab, mit seinen ständigen Fragen genervt hatte. Damals war er verärgert gewesen, dass sein Sohn ihm nicht selbst geholfen hatte, nun aber zahlte sich dieses Wissen aus.

Er würde die Zeilen seines japanischen Freundes einfach dort eingeben. Stolz klickte er sich also zu einem Internet-Übersetzer durch, kopierte den ersten Satz in das dafür vorgesehene Feld und drückte auf Übersetzen:

> *Ich freue mich sehr über die Güte, die Ihnen die Gegenwart zeigte empfangen und dass Sie nutzen schon das Geschenk so umfassend.*

Oha, das Englisch seines japanischen Freundes war doch nicht so gut, wie er gedacht hatte. Außerdem waren sie doch per du gewesen, wunderte er sich. Immerhin glaubte er jetzt zu verstehen, was ihm Sazuka da so umständlich mitteilen wollte: Er fand es schön, dass Kluftinger so oft mit seinem Fahrrad fuhr.

> *But it looks quite dangerous, what you have already been doing, perhaps it would be better if you were to choose a few less spectacular routes.*
> *Aber es sieht ziemlich gefährlich, was sind Sie schon tuend, vielleicht wäre es besser wenn Sie ein paar weniger spektakuläre Routen zu wählen waren.*

Jetzt konnte sich der Kommissar ein Grinsen nicht verkneifen, denn was der Japaner da zusammenstopselte, strotzte vor unfreiwilliger Komik.

> *I would really blame myself if something happened. But please go on sending me a lot of videos from your trips, it is almost as if we were going along together.*
> *Ich würde mich wirklich die Schuld, wenn etwas würde passieren.*

Aber gehen Sie bitte auf mich von Ihren Reisen viele Videos zu senden, ist es fast ein wenig, als ob wir würden zusammen entlanggehen.

Entlanggehen? Er grübelte, was ihm Yoshifumi damit sagen wollte. Sollte er sein Fahrrad öfter schieben? Das kam für Kluftinger nicht in Frage, wofür hatte er schließlich ein E-Bike?

Now for the other topic you wrote about:
Nun zum anderen Thema geschrieben Sie:

Jetzt wurde es interessant. Er war gespannt, was Joshi zu den Beziehungsproblemen von Markus und Yumiko zu sagen hatte.

I am a little bit worried. I know it is not easy when you are married for so long.
Ich ein wenig besorgt bin. Ich weiß, dass es nicht einfach ist, falls Sie sind verheiratet für so lange.

Was hieß da lange? Die Hochzeit der Kinder lag gerade mal ein paar Monate zurück.

But the greater the responsibility, the marriage must be kept fresh and young. You will do that, I am sure.
Aber desto größer die Verantwortung, muss die Ehe frisch und jung zu halten. Sie werden das tun, ich bin sicher.

Ausgerechnet er sollte das tun? Nein, dafür war das Paar selbst verantwortlich. Er konnte ihnen höchstens mit Rat und Tat zur Seite stehen, aber selbst da war er sich nicht sicher, ob er der richtige Ansprechpartner war.

Maybe I can give you one or the other piece of advice, after all, it seems to work a little better for me than for you.
Vielleicht kann ich Ihnen das eine oder andere Stück Ratschlag

geben, nachdem alle, so scheint es, für uns ein wenig besser zu arbeiten als für Sie.

Na, da lehnte sich der Japaner nun aber weit aus dem Fenster. Er wusste nicht, wie er darauf kam, dass seine Familie es besser mit den Kindern konnte als Erika und er. Oder wollte der Japaner am Ende auf sein Arbeitsklima im Büro anspielen? Darüber hatte er ihm doch gar nichts erzählt. Kluftinger schüttelte entnervt den Kopf und las weiter.

Now something else to your recent email: You wrote about the fire of passion which will soon begin. That's nice, but, just in general: in Japan we are often visiting a love hotel. At home has not really worked well.
Nun, etwas anderes zu Ihrer letzten Email: Sie schrieb über das Feuer der Leidenschaft, das bald beginnen wird. Das ist schön, aber das nur im Allgemeinen, gehen wir in Japan oft in ein Liebeshotel. Zu Hause hat nicht wirklich funktioniert.

Jetzt errötete der Kommissar. Schlug ihm Joshi gerade wirklich vor, in ein Bordell zu gehen? Oder gar Markus? Das mochte vielleicht in Fernost üblich sein, hier kam das überhaupt nicht in Frage. Na ja, vielleicht waren die kulturellen Unterschiede doch größer, als er sich eingestehen wollte.

This, as I said, just in general. If you have any questions, let me know.
Das ist, wie gesagt, nur im Allgemeinen. Wenn Sie Fragen haben, lassen Sie mich wissen.

Ganz bestimmt …

Kluftinger geriet ins Grübeln. Was sollte er Sazuka antworten? Ein Blick auf die Uhr zeigte ihm, dass seine Serie gleich losging. Deswegen fasste er sich kurz, nutzte aber seine Idee mit dem Übersetzer, um Yoshifumi auf Englisch zu antworten. Der würde Augen machen, wie sich seine Sprachkenntnisse verbessert hatten.

»Lieber Joshi, danke für deine Nachricht, aber ich kann jetzt nur kurz schreiben, weil mein Feuer der Leidenschaft gerade schon wieder losgeht«, tippte er also ein, klickte wieder auf Übersetzen, und im Handumdrehen hatte er das englische Pendant:

Dear Joshi, thanks for your message, but I can only write briefly now, because my fire of passion just starts again.

Zufrieden klappte er den Laptop zu und schaltete den Fernseher an.

Er war schon mitten in den neuesten Abenteuern derer von Schillingsberg-Zieselheim versunken, als die Tür aufging und Erika mit Annegret hereinkam. Doch diesmal war er vorbereitet. Er begrüßte sie herzlich und bat sie, auf der Eckbank Platz zu nehmen. Annegret Langhammers besorgte Frage, ob sie ihn schon wieder beim Fernsehen stören dürften, beantwortete er mit einem generösen: »Was Sie zu besprechen haben, ist schließlich viel wichtiger.«

Dann ging er zum Wohnzimmerschrank, holte seinen alten Kopfhörer heraus, den er schon vorher für diesen Fall bereitgelegt hatte, stöpselte ihn ein, und versank wieder ganz in der Welt des großen Geldes und des schönen Scheins. In der heutigen Folge drehte es sich unter anderem um die Ehekrise des Grafen, die in letzter Sekunde nur dadurch abgewandt wurde, dass die Gräfin ihren Mann zusammen mit seiner Sekretärin in der Stadt sah, was zwar völlig harmlos war, ihr aber den Stellenwert ihrer Liebe zu ihrem Gatten ganz neu vor Augen führte.

Als der Abspann begann, kehrte er aus seinem Paralleluniversum wieder in die Realität zurück, streckte sich, wobei er laute Grunzgeräusche von sich gab, was ihm aber wegen der Kopfhörer gar nicht bewusst war. Dann stand er auf und ging zu den Frauen hinüber. Allerdings hatte er das Kabel vergessen, und so wurde sein Kopf nach ein paar Schritten unsanft zurückgerissen, worauf der Stecker aus dem Fernseher gezogen wurde. Sofort setzte der TV-Ton mit ohrenbetäubendem Getöse ein. Alle fuhren zusammen, und Kluftinger schaltete schnell den Apparat aus.

Erika sagte tadelnd: »Hast du das in der Lautstärke im Kopfhörer gehört? Brauchst dich nicht wundern, wenn du mal schwerhörig wirst.«

Kluftinger erwiderte grinsend: »Was meinst du, Erika, ich kann dich nicht verstehen, du musst lau-ter re-den!«

Die Frauen lachten, und Kluftinger setzte sich gutgelaunt zu ihnen. In letzter Zeit schien er einen Lauf zu haben, was sein Einfühlungsvermögen beim weiblichen Geschlecht betraf. Allerdings bereute er schnell seinen Entschluss, sich zu Annegret und Erika zu gesellen, denn ihr Gespräch kreiste wie beim letzten Mal um Doktor Langhammer und dessen vermeintliche Liebschaften. Dennoch beschloss er, für ein paar Anstandsminuten sitzen zu bleiben. Das Thema war ihm furchtbar unangenehm, und er lauschte nur widerwillig Annegrets Beobachtungen, die eindeutig für eine bevorstehende Trennung sprachen.

Irgendwann hielt er ihr Gejammer nicht mehr aus und sagte: »Sie müssten ihn halt eifersüchtig machen, dann würd er ganz schnell merken, wie viel ihm an Ihnen liegt.« Das hatte bei Gräfin Margarethe schließlich auch wahre Wunder gewirkt, dachte er sich, behielt diesen Teil der Expertise jedoch für sich.

Wieder starrten ihn die beiden Frauen mit einer Mischung aus Staunen und Bewunderung an, ehe Annegret erklärte: »Also, ich muss schon sagen, Erika, wenn dein Mann nicht vergeben wäre …«

»Ja, er hat seine Momente, gell, Butzele?«, erwiderte Erika stolz und streichelte ihrem Ehemann über den Arm.

Derart angestachelt, drehte Kluftinger noch ein bisschen mehr auf: »Sie müssen ja nicht wirklich was mit jemand … also, Sie wissen schon. Wichtig ist nur, dass er es denkt. Sie müssten sich ab und zu mit einem anderen sehen lassen.«

Erika nickte heftig. »Genau, das ist es. Allerdings bräuchtest du dafür einen Mann, der da mitspielt«, gab sie zu bedenken. »Und der sollte schon was gleichsehen, gell, Butzele?« Bei diesen Worten schmiegte sie sich an seine Schulter.

»Verstehe, Erika«, sagte Annegret Langhammer und zwinkerte ihrer Freundin zu. »Und der Mann müsste mich dann ab und zu, sagen wir mal, auf einem Spaziergang begleiten …«

»Genau«, stimmte der Kommissar zu. »Oder Sie abends nach Hause bringen.«

Erika strahlte. »Und das würdest du wirklich machen, Butzele?«

»Was denn? Einen suchen, der sich dafür eignet?« Kluftinger ging im Geiste schon die Kollegen durch und überlegte, wem er eine solche Aufgabe zutraute.

»Nein, keinen suchen, wir haben ihn doch schon.«

»Ach so, das hättet ihr ja gleich sagen können, dann hätt ich …« Er blickte in die hintersinnig lächelnden Mienen der Frauen. »Nein, also das ist wirklich … ich mein, das kann, das muss …«

»Genau, das musst du machen«, erklärte Erika. »Ich find's toll, dass du der Annegret da helfen willst.«

»Womit?«

Annegret Langhammer erhob sich ebenfalls. »Ja, würden Sie mich wirklich heimbringen? Martin müsste eigentlich schon da sein.«

»Jetzt? Also, ich weiß nicht. So etwas will gut geplant sein.«

Die Frauen jedoch waren in ihrer Begeisterung nicht mehr zu bremsen, und so fand er sich wenige Minuten später neben Annegret Langhammer im Auto wieder.

»Und, wie wollen wir die Sache angehen?«, fragte die, als sie nach kurzer Fahrtzeit in die Straße einbogen, in der Langhammers Flachdachbungalow stand.

»Angehen?«

»Ja, was haben Sie sich ausgedacht?«

»Sie steigen aus, und dann fahr ich wieder.«

»Aber wo ist denn da der Sinn dieser Aktion?«

»Aktion, Aktion. Das ist ein großes Wort. Man muss da langsam anfangen.«

»Wir sind da.« Annegret Langhammer flüsterte, obwohl sie außerhalb des Autos niemand hören konnte.

»Ja, dann …«

»Steigen Sie doch bitte auch aus.«

Kluftinger zuckte die Achseln und verließ den Wagen. Annegret Langhammer blieb jedoch sitzen. Er stand eine Weile unschlüssig neben dem Passat, dann beugte er sich nach unten und fragte: »Wollen Sie nicht raus?«

»Öffnen Sie mir doch bitte die Tür. Das wirkt bestimmt, falls Martin es sieht. Er macht das ja schon lange nicht mehr.«

»Macht er nicht, soso. Sehr nachlässig.« Er konnte sich nicht erinnern, Erika jemals die Tür aufgehalten zu haben. Aber das hatte auch sein Gutes: So konnte sie es auch nicht vermissen. Er ging um den Passat und öffnete die Tür.

»Helfen Sie mir noch raus?«

Er seufzte. Das war aufwendiger, als er gedacht hatte. Als Annegret neben ihm stand, sagte er: »Also, dann, gut Nacht.«

»Aber er hat uns doch noch gar nicht gesehen.« Sie zeigte auf die Fenster, hinter denen sich nichts zu rühren schien.

»Sollen wir rufen?«

»Nicht doch, das würde ja unsere Tarnung auffliegen lassen.«

»Ja, freilich, die Tarnung.«

»Knallen Sie doch Ihre Türe mal richtig zu.«

Er tat, wie ihm geheißen, doch die Vorhänge hinter den Fenstern blieben unbewegt. Also knallte er noch einmal. Und wieder. Er hatte die Tür schon etwa ein Dutzend Mal zugeworfen, als tatsächlich ein Fenster geöffnet wurde – allerdings am Nachbarhaus. »Hör sofort auf, mit deinem Dreckskübel so einen Lärm zu machen, du Granatenseckel«, schimpfte eine Männerstimme.

»Ich glaub, das wird heut nichts mehr«, sagte Kluftinger erleichtert, als ihn Frau Langhammer an der Hand fasste.

»Da, jetzt ist er am Fenster! Los, umarmen Sie mich.«

»Also, Frau Langhammer, ich weiß jetzt nicht, ob das nicht ein bissle zu weit geht.«

Da warf sie sich ihm an den Hals. Stocksteif stand er da, geschockt von ihrer unerwarteten Aktion.

»Sie müssen mich auch umarmen«, flüsterte sie.

Also legte er unbeholfen seine Arme um sie und tätschelte ihren Rücken, wie er es tat, wenn er seinen Vater begrüßte.

»Sagen Sie was«, zischte sie.

»Was denn?«

»Was Nettes.«

Er räusperte sich und sagte dann laut und vernehmlich: »Liebe Frau Langhammer …«

»Sie müssen mich duzen.«

Er schnaufte. Ihm blieb heute wirklich nichts erspart. »Liebe Annegret. Du … liebe Frau.«

Dann blieben sie so stehen und rührten sich nicht, bis Kluftinger nach etwa zwei Minuten sagte: »Ich glaub, es reicht jetzt. Mir schlafen gleich die Arme ein.«

Langsam löste sie sich aus der Umarmung und schaute zum Haus. Doch das Fenster, in dem sie ihren Mann vermutet hatte, war bereits wieder dunkel. Stattdessen brannte nun im ersten Stock Licht. »Oh, er ist einfach ins Büro gegangen«, sagte sie enttäuscht.

»Vielleicht, weil er sich ärgert und sich mit Arbeit ein bissle ablenken will«, versuchte Kluftinger, die Situation ins Positive umzudeuten.

»Schon gut, trotzdem danke, Herr Kluftinger.« Sie ging ein paar Schritte aufs Haus zu, dann drehte sie sich noch einmal um. »Übrigens: So eine intensive Umarmung habe ich schon lange von keinem Mann mehr bekommen.«

27. Sept. 2013
Letzter Gipfel?
Grüß Gott, Opa Hummer

Aus dem Gipfelbuch an der Reuterwanne

Kluftinger und Strobl waren anscheinend die ersten Gäste, als sie gegen zehn Uhr morgens das Panoramarestaurant der Skisprung-Arena Oberstdorf betraten. Die Bedienungen, allesamt im Dirndl, deckten gerade die rustikalen Holztische ein oder falteten Servietten, zwei Putzfrauen mit Kopftuch wischten den Boden.

»Höchstens trinken, Essen gibt erst ab elf«, erklärte eine junge Kellnerin mit osteuropäischem Akzent, während sie einen Tisch abwischte. »Und nur kalt, Kaffeemaschine müssma erst reinigen.«

»Ah, verstehe. Kein Problem, wir haben einen Termin mit einer von Ihren Kolleginnen. Ist die Frau Kagerer schon da?«

Die Frau richtete sich auf und warf den Putzlappen in einen Eimer. »Marianne? Macht sie Terrasse. Links durch Türe. Wollen trinken?«

Kluftinger lehnte das so reizend vorgebrachte Angebot dankend ab. Auf der Terrasse öffnete eine Frau, ebenfalls in Trachtenuniform, gerade die riesigen Sonnenschirme. Die Beamten stellten sich vor, worauf sie ihnen überraschenderweise ein Lächeln schenkte. Dann drückte sie ihre brennende Zigarette aus und bat die Polizisten, sich zu setzen.

»Möchten Sie was trinken?«, bot auch sie an.

»Später vielleicht, vielen Dank.«

»Ich komm gleich, muss noch schnell was am Handy erledigen«, erklärte Strobl, während der Kommissar bereits Platz nahm.

»Ist wieder was am Markt los?«, flüsterte Kluftinger besorgt, doch Strobl machte eine beschwichtigende Handbewegung und ging. Die Aussicht von der Terrasse lenkte die Gedanken des Kommissars schnell in eine andere Richtung. Von hier aus hatte man nicht nur einen spektakulären Blick auf die Sprungschanzen, die seit einigen Jahren durch den Einsatz moderner Kunststoffmatten rund ums Jahr genutzt werden konnten, man sah auch über die Dächer des Ortes und auf einige der Oberstdorfer Gipfel. Eine Kabine der Nebelhornbahn fuhr gemächlich über sie hinweg. Es war eine der letzten Großgondelbahnen, die Kluftinger nicht besonders schätzte, denn wenn die Dinger im Winter mit Skifahrern voll besetzt waren, bekam er leicht Platzangst.

Marianne Kagerer setzte sich zu ihm, und er beschloss, ohne Strobl zu beginnen, der noch immer hektisch auf seinem Smartphone herumtippte. »Danke, dass Sie es zeitlich möglich machen können, Frau Kagerer.«

»Ja, kein Problem«, sagte die, »ich hab schon ein bisschen früher angefangen und mir so eine halbe Stunde Vorsprung verschafft. Ich hab mir fast gedacht, dass Sie irgendwann kommen. Es geht doch um meine Brüder, nehm ich an?«

Der Kommissar nickte. »Sie wissen, dass es wahrscheinlich nicht bloß ein Unfall war?«

»Ja, die anderen haben so was gesagt. Immerhin. Sonst halten sie mich ja nicht auf dem Laufenden, was die Familie betrifft.«

Kommentarlos setzte sich jetzt auch Eugen Strobl dazu.

»Herzliches Beileid von unserer Seite erst mal. Grässliche Sache.«

Die Frau senkte den Blick. »Schon schlimm, ja. Aber ehrlich: Es musste doch so kommen, irgendwann. Mir war immer klar, dass früher oder später ein neues Unglück passieren würde.«

»Meinen Sie jetzt, weil Ihre Brüder unvorsichtig waren?«, hakte Kluftinger sofort nach.

Marianne Kagerer winkte ab. »Nein, das glaub ich nicht. Aber letztlich hab ich sie zu wenig gekannt, um das sagen zu können.«

»Sie kannten Ihre Brüder nicht?«, fragte Strobl ungläubig.

»Schon, aber wir hatten so gut wie keinen Kontakt.«

»Die beiden haben doch auf dem Hof Ihrer Eltern gewohnt.«

Sie senkte den Kopf. »Eben. Ich war in den letzten zehn Jahren keine fünf Mal da oben, obwohl ich nur ein paar Kilometer weg wohne.«

»Oh«, entfuhr es dem Kommissar, für den das unvorstellbar war. Er und seine Eltern sahen sich mindestens einmal die Woche, und an den anderen Tagen wurde telefoniert.

»Ja, das ist eben bei uns so«, sagte Marianne Kagerer. »Der Vater und die Mutter sind verbitterte Menschen, die keinen besonderen Wert auf Besuch legen.«

Kluftinger nickte. »Das hab ich schon gemerkt.«

»Ich hab gehört, dass Sie da waren«, seufzte sie. »Kann mir denken, wie die mit Ihnen umgesprungen sind.«

»Wann haben Sie Ihre Familie zum letzten Mal gesehen?«

»Bei der Beerdigung. Kein besonders herzliches Wiedersehen. Obwohl sie gerade zwei ihrer Kinder verloren hatten: Die haben kaum ein Wort mit mir geredet.«

»Warum?«

»Weil ich irgendwann gegangen bin, vom Hof, und mir hier selber was aufgebaut hab. Das haben sie mir nie verziehen.«

»Und Ihr Bruder? Konnten Sie mit ihm sprechen?«

»Meine Brüder …« Sie machte eine Pause. »Jetzt ist es ja nur noch einer. Die sind wie meine Eltern. Fast noch schlimmer sogar. Alle haben immer nur zurückgeschaut auf das, was irgendwann war, haben sich von dummen alten Geschichten ihr eigenes Leben kaputt machen lassen, auf Gott und die Welt geschimpft. Die haben so einen Hass auf alles, dass er ihr Leben vergiftet hat.«

Kluftinger war überrascht, wie offen die Frau über derart private Dinge Auskunft gab. Es schien fast, als sei sie froh, mit jemandem darüber reden zu können. »Wann sind Sie weg von da oben?«

»Vor zwanzig Jahren, da hab ich die Notbremse für mich gezogen. Sie haben es gesehen, auf dem Hof, das ist wie im vorletzten Jahrhundert. Mein Vater hat sich bis jetzt geweigert, sich ans Wasser anschließen zu lassen – ein Wunder, dass sie Strom und Telefon haben.«

»Ist damals irgendetwas vorgefallen, das Sie dazu gebracht hat, diesen Schlussstrich zu ziehen?«

Marianne Kagerer zündete sich eine Zigarette an, machte zwei tiefe Züge und begann zu erzählen: »Eigentlich nicht. Das Fass ist übergelaufen, das war es wohl. Sie wollten nicht, dass ich ausgehe, Freunde treffe, noch nicht mal Freundinnen sollte ich haben. Ich hab mir das nicht sagen lassen. Nie. Ich war damals Anfang zwanzig, und wenn ich nach Sonthofen in die Disko wollte, dann bin ich auch gegangen. Ich hab eine Lehre zur Altenpflegerin gemacht, in Immenstadt, war also sowieso schon irgendwie flügge. Ein paar Mal hat mich der Schratt Max abgeholt, dann sind wir ins Kraftwerk, die Disko. Und eines Tages, wie er mich nach Hause gebracht hat, da ist der Vater mit dem Gewehr dagestanden und hat gesagt, wenn der Max noch einmal einen Fuß auf seinen Hof setzt, dann schießt er ihn über den Haufen.«

»Waren Sie denn damals ein Paar, Sie und der Max?«

»Na ja, vielleicht wär was draus geworden. Aber dazu kam es natürlich nicht mehr, danach. Der Vater hat getan, als wär der Max der Leibhaftige! Meinen Sie, dass sich noch irgendjemand getraut hat, mich heimzubringen? Und eines schönen Tages hab ich meine paar Sachen gepackt und bin weg. Und wieder ist mir der Vater hinterher mit seinem Scheißgewehr. Bloß schießen auf seine einzige Tochter, das hat er sich dann doch nicht getraut.«

Strobl hörte ebenso gebannt zu wie Kluftinger.

Die Frau zog gierig an ihrer Zigarette. »Dann bin ich erst mal ins Schwesternwohnheim gezogen. Irgendwann hab ich eine kleine Wohnung in Sonthofen gehabt. Ich hab mir ja alles kaufen müssen, Einrichtung, Wäsche, Kleidung. Aber wenigstens war das selber verdient. Sogar zu einem Auto hab ich's gebracht, auch wenn's nur ein alter Panda war. Den hab ich noch, die Wohnung nicht mehr. Momentan wohn ich hier im Haus in einem Personalzimmer. Nur zum Übergang. Hoffentlich.«

»Aber Sie haben doch Altenpflegerin gelernt.«

»Der Träger des Heims in Immenstadt hat Insolvenz angemeldet, und das gesamte Pflegepersonal wurde vom neuen Betreiber durch Kräfte aus Osteuropa ersetzt. Was soll ich sagen: Auch hier bin ich mittlerweile die einzige einheimische Bedienung. Immerhin haben die mich als Ungelernte gleich genommen, vor drei Jahren. Alles gut also, nur auf den Hof geh ich nicht mehr.«

»Ja, das kann ich verstehen«, sagte Kluftinger beklommen.

»Noch mal zu den Schratts«, schaltete sich Strobl ein, »wissen Sie denn Genaueres darüber, weshalb Ihre Familienmitglieder die so hassen?«

»Zunächst mal hat das alles mit diesem ersten Absturz am Himmelhorn zu tun. Irgendwann in den dreißiger Jahren war das. Darüber wissen Sie Bescheid, oder?«

Die Polizisten nickten, und Marianne Kagerer fuhr fort: »Meine Leut haben immer nur gesagt, dass die Schratts uns Kagerers damals alles Mögliche anhängen wollten, und dass sich das irgendwann gerächt hat. Anscheinend hat das mit meiner Großmutter zu tun gehabt, aber ich weiß nicht, wie das zusammenhängt. Sie haben ja gesehen, wie mitteilsam die da oben sind. Wenn ich nachgefragt hab, haben sie nur vage von einer ewigen Fehde gesprochen.«

»Was war denn mit Ihrer Großmutter?«, wollte Kluftinger wissen.

Sie drückte die Zigarette aus. »Sie ist gestorben. Unter mysteriösen Umständen. Man hat sie eines Tages tot aufgefunden, da war mein Vater noch ganz klein. Er wurde vom Rest der Familie großgezogen. Ich wollte immer wissen, wie das alles zugegangen ist, aber alle haben nur gemeint, dass die Großmutter halt zu früh hat gehen müssen, und dass jemand sie auf dem Gewissen hat.

Sie ist nicht auf dem normalen Friedhof beerdigt worden, wissen Sie?«

»Wo denn dann?«

»Es gibt in Oberstdorf ein kleines Gräberfeld außerhalb der Friedhofsmauern. Die meisten Grabstätten haben nicht mal Namen dran. Man hat da früher ungetaufte Kinder begraben, Selbstmörder und Vagabunden und so.«

»Glauben Sie, Ihre Oma hat sich …«

»Ich wünsche mir, dass es nicht so war. Aber das mit dem Grab ist sehr seltsam. Früher war so etwas ja eine Schande für die Familien. Vielleicht hat es auch damit zu tun, dass sie ein uneheliches Kind hatte. Keine Ahnung. Jedenfalls war sie ein religiöser Mensch. Das zumindest weiß ich, ich hab von meiner Großtante ihr Gebetbuch bekommen. Wenn man sich das Ding anschaut, und die Briefe, die auch da drin sind, dann wird einem klar, wie wichtig ihr der Glaube gewesen sein muss. Letztlich hat es ihr aber nichts geholfen.«

»Haben Sie noch mehr Erinnerungsstücke von Ihrer Großmutter?«

»Also, die Senz, meine Großtante, die wollte die Sachen von ihrer Schwester irgendwann nicht mehr.«

»Die Senz, das ist die alte Frau Rott, oder?«

»Genau, sie ist die Schwester von meiner Großmutter. Irgendwann hat sie gefragt, ob jemand von uns das Zeug haben will, sonst würde sie es wegschmeißen. Es ging nur um ein kleines Kästchen mit ihren kärglichen Habseligkeiten: Gebetbuch, Rosenkranz, ein goldenes Amulett und ein bisschen Granatschmuck. Nichts Besonderes, aber immerhin ein Andenken.«

»Haben Sie die Sachen denn da?«

»Oben in meinem Zimmer, warum?«

»Auch wenn Ihnen das jetzt komisch vorkommt, ich würd sie gern mal sehen.«

Tatsächlich schien Marianne Kagerer ein wenig verwundert, erklärte sich aber sofort dazu bereit und ging die Sachen holen, wobei sie es sich nicht nehmen ließ, vorher noch zwei Gläser Saft zu servieren.

»Versprichst du dir echt was davon?«, fragte Strobl nach einer Weile.

»Von was?«

»Na, von dem alten Kruscht ihrer Oma. Ob uns das jetzt im aktuellen Fall weiterbringt, ich weiß ja nicht …«

»Ich hab da so ein Gefühl, Eugen.«

»Hm«, brummte der, dann tippte er wieder auf seinem Smartphone herum. Kluftinger genoss lieber den herrlichen Ausblick von der Terrasse.

»Wär übrigens auch für dich ein guter Zeitpunkt, ein bissle umzuschichten«, sagte Eugen Strobl nach einer Weile. Kluftinger verstand nicht.

»Na ja, in Amerika brummt es gerade, deswegen ja auch die Sache mit den Zinsen gestern, FED und so.«

»Fett?«

»Ja, FED. Ich würd sagen, momentan könntest du ruhig auch in ein paar amerikanische Standardwerte investieren.«

Kluftinger beugte sich zu seinem Kollegen über den Tisch. »Soll ich dann was anderes verkaufen?«

»Kannst du natürlich, wobei du im Moment wahrscheinlich noch nicht in der Gewinnzone bist. Kannst auch dein Grundkapital noch bisschen aufstocken. Wenn du mich fragst, ist das ne todsichere Angelegenheit, grad im Niedrigzinsumfeld. Aber ohne Gewähr, ist nur meine Meinung.«

Kluftinger rang eine Weile mit sich, dann zog er sein Handy aus der Tasche, stellte sich ein wenig abseits und wählte die Nummer seines Wertpapierberaters Werner Schnitzler. Nach einer halben Minute hatte er dessen Mailbox am Apparat.

Er sah sich um, ob ihm auch niemand zuhörte, dann sagte er: »Ja, Herr Schäffler, hier wär Kluftinger. Ich hab eine Telefonorder abzugeben. Nehmen Sie sich zweitausend … also, sagen wir, tausend von meinem Konto, und kaufen Sie ein paar Amerikaner. Da gibt es nämlich jetzt fett Zinsen. Standardmäßig.« Dummerweise hatte er vergessen, Strobl zu fragen, welche Aktien der denn genau empfehlen würde. Also beschloss er zu improvisieren, sein Kollege hatte schließlich allgemein die amerikanische Wirtschaft gelobt. »Kaufen Sie ein paar Big-Mäck-Aktien, dann Cola oder Pepsi und vielleicht noch was mit Öl, so ähnlich wie bei dem Ewing, also so in der Art, mit der Southfork-Ranch, Sie wissen schon. Das war Kluftinger, Kontonummer dürfte bekannt sein. Danke.«

Zufrieden mit sich selbst und seiner Kauforder, ging er zurück zum Tisch und vermeldete, auch er sei nun mit tausend Euro in Amerika investiert.

»Hey, Klufti, super, dass du noch mal erhöht hast. Du wirst noch ein richtiger Zocker, wenn's so weitergeht.«

Kluftinger rang sich ein Lächeln ab angesichts dieses doch ziemlich zweifelhaften Kompliments.

Kurz darauf kam Marianne Kagerer zurück, stellte ein schlichtes Holzkästchen auf den Tisch und klappte es auf. Neben dem Gebetbüchlein lagen ein paar Sterbebildchen darin.

»Dürfte ich mir die Sachen mal ausleihen?«, fragte der Kommissar.

»Ausleihen?«, wiederholte Frau Kagerer verwundert.

»Ja, ich würd's mir gern mitnehmen und ganz in Ruhe anschauen.«

»Ich weiß zwar nicht, was das mit dem Tod meiner Brüder zu tun hat, aber klar, wenn ich es irgendwann wiederkriege. Ist nicht so, dass ich in Erinnerungsstücken schwimme, bei meiner Familie.«

»Machen Sie sich da keine Sorgen, ich bring's Ihnen wohlbehalten zurück.«

Sie nickte.

»Gut, Frau Kagerer, dann vielen Dank für Ihre Zeit. Wir müssten noch den Saft zahlen.«

Die Frau winkte ab. »Ach was, das geht aufs Haus.«

»Nein«, beharrte der Kommissar, »das können wir nicht annehmen. Wir dürften noch nicht mal, selbst im Kleinen müssen wir aufpassen von wegen Vorteilsannahme und so.«

»Ach so, verstehe. Vier sechzig wären das dann.«

»Machen Sie fünf«, sagte Kluftinger und reichte ihr einen Zehner.

»Und noch mal fünf für den guten Service«, sagte Strobl und steckte einen Fünf-Euro-Schein in Kluftingers Geldbeutel.

»Aber das kann *ich* jetzt nicht annehmen«, sagte Marianne Kagerer verlegen.

»Und ob. Sie sind weder Beamtin, noch ist Trinkgeld illegal. Das gehört schließlich zu einem Kellnergehalt dazu!«, insistierte Strobl.

»Ja, Wahnsinn, vielen Dank! Lassen Sie mich nur schnell die Rechnung ausdrucken, dann können Sie es wenigstens absetzen.« Damit verschwand die Frau im Lokal.

»Hat's dich jetzt, du kannst doch der nicht auf zwei Saft fünf Euro Trinkgeld geben!«, zischte Kluftinger seinem Kollegen ärgerlich zu. »Wie schaut denn das aus!«

»Gut schaut das aus. Ich mein, überleg mal, die geht jeden Tag zum Arbeiten.«

»Wir doch auch.«

»Ja, noch. Außerdem verdienen wir ganz anders. Und mit dem, was wir noch so nebenbei ...« Er verstummte, weil Frau Kagerer mit dem Kassenbon zurückkam. Strobl wollte sich bereits verabschieden, da hatte Kluftinger noch eine Idee. Er holte sein Handy aus der Tasche und öffnete eines seiner Fotos. »Kennen Sie den Mann?«, fragte er Frau Kagerer und hielt ihr das Bild unter die Nase. Die nahm das Telefon, kniff die Augen zusammen, um dann im Brustton der Überzeugung zu erklären: »Natürlich, der war jetzt schon zwei Mal hier. Kam mir von Anfang an nicht ganz geheuer vor. Er hat immer auf den Namen *Doktor Huber* reserviert und ist mit so einer jungen Schickse gekommen. Fährt einen silbernen Geländewagen von Mercedes mit ein paar ziemlich üblen Kratzern.«

Der Kommissar konnte sich ein Grinsen nicht verkneifen.

»Mal unter uns, Herr Kommissar«, setzte Marianne Kagerer hinzu, »ich kann mir nicht vorstellen, was so ein junges Ding mit einem so alten, glatzköpfigen Dackel will. Und wie ein Doktor sieht der schon gar nicht aus.«

»Vielen Dank, Sie haben uns sehr geholfen«, sagte Kluftinger, hocherfreut über den *alten Dackel,* und ließ sein Handy in die Tasche gleiten, nachdem er Langhammers Foto weggedrückt hatte.

Eine Viertelstunde starrte Kluftinger nun schon auf die Dinge, die er da vor sich auf dem Schreibtisch ausgelegt hatte: ein Medaillon, ein paar Briefe, Sterbebildchen, ein Gebetbuch und das schmucklose Kästchen, in dem Marianne Kagerer sie aufbewahrt hatte. Alles, was ihr von ihrer Großmutter geblieben war, die Überbleibsel eines ganzen Lebens. Diese Erkenntnis hatte den Kommissar erschüttert. Was blieb, wenn man ging? Was würde er einmal seinem Enkel hinterlassen? Und wie würde der ihn in Erinnerung behalten? Er nahm sich einen der Briefe, die, wie er von Marianne wusste, Maria Kagerer an ihre Schwester Crescentia geschrieben hatte. Irgendwann hatte die sie dann der Enkelin ausgehändigt, als kümmerliches Vermächtnis einer Frau, die, so jedenfalls ging es aus den Zeilen hervor, ein kurzes, unglückliches Leben geführt hatte. Zumindest in den letzten Jahren ihres Daseins, denn die Briefe zeugten von Traurigkeit und Bitternis.

Offenbar war die junge Maria eine Zeitlang nicht auf dem elterlichen Hof gewesen, denn sie schrieb etwas von Rückkehr, und wie sehr sie sich davor fürchte. Sie bat ihre Schwester nachdrücklich, ihr beizustehen, wenn sie wieder da sei. Kluftinger schaute auf das Datum in der Kopfzeile: Februar 1937. Der Brief war also nach dem Unglück am Himmelhorn verfasst worden. Inhaltlich war das nicht ganz klar geworden, denn Maria Kagerer schrieb zwar immer wieder, wie schrecklich alles sei, wurde aber nie konkret.

Bemerkenswerter war etwas anderes: Sie erwartete ein Kind. Der erste Brief, in dem sie es erwähnte, datierte vom Dezember 1936. *Wie soll nur alles werden, wenn dieses kleine Wesen auf unsere Welt kommt?,* stand da in winziger Schrift, die viel eckiger war, als Kluftinger es von einer Frauenhand erwartet hatte. *Ich kann nicht einmal auf mich selbst Acht geben, wie soll ich so etwas Kleines, Zerbrechliches behüten? Noch dazu, wo es der Vater hassen wird. Ich war bei der Schwarzen Frau, wie Du es mir aufgetragen hast, Schwester. Aber mich hat der Mut verlassen. Ich hab's nicht tun können. Der Herrgott hätte mir das nie verziehen. Drum bitt ich Dich, so wie ich den lieben Gott und die Heilige Jungfrau jeden Tag bitte, dass sie nicht ganz um mich vergessen wollen: Hilf mir in dieser schweren Not, auch wenn ich's Dir niemals werd vergelten können, unser lieber Herrgott wird's schon tun. Er hat mich schon für alles gestraft, als*

Damit endete die Seite. Doch sosehr Kluftinger auch danach suchte, eine Fortsetzung fand er nicht.

Er las sich weiter durch die Briefe, allerdings waren das nur welche von Maria. Wo sich die Antworten befanden oder ob es überhaupt welche gab, wusste er nicht. Je weiter er las, desto düsterer wurden die Zeilen:

Mir ist so schwer ums Herz, Crescenz, was soll ich machen mit dem kleinen Tunichtgut? Er erinnert mich allweil an seinen Vater, wie er

Der Rest des Papiers war abgetrennt. Offenbar war jeder Hinweis auf den Vater von Maria Kagerers Kind aus den Briefen getilgt worden. Warum? Wer war er, über den niemand etwas erfahren durfte? Und was hatte derjenige, der für die Verstümmelung der Briefe verantwortlich war, verbergen wollen?

Kluftinger seufzte: Es waren nur noch wenige Schreiben übrig, und sie steuerten unaufhaltsam auf die Katastrophe zu, die das Leben der jungen Frau beendet hatte. Obwohl er wusste, wie es ausgehen würde, rissen ihn diese verzweifelten Botschaften derart mit, dass er unterbewusst auf eine Besserung ihrer Lage hoffte, auf einen Silberstreif an ihrem Horizont, der ihr das Leben etwas lebenswerter erscheinen lassen würde. Doch es wurde nur noch schlimmer. Den letzten Nagel zu ihrem Sarg steuerte offenbar die Schwester bei: *Crescentia, auch wenn ich nicht verstehe, warum Du dem Vater alles gesagt hast, obwohl ich Dich darum gebeten hab, es nicht zu tun, bitte ich Dich noch einmal im Namen aller Engel und Heiligen, steh mir bei, wenn ich ihm gegenübertreten muss. Was soll denn werden aus mir, aus uns? Und der Kleine kann doch nichts dafür, dass seine Mutter so eine ist. Ich bitt Dich, Schwester, hilf mir. Nur dieses eine Mal.*

Dann kamen keine Briefe mehr. Kluftinger schluckte, denn er

wusste, was das bedeutete. Auch wenn er die Frau nie gekannt hatte, tat sie ihm leid. Wie schrecklich allein sie sich gefühlt haben musste: Ein Vater, der nicht da war, aus welchem Grund auch immer, eine Familie, die kein Verständnis für ihre Lage aufbrachte, sie drangsalierte, ein kleines Kind – und das alles in dieser schrecklichen Einöde, aus der es kein Entrinnen gab. Ob Franz Kagerer deswegen so geworden war? Immerhin wuchs er ohne Mutter bei den Verwandten auf und hatte es als uneheliches Kind sicher nicht leicht gehabt. Dabei war es doch so wichtig, dass einem Kind Liebe entgegengebracht wurde. So wie seinem Enkelsohn schon jetzt, obwohl er noch nicht einmal auf der Welt war.

Er erschrak, als er ein Räuspern vernahm und Sandy vor seinem Schreibtisch stehen sah. »Ich hab Sie gar nicht reinkommen hören.«

»Stör ich, Chef, dann geh ich gleich …«

»Nein, bitte, bleiben Sie da.« Er war froh, dass jemand hier war, der seine düsteren Gedanken verscheuchte. »Was gibt's denn?«

»Nicht viel, ich bring Ihnen nur die Tagesberichte zur Durchsicht, bevor ich sie weiterleite.«

»Ach so, ja natürlich.«

Sie beugte sich herunter, wobei ihm auffiel, dass um ihren Hals eine Kette mit einem Anhänger baumelte. »Heu, haben Sie auch so ein Medaillon?« Er zeigte auf das Schmuckstück auf seinem Schreibtisch.

»Ja«, antwortete sie errötend. »Ist neu.«

»Mit Fotos drin?«

Sie nickte und klappte das kleine Schmuckstück auf. »Wollen Sie mal sehen?«

Darin waren zwei winzige Porträts, eines von ihr, und eins von … »Ha, der sieht fast aus wie der Roland«, rief er.

Ihre Gesichtsfarbe wurde noch dunkler. »War ein Geschenk, und da dachte ich, ich trag's erst mal. Eigentlich steh ich ja gar nicht auf Männer, die … also, ich meine …« Sie verstummte.

Er hatte schon so eine Ahnung, was sie damit sagen wollte, denn Roland Hefele war nicht unbedingt ihr Typ. Und außerdem überhaupt nicht ihre Liga.

»… Schnurrbart haben«, beendete sie ihren Satz.
»Ist doch ganz nett. So schön altmodisch«, erklärte er.
»Der Schnurrbart?«
»Der auch. Aber ich mein das Amulett. Macht doch mehr her als irgendein blödes Schloss an der Autobahnbrücke.«
»Ja, finden Sie? Der Roland ist halt sehr romantisch.«
»Ist mir noch gar nicht aufgefallen.«
Lächelnd ging Sandy Henske aus dem Büro. Kluftinger sah ihr nach: Solange ihr Verhältnis so blieb, hatten sie alle was davon. Die Stimmung im Büro, vor allem aber Hefeles Laune war deutlich besser als sonst. Er wollte sich gar nicht ausmalen, wie es werden würde, wenn die beiden irgendwann nicht mehr miteinander turtelten.
Als die Tür sich hinter ihr schloss, nahm er sich das Medaillon von Maria Kagerer vor: Er war neugierig, was sich darin wohl verbergen würde. Er öffnete es vorsichtig, und tatsächlich befand sich auch darin ein Schwarzweißfoto, allerdings nur eines. Er vermutete, dass es Maria zeigte. Sie war ein hübsches Mädchen gewesen, ebenmäßige, fast feine Gesichtszüge, dunkles Lockenhaar, große Augen. Es war ihr sicher nicht schwergefallen, einen Mann zu finden. Der Mann. Weder in den Briefen noch hier fand sich eine Spur von ihm. Aber wofür ein Medaillon, wenn man nur sein eigenes Bild darin aufbewahrte? Ob Maria irgendwann das andere entfernt hatte? Er schaute es sich noch einmal genau an. Und entdeckte, dass eine Ecke des Fotos fehlte. Nur ein winziges Stück, aber bei genauem Hinsehen konnte man erkennen, dass sich dahinter noch etwas anderes befand. Ein weiteres Bild?
Kluftinger zog seine Schreibtischschublade auf, kramte eine Büroklammer hervor und bog sie auf. Damit versuchte er, das Foto von Maria Kagerer aus der Fassung des Schmuckstücks zu lösen. Als er es geschafft hatte, staunte er nicht schlecht. Er blickte in die Augen eines jungen, kernigen Burschen mit wildem Haar und entschlossenem Blick. Das musste er sein: der ominöse Vater, dessen Spuren aus den Briefen getilgt worden waren. Aber brachte ihn

das weiter? Er konnte kaum das Foto herumzeigen und Leute befragen, ob sie den Mann darauf erkannten.

Seufzend legte er das Medaillon wieder auf den Schreibtisch. Er lehnte sich zurück und blickte noch einmal auf die Sachen. Waren darin noch andere Überraschungen verborgen? Erneut nahm er sich die Briefe vor, untersuchte die Kuverts, hielt sie gegen das Licht, doch ohne Erfolg. Dann griff er sich das Gebetbuch. Es war ziemlich abgegriffen, Maria Kagerer musste viele Stunden damit verbracht haben. Er blätterte es auf und hielt schon auf der ersten Seite inne. Hier war etwas in derselben Handschrift vermerkt, die er bereits von den Briefen kannte. Nur eine Zeile, aber sie ging dem Kommissar zu Herzen: *Wenn ich mit diesem Büchlein bete, ist er immer bei mir.*

Es erforderte nicht viel Phantasie zu erraten, wer *er* war. Und doch hatte es Maria so formuliert, dass auch Gott hätte gemeint sein können. Kluges Mädchen, dachte Kluftinger. Dann blätterte er weiter, ließ die Seiten durch seine Finger rauschen und fand doch nichts. Dabei wäre ein Gebetbuch ein nahezu geniales Versteck. Als Kinder hatten sie dort freizügige Bildchen von Frauen verborgen, die sie sich dann im Firmunterricht angesehen hatten. Jedenfalls, bis einem von ihnen das Gotteslob im Beichtstuhl heruntergefallen war und der Pfarrer sie konfisziert hatte. Er hatte sich immer gefragt, was der wohl mit den Fotos gemacht hatte.

Noch einmal nahm er das Büchlein zur Hand. Was, wenn die Zeile am Anfang eine Art Botschaft war? In diesem Buch war *er* immer bei ihr. Er inspizierte es noch einmal genau, wobei ihm auffiel, dass der lederne Schutzumschlag auf der hinteren Seite dicker zu sein schien als vorn. Irgendetwas war darin verborgen. Noch einmal zog er seine Schublade auf und holte den Brieföffner heraus. Damit trennte er vorsichtig die letzte Seite vom Umschlag. Ein Lächeln huschte über sein Gesicht. In einem geheimen Fach befanden sich noch zwei Briefe. Vorsichtig faltete er den ersten auf. Die Schrift war schlampiger, der Brief schneller geschrieben.

Liebste Maria, mein Marerl,
wie glücklich hat mich Deine Botschaft gemacht. Wir werden eine Familie sein. Ganz woanders werden wir unser Glück machen, wir drei. Du, ich und das Kleine. Pass jetzt nur gut auf Dich und auf das Kind unter Deinem Herzen auf, alles andere wird sich weisen.
In ewiger Liebe

Ein Absender war nirgends zu finden. Kluftinger nahm den zweiten Brief zur Hand. Wenn der nun auch keinen Aufschluss geben würde, war er mit seinem Latein am Ende. Es war wieder Marias Schrift, doch sie war anders als in den Briefen zuvor. Nicht mehr so ordentlich, fast schon konfus. Der Kommissar schluckte. Der Brief war an Franz Kagerer gerichtet, Marias Sohn.

Mein lieber kleiner Franz,
bitte verzeih mir, dass ich nicht da sein kann, wenn Du aufwächst, aber Du bist besser dran ohne mich. Sie werden Dich als das akzeptieren, was Du bist: ein kleines Kind, das Schutz braucht. Und nicht das Kind der Maria, der sie die schlimmsten Namen geben, die Du Dir nur vorstellen kannst. Ich bitt Dich, Franzl, lass Dich nicht anstecken von ihrem Hass. Du trägst hoffentlich das Beste von beiden Familien in Dir. Von Deinem Dich liebenden Mutterl Maria und Deinem Vater, der Dich schon liebgehabt hat, als Du noch gar nicht geboren warst. Er hat Dich nie in den Arm nehmen können. Bewahre ihn trotzdem in Deinem Herzen, den Clemens Schratt.

Kluftinger las den Namen mehrmals, erst dann konnte er glauben, was da stand. Das änderte alles. Und erklärte vieles. Schnell nahm er sich eines der Blätter, die ihm Sandy vorher gebracht hatte, drehte es um und schrieb rechts und links zwei Namen darauf: Schratt und Kagerer. Dann schaute er sich die Sterbebildchen an, notierte die Namen der Verstorbenen auf den Zetteln, zog ein paar Linien und hatte nach einigen Minuten eine Art fragmentarischen Stammbaum vor sich. Lange betrachtete er ihn. Auffällig war, dass ziemlich viele in jungen Jahren das Zeitliche gesegnet hatten. Keine Frage: Zwischen diesen Namen und Linien verbarg sich die ganze Geschichte. Einen Teil davon hatte er schon entblättert. Und er würde auch noch den Rest ans Licht bringen.

Kluftinger kramte unter einigen Papieren sein Tablet hervor, schaltete es an und fluchte: Der Akku vermeldete einen Ladestand von drei Prozent und eine Restlaufzeit von acht Minuten. Priml. Also setzte er sich an seinen Bürorechner, was er nur noch ungern tat, denn irgendwie hatte er sich an das schicke kleine Gerät gewöhnt.

Bei der Lokalzeitung gab es ein Online-Archiv, in dem er nun nach Artikeln zu den Todesfällen der Familien Schratt, Rott und Kagerer suchen wollte, auf die er gestoßen war. Doch dieses Archiv enthielt lediglich ausgewählte Artikel der letzten zwei Jahre. Also wieder die riesigen, aufgebundenen Zeitungsbücher von anno dazumal wälzen, dachte Kluftinger resigniert.

Eine Weile starrte er missmutig aus dem Fenster, dann kam ihm eine Idee. Umgehend machte er sich auf den Weg ins Büro seiner Kollegen. »Richie«, sagte er geschäftig, als er eintrat, »ich bräucht mal wieder deine Expertise im IT-Bereich.« Er hatte diese hochtrabende Formulierung bewusst gewählt, um Maier für die ihm bevorstehende Aufgabe entsprechend anzuheizen.

Wie erwartet blickte ihn der dienstbereit an. »Klar, sollte kein Problem sein, was gibt's denn?«

»Komm doch schnell rüber, dann erklär ich's dir.«

Zurück in seinem Zimmer, zeigte Kluftinger dem Kollegen seinen improvisierten Stammbaum mit den Daten der Sterbebildchen. »Jetzt geht es mir um Folgendes: Ich glaub, es gibt da ja so ein Online-Archiv bei der Zeitung, gell?«, fragte er scheinheilig.

»Klar gibt es das.«

»Wahrscheinlich ist das recht kompliziert, da was über diese Vorfälle hier zu finden, oder? Von uns wird das niemand können, denk ich, was meinst du?«

»Chef, ich bitte dich, das ist ja die leichteste Übung!«

»Du schaffst das? Das wär der Hammer, Richie.«

Maier strahlte. »Ich sag mal: Heute Mittag hast du alles vorliegen.«

Der Kommissar bedankte sich überschwenglich und komplimentierte seinen Mitarbeiter mit einem Schulterklopfen und einem »Mei, Richie, wenn wir dich nicht hätten!« aus seinem Büro.

Dann ließ er sich von Sandy zwei große Bögen Karton und ein paar dicke Filzstifte besorgen. Er wollte sich damit einen großen Stammbaum zeichnen und nach und nach mit Maiers Informationen ergänzen. So würde er sich einen Überblick über die seltsamen Geschehnisse in den Familien Schratt und Kagerer verschaffen.

Es war schon fast vier, als Maier an Kluftingers Bürotür klopfte.

»Servus, Richie, da bist du ja endlich! Wir haben dich schon gesucht, warst du außer Haus?«, fragte der Kommissar, um einen besorgten Ton bemüht.

»Ich, nein, ich ... hab mir einen ruhigen Platz gesucht für die Recherche«, erwiderte Maier und legte ihm einen Stapel Papiere auf den Schreibtisch. »Hier ist alles, was ich finden konnte.«

»Mei, vielen Dank dafür, war ganz schön schwer, hm?«

Der württembergische Kollege machte ein wichtiges Gesicht. »Ja, das findet online natürlich nicht jeder, aber ich sag mal: Gewusst, wo.«

Kluftinger warf einen flüchtigen Blick auf die erste Seite der Unterlagen. Diese Art Kopien kam ihm ziemlich bekannt vor. Auch er wusste nur zu gut, wo Maier das gefunden hatte, nämlich im guten alten Analog-Archiv der Allgäuer Zeitung. Doch der Kommissar ließ es dabei bewenden, zu erleichtert war er darüber, dass er nicht selbst dorthin hatte fahren müssen.

Er griff sich die erste Seite. Der Bericht stammte aus dem Januar 1937 und behandelte abschließend den Absturz am Himmelhorn aus dem Vorjahr. Kluftinger las:

Bei einem Localtermin mit Polizei und Gerichtsangehörigen im Oytal kam es zu tätlichen Angriffen des Bergführers Schratt Baptist auf seinen einstigen Bergkameraden Kagerer Peter. Er bezichtigte ihn des meuchlerischen Mordes an seinem Bruder Clemens und stieß wilde Drohungen gegen den gesamten Rest der Familie Kagerer aus. Nur durch den Einsatz mehrerer Männer der Schutzpolizei konnte der Streit endlich geschieden werden. Nach Verlautbarung der Kriminalpolizei Oberstdorf gibt es keinerlei gerichtsmäßige Hinweise auf ein Verbrechen, vielmehr muss letztlich bis zum Beweise des Gegenteils von einem tragischen Unglücksfall ausgegangen und den Berichten des Kagerer Peter zum Hergang des Bergunglücks Glauben geschenkt werden.

Kluftinger schrieb auf seinem Stammbaum unter Baptist Schratts Namen *Anschuldigungen und Drohungen gegen Peter K.* und zog einen Pfeil zu Peter Kagerer.

Dann nahm er die nächste Kopie vom Stapel. Es war kein Zeitungsartikel, sondern eine Todesanzeige. Und zwar von Maria Kagerer, datiert auf den zweiten März 1940. Die Anzeige war klein und schlicht, aber dennoch mit einem kurzen Text versehen:

Aus dem finstren Tal, in das man sie gestoßen, fand sie keinen Weg. Das ewige Licht mög ihr nun leuchten bei Gott dem Allmächtigen.

Kluftinger erschauderte. Darunter waren keine Namen aufgeführt, als hätte sie keine Angehörigen gehabt, die um sie trauerten, keinen kleinen Jungen, der nun ohne Mutter aufwuchs. Er legte die Kopie weg.

Was der Kommissar sich als Nächstes vornahm, war ein knapper Bericht über einen Jagdunfall im Jahr 1955: Man hatte einen Mann mit einer tödlichen Schussverletzung im hinteren Oytal gefunden und gehe von einem tragischen Unfall aus. Kluftinger las weiter:

Wie der Jagdpächter des betreffenden Reviers, Fürst Kajetan von Grimmbart, bestätigte, war einer seiner Jagdhelfer auf den im Tal ansässigen Kleinbauern Wolfgang S. bei einer Hegebegehung durch Anschlagen seines Hundes aufmerksam geworden. Nach Aussagen der Polizei sei dieser allem Anschein nach bei Ausübung der Jagdwilderei gestürzt, worauf sich aus seiner Waffe, einem Sturmgewehr der deutschen Wehrmacht, ungewollt ein Schuss gelöst habe, der ihn tödlich treffen sollte. Das Fleisch der vom Toten erbeuteten Gämse stellte von Grimmbart dem Oberstdorfer Waisenhaus zur Verfügung, dessen Leitung sich überaus erfreut über diese großzügige Spende zeigte.

Maier hatte auf dieselbe Seite noch die Todesanzeige von Wolfgang Schratt kopiert. Neben dem Namen seines Sohnes Alois und seiner Frau Emilie stand:

Die Rache ist mein, spricht der Herr.

Kluftinger stieß die Luft aus. Diese Anzeige war gute sechzig Jahre alt, dennoch kam sie ihm vor wie eine unheilverkündende Prophezeiung aus der Bibel. Ihm war klar, wem diese Drohung galt, wem die Schratts die Schuld am Tod ihres Verwandten gaben und wie sie darauf reagieren würden. Wieder notierte er sich ein paar Stichpunkte auf dem großen Bogen Papier, wieder malte er Pfeile, diesmal in Richtung der Kagerers.

Mehr und mehr ließ sich Kluftinger hineinziehen in die leidvolle Geschichte der verfeindeten Familien. Er schloss die Augen, stellte sich die einzelnen Ereignisse bildlich vor, ließ sie wie Filme in seinem Geist ablaufen. Er konnte den Hass förmlich spüren, der sich in den Stuben der kargen Höfe an dunklen Herbstabenden in die Köpfe und die Herzen der Bauern gefressen hatte und sie nicht mehr losließ. Bis zum nächsten schrecklichen Ereignis, das die Angehörigen wieder dem verfeindeten Klan zuschreiben würden – ob zu Recht oder zu Unrecht, das konnte heute niemand mehr entscheiden.

Trotzdem wunderte er sich über diese seltsamen Todesanzeigen: War es denn keinem seiner Vorgänger bei der Kriminalpolizei je aufgefallen, dass dies mehr oder minder offene Schuldzuweisungen und, noch schlimmer, Drohungen und Racheankündigungen waren? Er schüttelte langsam den Kopf. Und musste sich letztlich doch eingestehen, dass wohl zu viel Zeit zwischen den einzelnen Todesfällen vergangen war, als dass man diese in Zusammenhang hätte bringen können. In keinem Fall gab es Hinweise, dass sich jemand mit einem Verdacht an die Polizei gewandt hätte. Offensichtlich hatten die Familien durch die Erfahrung mit den Ermittlungsbehörden beim ersten Unfall am Himmelhorn anno 1936 den Eindruck bekommen, dass sie ihren Konflikt letztlich anders lösen mussten als mit Recht und Gesetz.

Elf Jahre nach dem Jagdunfall von Wolfgang Schratt, so erfuhr der Kommissar im nächsten Zeitungsbericht, war eine Berghütte im vorderen Oytal ausgebrannt. Dort, im Wald, wenig oberhalb des Familienanwesens, seien die sterblichen Überreste eines Mannes gefunden worden. Man konnte sie schließlich als den von seiner Frau als vermisst gemeldeten Isidor Rott identifizieren. Die Ursache sei nicht zu ermitteln, die Kriminalpolizei gehe jedoch wie die Ortsfeuerwehr von einem defekten Heizofen als Brandherd aus. Auch hier gab es eine Todesanzeige der Familien Rott und Kagerer. Die Witwe, Crescentia Rott, geb. Kagerer, sowie der gemeinsame Sohn Ludwig Rott waren jedoch als Einzige namentlich genannt. Diesmal fand sich auch kein mehr oder weniger verklausulierter Vorwurf dabei.

Kluftinger übertrug den Vorfall auf seinen Plan, zog erneut ein paar Pfeile, als sein Blick auf das Sterbedatum des Isidor Rott fiel: Es war der 29. September 1966. Exakt dreißig Jahre nach dem tragischen Absturz am Himmelhorn. Der Kommissar sog die Luft ein und seufzte. Auch das sah ganz und gar nicht nach einem Zufall aus.

Danach jedoch schien erst einmal Ruhe einzukehren, wenn er dem Archiv und Maiers Spürsinn vertrauen konnte. Andererseits: Wonach er im Moment ging, waren nur Zeitungsberichte, wer konnte schon sagen, was zwischen den Kagerers und den Rotts alles vorgefallen, aber nie öffentlich geworden war?

Er nahm sich den letzten Bericht vor. Der war vergleichsweise jung, stammte erst aus dem Jahr 2001. Kluftinger schluckte. Damals hatte er bereits seine jetzige Stellung innegehabt. Ob er selbst vor fünfzehn Jahren etwas übersehen hatte? Am 24. August 2001 stürzte Roland Schratt beim Arbeiten auf seinem Hof ins ungesicherte Blatt seiner alten Kreissäge, die per Riemenscheibe von einem Traktor angetrieben wurde. Durch die Schreie alarmiert, rannte sein Vater Alois Schratt nach draußen, um das Gerät abzustellen, doch noch vor dem Eintreffen des Rettungshubschraubers erlag Roland Schratt, der zwei kleine Kinder und seine Frau Birgit hinterließ, seinen Verletzungen. Neben dem eigentlichen Artikel fand sich ein Kasten, in dem ein Sprecher der landwirtschaftlichen Berufsgenossenschaft zur Wichtigkeit des Themas Arbeitsschutz und Gerätesicherheit auf bäuerlichen Kleinbetrieben Stellung nahm. Darunter waren zwei Bilder abgedruckt: Das eine zeigte eine moderne Kreissäge mit entsprechender Sicherheitsausstattung, das andere ein altes, vorsintflutlich aussehendes Modell, bei dem ein riesiges Sägeblatt herausragte.

Kluftinger verglich die Namen im Artikel mit denen auf seinem Stammbaum. Birgit Schratt war also ursprünglich mit Roland Schratt verheiratet gewesen, der auch der Vater ihrer beiden Kinder war. Nun aber lebte sie allem Anschein nach mit ihrem Schwager Max, dem Bergführer, zusammen. Das erklärte auch das eher distanzierte Verhalten von Max den beiden Jungs gegenüber und seine seltsamen Äußerungen, die der Kommissar bei seinem Besuch noch nicht recht hatte einordnen können.

Jetzt ging er einen Schritt zurück und nahm sein Werk in Augenschein. Er hatte auf seinem Bogen eine Reihe von sechs Vorfällen, die pingpongartig hin- und hergingen: Immer wieder abwechselnd war ein Mitglied der Familien Kagerer oder Rott, dann wieder ein Schratt einem mysteriösen Unfall zum Opfer gefallen, zuerst etwa im Abstand von jeweils zehn Jahren, dann wurden die Zeiträume größer. Und am Anfang wie am Ende dieser schrecklichen und blutigen Reihe stand ein bislang ungeklärter Unfall am Himmelhorn, an dem beide Familien als Bergführer beteiligt waren. Beteiligt hätten sein sollen, korrigierte sich der Kommissar. Er war sich sicher: Hier vor ihm auf dem Tisch, in diesem ständigen Hin und Her von Schuldzuweisungen und Todesfällen dieser alten Familienfehde, lag der Schlüssel zu seinem aktuellen Fall.

Der Absturz vor zwei Wochen war das vorläufige Ende jener blutigen Linie zwischen den Kagerers und den Schratts, und wenn alles einer einfachen Logik folgte, war es einer von den Schratts gewesen, der das Bergunglück herbeigeführt hatte. Aber war es wirklich so simpel? Sein Bauchgefühl sagte Kluftinger, dass das alles so am meisten Sinn ergab. Doch ob sich sein Gefühl auch durch Fakten beweisen ließ, galt es erst noch zu ermitteln. Und wer wäre dann der Täter? Max Schratt, der kurz vor der Tour seine Teilnahme abgesagt hatte? Seine Neffen, deren Vater vor fünfzehn Jahren bei einem »Unfall« ums Leben gekommen war? Seine Witwe?

Kluftinger seufzte tief. Es würde keine leichte Aufgabe sein, das herauszufinden. Aber vielleicht gelang es ihm im Zuge dessen sogar, das Rätsel aus dem Jahr 1936 zu lösen, auch wenn dies ohne das verschwundene Seil von damals nahezu unmöglich war.

Kluftinger ging zum Fenster und sah in den trüben Himmel. Die letzten zwei Wochen war er ständig falschen Fährten nachgejagt, aus einem banalen, aber letzten Endes fatalen Grund: Er und die Kollegen hatten stets gedacht, dass Andreas Bischof das eigentliche Opfer des Mordanschlags gewesen war und die Bergführer quasi die Kollateralschäden. Deren Tod der Täter, wenn schon nicht beabsichtigt, so doch mindestens in Kauf genommen hatte. Dabei war es anscheinend genau umgekehrt gewesen.

Willst du Glücklich sein im Leben,
trage bei zu anderem Glück,
denn die Freude, die wir geben
kehrt ins eigne Herz zurück ♥!

Aus dem Gipfelbuch am Köpfle

Die Nacht steckte Kluftinger noch in den Knochen, als er tags darauf ins Büro kam. Er hatte wieder schlecht geschlafen; langsam wurde das zu einer beunruhigenden Gewohnheit. Zu viele Gedanken waren ihm durch den Kopf gegangen. Die tödliche Familienfehde, die sich da gestern vor seinem geistigen Auge entsponnen hatte, wollte ihn nicht loslassen. Und je mehr er in den Dämmerzustand zwischen Wachsein und Schlaf hinübergeglitten war, desto mehr hatte sich das Ganze vermischt mit den Sorgen um die Zukunft seiner eigenen Familie, des kleinen Max, der in Kürze eine neue Generation der Kluftingers begründen würde, der Befürchtung, dass er Anfeindungen ausgesetzt sein könnte, weil man ihm seine fremdländische Abstammung ansehen würde. Entsprechend gerädert war er heute früh erwacht. Und ein Blick auf die Vorbörse hatte ihm dann den Rest gegeben: Wie es aussah, würde er heute wieder mindestens dreißig bis vierzig Euro Verlust machen.

Dementsprechend registrierte er kaum, dass Sandy und Hefele händchenhaltend im Büro standen. Nicht, dass es ihm egal gewesen wäre, nur hatte er momentan einfach keinen Kopf dafür. Dementsprechend enttäuscht schienen die beiden zu sein, dass er sie nur mit einem vernuschelten »Mrgn« begrüßte. Sie hätten sich wohl etwas mehr Begeisterung für ihre so offen zur Schau gestellte Verbindung gewünscht.

Er schloss die Tür hinter sich und ließ sich seufzend in seinen Bürosessel fallen. Eigentlich fühlte er sich reif für den Feierabend, dabei hatte er mit der Arbeit noch nicht einmal begonnen. Vielleicht lag es auch daran, dass ihm ein unangenehmer Termin bevorstand: Er würde mit Franz Kagerer reden müssen. Der schien ihm immerhin noch der Zugänglichste unter den Bergmenschen zu sein. Das wollte allerdings nicht viel mehr heißen, als dass er in dieser Hinsicht der Einäugige unter den Blinden war.

Allein wollte sich Kluftinger allerdings nicht mehr dort hinaufwagen. Nie mehr. Doch wen sollte er mitnehmen? Maier mit seiner ewigen Prinzipienreiterei würde die Gesprächsatmosphäre sofort vergiften. Strobl? Der wäre an sich Kluftingers erste Wahl gewesen, doch so wie der sich in der letzten Zeit benahm, und bei dem, was er anhatte, fürchtete er, dass auch er dort oben wie ein Fremdkörper wirken würde.

Also Hefele. Kluftinger überlegte hin und her, fand aber, dass es unter diesen Umständen die beste Variante war. Vielleicht schaffte er es auch, mit dem Grinsen, das ihm im Moment sogar aus dem Hintern zu kommen schien, wie Strobl gestern sarkastisch bemerkt hatte, die unterkühlte Atmosphäre auf dem Bergbauernhof ein wenig zu erwärmen.

Er ging also in den Vorraum, wo er seinen Kollegen am Schreibtisch seiner Sekretärin vorfand. Erwartungsvoll blickten die beiden ihn an, doch Kluftinger sagte nur: »Mach dich fertig, Roland, wir fahren ins Oytal.«

»Ich soll mitfahren?«, entgegnete Hefele wenig begeistert.

»Wieso? Hast du heut frei?«, brummte Kluftinger zurück und ging voraus zum Auto.

Hefeles zur Schau getragene gute Laune verschlechterte sich mit jedem Kilometer, den sie sich von der Dienststelle entfernten. Kluftinger störte das nicht, im Gegenteil, er hatte sowieso keine Lust auf Gespräche. Allerdings fiel ihm während der Fahrt ein, dass er ja mit Frau Wolf hatte telefonieren wollen, um noch einmal genau nachzufragen, wie es zur Absage von Max Schratt bei der Himmelhorn-Besteigung gekommen war.

»Holst du mir mal das Handy aus der Tasche?«, forderte er also seinen Kollegen auf, schließlich konnte der sich wenigstens ein bisschen nützlich machen, wenn er sich schon nicht unterhalten wollte.

»Meins?«

»Nein, meins, Depp.«

»Wieso ich?«

»Siehst du sonst noch jemanden hier?«

»Ja, dich zum Beispiel.«

»Ich fahr doch.«

»Stört dich sonst auch nicht.«

»Herrgott, was ist denn los mit euch, wegen allem muss man euch extra bitten in letzter Zeit.«

»Nicht alle, also die Sandy musste mich nicht zweimal bitten, dass …«

»Jaja, schon gut, ich hab's begriffen: Du und die Sandy, ihr seid das neue Traumpaar. Soll mir recht sein. Aber nur so viel: Das hat zumindest die Sandy bei den letzten … vier, fünf Männern in diesem Jahr auch immer gesagt.«

Hefeles Miene versteinerte. Kluftinger tat sein Ton schon wieder leid, eigentlich hatte er den Kollegen ja nur zur Vorsicht mahnen wollen, denn die Dresdnerin war in Liebesdingen nicht gerade für ihre Beständigkeit bekannt.

»In welcher Tasche?«, fragte Hefele tonlos.

»Hosentasche. Rechts«, sagte der Kommissar und rutschte ein wenig zum Beifahrersitz hinüber.

Hefele holte das Gerät mit spitzen Fingern heraus und streckte es dann dem Kommissar hin. »Da.«

»Wähl doch bitte mal die Nummer von der Eva Wolf.«

»Hab ich die denn?«

Kluftinger seufzte. »Nachdem es sich um eine wichtige Person in unserer aktuellen Ermittlung handelt, geh ich einfach mal davon aus.«

Und tatsächlich tippte Hefele nun die Nummer ein, die er von seinem eigenen Handy abschrieb. »So, bitte«, sagte er dann.

»Ans Ohr halten.«

»Ich bin doch keine Freisprecheinrichtung.«

»Jetzt schon.«

Widerwillig streckte Hefele seinem Vorgesetzten das Handy hin.

»Herr Kluftinger?«, tönte es daraus.

»Grüß Gott, Frau Wolf. Tut mir leid, wenn ich noch mal stören muss, aber ich habe noch eine Frage wegen den Schratts.«

»Ich höre.«

»Wie war das jetzt damals genau, als die sich aus der Sache zurückgezogen haben?«

»Lassen Sie mich mal nachdenken. Also wir hatten immer Kontakt mit dem Max Schratt. Das ist ja ein erfahrener Bergführer, der auch im Ausland viel unterwegs war. Musste dann aber dort seine Zelte abbrechen und zurückkommen, weil sein Bruder einen Unfall gehabt hat und er den Hof übernommen hat.«

Kluftinger nickte. Der tödliche Unfall mit der Kreissäge.

»Jedenfalls haben wir die Tour von Anfang an mit ihm geplant. Aber uns war es schon wichtig, dass noch mehr Bergführer dabei sind, wir hatten ja bei den einzelnen Etappen immer wieder auch Kamera- und Tonmänner im Team. Und da sind wir dann auf die Kagerers gekommen.«

»Höher.«

»Wie bitte?«

»Nein, ich meine nicht Sie, Frau Wolf, ich sprech mit meinem Kollegen.« Hefele hatte den Arm im Verlauf des Gesprächs immer weiter sinken lassen, so dass Kluftinger nun fast auf der Beifahrerseite lag, um noch etwas zu verstehen. Jetzt richtete er sich wieder auf. »Wie sind Sie denn auf die Kagerers gekommen?«

»Der Andi hat die ausgewählt. Die haben einen ganz guten Ruf und auch Erfahrung mit dem Himmelhorn.«

»Ja, das kann man wohl sagen.«

»Wie?«

»Ach, egal. Und als der Herr Schratt dann von der Beteiligung erfahren hat, hat er abgesagt?«

»Ja.«

»Sonst noch was?«

»Wie meinen Sie das?«

»Ich mein: War irgendwas ungewöhnlich oder auffällig, als Sie die jeweils engagiert haben?«

»Na, dass der Schratt dann plötzlich abgesprungen ist, war schon seltsam.«

»Inwieweit wusste er denn Details über das Projekt?«

»Sie meinen, als er ausgestiegen ist? Eigentlich wusste er alles. Wann wir wo und wie die Sache in Angriff nehmen wollen, haben wir ja, wie gesagt, mit ihm geplant.«

»Verstehe. Danke erst mal. Pfiagott, Frau Wolf.«

Da Hefele keine Anstalten machte, das Telefon wieder von seinem Ohr zu nehmen, räusperte er sich, um seinem Beifahrer zu bedeuten, dass das Gespräch beendet sei.

»Aha. Und jetzt? Soll ich das Navi spielen? *Bitte in dreihundert Metern den Kreisverkehr an der dritten Abfahrt verlassen und der B19 weiter folgen.*«

»Was bist denn so gereizt? Läuft doch gut bei dir grad.«

»Offenbar nicht mehr lang, wenn's nach dir geht.«

»So hab ich das doch nicht gemeint.« Wie sollte er aus der Nummer bloß wieder rauskommen? Da fiel ihm ein Dialog aus seiner Serie ein. »Weißt du, es gibt Vögel, die singen wunderschön, haben aber ein unscheinbares Federkleid. Dann gibt es solche, die strahlen in allen Farben. Und dann gibt es Zugvögel, die … also, die fliegen, und man darf sie nicht … fangen.« Kluftinger hatte den Satz nicht mehr ganz so hinbekommen, wie er im Fernsehen gefallen war, aber trotzdem verfehlte er seine Wirkung nicht, denn Hefele verstummte und schien über das Gesagte nachzudenken.

Erst, als sie auf dem Hof der Kagerers anhielten und ausstiegen, fragte er: »Das mit den Vögeln, das war doch auf uns gemünzt, die Sandy und mich, oder? Erklär mir das noch mal, ich hab's nicht so mit Vögeln.«

Der Kommissar konnte sich ein Grinsen nicht verkneifen. »Das dürfte deiner neuen Flamme aber wahrscheinlich nicht so gefallen.«

Hefele winkte ab. »Was ich nicht ganz verstanden hab: Bin ich jetzt der Singvogel oder was? Und wie war das mit dem bunten Kleid gemeint?«

Da öffnete sich die Haustür der Rott's, und die Frau, die Kluftinger so … freundlich empfangen hatte, kam heraus. Sie winkte ihnen lächelnd zu, und Hefele winkte zurück. »Scheinen doch ganz nett zu sein«, fand er.

»Ja, die, die ist nicht ganz … egal. Wir wollen zu jemand anderem. Komm mit.«

Der Kommissar steuerte auf das Haus der Kagerers zu und trat ein, ohne zu klopfen, was Hefele erstaunt zur Kenntnis nahm. Als Kluftinger dann aber auch noch kommentarlos an Josefa Kagerer vorbeimarschierte, fragte er nach: »Sag mal, gar so muhaklig bist du doch sonst nicht mal frühmorgens.«

»Schau, Roland, hier oben, das ist eine ganz besondere Spezies Mensch. Die Abgeschiedenheit, die Kälte und die langen Winter haben sie ziemlich speziell werden lassen. Glaub mir, ich weiß inzwischen, wie man mit denen tun muss.«

Sein Kollege zuckte die Achseln, dann standen sie auch schon in der Stube des Hauses. Franz Kagerer saß in einem Lehnstuhl, eine Decke auf den Beinen. Er hatte den Kopf gesenkt, in seiner Hand hielt er einen Gegenstand, etwas Metallisches, ein … Kluftinger hielt den Atem an. Der alte Mann hatte ein Messer. Erst als er erkannte, dass er damit auf einem Stückchen Holz herumschnitzte, entspannte er sich etwas. Ein mulmiges Gefühl allerdings blieb, immerhin wusste er inzwischen, dass die Menschen hier oben nicht zögerten, von den Waffen, die sie besaßen, auch Gebrauch zu machen.

»Das ist mein Kollege Roland Hefele«, sagte Kluftinger grußlos und ließ sich auf einem Stuhl nieder. Er gab seinem Mitarbeiter ein Zeichen, es ihm gleichzutun. Dann legte er sofort los, auch wenn Franz Kagerer noch überhaupt nicht reagiert hatte. »Mich würd interessieren, ob Sie gewusst haben, dass der Schratt Max die Himmelhorn-Besteigung zusammen mit dem Herrn Bischof geplant hat.«

Der Alte sagte nichts, aber Kluftinger bemerkte, dass er kurzzeitig mit dem Schnitzen innehielt. Es war nur ein Moment, aber der genügte dem Kommissar, um zu wissen, dass sein Gegenüber alles genau mitbekam, was er sagte. Dann trieb Kagerer das Messer umso heftiger in das Holzstück auf seinem Schoß. Es machte auf Kluftinger nicht den Eindruck, als sei er besonders talentiert, denn alles, was er sah, war ein grober Klotz ohne erkennbare Form und Struktur.

»Der Schratt ist dann aber ausgestiegen, als Ihre Söhne mit ins Spiel kamen.«

Jetzt hörte der Mann mit dem Schnitzen auf und sah sie lange an. »Das ist nicht wahr«, sagte er endlich und schnitzte weiter, diesmal deutlich aggressiver.

»Doch, es ist wahr. Der Max Schratt war von Anfang an, sogar noch vor Ihren Buben, in die Planung eingebunden.«

Franz Kagerer sah den Kommissar nicht an, aber jedes Mal, wenn es um die Schratts ging, schienen die Holzspäne noch ein bisschen weiter zu fliegen als zuvor.

»Er hat mit dem Filmemacher die Tour geplant, die verschiedenen Routen überlegt, Sicherungen und Fixpunkte gesucht. Der Bischof wollte aber noch andere Bergführer dabeihaben. Und als der Schratt Max dann erfahren hat, wer das sein soll, ist er ausgestiegen.«

»Das heißt, er hat gewusst, was meine Buben vorhaben?«, raunte der Alte. Die Knöchel der Finger, die das Messer hielten, traten weiß hervor.

»Ja, davon kann man wohl ausgehen.«

»Diese Drecksau, diese elendige.«

Hefele war von Kagerers Ausbruch überrascht. »Inwiefern?«

Der Mann schwieg, aber er hieb jetzt geradezu auf das Holzstück ein. Kluftinger fragte sich, ob nach ihrem Gespräch noch irgendwas davon übrig sein würde.

»Könnte es einen bestimmten Grund haben, dass der Schratt nicht in einer Seilschaft mit Ihren Buben sein wollte?«

»Ob es einen Grund hat, fragt er.« Kagerer lachte kehlig auf.

Kluftinger beschlich das ungute Gefühl, dass er den schwelenden Hass zwischen den Kagerers und den Schratts mit jeder Frage weiter befeuerte. Was also sollte er tun? Vielleicht war es besser, erst einmal auf ein anderes Thema auszuweichen. »Das sind doch so Bergführer-Bücher, oder?« Kluftinger zeigte auf die Notizkladden, die auf dem Esstisch lagen.

»Woll.«

»Gibt es so ein Büchlein auch noch von Ihrem Onkel, dem Kagerer Peter?«

Der alte Mann lachte. »Von dem gibt's gar nix mehr. Hier jedenfalls. Und wenn, würd ich's dir nicht geben. Geh doch ins Museum.«

»Ins Museum?«

»Ja, in Kempten. Alpin-Museum. Dahin haben die Rotts das ganze alte Glump vom Onkel Peter verscherbelt. Hat man wenigstens noch was gehabt davon.«

Kluftinger nahm sich vor, das bei Gelegenheit zu tun. Nun aber musste er am Ball bleiben, um wenigstens noch ein paar Informationen aus seinem Gesprächspartner herauszubekommen: »Um noch mal auf die Schratts zu sprechen zu kommen …«

»Himmel, jetzt lass mich doch mit denen in Frieden«, schimpfte Franz Kagerer und knallte das Stück Holz, das er seit ihrer Ankunft bearbeitete, auf den Tisch. Es war fertig, und als Kluftinger erkannte, was es war, fröstelte er. Der Alte hatte mit erstaunlicher Kunstfertigkeit einen Sarg geschnitzt.

»Ist das wahr?«

Die Köpfe der Beamten flogen herum. In der Tür stand Hans Kagerer. Er trug die gleichen verdreckten Klamotten wie bei Kluftingers letztem Besuch und funkelte sie feindselig an.

»Was denn?«, fragte der Kommissar.

»Ich red nicht mit dir. Vatter, ist das wahr, was die Mutter gesagt hat? Mit den Schratts?«

»Hat die alte Schachtel wieder gelauscht.«

»Ob es wahr ist?«

»Ich hab's auch grad erst erfahren.«

»Mehr muss ich nicht wissen.« Mit diesen Worten drehte er sich um und lief auf die Haustür zu. Kurz davor hielt er jedoch an einem alten Schrank und entnahm ihm etwas.

»Scheiße«, flüsterte Hefele. Der Gegenstand aus dem Schrank war ein Gewehr. Dann fiel die Tür krachend hinter Hans Kagerer ins Schloss.

Kluftinger spürte, wie ihm der Schweiß auf die Stirn trat. Er hatte doch nur ein paar Informationen gewollt, und nun sah es so aus, als habe er eine neue Lawine der Gewalt losgetreten. »So halten Sie Ihren Sohn doch auf!«, schrie er dem Alten verzweifelt zu, doch der rührte sich nicht.

»Manche Dinge lassen sich nicht aufhalten«, sagte er lediglich.

»Oh doch«, entfuhr es dem Kommissar. Dann rannte er hinter Hans Kagerer her und rempelte dessen Mutter beinahe um, die sich im Hausgang postiert hatte: »Lassen Sie mich vorbei, sonst gibt's ein Unglück!«

»Auf eins mehr oder weniger kommt's nimmer an«, gab die zurück und blieb, wo sie war.

Also schob Kluftinger sie unsanft beiseite, öffnete die Tür und stürmte auf den Hof.

»Pass auf sein Gewehr auf«, rief Hefele hinter ihm.

Kluftinger fluchte. Anscheinend hatten hier oben alle schwere Waffen. Da hörte er das Dröhnen eines Traktor-Motors, und schon kam Hans Kagerer mit dem Gefährt um die Ecke. Der Kommissar stellte sich mitten in den Hof, hob die Arme, winkte mit ausladenden Bewegungen und schrie: »Bleiben Sie stehen, Sie verstehen das alles ganz falsch, Sie müssen ...«

»Klufti!« Hefeles Stimme überschlug sich, und in diesem Moment wurde auch dem Kommissar klar: Kagerer würde nicht anhalten. Mit unverminderter Geschwindigkeit bretterte er auf die Hofausfahrt zu, das Gesicht zu einer wütenden Fratze verzogen. Erst im letzten Moment hechtete Kluftinger zur Seite, dann donnerte der Traktor an ihm vorbei. »Zefix, sind denn hier oben alle verrückt«, schimpfte er, als er sich hochrappelte, über und über mit Dreck verschmiert. »Komm, wir müssen ihm nach«, rief er seinem Kollegen zu, der ihn entgeistert anstarrte. Dann rannten sie los.

»Ruf du die Kollegen von weiter unten, ich fahr zu den Schratts«, keuchte Kluftinger, als sie bei seinem Passat angekommen waren und feststellen mussten, dass sie hier keinen Handyempfang hatten. Einmal mehr verfluchte Kluftinger die Abgeschiedenheit dieses vermaledeiten Tals.

»Spinnst du? Dem Typen ist alles zuzutrauen. Bleib hier, bis die Verstärkung da ist.«

»Nein, ich muss da rauf. Jetzt«, gab Kluftinger zurück, der das Gefühl hatte, er habe diese Eskalation zu verantworten. Dann startete er den Wagen und drückte aufs Gas.

»Pass bloß auf«, schrie Hefele ihm noch hinterher, doch das hörte der Kommissar schon nicht mehr.

Hans Kagerers Traktor stand bereits vor dem Haus, als Kluftinger das letzte Stück zu Fuß auf den Hof der Schratts hastete. Kagerer hatte den Motor abgestellt, die Frontscheibe nach oben geklappt und das Gewehr in Anschlag gebracht. »Max!« Er brüllte immer wieder in Richtung der Haustüre. »Komm raus, du Drecksau!«

Kluftinger ging hinter einer Regentonne in Deckung, zog seine Pistole und entsicherte sie. Er betete, dass die Kollegen schnell kommen würden, dass er nicht eingreifen müsste bis dahin, dass alles gutging. Vielleicht war ja niemand zu Hause, und die Situation löste sich von selbst, versuchte er, sich Mut zu machen, auch wenn er nicht recht daran glaubte.

»Los jetzt, zeigt euch, ihr feigen Säue!«, legte Kagerer nach.

Noch immer regte sich nichts, und Kluftingers Hoffnung auf ein glimpfliches Ende wuchs. Doch da näherte sich knatternd ein

Moped, und wenige Augenblicke später bog einer der Jungen – Kluftinger glaubte sich zu erinnern, dass er Simon hieß – auf einer alten Enduro um die Ecke. Er schien nicht zu realisieren, was hier vor sich ging, und stoppte unmittelbar hinter Kagerers Traktor. Der Kommissar hielt den Atem an, als sich Hans langsam nach dem Jungen umdrehte und die Mündung seiner doppelläufigen Flinte direkt auf ihn richtete. Jetzt wurde es brenzlig. Er konnte keinesfalls abwarten, bis Verstärkung eintraf, sondern musste schnell eingreifen, um eine Katastrophe zu verhindern. Also richtete er sich ein wenig auf und rief mit so fester Stimme, wie es ihm unter diesen Umständen möglich war: »Halt, Polizei! Herr Kagerer, lassen Sie sofort Ihr Gewehr fallen, und steigen Sie mit erhobenen Händen von Ihrem Traktor.«

Doch der dachte gar nicht daran. »Halt dein Maul und verschwind!«

Das Moped knatterte im Leerlauf weiter, während der Teenager wie erstarrt dastand und mit schreckgeweiteten Augen in den Gewehrlauf blickte.

Kluftinger spielte kurz mit dem Gedanken, zu bluffen, doch Kagerer würde wissen, dass die Kollegen noch nicht da sein konnten, sie das Gelände niemals so schnell hätten umstellen können. Stattdessen versuchte er sich an einer Deeskalation, ganz so, wie man es ihnen beim letzten Schießtraining beigebracht hatte. »Lassen Sie den Buben gehen, dann reden wir weiter.«

»Einen Scheißdreck lass ich den«, brüllte Kagerer zurück. »Um die Schratt-Brut ist es eh nicht schad.«

»Legen Sie sofort die Waffe weg, oder ich schieße!«

»Dann schieß doch endlich, Arschloch!«

Kluftinger schluckte, richtete seine Waffe gen Himmel, spannte seine Kiefermuskeln an und gab einen Warnschuss ab. Während Simon Schratt sichtlich zusammenzuckte, schien der Schuss auf Kagerer keinen Eindruck zu machen. Unverändert saß er da, nach wie vor das Gewehr im Anschlag. »Noch ein Schuss, und der Bua isch fällig!«

»Dann bist du es auch, Kagerer. Und deine ganze Sippschaft

obendrein«, kam es auf einmal von der Haustür. Dort stand Alois Schratt, in seiner Rechten die Schrotflinte, die Kluftinger nur allzu gut kannte. Hinter Schratt erkannte Kluftinger dessen Sohn Max, den anderen Jungen und die Frau, doch der Alte gab ihnen mit einer Handbewegung zu verstehen, dass sie sich in Sicherheit bringen sollten.

»Traut sich das feige Schwein nicht raus und schickt bloß Kinder und alte Säcke vor?«, schrie Kagerer zurück.

»Schau, dass du von meinem Hof kommst, Hans, sonst kann ich für nix garantieren!«

»Ich weiß, dass ihr des wart's.«

»Was denn?«

»Ihr habt's alles mit dem Bischof zusammen geplant. Ihr habt's meine Brüder auf dem Gewissen. Und den Bischof, aber um den ist es nicht schad.«

»Verschwind und lass dich nie mehr blicken!«

»Sag mir, wie es war, Alois, sonst gibt's ein Unglück.«

»Wie damals, sechsunddreißig am Himmelhorn?«, schrie Alois Schratt, dessen Schrotflinte dabei auf und ab wippte.

»Lass den alten Schmarrn! Damals war nix. Aber jetzt, das wart ihr.« Noch immer stand Simon Schratt unbewegt da, noch immer hatte Hans Kagerer seine Flinte auf ihn gerichtet.

»Und mein ältester Bub? Von selber in die Säge gestürzt, hm? Komisch, dass ihr da grad hier oben am Heuen wart.«

»Vielleicht hättet ihr nicht alle untereinander Kinder kriegen sollen«, bellte Kagerer.

»Jetzt reicht's!« Max Schratt drängte sich an seinem Vater vorbei aus der Tür. »So was sagst du nicht ungestraft auf meinem Hof.«

Hans Kagerer verzog den Mund zu einem spöttischen Lächeln. »Dein Hof! Eher der vom Bruder, oder? Genauso wie Frau und Kinder. Wirst halt du ihn in die Säge gestoßen haben, dass du freie Bahn bei seiner Alten hast.«

Max schäumte vor Wut und wollte losstürmen, doch sein Vater hielt ihn mit einem Arm zurück. Noch immer hatte Kagerer auf Simon Schratt angelegt.

Die Situation wurde immer unberechenbarer. Wenn nur die Kollegen endlich kämen. Als Kluftinger auf seine Waffe sah, bemerkte er, wie sehr seine Hände zitterten. Dennoch schrie er: »Seien Sie doch vernünftig! Legen Sie die Waffen weg, es muss doch nicht noch mehr Blut fließen. Wir werden alles aufklären und die Schuldigen zur Rechenschaft ziehen, das verspreche ich.«

Kagerer winkte nur ab, und auch die anderen schien Kluftingers Eingreifen wenig zu beeindrucken. »Ihr habt nie was geholfen«, spie Alois Schratt ihm entgegen. »Sonst wär es nicht so weit gekommen.«

»Wenn du nicht redest, Max, ist der Bub tot«, drohte nun wieder Hans Kagerer. »Ich hab nix zu verlieren.«

Das war auch Kluftinger klar, und es machte die Sache noch gefährlicher.

Da tönte plötzlich die erstaunlich ruhige Stimme von Max Schratt: »Also gut, Kagerer, du hast gewonnen. Nimm mich. Lass den Simon in Ruh. Ich war's, ich hab die Sache geplant.« Er schob seinen Vater samt Schrotflinte beiseite und ging langsam auf den Traktor zu, eine Hand hinter seinem Rücken. Hatte auch er eine Waffe? Der Mann auf dem Traktor drehte sich nun Max zu. Kluftinger realisierte, dass das seine letzte Chance zum Eingreifen war. Er sprang aus der Deckung und gab einen erneuten Schuss in die Luft ab, was sowohl Hans Kagerer als auch Max Schratt für einen Moment in der Bewegung innehalten ließ. »Renn weg, Simon!«, schrie der Kommissar dem Jungen entgegen, doch der rührte sich nicht. In diesem Augenblick ertönte von unten leise das ersehnte Martinshorn. Der Kommissar musste Zeit gewinnen, gleich würden die Kollegen da sein. Da kam ihm eine Idee. »Hört's auf, ihr seid's doch miteinander verwandt, zefix!«

Für einen Moment regte sich niemand mehr, nur die näher kommende Sirene durchbrach die Stille auf dem Hof. Dann ließ Kagerer das Gewehr ein paar Zentimeter sinken und wandte sich Kluftinger zu. »Was ist denn das für ein Schmarrn?«

Na also. »Die Kagerers und die Schratts sind verwandt! Dein Opa ist ein Schratt, das weißt du so gut wie ich.«

Noch bevor Hans antworten konnte, nahm Kluftinger im Augenwinkel eine Bewegung wahr. Er riss den Kopf herum und sah, dass Max die Ablenkung ausgenutzt hatte, ausholte und eine Eisenstange in Richtung Kagerer schleuderte. Ohne nachzudenken, rannte der Kommissar zu dem Jungen, einzig angetrieben von der Angst, dass sich ein Schuss aus Kagerers Gewehr lösen und ihn treffen könnte. Doch in diesem Moment spurtete Simon selbst los und lief auf Kagerer zu, gerade als der von der Eisenstange am Brustkorb getroffen wurde. Da fiel ein Schuss, Max Schratt stürzte sich auf Hans Kagerer und zog ihn von seinem Sitz, während Alois Schratt an der Haustür seine Schrotflinte auf die beiden Kämpfenden anlegte. Doch das alles bekam Kluftinger nur am Rande mit. Denn voller Entsetzen musste er mit ansehen, wie Simon gekrümmt vor Schmerzen zu Boden sank.

Mit einem schrillen Schrei stürzte Birgit Schratt aus dem Haus auf ihren Sohn zu.

»Aus jetzt, zefix!«, brüllte Kluftinger und schoss noch einmal in die Luft. Max und Hans wälzten sich am Boden und rangen um Kagerers Gewehr.

»Lass meinen Buben los, oder ich schieß dich über den Haufen«, schrie Alois schrill und ging auf die beiden Kämpfenden zu.

Da hob sich Birgit Schratt, die neben ihrem gekrümmt daliegenden Sohn kniete, beschwörend die Hände. »Loisl, hör endlich auf! Den Simon hat es an der Schulter erwischt! Muss erst noch einer hin sein?«

In diesem Moment bogen mehrere Polizeiautos mit zuckenden Blaulichtern und Martinshorn auf den Hof. Die Reifen knirschten auf dem Kies, als die Wagen bremsten. Sofort rissen die Beamten die Türen auf und zogen ihre Waffen. Alois Schratt legte an.

»Herr Schratt, der Simon lebt. Und er braucht Sie, er hat doch schon seinen Vater verloren, ein toter Großvater hilft ihm wenig.«

Die Beamten standen auf dem Hof verteilt, die Pistolen im Anschlag. Da endlich senkte Alois Schratt sein Gewehr und ließ es in Richtung Kluftinger über den Boden schlittern. Das war das Signal für die Polizisten, die nun auf den Alten zustürzten und ihn zu

Boden drückten. Kluftingers »Zugriff!« hörten sie schon gar nicht mehr.

Als vier weitere Beamte die anderen beiden Männer voneinander trennten, wurde Kluftinger schwarz vor Augen. Seine Knie gaben nach, und er ließ sich einfach in den Staub sinken.

Keine Viertelstunde später saß er in der offenen Hecktür eines Krankenwagens.

»Sollen wir Sie nicht doch besser zur Beobachtung mitnehmen, Herr Kommissar? Sie wirken ziemlich schwach.« Der Notarzt machte eine besorgte Miene und nahm Kluftinger das Blutdruckmessgerät ab.

»Schmarrn, schwach. Mir steckt bloß der Schreck ein bissle in den Knochen«, erklärte Kluftinger. »Mein Kollege fährt mich zurück nach Kempten, derweil erhol ich mich im Auto. Ich muss schließlich noch was schaffen heut.«

»Nun ja, jeder ist seines Glückes Schmied, nicht wahr? Ganz wie Sie wünschen!«

Redet genauso geschwollen daher wie der Langhammer, dachte Kluftinger. »Wo bringen Sie den Buben hin?« Der Kommissar deutete auf Simon Schratt, der auf der Liege im Wagen lag.

»Nach Immenstadt, in die Klinik. Er hat zum Glück nur eine Fleischwunde abbekommen.«

»Nehmen Sie doch bitte die Mutter mit, ich glaub, die hat kein Auto.« Kluftinger verabschiedete sich mit einem Nicken und ging langsam und schwer atmend über den Hof auf den Hauseingang zu.

Hans Kagerer und Max Schratt, beide in Handschellen, wurden gerade in zwei VW-Busse verfrachtet, einige uniformierte Polizisten liefen auf dem Hof herum und suchten den Boden nach Projektilen und Patronenhülsen ab.

Der Kommissar stieg die drei steinernen Treppen zum Eingang des Hauses hoch, wo Alois und Lukas Schratt wortlos nebeneinanderstanden und ungläubig die Szenerie verfolgten. »Sie können von Glück reden, dass noch alle am Leben sind.«

»Alle am Leben. Hast du eine Ahnung«, blaffte der Alte zurück. Er hatte seine Lektion anscheinend noch immer nicht gelernt.

Kluftinger winkte zwei Beamte zu sich. »Holt euch bitte einen Durchsuchungsbeschluss, ihr müsst das ganze Anwesen hier auf den Kopf stellen und nach Waffen und Munition durchsuchen. Dasselbe gilt für den Kagererhof da unten.«

Die Kollegen nickten und gingen zu ihrem Fahrzeug.

»Komm, Roland«, sagte Kluftinger und legte Hefele kraftlos eine Hand auf die Schulter. »Wir fahren zurück. Wartet ein bissle Arbeit auf uns, wie mir scheint.«

»Das gibt's doch nicht, was das für sture Hund sind.« Wütend schmetterte Kluftinger die Tür zum Vernehmungszimmer hinter sich zu. Seit Stunden hatten sie Hans Kagerer und Max Schratt nun schon »in der Mache«, wie Kluftinger zu sagen pflegte, doch aus ihnen war nicht viel mehr rauszubekommen als ihre Namen und ein paar Schmähungen für die jeweils andere Familie. Kluftinger ging in den Raum mit den Monitoren, auf denen die Kamerabilder der beiden zu sehen waren, goss sich einen Kaffee ein und ließ sich ächzend in einem Bürostuhl nieder.

»Ganz schön mühsam, gell, Chef?«, sagte Maier verständnisvoll. Er hatte die Verhöre, die Kluftinger und Strobl zeitgleich geführt hatten, am Bildschirm verfolgt.

Kluftinger verdrehte die Augen. »Ja, das kannst du laut sagen. Ich bin ja wirklich kein ungeduldiger Mensch, aber die sind derart verstockt. Mehr, als dass er nix mit dem Bergunglück zu tun hat, hat der Schratt doch nicht gesagt, oder?«

Maier widersprach nicht. Allerdings ergänzte er: »Wobei, als er gemeint hat: *Ein Kagerer weniger auf dieser Welt schadet nicht,* das war schon ziemlich entlarvend, oder?«

»Aber weiter bringt uns das trotzdem nicht. Dass sie sich nicht mögen, ist erstens nicht neu, und zweitens haben sie es uns ja vorhin deutlich vor Augen geführt.« Er schaute auf den Bildschirm. Max Schratt saß mit verschränkten Armen da und machte dasselbe mürrische Gesicht, in das der Kommissar die letzten Stunden geblickt hatte. Natürlich hatte er nicht gedacht, dass Schratt gleich lossprudeln oder gar ein Geständnis ablegen würde. Aber etwas mehr hatte er sich schon erhofft. Immerhin war der Bergführer nun ihr Hauptverdächtiger im Mordfall »Himmelhorn«.

»Der hat nicht mal gezuckt, als ich den angeblichen Unfall von seinem Bruder Roland erwähnt hab. Obwohl ihn das vorhin auf dem Hof so aufgebracht hat, als der Kagerer es angesprochen hat. Und jetzt? Fehlanzeige!« Kluftinger schlug so heftig auf den Tisch, dass sein Kaffee überschwappte.

»Das mit der Schaufel können wir immerhin überprüfen.«

»Was?«

»Das mit der Schaufel. Du hast ihn doch gefragt, ob er so eine Lawinenschaufel aus Alu hat, wie wir sie wegen der Abriebspuren auf dem Stein am Himmelhorn suchen. Und zur Sicherheit sollten wir bei denen noch nach der Helmkamera suchen, auch wenn es ziemlich unwahrscheinlich ist, dass wir sie da finden. Können die Kollegen ja zusammen mit der Hausdurchsuchung wegen der Waffen erledigen.«

»Ach so, ja, gut, macht das. Aber wenn er eine hatte, hat er die wahrscheinlich längst verschwinden lassen.« Der Kommissar wusste nicht, worüber er wütender war: dass diese Bergmenschen so stur waren oder dass sein Vernehmungsgeschick bei ihnen an seine Grenzen stieß.

»Ich will noch mal mit dem Kagerer reden.«

»Aber der Eugen hat ihn schon durch die Mangel gedreht«, wandte Maier ein. »Ohne Ergebnis.«

»Wenn ich's nicht wenigstens versuche, lässt mir das keine Ruhe.« Er stellte seinen Kaffee ab und ging den Flur entlang zu Vernehmungszimmer zwei. Als er die Tür öffnete, hob Hans Kagerer nicht einmal den Kopf.

»Möchten Sie einen Kaffee?«, fragte Kluftinger, als er sich ihm gegenübersetzte.

»Trink ich nicht.«

»Tee?«

»Höchstens ein Bier.«

»Ich fürchte, damit kann ich nicht dienen.«

»War ja klar.«

»Herr Kagerer, lassen Sie uns wie zwei normale Menschen miteinander reden. Ich bin doch auf Ihrer Seite. Ihre Brüder sind an diesem unglückseligen Tag ums Leben gekommen, und ich will den Schuldigen finden und bestrafen. Aber ohne Ihre Hilfe wird das schwer.«

Jetzt hob Kagerer den Kopf und blickte den Kommissar an.

Offensichtlich hatte er sein Interesse geweckt. *Gut, also weiter.* »Es ist ja nicht das erste Mal, dass Ihre Familie unter, sagen wir mal, schlimmen Unfällen zu leiden hat.« Die Augen seines Gegenübers verengten sich. Kluftinger musste vorsichtig sein. »Jetzt frag ich mich natürlich: Warum sind Sie sofort davon ausgegangen, dass es der Max Schratt war? Das muss doch einen bestimmten Grund haben.« Er konnte förmlich sehen, wie es in dem Mann arbeitete. »Soll das denn immer so weitergehen? Gerade wären Sie beinahe selber zum Mörder geworden! Wie viele Menschen müssen noch sterben, bis Sie …«

Die Tür ging auf, und Maier betrat den Raum.

»Nicht jetzt«, zischte der Kommissar.

»Aber …«

»Richie!« Kluftinger war wütend. Er war so nahe dran gewesen.

»Bitte, du musst kommen.«

Er schaute zu Kagerer, der bereits wieder seine zusammengesunkene Haltung eingenommen hatte. Zu spät. Von ihm würde er nichts mehr erfahren. Kluftinger stand auf und ging mit Maier nach draußen. »Wehe, wenn das jetzt nicht wichtig ist«, sagte er drohend.

»Ist es, glaub's mir.« Er drückte ihm den Tablet-Computer in die Hand.

»Richard, bitte, ich hab jetzt keinen Nerv für deine technischen Spielereien.«

»Nix Spielerei, schau mal.« Er entsperrte den Bildschirm, worauf eine Internetseite erschien. Deren Titel lautete MOPFER, *Selbsthilfegruppe anonymer Mobbingopfer.*

»Mopfer?« Kluftinger wusste nicht, ob er lachen oder wütend werden sollte.

»Nein, das ist … nur so eine Seite, die ich rein zufällig geöffnet hatte«, stotterte Maier. »Jedenfalls gibt es da so ein Forum, das ich aus Recherchezwecken hin und wieder frequentiere, und da hat mich wer auf das hier aufmerksam gemacht.« Er wischte auf dem Bildschirm, und es erschien eine Seite, die Kluftinger kannte. Man konnte dort Videos hochladen und anschauen, was vor allem sein Sohn leidenschaftlich gerne tat. Ab und zu zeigte er ihm ein paar der Clips, die er besonders lustig fand, die in Kluftinger meist aber nur Befremden auslösten, weil sie sich vorwiegend um Themen wie Verdauungsstörungen oder peinliche Auftritte von Prominenten drehten.

»Das entwickelt sich gerade zum veritablen Klickhit«, sagte Maier noch, bevor das Video abgespielt wurde.

Zunächst war nur Blau zu sehen, dann ein paar verschwommene, verwackelte Aufnahmen, das Bild drehte sich, als habe jemand eine Kamera in die Waschmaschine gesteckt. Es war schwer, irgendetwas zu erkennen, mal sah man wieder etwas Blaues, dann war alles grau, dann schienen Blätter oder Bäume über den Bildschirm zu wirbeln. Plötzlich tat es einen gewaltigen Schlag, das Bild blieb kurz stehen, und er sah einen Berg, der ihm bekannt vorkam, dann setzte sich das Gewackel fort. Langsam begriff er, was er da gerade betrachtete. Wieder rumste es, dann stand das Video endgültig still. Kluftinger starrte auf das letzte Bild, unfähig, etwas zu sagen. Auf dem Display sah er den Körper eines Bergsteigers in historischer Kluft, das Gesicht zerschunden, der Blick gebrochen, die Augen leer. Er hatte schon einmal in diese toten Augen geblickt. Es war das Gesicht von Herbert Kagerer im Tobel, hinten im Oytal. Was er da gerade gesehen hatte, daran gab es keinen Zweifel, war ein Video des Absturzes vom Himmelhorn.

»Wo ist das her?«, fragte er mit krächzender Stimme, als er sich wieder etwas gefangen hatte.

»Keine Ahnung, aber ich hab die Kollegen vom Cybercrime

schon drauf angesetzt. Du weißt schon, das ist eine neue Abteilung, die …«

»Ich weiß, Richie. Immerhin bin ich leitender Kriminalhauptkommissar. Die kümmern sich um … so Computerzeugs.«

»Das hätte ich nicht schöner sagen können. Das ist mit der verschwundenen Helmkamera gefilmt worden.« Maier sah seinem Vorgesetzten zu, wie der über diese unglaubliche Wendung nachdachte.

»Wenn das den Absturz zeigt«, sagte Kluftinger schließlich, »dann müsste man doch auch drauf sehen, wie es dazu gekommen ist, also vorher.«

Maier hatte offenbar genau auf diese Schlussfolgerung von Kluftinger gewartet, denn seine Antwort kam prompt: »Es ist sonst nichts drauf. Das ist so geschnitten, dass man nur den Sturz sieht.«

»Wer macht denn so was? Und warum?«

»Das ist genau die Frage.«

Kluftinger stieß die Luft aus. »Wir brauchen die Quelle. Wer immer das ins Internet gestellt hat, der hat die drei auf dem Gewissen, oder wird uns mit ziemlicher Sicherheit zum Mörder führen.«

Zehn Minuten später saßen sie mit Hefele und Strobl im Raum mit den Monitoren. Wieder und wieder hatten sie sich das Video angesehen. Der anfängliche Abscheu gegenüber dem, was darauf zu sehen war, war einer professionellen Sachlichkeit gewichen, mit der sie versuchten, irgendwelche hilfreiche Informationen aus dem Filmschnipsel zu gewinnen.

»Scheiße, das gibt's doch nicht«, fasste Strobl das Ergebnis dieser Bemühungen in Worte. »Da ist überhaupt nix drauf, was uns irgendeinen Anhaltspunkt gibt.«

»Wer immer das online gestellt hat, hat das vorher natürlich genau überprüft«, sagte Maier.

»Und wenn es einfach nur irgendwer gefunden hat? Der nichts mit der Sache zu tun hatte?«, wandte Hefele ein.

Kluftinger schüttelte den Kopf. »Ach komm, Roland, warum

sollte einer einem Toten eine Helmkamera klauen, das so schneiden und am Ende noch anonym ins Netz stellen? Wenn jemand die Bergsteiger gefunden hätte, dann hätte der doch sofort die Polizei gerufen.«

»Und die Kollegen haben keinen Computer bei den Schratts gefunden?«

Maier verneinte.

»Und die Buben? Die haben doch bestimmt Handys und so.«

»Laut Schratt gibt es da oben kein Internet. Wir überprüfen das gerade«, erklärte Hefele. »Aber wir haben ja selbst schon festgestellt, wie mies der Empfang ist.«

»Gut, wir müssen auf jeden Fall schauen, wie die Buben in der Hinsicht ausgerüstet sind«, sagte Kluftinger. »Und rauskriegen, wann das Video genau veröffentlicht worden ist.«

Maier meldete sich zu Wort. »Das kann ich dir sagen, das war vor zweieinhalb Stunden.«

»Dann schaut mal, wo die Jungen um diese Zeit waren. Wahrscheinlich ja in der Schule, aber wir müssen es sicher wissen.« Der Kommissar stand auf. »Und ich schau jetzt mal bei den Computerkollegen vorbei.«

»Soll ich mitgehen?«, fragte Maier und klang dabei ein wenig besorgt.

»Nein, Richie, wenn ich was nicht versteh, ruf ich dich an.«

Kluftinger war noch nie in der Abteilung für Cyberkriminalität gewesen, was vor allem daran lag, dass es sie noch gar nicht lange gab. Er hatte aber mitbekommen, dass dafür Informatiker aus der freien Wirtschaft rekrutiert worden waren. Die Büros der Abteilung befanden sich alle im Untergeschoss der Inspektion.

Er klopfte an der Tür und trat ein. In dem Raum war es so dunkel, dass er kaum etwas sehen konnte. Nur ein Dutzend Bildschirme flimmerten und verbreiteten kaltes Licht. Reflexartig drückte er den Lichtschalter, worauf jedoch sofort unwirsche Schreie ertönten.

Kluftinger drückte den Schalter schnell noch einmal.

Da sich weiter nichts tat, rief er in die Dunkelheit: »Kluftinger vom K1. Wer kümmert sich denn um dieses Absturzvideo?«

»Das bin ich«, hörte er eine donnernde Stimme aus einer Ecke des Raums. Er ging in die Richtung, aus der sie kam. Vermutlich gehörte die Stimme einem dieser Computertypen, so einem dicken, bebrillten Mittdreißiger mit ungepflegtem Vollbart. Doch als er bei dem Rechner ankam, an dem der Mann saß, war er überrascht: Es war ein sportlicher Typ mit breiten Schultern und gewaltigen Muskeln. So sah heutzutage also ein Hacker aus?

Der Mann streckte ihm seine Pranke zur Begrüßung hin und sagte: »Daniel Neumann.«

»Haben Sie was rausgefunden wegen dem Video?«

Neumann seufzte und deutete auf einen Schreibtischstuhl neben seinem. »Ich sag immer: Das Internet ist ein weites Feld.«

»Das könnt von mir sein«, stimmte Kluftinger ihm zu.

»Also, jetzt erst mal die gute Nachricht: Wir haben eine IP-Adresse.«

Kluftinger verzog keine Miene.

»Sie wissen, was eine IP-Adresse ist?«

»Jetzt nicht im Detail.«

»Also, das ist sozusagen der Name des Computers, von dem das Video hochgeladen wurde. Ging ziemlich schnell diesmal, wir müssen dafür ja jedes Mal bei Google anfragen. Aber immer noch besser, als wenn jemand über das Tor-Netzwerk seine Identität verschleiert hätte. Dann sähe es nämlich zappenduster für uns aus.«

»Ja, das wär natürlich blöd, so ein Tordings.«

»Allerdings. Das kann jetzt natürlich zweierlei bedeuten: Entweder war dem gesuchten Jemand seine Anonymität nicht so wichtig, oder er kennt sich einfach nicht gut genug mit der Materie aus, um seine Spuren zu verwischen.«

Kluftinger versuchte, den Ausführungen des Mannes so gut wie möglich zu folgen.

»Ich tippe jetzt einfach mal auf Letzteres. Das ist Ihre Chance.« Er griff sich ein Tütchen auf dem Schreibtisch und hielt es dem

Kommissar hin. »Auch was? Geröstete Sojabohnen. Schmeckt so lala, aber hat viel Eiweiß.«

»Nein danke, ich hab heut früh schon ein Ei gehabt. Wird sonst schnell zu viel Cholesterin bei mir.«

Neumann schüttete sich den ganzen Tüteninhalt in den Rachen und fuhr dann mit vollem Mund fort: »Jetzt kommt aber die schlechte Nachricht: Der Computer, von dem der Upload erfolgt ist, steht in einem Internetcafé.«

»Ist doch gut, dass wir das wissen.«

»Ganz so einfach ist das leider nicht.« Er stand auf und rief durch den Raum: »Angi, kommst du mal?«

Ein paar Sekunden später erschien eine langbeinige Blondine neben ihrem Schreibtisch. Das schien eine ausnehmend attraktive Abteilung zu sein, dachte der Kommissar.

»Was gibt's?«

»In welchem Internetcafé war das noch mal mit dem Video?«

»In der Altstadt. Es hat leider keine Überwachungskameras, aber ich geh gleich los, vielleicht finden wir auf dem Computer noch ein paar Hinweise darauf, wer das Ganze benutzt hat.«

»Perfekt. Bis gleich.«

Der Kommissar schaute noch etwas unschlüssig auf den Monitor, dann stand er auf. »Gut, also dann, Herr Neumann.«

»War nett, mal jemand aus der Welt dort oben bei uns zu Gast zu haben. Liegt draußen eigentlich noch Schnee?«

Jetzt war der Kommissar doch irritiert. »Aber es ist doch schon seit Wochen …«

In diesem Moment stimmte Daniel Neumann ein dröhnendes Lachen an. »Mit euch Oberirdischen ist es doch immer das Gleiche. Darauf fallt ihr jedes Mal rein.«

»War eigentlich von euch schon mal jemand da drunten? Bei den Computerheinis, mein ich?«, fragte Kluftinger zurück in seiner Abteilung.

»Ja, ich war da schon, aber ganz ehrlich, die sind doch unmöglich«, wetterte Maier. »Von Menschen, die mit so komplizierten

Algorithmen umgehen können, sollte man sich doch ein bisschen mehr Ernsthaftigkeit erwarten.«

»Aha, du hast den Neumann also auch kennengelernt?«

»Ja, hab ich. Da sieht man mal, was man davon hat, wenn man lauter Externe einstellt.«

»Na ja, von der Sache scheinen sie ja was zu verstehen. So, und jetzt wüsst ich gern, was ihr in der Zwischenzeit rausgefunden habt.«

»Eine ganze Menge«, vermeldete Maier. »Bei der Durchsuchung kamen noch mehrere alte Waffen aus dem Zweiten Weltkrieg und ein paar Jagdflinten ans Tageslicht. Alles illegal natürlich. Von der besagten Schaufel keine Spur auf dem Schratt-Hof. Genauso wenig wie von der Helmkamera. Na ja, und Kollege Hefele konnte verifizieren, dass es bei den Schratts keinen Internetzugang gibt. Die Jungs waren tatsächlich in der Schule, und ein kleiner Besuch bei ihnen von den Kollegen vor Ort hat ergeben, dass sie keinerlei Videos auf ihren Handys haben. Man muss sogar festhalten«, fügte er kopfschüttelnd hinzu, »dass die nicht mal ein Smartphone haben.«

»Spricht ja für die beiden«, entgegnete Kluftinger. »Dann müssen wir den Schratt und den Kagerer wohl erst mal wieder ziehen lassen. Mehr als ein Ermittlungsverfahren wegen der Aktion mit den Gewehren wird fürs Erste nicht drin sein.« Die Kollegen nickten und erhoben sich, der Kommissar aber schob nach: »Eins sag ich euch: Wenigstens die Waffen sehen die nie wieder.«

Ein Huhn, das fraß,
man glaubt es kaum,
ein Blatt von einem Gummibaum.
Dann ging es in den Hühnerstall
und legte einen Gummiball.

Aus dem Gipfelbuch am Wertacher Hörnle

Butzele, das bist du der Annegret schuldig. Du hast doch die Sache selber vorgeschlagen.«

Statt eines gemütlichen Abends, der nach diesem Tag mehr als nötig gewesen wäre, warteten auf Kluftinger daheim zwei Frauen mit einem fertigen Schlachtplan: Stufe zwei der »Aktion Eifersucht«, wie sie es nannten, sollte gezündet werden, denn Martin Langhammer sei ausgegangen, sicherlich »mit seinem neuen Flittchen«.

Kluftinger sparte sich die Nachfrage, wer denn das alte sei, und konzentrierte seine Kräfte stattdessen darauf, aus der Sache rauszukommen. »Aber schaut's, wenn ihr nicht mal wisst, wo er ist, dann können wir eh nix machen. Sollen wir vielleicht alle Lokale im Allgäu abklappern und schauen, ob wir ihn finden? Und wer weiß, vielleicht ist er ja bei ihr daheim!«

Annegret sah ihn mit großen Augen an, Sekunden später entglitten ihr die Gesichtszüge, und sie begann zu schluchzen.

Sofort nahm Erika sie in den Arm. »Was redest du denn da?«, zischte sie böse.

Sie schwiegen eine Weile, und er hörte sich tapfer das Gejammer der Frau an. Dann versuchte er es erneut. »Frau Langhammer …«

»Ich dachte, ihr seid per du?«, unterbrach ihn Erika. »Das müsst ihr schon durchhalten, sonst fliegt die Sache auf.«

»Ach ja, stimmt. Also jedenfalls, solange *die Sache* läuft.«

»Vielleicht hätte ein Spitzname sogar noch mehr Effekt«, schlug Erika vor.

Annegret wischte sich mit einem Taschentuch die letzten Tränen ab. »Die meisten Spitznamen, die Martin mir so gibt, sind leider nicht ganz jugendfrei.«

»Um Gottes willen, nein, dann bloß nicht …«, entfuhr es dem Kommissar mit geröteten Wangen. »Dann nehmen wir halt einfach Gretel, oder?«

Frau Langhammer nickte. »So hat seit meiner Kindheit niemand mehr gesagt, aber wenn Sie meinen, also, wenn du meinst, okay. Und wie darf ich dich dann nennen?«

Kluftinger überlegte eine Weile, dann sagte er grinsend: »Meine Spitznamen sind alle jugendfrei. Aber ich weiß nicht, ob Vatter, Grantler, sturer Hund und Muhackl so gut passen …«

Erika stieß ihm in die Rippen. »Depp!«

»Ah, den hab ich vergessen.«

»Also, damit eins klar ist, *Butzele* darf nur ich ihn nennen, Annegret, ja?«, sagte Erika, und Kluftinger erkannte nicht einen Funken Ironie in ihren Worten.

»Nenn mich halt Bertele, so sagt der Korbinian, warum also nicht auch Sie. Ich mein … du.«

Erika nickte und kam zum eigentlichen Thema zurück: »Gut, nachdem wir das geklärt hätten: Wie finden wir jetzt den Martin?«

»Für eine Handyortung fehlt leider die Rechtsgrundlage«, scherzte der Kommissar.

»Wie meinst du das?«

»Ich mein gar nix. Wir würden ihn im Dienst einfach orten lassen, dann wüssten wir in einer Viertelstunde, wo er sich aufhält. Das geht aber nur zur Gefahrenabwehr oder mit richterlichem Beschluss, etwa wenn eine Telefonüberwachung durchgeführt werden muss. So krieg ich den Sendemast, in dem sein Handy eingeloggt ist. Also, vorausgesetzt, er hat es an.«

»Das wär ja phantastisch, Herr … also Bertel!«

Kluftinger schüttelte vehement den Kopf. »Nein, das habt ihr jetzt falsch verstanden. Das geht ja nur in einem Kriminalfall, bei einem ganz massiven Anfangsverdacht oder bei unmittelbarer Gefahr.«

»Wir haben doch einen Verdacht. Und es besteht die Gefahr, dass Annegrets Mann sich von ihr trennt.«

»Ich käme da in Teufels Küche«, wand sich der Kommissar. »Im Leben mach ich das nicht, und damit basta.«

Zwanzig Minuten später wartete er zusammen mit den Frauen auf einen Rückruf der Kollegen vom Cybercrime, die ihn über das Ergebnis der Handyortung informieren sollten. Dabei wurde er nicht müde, darüber zu lamentieren, was ihm wegen dieses Dienstvergehens passieren könne.

Da vibrierte sein Handy. Interessiert beobachteten die Frauen jede Regung des Kommissars während des Gesprächs. Dann legte er auf, erhob sich, holte die Tageszeitung und breitete sie auf dem Esstisch aus. »Er ist im Kino«, beantwortete er endlich ihre fragenden Blicke.

»Und in welchem Film?«, wollte Erika wissen.

»So genau kann man das auch wieder nicht orten. Mal überlegen.« Er deutete auf die Seite mit dem Programm. »Zeichentrick wird's eher nicht sein, nehm ich an?«

»Nein, natürlich nicht. Und Martin mag auch keine Fantasy-Sachen«, erklärte Annegret.

»Ja, das merkt man immer wieder, dass der nicht besonders viel Phantasie hat. *Die glorreichen Sieben* kann ich mir auch nicht vorstellen. Aber vielleicht das: Im Programmkino läuft *Doktor*

Mabuse, tät doch passen«, gluckste der Kommissar, was ihm einen Ellbogenrempler seiner Frau einbrachte.

Da weiteten sich Annegrets Augen: »Oje, ich glaube, wir haben es! Sie wiederholen *Fifty Shades of Grey.* Wir haben uns gegenseitig die Bücher vorgelesen im Bett und waren beide ganz angetan. Und hatten uns versprochen, dass wir die Filme gemeinsam im Kino anschauen würden. Und nun? Dieser Schuft!«

»Dann nix wie hin, der Film geht in einer guten Dreiviertelstunde los«, mahnte Erika.

»Viel Glück«, sagte Kluftinger und schnappte sich die Fernbedienung.

»Viel Glück?«, entgegnete seine Frau entgeistert. »Wenn Phase zwei vom Projekt Eifersucht zünden soll, dann brauchen wir dich.«

»Aber so Literaturverfilmungen sind eigentlich gar nicht meins.«

Kluftinger lenkte seinen Wagen direkt in die winzige Tiefgarage unter dem Kino, wo er von Frau Waibel bereits aufgeregt erwartet wurde. Er hatte die Kinobesitzerin vom Auto aus angerufen, nebulös etwas von einer heiklen Geheimsache geredet, für die ein unbemerkter Zugang zum Kinokomplex nötig sei – unter anderem, weil er ahnte, wie schwierig es sein würde, noch rechtzeitig einen Parkplatz zu bekommen.

»Fahren Sie in meine Lücke«, rief die dicke Frau ins Wageninnere, »ich hab mein Auto extra umparken lassen.«

Kluftinger reckte lächelnd einen Daumen nach oben.

Als sie ausstiegen, warf Frau Waibel einen verwunderten Blick auf die beiden Frauen.

»Meine Kolleginnen«, kam Kluftinger ihrer Frage zuvor. »Sie werden mich heute bei meiner Mission unterstützen.«

Annegret und Erika sahen sich fragend an.

»Sie sind auch Kriminalbeamte? Freut mich, Waibel.«

»Wir müssten möglichst schnell und unbemerkt zum Kino vier. Da sitzt möglicherweise schon unsere Zielperson.«

»Ja, kommen Sie, wir wollen keine Zeit verlieren, ich bring Sie übers hintere Treppenhaus rein«, sagte Frau Waibel und lotste sie in einen engen Gang. »Kino vier, sagen Sie? *Shades of Grey?*«

»Genau. Das mit dem Buchdings.«

»Gibt es auch eine Befreiungsaktion oder so?«

»In dem Film?«, fragte Kluftinger.

»Nein, bei Ihrer Kommandosache heut. Im Film geht es ja mehr ums Gegenteil. Der ist ziemlich fesselnd.« Sie zwinkerte ihm zu.

Wenigstens schien es sich um einen spannenden Streifen zu handeln, dachte Kluftinger. »Nein, wir müssen bloß jemanden observieren, die Kolleginnen und ich.«

Frau Waibel schaute enttäuscht drein.

»Aber natürlich alles streng geheim und ganz brisant«, schob er nach, was die Frau mit einem wohlwollenden Kopfnicken quittierte.

»Die scheint ja ein richtiger Fan von dir zu sein!«, flüsterte Erika ihrem Mann zu.

»Wer nicht, Kollegin Erika, wer nicht?«, antwortete er grinsend.

Vom Vorführraum aus blickten sie wenig später über den noch erleuchteten Kinosaal. »Kolleginnen, scannen Sie den Raum auf Zielpersonen ab«, kommandierte Kluftinger. Er gefiel sich in seiner Rolle als Oberbefehlshaber seiner kleinen Spezialtruppe, und noch mehr gefiel er anscheinend Frau Waibel, die ihm schmachtende Blicke zuwarf.

Tatsächlich saß Langhammer zusammen mit einer Frau auf einem der Doppelsitze im hinteren Drittel des Kinos. Er hatte den Arm um sie gelegt, sie schmiegte ihren Kopf an seine Schulter.

»Unglaublich, die füttern sich mit Popcorn«, entfuhr es Erika. »Dieser Fiesling!«

»Wie meinen, Kollegin?«

Erika zuckte zusammen. »Ich meine, da befinden sich Zielperson A und B.«

Annegret schluchzte vernehmlich.

»Geht's Ihrer Kollegin nicht gut?«, fragte Frau Waibel besorgt, zog ein Taschentuch heraus und reichte es Frau Langhammer. Kluftinger nahm die Kinobesitzerin beiseite und flüsterte: »Die Kollegin Annegret ist topfit. Das gehört zu ihrer Tarnung.«

»Aha. Die beiden schauen aus wie ganz normale Hausfrauen.«

»Da sehen Sie mal!«, sagte er mit bedeutungsvoller Miene. »Aber jetzt muss ich auf Ihre absolute Diskretion vertrauen. Kein Wort zu niemandem, sonst …«

»Herr Kommissar, ich kann schweigen wie ein Grab, das wissen Sie! Selbst wenn man mich fesselt, foltert und auspeitscht, würde ich immer dichthalten. Wenn Sie mir allerdings zu nahe kämen, könnte ich für nichts mehr garantieren.« Den letzten Satz hauchte sie ihm ins Ohr.

Kluftinger lief ein Schauer über den Rücken. »So«, rief er und klatschte in die Hände, »höchste Zeit, dass es losgeht. Kollegin Erika, du überwachst das Geschehen von hier hinten.«

»Wird schon wieder«, sagte Erika zu ihrer Freundin.

»Wird schon wieder, genau, das ist unser Zeichen zum Beginn der Aktion. Kollegin Annegret, wir gehen nach unten.«

Dann wandte er sich der Kinobesitzerin zu. »Sagen Sie, Frau Waibel, wir müssten vor dem Schluss schon raus. Sie kennen bestimmt die Handlung: An welcher Stelle können wir uns denn davonschleichen?«

Frau Waibel überlegte, dann sagte sie nebulös: »Wo die Kabelbinder zum zweiten Mal vorkommen, ist es wahrscheinlich noch zu bald. Und wenn das mit den Fuchsschwänzen ist, sind nur noch ein paar Minuten. Aber die Szene, wo der rote Kälberstrick und die Pfauenfeder ihren Einsatz haben, da würd's vielleicht passen.«

Kabelbinder, Fuchsschwänze und Pfauenfedern? Der Kommissar war irritiert. Spielte der Film in einem Baumarkt? Einem Zoo?

Er tätschelte Erika kaum merklich die Hand zum Abschied, die ihm daraufhin aufmunternd zunickte, dann ließen er und Annegret sich von der vor Eifer bebenden Frau Waibel zum Kinosaal leiten, allerdings nicht, ohne sich vorher von ihr noch mit einem

Getränk und einer großen Tüte Popcorn ausstatten zu lassen. Das sei die allerbeste Tarnung, hatte sie geraunt.

Dann standen sie vor der Tür mit einer aufgemalten »4«.

»Auf keinen Fall zu ihm hinschauen, er muss uns zwar sehen, soll aber glauben, wir seien rein zufällig hier«, flüsterte Kluftinger noch, dann nahm er zaghaft Annegrets Hand und betrat den Saal.

»Leg den Arm um meine Schulter!«, befahl sie.

Er tat, wie ihm geheißen, tuschelte fröhlich mit seiner Begleiterin und war froh, als sie endlich saßen. Sofort zog er seine Hand zurück und wollte den Trinkbecher in dem dafür vorgesehenen Halter der Mittelarmlehne verstauen, als Annegret ebendiese Armlehne hochklappte, zu ihm herüberrutschte und ihren Körper eng an den seinen schmiegte. Seinen erstaunten Blick kommentierte sie nur mit: »Love-Seat. Nehmen der Martin und ich auch immer.«

»Soso. Die scheinen hier ja besonders beliebt.« Er dachte an sein erstes Zusammentreffen mit Frau Waibel.

»Oder muss ich sagen: nahmen wir?« Er ahnte, dass sie gleich wieder zu weinen beginnen würde.

»Ach Schmarrn, das … wird schon. Sie müssen sich jetzt zusammenreißen. Du, mein ich. Sonst wird das nix.«

»Du hast recht. Geht auch schon wieder. Streich mir durchs Haar.«

»Bitte, was?«

»Stufe zwei!«

Kluftinger fuhr mit gespreizten Fingern durch Annegrets Frisur, als sei er Frisörlehrling. Dann beschloss er, eine Weile einfach nur dazusitzen. Schließlich war das für ihn die realistischste Variante, und das Ganze durfte ja nicht übertrieben oder aufgesetzt wirken. Seine Begleiterin jedoch schien das anders zu sehen. Sie hielt ihm Popcorn hin. »Nein danke.«

»Du sollst es essen.«

»Ich nehm mir dann schon selbst was, wenn …«

»Aus meiner Hand.«

Kluftinger war froh, dass es dunkel war, denn seine Wangen

fühlten sich plötzlich sehr heiß an. Er versuchte, die Süßigkeit ohne Kontakt mit ihren Fingern in den Mund zu bekommen. Als er dies endlich geschafft hatte, sagte Annegret: »Jetzt du bei mir.«

Er seufzte, zuckte die Achseln, griff tief in die Tüte und stopfte ihr eine halbe Handvoll in den Mund, woraufhin sie in ein ersticktes Husten ausbrach. »Nicht so viel auf einmal«, presste sie hervor. »Eher so.« Sie umspielte mit einem einzelnen Popcorn seine Lippen, zog es wieder weg, er schnappte danach, und sie warf ihm das weiße Kügelchen in den Rachen, worauf nun er einen Hustenanfall bekam, der so heftig war, dass sich Leute nach ihm umdrehten. Annegret tätschelte ihm den Rücken und hielt ihm den Strohhalm der Cola hin, an dem sie selbst gerade noch genuckelt hatte. Kluftinger schüttelte vehement den Kopf. Niemals würde er sich mit jemand anderem den Strohhalm teilen.

Ein paar Minuten hatte er Ruhe, dann spürte er, wie sich Annegret gegen seine Schulter lehnte, worauf er etwas nach links auswich, was sie wiederum veranlasste, noch weiter in seine Richtung zu rutschen. Irgendwann lag er beinahe auf dem anderen Sitz. Als sie noch einmal nachrückte, entglitt ihm die Popcorntüte, worauf sich ein Teil des Inhalts über seine Hose verteilte. »Himmelzefixsauerei!«, entfuhr es ihm, und er stand so abrupt auf, dass Annegret das Gleichgewicht verlor und umkippte. Mit angestrengtem Lächeln setzte sie sich wieder auf und richtete sich notdürftig die Haare.

Kluftinger war heilfroh, als endlich das Licht herunterfuhr und die Werbung losging. Anders als zu Hause beim Fernsehen, wo er die Reklamepausen hasste und sie mit allerlei nützlichen Verrichtungen wie Toilettengang, dem Holen von Knabbereien, Getränken oder Holz für den Kachelofen überbrückte, freute er sich jetzt darauf. Er staunte allerdings nicht schlecht, dass in den vielen Jahren, in denen er kein Kino von innen gesehen hatte, die Beiträge der regionalen Unternehmen nicht wirklich besser geworden waren. Noch immer handelte es sich um kleine, wackelig gedrehte Filmchen mit angestaubten Werbesprüchen wie »Bei Müller macht das Kaufen noch mehr Spaß, wir sind jetzt in der Kronenstraß'!«.

Annegret nestelte noch mechanisch an seiner spärlichen Haarpracht herum, als ihn ein gezischtes »Herr Kommissar!« zusammenfahren ließ. Er blickte sich suchend um, konnte aber nirgends jemanden entdecken. Doch auch Frau Langhammer schien die Stimme gehört zu haben. Auf einmal zupfte etwas an seinem Hosenbein und strich dann seine Wade entlang. Erschrocken senkte er den Blick und schaute ins Vollmondgesicht von Frau Waibel.

»Kreuzhimmel, haben Sie mich vielleicht erschreckt!«

Die Frau hatte sich heimlich angerobbt und kauerte nun wie ein Bernhardiner zwischen den Stuhlreihen. »Ich wollte nur fragen, ob es besser wäre, die Notbeleuchtung beim Film anzulassen. Ich kann das schon mal ausnahmsweise machen, wenn Sie's brauchen, wär dann so wie jetzt bei der Werbung«, bot die Kinobesitzerin flüsternd an, doch Kluftinger lehnte dankend ab. »Tolle Socken, Herr Kommissar, ist das Wolle?«

»Selber gestrickt, von Erik–... meiner Frau«, erwiderte er und glaubte einen enttäuschten Ausdruck im Gesicht von Frau Waibel zu erkennen. Sie setzte sich rückwärtsrobbend wieder in Bewegung und zog dabei den Kopf ein wie eine Riesenschildkröte.

Dann wurde das Licht endgültig gelöscht. Wenigstens hätte er jetzt für die nächsten eineinhalb Stunden Ruhe, dachte Kluftinger erleichtert. Er wunderte sich ein wenig, dass der kommende Film von einer Kondomfirma präsentiert wurde, die anregende Unterhaltung und phantasievolle Stunden danach wünschte, wobei darauf hingewiesen wurde, dass nach der Vorstellung eine Gratispackung des Premiumprodukts mit Noppen verteilt werde. Vielleicht war er doch schon zu lange in keinem Kino mehr gewesen, denn außer ihm schien sich niemand darüber zu wundern.

»Mir wär eine Packung Gummibärle lieber gewesen«, sagte Kluftinger mit einem Lächeln in Annegrets Richtung.

»Hätte aber nicht so gut zum Film gepasst«, hauchte die, da setzte donnernd Musik ein, und der Film startete.

Es ging ziemlich langweilig los: Eine Studentin interviewte einen reichen Typen, der ständig mit irgendeinem anderen, hochglanzpolierten Audi-Modell durch die Gegend kurvte. Also doch eine Liebes-Schmonzette, seufzte der Kommissar innerlich. Die junge Frau im Film hatte einen Nebenjob in einem Eisenwarenladen, der Typ mit dem Audi kam vorbei und kaufte besagten roten Kälberstrick, Klebeband und die Kabelbinder, von denen Frau Waibel gefaselt hatte. Langweiliger ging es nun wirklich nicht, von fesselnder Unterhaltung konnte keine Rede sein.

Irgendwann küsste der Mann namens Grey die Studentin, die jetzt seine Freundin war, im Fahrstuhl, worauf Annegret ihn anstupste und ihm ins Ohr flüsterte: »Haben wir auch schon mal, im Aufzug, der Martin und ich. Ihr?«

»Was, wir?«

»Na, habt ihr schon mal im Lift …«

»Nein!«, entfuhr es dem Kommissar ein wenig zu laut, worauf aus mehreren Ecken des Saals ein »Pscht« ertönte. »Aber … also, ich war schon mal in einem Aufzug gefangen. Fast eine Viertelstunde«, schob er leise nach.

»Martin mag es, wenn wir erwischt werden können. Ich sag nur: Möbelhaus!«

Kluftinger beschloss für sich, Möbel in Zukunft ausnahmslos im Internet zu bestellen, und tat so, als konzentriere er sich auf den Film. Auch dort wurden die Szenen zwischen den Schauspielern immer anzüglicher, und es kam zu einer Sexszene, die zum Glück in einem ziemlich dunklen Raum stattfand. Nun fielen ständig Wörter wie »Sexsklavin« und »Sadist«, die Handlung drehte sich immer öfter um irgendwelche Klemmen und Stöpsel – allerdings nicht für Wasserinstallationen. Jetzt war ihm auch klar, warum keine Gummibärchen nach dem Film verteilt wurden. Kluftinger versank vor Scham fast im Boden, während Annegret die Handlung zu packen schien. Immer wieder legte sie ihm ihre Hand aufs Knie, obwohl ihr Mann das in der Dunkelheit nie und nimmer sehen konnte. Kluftinger hingegen schaute nur noch mit einem Auge hin, als der Mann die Frau wieder in seine skurrile Hobbywerkstatt führte. Ihm war klar, dass es Jahre dauern würde, bis er wieder unbefangen einen Baumarkt betreten könnte. Die Darsteller begannen sich jetzt auch noch zu hauen, und der Kommissar fieberte der Stelle mit der Pfauenfeder entgegen, an der sie sich rausschleichen konnten. Als es endlich so weit war und der Typ, allem Anschein nach Besitzer eines Audi-Autohauses, seinen roten Kälberstrick und die Feder holte, damit auf seine Freundin zuging und begann, sie festzubinden, sprang Kluftinger förmlich auf. »Los geht's, es ist so weit!«, zischte er und verließ ohne einen weiteren Blick zur Leinwand den Kinosaal.

Er atmete tief durch, als sich die Tür hinter Annegret Langhammer schloss und sie im hell erleuchteten Korridor standen. Er wollte nicht wissen, was die beiden im Film mit dem angekündigten Fuchsschwanz alles angefangen hätten. »So, dann schauen wir mal fix zur Erika rauf, nicht, dass uns Ihr Mann noch folgt«, trieb er zur Eile an und machte sich auf den Weg zum Vorführraum.

»Und, Erika, sind sie noch drin?«, wollte er sofort wissen, nachdem sie das kleine Kabuff betreten hatten. Doch seine Frau drehte sich nicht um, sondern starrte weiter durch das kleine Sichtfenster. In einer Ecke fläzte ein junger Mann auf einem Bürostuhl und tippte gelangweilt auf seinem Handy herum.

»Nein, Martin ist kurz nach euch hektisch aufgestanden und hat sich samt seiner Begleitung durch die Reihe gequetscht. Insofern scheint es ja funktioniert zu haben. Können wir dann?«, sagte sie schließlich kühl.

»Mein Gott, Erika, dein Mann hat so toll mitgespielt«, freute sich Annegret.

»Hab ich von hier oben gesehen, was ihr alles *gespielt* habt. Ich hab jedenfalls ein bissle Kopfweh, ich wär dankbar, wenn wir heimfahren könnten.«

»Bist du krank?« Der Kommissar ging auf seine Frau zu und fasste sie an der Schulter, doch sie entzog sich und ging zur Tür, die sich in diesem Moment öffnete.

»Ihre Zielperson hat soeben das Gebäude relativ hektisch über den Haupteingang verlassen«, meldete Frau Waibel.

»Ah, danke«, sagte Kluftinger. »Toll, dass Sie so aufmerksam sind.«

»Ja? Wie liebenswürdig, ich habe zu danken«, antwortete die

Frau und lachte verlegen, wobei ihr ganzer Oberkörper in eine seltsame Wellenbewegung versetzt wurde. »Also, wenn Sie mal Hilfe brauchen, V-Leute oder so, ich würd das jederzeit machen.«

»Mal sehen, aber Sie wissen ja …«

»… zu niemand ein Wort, versprochen!« Die Kinobesitzerin zwinkerte ihm verschwörerisch zu, worauf Erika grußlos aus dem Raum stürmte.

»Toll, oder? Es hat funktioniert, er wird uns jetzt sicher in Cafés und Kneipen suchen!«, flötete Annegret beschwingt, als sie wieder im Auto saßen.

Doch Erika antwortete verschnupft: »Ja, das ist schön für dich.«

»Jetzt Schätzle, wieso bist du denn so grantig? Hätt doch nicht besser laufen können.« Kluftinger war euphorisch, weil der schreckliche Abend sich nun dem Ende zuneigte.

»Wisst ihr was«, sagte da die Frau des Doktors, »ich komm am besten noch mit zu euch und geh dann erst später zu uns rüber, dann denkt er, wir waren noch lange aus.«

Es wurde tatsächlich ein ziemlich langer Abend im kluftingerschen Wohnzimmer. Erika sprach wenig und verwies immer wieder auf ihre Kopfschmerzen, Annegret Langhammer blätterte in einer Illustrierten und schaute sich schließlich zusammen mit dem Kommissar in irgendeinem dritten Programm die heute Abend verpasste Folge von *Feuer der Leidenschaft* an. Es war schon nach Mitternacht, als ihr Gast beschloss aufzubrechen, und wie er es in den letzten Tagen gelernt hatte, bot Kluftinger natürlich an, sie nach Hause zu bringen. Die beiden Freundinnen verabschiedeten sich kühl voneinander. Er würde nachher noch einmal mit seiner Frau reden und alles wieder ins Lot bringen. Eine Idee, wie er das am besten anstellen würde, hatte er bereits.

Bei Langhammers brannte noch Licht, und als Kluftinger Annegret aus dem Wagen half, zeichnete sich für einen Moment der Schatten des Doktors hinter dem Windfangfenster ab. So viel stand fest: Der Fisch hatte angebissen, ihr Plan hatte funktioniert. Beschwingt fuhr Kluftinger nach Hause, parkte den Wagen, ging noch schnell im Keller vorbei, um etwas zu holen, und schlich auf Zehenspitzen ins Wohnzimmer. Doch Erika war bereits schlafen gegangen. Umso besser für seinen Plan. Er putzte sich die Zähne, zog sich seinen Schlafanzug an und öffnete leise die Schlafzimmertür. Er hatte gedacht, dass seine Frau noch lesen würde, aber es war stockdunkel. Na ja, musste er sie eben wecken. Das, was er vorhatte, würde sie sicher dafür entschädigen.

Er schlug die Decke zurück, legte sich auf seine Bettseite und ließ lasziv grinsend das Tütchen mit den Kabelbindern zusammen mit dem Staubwedel aus echten Straußenfedern – ein Mitbringsel seines Schwiegervaters aus Südafrika – über Erikas Kopf baumeln. Er konnte den Reiz dieser Spielart körperlicher Zuneigung zwar beim besten Willen nicht erkennen, aber wenn Frauen allem Anschein nach so etwas für gut befanden – bitte, an ihm sollte es nicht liegen!

»Schätzle, dein Butzele ist zurück!«, säuselte er. »Und schau mal, was es dir mitgebracht hat!«

Er hatte noch immer nicht verstanden, was er falsch gemacht hatte. Kopfschüttelnd legte er die Bettdecke, die seine Frau ihm nachgeschmissen hatte, als sie ihn aus dem Schlafzimmer geworfen hatte, aufs Sofa. Das war also das Ergebnis, wenn man es jedem recht zu machen versuchte. »Everybody's Darling is everybody's Depp«, zitierte er seinen Lieblingsspruch eines ehemaligen bayerischen Ministerpräsidenten, dann ließ er sich ächzend auf seinem unbequemen Nachtlager nieder.

Berges Schönheit wiederspiegeln kann
die beste Sprache nicht
Berge sie muss man erleben mit der
Seele tief und schlicht
Wenn in allen Farben spiegeln Gipfel jede
Wand, dann muss man sich ergriffen
fühlen: "Berge schuf die Gottes Hand"

Aus dem Gipfelbuch am Wertacher Hörnle

Seit sie gestern Max Schratt und Hans Kagerer hatten gehen lassen müssen, hatte er das Gefühl, dass damit auch die Ermittlungen auf der Stelle traten. Es gab keinerlei Ansatzpunkt mehr, der ein Vorankommen in der Sache versprach, keine Spur, die sie wiederaufnehmen konnten. Immerhin hatten sie einen kleinen Erfolg zu vermelden, der darin bestand, dass sie eine regelrechte Waffenkammer ausgehoben hatten, was wiederum die Frage aufwarf, wofür die Bergbauern sich derart aufgerüstet hatten. Denn eigentlich hatten sie da oben nichts zu befürchten: Zu holen gab es nichts, und niemand schien freiwillig einen Fuß auf ihre Schwelle zu setzen. Gab es etwas anderes, wovor sie Angst haben mussten?

Wie auch immer: Die Familienfehde, die seit Jahrzehnten das Leben dieser Bergbewohner vergiftete, ließ Kluftinger nicht mehr los. Zu tief war er in die Geschichte der Bergbauernfamilien eingestiegen, als dass er sie jetzt einfach so hätte abhaken können. Er konnte sich nicht erinnern, schon einmal mit dermaßen tiefsitzendem, über die Jahrzehnte gewachsenem Hass konfrontiert gewesen zu sein. Und er wollte sich nicht damit abfinden, dass sich zu den vielen mysteriösen, ungeklärten Todesfällen, die diese Familien heimgesucht hatten, nun noch zwei weitere gesellten. All diese Gedanken gingen ihm durch den Kopf, als er in seiner Mittagspause ziellos durch die Kemptener Innenstadt spazierte. Die anderen waren in ein neu eröffnetes Burgerlokal gegangen. Ihn konnte man mit diesem Zeug jagen. Außerdem war die Börse heute schon wieder auf Talfahrt, weshalb er sich das Geld für ein richtiges Essen lieber sparte und sich mit einer Breze und einem Nusshörnle begnügte.

Er schlenderte durch den Park hinter der Basilika, da fiel sein Blick auf ein Schild an einem langgezogenen barocken Gebäude: *Alpin-Museum*. Er wusste, dass dort seit einigen Jahren eine Sammlung über die Geschichte des Bergsteigens beheimatet war, auch wenn er sie nie besucht hatte. Nun aber erinnerte er sich daran, dass Franz Kagerer ihm gesagt hatte, die Ausrüstung seines Onkels Peter sei dorthin verkauft worden. Einer spontanen Eingebung folgend, öffnete er kurzerhand das massive Portal und betrat das Museum.

Er wollte sich einfach umsehen und keinen großen Wirbel machen, daher beschloss er, seinen Dienstausweis steckenzulassen, und löste stattdessen ein Ticket an der Kasse. Bei der älteren Frau hinter dem Tresen erkundigte er sich, wo sich die Hinterlassenschaften von Peter Kagerer befänden.

»Wie soll der heißen? Kagerer? Nein, also den Namen hab ich noch nie gehört. Aber schauen Sie doch mal in den zweiten Stock, da haben wir ein paar Sachen vom Anderl Heckmair.« Sie sagte das mit erkennbarem Stolz, und Kluftinger konnte es ihr nicht verdenken. Anderl Heckmair war nicht nur in seiner Heimat eine Legende. Der größte Bergsteiger, den das Allgäu je hervorgebracht hatte. Und untrennbar mit der Alpinismus-Geschichte verbunden. Er hatte einige spektakuläre Touren unternommen und war zu Weltruhm gelangt, als ihm 1938 unter anderem mit Heinrich Harrer die Erstbesteigung der Eiger-Nordwand gelang. Nach wie vor trug ihre Route seinen Namen.

Doch das war es nicht, was Kluftinger heute interessierte. Er bedankte sich für den Hinweis und begab sich selbst auf Spurensuche, auch wenn er nicht genau wusste, was er eigentlich zu finden hoffte.

In den Ausstellungshallen war erwartungsgemäß wenig los, nur ein grauhaariger Mann trieb sich außer ihm noch hier herum; seltsamerweise mit Nordic-Walking-Stöcken.

Da der Kommissar kein konkretes Ziel hatte, ließ er sich treiben, las hier etwas über die Besiedlung des Alpenraums, dort über die Ursprünge des Skitourismus und wunderte sich über die Bretter, mit denen man damals die Hänge hinunterzitterte.

Dann erreichte er einen Schaukasten, in dem einige Ausrüstungsgegenstände ausgebreitet waren: ein zerschlissenes Hemd, ein Seil, klobige Bergstiefel, ein verrostetes Steigeisen. Doch das war es nicht allein, was die Aufmerksamkeit des Kommissars erregte. Ein Schild an dem Schaukasten trug die Aufschrift: »Bergausrüstung aus dem Jahr 1936. Teilweise benutzt bei einem Unfall in den Allgäuer Alpen.«

Er beugte sich über den Glaskasten und sah sich die Sachen genauer an. Vor allem das Seil interessierte ihn. Es schien abgerissen oder durchgeschnitten zu sein. Es war ein Hanfseil, wie es zu dieser Zeit üblich gewesen war. Allerdings wies es eine Besonderheit auf: Ein blauer Faden war eingeflochten. Kluftinger wusste sofort, wo er das schon einmal gesehen hatte: bei seinem ersten Besuch bei den Kagerers. Und Franz Kagerer hatte ihm damals gesagt, dass sein Onkel diese Farbe benutzt hatte – als Einziger, weil er nur seinen Seilen vertraute, deren Herstellung er persönlich überwachte.

Konnte es sich wirklich um das Seil handeln, das beim Absturz 1936 um die Körper der Brüder Goldschläger und von Clemens Schratt geschlungen war?

Kluftinger eilte nach unten an die Kasse. »Entschuldigen Sie, ich hab da oben was gesehen in dem Glaskasten mit der Ausrüstung von 1936.«

Die Frau blickte ihn mit großen Augen an.

»Können Sie mir sagen, von wem die Sachen sind?«

Die Frau lachte auf. »Wenn das dort nicht steht, dann ist es auch nicht wichtig.«

»Für Sie vielleicht nicht, aber für mich!« Er holte seinen Ausweis hervor, was seine Wirkung nicht verfehlte.

»Mein Gott, Polizei? Ich kann Ihnen versprechen, dass wir alles immer ganz genau angeben.«

Der Kommissar hatte keine Ahnung, wovon die Frau redete. »Das mag schon sein, Frau …« Er las ihr Namensschildchen. »Hartmann.«

Sie lief rot an und senkte dann ihre Stimme. »Ich bin gar nicht die Frau Hartmann, aber die Hannelore ist krank. Ich bin für sie eingesprungen und hab mein Namensschild daheim liegenlassen in der Eile. Wer hätte denn ahnen können, dass heut die Polizei kommt, Jessesmaria, ich heiß doch Spingler, Margit Spingler, wenn Sie mir nicht glauben, kann ich Ihnen gern meinen Ausweis zeigen.«

»Nein, schon gut, Frau Spingler. Ich will ja eigentlich nur wissen, woher die Sachen sind, die da in der Vitrine liegen.«

»Aber ich weiß es doch nicht, Herr Kommissar, das könnt ich unter Eid beschwören.«

»Können Sie denn nachschauen?«

»Ja, das könnt ich natürlich machen.« Sie rührte sich nicht vom Fleck.

»Tun Sie das bitte für mich?«

»Ach so, ja, selbstverständlich. Auch wenn ich mich nicht so gut auskenne wie die Hannelore.«

»Aber die ist ja leider krank«, murmelte Kluftinger.

»Genau, aber wir probieren es einfach«, versprach Frau Spingler und ging in ein Nebenzimmer. Kluftinger folgte ihr. Der Raum war bis unter die Decke voll mit Regalen, in denen ein Aktenordner neben dem anderen stand. Die Frau hielt sich ihre Brille, die an einer Kette um ihren Hals baumelte, vor die Augen und las die Beschriftungen, bis sie den Ordner fand, den sie gesucht hatte.

Nach einer Weile sagte sie: »Also, hier steht leider kein Name. Nur *Ankauf aus dem Oytal.* Reicht Ihnen das fürs Erste?«

Kluftinger dachte nach. Zwar war es noch kein Beweis, aber doch ziemlich aussagekräftig. »Können Sie mal mitkommen und mir die Vitrine aufsperren?«

»Aufsperren?« Die Dame wich entsetzt zurück. »Nein, also das geht nicht, es handelt sich um historische Gegenstände, wertvolle Sachen …«

»Das sind alte Klamotten von irgendeinem Bergsteiger, der längst gestorben ist, wahnsinnig wertvoll werden die nicht sein«, sagte Kluftinger, dem langsam der Geduldsfaden riss. »Und jetzt sperren Sie auf, sonst muss ich der Sache mit der falschen Identität doch noch nachgehen.«

Die Frau wirkte genauso eingeschüchtert, wie er es sich erhofft hatte, stellte ein »Komme gleich wieder«-Schild auf den Tresen und schnappte sich einen riesigen Schlüsselbund. »Folgen Sie mir!«

Als sie vor der geöffneten Vitrine standen und Kluftinger die Gegenstände darin untersuchte, schien es Frau Spingler doch nicht mehr ganz wohl zu sein. Unruhig trat sie von einem Fuß auf den anderen und schaute immer wieder zur Tür, ob jemand hereinkäme. Der Kommissar versuchte, das so gut wie möglich zu ignorieren, und nahm den Schuh heraus. Er war klobig, das Leder spröde und hart. Auch wenn er früher sicher etwas weicher gewesen war, dürfte es kein Vergnügen gewesen sein, damit einen Berg zu besteigen. Er drehte ihn um und begutachtete die Sohle.

»Zefix!«, entfuhr es ihm, und Margit Spingler zuckte zusammen.

»Stimmt was nicht?«, fragte sie ängstlich.

»Nein, im Gegenteil«, antwortete der Kommissar und blickte fasziniert auf die Buchstaben, die in die Sohle des Schuhs gebrannt worden waren. *»PK«* stand dort. Er stellte den Schuh zurück und nahm sich das Seil. »Das ist als Beweismittel beschlagnahmt«, erklärte er der verdutzten Frau und steckte es ein. Als er den Raum verließ, blickte er sich noch einmal um und sah, wie Margit Spingler eine Schublade aufzog, ein ganz ähnliches Seil herausholte und es an die Stelle des alten in die Vitrine legte.

»Das kann ich nicht, Klufti, so leid es mir tut.« Willi Renn ließ das Seil prüfend durch seine Finger laufen, hielt die ausgefranste Seite gegen das Licht und schüttelte den Kopf.

»Was soll das heißen?«, fragte Kluftinger entgeistert. »Du bist doch der große Spurenleser. Und kannst mir nicht mal sagen, ob das Seil gerissen ist oder durchgeschnitten wurde?«

»Dein Vertrauen in allen Ehren. Theoretisch könnte ich das auch. Allerdings nicht so schnell. Ich müsste dazu eine Apparatur haben, mit der wir einen Seilriss simulieren können. Dann würde ich die zwei Enden miteinander vergleichen. Da ich aber nicht über eine solche Maschine verfüge, braucht das Zeit. Aber wenn ich mir das alte Ding so anschaue: So eilig wird es kaum sein.«

»Doch, ist es wohl«, protestierte der Kommissar. »Und vielleicht kann ich die ganze Sache beschleunigen.«

Eine halbe Stunde später parkte er seinen Wagen auf dem Vorplatz der Firma Summitz. Er wusste selbst nicht so genau, warum er in dieser Sache so einen Aktionismus entwickelte, aber Untätigkeit hätte er beim momentanen Stillstand in ihrem Fall nur ganz schlecht ertragen. Seinen Kollegen hatte er gesagt, er müsse sich kurz abseilen, was er ein sehr gelungenes Wortspiel fand, auch wenn nur er den Witz verstand.

Der Kommissar hatte die Firma noch nicht richtig betreten, da stürmte schon der Juniorchef auf ihn zu. Er wirkte sehr alarmiert. »Herr Kluftinger, ich wusste gar nichts von Ihrem Besuch!«, rief er ihm schon von weitem entgegen. Dann versicherte er atemlos, dass die Rückrufaktion garantiert in den nächsten Tagen anlaufen werde, dass er nun aber auf Anraten seines Anwalts keine Auskünfte zur Sache mehr geben wolle.

»Schon gut, Herr Schmitz, jetzt beruhigen Sie sich erst mal und atmen tief durch, ich bin gar nicht deswegen hier.«

Der korpulente Mann schien zunächst erleichtert, doch dann verfinsterte sich seine Miene wieder. »Was wollen Sie dann? Wir haben Ihnen doch alles gesagt.«

»Ich bräuchte Ihre Hilfe.«

»Ach, wobei denn?«

»Ich hab hier ein Seil und wollt fragen, ob Sie das mal in Ihre Testmaschine einspannen könnten. Ich wär Ihnen wirklich sehr dankbar, wenn das unkompliziert gehen tät.«

Jetzt strahlte der Mann über das ganze Gesicht. »Sie wären uns dankbar? Ja, also, Herr Kluftinger, warum sagen Sie das nicht gleich? Wenn wir Ihnen helfen können, sind wir natürlich sofort zu Stelle. Alles andere wird stehen- und liegengelassen …«

»Jaja, jetzt übertreiben Sie's nicht gleich, machen Sie es einfach.«

Eilig führte ihn der Mann durch die Verkaufshalle, wobei sie auch an Kluftingers Jacke vorbeikamen. Er warf ihr einen wehmütigen Blick zu. Dank des katastrophalen Aktienmarktes war er nun weiter von ihr entfernt als jemals zuvor.

»Übrigens ist der Herr Wolf auch wieder da«, riss ihn Schmitz aus seinen Gedanken.

»Ja? Ist er wieder gesund?« Er dachte an ihr erstes Zusammentreffen, als Wolf gerade von einer Radtour zurückkam.

»Ja, scheint nichts Ernstes gewesen zu sein. So, da wären wir.«

Sie standen vor dem verglasten Raum mit der Testmaschine. Schmitz winkte einem Mann in weißem Kittel und Schutzbrille, der nun auf sie zukam. Als er die Brille abnahm, erkannte Kluftinger, dass es sich um Matthias Wolf handelte.

»Wollen Sie zu mir?«, fragte der erstaunt.

Schmitz erklärte ihm die Situation, und auch Wolf schien erleichtert, dass der Kommissar die Firma aus einem anderen Grund aufgesucht hatte.

»Geht es Ihnen besser?«, wollte der Kommissar wissen.

»Ja, danke, kommen Sie doch mit rein.«

Sie gingen in den Glaskasten, und ein erleichterter Bernhard Schmitz verabschiedete sich.

»Und sonst so?«

»Sonst?«

»Na ja, Sie haben das letzte Mal geklungen, als wären Sie lieber woanders beschäftigt«, erinnerte ihn der Kommissar.

»Ach, das. Nein, so weit alles gut. Man hat mir, wie soll ich sagen, auf finanzielle Art und Weise zu verstehen gegeben, wie sehr man meine Arbeit schätzt. Da sagt man auch nicht leichtfertig nein.«

Kluftinger nickte. So etwas würde er sich mal von seinem Arbeitgeber wünschen. »Ich vermute, die anstehende Rückrufaktion hat auch dazu beigetragen, oder?«

»Wie meinen Sie das?«

»Na, das hätten die hier sicher nicht gebrauchen können, dass einer die Entwicklungsabteilung verlässt und vielleicht irgendjemandem irgendwas erzählt.«

»Ich hatte nicht vor, Interna auszuplaudern.«

»Schon gut, war ja nur ganz allgemein gesprochen. Ich bin eh nicht deswegen da.«

»Ach ja, Ihr Seil.«

»Ja, mein Seil. Ich bräuchte da zwei Simulationen von Ihnen. Einmal, dass es unter Spannung reißt, und dann, dass es unter Spannung durchgeschnitten wird.«

Wolf sah den Kommissar skeptisch an. »Aber Andi und die anderen Bergsteiger sind doch wegen diesem Bäumchen verunglückt, dachte ich.«

»Also, erstens sind sie nicht verunglückt, sondern umgebracht worden, zweitens geht es gar nicht darum.«

»Da bin ich ja froh.«

Kluftinger zog die Brauen zusammen. »Wieso sind Sie da froh?«

»Na, wenn ich plötzlich für die Beweissicherung in einem Mordfall verantwortlich gewesen wäre, hätte das eine ganz schöne Verantwortung bedeutet.«

»Verstehe.« Der Kommissar hielt ihm das Seil hin, und Wolf spannte es in die Maschine ein. Dann gab er Kluftinger einen Gehörschutz und zog selbst auch einen auf. Anschließend traten sie hinter eine Sicherheitsscheibe, und der Entwicklungsleiter setzte die Maschine in Gang.

»Wie geht's Ihrer Frau?«, fragte Kluftinger, wobei er nun schreien musste, um die Ohrenschützer akustisch zu durchdringen.

»Na ja, passt schon.«

»Den Verlust wird sie nicht so schnell wegstecken, könnte ich mir denken.«

»Nun, das Ganze war natürlich schon ein Schlag, aber andererseits wissen wir ja leider mit schlimmen Verlusten umzugehen.«

»Wie das?«, fragte Kluftinger interessiert nach.

»Hat sie Ihnen denn nichts von der Sache damals erzählt?«

Kluftinger schüttelte den Kopf.

»Oh, dann ... ist vielleicht auch nicht so wichtig.«

Doch nun wollte der Kommissar es genau wissen. »Was meinen Sie denn jetzt?«

Wolf schien nachzudenken, was er ihm erzählen sollte. »Es war eine schlimme Zeit, die wir damals durchgemacht haben. Meine Frau war am Nanga Parbat unterwegs. Dabei wäre sie beinahe gestorben und ...«

»Und?«

»Und unser Kind, mit dem sie schwanger war, hat es nicht überlebt.«

Kluftinger schluckte. Das hatte er nicht erwartet. Nun tat es ihm leid, dass er so in ihn gedrungen war. »Entschuldigung, Herr Wolf, ich hatte ja keine Ahnung.«

»Schon gut, wir sind einigermaßen drüber weg. Nur wollte es danach auch nicht mehr klappen mit einem Kind.«

»Das tut mir leid für Sie. Aber, wenn ich fragen darf: Ihre Frau ist wirklich schwanger auf so eine Expedition gegangen?«

»Sie war ja nicht hochschwanger. Und topfit. Eigentlich sollte sie auch nicht so weit hinauf, aber ... nun, Sie kennen sie ja.«

»Schon, aber das ist ...«

In diesem Augenblick tat es einen lauten Knall, der Kluftinger zusammenfahren ließ. Wolf jedoch blieb ruhig. »Das war Ihr Seil«, sagte er und ging zu der Maschine. »Da sieht man mal, wie wenig das Material damals abkonnte. So, nun machen wir das Gleiche noch einmal mit Durchschneiden.«

Stolz hielt der Kommissar Willi Renn die drei Seilenden hin. »Jetzt kannst du aber was damit anfangen, oder?«

Renn nickte anerkennend. »Reschpekt. Wie hast du das so schnell hingekriegt? Hast es an deinen alten Passat gebunden? Obwohl, dann würd wahrscheinlich die hintere Stoßstange noch dranhängen.«

»Schon gut, Willi, walte du lieber deines Amtes.«

»Welches ist denn das Original von damals?«

Kluftinger schlug sich gegen die Stirn. »Au weh, hätt ich mir das merken müssen?«

»Klufti, wie soll ich denn rausfinden, welche …«

Ein breites Grinsen machte sich auf Kluftingers Gesicht breit. »Das da, Willi. Meinst du, ich hab überhaupt nichts gelernt bei dir?«

Renn ließ sich die Schmeichelei nur zu gern gefallen und legte die Seile nacheinander erst unter seine Lupe, dann unter das Mikroskop, wobei er mal mit der Zunge schnalzte, mal ein »Mhm« hören ließ. Es kostete Kluftinger große Mühe, nicht jedes Mal nachzufragen, was denn los sei. Allerdings zappelte er so aufgeregt herum, dass der Kollege ihn irgendwann anfuhr, er solle sich jetzt sofort an den Schreibtisch setzen, oder er mache auf der Stelle Feierabend.

Kluftinger trollte sich und wartete ab. Nach einer gefühlten Ewigkeit erhob sich Renn endlich, wobei er auch nicht viel größer wirkte als im Sitzen, wie der Kommissar amüsiert feststellte, und kam zu ihm.

»Was wär dir denn lieber?«, fragte Willi und hielt die Seile hoch.

»Wie meinst du das?«

»Als Ergebnis. Lieber zerschnitten oder lieber gerissen?«

Kluftinger dachte über die Frage nach. »Gerissen«, lautete seine Antwort.

»Dann Glückwunsch. Das Seil ist eindeutig nicht durchgeschnitten worden. Vielleicht an einem Stein aufgeschrammt oder so, aber niemals mit einer Klinge bearbeitet.«

Der Kommissar stand auf und griff sich die Seilenden.

»Willst du wissen, woran ich das erkennen kann?«

»Nein, Willi, das Ergebnis reicht mir diesmal vollkommen. Danke. Du weißt gar nicht, was du da heute Gutes getan hast.«

Liebe ist wie wandern, man muß viele Täler durchschreiten, bis man dann das Gipfelglück genießen kann!

Karin

Aus dem Gipfelbuch am Wertacher Hörnle

Beschwingt, weil er das uralte Rätsel des Himmelhorn-Absturzes endlich gelöst hatte, begrüßte Kluftinger seine Frau mit einem dicken Schmatz auf die Wange. Doch sein Stimmungsbarometer sank schnell: Erika verkündete, dass in Kürze das Ehepaar Langhammer zu einem klärenden Gespräch bei ihnen vorbeikommen würde.

»Bei uns?«, fragte er entgeistert.

»Weißt du, Butzele, so was geht viel besser auf neutralem Boden«, erklärte seine Frau.

»Hab gar nicht gewusst, dass wir neuerdings die Schweiz sind«, gab er mürrisch zurück und verzog sich ins Wohnzimmer. Er setzte sich in seinen Sessel und schaltete den Fernseher ein. Einerseits wollte er vor dem drohenden Besuch noch etwas Ablenkung, andererseits hoffte er, dass er sich mit der aktuellen Folge von *Feuer der Leidenschaft* für das Gespräch argumentativ noch etwas besser wappnen könnte. Allerdings erklang nicht wie erwartet der melodiöse Vorspann der Adelsserie. Stattdessen lief eine dieser Fernseh-Gerichtssendungen. Hin und wieder war er bei dieser Sendung hängengeblieben, weil er den Richter noch aus dessen Zeit als Staatsanwalt in Kempten gut kannte – und er es ganz erfrischend fand, im Fernsehen den Allgäuer Zungenschlag zu hören.

Aber warum lief das gerade jetzt? Hatte er den falschen Knopf auf der Fernbedienung gedrückt? Nein, der Kanal stimmte. Auch die Uhrzeit war korrekt. Aber statt dem Grafen Schillingsberg-Zieselheim sah er nun den Fernsehrichter, der gerade das Urteil in einem abstrus klingenden Fall eines Tankwarts verkündete, der von einer Frau zum Sex gezwungen wurde.

»Zefix, was ist denn da wieder los?«, schimpfte Kluftinger und griff sich die Fernsehzeitung. Dort war unter der aktuellen Uhrzeit seine Serie aufgeführt. Wieder blickte er auf den Bildschirm. Nein, das war nicht Gut Halderzell, das war ein billig zusammengezimmerter TV-Gerichtssaal. Was sollte er jetzt tun? Ihm fiel auf die Schnelle nichts anderes ein, als zum Telefon zu greifen und die Nummer seiner Eltern zu wählen.

»Ja, Kluftinger?«, bellte sein Vater schon nach dem ersten Tuten in den Hörer.

»Servus, Vatter, du, ich hab eine Frage ...«

»Du weißt doch, dass wir um diese Zeit nicht gestört werden wollen«, unterbrach ihn Kluftinger senior unwirsch.

»Ja, das weiß ich. Aber die Sendung läuft doch heut gar nicht.«

»Eben. Umso schlimmer!«

Im Hintergrund hörte Kluftinger seine Mutter rufen: »Ist das der Bub? Gib ihn mir mal.« Es rauschte ein wenig im Hörer. »Hier Hedwig Maria Kluftinger.«

»Ich weiß, wer dran ist, Mutter.«

»Bub, wir sind ganz verzweifelt. Die Serie läuft nicht, und wir können nicht rausfinden, warum. Hast du eine Ahnung?«

»Ich? Warum denn ich?«

»Kannst du mal beim Sender anrufen?«

»Beim Sender? Nein, Mutter, das kann ich nicht.«

»Aber wenn du da anrufen tätest, wo du ja von der Polizei bist, dann würden sie bestimmt …«

»Gut Nacht, Mutter.« Er legte auf. Frustriert starrte er auf den Telefonhörer, dann tippte er eine weitere Nummer ein.

Diesmal dauerte es etwas länger, bis jemand abnahm. »Wer stört?«

»Servus, Korbinian, ich bin's.«

»Bertele? Ist dir langweilig?«

»Mir, warum?«

»Vielleicht, weil die Serie nicht läuft?«

»Ach, ist dir das auch aufgefallen?«

»Ja, die kommt auch nimmer.«

Kluftinger schluckte. »Was?«

»Ist abgesetzt worden. Zu wenig Zuschauer.«

»Aber ich kenn viele, die das geschaut haben.«

»Wahrscheinlich niemand aus der werberelevanten Zielgruppe, oder? Haben nur alte Zausel und frustrierte Hausfrauen geguckt.«

Kluftinger schwieg.

»Bist du noch da?«, fragte Korbinian.

»Ja. Was soll ich denn jetzt machen?«

»Gehst halt jeden Tag um die Zeit ein bissle spazieren. Würd dir eh guttun. Dann wirst du fit, und wir können bald wieder zusammen in die Berge.«

Vielleicht gar keine so schlechte Idee, dachte der Kommissar. »Mal schauen«, antwortete er, legte auf und brach zu seinem ersten freiwilligen Spaziergang seit Jahren auf.

Bereits nach ein paar Metern stand für ihn fest: Von nun an würde er täglich eine halbe Stunde mit strammem Laufen zubringen. Er fühlte sich schon fitter und leistungsfähiger und sah sich vor seinem geistigen Auge leichtfüßig die Berghänge erklimmen, während Korbinian abgeschlagen hinterherhechelte.

Plötzlich blieb er stehen, denn ein seltsames Gefühl beschlich ihn. Ein Gefühl, das er kannte. Wie eine heiße Stelle breitete es sich in seinem Nacken aus, was nur eins bedeuten konnte: Er wurde beobachtet. Langsam drehte er sich um, doch kein Mensch außer ihm war unterwegs. Die Straße war leer, nur ein paar Autos parkten am Gehweg. Er schüttelte den Kopf über sich selbst und ging weiter, doch das Gefühl blieb. Wieder drehte er sich um. Das Bild hatte sich verändert. Sein fotografisches Gedächtnis ließ ihn sofort erkennen, dass ein dunkelblauer Kleinwagen, der vorher noch am hinteren Ende der Kreuzung geparkt hatte, nun etwa fünfzig Meter weiter vorn stand. Langsam setzte sich der Kommissar wieder in Bewegung und drehte dabei den Kopf so, dass er im Augenwinkel auch die Straße hinter sich im Blick behielt. Und tatsächlich: Als er losging, fuhr auch das Auto an, allerdings nur in Schrittgeschwindigkeit. Jetzt bekam er es mit der Angst zu tun, und er beschleunigte seinen Schritt, worauf auch der Wagen schneller wurde. Kluftinger bog um die nächste Ecke, lief einen Fußweg entlang, nahm einen Schleichweg zwischen zwei Häusern, der wieder auf die Straße führte, rannte das letzte Stück, so schnell er konnte – und wurde jäh von dem Kleinwagen gestoppt, der ihm den Weg mit quietschenden Reifen abschnitt.

»Jessesmaria«, keuchte der Kommissar und blickte sich hektisch um.

Da öffnete sich die Tür des Autos. Kluftinger rechnete mit dem Schlimmsten – und sah die Glatze des Doktors auftauchen.

»Na, Kluftinger? Warum flüchten Sie vor mir? Wegen Ihres schlechten Gewissens?«

»Ich bin gar nicht geflüchtet. Also, nicht vor Ihnen. Ich hab Ihr Auto nicht erkannt, was ist das überhaupt für eins?«

»Das gehört meiner Frau. Kleiner Mercedes-Flitzer, was für die City, hat gerade mal 280 PS, aber geht wie eine Rakete. Alles drin, was man braucht, Sportsitze, Navi, Spurhalteassistent, Abstandstempomat …«

»So genau wollt ich's gar nicht wissen.«

Jetzt kam der Doktor auf ihn zu. Und auch wenn der Kommissar erleichtert war, dass es nur der Altusrieder Gemeindearzt war, der ihn verfolgt hatte, verhieß dessen Miene nichts Gutes. Etwa zehn Meter vor dem Kommissar blieb er stehen und taxierte ihn.

Wie zwei Duellanten in einem Western standen sie sich im Zwielicht der engen Gasse gegenüber.

»Ich hab Sie gesehen!«, zerriss die Stimme des Doktors schließlich die Stille.

»Ich Sie nicht.«

»Das hab ich gemerkt.«

»Wie gesagt: wegen Ihrem Auto. Ich hab ja nicht gewusst, dass Sie …«

Langhammer unterbrach ihn. »Papperlapapp. Lenken Sie nicht ab. Das hätte ich nie von Ihnen gedacht.«

Kluftinger wusste nicht, was sein Gegenüber meinte. Vermutlich ging es um seinen abendlichen Spaziergang. »Ja, wissen Sie, man muss ab und zu mal was Neues ausprobieren. Damit man jung und beweglich bleibt.«

Die Nasenflügel des Doktors blähten sich. Kampfeslustig funkelte er den Kommissar an. »Sie sind ein Wolf im Schafspelz, Kluftinger.«

»Also, so weit würd ich jetzt nicht gehen, aber ich muss zugeben, dass es mir guttut. Selbst die paar Minuten.«

»Minuten?« Langhammer bleckte seine strahlend weißen Zähne.

»Ja, gut, vielleicht eine halbe Stunde.«

»Das war doch bestimmt länger.«

»Nein, ich bin grad vorher erst aus der Tür raus, also …«

»Zuerst vor unserem Haus. Dann im Kino. Und wer weiß, wo sonst noch überall.«

Endlich fiel beim Kommissar der Groschen. Davon sprach der Doktor also. Na, dieses Missverständnis konnte schnell aufgeklärt werden. »Herr Langhammer, das ist doch alles nicht so …« Er hielt inne. Wenn er ihm jetzt reinen Wein einschenkte, wäre die ganze Aktion umsonst gewesen. Allerdings hatte Kluftinger keine Lust, sich deswegen mit dem Arzt zu prügeln, also ging er selbst zum Angriff über: »Sie müssen grad reden! Wegen Ihnen hat das Ganze doch angefangen.«

»Wegen mir?«

»Ja, wegen Ihnen. Was war denn im Panoramarestaurant, Herr Doktor Huber, hm?«

»Woher wissen Sie das mit dem Namen?«

Kluftinger lächelte nur wissend.

»Und wennschon. Sie tun ja genau das Gleiche. Wer im Glashaus sitzt ...«

»Das ist was ganz anderes.«

»Allerdings, weil Sie in befreundeten Revieren wildern.«

»Nein, weil Sie alter Dackel mit so einem jungen Ding rummachen.«

»Was soll ich denn tun? Ich habe nun einmal eine Wirkung auf Frauen, die ich nicht kontrollieren kann.«

Kluftinger verzog das Gesicht. Genau solche Details wollte er auf keinen Fall erfahren. Er erinnerte sich an eine Szene in seiner Serie und versuchte es damit: »Vielleicht liegt es ja an Ihnen, dass Ihre Frau, also ich mein, dass die *liebe Annegret* sich von Ihnen abgewendet hat.«

Langhammer wich einen Schritt zurück. Das hatte gesessen. Sofort legte Kluftinger nach: »Sie war in ihrem Zustand leichte Beute für mich.«

Der Doktor ballte die Hände zu Fäusten, und Kluftinger beeilte sich, nachzuschieben: »Ich hab die Situation natürlich nie ausgenutzt. Aber nicht alle werden so großmütig sein wie ich. Ich jedenfalls trete gern zurück.«

Weinerlich sagte Langhammer: »Sie haben ja recht. Aber ich hab mich da in eine Sache reinmanövriert, aus der ich irgendwie nicht mehr rausgekommen bin. Mir tut es auch leid. Dieses Mädchen stalkt mich geradezu, sie will ständig ...«

»Keine Details, bitte.«

»Schon gut, entschuldigen Sie«, kam es kleinlaut vom Doktor. »Übrigens: Von mir erfährt Ihre Erika kein Wort über die Sache mit Annegret.«

»Die wollte das doch auch«, entfuhr es dem Kommissar ganz automatisch, und er biss sich auf die Lippen.

»Na, das wird ja immer schöner.« Er seufzte: »Wenn ich nur

vorher daran gedacht hätte, was ich aufs Spiel setze. All die schönen Jahre, die gemeinsamen Momente, unsere Besuche im Möbelhaus …«

Kluftinger hakte ein, bevor noch mehr Details kämen: »Das müssen Sie genauso Ihrer Frau sagen.«

»Ja, Sie haben recht, das sollte ich wohl.« Er ging auf das Auto zu, machte dann aber wieder kehrt. Ein seltsames Funkeln schien in seinen Augen auf, als er dem Kommissar gegenüberstand. »Wissen Sie, ich hab durchaus auch diese Signale empfangen«, flüsterte er ihm zu.

»Was für Signale?« Kluftinger war ratlos.

»Na, von Ihnen beiden.«

»Von wem?«

»Von Ihnen und Erika. Jetzt lassen Sie mich doch nicht so baggern. Sie wollen es doch auch.«

Der Kommissar hatte wirklich keine Ahnung, was der Doktor faselte.

»Sie sind doch aufgeschlossener, als ich gedacht hätte. Das sieht man ja schon an der Wahl des Films neulich.«

Kluftinger dachte schmerzvoll an die Kabelbinder-Schmonzette.

»Und wo wir uns doch einig sind und auch Erika zustimmt, dass Sie Ihren Horizont erweitern …« Langhammer schnalzte mit der Zunge. »Vielleicht könnten wir alle vier ein bisschen mehr Pep vertragen. Sie wissen schon.« Er zwinkerte ihm zu. »Wir sind eben Männer. Und wenn Sie und Ihre Frau einverstanden sind … die Annegret kriegen wir bestimmt auch dazu, die scheint ja ganz vernarrt zu sein in Sie. Wäre es nicht toll, mal zu viert ein paar Dinge auszuprobieren?«

In diesem Moment erst verstand der Kommissar. Seine Augen weiteten sich vor Entsetzen, ihm wurde heiß und kalt, als er realisierte, dass er diese Bilder noch lange mit sich würde herumtragen müssen. Dann machte er auf dem Absatz kehrt und rannte davon, als sei der Teufel höchstpersönlich hinter ihm her.

Er hatte etwa eine Stunde gebraucht, um sich von dem Schock zu erholen, und nun kam er verschwitzt und abgekämpft zu Hause an. Er wollte nur noch ins Bett, doch daraus wurde nichts, denn seine Frau rief nach ihm. Er ging ins Wohnzimmer, wo Erika zusammen mit Annegret Langhammer saß. Sofort waren die Bilder wieder da, vor denen er eben noch zu fliehen versucht hatte.

»Wie schaust du denn aus?«, fragte seine Frau, als sie seinen derangierten Zustand erkannte.

»Ach, das ist eine lange und nicht sehr erfreuliche Geschichte.«

»Wir wollten uns doch mit Annegret und Martin zusammensetzen. Aber erst warst du verschwunden, und er ist auch noch nicht gekommen.«

»Ich hab den Doktor vorher getroffen …«

»Was?«

Die Frauen setzten sich kerzengerade hin. »Was hat er gesagt?«, wollte Annegret wissen, und Erika fragte: »Wo war er denn? War er allein?«

Kluftinger hatte keine Lust, das, was er soeben durchgestanden hatte, noch einmal zu erzählen. »Alles wieder gut. Hab die Sache erledigt«, sagte er nur.

»Erledigt?« Erika und ihre Freundin tauschten erstaunte Blicke.

»Ja. Der Doktor will sogar …«, Kluftinger schloss kurz die Lider, um erneut ein Bild niederzukämpfen, das gerade vor seinem inneren Auge entstand, »… dass wir bald mal was zu viert machen.«

Ein paar Sekunden rührte sich keiner, dann brachen die Frauen in Jubel aus, dass dem Kommissar die Ohren klingelten. Annegret Langhammer sprang auf, umarmte den Kommissar und wollte ihm im Überschwang der Gefühle einen Schmatzer auf die Wange geben, doch da er in diesem Moment den Kopf drehte, landete der Kuss auf seinem Mund.

Als sich seine Frau eine Stunde später im Bett auf seine Seite drehte und ihm verführerisch über die Wange strich, tat der Kommissar, als schlafe er bereits. Zu groß war die Angst, bei dem, was sonst folgen würde, einen ungebetenen Gast mit Glatze und Riesenbrille in seinem Kopf zu haben. Er musste damit warten, bis die Zeit die schlimmsten Wunden geheilt hatte.

Man sagt, der Bergler sei ein Sünder,
weil selten er zur Messe geht.
Auf hohem Berg ein Blick zum Himmel
Ist besser als ein falsch' Gebet.

Aus dem Gipfelbuch am Söllereck

Heu, Markus, bist du schon wieder da? Ich hab gedacht, du hast Prüfungen in Erlangen.« Kluftinger wunderte sich nicht nur darüber, dass sein Sohn zu Hause war, sondern vor allem, dass er um kurz nach sechs Uhr morgens nicht wie üblich noch in den Federn lag. Stattdessen saß er am Küchentisch vor einer Tasse Kaffee und schaute trübsinnig in die Gegend.

»Nein, Vatter, ist doch Samstag heut. Am Montag geht's los.«

»Was machst du dann schon so früh hier?«

»Kann nicht mehr schlafen.«

»Ja, das geht mir auch so, mir drückt der Fall aufs Gemüt. Und dann müssen wir heut auch noch … na ja, wurscht. Und du, Bub? Nervös wegen den Prüfungen? Brauchst doch keine Angst haben, warst ja recht fleißig.«

»Weil du das beurteilen kannst.«

»Für deine Verhältnisse, mein ich.«

»Was soll das denn heißen?«

»Hast doch leicht zehnmal so viel gelernt wie in deiner ganzen Schulzeit zusammen.«

»Das kann man gar nicht vergleichen, Vatter.«

»Dann ist doch alles gut.«

»Nix ist gut. Ich hab ein saumäßig schlechtes Gewissen.«

»Ach was, das brauchst du nicht, die Mutter sorgt gern für euch, und du kannst dich dann ja erkenntlich zeigen, wenn du mit dem Examen durch bist.«

Markus schüttelte entnervt den Kopf. »Ich fühl mich doch nicht euch gegenüber mies, sondern der Miki. Ihr seid schließlich meine Eltern, ihr müsst ein Leben lang für mich sorgen.« Zum ersten Mal an diesem Morgen grinste er.

»So ein Schmarrn, ab der Rente bist du für mich zuständig«, konterte Kluftinger.

»Im Ernst: Ich hab das Gefühl, ich hab mich nur um meine Kumpels und die Prüfungen gekümmert, statt diese besondere Zeit mit meiner Frau zu genießen.«

»Welche Zeit denn?«

»Hallo? Die Schwangerschaft!«

Kluftinger zog die Brauen hoch. »Na ja, ob die jetzt so toll ist, weiß ich nicht.«

»Ich krieg schließlich nicht alle paar Wochen ein Kind.«

»Kriegt ja auch die Yumiko, streng genommen.«

»Vatter, du weißt, was ich meine! Die Prüfungen kann ich jederzeit wiederholen, die Schwangerschaft nicht«, sagte er resigniert.

Kluftinger legte seinem Sohn die Hand auf die Schulter. »Markus, es ist an der Zeit, dir etwas zu erklären: Es ist nämlich so, mit den Bienen und den Blumen, dass die Biene durchaus noch mal zur selben Blume fliegen kann, um sie noch einmal zu bestäuben, vielleicht im nächsten Jahr oder …«

Markus musste lachen. »Du nimmst mich nicht ernst, Vatter! Die Yumiko wird mir das später sicher immer vorhalten.«

»Ach was. Jetzt verrat ich dir nämlich mal ein echtes Geheimnis: Die Frauen vergessen nach der Geburt alles, was in der Schwangerschaft war, also jedenfalls das Negative. Das hat die Natur extra so eingerichtet.«

»Echt?«

»Echt.«

»Dann kann ich heut Abend ja doch noch weggehen.«

»Nix da, du bist jetzt brav und bringst deiner Frau einen Brennnesseltee, der entwässert.«

»Woher weißt denn du so was?«

»Mei, altes Hauswissen halt«, log Kluftinger. Auch das hatte er in seiner Serie gelernt. »So, jetzt kümmer dich mal ein bissle, und beim Anton kannst du dann ja alles anders machen.«

»Wer ist denn das jetzt?«

»Euer Zweitgeborener«, versetzte Kluftinger, als wäre es die selbstverständlichste Sache der Welt.

Markus schlug die Hände vors Gesicht. »Dann wird das nix mit dem zweiten Anflug auf die Blume. Aber jetzt sag mal, was hast du heut vor, so früh am Samstag? Hat die Mutter Arbeit im Garten für dich?«

»Nein, ich muss noch was erledigen, bevor ich in den Hochseilgarten geh.«

Markus verschluckte sich an seinem Kaffee. »Wo gehst du hin?«

»In den Kletterwald bei Oberstdorf. Teambuilding mit der ganzen Abteilung.«

»Das ist aber nicht auf deinem Mist gewachsen.«

»Wieso?«, fragte der Kommissar herausfordernd.

»Weil du als gruppenbildende Maßnahme wahrscheinlich Tretbootfahren auf dem Forggensee mit anschließendem Besuch im Biergarten ausgesucht hättest.«

Kluftinger fand es interessant, wie gut sein Sohn ihn kannte. »Sicher nicht«, antwortete er denn auch. »Das Tretbootfahren hätt ich sauber weggelassen.«

Eine gute Stunde später fuhr Kluftinger auf den Hof der Familie Schratt. Obwohl sein letzter Besuch katastrophal geendet hatte, kam er heute mit einem guten Gefühl hier an. Es war zwar noch immer sehr früh am Morgen, aber wie erwartet wurde bereits im Stall gearbeitet. Lukas Schratt brachte gerade ein Mähwerk am Traktor an, sein Bruder Simon, der wegen seiner Schulterverletzung noch nicht wieder voll einsatzfähig war, stand daneben. Alois Schratt fuhr eine hoch mit Mist beladene Schubkarre Richtung Misthaufen. Als er Kluftinger sah, blieb er stehen und nickte ihm zu. Das war bis dato die freundlichste Begrüßung, die er von ihm erhalten hatte. Anscheinend hatte die Aktion neulich doch Spuren hinterlassen.

»Bitte kommt's mal alle zusammen, ich hab euch was zu sagen«, rief Kluftinger hinüber.

Kurz darauf saßen alle Schratts wortlos auf der Ofenbank und blickten gespannt zum Kommissar, der ihnen gegenüberstand.

»Gut, dass ihr schon alle auf seid«, begann er, »ich muss euch was mitteilen, das dürfte euch interessieren.« Er langte in seine Jackentasche, zog langsam eines der Seilenden hervor und warf es auf den Tisch.

»Wisst ihr, was das ist?«

»Ein altes Seil«, sagte Alois Schratt.

»Das ist das Seil, mit dem euer Unheil begonnen hat«, fuhr Kluftinger bedeutungsschwanger fort. »Dieses Seil hat die Bergsteigergruppe bei der Begehung des Himmelhorns im Jahr 1936 dabeigehabt. Es hat dem Kagerer Peter gehört und war seit Jahrzehnten verschwunden.« Er hielt inne. »Warum eigentlich?«

Keiner sagte etwas. »Wisst ihr es nicht, oder wollt ihr es nicht sagen?«

»Frag die Kagerers«, brummte Alois Schratt.

Kluftinger nickte. »Das werd ich tun. Jedenfalls ist es jetzt wieder da. Und nach beinahe achtzig Jahren hab ich die Unfallursache mit modernen Ermittlungstechniken eindeutig geklärt.«

Er machte eine Pause und ließ seinen Blick von einem zum anderen wandern. Mit offenen Mündern schauten ihn die Schratts an.

»Jetzt sag's endlich«, drängte Alois.

»Wir können mit absoluter Sicherheit sagen, dass dieses Seil nicht mit einem Messer durchtrennt worden ist. Es ist schlicht und einfach unter der Last der Männer gerissen. Niemand hat irgendwas daran manipuliert. Peter Kagerer, der all die Jahre seine Unschuld beteuert hat, hat also die Wahrheit gesagt: Er hat versucht, die Abstürzenden zu retten, indem er das Seil um einen Baum geschlungen hat, aber das Material hat der Wucht nicht standhalten können. Euer Vorfahr Baptist Schratt«, er zeigte mit dem Finger auf sie, »hat es also ihm zu verdanken, dass er am Leben geblieben ist. Weil der Kagerer ihn zur Latsche am Rädlergrat vorgeschickt hat. Euer ganzer Hass gründet auf einem Irrtum!«

Keiner sagte etwas, alle blickten betroffen zu Boden.

Der Kommissar beschloss, sie mit ihrem Schweigen zurückzulassen. Vielleicht würden sie so ihre Lektion am besten lernen. Also wandte er sich um und ging.

Er stieg gerade in sein Auto, als Alois Schratt aus der Haustür trat und auf ihn zukam. Kluftinger beobachtete ihn misstrauisch. Schratt hielt etwas in der Hand. Doch diesmal war es keine Schrotflinte, sondern das Seilstück, das Kluftinger in der Stube hatte liegen lassen.

»Das hast du vergessen«, sagte der Alte.

»Ich brauch's nimmer. Hebt es auf. Es soll euch eine Mahnung sein, dass ihr nicht irgendwann doch wieder mit eurer saudummen Streiterei anfangt«, brummte Kluftinger.

Alois Schratt schüttelte den Kopf und hielt ihm mit zitternden Händen das Seil hin. »Bring's zum Kagererhof. Die sollen's auch erfahren.«

Kaum zehn Minuten waren vergangen, da betrat Kluftinger die dunkle Stube der Kagerers. Er fand Franz in seinem Lehnstuhl sitzend. Doch etwas war anders als sonst: Es lief Musik. Aus einem alten Kassettenrekorder knarzten Harfenklänge und Gesang. Der Kommissar war so überrascht, dass er zunächst gar nicht mitbekam, worum es in dem Lied ging. Als er es realisierte, lauschte er gebannt den Zeilen, die im tiefsten Oberallgäuer Dialekt vom

»Tännele am Rädlergrot« erzählten. Er hatte einen Kloß im Hals, als der Sänger den Refrain anstimmte: »Vielleicht hasch du mir ja an Rat/wie ma im Leba stoht/kloins Tännele am Rädlergrot.« Es war eine Liebeserklärung an dieses kleine Bäumchen, das so viele Menschen in den Tod hatte stürzen sehen und für so viele andere der einzige Rettungsanker auf einem lebensgefährlichen Anstieg gewesen war. Nun gab es dieses Bäumchen nicht mehr. »Wind und Wetter und dem ärgschte Sturm« hatte es getrotzt, hieß es weiter, aber der Niedertracht der Menschen hatte es nicht standgehalten.

Als das Lied zu Ende war, war die Stille mit Händen zu greifen. Kluftinger setzte sich beklommen zu dem alten Mann. Er war froh, ihn allein anzutreffen, schließlich hatte er ihm noch eine ganz besondere Botschaft zu überbringen. Vorher wollte er aber noch eine andere Frage klären: »Es geht um das Seil vom Kagerer Peter«, begann er. »Das ihr verschwinden lassen habt.« Er hatte beschlossen, ihn mit einer Tatsachenbehauptung aus der Reserve zu locken.

Der Alte sah ihn mit wachen Augen an.

»Warum?«, fragte der Kommissar. »Das hätte doch alles aufklären können.«

Franz Kagerer schien mit sich zu ringen, dann sagte er: »Die Tante hat's weg. Wegen den Schratts.«

»Das versteh ich nicht.«

»Einer von den Dorfpolizisten hat's ganz eng mit denen gehabt. Und die Tante hat gedacht, wenn die es erst mal in die Finger kriegen, dann kann man nie mehr beweisen, wie's wirklich war.«

»Verstehe«, sagte Kluftinger, auch wenn das eigentlich nicht stimmte. Er konnte sich nur schwer in die verquere Gedankenwelt dieser Leute hineinversetzen. Immerhin wusste er nun, was mit dem Seil passiert war, auch wenn es keine Rolle mehr spielte. Er griff in seine Tasche und reichte seinem Gegenüber wortlos den Brief, den Maria Kagerer einst an ihren Sohn geschrieben und dann in ihrem Gebetbuch versteckt hatte.

Franz setzte seine Brille auf und las, ohne ein Wort zu sagen, doch als er das Blatt weglegte, schimmerten seine Augen feucht.

Da betrat Josefa Kagerer das Zimmer. »Was isch denn scho wieder los?«, keifte sie und stapfte energisch auf den Kommissar zu.

Der wies sie in scharfem Ton an: »Hinsetzen, bittschön!«

Die Alte war so perplex, dass sie tatsächlich wortlos parierte. Dann zog Kluftinger zum zweiten Mal am heutigen Tag das Seilende aus der Tasche und klärte die beiden über seine Erkenntnisse auf. Als er geendet hatte, bemerkte er, dass Hans Kagerer im Türrahmen stand. Der Kommissar war sich nicht sicher, wie viel er von seinen Ausführungen mitbekommen hatte. Er erwartete eine ähnliche Einsicht, wie bei den Schratts, doch Josefa Kagerer geiferte: »Der Teufel soll sie holen. Die haben das Unglück über uns gebracht! Kein Schratt soll jemals wieder …«

»Jetzt halt endlich dein dummes Schandmaul«, zischte da ihr Mann, und obwohl er es nicht laut gesagt hatte, verstummte die Frau und schnappte nach Luft. Dann drehte sie sich empört zu ihrem Sohn um. »Hast du das mitgekriegt? Sag du was, Hansl!«

»Du hast gehört, was der Vater gesagt hat«, sagte er tonlos und ging.

Franz faltete den Brief sorgfältig zusammen, steckte ihn in die Hosentasche und sagte: »Einmal muss eine Ruh sein.«

Kluftingers Hände zitterten, als er seine Bergschuhe aufschnürte. Erschöpft schloss er die Augen. Es war noch schlimmer gekommen als erwartet. Seit sie den Kletterwald verlassen hatten, kämpfte er damit, die Bilder niederzuringen, die immer wieder vor seinem geistigen Auge aufstiegen. Das Spinnennetz aus Seilen, in dem er …

»Nein!«, sagte er laut und sah sich schnell um, ob ihn jemand gehört hatte. Er hatte sich in den hintersten Winkel des Umkleidebereichs verzogen. Irgendwann aber musste er wieder hinaus zu seinen Kollegen, die Zeuge waren, wie er im Flying Fox … *Nicht schon wieder!* Er wurde diese Erinnerungen einfach nicht los. Sicher würden sie ihn auch weiterhin heimsuchen, in den unpassendsten Momenten vor seinem inneren Auge aufscheinen.

Wie auch nicht? Er würde die Folgen ihrer heutigen, völlig aus dem Ruder gelaufenen Teambuilding-Maßnahme ja immer vor Augen haben, im Büro.

»Lass mich in Ruhe«, hörte er da Sandys Stimme hinter einem der Spinde. In flehendem Tonfall entgegnete Hefele: »Aber das war doch ganz anders gemeint, Schnucki, ich wollte doch nur …«

»Schluss mit Schnucki. Nenn mich nie wieder so. Sprich mich am besten überhaupt nicht mehr an in nächster Zeit, klar?«

»Aber du hast doch …«

Kluftinger sah, wie seine Sekretärin davonrauschte.

»Ich fahr mit dem Zug heim.«

»Was?« Der Kommissar drehte sich um und sah in Eugen Strobls finster dreinblickende Miene.

»Ich fahr mir dem Zug. Mir ist das zu blöd, ich lass mich von der Chefin nicht dauernd anraunzen«, sagte er.

»Eugen, ich glaub, es wär wirklich besser für dich, wenn du dich jetzt endlich zusammenreißen würdest«, flüsterte Kluftinger warnend.

»Einen Scheiß tu ich. Mir ist das alles eh bald egal.«

»Was alles?«

»Weißt schon, was ich mein. Der ganze Stress im G'schäft. Ich hab's nicht mehr lang nötig, dass ich mich von der …«

»Himmelherrgott, das hast du dir doch selber zuzuschreiben.«

»Was heißt da selber?« Strobl hielt mit seiner Wut nun nicht mehr hinterm Berg und brüllte seinen Ärger hinaus. »Die hat doch angefangen, als sie mich …«

Kluftinger hob die Hand, stand kommentarlos auf und ging nach draußen. Er wollte nichts mehr davon hören.

Die Szenerie, die sich ihm bot, ließ ihn für die Zukunft nichts Gutes hoffen. Sandy stand demonstrativ mit dem Rücken zu Roland Hefele an dem Kleinbus, mit dem die Abteilung gekommen war. Die Präsidentin wollte gerade den Wagen öffnen, als Maier hinzukam und ebenfalls die Hand nach der Tür ausstreckte. Beide blieben wie erstarrt stehen, Birte Dombrowski lief rot an, was Kluftinger noch nie an ihr gesehen hatte, und im Gegensatz zu vorher im Kletterwald war Maier nun recht wortkarg. »'tschuldigung«, murmelte er nur und machte kehrt.

Auch die Chefin entfernte sich schnell und lief nun zum Kommissar. *Ausgerechnet.* Vor seiner Vorgesetzten schämte er sich am meisten für das, was im Kletterwald vorgefallen war. Dabei hatte sie anfangs noch versucht, ihn zu motivieren, hatte ihn ermutigt, er solle »unkonventionelle Entscheidungen treffen, Impulsen nachgeben, spontan sein«. Jetzt konnte er die Enttäuschung in ihren Augen sehen. Aber war das Ganze nicht ihr Einfall gewesen? Hatte er nicht gleich gesagt, dass das eine Schnapsidee sei? Das hatte sie nun davon. Das hatten sie nun alle davon.

»Herr Kluftinger, würde es Ihnen etwas ausmachen, wenn wir zusammen fahren?«

Der Kommissar starrte sie an. Nach allem, was eben vorgefallen war, war das so ziemlich das Letzte, was er wollte. Hatte er denn kein Recht auf ein paar freie Minuten? Es war immerhin Wochenende. Noch dazu würde die Polizeipräsidentin bestimmt die Fahrt nutzen, um ihm eine Gardinenpredigt über seine sonderbare Abteilung zu halten. »Freilich, das wär doch nett«, antwortete er jedoch. Was hätte er auch anderes sagen sollen?

»Sehr schön, danke, ich hatte schon befürchtet, Sie fahren vielleicht gar nicht nach Kempten.«

Er verfluchte sich selbst. Das wäre natürlich die perfekte Ausrede gewesen, doch nun war es zu spät.

Der Abschied von den anderen fiel frostig aus, auch wenn allen anzumerken war, dass sie froh waren, den Vormittag zumindest körperlich unverletzt überstanden zu haben. Kluftinger fuhr los, und schon nach wenigen Metern wurde die verkrampfte Stille im Auto körperlich spürbar. Das konnte ja heiter werden. Er ging im Geiste ein paar Themen durch, die er vielleicht ansprechen könnte: Fußball? Nein, sie war eine Frau und verstand sicher nichts davon, und wenn doch, konnte es umso peinlicher werden, weil zumindest er sich nicht im Geringsten dafür interessierte. Das Wetter? Dann könnte er ihr auch gleich sagen, dass er nichts wusste, worüber er mit ihr reden sollte. Noch während er überlegte, ergriff

Birte Dombrowski das Wort: »Wie ist denn der Herr Maier sonst so?«

Kluftinger verstand nicht. »Sonst?«

»Privat, meine ich.«

Jetzt war er baff. Interessierte sie sich also doch für den Kollegen? Hatte sie mit ihm fahren wollen, um ihn ein bisschen über Maier auszuhorchen? Ein heikles Thema mit vielen Minenfeldern, weswegen es galt, vorsichtig zu agieren: »Mei, die einen sagen so, die anderen so.«

»Ich habe nämlich den Eindruck, dass er sich da in etwas verrennt.«

»Ja, das macht der gern«, sagte Kluftinger lachend, doch die Miene seiner Chefin blieb ernst, und sein Lachen erstarb. »Wobei in dem Fall, also, ich mein … worum geht's denn genau?«

»Na, Herr Maier scheint sich durch irgendwelche, wie soll ich sagen, missinterpretierten Signale meinerseits ermutigt zu sehen, also, sagen wir …«

So verunsichert hatte der Kommissar seine Chefin noch nie gesehen. Er fand das sympathisch, manchmal wirkte sie ja wie eine Maschine, präzise und effizient, aber eben auch kühl und distanziert. Etwas Menschlichkeit tat da nur gut. Weil er seinen Kollegen nicht in die Pfanne hauen wollte, antwortete er: »Mei, der Richie ist halt auch froh, dass jetzt jemand da ist, der die Sache so genau nimmt wie Sie … also, nicht, dass Sie meinen … es ist ja gut, dass nicht so ein Schlendrian herrscht wie vorher, wobei … oh, schauen Sie mal, da ist was passiert.« Als er gemerkt hatte, dass er sich um Kopf und Kragen redete, hatte Kluftinger nach dem ersten Rettungsanker gegriffen, der sich ihm bot. Und das war eine verletzte Kuh am Straßenrand, die gerade verarztet wurde.

Die Polizeipräsidentin sprang sofort darauf an. Allerdings anders, als er gedacht hatte: »Ja, sieht ja schlimm aus, halten Sie doch mal an.«

»Ich?«

»Ja, Sie fahren doch.«

»Aber warum?«

»Vielleicht können wir helfen.«

»Wir?«

»Sie erinnern sich vielleicht: die Polizei, dein Freund und Helfer.«

»Schon, aber doch nicht bei einer Kuh!«

Doch die Dombrowski ließ nicht locker, und so lenkte Kluftinger den Passat an den Straßenrand. Hätte er bloß nichts gesagt.

»Warnblinker«, mahnte sie.

Er drückte den Kippschalter und stieg aus. »Da gibt's nix zum Gaffen«, begrüßte sie der Mann, der neben der Kuh stand, ein vierschrötiger Kerl mit zerschlissenem Filzhut.

»Wir wollen nicht gaffen, werter Herr, wir wollen nur schauen, ob wir helfen können«, sagte die Dombrowski in derselben freundlichen Bestimmtheit, in der sie mit ihren Untergebenen sprach. Und die verfehlte ihre Wirkung auch hier nicht. Möglicherweise machte aber auch die Tatsache, dass sie ihren Dienstausweis zückte, den Mann etwas zugänglicher.

»Ach so, ja, freilich, Entschuldigung«, sagte der und nahm sogar seinen Hut ab. »Aber Sie können nix machen. Der Tierarzt ist schon dran.« Er zeigte auf den Mann, der neben der Kuh kniete und ihren Hinterlauf befühlte.

»Ist es schlimm?«, fragte ihn die Polizeipräsidentin.

»Könnte schlimmer sein«, erklärte der Tierarzt. »Scheint zumindest nicht gebrochen wie beim letzten Mal.«

»Beim letzten Mal?«

Der Bauer nickte. »Das passiert zurzeit öfter, dass die mir durchgehen. Erst vor zwei Wochen hat es meine beste Kuh erwischt, leider war da nix mehr zu machen.«

»Oh, mei, das tut uns leid«, kommentierte Kluftinger, der schon wieder auf dem Weg zum Auto war.

»Warum gehen die denn immer wieder durch?«, hakte die Chefin aber nach, und Kluftinger seufzte. Das war doch nun wirklich völlig unwichtig.

»Die blöden Flugdinger, diese Drohnen, die müsst man verbieten«, schimpfte der Landwirt.

»Da muss ich dem Herrn Besler recht geben«, schaltete sich der Arzt ein. »Ich halte auch nichts von denen. Allein für den Flugverkehr birgt das unkalkulierbare Risiken.«

»Schmarrn, Flugverkehr, der ist mir rechtschaffen egal. Aber die Viecher drehen jedes Mal durch, wenn …«

Er hielt inne und hob den Kopf. Über ihnen ertönte ein Geräusch wie von einem wild gewordenen Bienenschwarm. »Da! Schon wieder. Ja, spinn ich denn?«

Auch die Polizeibeamten sahen weit oben am Himmel ein Fluggerät mit vier Propellern.

»Das ist verboten hier, solche Arschgeigen«, ereiferte sich der Landwirt.

»Verboten?«, fragte Birte Dombrowski.

»Ja, wir sind im Naturschutzgebiet. Es gibt hier sogar Steinadler. Aber nicht mehr lange, wenn die Drohnen sie weiter stören«, gab der Tierarzt zu verstehen.

»Darum sollte die Polizei sich mal kümmern«, schimpfte der Bauer weiter, und zu seiner Verblüffung antwortete die Präsidentin: »Da haben Sie recht.« Sie gab Kluftinger einen Wink und setzte sich ins Auto. »Wir fahren der jetzt nach«, erklärte sie und zeigte auf die Drohne, die am Himmel ungerührt ihre Kreise zog.

Da Kluftinger klar war, dass die Chefin nicht von ihrem Plan abweichen würde, nahm er die Verfolgung auf. Wenigstens mussten sie nicht weit fahren, denn das Fluggerät verlor schnell an Höhe. Sie sahen gerade noch, wie es hinter dem Oytalhaus verschwand. Als auch sie um die Ecke des Gasthofes bogen, stand die Drohne auf dem Boden, einige Leute hatten sich darum versammelt, einer von ihnen hielt eine Kamera in der Hand, und hinter ihnen stand ein Kombi mit dem Senderlogo des WDR.

»Um Gott's willen«, entfuhr es dem Kommissar. Dann machte er sich bereit, weiterzufahren. »Da kann man wohl nix machen.«

»Moment, wie meinen Sie das denn?«, hielt ihn die Präsidentin auf.

»Die sind vom Fernsehen.«

»Na und, deswegen dürfen die trotzdem nicht im Naturschutzgebiet herumfliegen, wie es ihnen passt.«

»Der WDR ist öffentlich-rechtlich, die haben sicher eine Drehgenehmigung.«

»Das würde ich gerne überprüfen. Lassen Sie sich die Genehmigung doch mal zeigen.«

»Ich? Wissen Sie, Frau Dombrowski, mit so Medienleuten hab ich's nicht so. Und das ist doch eh Ihr Sender.«

»Wieso das denn?«

»Sie sind doch aus Hannover.«

»Richtig. Niedersachsen. Also NDR.«

Kluftingers Wangen füllten sich mit Blut. »Mei, also von uns aus betrachtet, ist der Unterschied jetzt nicht so …«

Die Präsidentin seufzte, stieg aus, und der Kommissar beobachtete, wie sie mit den Fernsehleuten redete. Irgendwann holte einer ein Blatt Papier hervor und zeigte es ihr. Na also, hatte er es doch gewusst! Er ließ den Motor wieder an, aber Frau Dombrowski unterhielt sich immer noch angeregt mit dem Kamerateam. Erst nach ein paar Minuten kam sie zurück.

»Sehr nette Leute«, berichtete sie. »Die machen grad einen Film über das Allgäu.«

»Hab ich auch schon gehört«, erwiderte Kluftinger.

»Und stellen Sie sich vor: Vielleicht kommen sie in den nächsten Tagen auch noch bei uns vorbei und drehen im Präsidium.«

Die restliche Fahrt war in erstaunlich lockerer Atmosphäre verlaufen. So locker, dass er sogar von seinem bevorstehenden Familienzuwachs erzählt hatte. Für einen Moment vergaß Kluftinger sogar ihre Hochseilgarten-Aktion. Gerade passierten sie das Kino, wo ein großes Plakat hing, das Andi Bischof in Bergsteigermontur zeigte. *Retrospektive,* stand in roten Lettern darüber. Alle Achtung, dachte der Kommissar, da hatte Frau Waibel aber ganze Arbeit geleistet.

»Schon komisch, wenn man ihn jetzt so groß als Poster sieht«, fand Kluftinger, und seine Vorgesetzte nickte.

»Heu, die Eva Wolf«, sagte er dann und zeigte auf die Frau, die vor dem Kino gerade eine Zigarette rauchte. »Hab gar nicht gewusst, dass die raucht.«

»Die Filmreihe wird heute von Frau Wolf eröffnet. Ich war auch eingeladen, aber der Teambuilding-Tag war mir wichtiger.«

»Scheint noch gar nicht angefangen zu haben«, stellte Kluftinger fest. »Vielleicht schaffen Sie's noch.«

»Ja, Sie haben wohl recht. Aber in dem Aufzug kann ich schlecht … und mein Sekretariat hat schon abgesagt und …«

Kluftinger grinste seine Chefin an. »… und Sie haben keine Lust.«

Sie lächelte. »Nein, ehrlich gesagt, nicht.«

»Kann ich verstehen. Unsereins braucht auch mal Feierabend.« Er fuhr am Kino vorbei und bog in die Straße der Dienststelle ein. Als sie warteten, dass sich das Hoftor öffnete, blickte er in den Rückspiegel und sagte: »Dafür, dass die Wolf das Rampenlicht so scheut, hat sie inzwischen ganz schön viele öffentliche Auftritte.«

Auf dem Hof der Direktion stand der Kleinbus, mit dem die anderen unterwegs waren. »Wo wart ihr denn? Wollten schon eine Fahndung rausgeben«, begrüßte sie Strobl. Offenbar hatte er doch nicht den Zug genommen, nachdem die Chefin mit Kluftinger gefahren war.

»Wir hatten noch … einen Notfall«, erwiderte Kluftinger knapp.

Dann setzte eine betretene Stille ein, die Kluftinger damit beendete, dass er sagte: »Ich muss noch mal an den Schreibtisch.«

Die Präsidentin reichte ihm die Hand. »Ja, ich hab's auch eilig. Danke fürs Mitnehmen. Und denken Sie daran, was mir ein weiser Kollege mal gesagt hat.«

»Was denn?«

»Unsereins braucht auch mal Feierabend.«

Schnell nutzten auch die anderen die Gelegenheit, diesen denkwürdigen Tag endlich zu beenden. Doch die Ereignisse im Kletterwald waren für Kluftinger erst einmal in den Hintergrund getreten. Ihn beschäftigte etwas anderes. Er hatte das unbestimmte Gefühl, etwas übersehen zu haben.

Zehn Minuten später saß er vor dem kleinen Fernseher im Besprechungsraum und schaute sich die DVD an, die ihm Eva Wolf vor einigen Tagen mitgegeben hatte. Er war sich nicht hundertprozentig sicher, was er zu sehen hoffte, aber er musste seinem Gefühl einfach folgen. Gerade lief jene Szene, die ihn beim ersten Sehen schon so begeistert hatte: das Allgäuer Bergpanorama, gefilmt von eben so einer Drohne, wie sie sie vorher gesehen hatten. Die Aufnahmen, die sie lieferte, waren atemberaubend, das musste Kluftinger zugeben. Und es war immer noch besser, mit diesem Spielzeug zu fliegen, als mit einem Hubschrauber durch die Alpentäler zu donnern.

Erstaunlich, welche Qualität die Filme hatten, die diese kleine Kamera machte: Sanft entschwebte sie in den Himmel, streifte schattige Bergwiesen, überflog im Sonnenlicht schimmernde Wälder, schwenkte über eine Kuhherde, die abrupt Reißaus nahm …

»Zefix!«, schimpfte Kluftinger.

Das war es, was ihm dieses Magengrimmen bereitet hatte. Als ihm der Landwirt von seinen durchgegangenen Kühen erzählt hatte, hatte etwas in ihm zu arbeiten begonnen. Nun wusste er, was es war. Auf dem Film war eine Kuhherde zu sehen, die durchging. Dieses Bild hatte irgendwo in seinem Unterbewusstsein geschlummert und war nun geweckt worden. Man sah nicht sofort, was mit den Kühen war, sie rannten einfach nur durcheinander, und mit etwas Musik unterlegt, würde es wirken, als sprängen sie quietschvergnügt auf ihrer Weide umher. Doch Kluftinger wusste es besser. Er spulte zu einer anderen Szene, ebenfalls mit Drohne gefilmt, wieder das gleiche Verhalten der Kühe. Dass der Bauer wütend war, konnte er gut verstehen.

Der Kommissar sah die komplette DVD durch, notierte sich die Aufnahmedaten, die am Bildschirmrand angezeigt wurden, und holte sich dann das gute alte Telefonbuch. Er schaute nach, ob im

Oytal ein Bauer mit Namen Besler verzeichnet war, und fand schließlich zwei Nummern. Er wählte die erste und wartete.

»Besler«, meldete sich eine Stimme.

»Grüß Gott, Herr Besler, hier ist Kluftinger. Kann es sein, dass wir uns heute schon mal begegnet sind?«

»Wenn Sie's nicht wissen, woher soll ich dann …«

»Nein, ich meine: vorhin, bei der verletzten Kuh. Waren Sie das?«

»Woll.«

»Eine Frage: Wissen Sie die Daten, an denen Ihnen die Kühe durchgegangen sind?«

»Die Daten?«

»Ja. Die genauen Tage.«

Es blieb eine Weile still. »Hm, ungefähr wüsst ich's schon.«

»Ich bräucht's leider genau.«

»Warum?«

»Weil … also, das ist ein bissle kompliziert. Ich erklär es Ihnen gern ein andermal.«

»Nein.«

»Wie bitte?«

»Nein, ich weiß es nicht mehr.«

Eine Welle der Enttäuschung schwappte durch Kluftingers Körper.

»Das heißt …«

»Ja?«

»Der Bertram, der müsst es wissen.«

»Und wer ist der Bertram?«

»Der war doch heut auch da. Der Tierarzt. Er muss ja alles abrechnen. Nimmt's immer ganz genau, obwohl das früher auch anders gegangen ist, da hat man nicht wegen jedem …«

»Haben Sie seine Nummer?«

»Hab ich, ja.«

Kluftinger schnaufte. »Täten Sie sie mir geben?«

»Ja, sicher, wenn ich sie find. Die steht … irgendwo.«

Ein paar Minuten später hatte Besler die Nummer gefunden,

und kurz darauf hatte Kluftinger den Tierarzt am Apparat. Tatsächlich hatte der alle Daten aufgeschrieben, bei denen Kühe zu Schaden gekommen waren und er einen Einsatz gehabt hatte. Immerhin war das nicht nur bei den Kühen von Bauer Besler, sondern auch bei einem weiteren Landwirt im Oytal der Fall, so dass der Kommissar nun fünf Daten notiert hatte. Vier davon stimmten mit denen überein, die er sich von der DVD abgeschrieben hatte. Das konnte kein Zufall sein, und die dunkle Ahnung, die im Kommissar gärte, verdichtete sich immer mehr zu einem Verdacht. Denn für ein Datum, das er von dem Tierarzt bekommen hatte, war auf der DVD keine Aufnahme zu finden. Es war der Freitag vor zwei Wochen.

Der Tag des Himmelhorn-Absturzes.

Wie nicht anders erwartet, lief der Kommissar Frau Waibel in die Arme, kaum dass er den Kinokomplex betreten hatte.

»Ah, Herr Kommissar, ganz allein heute?«, sagte sie erfreut. »Konnten Sie den *Shades-of-Grey-Fall* denn schon klären?«

»Den … jaja. Also … teilweise. Den Drahtzieher haben wir gefasst, aber wir sind natürlich immer noch am Ermitteln.«

»Worum geht es denn? Ich bin doch sowieso Geheimnisträgerin, Sie können also ganz offen reden.«

Die Frau ging ihm heute besonders auf die Nerven, schließlich war er nicht gekommen, um für sie irgendeine Krimikomödie zu spielen. Zumindest diesmal nicht, schränkte er selbstkritisch ein. »Gut, Frau Waibel«, flüsterte er also. »Wir sind drauf und dran, einen ganzen Ring auffliegen zu lassen.«

»Einen Ring?«

»Genau. Einen Dings, einen … Verbrecherring.«

Frau Waibel machte große Augen. »Um Gottes willen! Und der treibt sein Unwesen bei uns im Kino?«

»Ja. Also … auch. Quasi überall. Nehmen Sie sich bloß in Acht«, sagte Kluftinger vieldeutig. »So, jetzt müsste ich aber dringend mal zur Frau Wolf, die ist doch bei Ihnen, gell?«

Ihr Kiefer klappte nach unten. »Steckt die da auch mit drin?«

»Höchstens ganz am Rande.«

»Ach so. Ja, die ist hier, wegen der Retrospektive. Die bauen gerade oben im Foyer auf.«

»Danke, Frau Waibel, aber Sie wissen ja: pscht.« Er legte den Zeigefinger an seine Lippen.

Die Kinobesitzerin reckte einen Daumen nach oben, zwinkerte, und Kluftinger sah zu, dass er wegkam. Ein Stockwerk höher bauten zwei Helfer gerade ein Podium aus mehreren Aluminiumelementen zusammen. Eva Wolf entrollte ein Poster ihrer Firma, auf einem langen Tisch lagen einige Filmplakate. Ein wenig abseits, an einem Stand der Firma Summitz, stand ihr Mann und zupfte die Kleidungsstücke von mehreren Schaufensterpuppen zurecht. Eine trug die Jacke, der Kluftinger seit Tagen sehnsuchtsvolle Blicke zuwarf, wann immer er an ihr vorbeikam. Daneben hatten Alpenverein und Bergwacht kleine Infotische aufgebaut.

Frau Wolf hatte ihn bereits entdeckt und kam auf ihn zu. »Herr Kluftinger, guten Tag. Das ist aber schön, dass Sie sich die Retrospektive ansehen wollen. Sie sind nur leider ein wenig früh dran, wir starten erst um drei mit einer kleinen Einführung, danach werden dann mehrere unserer Filme gezeigt. Natürlich sind Sie zu allen Vorstellungen herzlich eingeladen.«

»Grüß Gott, Frau Wolf. Ja, das ist nett, aber ich hab keine Zeit, ich bin noch am Arbeiten.«

»Am Wochenende?«

»Ja, die Verbrecher nehmen halt keine Rücksicht auf Sonn- und Feiertage.«

»Ich dachte schon, Sie kämen von einer Bergtour, wegen Ihres Outfits.«

»Nein, das ist nur … egal. Hätten Sie einen Moment für mich? Sie können auch gern weitermachen mit dem Aufbau, während wir uns unterhalten.«

Frau Wolf winkte ab und sah ihn forschend an.

Kluftinger beschloss, sie sofort mit seiner dringlichsten Frage zu konfrontieren: »Gut, also, ich wollt noch mal wegen dem Drohnen-Film vom Absturztag nachhaken. Ist jetzt da einer gemacht worden oder nicht?«

Sie runzelte die Stirn und sah ihn verständnislos an. »Wie kommen Sie denn darauf?«

»Gibt es einen, oder gibt's keinen, will ich wissen.«

»Aber nein, an dem Tag ist keine Drohne geflogen. Andernfalls hätte ich Ihnen doch längst das Material zur Verfügung gestellt«, sagte sie mit einem gequälten Lächeln.

»Es ist nur, weil …«, setzte er an, wurde aber von Matthias Wolf unterbrochen, der mit großen Schritten auf sie zukam.

»Herr Kluftinger, darf ich fragen, warum Sie schon wieder meine Frau behelligen? Ich dachte nach der Sache mit dem Seil, dass wir endgültig mit den unliebsamen Ereignissen abschließen können.«

»Unliebsame Ereignisse, ein guter Ausdruck«, fand der Kommissar.

»Nennen Sie es, wie Sie wollen, aber bitte: Sie sehen, was meine Frau jetzt stemmen muss. Ich denke, Sie können zumindest erahnen, was sie durchgemacht hat.«

Eva Wolf versuchte, ihn zu beschwichtigen. »Lass, Matthias, der Kommissar tut ja nur seine Pflicht.«

»Dafür hat jeder Verständnis, aber genug ist genug. Kümmern Sie sich endlich um diese von Inzucht degenerierten Bergführer. Oder haben Sie immer noch nicht kapiert, dass die für den ganzen Schlamassel verantwortlich sind?«

Kluftinger wollte etwas erwidern, da bemerkte er im Augenwinkel, dass jemand ihm aufgeregt zuwinkte. Er wandte sich um und sah Frau Waibel wild mit den Händen herumfuchteln.

»Bloß einen Moment, bitte«, entschuldigte er sich beim Ehepaar Wolf und ging mit zusammengekniffenen Augen auf die dicke Frau zu. »Frau Waibel, ich bin hier mitten im Gespräch, zefix.«

»Weiß ich ja, aber ich habe ein Subjekt gesehen. Also, einen Mann, der sieht dem von neulich ganz ähnlich. Ist allerdings mit zwei kleinen Kindern da und schaut sich einen Zeichentrickfilm an. Könnte ja sein, dass das nur Tarnung ist und er auch zu diesem Verbrecherring gehört.«

Kluftinger seufzte und überlegte, wie er die aufdringliche Frau wohl am schnellsten loswerden könnte, ohne sie völlig zu verprellen. Da kam ihm eine Idee. Er winkte sie näher zu sich und flüsterte: »Könnten Sie ihn beschatten, bis ich Sie ablösen komme?«

»Natürlich, wird gemacht«, antwortete sie eifrig und machte auf der Stelle kehrt.

Erleichtert ging Kluftinger zurück. Frau Wolf redete gerade aufgeregt auf ihren Ehemann ein, doch als der Kommissar näher kam, verstummte sie, setzte ein strahlendes Lächeln auf und erklärte: »Nicht dass ein falscher Eindruck entsteht, Herr Kluftinger, mein Mann und ich, wir helfen Ihnen natürlich nach wie vor gern. Aber vor einem solchen Event ist man eben ein wenig nervös, daher ist mit Matthias der Gaul ein wenig durchgegangen.«

Matthias Wolf nickte und murmelte: »Ja, meine Frau hat recht, tut mir leid, wenn ich mich da im Ton vergriffen habe.«

»Kein Problem«, beruhigte ihn Kluftinger, »ich mag offene Worte.« Die waren letztlich viel aufschlussreicher, als wenn ihm ständig jemand Theater vorspielte, dachte er.

»Aber jetzt muss ich schon neugierig sein«, sagte Eva Wolf, »es zieht sich alles auf die beiden Bergführerfamilien zusammen, wie wir mitbekommen haben?«

Der Kommissar legte die Stirn in Falten. »Hm, schwer zu sagen. Uns fehlen da im Moment die Anhaltspunkte.«

Die Eheleute warfen sich einen kurzen Blick zu. »Aber sagten Sie nicht, die Fehde zwischen den Schratts und den Kagerers sei der Schlüssel zur Lösung? Klingt ja sehr einleuchtend.«

»Ich weiß nicht, ob ich das so gesagt hab«, antwortete Kluftinger vage.

»Und das mit dem Film aus der verschwundenen Helmkamera? Das geht ja bestimmt auf die Bergführer zurück, nicht wahr?«

»Wir suchen mit Hochdruck nach der Kamera, bisher leider ohne Erfolg. Das Video könnte letztlich jeder ins Internet gestellt haben. Aber jetzt noch mal zu dieser Sache mit der Drohne am Absturztag. Warum haben Sie sich dagegen entschieden? Schon komisch: Sonst haben Sie immer gefilmt, beim Testlauf aber nicht.«

Eva Wolf zögerte, dann erklärte sie: »Andi war dagegen.«

»Warum?«

»Er traf solche Entscheidungen aus dem Bauch heraus, ohne sie lange zu begründen. Es war letztlich ja kein Drehtag, sondern nur eine Probebegehung, die vorwiegend zur Festlegung der einzelnen Kamerapositionen und Perspektiven dienen sollte.«

»Und die Helmkamera? Dagegen hat das Bauchgefühl vom Bischof aber nicht gesprochen, oder wie?«

»Meine Frau hat doch gesagt, dass das Andis Entscheidung war«, schaltete sich der Mann wieder ins Gespräch ein.

Doch Kluftinger reagierte gar nicht darauf. »Haben Sie denn eine Genehmigung für die Drohne beantragt an diesem Tag?«

»Nein, haben wir nicht«, sagte Eva Wolf bestimmt. »Da können

Sie gerne nachfragen. Und wir hatten ansonsten immer eine, wenn wir geflogen sind.«

Kluftinger nickte. Es war klar, dass die beiden ihm etwas verheimlichten. Und er ging inzwischen davon aus, dass es diesen ominösen Drohnenfilm gab. Aber warum zeigten sie ihn ihm nicht? Was war darauf zu sehen? Er beschloss, dass eine kleine Provokation in dieser Situation nicht schaden könne. »Worüber wir uns noch gar nie unterhalten haben: Wie schauen Ihre Alibis für den Tatzeitpunkt aus?«

Wieder sahen sich die beiden an, bis Eva Wolf ungläubig zu lachen begann. »Das ist jetzt nicht Ihr Ernst, oder?«

»Schau ich aus wie ein großer Spaßmacher?«

Jetzt lachte auch ihr Mann gekünstelt auf.

»Na schön, wenn Sie wollen«, sagte sie schließlich, »ich war in der Firma und habe Material geschnitten.«

»Aha. Allein?«

»Nein, mein Mann hat auf seiner Radtour bei mir vorbeigeschaut.«

»Sie waren beim Radeln?«

»Sicher, ich war mit dem Bike unterwegs«, erklärte Matthias Wolf.

»Wo denn genau?«

Wolf zuckte mit den Schultern. »Irgendwo in den Bergen. Ich kann es Ihnen beim besten Willen nicht mehr exakt sagen.«

Priml! So würde Kluftinger also auch nicht weiterkommen.

Erst als er bereits an seinem Schreibtisch saß, fiel ihm Frau Waibel wieder ein. Er wusste nicht, wer ihm mehr leidtat: die Kinobetreiberin oder der unbescholtene Mann, den sie verfolgte. Er beschloss, noch kurz anzurufen und ihr ausrichten zu lassen, er danke sehr für ihren Einsatz, die Aktion sei jedoch abgeblasen.

Dann widmete er sich erneut den Ermittlungsakten zum aktuellen Fall, wobei er zum ersten Mal sein Hauptaugenmerk auf das legte, was die Kollegen über Eva Wolf zusammengetragen hatten. So gut wie alles, was er in dem kurzen Dossier über die Filmemacherin fand, wusste er ohnehin. An einer Stelle aber wurde ein Projekt am Nanga Parbat erwähnt, bei dem es zu einem gefährlichen Zwischenfall gekommen war. Er erinnerte sich daran, dass Matthias Wolf gestern davon gesprochen hatte. Seine Frau hatte damals unter dramatischen Umständen ihr ungeborenes Kind verloren. Allerdings stand nicht mehr darüber in den Akten, als dass Andi Bischof bei dem Projekt federführend gewesen sei, dass der Film, der daraus resultierte, den Titel *König der Berge* bekommen und seinen internationalen Durchbruch bedeutet habe. Das war alles. Doch Kluftinger hätte genau darüber gerne mehr erfahren.

Ein wenig erinnerte ihn dieser dramatische Zwischenfall an das, was ihm Korbinian über seine Lebensgefährtin erzählt hatte. Und wie sehr dieses Unglück seither sein Leben bestimmte. Zwar war Eva Wolf im Gegensatz zu Rosi mit dem Leben davongekommen, die Sache mit dem Kind aber hatte sie vermutlich ebenfalls nie losgelassen.

Er suchte im Internet nach einer Stabliste des Films. Sicher wusste einer der Beteiligten, was damals genau vorgefallen war. Dann machte er sich daran, zu den Namen Adressen oder Telefonnummern herauszufinden, und hatte zehn Minuten später tatsächlich die Handynummer von Holger Fischer auf einem Zettel vor sich liegen. Fischer war bei besagtem Film der verantwortliche Tontechniker gewesen. Auch wenn es nicht schwer gewesen war, ihn ausfindig zu machen – der Mann hatte eine eigene Homepage, und auf seinem Anrufbeantworter gab er seine Mobilnummer bekannt –, war Kluftinger doch ein bisschen stolz auf sich. Vor nicht allzu langer Zeit hätte er für dieses Ergebnis noch einen seiner Kollegen oder seine Sekretärin bemühen müssen.

Nach kurzem Klingeln nahm Fischer ab. Der Kommissar erläuterte ihm sein Anliegen, und nachdem sich der Mann irgendwann hatte überzeugen lassen, dass es sich bei dem unbekannten Anrufer tatsächlich um einen Polizisten handelte, erklärte er sich zu einem Gespräch bereit.

»Ich bin gerade im Auto auf dem Weg zu einer Veranstaltung. Macht doch nichts, oder?«

»Kein Problem. Dann lassen Sie mal hören.«

Die Informationen sprudelten geradezu aus Fischer heraus. Fast schien es, als habe der nur auf eine Gelegenheit gewartet, das damals Erlebte endlich jemandem zu erzählen. So erfuhr der Kommissar alles über das Projekt am Nanga Parbat, das Andi Bischof so wichtig gewesen sei, dass er sie alle zu Höchstleistungen angetrieben habe. »Er hatte damals schon seinen Riecher, was beim Publikum ankommt. Und der Erfolg hat ihm recht gegeben. Auch wenn das für uns alle kein Zuckerschlecken war.«

»Wie meinen Sie das?«

Der Tonmann berichtete, wie vor allem Eva Wolf erheblich unter Druck stand. Denn Bischof habe ihr immer wieder zu verstehen gegeben, dass man es ohne außergewöhnlichen Einsatz in der Zusammenarbeit mit ihm nicht weit bringen könne. »Deswegen wollte sie sich nicht anmerken lassen, dass sie in ihrem Zustand nicht zu allem in der Lage war«, erinnerte sich der Tontechniker. »Obwohl wir ihr immer wieder gesagt haben, dass sie aufpassen muss.«

»Haben Sie sie denn nicht daran gehindert, in so große Höhe zu gehen?«

»Was hätten wir machen können?«, verteidigte sich Fischer. »Wir hatten selbst genug damit zu tun, Andis Anforderungen zu erfüllen.«

»Und der Bischof hat sie gezwungen, da raufzugehen?«, fragte Kluftinger fassungslos.

»Das kann man nun auch wieder nicht sagen«, wand sich der Tonmann. »Aber er hat ihr mehrfach zu verstehen gegeben, dass ein Kind sie nicht einschränken darf in dem, was sie beruflich tut. Und Eva hat dem nichts entgegenzusetzen gehabt. Uns hat sie manchmal echt leidgetan.« Fischer klang, als habe er ein schlechtes Gewissen. Er erinnerte sich außerdem, dass Eva Wolf versucht habe, Bischofs Erwartungen mehr als bloß zu erfüllen. Sie wollte ihn überraschen, ihm zeigen, dass sie sich durch nichts abhalten lassen würde in ihrem Einsatz für das Projekt. Und das gegen die ausdrücklichen Ratschläge des gesamten Teams, vor allem aber gegen den strikten Willen ihres damaligen Freundes Matthias Wolf, der von zu Hause aus sogar einzelne Teammitglieder zu erreichen versucht habe, damit sie auf Eva einwirkten.

Kluftinger überlegte sich genau, wie er seine nächste Frage formulieren wollte. »Würden Sie sagen, Bischof trug die Schuld an dem Unglück, das dann passiert ist?«

Fischer dachte ebenfalls eine ganze Weile nach, dann verneinte er: »Das würde zu weit gehen. Dass Eva zusammengebrochen ist, höhenkrank wurde und ihr Kind verloren hat, ist schrecklich, aber letztlich war es ihre Entscheidung. Niemand konnte eine derart dramatische Entwicklung voraussehen. Man hat zwar gemunkelt, dass Matthias Wolf den Andi dafür verantwortlich gemacht hat, ich selber hab da aber direkt nichts mitbekommen. Das Tragische war, dass die ärztliche Versorgung da unten desaströs war. Das war es, was sie beinahe umgebracht hätte. Eine schlimme Sache, die sicher keiner je vergessen wird, der dabei war.«

Ganz allmählich begann sich in Kluftingers Kopf alles zu einem logischen Ganzen zu fügen. Er bedankte sich bei Fischer. »Sie haben mir sehr geholfen. Wo kann ich Sie denn erreichen, wenn's noch Fragen gibt?«

»Ich bin jetzt in Kempten, auf der Bischof-Retrospektive, da läuft auch *König der Berge*. Kennen Sie das Kino in der Innenstadt?«

Kluftinger lachte: »Ja, das kenn ich. Und von der Veranstaltung hab ich auch schon gehört.« Dann legte er auf, nachdem er Fischer gebeten hatte, den Wolfs gegenüber nichts von ihrem Gespräch zu erwähnen. Auch wenn es eigentlich keinen Unterschied machte, ob die beiden darüber Bescheid wussten oder nicht.

Viel wichtiger war, dass der Kommissar nun endlich ein mögliches Motiv hatte. Einen Grund, weswegen Eva Wolf und ihr Mann Andi Bischof hatten umbringen wollen: Er war es, den sie für den Verlust ihres ungeborenen Kindes verantwortlich machten. Und für den traurigen Umstand, keine eigenen Kinder mehr bekommen zu können.

Hatten sie damals schon ihren Racheplan gefasst? Oder war er allmählich in ihnen herangewachsen? Hatte sich Eva Wolfs Hass noch verstärkt, weil Bischof so sehr im Rampenlicht stand, während ihre Verdienste im Verborgenen blieben? Hatten die Meinungsverschiedenheiten um die zukünftige Ausrichtung ihres gemeinsamen Unternehmens den Graben vertieft? Bischof, der die Eventfilme verabscheute, und Wolf, die das große Geld in Reichweite sah? Wie musste es für Eva Wolf gewesen sein, mit einem Mann, den sie offenbar so sehr hasste, so eng zusammenzuarbeiten? Den sie so sehr verabscheute, dass sie sogar bereit war, zwei weitere Menschenleben zu opfern, um seines zu beenden. Die Familienfehde der Schratts und der Kagerers war da natürlich ein Glücksfall für sie gewesen. Wahrscheinlich hatte er ihnen auch die anonyme Zusendung des Führerbuchs von Baptist Schratt zu verdanken. Und beinahe wäre der Kommissar ihnen auf den Leim gegangen.

Nur wie hatten die Wolfs es angestellt? Das kleine Bäumchen auszugraben, dazu wären beide in der Lage gewesen, so sportlich, wie sie waren. Vielleicht hatten sie es auch zu zweit gemacht. Sie hätten sich gegenseitig abseilen oder sichern können, schließlich verfügten sie über die nötige Ausrüstung.

Auch die Sache mit dem Clip der Helmkamera war nun klar: Eva Wolf war geübt darin, Filme zu schneiden. Und sie musste ihn natürlich anonym ins Netz stellen, um ihn in den fertigen Film einbauen zu können – was den Streifen zu einem echten Knüller machen würde. Ein genialer Plan, dachte Kluftinger, rügte sich aber selbst sofort dafür. So ausgeklügelt das Ganze auch war, so kalt und abstoßend war die Tat.

Nach dem Absturz hatten die Wolfs dann die Kamera vom Helm der Leiche geschraubt. Und waren selbst beim Anblick der schrecklichen Folgen ihres Tuns nicht von ihrem Weg abgewichen. Aber wie hatten sie die Kamera gefunden? Wahrscheinlich mittels GPS-Ortung, wie Maier vermutet hatte. Aber das war nebensächlich.

Vielmehr beschäftigte ihn ein anderes Rätsel. Schon hundertmal hatte er sich das Hirn darüber zermartert: Wie konnten die Wolfs sicherstellen, dass die Gruppe ins Straucheln geriet und ins Seil stürzte? Wodurch waren das Straucheln, der Fall, der Absturz, ausgelöst worden? Die beiden hatten sich sicher nicht hinter dem Bäumchen versteckt und die Seilschaft so erschreckt, dass sie den Halt verlor. Er fühlte, dass er ganz nah an der Lösung war, dennoch fehlte ihm dieses eine Puzzlestück, damit das Bild komplett war.

All diese Gedanken gingen ihm noch durch den Kopf, als er im Auto saß und Richtung Altusried fuhr. War ja auch kein Wunder, dass er sich nicht mehr richtig konzentrieren konnte, angesichts dessen, was er heute alles durchlitten hatte. Er musste endlich heim, die Füße hochlegen und durchschnaufen.

Müde und frustriert schaltete er das Radio ein. Zu seiner Freude tönte Volksmusik aus dem Apparat. Er pfiff bei seiner Lieblingspolka *Böhmischer Traum* mit, und es gelang ihm tatsächlich für einen Moment, seine Sorgen zu vergessen, da kündigte ein Jingle die Nachrichten an. *Priml,* nicht mal das bisschen Entspannung war ihm heute vergönnt. Nur unterbewusst drangen die Schlagzeilen in sein Bewusstsein: Irgendwelche rechten Idioten hatten einen Bus mit Asylbewerbern blockiert, Piloten drohten mal wieder einen Warnstreik an, in Syrien hatte es bei einem Drohnenangriff viele zivile Opfer gegeben, der Aktienmarkt trat weiterhin auf der Stelle, und für die nächsten Tage wurde in den Bergen sehr unbeständiges Wetter …

Kluftinger riss die Augen auf, setzte den Blinker und lenkte den Passat an den Straßenrand. *Drohnenangriff,* hallte es in seinem Kopf nach. »Himmelsackzement!«

Natürlich. Das war es! Das war des Rätsels Lösung. Die Drohne, die angeblich nicht geflogen war. Die Täter hatten sie an jenem verhängnisvollen Tag tatsächlich nicht verwendet, um einen Film zu drehen, sondern um die Bergsteiger damit zu attackieren, so dass sie im schweren Gelände aus dem Tritt geraten und unweigerlich in ihr Unheil stürzen mussten. Deswegen auch der geschnittene Film der Helmkamera: Die Attacke musste darauf zu sehen sein. Er wischte sich den Schweiß von der Stirn und atmete schwer. Nun ergab auf einmal alles Sinn, nun passte sich das letzte Puzzleteil ein.

Allerdings, so musste er einschränken, fehlte dabei ein kleines, leider jedoch ungeheuer wichtiges Detail: ein stichhaltiger, gerichtsverwertbarer Beweis.

Zwischen Hochmut und Demut
steht ein Dritter im Leben
und das ist der Mut.
RG. mit HH

11.04.16

Aus dem Gipfelbuch am Edelsberg

Es dämmerte noch nicht einmal, als Kluftinger am nächsten Morgen erwachte. Dennoch sprang er voller Tatendrang aus dem Bett. Er fühlte sich fit, auch wenn er beileibe keine ruhige Nacht hinter sich hatte. Unruhig hatte er sich von einer Seite auf die andere gewälzt, sich den Kopf zermartert, war eingedöst und wieder aufgewacht – bis ihm irgendwann die Lösung vor Augen stand, so einfach und klar, dass er nicht verstehen konnte, wieso er nicht eher darauf gekommen war. Er würde der perfiden Planung der Wolfs mit einem, wie er fand, ebenso ausgeklügelten Plan begegnen. Erst nachdem er den in allen Einzelheiten durchdacht hatte, war er in einen kurzen, tiefen Schlaf gefallen.

Nun war er hellwach und machte sich daran, sein Vorhaben in die Tat umzusetzen. Zwar musste er dafür einige Anrufe tätigen, aber das war um diese Uhrzeit natürlich noch nicht möglich, vor allem an einem Sonntag. Also duschte er, frühstückte und las bis halb acht alles, was in der Küche herumlag, unter anderem die Bäckerblume und die Apothekenumschau, schlich sich wieder ins Schlafzimmer und packte seine Bergausrüstung zusammen.

Gerade als er wieder nach draußen wollte, wachte seine Frau auf. Verschlafen blinzelte sie ihn an. »Was machst denn du, Butzele? Heut ist doch Sonntag.«

»Eben«, brummte er.

»Gehst du in die Berg?«

»Ja, ich glaub schon.«

»Mit dem Korbinian?«

»Wahrscheinlich.«

Erika lächelte beseelt. »Toll, dass du wieder so Spaß dran hast – und auch, dass ihr wieder Freunde seid.«

»Ja, das freut mich auch.«

»Wohin geht ihr?«

Er zuckte die Achseln. »Noch mal Richtung Oytal.«

»Aber nicht auf dieses schreckliche Himmelhorn, oder?« Sie wirkte auf einmal hellwach.

»Mei ... vielleicht schon.«

»Um Gottes willen, pass bloß auf!«

»Versprochen, Erika. Und jetzt schlaf weiter, brauchst dir keine Sorgen machen.« Er schloss schnell die Tür hinter sich. Wenn seine Frau wüsste, was er wirklich vorhatte, würde sie ihn bestimmt nicht so einfach ziehen lassen.

Als er seine Bergausrüstung ins Auto gepackt hatte, beschloss er, dass man zumindest die Kollegen um kurz vor acht aus dem Bett klingeln konnte – Sonntag hin oder her. Er wählte die Nummer der Rufbereitschaft seiner Abteilung, ohne überhaupt zu wissen, wer für dieses Wochenende eingeteilt war. Nach kurzem Klingeln meldete sich die belegte Stimme von Richard Maier.

»Richie? Hast du schon wieder Dienst? Sind jetzt drei Wochen hintereinander!«

»Morgen, Chef. Es sind vier Wochen, aber diesmal hab ich mich freiwillig gemeldet, ich möchte dadurch ein paar Ausgleichstage anhäufeln und an meinen Urlaub hängen.«

»Soso. Mal schauen, ob das dein Abteilungsleiter genehmigen kann. Aber im Ernst, ich brauch dich.«

Er erklärte Maier, was er vorhatte, holte sich von ihm als Technikfreak eine wichtige Auskunft zur Durchführung seines Plans und bat ihn, die anderen Kollegen zu verständigen. Sie sollten sich alle ab etwa halb zehn im Oytalhaus zur Verfügung halten. Anschließend rief er Korbinian Frey an. Er war nervös, weil es keine geringe Bitte war, die er an ihn hatte, aber er atmete auf, als der sich sofort bereit erklärte, ihm zu helfen.

Dann brach er auf.

»Also, ganz ehrlich, Bertele, ich bin mir wegen dem Wetter heut gar nicht sicher«, sagte Frey mit skeptischem Blick zum Himmel, als er in Kluftingers Passat einstieg. »Die Vorhersage meldet zwar nix, aber ich hab das im Urin.«

»Ach komm, die Sonne scheint! Und die paar Schleierwolken – da kommt nix, Bini.« Kluftinger wollte sich seinen Plan nicht von dem unbestimmten Gefühl seines Freundes zunichtemachen lassen. »Hast du an die Landjäger gedacht?«, lenkte er das Gespräch auf ein anderes Thema.

Frey grinste. »Ich hab zwei Paar Landjäger und einen ganzen Ring Knoblauchwurst. Hauptsach, der Ranzen ist voll, gell? Manche Dinge ändern sich halt nie.«

»Schmarrn, das hat doch damit nix zu tun.«

»Machst du eine Wurstdiät?«

»Depp!«, sagte der Kommissar grinsend und schlug seinem Freund kumpelhaft gegen das Knie.

»Aua«, jammerte der. »Das tut weh!«

»Kriegst du eine Arthrose? Solltest dich mehr schonen.«

»Nein, das darf ich nicht, neben mir sitzt das lebende Beispiel, wozu zu viel Schonung führt.«

Sie lachten und genossen die gute Stimmung auf ihrem Sonntagsausflug, doch nach einer Weile wurde der Kommissar ernst und weihte Frey in seine Pläne ein.

Der konnte nicht verbergen, dass es ihn mit Stolz erfüllte, eine so wichtige Rolle bei den Ermittlungen zu spielen. »Und die Wolf wartet jetzt in der Firma auf uns?«, fragte er, als Kluftinger geendet hatte.

»Ja, ich hab ihr gesagt, dass neue Beweise aufgetaucht sind, die dem Fall eine sensationelle Wendung geben.«

»Was gar nicht stimmt?«

»Nein, aber mit unserem Besuch werden wir dafür sorgen, dass es wahr wird.«

»Hättest ja auch sagen können, dass die Wurst gar nicht für dich ist, sondern für deine Ermittlungsarbeit. Dann hätt ich die alte ganz hinten aus dem Vorratsschrank genommen, die kann ich selber nämlich schon nicht mehr beißen.« Er entnahm seinem Rucksack die Landjäger und verstaute sie in den Taschen seiner Windjacke.

Vor dem Gebäude der *wild men productions* blieb Frey wie vereinbart draußen zurück. Kaum hatte Kluftinger geläutet, machte ihm Eva Wolf die Tür auf, wobei sie ihren Hund, der sich neben ihr aus der Tür schieben wollte, am Halsband festhielt.

Kluftinger knipste ein entschuldigendes Lächeln an und begann mit seiner kleinen Schauspieleinlage: »Guten Morgen, Frau Wolf. Das tut mir leid jetzt, dass ich Sie auch noch am Sonntag behelligen muss, aber ich hätt da eine Frage, die Sie mir sicher am besten beantworten können.«

Frau Wolf sah ihn aus wachen Augen an. »Ach was, kein Problem, ich hatte noch nichts vor. Zudem bin ich Frühaufsteherin, während Matthias gern noch eine Runde länger schläft.«

»Danke für Ihre Hilfsbereitschaft. Ihr Mann ist also gar nicht mitgekommen?« Er hatte Mühe, seine Erleichterung über diesen Umstand zu verbergen.

»Nein, wie gesagt, ich habe ihn ausschlafen lassen. Ist ganz schön spät geworden gestern im Kino. Und ihn nimmt die Sache doch allmählich sehr mit. Aber worum geht es denn, Herr Kommissar?«

»Es ist noch mal wegen der Drohne …«

Eva Wolf ließ ihn gar nicht erst ausreden. »Also, ich bitte Sie! Deswegen behelligen Sie mich? Mein Mann und ich haben Ihnen doch erst gestern erneut versichert, dass die am Unglückstag nicht geflogen ist.«

»Das weiß ich ja«, beschwichtigte er und versuchte, aus seiner Position einen Blick in den kleinen Raum zu erhaschen, in dem das Film- und Kameraequipment lag. Die Tür war nur angelehnt. Er ballte die Faust in seiner Tasche, als er die Drohne erblickte. »Es ist nur so«, fuhr er nach einer etwas zu langen Pause fort, »dass ich da Ihr Wissen bräuchte, also, als Expertin halt.« Beim letzten Wort wischte er sich fahrig über die Stirn und atmete schwer ein.

»Geht es Ihnen nicht gut? Kreislauf?«, fragte Eva Wolf und klang ehrlich besorgt.

»Ich weiß auch nicht«, seufzte der Kommissar mit brüchiger Stimme und griff hinter sich nach einem Stuhl. »Ob Sie mir vielleicht ein Glas Wasser hätten?«

»Sicher, setzen Sie sich hin, ich bin gleich wieder da.«

Als sie in der kleinen Küche verschwunden war, stand Kluftinger rasch vom Stuhl auf, ging zur Eingangstür und zog sie auf. Umgehend hob der Hund den Kopf und kam angetrottet. Draußen wartete bereits Korbinian Frey samt einem ordentlichen Stück Landjäger. Sofort nahm das Tier Witterung auf, schlüpfte hinaus und ließ sich von Frey bereitwillig um die Hausecke locken.

Kluftinger lugte ins Innere und ließ die Küchentür nicht aus den Augen. Erst in dem Moment, in dem sie sich öffnete, rief er laut: »Um Gottes willen, Frau Wolf, kommen Sie schnell, der Hund!«

Die Frau stürzte auf ihn zu und rief im Laufen: »Ist er entwischt? Haben Sie die Tür aufgemacht? Ich hab's Ihnen doch schon beim letzten Mal gesagt!«

»Entschuldigung, mir war auf einmal so schwummrig, dass ich an die Luft wollte, und zack, war er draußen. Ich wär ihm ja nach, aber mir ist derart drimslig …« Er tastete nach dem Türrahmen und stützte sich ab.

»Himmelnocheins, dann legen Sie sich aufs Sofa. Ich muss den Hund finden, sonst ist der über alle Berge.« Damit rannte sie los.

»Jaja, lassen Sie sich ruhig Zeit«, sagte er mit schwacher Stimme. »Geht schon.« Er drehte sich ganz langsam um, doch kaum, dass die Tür ins Schloss gefallen war, rannte er zum Lagerraum, in dem sich die Drohne befand. Er durfte keine Zeit verlieren, es kam auf jede Sekunde an. Auch wenn er sich sicher war, dass Korbinian den Hund möglichst weit weggelockt hatte – wer konnte schon sagen, wie groß das Zeitfenster war, das sich ihm bot?

Er schaltete das Licht ein und ging rasch zu dem Fluggerät. Maier, der mehrere dieser Dinger zu Hause hatte, hatte ihm am Telefon gesagt, wie er vorgehen musste. Außerdem hatte sich der Kollege erinnert, dass er bei seinem ersten Besuch den Typ der Drohne, ein *Stealth Phantom,* erkannt hatte. Bei der könne man die Abdeckung eines Standfußes abnehmen, auf dem sich die Produktionsnummer befand. Die Flugeigenschaften dürfte das seiner Meinung nach nicht beeinflussen, das Teil könnte durchaus unbemerkt verlorengehen.

»Sauber, Richie«, flüsterte Kluftinger triumphierend, als er die Buchstaben »TEALTH« auf dem weißen Fluggerät prangen sah. Auch wenn das »S« nicht mehr zu lesen war, Maier hatte recht gehabt. Er machte sich an der Verkleidung einer kleinen Kufe zu schaffen, auf der eine lange Seriennummer prangte. Sie saß ziemlich fest, und er musste seinen Schlüssel zu Hilfe nehmen. In dem Moment, in dem er ihn unter das Plastikteil geschoben hatte, hörte er an der Tür ein Geräusch. »Zefix«, zischte er, das war viel zu früh. Hektisch hebelte er an der Kufe herum. Schweiß trat ihm auf die Stirn, doch endlich löste sich das Teil, und er hielt die silbern glänzende Abdeckung in Händen. Blitzschnell ließ er das Plastikteil in die Tasche seines Jankers gleiten und lief nach draußen. Jetzt hörte er, wie die Tür geöffnet wurde und Eva Wolfs Stimmte erklang: »Böser Messner, du sollst doch nicht alleine raus. Marsch jetzt ins Körbchen.« Kluftinger war schon fast an dem Sofa angekommen, das am anderen Ende des Raumes stand, da fiel ihm auf, dass er das Licht im Lagerraum hatte brennen lassen. Eine Welle der Panik durchfuhr ihn – das konnte er nicht mehr schaffen, ohne erwischt zu werden. Da ertönte draußen ein Pfeifen, worauf der Hund zu bellen begann. *Korbinian!,* dachte der Kommissar und spurtete los.

»Platz jetzt, sonst setzt es was«, schimpfte Eva Wolf, als Kluftinger das Licht ausschaltete. Dann rannte er zurück und ließ sich in dem Moment auf das Sofa plumpsen, als Eva Wolf wieder eintrat.

»Wie sehen Sie denn aus?«, fragte sie, als sie den Kommissar erblickte. »Fallen Sie mir jetzt gleich in Ohnmacht?«

Kluftinger konnte sich vorstellen, dass er etwas derangiert wirkte: Die Haare klebten an seinem verschwitzten Kopf, und es fühlte sich an, als glühten seine Wangen. »Nein, alles gut, geht schon wieder«, erklärte er aber. »Mei, Gott sei Dank, dass Sie den Hund gleich wieder eingefangen haben. Nix für ungut noch mal, gell? Ich weiß auch nicht, was ich gehabt hab, auf einmal war mir schwarz vor Augen.«

»Schwamm drüber. Wollen Sie sich noch ein bisschen ausruhen?«

Der Kommissar stand auf. »Nein, geht schon wieder.«

»Na, dann ist ja gut. Aber nun bin ich schon gespannt, um welche neuen Beweise es sich handelt, von denen Sie mir erzählen wollten.«

Kluftinger schlug sich gegen die Stirn. »Ach, logisch, das hab ich ja noch gar nicht gesagt. Also, wir haben aktuelle Bilder, die die Kollegen aus dem Hubschrauber gemacht haben, noch einmal ganz genau ausgewertet und dabei oben am Himmelhorn, ziemlich nah der Absturzstelle, ein Kunststoffteil entdeckt, das unser Interesse geweckt hat.«

»Ein Kunststoffteil?«

»Ja. Ein Kollege, der sich mit so was auskennt, hat es ziemlich sicher als Teil vom Standfuß einer Drohne identifiziert. Sogar eines, wo die Seriennummer von dem Ding draufsteht. Das könnte uns natürlich enorm weiterbringen.«

Eva Wolf legte die Stirn in Falten. »Kann ich das Bild mal sehen?«

Auf diese Frage war Kluftinger vorbereitet. »Leider nicht, ich hab es noch nicht ausgedruckt.«

»Und wie kann ich Ihnen da helfen?«

»Also, der Herr Maier, den kennen Sie ja auch, der hat das Plastikteil obendrein einer bestimmten Marke zuordnen können, sündteure Profidinger seien das, und da wollt ich Sie fragen, ob Sie jemanden kennen, so unter Filmleuten, der so ein Gerät haben könnt.«

Allmählich wurde sein Gegenüber nervös. »Um welche Marke handelt es sich denn?«, bohrte Eva Wolf nach.

Der Kommissar holte einen vorbereiteten Zettel aus der Hosentasche, faltete ihn umständlich auf und reichte ihn der Frau.

»Eine *Stealth Phantom?* Die ist wirklich gut und nicht billig. Ihr Herr Maier hat recht, die wird vorwiegend im Profibereich eingesetzt. Es gibt aber durchaus auch ein paar Verrückte, die sich so ein Ding als Hobby zulegen. Nicht mal ganz wenige sogar.«

»Also sind die gar nicht so selten?«, hakte Kluftinger nach.

»Nein, selten sind die nicht. Wir hatten auch lange so eine, haben dann aber vor einiger Zeit die Marke gewechselt und die alte gebraucht verkauft.«

»Ach so? An wen denn?«

Eva Wolf schien diese Nachfrage zu überraschen. Ihr Mund blieb offen stehen, sie suchte offensichtlich nach Worten, dann fing sie sich wieder und stieß ein gekünsteltes Lachen aus. »Ha, sehen Sie? Das weiß ich nicht mal! Andi hat das in die Hand genommen. Er hat irgendwas von einem Verleihdienst in Südtirol gesagt, der Interesse hatte.«

Kluftinger registrierte, dass sie versuchte, unbemerkt in Richtung Lagerraum zu schauen. »In Südtirol, soso.«

Er wartete, ob noch etwas käme, und nach einer Weile bot Eva Wolf an: »Ich werde mich auf jeden Fall umhören, wer in der Szene eine *Phantom* im Einsatz hat. Ich kann auch mal mit dem Ansprechpartner bei unserem Technikausrüster reden, vielleicht haben die eine Art Kundenliste oder so. Aber das geht natürlich erst morgen, heute am Sonntag erreiche ich den nicht.«

Kluftinger lächelte dankbar. »Mei, Frau Wolf, das ist so nett, dass Sie uns immer unterstützen bei unserer Arbeit. Hilft uns bestimmt weiter. Wir können das Teil da oben eh erst morgen bergen, jetzt am Wochenende geht da gar nix.«

Eva Wolf schien das ein klein wenig zu beruhigen. Sie atmete tief ein und sagte: »Gut, ich melde mich dann im Lauf des morgigen Vormittags. Ich müsste jetzt bloß, mein Mann wartet«, sagte sie entschuldigend und sah auf die Uhr.

»Der Mann, klar. Dann hör ich von Ihnen.«

»So ist es. Spätestens morgen. Bestimmt.«

Sogar ganz bestimmt, fügte Kluftinger im Geiste hinzu.

Korbinian Frey saß bereits wieder im Auto, als der Kommissar einstieg und vom Hof fuhr. Dann erst beantwortete er Freys fragende Blicke. »Könntest direkt bei uns anfangen, Bini!«

»Wieso? Hat alles hingehauen? Hast du genug Zeit gehabt?«

»Und wie, das hat dick gereicht. Und der Pfiff am Schluss, das war grad im rechten Moment.«

»Welcher Pfiff? Meinst du den Traktor mit der quietschenden Bremse?«

»Hast du denn nicht …« Kluftinger blickte in ein ratloses Gesicht. »Egal, jedenfalls ist der Köder geschluckt.«

»Ja, das stimmt. Die ganzen Landjäger hat das Vieh weggefressen. Wenn der sich mal nicht den Magen verrenkt.«

»Nein, ich mein die Frau. Die hat den Köder geschluckt. Und die verrenkt sich vielleicht gleich mehr als nur den Magen.«

Am Oytalhaus wurden sie bereits von Maier und Hefele erwartet. Für einen kurzen Moment drohten die Ereignisse des Kletterwaldes wieder in sein Bewusstsein zu dringen, doch Hefeles »Hat alles geklappt?« verhinderte das zum Glück. Kluftinger nickte.

»Chef, der Strobl kann nicht kommen, der ist in Salzburg und schafft es nicht rechtzeitig«, erklärte Maier aufgeregt. »Klang auch wenig begeistert, wenn du mich fragst.«

Kluftinger zuckte mit den Schultern. »Ihr zwei reicht mir völlig.« Er spürte, wie die Aufregung in ihm wuchs, eine Mischung aus Nervosität und Jagdfieber, und er fühlte sich so lebendig wie lange nicht. »Wenn sie kommt, gebt ihr es uns per Funk durch«, sagte er leise, auch wenn niemand da war, der sie hätte belauschen können.

Zögerlich merkte Maier an: »Du, also … ich hab mir noch mal Gedanken zu deinem geplanten Vorgehen gemacht.«

»Aha. Was kam denn raus dabei?«

»Ich würde doch dringlichst empfehlen, Unterstützung von uniformierten Kräften anzufordern.«

»Wieso? Das Tal ist wirklich wie geschaffen für das, was wir vorhaben, es gibt nur diesen einen Ausgang.«

»Aber wäre es nicht besser, auch einen Helikopter …«

»Wenn hier eine Hundertschaft rumläuft und obendrein noch der Hubschrauber kreist, können wir es gleich bleibenlassen.« Außerdem hatte ihn die Präsidentin gestern dazu ermutigt, auch mal unkonventionelle Entscheidungen zu treffen, Impulsen nachzugeben, spontan zu sein. Genau das würde er nun umsetzen. So hatte ihr schrecklicher Tag im Kletterwald wenigstens einen winzigen positiven Aspekt.

»Parkt die Autos irgendwo, wo man sie nicht sehen kann«, ordnete er an.

»Mach ich«, versprach Maier. »Und ich feuere eine Leuchtrakete ab, wenn sie kommen.«

»Willst du damit den Hubschrauber abschießen?«

»Hab extra eine mitgebracht.«

»Richie, das ist kein Kriegseinsatz am Hindukusch.«

»Aber …«

»Nix, das ist doch völlig schwachsinnig, die sehen das und sind gewarnt. Dann ist alles umsonst! Hast du die Funkgeräte?«

Maier nickte zerknirscht.

»Übrigens, sobald die hier durch sind, riegelt ihr ab. Ich brauch keine Touristen, die sich zufällig nach da oben verirren. Also, alles wird gemacht wie besprochen. Und die Kommunikation läuft per Funk, nicht per Rakete.« Dann ging Kluftinger mit Korbinian ins Gasthaus, um sich für ihre Bergtour umzuziehen.

Aus dem Gipfelbuch am Edelsberg

Heu, das kommt mir jetzt aber bekannt vor.« Korbinian zeigte auf eine Stelle am Boden, an der ein Kabel, Schraubenschlüssel, Schmirgelpapier und ein paar Radmuttern lagen.

Kluftinger erinnerte sich, dass sie die Sachen bei ihrem Aufstieg vor zwei Wochen zurückgelassen hatten. Eigentlich, um sie beim Rückweg wieder mitzunehmen, doch daran hatten sie nicht mehr gedacht. Na ja, das meiste Zeug hatte er eh beim Doktor ausgeliehen.

Was war nicht alles passiert, seit sie das letzte Mal hier gewesen waren. Und vor allem: Was würde sie heute noch erwarten? Er beschleunigte seinen Schritt, um nicht noch Angst vor der eigenen Courage zu bekommen.

»Jetzt renn doch nicht so«, keuchte Korbinian hinter ihm, was Kluftinger nur noch mehr anspornte.

»Schau du lieber, dass du den Anschluss nicht verlierst«, rief er über die Schulter. Die Aussicht darauf, die Mörder der drei Bergsteiger zu überführen, verlieh ihm ungeahnte Kräfte.

»Deine Motivation in allen Ehren, Bertele, aber das macht mir Sorgen.«

»Dass ich schneller bin als du?«

»Nein, das da.« Korbinian blieb stehen und deutete mit dem Finger nach oben. Die Wolken hatten sich verdichtet und ballten sich jetzt dunkelgrau am Himmel.

Kurzzeitig bekam auch der Kommissar Zweifel, doch dann wischte er diese mit einer Handbewegung weg. »Ach was, wir haben die Wettervorhersage angeschaut, da war nix.«

»Nur hält sich das Wetter nicht immer an die Vorhersagen, da ist es manchmal eigen. Vor allem am Berg.«

»Jetzt komm, ein paar Meter noch, dann machen wir Brotzeit. Dann wird sich das schon wieder verziehen.«

Sie fanden etwas weiter oben eine geeignete Stelle, die geschützt hinter einem Grashügel lag, und Kluftinger wollte die mitgebrachten Sachen auspacken, da entfuhr ihm ein »Kruzifixnomal!«.

»Was ist?«

»Ich hab unseren Proviant vergessen. Hast du was dabei?«

Frey schüttelte den Kopf. »Alles, was ich hab, ist das.« Er zog die Knoblauchwurst heraus, die eigentlich als Hundeköder gedacht gewesen war. Da keiner ein Taschenmesser dabeihatte, biss er ein Stück ab und reichte den Rest seinem Freund weiter. Trotz allem, was sie vorhatten, genoss Kluftinger diesen Moment vertrauter Stille zwischen ihnen, der jedoch jäh gestört wurde, als das Funkgerät knackte und Maiers Stimme aus dem Kästchen quäkte: »Hier Adlerhorst. Bei uns noch alles ruhig. Wie steht es bei euch im Schwalbennest? Bitte kommen.«

Frey blickte Kluftinger fragend an, doch der verdrehte nur die Augen. Dann drückte er die Sprechtaste: »Bist du jetzt unter die Vogelbeobachter gegangen, Richie?«

»Keine Namen, ist sicherer. Bitte kommen.«

»Jetzt komm, Richard Maier, wohnhaft im Erlenweg in Leutkirch, Baden-Württemberg, übertreib es nicht. Kommissar Kluftinger Ende.«

Es blieb ein paar Sekunden still, dann knackte das Gerät erneut.

»Das ist wirklich nicht zielführend, was du da machst. Wenn wir auffliegen, ist das deine Schuld.«

»Warum bist du eigentlich der Adlerhorst und wir das blöde Schwalbennest?«

»Das ist doch völlig egal. Bitte kommen.«

»Wenn's egal ist, dann sind wir ab jetzt zumindest Falkennest.«

»Falken bauen keine Nester. Bitte kommen.«

»Nein, ich komm jetzt nicht, da kannst du noch so sehr bitten.« Sie prusteten los, und endlich blieb das Funkgerät still. Maier meldete sich erst zehn Minuten später wieder, um zu vermelden, dass es nichts zu vermelden gebe und dass er sich in Kürze mit einem neuen Lagebericht melde.

»Nein, bitte, Richie, neue Regel: Ab jetzt wird nur noch gefunkt, wenn irgendwas passiert. Das war Kluftinger, over und ein für alle Mal out.«

Der Kommissar legte das Walkie-Talkie weg und blickte seinerseits sorgenvoll in den Himmel, wo die Wolken inzwischen eine gelb-graue Färbung angenommen hatten. Das sah verdächtig nach Hagel aus. Nun war auch er nicht mehr sicher, dass das Wetter halten würde.

Noch dazu mussten sie sich auf eine unbestimmte Wartezeit gefasst machen. Korbinian saß breitbeinig da, den Kopf gesenkt, und Kluftinger wurde auf einmal bewusst, dass sein Freund nur ihm zuliebe hier war. Er hatte mit der Sache eigentlich nichts zu tun. Der Kommissar verspürte eine tiefe Dankbarkeit und fand, er müsse ihm das auch sagen. Zu vieles war zu lange unausgesprochen geblieben zwischen ihnen. »Du, Bini«, begann er also, »ich wollt …«

Er wurde vom erneuten Knacken des Funkgeräts unterbrochen, aus dessen Lautsprecher ein atemloser Richard Maier zu hören war, der in sein Gerät brüllte: »Hier Dings … Adler … nein, Falke, also, die Küken fliegen zum Nest, ich mein …«

»Richie!«

»Sie kommen.«

»Die Wolfs?«

»Ja, sie sind zu zweit. In einem dunkelblauen BMW X5, amtliches Kennzeichen OA …«

»Schon gut, Richie, ich glaub's dir ja. Ist der andere ihr Mann?«

»Positiv.«

Kluftinger holte schon Luft, um noch etwas zu sagen, da traf ein Wassertropfen den Lautsprecher des Funkgeräts. Erstaunt betrachtete er ihn, da gesellte sich ein zweiter dazu, ein dritter, immer mehr. Der Kommissar hob den Kopf, worauf ihm dicke Regentropfen ins Gesicht platschten. Gleichzeitig frischte der Wind auf und zerrte an seinen Haaren. Innerhalb von Sekunden hatte sich der Himmel noch einmal verdunkelt. Er hatte das Gefühl, die Wolken berühren zu können, so tief hingen sie jetzt.

Wieder rauschte das Funkgerät, diesmal meldete sich Hefele. »Leute, das Wetter schaut auf einmal ganz übel aus bei euch oben!«

»Ja, wir haben's auch schon mitgekriegt«, bemerkte Kluftinger lakonisch. Er musste laut sprechen, denn der Wind hatte zugelegt und toste ihnen um die Ohren.

»Ich versuch, eine aktuelle Wetterprognose zu kriegen. Aber vielleicht solltet ihr sicherheitshalber absteigen.«

»Nein, wir bleiben da. Sonst wär alles umsonst. Ende.« Kluftinger legte das Funkgerät zur Seite. »Oder was meinst du?«, fragte er seinen Freund.

»Schwer zu sagen«, antwortete der mit grüblerischer Miene. »Gut schaut's nicht aus. Aber ich vermute, das ist die letzte Möglichkeit, die Sache aufzuklären, oder?«

Kluftinger nickte.

Noch einmal blickte Frey prüfend in den Himmel. »Dann bleiben wir. Das sind wir den drei Bergsteigern schuldig.« Er schnallte sich seine Hüfttasche ab und holte daraus einen Regenponcho hervor.

Kluftinger verzog das Gesicht. Er hatte nichts dergleichen dabei.

»Magst ein bissle unter meine Decke kommen?«, fragte ihn Korbinian und hielt den Stoff wie ein Dach über sich.

»Gern, wenn du noch ein Plätzle frei hast.« Erleichtert hockte sich Kluftinger zu ihm.

So saßen sie da und schauten besorgt in den fast schwarzen Himmel. Im heftig pfeifenden Wind hatten sie Mühe, ihren Regenschutz festzuhalten, der sich knatternd über ihnen blähte.

Plötzlich stutzte Kluftinger. Konnte das sein? »Ist das …«, begann er, und Korbinian nickte. Dann beobachteten sie einigermaßen fassungslos, wie eine dicke Schneeflocke vom Wind an ihnen vorbeigetrieben wurde. Schnell wurden es mehr, und Kluftinger zog sich fröstelnd seinen Janker enger um den Körper. Jetzt bräuchte er die Summitz-Jacke, schoss es ihm durch den Kopf.

»Klufti?« Hefele meldete sich wieder. Der Kommissar nahm das Funkgerät, voller Hoffnung, dass der Kollege ein paar gute Nachrichten hätte.

»Ja, hier Wanderfalke«, sagte er und grinste Korbinian zu.

»Ich hab schlechte Nachrichten. Alle Dienste warnen übereinstimmend vor einem extremen Wetterumschwung. Ich glaub, es ist wirklich besser, wir brechen ab.«

»Sind die Wolfs zurückgekommen?«

»Bis jetzt nicht.«

»Dann bleiben wir. Wenn die nicht abbrechen, tun wir's auch nicht. Kluftinger Ende.« Mit einem mulmigen Gefühl steckte der Kommissar das Funkgerät weg. Er wusste nicht, ob er hoffen sollte, dass die Wolfs aufgaben, oder dass sie genauso hartnäckig an ihrem Plan festhielten wie er und Korbinian. Mit diesen Gedanken kauerte er sich noch näher an seinen Freund, und sie sahen zu, wie die Welt um sie herum in einem heftigen Schneegestöber verschwand.

Irgendwann, Kluftinger hätte nicht sagen können, ob zehn Minuten oder eine Stunde später, hörten sie durch das Tosen des Windes, der sich inzwischen zum veritablen Sturm entwickelt hatte, zwei Stimmen. Das mussten die Wolfs sein! Er wollte aufstehen, doch seine Glieder waren steif und kalt, seine Finger taub. Einen derart heftigen Temperatursturz hatte er selbst im Gebirge noch nie erlebt. Frey schüttelte den Poncho aus, auf dem sich eine beachtliche Schneeschicht angesammelt hatte. Dann stand er auf, trat von einem Bein auf das andere und bedeutete Kluftinger, es ihm gleichzutun. Die beiden gaben ein bizarres Bild ab, wie sie da im Schnee auf der Stelle herumhampelten, doch der Kommissar spürte, wie die Lebensgeister langsam zurück in seinen Körper strömten.

»Lass uns umkehren, da kommen wir niemals rauf«, hörten sie da die Männerstimme rufen. Es musste die von Matthias Wolf sein, auch wenn sie verzerrt klang. Sie waren schon nahe, nur der Hügel, hinter dem er mit Frey Deckung gesucht hatte, war noch zwischen ihnen. Sie kauerten sich also wieder dahinter und warteten ab.

»Wenn wir da jetzt nicht raufgehen, sind wir am Arsch!«

Diese Stimme konnte Kluftinger zweifelsfrei zuordnen: Sie gehörte Eva Wolf. Allerdings wirkte sie nicht so selbstsicher wie sonst. Selbst durch den Sturm konnte man ihre Aufregung hören.

»Aber wir sehen doch sowieso nichts, das ist jetzt alles zugeschneit.« Wieder ihr Mann.

»Wir müssen. Wenn die Polizisten morgen das Teil von der Drohne finden, können wir uns einsargen lassen. Dann ist doch jedem Idioten klar, dass wir erst die Latsche manipuliert haben und die dann mit dem Ding haben abstürzen lassen.«

Der Kommissar wusste, dass nun der Zeitpunkt gekommen war, die Falle zuschnappen zu lassen. Sie hatten alles gehört, was sie hören mussten. Jetzt galt es. Er nickte seinem Freund zu, der beide Daumen nach oben reckte. Dann atmete Kluftinger tief ein und sprang aus seiner Deckung genau in den Weg der beiden. Er hielt das Teil der Drohne, das er abgerissen hatte, in die Höhe und schrie: »Suchen Sie das hier?« Trotz der Kälte durchfuhr ihn eine heiße Welle der Aufregung, als er in die vor Schreck geweiteten Augen des Mannes und der Frau blickte. Für einen Moment waren sie unfähig, sich zu rühren. Er konnte die ganze Welt in ihren Augen einstürzen sehen.

Es überraschte ihn nicht, dass Eva Wolf als Erste ihre Sprache wiederfand: »Wie haben Sie … unser Plan war perfekt.«

»Woher wussten Sie, dass wir kommen würden?«, fragte ihr Mann.

Der Kommissar zuckte mit den Schultern. »Ich hab's nicht gewusst. Ich hab's gehofft. Wenn Sie unten geblieben wären, hätten wir rein gar nichts in der Hand gehabt.«

Eva Wolf starrte ihn mit einer Mischung aus Enttäuschung und Wut an. Wobei die Wut mehr und mehr die Oberhand zu gewinnen schien. Kluftinger wich unwillkürlich einen Schritt zurück. Die Frau reagierte sofort, griff mit der Hand über die Schulter nach hinten und hatte auf einmal einen Pickel in der Hand. Kluftinger langte nach seiner Pistole, doch in diesem Moment machte die Frau einen Schritt nach vorn, worauf er zurückwich und auf dem Schnee ausrutschte, so dass ihm seine Waffe aus der Hand glitt. Er wollte ihr hinterherhechten, doch sie schlitterte auf dem Schnee von ihm weg und verschwand den Abhang hinunter. Er schluckte, nun hatte er nur noch einen Trumpf im Ärmel, und der hieß Korbinian Frey. Die anderen hatten ihn noch nicht gesehen.

Eva Wolf hob nun den Pickel drohend über ihren Kopf. »Und was, wenn es noch einen unerklärlichen Bergunfall gibt? Meinen Sie, es kommt mir auf das Leben eines zweitklassigen Polizisten an?«

Das *zweitklassig* nahm er ihr übel.

»Hände hoch und dann ganz langsam zurück.« Den Pickel ausholbereit in der Hand, ging Eva Wolf einen Schritt auf Kluftinger zu.

Er wusste nicht, was sie vorhatte. »Frau Wolf, machen Sie keine Dummheiten«, rief er, während ihm der Schnee ins Gesicht peitschte. »Wo wollen Sie denn hin? Meine Kollegen wissen Bescheid, das Tal ist abgeriegelt, Sie kommen hier nicht mehr raus. So machen Sie es nur noch schlimmer.«

»Für mich oder für Sie?«, zischte sie mit wutverzerrtem Gesicht.

»Für uns alle. Sehen Sie denn nicht, dass Sie damit nicht davonkommen?« Er hätte sich selbst für diesen Satz ohrfeigen können, weil er erkannte, dass er die Frau damit in die Ecke trieb wie ein wildes Tier, für das es keinen Ausweg mehr gab. Keinen anderen, als anzugreifen. Im Augenwinkel nahm er wahr, dass sich Korbinian bewegte. Sicher hatte auch er bemerkt, dass es brenzlig wurde, und versuchte nun, sich im Schutz des Sturms anzupirschen. Es war ein riskantes Vorhaben, aber Kluftinger sah keine andere Möglichkeit und ließ ihn gewähren. Allerdings musste er ihm etwas mehr Zeit verschaffen. Er taxierte die Frau mit der Waffe und ihren Mann mit dem noch immer schockierten Gesichtsausdruck hinter ihr. Es war klar, an wen er sich wenden musste. »Frau Wolf«, sagte er, »wir können bestimmt etwas erreichen, wenn wir Ihre schwierige Situation mit einrechnen.«

Sie kniff die Augen zusammen. »Welche Situation?«

»Die mit Ihrem Kind.«

Ruckartig drehte sie sich zu ihrem Mann um. »Hast du ihm davon erzählt?«, schrie sie ihn an. Dabei zerzauste der Wind ihr Haar, was sie noch bedrohlicher aussehen ließ.

»Ich? Nein. Ich mein, vielleicht, aber nur ganz flüchtig ...«

»Du Idiot! Dann haben wir das hier dir zu verdanken.«

»Es ist doch besser so, Frau Wolf«, beschwichtigte sie der Kommissar. Frey war nun um den Hügel herum, bald würde er die anderen erreichen. Nur noch ein bisschen Zeit. »Sehen Sie, wenn wir uns zusammensetzen und ...« Er überlegte, wie er den Satz zu Ende bringen sollte, doch in diesem Moment sah er in Eva Wolfs Augen, dass sie ihn durchschaute. Ihr Kopf flog herum, sie suchte nach einer weiteren Person. Ihrem Mann schrie sie zu: »Pass auf, er ist nicht allein!«

Im selben Moment hechtete Korbinian aus dem Stand auf sie zu. Wie ein Phantom tauchte er aus dem dichten Schneetreiben auf und prallte hart gegen die Frau, die umgerissen wurde und zusammen mit Frey auf den Boden knallte. Dabei lockerte sich ihr Griff, der Pickel rutschte ihr aus der Hand und glitt ein paar Meter über den Boden. Das war der Startschuss für den Kommissar, der nun ebenfalls lossprintete. Um den Pickel zu erreichen, bevor ihn einer der Wolfs wieder in die Finger kriegte, sprang er über die am Boden miteinander ringenden Körper hinweg. Er wagte dabei einen Seitenblick zu Matthias Wolf, der sich langsam aus seiner Erstarrung zu lösen schien. Doch dieser kurze Moment, in dem Kluftinger nicht voll auf seinen Sprung konzentriert war, reichte: Er landete auf einer Unebenheit, geriet ins Straucheln und fiel schmerzhaft auf sein Hinterteil. Er biss die Zähne zusammen und rappelte sich hoch. Allerdings stand Matthias Wolf nicht mehr auf dem Platz, an dem er ihn zuletzt gesehen hatte. Verwirrt blickte er sich um – gerade noch rechtzeitig, um dem Pickel auszuweichen, den der Mann nun in blindem Zorn vor sich schwang. Von der eigenen Kraft mitgerissen, stolperte Wolf ein paar Schritte zur Seite. Kluftinger wollte ihm nach, doch da prallten die Körper von Korbinian und der Frau gegen ihn. Er fiel wieder hin und musste entsetzt mit ansehen, wie Eva Wolf seinen Freund mit einer Kraft, die er ihr nie und nimmer zugetraut hätte, von sich stieß, dann einen Schritt zur Seite machte, worauf ihr Mann mit einem unkontrollierten Schrei nach vorn preschte und die Spitze der Hacke in den Oberschenkel von Korbinian Frey trieb.

Der schrie nicht, er starrte nur entsetzt auf das Werkzeug, das aus seinem Bein herausragte. Dann sackte er langsam auf die Knie in den nassen Schnee, der sich von seinem Blut rasch rot verfärbte.

Ein paar Sekunden sagte niemand etwas, nur das Pfeifen des eisigen Windes war zu hören. Auch die beiden Wolfs schienen von dem Anblick wie gelähmt, und Kluftinger hoffte, dass sie nun zur Besinnung kommen würden. »Weg!«, schrie Eva Wolf schließlich, riss ihren Mann herum und verschwand mit ihm im Schneetreiben.

Der Kommissar stürzte sofort zu seinem Freund: »Mein Gott, Bini, bleib ruhig, ich hol Hilfe, reg dich nicht auf, das wird schon, du musst nur ruhig bleiben, du musst ...«

»Ich bin doch ruhig, Herrgott! Gib mir das Funkgerät, ich mach das schon, das schaut schlimmer aus, als es ist. Beruhig du dich lieber. Und vor allem: Schnapp dir die Arschlöcher!«

Der Kommissar nickte mechanisch, krabbelte zu seinem Rucksack und warf Frey das Funkgerät zu. Benommen von dem, was eben passiert war, wankte er hinter den Flüchtenden her. Erst als der Wind drehte, wurde die Sicht kurzzeitig besser, und er erkannte ihre Umrisse. »Bleiben Sie, wo Sie sind!«, schrie er aus vollem

Hals, doch er hatte das Gefühl, dass ihm der Sturm die Worte entriss und nur ein jämmerliches Krächzen übrig blieb. Trotzdem blieben der Mann und die Frau stehen und drehten sich um.

»Hau ab, sonst geht es dir wie dem anderen!«, schrie Eva Wolf. Auch wenn Kluftinger sie nur schemenhaft wahrnahm, meinte er doch, das hasserfüllte Funkeln in ihren Augen zu erkennen. Sie schien gänzlich die Kontrolle über sich verloren zu haben, denn sie geiferte weiter, brüllte ihm die wüstesten Beschimpfungen entgegen und schreckte auch vor Drohungen nicht zurück: »Mir ist alles gleich, ich habe nichts mehr zu verlieren. Aber du schon, ich warne dich, noch einen Schritt, und ich verspreche …«

Dann sah Kluftinger, wie sie mit den Armen ruderte, und eine Sekunde später war sie verschwunden. Erst dachte er, sie sei weitergerannt oder habe sich versteckt, doch als er den gellenden Schrei ihres Mannes hörte, wusste er, dass etwas Schlimmeres passiert war. Er näherte sich Matthias Wolf, der wie hypnotisiert nach unten starrte, und jetzt entdeckte Kluftinger auch die Kante und den Abgrund dahinter.

»Mein Gott«, hauchte er. Was sollte er nun tun? Der Mann nahm ihm die Entscheidung ab, denn er begann plötzlich wieder zu laufen. Da gab Kluftinger auf. Er würde bei diesem Wetter den Berg niemals lebend hinunterkommen, wenn sogar eine erfahrene Bergsteigerin wie Eva Wolf es nicht geschafft hatte.

Außerdem gab es jemanden, der dringend seine Hilfe benötigte.

Berge ihr leuchtet ein
Ziel uns vor; treu sein,
nicht wanken, zum
Lichte empor
09.08.2014. Ludwig

Aus dem Gipfelbuch an der Reuterwanne

Der Hubschrauber … fliegen.«

Kluftinger fluchte. Maiers Stimme war kaum zu verstehen, und langsam keimte Panik in ihm auf. Es hatte ein paar Minuten gebraucht, bis er Korbinian in dem Schneetreiben wiedergefunden hatte. Sein Freund war kreidebleich – ob vom Blutverlust oder vom Schock, vermochte der Kommissar nicht zu sagen. Notdürftig band er die Wunde mit seinem Gürtel ab, dann brüllte er in das Funkgerät: »Richie, wiederhole, ich versteh dich nicht. Wir brauchen Hilfe.« Aus Verzweiflung rief er noch ein »SOS!« hinterher.

Es knackte und rauschte aus dem Lautsprecher, dann hörte er wieder Maiers Stimme: »Der Hubschrauber kann nicht fliegen … Wetter. Aber ich hab eine Idee. Bringt euch in Sicherheit und wartet, over.«

In Sicherheit? Hier oben gab es keine Sicherheit. Hier gab es nur den sicheren Tod.

»Wir brauchen einen Unterschlupf«, riss ihn Korbinian aus seinen Gedanken. Seine Stimme klang brüchig, schwach. Der Kommissar bekam es mit der Angst zu tun.

»Schon gut, die kommen gleich«, log er. Dann legte er sich Freys Arm um die Schulter und versuchte aufzustehen. Doch sein Freund war viel schwerer, als er gedacht hatte.

»Das schaffst du nicht, Bertele, lass mich hier und such du dir einen Unterschlupf. Du bist doch völlig durchnässt!«

Kluftinger schüttelte den Kopf: »Das tät dir so passen, dass sie dir hier ein Wegkreuz aufstellen. Nein, wenn's sein muss, trag ich dich«, sagte er mit zusammengebissenen Zähnen. Dann ging er langsam los, Freys Arm weiterhin um seine Schulter. Der Sturm glich inzwischen einem Inferno, und sie konnten kaum die Hand vor Augen sehen. Seine Kräfte würden nicht mehr lange ausreichen, das war ihm klar, und nun hatte er nicht mehr nur Angst um Korbinian. Auch sein eigenes Überleben stand in Frage.

Nach einer halben Ewigkeit entdeckte er einen Felsvorsprung, der wenigstens etwas Schutz vor dem Wind und dem Schnee bot, und sie krochen darunter. Der Kommissar lehnte sich gegen den Felsen, zog in einer letzten großen Kraftanstrengung seinen Freund zu sich und schlang beide Arme um ihn, um ihn warm zu halten. »Die sind gleich da, kann nicht mehr lang dauern«, versuchte er sich in Durchhalteparolen, auch wenn er sich selbst eingestehen musste, dass er wenig überzeugend klang.

»Jetzt haben wir doch noch unsere Bergtour gemacht«, keuchte Frey. Kluftinger erkannte die Stimme seines Freundes kaum, so elend klang sie.

Er versuchte, sich seinen Schrecken aber nicht anmerken zu lassen, und sagte ein bisschen zu laut und zu fröhlich: »Und das war erst der Anfang. Was glaubst du, was wir noch alles unternehmen werden.«

»Was denn?«

»Also, da wär auf jeden Fall der Schneck, den wir besteigen müssen. Ich mein, jetzt waren wir schon am Himmelhorn, da ist der Hauptgipfel dahinter auf jeden Fall noch dran.«

»Ich weiß nicht, ob ich überhaupt noch mal auf einen Berg komm.«

Vielleicht waren künftige Besteigungen kein gutes Thema. Der Kommissar suchte nach etwas anderem, aber in seiner Verzweiflung wollte ihm nichts einfallen. Bis auf eins. »Schon blöd jetzt, mit der Serie, oder? Jetzt werden wir nie erfahren, ob der Surflehrer von der Felicia wieder auftaucht.«

Korbinian Frey lachte laut auf, doch es klang eher wie ein Husten. »Du hast dich doch nicht wirklich dafür interessiert, oder?«

Hatte er? Sicher, anfangs war es nur Langeweile gewesen, dann hatte ihn der praktische Nutzen für die Serie eingenommen, irgendwann wollte Kluftinger aber wirklich wissen, wie es weiterging auf Gut Halderzell. »Eigentlich schon, aber wenn du das jemand erzählst, lass ich dich hier oben liegen.«

Wieder dieses Hustenlachen von Frey. Nachdem er zu Atem gekommen war, sagte er: »Das Kind ist doch von ihm, oder?«

»Vom Egbert?«

»Schmarrn. Vom Surflehrer.« Sie schwiegen eine Weile, dann begann Frey, die Titelmelodie zu summen. »Vom ersten Sonnenstrahl bis zum letzten Abendmahl …«

Kluftinger stimmte mit ein, und dann schmetterten sie im Chor den Refrain: »Das Feuer der Leidenschaft, es brennt in mir. Seit du mich verzaubert hast, gehör ich nur dir.«

»Ich glaub, das ist doch kein Notfall.«

Kluftinger stutzte. Ihm war, als habe er eine Stimme gehört. Er blickte auf das Funkgerät. Nichts. Begann er schon zu halluzinieren? Fing es so an, das Ende?

»Hierher«, schrie die Stimme jetzt, und ein Schatten tauchte im Schneegestöber auf. Daran, dass auch Korbinian sich aufrichtete, erkannte der Kommissar, dass es sich nicht um eine Sinnestäuschung handeln konnte. Eine Woge der Erleichterung ergriff ihn und ließ seine Augen feucht werden. Gut gemacht, Maier, dachte er. Dann durchbrach die Gestalt den weißen Schleier. Es war nicht sein Kollege, der da vor ihm stand. Es war Max Schratt. Kluftinger war sprachlos. Natürlich, das war ihre einzige Chance gewesen, und Maier hatte sie ergriffen.

Hinter Schratt tauchte der Umriss eines weiteren Mannes auf. Das musste nun aber Maier sein, der mit Schratt aufgestiegen war, der sein Leben riskiert hatte, um sie … Da sah Kluftinger auch das zweite Gesicht. Er konnte es nicht fassen. Es gehörte Hans Kagerer. Die Männer, die sich noch vor wenigen Tagen vor seinen Augen beinahe umgebracht hatten, standen nun beide vor ihm, zwei Schutzengel, gekommen, um sie zu retten.

»Kommt's hoch. Wir nehmen jeder einen von euch. Und dann nix wie runter.«

Fassungslos über das, was sich vor seinen Augen abspielte, stand der Kommissar auf, unfähig, ein Wort zu sagen. Auch die anderen sprachen nicht mehr, stützten sie, trugen sie fast hinunter, eine ungeheure Kraftanstrengung. Kluftinger konnte ihnen nicht helfen, er war kaum mehr fähig zu gehen. Auf Hans Kagerer gestützt, stolperte er durch das undefinierbare endlose Weiß um ihn herum, wusste nicht, wo sie waren, spürte nur, dass es abwärtsging. Ihre Helfer sprachen nicht, redeten nicht beruhigend auf sie ein, wie es Sanitäter oder Mitglieder der Bergwacht vielleicht getan hätten, und dennoch war Kluftinger ihnen unendlich dankbar. Nur einmal blieb Kagerer stehen und rief Schratt zu: »Sollen wir wechseln? Deiner ist ja verwundet.«

Doch der Angesprochene antwortete nur: »Dafür hast du den Fetten.«

An einer steilen Stelle hielten sie an, damit die Bergführer ihnen Seile anlegen konnten. Der Kommissar kam endlich wieder ein wenig zu Atem und schaute sich um. Der Schneesturm schien nachzulassen, man konnte nun wieder ein paar Meter weit sehen. Doch was er erblickte, war so schrecklich, dass er die Augen schloss: Nur wenige Meter von ihnen entfernt ragte ein Schuh aus dem Schnee heraus, den Kluftinger sofort erkannte. Er gehörte Eva Wolf.

Als sie sich wieder in Bewegung setzten, hörte er Hans Kagerer murmeln: »Wenigstens einmal hat sich der Berg den Richtigen geholt.«

Kluftinger war am Ende seiner Kräfte, als sie die letzten Meter hinunterwankten. Endlich ging das Weiß in Grün über, und der Weg wurde flacher. Wie durch einen Schleier nahm er wahr, dass Menschen auf ihn zurannten, ihm Decken überwarfen und dampfenden Tee reichten. Dann prasselten die Fragen der Kollegen auf ihn nieder, doch er schaffte es nicht, ihnen zu antworten. Hans Kagerer löste das Seil und entfernte sich, ohne ein einziges weiteres Wort. Kluftinger wollte ihm danken, doch schon wurde er von einem Sanitäter weggebracht. Er blickte sich nach Korbinian um, da sah er in einem Streifenwagen Matthias Wolf sitzen. Immerhin, er hatte überlebt. Wenigstens er konnte nun seiner gerechten Strafe zugeführt werden.

Hinter dem Polizeiauto stand ein weiterer Krankenwagen, in den gerade eine Trage geschoben wurde. Kluftinger löste sich vom Arm seines Helfers und hinkte auf seinen Freund zu. Als der ihn sah, hob er die Hand und reckte den Daumen nach oben. Der Kommissar spürte eine unglaubliche Erleichterung, dann gaben seine Beine nach, und er sackte zu Boden. Wieder wurde er von starken Händen gepackt und hochgezogen, doch seine Beine gaben ihm keinen Halt mehr.

Das Letzte, was er sah, bevor ihn eine gnädige Schwärze verschlang, waren Hans Kagerer und Max Schratt, die vom Krankenwagen weg in Richtung Talausgang liefen und, bevor sich ihre Wege trennten, stehen blieben und sich die Hand reichten.

Liebe ♡
Schwanger
Zukunftspläne

Aus dem Gipfelbuch am Edelsberg

Kluftinger knallte missmutig die Haustür zu. Er hatte einen eintönigen Bürotag hinter sich gebracht, der vor allem aus den Nachermittlungen zum Fall am Himmelhorn und aus der ständigen Kontrolle der aktuellen Börsenkurse bestanden hatte. Zwei Wochen war es nun her, dass er die Täter überführt hatte, und wie immer hatte die Aufklärung einen Haufen Bürokratie nach sich gezogen. Und obendrein war es in den letzten Tagen alles andere als gut für sein Depot gelaufen, das mittlerweile über ein Drittel seines Wertes eingebüßt hatte, wie er an den durchwegs roten Zahlen seiner Watchlist erkennen konnte. Wie ein Damoklesschwert sah er bereits den Totalausfall über sich hängen. Er musste so schnell wie möglich aussteigen. Sobald er die schwarze Null wieder erreicht haben würde, jedenfalls. Für das Auf und Ab des Aktienmarkts hatte er einfach nicht die nötigen Nerven.

Das Schlimmste aber war: Sie mussten aufgrund seiner Verluste nun alle den Gürtel ein wenig enger schnallen, und er hatte keine Ahnung, wie er das seiner Frau beibringen sollte.

Er warf seine Aktentasche in die Ecke, tauschte die Haferlschuhe gegen die Fellclogs und schlurfte in die Küche. »Was gibt's zum Essen?«

Seine Frau gab ihm zur Begrüßung einen Kuss auf die Wange und verkündete: »Also, ich hab heut Mittag Filetspitzen in Kräuterrahm für die Kinder und mich gekocht, da ist noch was übrig. Wir können aber auch einfach Brotzeit machen, es gibt Trüffelsalami, und der Parmaschinken hat mich so angelacht. Einen guten Backschinken hätt ich auch da.«

»Filetspitzen, Trüffelsalami und Parmaschinken? Ist der Wohlstand ausgebrochen, oder wie?«, blaffte er schärfer als beabsichtigt.

»War alles im Angebot.«

Wenn Kluftinger hochrechnete, was die Sachen trotz der Reduzierung gekostet haben mussten, wurde ihm ganz schlecht. Es galt jetzt, alle Möglichkeiten zum Sparen zu nutzen, damit die finanziellen Verluste möglichst bald wieder wettgemacht waren. »Darum geht's ja nicht. Aber wir brauchen doch nicht immer Fleisch. Mir reicht auch mal was Einfaches. Linsen oder Kartoffelpfannkuchen, von mir aus auch Milchreis oder ein schöner Grießbrei.«

»Geht's dir nicht gut, Butzele? Du hasst doch Süßspeisen, wenn es nicht vorher einen vollwertigen Hauptgang gibt.«

»Ich find halt, wir müssen ein bissle bescheidener leben. Schau, diese Familien im Oytal, die Kagerers und die Schratts, die beschränken sich aufs Nötigste. Die haben keinen unnötigen Ballast.«

»Ja, und sind kreuzunglücklich, wie du erzählt hast.«

»Schon, aber ...«

»Der Markus braucht jetzt was Gescheites nach dem Stress. Na ja, und die Yumiko auch.«

»Der Markus hat seine Prüfungen rum, der kriegt in Zukunft keine Extrawürste mehr«, protestierte der Kommissar. »Wo sind die zwei eigentlich?«

»Der Bub ist mit den Freunden das Ende der Prüfungen feiern.

Er hat so ein gutes Gefühl, hat er heut extra noch mal gesagt. Wird sicher eine tolle Note werden. Und die Yumiko hat sich oben hingelegt, der ging es nicht so gut.«

»Herrschaft«, schimpfte Kluftinger, »neulich hat er rumgejammert, dass er sich zu wenig um die Miki gekümmert hat in der Schwangerschaft – und jetzt lässt er sie schon wieder sitzen.«

»Nein, so ist das diesmal gar nicht. Die Miki ist ganz froh, wenn sie ihre Ruhe hat. Ich glaub, das braucht nimmer lang mit unserm Enkele.«

Kluftinger bemerkte ein mildes Lächeln um ihren Mundwinkel. »Heu, da freut sich ja doch jemand, dass sie endlich Oma wird?«

»Wehe, du sagst *einmal* Oma zu mir, dann sind wir geschiedene Leut! Reicht schon, wenn die kleine Maria das mal sagt.«

Kluftinger riss die Augen auf. »Wissen die jetzt doch, was es wird? Was wird denn dann aus dem Max?«

Erika prustete los. »Du bist ja total versessen auf den Namen. Ganz ruhig, ich hab weder eine Ahnung, was es wird, noch, wie unser neues Familienmitglied heißen soll. Die lassen doch nix raus.«

Dann drückte sie ihrem Mann einen dicken Schmatzer auf die Wange. »Aber ich find, wenn du schon immer mit deinem Max ankommst, dann kann ich mir auch einen Namen aussuchen, falls es ein Mädle wird. Maria ist zeitlos. Erika werden sie eh nicht wollen. Na ja, wir werden's ja sehen. Du, da ist übrigens ein Einschreiben von der Sparkasse gekommen.« Seine Frau hielt ihm ein Kuvert hin.

»Ein … was?«, kiekste Kluftinger. »Von wem?« Er setzte sich und starrte auf den Umschlag. Sicher ein Pfändungsbeschluss wegen seiner immensen Wertpapierverluste. Mit zitternden Fingern öffnete er das Kuvert, zog das Schriftstück heraus und überflog es, las es sich dann fassungslos ein zweites Mal durch, wobei ihm die Gesichtszüge entglitten und sich zu einer grinsenden Fratze verzerrten. Schließlich warf er den Brief auf den Küchentisch, ging zu seiner Frau und küsste sie, versuchte jedoch zu verbergen, dass seine Augen feucht wurden.

»Butzele, was ist denn los?«, fragte Erika überrascht.

»Nix. Ich wollt dir bloß zeigen, wie glücklich ich bin.«

»Worüber?«, fragte sie stirnrunzelnd.

»So halt. Mit dir. Komm, wir machen uns ein Fläschle Sekt auf.«

An manchen Tagen hatte er das Gefühl, dass ihn das Schicksal auf einer ganz besonderen Liste stehen hatte: Die Sparkasse hatte ihm geschrieben, dass nun auf seinen Namen ein Verrechnungskonto und ein Wertpapierdepot angelegt seien und ab sofort Aktiengeschäfte getätigt werden könnten – vorausgesetzt, die Unterschrift der Ehefrau würde der Bank umgehend vorgelegt. Darunter stand: *Momentaner Depotwert 0 Euro, keine Wertpapierkäufe getätigt.*

»Sekt? Seit wann magst du was anderes als Bier?«

»Du, seit heut. Zur Feier des Tages. Wir haben einen schönen halbtrockenen, der schmeckt sogar mir. Und die Tage würd ich gern mit dir mal nach Bühl fahren.«

»Nach Bühl? Bei Immenstadt?«

»Genau. Zu dem Summitz-Laden. Da hab ich eine tolle Jacke gesehen. Für meine Bergtouren, weißt? Und für dich finden wir sicher auch was Nettes.«

Erika war baff. »Haben wir im Lotto gewonnen?«

Mit großer Geste legte Kluftinger seiner Frau den Arm um die Schulter. »Sagen wir so: Ich hab mein Geld gut und sicher angelegt.«

»Du bist so ein großzügiger Mann«, hauchte sie.

In diesem Moment drang ein seltsames Läuten an sein Ohr. Es klang wie eine Kuhglocke, doch das Geräusch schien aus dem ersten Stock zu kommen. Den erstaunten Ausdruck auf seinem Gesicht beantwortete Erika, noch bevor er etwas sagen konnte: »Ach, könntest du schnell zu ihr raufgehen? Keine Ahnung, was sie schon wieder will.«

»Zu wem? Zur Milka-Kuh?«

»Zu deiner Schwiegertochter. Ich hab ihr die alte Kuhschelle gegeben, zum Läuten, wenn was ist.«

»Geh halt lieber du, oder?« Kluftingers Angst, im Umgang mit der hochschwangeren Yumiko irgendetwas falsch zu machen, hatte in den letzten Tagen fast absurde Züge angenommen.

»Ich war heut schon ein paarmal oben und merk mein Knie.«

Er seufzte.

»Komm, sie wird dich schon nicht als Hebamme engagieren wollen.«

Kluftinger stand auf und ging in den ersten Stock. In Markus' altem Kinderzimmer angekommen, hob er nur die Hand zum Gruß – er musste erst einmal verschnaufen.

»Hallo, Papa, könntet ihr mich bitte nach Kempten fahren?«, bat die junge Japanerin mit leiser Stimme.

Kluftinger schüttelte den Kopf. »Wenn ich das mal offen sagen darf, ich find es keine gute Idee, in deinem Zustand in der Stadt rumzulaufen. Die Erika und ich würden die nächsten Tage mal nach Immenstadt fahren, da kann man gleich vor den Läden parken, wär vielleicht ein Kompromiss …«

»Ich würd aber gern in der Klinik entbinden und nicht im Kinderzimmer meines Mannes«, erwiderte Yumiko. Dann atmete sie schwer und presste sich die Hand in die Seite. »Nichts gegen euch beide, aber ein Arzt wär mir lieber.«

»Du willst, ich mein, du musst …«, stammelte er, dann rannte er kopflos aus dem Zimmer. »Erika!«, brüllte er nach unten, doch seine Frau reagierte nicht. »Erika, zefix!«

»Kannst du mir bitte mal aufhelfen und die Tasche mitnehmen?«, tönte es aus dem Kinderzimmer.

»Erika!«, kreischte Kluftinger. Er kannte seine eigene Stimme kaum wieder. Da hörte er, wie unten die Kellertür ging.

»Ich war in der Waschküche«, rief seine Frau. »Was brüllst du denn so?«

»Zefix, mach schnell, der Max kommt!«

»Wer kommt?« Seine Frau stand mit einem Waschkorb unten am Geländer und sah zu ihm herauf.

»Das Kind, Himmelnochmal!«

»Da brauchst doch nicht so zu brüllen, sonst bleibt's am Ende noch drin. Ich ruf gleich den Markus an, und dann fahren wir mit der Miki schon mal in die Klinik«, sagte sie seelenruhig.

Kluftinger schnappte nach Luft. Allem Anschein nach hatte ihn seine Frau nicht richtig verstanden. Hinter sich hörte er seine Schwiegertochter heftig atmen. »Kreuzkruzifix, Erika! Komm rauf! Es! Geht! Los!«

»Wir haben schon noch Zeit«, versuchte ihn Yumiko zu beruhigen. »Ich hatte noch nicht mal den Blasensprung.«

Doch Kluftinger stand bereits der kalte Schweiß auf der Stirn. Als seine Frau die Treppe heraufkam, schickte die ihn in die Garage, um das Auto herauszufahren. Sofort spurtete er los.

Es dauerte geschlagene zehn Minuten, bis die beiden Frauen endlich aus dem Haus kamen. Kluftinger hatte den Wagen bereits gewendet, damit er ohne weiteres Manöver losfahren konnte, die Heckklappe war geöffnet, und der Motor lief – Spritkosten hin oder her. Im Rückspiegel beobachtete er, wie die beiden in aller Seelenruhe auf das Auto zuliefen und Erika die kleine Reisetasche in den Kofferraum lud.

Yumiko stieg hinter ihm ein, Erika auf der Beifahrerseite.

»Meinst du nicht, du solltest auch hinten sitzen?«, flüsterte der Kommissar.

Erika schüttelte den Kopf. »Fahr einfach.«

Kluftinger drückte aufs Gas. Er versuchte, einen optimalen Kompromiss zwischen hoher Geschwindigkeit und möglichst schonender Fahrweise zu finden. Immer wieder blickte er dabei zur Überwachung des aktuellen Zustands seiner Schwiegertochter in den Rückspiegel, wodurch sich seine Aufmerksamkeit für den Straßenverkehr verringerte.

Nach einem abgedrängten Radfahrer, einem halsbrecherischen Überholmanöver in einer Kurve und einer Vollbremsung wegen einer Katze reichte es seiner Frau. »Fahr sofort rechts ran!« Ihr Ton war so scharf, dass der Kommissar wie ferngesteuert den Blinker setzte und anhielt. Erika stieg sofort aus, lief ums Auto herum und komplimentierte ihn vom Fahrersitz. »Jetzt fahr ich, sonst gibt's noch eine Sturzgeburt wegen dir!«

Während seine Frau noch einen Parkplatz suchte, hetzte Kluftinger Yumiko, deren Wehen nun in immer geringeren Abständen kamen, mit Kommandos wie »Auf geht's«, »Zusammenreißen« und »Hopphopphopp« durch die Gänge des Krankenhauses. Beide waren heilfroh, als sie die Glastür zur Entbindungsstation erreicht hatten, auf der auch sein Sohn vor bald dreißig Jahren das Licht der Welt erblickt hatte. Dies war jedoch ohne sein Beisein geschehen, was für alle Beteiligten ein Segen gewesen sei, wie Erika immer wieder betonte. Da sich die Tür weder automatisch öffnete noch über einen Griff verfügte, trommelte der Kommissar heftig gegen die Milchglasscheibe, bis ihn die werdende Mutter auf einen Knopf samt Sprechanlage an der Wand hinwies. Er drückte mehrmals darauf, und endlich meldete sich eine Frauenstimme.

»Ja, bitte?«

»Kluftinger, schnell, mir kriegen ein Kind!«, rief er, da taten sich die Türflügel auf. Er nickte Yumiko zu, die gebeugt dastand. »Komm, da ist ein Rollstuhl, du musst nur noch ein Stück weiter, sonst geht die Tür wieder zu.« Dann schob er ihr den Krankenfahrstuhl in die Kniekehlen, stellte ihr die Tasche auf den Schoß und schob sie zu dem Empfangstresen in der Mitte des Korridors, den er zu seinem Erschrecken leer vorfand.

»Hallo? Ist da wer?«, rief er ins Ungewisse.

»Ich komm gleich«, antwortete ihm dieselbe Frauenstimme wie vorher. Er trommelte nervös mit den Fingern auf dem Tresen herum. Nach einer gefühlten Ewigkeit von bestimmt einer halben Minute hielt er es nicht mehr aus. Forschend sah er sich um und hörte aus einer angelehnten Tür gegenüber vom Tresen gedämpfte Geräusche dringen. Kurzerhand ging er darauf zu, klopfte leise, doch niemand reagierte. Wahrscheinlich die Teeküche, in der die ganze Belegschaft gerade gemütlich Brotzeit machte, während man ihn samt seinem medizinischen Notfall warten ließ. Empört stieß er die Tür auf, betrat den Raum und erstarrte. Leichenblass schlich er sich wieder hinaus. Er atmete schwer und musste erst einmal verarbeiten, dass er gerade unbeabsichtigt Zeuge der allerletzten Phase einer Geburt geworden war.

»Alles gut bei dir?«, fragte Yumiko. »Du siehst aus, als hättest du den Rollstuhl nötiger als ich.«

Eine Viertelstunde später saßen Kluftinger und seine Frau händchenhaltend auf einer Besucherbank, während eine Hebamme und eine Ärztin ihre Schwiegertochter untersuchten. Immer wieder lief eine von beiden aus dem Sprechzimmer, um etwas zu holen oder in dem Raum mit der anderen Gebärenden zu verschwinden, worauf Kluftinger jedes Mal mit einem hysterischen »Und?« aufsprang, was die Frauen irgendwann einfach ignorierten.

Als Erika auf der Toilette war, kam die Hebamme heraus und setzte sich zu ihm. »So, Sie sind also der Vater?«

»Wie, Vater?«

»Der Vater des Kindes.«

Kluftinger lief rot an. »Sie ... ich ... also, nein, um Gottes willen, ich bin der Vater vom Markus und nicht vom Max.«

»Wer sind denn Markus und Max?«

»Also, der Markus, das ist der Vater. Und mein Bub. Und der Max, das wird sein Enkel. Schmarrn, mein Enkel, also sein Bub. Meinem Bub sein Bub, das wird der Max.«

Die Frau sah ihn besorgt an. »Möchten Sie etwas zur Beruhigung?«

»Was will er?«, fragte Erika, die gerade zurückkam.

Dankbar wandte sich die Frau jetzt an sie. »Leider bin ich nicht ganz mitgekommen – die Patientin ist mit Ihnen verwandt?«

»Ja, das ist unsere Schwiegertochter.«

»Wunderbar. Und der Vater?«

»Mein Sohn müsste jeden Moment kommen.«

»Schön«, sagte die Frau ruhig. »Mein Name ist Wiedemann, ich bin die diensthabende Hebamme, und so, wie es aussieht, werden Yumiko und ich Ihr Enkelkind zusammen zur Welt bringen. Aber keine Sorge, ganz so weit ist es noch nicht. Würden Sie vielleicht Ihre Schwiegertochter in der Verwaltung schon einmal anmelden? Das wäre für die stationäre Aufnahme erforderlich.«

Erika nickte, dann nahm die Hebamme sie beiseite. »Wegen Ihrem Mann«, flüsterte sie und zeigte verstohlen auf Kluftinger. »Er wirkt etwas … verwirrt.«

»Er ist bloß ein bissle nervös«, gab Erika entschuldigend zurück. »Sonst ist er recht normal.«

»Gott sei Dank, ich dachte schon …«

Bevor sie ging, flüsterte Erika ihr noch etwas zu, dann kümmerte sie sich um die Formalitäten, und Yumiko wurde in einen der Kreißsäle gebracht.

Da öffnete sich erneut die große Doppeltür, und Markus stand samt Matthias Klein davor, einem seiner ältesten Freunde. »Nein, Matze, ich muss da jetzt allein durch. Pfiati, ich meld mich nachher, dann können wir auf meinen Nachwuchs anstoßen«, sagte er, klopfte ihm auf die Schulter und wankte dann auf seinen Vater zu. Erschrocken bemerkte der, dass sein Sohn eine Bierflasche in der Hand hielt. Zum Glück war Erika gerade unterwegs und sah ihn nicht in seinem derangierten Zustand. Kluftinger ging ihm entgegen und schüttelte den Kopf. »Normal trinkt man ja erst, wenn das Kind da ist.«

»Jawoll!«, sagte Markus ein wenig zu laut. »Aber ich hab schließlich jetzt schon was zu feiern! Alles fit im Schritt hier?«

Eine der Schwestern überquerte gerade den Gang, blieb kurz stehen, um Markus von Kopf bis Fuß zu mustern, und ging dann entrüstet weiter.

»Markus, jetzt reiß dich zusammen!«

»Die Miki weiß doch eh nix mehr danach«, sagte sein Sohn grinsend.

»Wie kommst du denn darauf?«

»Hast du doch selber gesagt, dass die alles vergessen, wenn …«

»Doch, an die Geburt können sie sich schon noch erinnern.«

»Oh, okay, geht auch schon wieder. Wo ist meine werdende Familie?«

Kluftinger brachte ihn kurz auf den neuesten Stand und zeigte ihm dann die Tür, hinter der Yumiko eine Weile zuvor verschwunden war.

»Alles klar, Vatter, ich geh da jetzt rein, und wir sehen uns, wenn du Opa bist«, erklärte er, um Haltung bemüht.

»Wart noch!«

Sein Sohn sah ihn fragend an.

»Die Bierflasche lässt du vielleicht lieber da«, riet der Kommissar und nahm sie an sich. »Wird schon, Bua, viel Glück!«

Dann verschwand Markus im Kreißsaal.

Kluftinger sah ihm nach, blickte sich dann nach allen Seiten um, setzte die Flasche an und trank sie in einem Zug leer. Als er sie mit einem langgezogenen »Ah!« auf die Bank stellte, ertönte hinter ihm eine Stimme: »Wir sind hier keine Kneipe, würden Sie das Trinken bitte unterlassen und Ihre Bierflasche in den Müll werfen? So was hab ich ja noch nie erlebt.«

Kluftinger drehte sich um und blickte in das strenge Gesicht einer Schwester. »Das ist ja nicht meine Flasche, sondern die von meinem Sohn«, erklärte er.

»Sie haben doch gerade draus getrunken!«

»Ja, nur weil es schade gewesen wär, das wegzuschütten und ich eh grad Durst gehabt hab. Sonst würd ich das natürlich nicht machen.«

Die Frau schien dafür wenig Verständnis zu haben. »Dort drüben ist der Mülleimer. In den Abfall mit der Flasche, oder ich hole den Sicherheitsdienst und lasse Sie direkt hinausbringen.«

»Das geht nicht, ist doch Pfand drauf. Aber ich pack sie meiner Frau gleich in die Handtasche, wenn sie wiederkommt.«

Die Frau wollte noch etwas erwidern, als aus dem Kreißsaal ein schriller Schrei drang, gefolgt von einigen heftigen Seufzern.

Kluftinger wurde blass. »Hören Sie das? Die Yumiko da drin hat Schmerzen, machen Sie lieber was dagegen, statt dass Sie hier Leute schikanieren«, echauffierte er sich.

»Die Frau bekommt ein Kind, da gehören Schmerzen dazu. Gehen Sie mal lieber zum Kiosk oder sonst wohin, haben wir uns verstanden?«

Kiosk, das war eine gute Idee, dort könnte er die Flasche abgeben. »Gut, das mach ich. Aber nur, wenn Sie sich jetzt sofort um meine Schwiegertochter kümmern, sonst schau ich auf dem Rückweg bei der Klinikleitung vorbei, Frau … Manuela«, las er vom Namensschild am Kittel der Schwester. Dann verließ er mit erhobenem Haupt und einer leeren Bierflasche die Entbindungsstation.

In der Empfangshalle traf er zunächst Erika, der er wortreich erklärte, dass er das Pflegepersonal nach der Ankunft seines Sohnes strikt angewiesen habe, Yumiko adäquat mit Schmerzmitteln zu versorgen, ein Tipp, über den das Klinikteam sehr dankbar gewesen sei. Sie warf zwar einen skeptischen Blick auf die Bierflasche in der Hand ihres Mannes, fragte aber nicht nach, sondern ging zurück zur Station. Kluftinger holte sich sein Pfand, versorgte sich am Kiosk noch mit einer Flasche Wasser, einem Kaffee, zwei Wurstsemmeln und drei Päckchen Schokowaffeln und wollte ebenfalls den Rückweg antreten, da humpelte Korbinian Frey mit zwei Krücken und einer ausladenden Beinschiene über den Gang.

»Heu, Bertele, servus! Willst du zu mir?«

»Ich … nein, weil …«, sagte Kluftinger, und sofort meldete sich sein schlechtes Gewissen. Er hatte seinen Freund bisher nur ein einziges Mal im Krankenhaus besucht.

»Was machst du dann hier? Hast du es mit dem Herz?«, fragte Frey besorgt.

»Ich, mit dem Herz, wieso?«

»Du hast so komische rote Flecken im Gesicht.«

Kluftinger langte sich reflexartig an die Backen. »Nein, ich bin bloß ein bissle nervös, mir kriegen doch ein Kind!«

»Echt?«, erwiderte Frey grinsend. »In eurem Alter noch?«

»Depp! Und du, geht's dir endlich besser?«

»Ja, ich darf morgen heim. Lass uns doch mal was zusammen machen, bissle Laufen oder eine Bergtour oder so. Ich muss noch acht Wochen die Schiene dranlassen und Krücken nehmen, dann wären wir ungefähr auf dem gleichen Leistungsstand.« Er grinste und pikste dem Kommissar mit seiner Krücke in den Bauch.

»Ha, ich trainier jetzt immer mit dem Kinderwagen, dann hab

ich dich bald überholt. Du, ich muss jetzt bloß leider. Die brauchen mich bei der Entbindung.«

»Bestimmt. Wie im Bett einen Hut«, rief Frey ihm hinterher.

Der Kommissar fand seine Frau in einem Krankenzimmer, das für Yumiko reserviert worden war. Erika hatte ihm einen Tee organisiert, den er nun bereitwillig zu einer seiner Semmeln trank. Er hatte einen seltsam bitteren Beigeschmack nach Lakritz oder Baldrian, aber er war kräftig gesüßt und leidlich genießbar. Außerdem fühlte er sich mit jedem Schluck wohler, sein ganzer Körper wurde schwer, und es gelang ihm kaum noch, die Augen offen zu halten. Die Geräusche um ihn herum vereinten sich zu einem weichen Klangteppich, auf dem er langsam ins Reich der Träume hinüberglitt.

»Hey, Opa, genug geschlafen! Sag mal hallo zu deinem Enkelkind.«

Kluftinger schreckte auf und blinzelte in die Neonlampen an der Krankenhausdecke. Er brauchte eine Weile, um zu realisieren, wo er überhaupt war.

»Auweh, Mama, ich glaub, die Hebamme und du, ihr habt dem Vatter doch ein bissle viel *Nervenruh Forte* in den Tee gemixt«, sagte Markus. »Der kommt gar nicht richtig zu sich.«

»Doch, doch, bin schon da«, protestierte Kluftinger, da bemerkte er das Baby mit dem gestrickten Mützchen, das sich an die Brust seines Sohnes schmiegte. »Kreuzhimmel, jetzt hab ich's verschlafen«, zischte er und sprang auf, worauf ihm kurzzeitig ein wenig schwindlig wurde. Ehrfürchtig betrachtete er das kleine Wesen in Markus' Arm und strich ganz vorsichtig mit einem Finger über den klitzekleinen Fuß des Neugeborenen. »Ja hallo, mein kleines Butzele! Ja, so ein süßes Schätzle!«

»Magst du dein süßes Schätzle mal halten, Opa?«, bot Markus an, doch Kluftinger winkte ab.

»Na, lieber erst, wenn es ein bissle … stabiler ist. Alles gutgegangen?«

»Mutter und Kind wohlauf, Vater wieder nüchtern und Oma schwerst verzückt. Jetzt stell dich nicht so an und begrüß das neue Familienmitglied.«

»Also gut, komm zum Opa«, sagte Kluftinger schließlich beseelt lächelnd und ließ sich das Baby in den Arm legen. In diesem Moment fiel ihm siedend heiß ein, dass er ja noch gar nicht wusste, ob er da einen Jungen oder ein Mädchen hielt. »Jetzt sag schon, Markus: Was ist es? Und welchen Namen habt ihr euch ausgesucht?«

»Ach, weißt du, Vatter«, erwiderte Markus seufzend, »manchmal muss man sich einfach der Familientradition beugen. Der Opa heißt so, du auch – also haben wir uns halt auch dafür entschieden.«

Der Kommissar zog die Brauen zusammen. »Du meinst, das Kleine heißt …«

»… Kluftinger, klar – wie sonst?«

's Tännele vom Rädlergrot

von Markus Noichl

Do isch a Grot hoach i de Wolka
du siachschen güet vum Oytalhüs
scharf wiena Meassr schtichta in Hiiiml
des Bild des lot mi numma üs.

Und mibba dinn isch a kleis Plätzle
do schtoht alui a Dannebomm
der hot sing Schtond bei Wind und Weattr
und hot im ärgschte Schturm no luck it long.

Mei wär des schi wenn mi ming Leabtag
it dur Müet vrlot
wie's Tännele am Rädlergrot,
vilicht hosch du mir ja an Rot
wieba im Leabe schtoht
kleis Tännele am Rädlergrot.

Do isch a Ma, a Doarfschüal-Lehrar
vu Langewang im Illertal
dean hot es packt, dea hot si geschwoare:
dean Grot dean pack i noamol.

So manke Schtünd hockt er am Wildefeald
und lüeget numm zum gäche Grot,
und zmol siachta, dass mibba dinna
a Tannebosche stoht.

Mei wär des schi wenn mi ming Leabtag
it dur Müet vrlot
wie's Tännele am Rädlergrot,
vilicht hosch du mir ja an Rot
wieba im Leabe schtoht
kleis Tännele am Rädlergrot.

Güet 100 Johr isches schu hea,
do ischa nüf de gäche Grot.
Dr Rädler Hermann mit de Grifschüah
isch nüf wo sis kui Weag it goht.
Und gonz am End, die letschte Mettr
do wära schier vrreckt.
Und bloaß a Jägar hottes gseache,
dass i deam Ma us Langewang dr Teifl schteckt.

Das Tannenbäumchen vom Rädlergrat

Das ist ein Grat hoch in den Wolken
du siehst ihn gut vom Oytalhaus
scharf wie ein Messer sticht er in den Himmel
das Bild, das lässt mich nicht mehr los.

Und mittendrin ist ein kleines Plätzchen
da steht allein ein Tannenbaum
steht fest bei Wind und Wetter
und hat im ärgsten Sturm nicht lockergelassen.

Wär das schön, wenn mich mein Lebtag
der Mut nicht verlassen würde
wie das Tannenbäumchen am Rädlergrat
vielleicht hast du einen Rat für mich
wie man im Leben besteht
kleiner Tannenbaum am Rädlergrat.

Da gibt es einen Mann, einen Dorfschul-Lehrer
aus Langenwang im Illertal
den hat es gepackt, der hat sich geschworen:
den Grat, den schaff ich noch irgendwann.

So manche Stunde sitzt er im Wildenfeld
und schaut hinüber zum steilen Grat,
und auf einmal sieht er, dass mittendrin
ein Tannenbäumchen steht.

Wär das schön, wenn mich mein Lebtag
der Mut nicht verlassen würde
wie das Tannenbäumchen am Rädlergrat
vielleicht hast du einen Rat für mich
wie man im Leben besteht
kleiner Tannenbaum am Rädlergrat.

Gut 100 Jahre ist es schon her,
da ist er rauf auf den steilen Grat.
der Rädler Herrmann mit den Griffschuhen
ist hinauf, wo sonst kein Weg hinführt.
Und ganz am Ende, die letzten Meter,
das wäre er fast draufgegangen.
Und nur ein Jäger hat gesehen, dass in dem Mann
aus Langenwang der Teufel steckt.

18.5.2016

Ich möchte allen Menschen Danken die mir in meinem Leben was Gutes getan haben, und ich möchte, die Menschen, die ich enttäuscht habe um Verzeihung Bitten. LG

Aus dem Gipfelbuch am Edelsberg

Manchmal schreibt das Leben einfach wunderbare Geschichten, besser, als Autoren sie sich ausdenken könnten. Als wir ins Oytal fuhren, um vor Ort am Himmelhorn zu recherchieren, fragten wir einen uns unbekannten Mann nach dem Weg. Der sich als Bergfex par excellence entpuppte. Viele Jahre war er in aller Welt als Führer unterwegs gewesen. Mehr noch: Er entstammt der legendären Heckmair-Familie, sein Vater ist der Eiger-Nordwand-Erstbesteiger Anderl Heckmair. Und er selbst, Andi Heckmair, erzählte uns Flachlandtirolern (das Unterland beginnt ja an der Ortsgrenze von Oberstdorf) sofort bereitwillig von seinen eigenen spektakulären Erfahrungen am Rädlergrat. Er wurde uns nicht nur ein ungeheuer kompetenter Ansprechpartner in allen Bergsteigerfragen, sondern mit seinen packend erzählten Erlebnissen auch eine wichtige Inspirationsquelle.

Zu danken haben wir auch Markus Noichl, der ebenfalls zu den wenigen gehört, die den Rädlergrat bereits gegangen sind. Markus

Noichl hat uns nicht nur mit wertvollen Details über die Erstbegehung dieser gefährlichen Route versorgt, sondern uns sogar erlaubt, sein Lied über das Bäumchen abzudrucken, das in unserem Buch doch eine so entscheidende Rolle spielt.

Ohne die Unterstützung der Allgäuer Polizei ist unsere Arbeit schon gar nicht mehr denkbar: Vielen Dank Herrn Kriminaldirektor Albert Müller, dem Allgäuer Oberkriminaler, Dieter Thomalla, Kommissariatsleiter Wirtschaftskriminalität/Cybercrime bei der Kripo Kempten, und dem Ersten Kriminalhauptkommissar Markus Ziegler, Sachbearbeiter für Verbrechensbekämpfung beim Polizeipräsidium Schwaben Süd/West, für das offene Ohr und die umfassende Auskunft über den Alltag der »echten Kollegen« von unserem Klufti.

Ganz herzlich danken wir auch Marietta Geyer für die kompetente Beratung in Sachen Niederbairisch. Obwohl wir Lodenbacher nunmehr seit vierzehn Jahren mit uns rumschleppen – diesen schwierigen Dialekt haben wir noch immer nicht drauf.

Und einem Mann gebührt sogar doppelter Dank für doppelte Arbeit: Franz Dechantsreiter kümmert sich seit Jahrzehnten um die Gipfelbücher im Allgäu. Er ist also verantwortlich dafür, dass Wanderer, nachdem sie einen Berg erklommen haben, am Gipfelkreuz ein Buch vorfinden, in das sie ihre Gedanken eintragen können. Und nun musste Franz Dechantsreiter auch noch in seinem umfangreichen Archiv für uns kramen – was sich aus unserer Sicht absolut gelohnt hat. Für uns – und mit den Originaleintragungen, die wir in diesem Buch zusammengestellt haben, hoffentlich auch für unsere Leser – ergab sich ein faszinierender Blick in die Gedankenwelt der Bergsteiger im Allgäu.

Vielen Dank wie immer auch unserer Lektorin Michaela Kenklies und dem gesamten Verlagsteam für die vertrauensvolle, enge und stets angenehme Zusammenarbeit.

Aus dem Gipfelbuch an der Reuterwanne

Teutonengrill trifft Dolce Vita

Volker Klüpfel / Michael Kobr

In der ersten Reihe sieht man Meer

Roman

Mensch, war das schön: Im Morgengrauen ging's los, eingepfercht auf der Rückbank der vollbeladenen Familienkutsche. Zehn Stunden Fahrt an die Adria, ohne Klimaanlage und Navi, dafür mit Modern Talking aus dem Kassettenradio. Am Strand ein Duftgemisch aus Tiroler Nussöl und Kläranlage, und statt Cappuccino gab's warme Limo.
Willkommen zurück im Urlaubsparadies der 80er Jahre. Darin findet sich Familienvater Alexander Klein wieder, als er über einem Fotoalbum einnickt und als pickliger Fünfzehnjähriger erwacht – dazu verdammt, die Italien-Premiere seiner Jugend noch einmal zu erleben. Und zwischen Kohlrouladen und Coccobellomann die beste Zeit seines Lebens hat.

»Klüpfel und Kobr steigern sich von Buch zu Buch.«
Denis Scheck, Druckfrisch, ARD